Une autre Vie à Citara

Tome Un : Tempétueuse Sylvine

Nathalie Bagadey

Autoédition

Couverture : Vaël
Illustrations intérieures : Céline Lacomblez
Carte : Johan Herrmann

http://www.nathaliebagadey.fr

ISBN : 979-10-94246-21-4

REMERCIEMENTS

Je tiens à dédier ce livre à Monsieur Cheminat, qui, un jour, a lu ma copie devant toute la classe.
Ce fut un moment extrêmement embarrassant pour la collégienne que j'étais alors.
Mais il a semé une petite graine qui n'a fait que croître depuis.
Car si j'ai toujours aimé écrire, un autre grand plaisir est celui d'être lue. Et d'être lue avec autant d'enthousiasme qu'en a manifesté mon professeur de français ce jour-là, ça n'a pas de prix...

Ce roman est né il y a très longtemps. J'ai mis plus de quatre années à l'écrire, et encore trois à le retravailler et à le publier. C'est l'histoire qui me tient le plus à cœur, celle que j'ai toujours voulu raconter : j'espère qu'elle vous réussira à vous embarquer...

On pense souvent qu'un auteur autoédité est totalement seul face à toutes les tâches liées à l'édition de son livre. Ce n'est pas le cas : j'ai été entourée d'une formidable équipe, et c'est grâce à elle que mon embryon de texte est désormais publiable.

Il y a tout d'abord eu les fidèles du blog « citara.fr » (aujourd'hui fusionné avec mon site d'auteur), et les grenouilles du forum CoCyclics qui ont suivi mon challenge et y ont adhéré...
Ensuite, j'ai confié le « bébé » aux premiers bêta-lecteurs : Acharat, Cécile et Catherine, dont les réactions enthousiastes m'ont rassurée sur l'intérêt de mon histoire.

Puis est venue la deuxième phase de bêta-lecture, plus exigeante, qui m'a permis de retravailler mon texte en profondeur : un immense merci à Sycophante, Panthera et Aemarielle, pour tout le temps qu'ils m'ont consacré. Grâce à eux, mon récit est devenu bien meilleur qu'il ne l'était à l'origine.

Merci également aux correctrices, Angie et Bertille, qui ont passé une bonne partie de leurs vacances d'été à déceler les coquilles de leur œil exercé.

Un livre séduit aussi par sa présentation : j'ai eu la chance de pouvoir compter sur les dessins personnalisés de Céline Lacomblez, et sur la superbe réalisation de la carte de mon monde par Johan Herrmann, fidèle compagnon de route. Par ailleurs, je ne pouvais rêver mieux que d'offrir à mon plus cher récit une couverture de celle qui m'avait déjà fait l'amitié de travailler sur un autre projet. Merci, Vaël, d'avoir si bien mis mon roman en valeur.

Enfin, merci à ma famille, notamment à mes enfants, d'avoir su gérer le quotidien pendant ces moments où j'étais trop occupée avec mon histoire pour le faire moi-même. Pendant tous ces jours où j'étais à Citara...

Citara
Ertauq
La forêt aux esprits
Enu
Siort
Xued
La mer des oubliés
Massif des Maillons
La Masse
N
O

PROLOGUE

Fuir

Courir.

Courir de toutes ses forces, courir à perdre haleine.

Et se cacher.

Mais où se cacher ?

Dans une brume trop légère pour pouvoir s'y dissimuler, la ruelle dévide ses trop petits recoins, ses portes verrouillées, tandis qu'elle court, qu'elle court toujours. Les battements affolés de son cœur rythment sa course et résonnent à ses oreilles ; tout son corps n'est plus que fuite en avant.

Courir.

Courircourircourir…

Elle scanne du regard chaque lieu traversé, mais il n'y a rien, aucun abri, aucune échappatoire.

Puis, la voie s'agrandit, laissant percevoir, haut dans le ciel, une lune parfaitement arrondie, lumineuse. Indifférente.

Celle qui court pour sa vie s'engouffre dans une ruelle avoisinante. C'est alors qu'elle voit la chance tourner : elle reconnaît cet endroit.

Sans plus réfléchir davantage, courant toujours, elle agrippe la barrière de fortune qui camoufle l'éboulis qui s'est formé là quelques jours plus tôt, la bouge juste assez pour se glisser derrière elle, et la remet en place. Cela n'a pris que quelques secondes et heureusement, car déjà, elle entend les pas de ses poursuivants, qui débouchent à leur tour dans la rue et la dévalent, sans se douter que leur proie, retenant son souffle, s'est soustraite à leur poursuite.

Dans le calme revenu — on entend seulement, s'éloignant, le martèlement de leurs chaussures sur les pavés — elle se glisse en silence hors de sa cachette et repart en sens inverse, le cœur battant toujours à vive allure, au milieu d'un épais brouillard.

Elle n'a pas fait dix pas que l'instinct la fait s'arrêter, puis faire volte-face.

Trop tard.

Une masse sombre s'est abattue sur sa tête.

Alors que son corps ploie sous l'impact, que son regard déjà vitreux fixe la belle lune ronde, lui vient alors une dernière pensée pour ce monde qu'elle chérit tant. Pour Citara.

Impassible, l'astre projette sa lumière froide sur la jeune fille étendue sans connaissance tandis que la brume tourbillonne autour de celle-ci, en une danse lente et sinueuse.

CHAPITRE 1

Être

Les trilles des oiseaux, gaies et légères, s'égrènent au-dehors.

C'est toujours de bon augure quand les oiseaux chantent. Cela signifie que la journée est belle ; d'ailleurs, elle perçoit sur sa peau la douce chaleur d'un rayon de soleil qui caresse son visage aux yeux clos.

Quand les oiseaux chantent, l'auditeur attentif peut ressentir une joie communicative, l'ivresse de la liberté éprouvée à voleter sans crainte, sans le moindre danger à l'horizon.

Danger.

Aussitôt, la notion l'envahit toute entière : son corps se raidit et elle rouvre brusquement les yeux. Une douleur fulgurante la saisit. Elle se recroqueville sur elle-même instinctivement, ses mains venant presser des tempes semblant prêtes à exploser, tandis qu'un long gémissement s'échappe de ses lèvres.

À travers la douleur, elle perçoit une porte s'ouvrir et des pas s'approcher rapidement de l'endroit où elle est étendue.

— Que la Créatrice soit bénie, vous êtes réveillée ! Nous avons eu tellement peur. Ma pauvre enfant, dans quel état êtes-vous !

La voix n'a rien de menaçant, elle est même réconfortante. La blessée sent un linge humide tamponner son front et une main apaisante se poser sur ses cheveux.

Désireuse de voir le visage de son interlocutrice, elle essaie de soulever ses paupières, mais à nouveau la douleur la transperce, dès que la lumière touche sa rétine.

— Doucement, l'exhorte la voix amicale, doucement, vous avez été rudement mise à mal, pauvrette. Ah, ces maudits, si je les tenais, reprend-elle sur un ton qui a durci, ils ne s'en tireraient pas à si bon compte !

Sur son lit, la jeune fille lutte pour ne pas s'évanouir. Ses pensées semblent ne pas vouloir s'associer entre elles, des images de fuite éperdue y reviennent régulièrement, mais pour être chassées par de plus grandes angoisses encore.

— Qui... ? lâche-t-elle enfin, dans un souffle à peine audible.

— Ah, ça ! Seule la Créatrice le sait ! s'indigne la voix. Des maudits à la solde de Rohé, je présume. Faut croire qu'il en reste encore, malgré tout !

— Non... Je veux dire... qui... ?

— Qui vous a sauvée ? Lesage bien sûr ! Il est arrivé juste à temps, alors qu'une brute épaisse s'apprêtait à vous emmener.

Aucun de ces propos ne fait sens pour la jeune fille. Elle ne comprend pas ce qui l'a conduite jusqu'ici, ne connaît aucun Lesage. Mais surtout, plus que tout, une question chasse les autres, une question terrifiante.

Luttant contre la nausée et la douleur, elle ouvre lentement les yeux, s'efforçant de les garder suffisamment baissés pour ne pas être aveuglée par la luminosité de la pièce.

Elle peut discerner un sol en bois et deux souliers marron dépassant d'une large jupe de toile.

S'appuyant sur un coude, le souffle court à cause de l'effort occasionné, les dents serrées pour ne pas gémir, elle relève la tête et distingue enfin le visage de son interlocutrice. Il est fin et franc, le regard plutôt anxieux, mais que l'on devine prompt au sourire, grâce aux multiples ridules qui entourent le coin de l'œil. Une auréole de cheveux blancs retenus par un chignon lâche, une carrure menue, bien plantée au sol complètent le portrait.

Le portrait d'une dame qu'elle n'a jamais vue auparavant.

— Eh bien, ma petiote, comment vous sentez-vous ?

— Qui êtes-vous ? murmure la jeune femme, la voix rauque.

— Pauvrette, c'est sûr que vous ne pouvez pas vous rappeler de tout le monde, avec ce qui s'est passé ces dernières journes, je comprends bien, allez. Je suis Dame Élaine d'Enu, je m'occupe de la gouvernance de cette demeure, vous vous souvenez ?

Interloquée, et même de plus en plus paniquée par les propos de son interlocutrice, la blessée secoue négativement la tête.

L'air un peu déçu, Dame Élaine l'aide avec précaution à se redresser en position assise.

Au bord du vertige, la jeune femme essaie par tous les moyens de se concentrer sur ce qui lui arrive, de trouver des points de repère.

— Et quel jour sommes-nous ?

— Trois journes après la grande déroute des maudits, annonce fièrement sa garde-malade.

L'angoisse étreint maintenant totalement la jeune blessée.

Livide, elle a refermé les yeux et appuie sa tête contre le montant du lit.

Au bout de quelques instants d'une bataille intérieure épuisante, pendant lesquels Dame Élaine s'affaire à remettre les draps d'aplomb, elle se décide alors à poser la question qui s'est brutalement imposée à elle lorsqu'elle a repris connaissance. Une question à laquelle, elle l'admet maintenant, son esprit empli de confusion ne peut trouver de réponse.

Elle prend une profonde respiration, plante son regard dans celui de Dame Élaine et, dans un souffle éperdu, demande :

— Qui suis-je ?

Depuis, elle attend.

Sa question n'a pas eu de réponse, car à l'énoncé de celle-ci, Dame Élaine a poussé un cri d'effroi, porté les mains à son visage puis, saisissant ses lourdes jupes, s'est ruée hors de la chambre, en quémandant, allez savoir pourquoi, un gant d'or...

Et donc, la jeune fille attend, en fouillant en vain dans ses pensées, pour retrouver trace de qui elle est et de ce qui lui est arrivé.

Des images lui reviennent, toujours les mêmes, d'une ruelle sous la brume et d'une course-poursuite effrénée. Puis le trou noir.

Mais rien d'autre que cela. Rien avant. Ni le pourquoi de sa présence dans cette funeste ruelle, ni comment elle s'en est sortie, ni, tout simplement, la conscience de sa personnalité, de sa vie tout entière.

Afin de ne pas se laisser submerger par une nouvelle crise d'angoisse, elle essaie de se concentrer sur la découverte du lieu qu'elle occupe.

Il s'agit d'une jolie chambre aux meubles de bois ciré, aux murs peints de vert pâle et décorés de fines fleurettes blanches.

Face au lit se trouve la porte, restée ouverte sur un escalier, lui aussi en bois. Dans un coin de la pièce se tient un bel évier de porcelaine et, sur le mur de droite, une sorte de coiffeuse, sous laquelle une chaise élégante a été poussée. Il n'y a, sur ce meuble, aucun objet personnel qui aurait pu lui en dire plus long sur elle — à supposer, bien sûr, que la chambre soit la sienne. La table est surmontée d'un miroir en forme de soleil. *Un miroir ?*

Lui vient alors l'envie impérieuse de savoir à quoi elle ressemble.

S'appuyant sur ses coudes, se mouvant avec lenteur, mais décision, elle fait pivoter ses jambes, lourdes comme du plomb, afin de se retrouver en position assise. Après avoir lutté contre l'étourdissement occasionné par ses gestes, le souffle court, les yeux toujours fixés sur la jolie table au miroir, elle s'agrippe aux montants du lit.

Garder l'équilibre n'est pas une chose facile, d'autant que la souffrance, un instant oubliée pendant ses réflexions et son observation des lieux, est revenue de plus belle, et que le martèlement de ses tempes accentue son impression de vertige.

Il n'y a que quelques pas à faire pour aller jusqu'à la coiffeuse, mais la distance, dans son état de faiblesse, lui paraît aussi grande qu'un gouffre à franchir...

Elle prend une profonde inspiration avant de tenter la traversée, espérant ne pas s'effondrer au milieu de celle-ci.

L'idée de se retrouver avec une bosse sur le front au moment de découvrir son visage la fait sourire malgré elle. *Tiens, j'ai apparemment le sens de l'autodérision, c'est déjà ça*, se fait-elle la réflexion.

Les yeux rivés sur sa destination, elle entame les quelques mètres nécessaires pour franchir la distance qui la sépare du miroir. La démarche est chancelante et sa douleur à la tête croît à chaque pas, mais elle réussit enfin à s'appuyer de ses bras sur le plateau de la table, la respiration haletante et les yeux fixés au sol dans l'espoir que ce dernier se stabilise un peu... Elle souhaite aussi reculer le moment de se regarder jusqu'à ce qu'elle ait récupéré suffisamment de forces pour le faire.

Du dehors, des bruits lointains lui parviennent, comme si des personnes se rapprochaient en hâte de la maison. Et il lui semble percevoir la voix essoufflée de Dame Élaine :

— ... blessure... a oublié... pauvrette.

Ne pouvant retarder davantage le moment fatidique, par peur de ne plus pouvoir le vivre en solitaire dans quelques instants, elle relève la tête et affronte le miroir.

C'est un choc d'y découvrir le visage qui y apparaît : ce n'est pas le sien.

Et pourtant, aussitôt passé l'instant de déni immédiat, elle se met à reconnaître des traits familiers. Les yeux, tout d'abord, verts, qui frappent par leur intensité et semblent d'autant plus immenses que le reste du visage est tiré par la douleur et blanchi par la fatigue.

Elle peut discerner des taches de rousseur disposées de part et d'autre de son nez, qu'elle a petit. Ses sourcils se froncent, en une mimique dont elle devine qu'elle lui est habituelle.

Ses lèvres sont fines et exsangues ; la large bande blanche qui ceint son front rajoute à la pâleur de l'ensemble, une pâleur qui ne doit pas lui être coutumière à en juger par le hâle de ses mains. Elle a du mal à distinguer la couleur de ses cheveux, qui lui semblent plutôt châtain foncé, aussi tourne-t-elle la tête de côté pour mieux en percevoir les nuances. Ah, ils sont roux, finalement... C'est alors qu'un rayon de soleil vient en toucher la masse cascadant dans son dos, et elle est saisie de les voir s'embraser d'or. L'effet est joli, bien qu'un peu spectaculaire à son goût.

Somme toute, c'est un visage plutôt agréable à contempler, elle en est soulagée.

Mais c'est un visage qui lui paraît... autre.

Elle peut bien se l'avouer, elle est surtout déçue que la découverte de ses traits n'ait pas occasionné le choc qu'elle escomptait, ne lui ait pas permis de lui remettre tout d'un coup en mémoire sa personnalité et son passé.

Car hormis sa conviction première, qui s'effiloche maintenant, de ne pas reconnaître ce visage comme sien, elle n'a pas plus de certitudes quant à son identité.

Toute à ses observations, elle a cessé de prêter attention aux bruits de l'extérieur, mais voici que des pas montent l'escalier menant à sa chambre.

Ne souhaitant pas être aperçue se contemplant dans un miroir – et ce que cela indique quant à sa personnalité, elle n'en sait trop rien –, elle se retourne rapidement, s'appuyant toujours à la table, afin de faire face à l'entrée de la porte. Y apparaît au même instant, soufflant un peu, Dame Élaine, tandis que derrière elle, cachée par ses amples jupes, une autre personne achève de rejoindre l'étage à une allure plus modérée.

— Houla, que faites-vous déjà debout, ma petite ? s'écrie Dame Élaine, affolée de voir sa patiente chanceler au bord de la coiffeuse.

En quelques pas, elle vient la soutenir d'un bras passé autour de la taille et de l'autre elle lui prend la main, pour la guider vers le lit. Mais la blessée ne bouge pas, toute concentrée sur l'observation de celui qui pénètre maintenant dans la pièce, en baissant la tête pour ne pas se heurter au linteau.

Car il est très grand, et sa minceur accentue encore sa haute stature.

Lui aussi fixe la jeune blessée avec intensité ; son regard et son maintien dégagent une impression de calme et de contrôle qui rassurent aussitôt la jeune fille. Elle sent instinctivement qu'elle peut faire confiance à ce nouveau venu, qu'une partie d'elle le reconnaît comme ami.

Dévorée par le besoin d'en savoir davantage, elle parcourt ses traits avec avidité : le front haut, le nez busqué, les yeux perçants et gris sous d'épais sourcils, l'auréole blanche de la chevelure fournie...

Il porte un long manteau noir, qui semble solide bien qu'usé par le temps, ouvert sur une chemise et un pantalon de toile, aux tons gris clair.

Il tient à la main un chapeau à larges bords et de l'autre un grand bâton, noueux et solide. Lorsqu'il parle, c'est d'une voix à la fois puissante et réconfortante.

— Alors, mon enfant, on fait des frayeurs à Dame Élaine ?

— Je crains de m'en faire autant à moi-même..., soupire la jeune fille.

La main sur la sienne la tapote, Dame Élaine lui signalant ainsi qu'il ne faut pas s'inquiéter pour elle.

Se laissant finalement reconduire vers le lit, elle s'adosse aux oreillers avec soulagement, tandis que sa garde-malade s'affaire autour d'elle.

Un silence suit et elle se sent la colère l'envahir tout à coup, sans prévenir.

— Bon, est-ce que quelqu'un va enfin se décider à me dire comment je m'appelle ?

Devant les regards échangés par ses deux interlocuteurs, elle poursuit, s'emportant au fur et à mesure :

— C'est vrai, ça, à la fin, je ne reconnais rien des choses qui m'entourent, je ne sais même pas mon propre nom et l'on ne s'adresse à moi qu'avec des « ma pauvrette » par-ci, « mon enfant » par-là... J'ai l'impression de m'être réincarnée dans le corps d'une fillette de cinq ans ou d'une pauvre d'esprit, merci bien !

Un rire tonitruant éclate dans la pièce. L'homme au manteau noir vient de le lancer, faisant du même coup retomber la tension.

Ses prunelles pleines de vie pétillent pendant qu'il s'avance vers la jeune fille.

— Il n'y a pas de risques que l'on vous prenne pour une personne diminuée, regardez-vous ! Blessée, pâle, affaiblie certes, mais batailleuse, frondeuse et railleuse, comme toujours !

Le rouge au front, elle ne peut que le regarder, puisant dans son sourire et ses yeux un réconfort dont elle mesure soudain le besoin. Sa colère reflue lentement, tandis qu'il poursuit, sur un ton plus solennel.

— Permettez-moi, demoiselle, de vous annoncer de la façon qui se doit. *Vous êtes de la vie une fée : l'essence de la forêt, celle qui nous illumine, notre divine Sylvine.*

De la présentation lyrique de l'homme en noir, ce qu'elle retient avant tout est son nom.

Sylvine, elle s'appelle Sylvine.

Dans le silence qui suit, elle réalise qu'avoir été décrite comme — *quoi déjà ? Ah oui, une « fée », une « essence de la forêt »* — ne la met pas plus à l'aise que les « pauvrettes » dont l'a affublée Dame Élaine.

Relevant le menton en un air de défi qui lui vient naturellement, elle lance à son tour, narquoise :

— Et vous, vous êtes quoi ? Le génie de ces bois ?

Souriant toujours, et s'avançant maintenant tout près de son chevet, l'homme dépose son lourd bâton contre le mur et lui prend le poing, qu'elle a inconsciemment serré, entre ses mains. Elle détend aussitôt ses doigts, réconfortée par la chaleur de ses paumes et plus encore par le regard fort et droit qui la scrute.

— Mon enfant, reprend-il. Je comprends bien que votre fougue naturelle s'accommode mal de la situation, mais je vous promets que vous n'aurez pas à en souffrir les effets plus longtemps que nécessaire. Mes connaissances vous y aideront. Après tout, je suis un Sage, n'est-il pas vrai, Dame Élaine ?

Comme soudain assombri par le poids des responsabilités qui lui incombent (ou bien alors est-ce parce qu'en la touchant, il a ressenti l'ampleur de l'angoisse qu'elle éprouve ?), il s'assied au pied du lit, tenant toujours sa main entre les siennes.

Dame Élaine, un instant décontenancée par la joute verbale dont elle a été témoin, reprend bien vite le flambeau de la discussion.

— Ah, ça, jeune Dame Sylvine, c'est sûr que s'il y a quelqu'un pour vous remettre sur pieds, c'est bien notre grand Sage. Plus fort que lui dans toutes les choses de la connaissance, il n'y a pas ! C'est une bibliothèque à lui tout seul, notre Gandore, vous savez !

Ainsi, l'homme en noir s'appelle-t-il Gandore. Sylvine fronce les sourcils, n'écoutant plus que d'une oreille le babil de Dame Élaine. *Gandore...* Cela sonne à la fois comme un nom étrange et mystérieux et comme une évidence, comme une combinaison d'éléments créant une impression de sagesse et d'érudition. Elle a alors le sentiment qu'une pensée cherche à se rappeler à elle, mais le souvenir s'enfuit aussi vite qu'il lui est venu. *Gandore.* Elle regarde avec plus d'attention l'homme qui porte ce nom. Chose facile, car il a maintenant fermé les yeux, comme s'il se concentrait sur des informations émanant de sa main.

Réfrénant soudain une furieuse envie de retirer celle-ci, Sylvine se retourne vers Dame Élaine. Celle-ci est manifestement dans l'attente d'une réponse :

— Excusez-moi, fait Sylvine, penaude, je réfléchissais et n'ai pas entendu votre question.

— Pardi, c'est bien normal, ma pauvr... .

Se rappelant les propos de Sylvine sur sa façon maternante de lui parler, Dame Élaine se reprend.

— Je vous demandais juste si vous vouliez manger quelque chose ?

— Oh oui, volontiers, fit Sylvine, qui réalise soudain qu'elle est affamée.

— Je vous prépare votre croquation préférée et je reviens !

Dame Élaine cligne de l'œil d'un air complice avant de s'éclipser.

À nouveau saisie par l'angoisse, Sylvine se retourne instinctivement vers Gandore : elle se demande s'il est bien normal de ne même pas savoir en quoi consiste une « croquation ». Qu'elle ne se souvienne pas de son identité est une chose, mais il s'agit là d'un acte de la vie courante, et elle ne comprend pas pourquoi le mot lui paraît complètement inconnu.

Lorsqu'elle croise le regard de Gandore, cependant, toute pensée de « croquation » disparaît de son esprit.

Car loin de l'observer avec le calme qui semble le caractériser, Gandore la dévisage maintenant avec une expression troublée, presque angoissée...

— Que se passe-t-il ?

— Je ne sais pas exactement, c'est très étrange, commence Gandore, en la scrutant du regard.

— Eh bien quoi, parlez !

— Je me demande... Non, c'est impossible ! Et puis ce n'est pas écrit.

— Hein ? s'affole Sylvine qui ne comprend rien aux réflexions émises par Gandore.

— Non, c'est juste que cette situation n'apparaît pas dans la Prédiction.

— La prédiction ? Quelle prédiction ?

Gandore soupire, secouant la tête de droite à gauche devant son propre manque de clarté. Il lève la main, anticipant une nouvelle question de Sylvine, lui demandant ainsi de lui laisser quelques instants de plus pour réfléchir.

Lui lâchant les doigts, il se dirige vers la fenêtre et elle se sent soudain très seule, comme abandonnée; elle comprend alors à quel point elle compte sur lui pour se reconstruire. Retenant son souffle, elle ne peut détacher son regard de cet homme qui détient tellement de réponses vitales pour elle. Il lui tourne le dos, fixant un point sur l'horizon, les mains croisées derrière lui dans en attitude de réflexion absorbée qui doit lui être coutumière.

Enfin, il se retourne et son visage lui paraît moins ouvert, un peu gardé, comme si un secret se dressait désormais entre elle et lui.

— Sylvine, mon enfant, reprend-il avec lenteur, je pensais qu'avec mon aide, le souvenir vous reviendrait. Mais j'ai lu dans vos pensées et... — *à nouveau ce regard scrutateur qui semble ne pas la reconnaître* — et je crains qu'il ne vous faille plus de temps pour cela... alors même que le temps nous est compté.

Il soupire, comprenant bien l'impossibilité pour Sylvine, dans son état actuel, de saisir la complexité des enjeux de la situation.

— Pour faire court, Sylvine, nous sommes au cœur d'une prédiction concernant notre pays. Celui-ci est en grand danger et il a besoin de vous, *de vous tout particulièrement*, pour le sauver.

— Hein ?

À nouveau, la colère l'envahit, comme une vague emportant tout sur son passage :

— Non, mais, vous êtes sérieux, là ? Un pays entier compte sur *moi* pour sa survie ? Vous n'avez pas des armées, des soldats, des engins de siège, que sais-je encore ? Vous voulez dire que c'est sur les épaules d'une « enfant », pour reprendre vos propres termes, que vous placez vos espoirs ? C'est n'importe quoi, votre histoire !

— Ah... Effectivement, vu comme ça, cela peut surprendre...

— Ça peut surprendre ? Mais de là où je suis, c'est complètement absurde, oui ! Dans tous les cas, il va falloir vous trouver un autre plan, parce que votre atout principal, il n'est pas opérationnel, il a tout oublié de cette vie héroïque, voyez-vous.

Comme s'il était arrivé à la même conclusion, Gandore se passe la main sur le visage en un geste d'inquiétude, avant de s'arrêter net.

— Tout oublié... Évidemment !

Ses yeux s'illuminent alors. Il revient vers elle, saisissant ses deux mains, cette fois, dans les siennes et lui explique :

— Tout n'est pas perdu, ma chère enf-... euh, ma chère Sylvine, je sais comment vous rendre à vous-même...

Il hésite, le choix des mots lui semblant quelque peu inapproprié, puis se reprend. Ce n'est plus le moment de tergiverser, il en a conscience. Résolu, la voix puissante et assurée, il poursuit :

— Il vous faudra être forte, mais vous êtes courageuse, vous y arriverez, j'en suis certain.

Elle ne demande qu'à le croire. En cet instant précis, elle ne souhaite qu'une chose : retrouver qui elle est, afin de ne plus ressentir ces sentiments de panique et de frustration mêlées, cette impuissance qui l'insupporte.

— Comment ? lui demande-t-elle avec ferveur.

— Il vous faut partir.

— Par-tir ? balbutie-t-elle, à nouveau perdue.

— Oui, partir. Partir en réminiscence.

CHAPITRE 2

Découvrir

Sylvine ouvre les yeux et s'étire comme un chat dans son lit. Elle se sent bien, détendue. Cependant, son impression de bien-être ne dure pas lorsqu'elle réalise qu'elle n'a toujours pas recouvré la mémoire. Seuls les derniers évènements lui reviennent en tête et notamment sa discussion avec Gandore. Elle fronce les sourcils en se souvenant des propos fracassants du Sage sur le fait qu'elle doive « partir ». Elle n'a rien compris à son histoire de réminiscence et se doute bien que la chose ne va pas être aisée. Toutefois, Gandore n'a pas daigné lui expliquer ce dont il s'agissait exactement : coupant court aux questions qui se bousculaient sur ses lèvres, il avait fini par balayer son front de sa main puissante... et elle venait juste de se réveiller, probablement de nombreuses heures plus tard.

Furieuse d'avoir été l'objet de ce tour de passe-passe, frustrée de ne pas avoir obtenu des réponses à des interrogations pourtant bien légitimes, elle repousse les draps soyeux et se laisse glisser hors du lit. Elle est soulagée de constater que son mal de tête s'est envolé, ainsi que les vertiges qui l'accompagnaient, et une part d'elle-même ne peut.

s'empêcher d'admirer les pouvoirs du guérisseur. Mais une petite partie seulement, car le reste de son être s'offusque d'avoir été traité de façon aussi cavalière.

Même si elle se sent encore un peu faible — et complètement affamée —, elle a bien l'intention d'obtenir plus d'explications sur sa situation. Et maintenant !

Alors qu'elle se dirige vers la porte, elle sursaute en entendant les coups légers frappés à celle-ci.

— Entrez !

Dame Élaine passe une tête souriante par l'embrasure, avant de soupirer en voyant Sylvine debout, l'air plus frondeur que jamais.

— Jeune Dame Sylvine, ce n'est pas raisonnable, dans votre état... Je vous en prie, regagnez votre lit : Gandore m'a expressément demandé de veiller à ce que vous vous reposiez durant cette journe.

Sylvine s'apprête à rétorquer qu'il n'en est pas question, mais ses yeux se posent sur le plateau que la gouvernante est en train d'apporter dans la pièce. Dessus sont joliment disposés un bol en grès bien garni d'où dépassent des pépites marron, une sorte de théière allongée et fumante, une coupelle avec des fruits des bois et un bouquet de fleurs des champs dans un petit vase en cristal.

Grumbllllll.

L'estomac de Sylvine la trahit. La diatribe qu'elle s'apprêtait à lancer, sur les ordres de Gandorc ct ce que Dame Élaine pouvait faire avec, devra attendre qu'elle ait avalé quelque chose. Elle se résigne donc à retourner dans ce lit, dont il semble que, décidément, elle ne parviendra pas à s'échapper. Dame Élaine a entre-temps déplié deux barres en bois sur les côtés du plateau afin de le transformer en une petite table qui se positionne avec stabilité de part et d'autre des jambes de sa protégée.

Celle-ci découvre enfin en quoi consiste une croquation : des céréales et des noisettes saupoudrées de sucre roux, reposant sur une sorte de lit crémeux. L'eau lui vient à la bouche et elle n'attend pas davantage pour y goûter. Le mélange des saveurs, amères et sucrées, ainsi que l'alliance originale des textures, fondantes et croquantes, ramènent le sourire sur son visage et chassent sa mauvaise humeur.

— Merci, Dame Élaine, je commençais à mourir de faim ! reconnaît-elle.

— Pardi, ça ne m'étonne pas ! D'autant que c'est votre plat préféré...

Tout en devisant gaiement, la brave femme s'affaire dans la chambre, lissant les draps, rehaussant les oreillers, ouvrant la fenêtre à l'autre bout de la pièce... Sans cesser d'avaler son repas avec appétit, Sylvine l'écoute et l'observe avec attention : c'est qu'elle est en train d'apprendre une foule d'informations ainsi, anodines pour Dame Élaine, mais essentielles pour l'amnésique qu'elle est devenue.

— ... et Sieur Bontemps, l'intendant du Sieur Rochelaure, l'a tout spécialement commandé pour vous aux cuisines.

— Sieur Rochelaure ?

— Ah oui, c'est vrai, vous ne devez plus vous rappeler de lui, forcément. Il s'agit de notre grand Dirigeur, celui qui, eh bien... qui prend les décisions à Citara.

— Ah ? Et pourquoi est-ce que c'est l'intendant du chef de Citara qui s'occupe de mes repas ? s'étonne Sylvine, en raclant consciencieusement son bol.

— Dame ! Après votre victoire sur les Maudits, il y a trois journes de cela, on vous a bien sûr installée dans la meilleure chambre de la Demeure des Importants !

Sylvine, qui était en train de picorer dans les goûteuses baies des bois également présentes sur son plateau, s'arrête, la gorge nouée. On arrivait au nœud du problème, à cette situation qu'elle avait du mal à admettre. Elle serait donc capable de se battre contre des ennemis ? Cela lui paraît impensable.

Dame Élaine n'a pas remarqué son trouble, heureusement, et poursuit ses confidences :

— Vous n'avez pas encore reçu beaucoup de visites, car tout le monde est sens dessus dessous, suite aux derniers évènements, et parce que Gandore a expliqué que leur Gardienne avait besoin de calme, mais les habitants d'Enu vous adressent tous leurs meilleurs vœux de rétablissement, soyez-en sûre.

Sylvine repousse le plateau, son appétit envolé. Savoir qu'un nombre considérable de personnes la voient comme « la » gardienne de leur monde lui met un poids sur les épaules qu'elle ne se sent pas le courage d'assumer. Surtout assise dans un lit en chemise de nuit.

Relevant la tête, elle décide de s'attaquer à un défi plus réaliste, dans son état actuel, que celui de sauver tout un peuple.

La mine enjôleuse, elle s'adresse à Dame Élaine, qui a fini de ranger sa chambre et qui, les mains sur ses hanches, arbore l'air satisfait de quelqu'un content de son travail.

— Dame Élaine, pourrais-je récupérer mes habits, s'il vous plaît ?

— Ah... C'est que... je ne sais pas... Le Sage m'a bien demandé de veiller à ce que vous ne quittiez pas cette pièce...

— Oh, mais je n'en ai pas l'intention, assure avec aplomb celle qui n'a pourtant que cette hâte. Je voudrais juste me sentir davantage moi-même.

Son petit sourire perdu attendrit suffisamment Dame Élaine pour qu'elle se dirige vers un mur en face du lit. Ses doigts effleurent l'une des fleurs qui y sont peintes et Sylvine a la surprise de voir un placard s'ouvrir, ingénieusement dissimulé dans le décor mural. Dame Élaine sélectionne alors plusieurs bouts d'étoffe, dans les tons verts et marron, qu'elle vient déposer au pied du lit.

— Bon, vous avez gagné, les voilà. Voulez-vous que je vous fasse votre tresse habituelle ?

Après avoir hésité, Sylvine acquiesce et s'assied à la table au miroir, curieuse de découvrir comment elle se coiffe « habituellement ». Le moment est agréable, entre le mouvement régulier de la brosse sur la masse indisciplinée de ses cheveux, les anecdotes de Dame Élaine et surtout la sensation de quitter son statut de malade pour retrouver une apparence plus active.

Lorsque Dame Élaine en a terminé avec elle, piochant des accessoires dans un tiroir lui aussi dissimulé dans un bord de la table, Sylvine sourit à son reflet. Non par vanité, mais parce qu'enfin, elle commence à se sentir elle-même. Elle aime cette natte qui lui dégage le visage et lui confère une plus grande liberté de mouvement. Les cheveux torsadés sont à intervalles réguliers enserrés dans une sorte de chaîne dorée, en une coiffure rappelant un peu celle des dames de la Renaissance. Dans l'élan du moment, Dame Élaine a même ôté la bande autour de son front et Sylvine a l'impression que tout est redevenu normal dans sa vie.

— Oh, vivement que le jeune seigneur revienne, il sera tellement heur — ...

Dame Élaine s'arrête net avant de reprendre, rouge d'embarras :

— Euh... Souhaitez-vous que je vous aide à vous habiller ?

Encore un mystère ! se dit Sylvine, qui aimerait savoir qui est ce jeune seigneur et son lien avec elle, mais elle voit bien que Dame Élaine regrette ses propos. Ses lèvres pincées indiquent qu'elle n'a pas l'intention d'en révéler davantage. Et comme l'idée d'être assistée pour s'habiller ne plaît pas à Sylvine, elle secoue simplement la tête avant de remercier Dame Élaine pour ses soins.

Visiblement soulagée, celle-ci quitte alors les lieux, emportant le bol vide et en lui promettant de revenir « à l'heure de la lecture ».

Un instant perplexe devant ce que cette expression signifie, Sylvine se reprend et décide de profiter de ce moment en solitaire pour explorer la chambre. Ces placards et tiroirs inattendus la fascinent, et elle s'amuse avec ceux de la coiffeuse, tâtonnant pour en découvrir les mécanismes, ravie de voir s'ouvrir d'autres compartiments. Pourtant, ces derniers s'avèrent relativement vides, lui rappelant sa condition « d'invitée de passage » dans cette demeure.

Elle réalise tout à coup que des contingences plus matérielles requièrent son attention immédiate. D'en bas, des bruits lui parviennent : bruits de pas, bribes de conversations, signes de la présence d'inconnus qu'elle ne se sent pas encore le courage d'affronter, qui plus est vêtue d'une simple chemise de nuit, et pour leur demander où se trouve le cabinet de toilette le plus proche...

Après un instant d'hésitation devant la porte, elle se dirige plutôt vers l'endroit d'où Dame Élaine a sorti ses affaires et, au bout de quelques tâtonnements, réussit à faire fonctionner le mécanisme du placard : une pression sur l'une des fleurs du mur libère un système de clenche et ouvre celui-ci. Mais il ne donne que sur des habits suspendus là et un tas de cordes et d'accessoires enchevêtrés au sol. Rien qui ne réponde à ses attentes.

Repérant à quelle hauteur se trouve le mécanisme, Sylvine continue de longer le mur, ses doigts courant sur celui-ci, et finit par découvrir ce qu'elle cherche : une autre porte s'ouvre de la même façon un peu plus loin, sur la pièce qu'elle appelle de ses vœux. Une lucarne opaque éclaire le réduit, par ailleurs joliment aménagé : un haut siège en bois recouvre une cuve en porcelaine et, dans le coin en face, un broc est posé sur une petite margelle de pierre : un puit dont on devine qu'il mène à une source d'eau. Une coupelle recueille des pétales rosés qui diffusent une odeur agréable et fraîche dans la pièce.

Rassurée de voir que le fonctionnement est simple à comprendre et ne va pas déclencher de nouvelles interrogations embarrassantes, Sylvine ferme la porte et ressort quelques instants plus tard, bien soulagée d'avoir résolu un premier problème.

Reste celui de l'habillage.

Car lorsqu'elle se retrouve face aux bouts de tissu posés sur le lit, elle réalise vite que ce ne sera pas simple de trouver comment les passer. Déjà, cela ne ressemble pas du tout à la tenue portée par Dame Élaine ; l'ensemble est bien plus complexe. Ainsi, sur la jupe, une dizaine de petites tresses de cordes sont accrochées à la taille : c'est peut-être un motif décoratif, ou alors elles ont une autre fonction, mais laquelle ? De gros boutons en bois lisse sont également cousus sur l'étoffe, apparemment de façon tout à fait aléatoire, car ils ne ferment rien.

Et pour le haut, qu'en dire ? Il consiste en un brouillamini de bandes de tissus verts et marron, entrelacés comme des lianes et dont elle peine à différencier l'arrière de l'avant. Après un premier essai, Sylvine s'effare de voir à quel point sa poitrine est peu recouverte par le vêtement. Le rouge au front, elle détourne le regard du miroir, ne pouvant admettre qu'elle porte une tenue aussi révélatrice au quotidien. Ses yeux se posent sur un linge beige resté sur le lit, qu'elle n'a pas encore remarqué car il se confond avec la literie. Elle réalise alors avec soulagement qu'elle tient entre ses mains ce qui semble être une sorte de chemise, faite pour aller *sous* son corsage.

Et effectivement, le résultat final est bien plus seyant (et convenable) à ses yeux. Sur la camisole, l'entrelacement des tissus verts et marron, noués sur sa poitrine, maintient fermement celle-ci. Elle aime ces coloris, qui évoquent la forêt et, pendant une seconde, elle croit entendre frémir les grands pins qui la peuplent et sentir l'odeur de la résine dans ses narines, mais ces « souvenirs », ou plutôt ces sensations, s'évanouissent aussi vite qu'elles lui sont venues.

Le dernier élément composant sa tenue est une sorte de collant épais, sans pieds et opaque, d'une douceur surprenante et d'un vert profond. Elle n'arrive pas à déterminer la matière dont il est fait, mais elle en apprécie la souplesse et la liberté de mouvement. Sa jupe, par contre, lui semble contraignante, entravant des foulées qu'elle aurait aimées plus grandes.

C'est alors qu'elle découvre l'un des secrets de son vêtement : sur l'envers de l'étoffe, elle sent en haut des cuisses et le long des jambes de fines lianes et, en remontant le tissu pour voir ce dont il s'agit, comprend que ces cordelettes peuvent s'enrouler autour des gros boutons qu'elle a remarqués plus tôt. En attachant ceux-ci ensemble à intervalles réguliers, elle parvient à conférer à sa jupe l'allure d'un pantalon ample et bouffant, ce qui lui permet de se mouvoir avec plus de fluidité.

Enchantée de sa trouvaille et satisfaite de son apparence — *habillée ainsi, elle ressemble déjà un peu plus à la fameuse « essence de la forêt » mentionnée par Gandore* —, elle cherche alors de quoi chausser ses pieds.

Mais Dame Élaine a dû oublier de sortir le nécessaire, car elle a beau regarder partout autour du lit et à nouveau dans le placard, de chaussures, point.

Elle se mord la lèvre, indécise. Si elle n'a pas envie d'affronter des inconnus en ayant l'air d'une sauvageonne aux pieds nus, elle reconnaît toutefois qu'ainsi, elle pourra explorer les lieux en toute discrétion.

Sans bruit, elle entrebâille la porte. La maisonnée est plus calme que précédemment : moins de sons lui parviennent d'en bas.

Quant à son étage, il paraît désert. Le sol, un plancher de bois sombre, est frais et doux sous ses pieds et les lames ne craquent pas tandis qu'elle s'avance dans le couloir qui démarre à sa gauche et qui doit faire le tour de la bâtisse. Les murs sont en pierre et des solives courent entre eux. L'ensemble a un aspect à la fois charmant et solide. Arrivée à un angle, Sylvine ouvre de grands yeux en contemplant la coursive qui s'élargit et se subdivise en de multiples artères, certaines montant, d'autres descendant un peu : le bâtiment où elle est logée, cette « Demeure des Importants », est apparemment gigantesque, presque labyrinthique. Elle regarde en arrière, vers la porte de sa chambre restée entrebâillée, lui offrant un espace rassurant.

Toutefois, l'appel de l'inconnu est le plus fort : tel un enfant découvrant un lieu pour la première fois, elle s'avance de quelques pas sur le couloir le plus à gauche. Une porte entrouverte attire son attention.

Curieuse, elle jette un coup d'œil à l'intérieur. Il n'y a aucun mouvement ; apparemment la pièce est vide. Plus petite que sa chambre, elle n'a qu'une sorte de hublot en guise de fenêtre. Des habits sont pendus à un portemanteau : une veste de couleur crème, de longs colliers de coquillages et un foulard vert y sont accrochés.

— Ah... n'insistez pas ! Puisque... Gandore.... confiance... tout de même ! Il sait...

Elle sursaute. Toute à son observation, elle n'a pas fait attention aux bruits qui émanent de derrière elle. Vite, elle revient silencieusement sur ses pas, jusqu'à l'angle situé face à sa chambre : un rapide coup d'œil lui révèle Dame Élaine, retournée sur l'escalier qu'elle était en train de monter et s'adressant à un homme qu'elle-même ne peut pas voir, en contrebas.

— Je vous en prie, Sieur Achille, ne me compliquez pas l'existence : le Sage a convoqué un Conseil exceptionnel, vous n'avez que quelques heures à patienter avant de savoir de quoi il retourne exactement. Et jeune Dame Sylvine est probablement endormie, de toute façon. Je vous assure qu'elle va très bien, ne vous inquiétez pas.

L'« endormie » est surtout en train de s'efforcer de regagner sa chambre le plus discrètement possible. À pas de loup, elle franchit en quelques secondes la distance la séparant de la porte, ne respirant que lorsqu'elle a atteint celle-ci, a priori sans avoir été vue. Vive et légère, elle rentre à l'intérieur, repoussant doucement le battant.

Elle entend l'interlocuteur de Dame Élaine reprendre, un rire étouffé dans la voix :

— Mes yeux ne passaient pas outre l'angoisse, Dame Élaine. Mais dans cet escalier, la lumière m'apparaît maintenant et je suis rassuré comme le berger qui voit l'une de ses bêtes égarées revenir au bercail. Mon âme me dit que notre Gardienne est bien redevenue elle-même, je ne vous embarrasse donc pas plus longtemps.

Tandis que Sylvine referme doucement la porte et se dirige vers la coiffeuse pour se donner une contenance, elle repense aux propos fleuris de l'homme. Non seulement il avait un phrasé très particulier, mais il semblait suggérer qu'il l'avait vue regagner subrepticement les lieux. Ce n'était pas possible, elle-même ne pouvait pas le distinguer : il était situé trop en contrebas dans l'escalier.

Baissant les yeux au sol, comme pour évaluer la distance où il se trouvait, elle réalise qu'il a tout à fait pu apercevoir, entre les barreaux, ses pieds parcourir le trajet jusqu'à sa chambre.

Elle est à la fois embarrassée d'avoir été repérée et soulagée, car il ne l'a pas dénoncée à Dame Élaine. Elle se demande à quoi ressemble cet allié.

Elle ne peut toutefois y réfléchir davantage car Dame Élaine l'a rejointe. Elle ne fait aucune allusion à ce qui s'est passé dans l'escalier, mais soulève les sourcils en regardant la tenue de Sylvine :

— Mon enfant, il n'est pas prévu pour aujourd'hui que vous alliez grimper aux arbres, croiser le fer ou arpenter les bois, vous pouvez donc relâcher vos jupes.

— Ah, euh, oui, rougit Sylvine, et pour mes chaussures ?

— Vos bottes sont restées à l'office, pour leur nettoyage. Avec tout ce qui s'est passé, je ne sais pas si quelqu'un s'en est occupé, je verrai ça avec Gandore un peu plus tard. En attendant, j'espère que vous serez raisonnable. Je connais votre penchant pour l'escalade, ajoute-t-elle, en hochant la tête d'un air entendu et en agitant un index faussement sévère vers sa protégée.

Qui du coup vient d'apprendre qu'elle adore se transformer en petit singe dès que l'occasion lui en est donnée, ce qui est assez mortifiant, finalement, comme information...

— Enfin, là n'est pas le sujet, reprend la gouvernante. Je vous ai apporté de quoi vous occuper pour le temps de la lecture. Je reviendrai un peu plus tard, d'accord ?

Comprenant que Dame Élaine fait de son mieux pour lui rendre sa captivité forcée agréable, Sylvine acquiesce. Elle a bien l'intention de n'en faire qu'à sa tête de toute façon. Après tout, elle n'a pas fini son exploration des lieux...

Avant de poursuivre celle-ci, toutefois, curieuse, elle feuillette les livres qu'on lui a apportés. Tout de suite, elle en apprécie la texture et reconnaît avec émotion l'odeur, si particulière, du papier : une odeur musquée qu'elle sait inconsciemment beaucoup aimer. Les couvertures sont belles et ouvragées, les feuilles d'une qualité incomparable. Elle les tourne au hasard et se met, sans même s'en rendre compte, à lire quelques mots.

Il s'agit d'une histoire d'amitié entre un tigre et une jeune femme. En d'autres circonstances, elle se serait sûrement laissé envoûter par le récit. Mais au bout de quelques instants, elle repose le livre. Comment pourrait-elle lire des aventures couchées sur le papier quand celle qu'elle vit est la plus troublante et mystérieuse de toutes ?

La pièce s'est assombrie entre temps et se tournant vers la source de lumière, Sylvine réalise que, toute occupée à apprivoiser son environnement immédiat, elle n'a même pas pensé encore à jeter un coup d'œil à l'extérieur.

Lentement, elle s'approche de la fenêtre entrouverte. Celle-ci, haute et en forme d'ogive, est enserrée dans une niche de pierre garnie de coussins. De fins rideaux masquent la vue, et elle tire dessus, avant d'ouvrir entièrement les vantaux, s'arrêtant en plein mouvement lorsque le paysage se dévoile enfin.

Dans la lumière rosée du soir, qui vire maintenant au mauve, son pays se révèle à elle dans toute sa splendeur. Des collines se déploient en face d'elle, en une série de vagues douces qu'elle a envie de caresser de la main. La brume qui nimbe l'ensemble leur donne un air vague et mystérieux, qui la touche au plus profond d'elle-même. Sur la gauche, dans le lointain, des silhouettes majestueuses s'étirent à perte de vue, composant un sanctuaire mystique — la forêt.

Le panorama emplit Sylvine d'une émotion indéfinissable, comme un écho à peine audible et extrêmement puissant à la fois. En quelques secondes, une nouvelle certitude l'habite : elle éprouve pour ces collines, ces montagnes et ces forêts un amour entier, protecteur. Ce pays, qui fait vibrer son âme, dépend d'elle pour sa survie, Gandore le lui a dit. Mais comment pourrait-elle le sauver alors qu'elle ne reconnaît plus rien ? Afin de réfréner l'angoisse qui l'étreint à nouveau, elle se penche un peu, s'intéressant à la vie qu'elle sent grouiller en contrebas.

Sa fenêtre est située au quatrième étage d'une demeure surplombant la ville.

De là où elle se trouve, Sylvine peut apercevoir quelques personnes allant et venant, dans un mouvement posé et fluide. Elle est trop loin pour saisir les détails de leur tenue, mais est frappée de leur allure, à la fois décidée et sereine. Deux silhouettes se croisent justement et se prennent les avant-bras, en un salut chaleureux. Soudain, Sylvine a très envie de se retrouver dans la rue avec eux et d'y saluer ses amis elle aussi. Sauf qu'elle ne les reconnaîtrait sûrement pas...

Sa solitude lui pèse énormément tout à coup et elle se laisse tomber plus qu'elle ne s'assied dans l'encoignure réservée à cet usage, encerclant ses genoux de ses bras. Le regard dirigé vers la forêt qui la fascine dans le lointain, elle revient sur les informations qu'on lui a données, essayant de mettre un peu d'ordre dans le puzzle de ses pensées.

Les faits tangibles, tout d'abord. Elle a été retrouvée dans une ruelle après avoir été malmenée par des « maudits ». Elle porte une tenue adaptée à l'escalade et aux faits d'armes, on attend apparemment d'elle qu'elle sauve un pays entier d'un « grand danger » et elle a comme ami un Sage aux puissants pouvoirs, mais à l'attitude un peu trop énigmatique à son goût... Tout cela lui paraît extraordinaire, peu crédible. En vérité, elle se l'avoue, elle ne se reconnaît pas du tout dans le portrait de cette Sylvine aventureuse, elle craint même qu'il n'y ait eu une terrible méprise quant à son identité. Et comment se fait-il que tout dans son environnement lui semble aussi mystérieux, aussi peu familier ? Est-il normal qu'elle ne sache pas faire les gestes du quotidien, comme s'habiller ou s'alimenter ? Que lui est-il donc vraiment arrivé lors de ce traumatisme, pour qu'elle remette ainsi en question sa propre existence ?

Le sang bat à ses tempes et son souffle se fait saccadé, témoin d'une panique grandissante.

Ayant besoin de respirer, elle se penche à nouveau à la fenêtre, le regard dirigé vers le lointain, comme pour y trouver une échappatoire à ses angoisses. Sa tête se tourne vers la droite cette fois, vers une partie du paysage qu'elle n'a pas encore contemplée, au sud de la ville.

Ce qu'elle découvre lui arrache un cri horrifié.

Ses yeux viennent de se poser sur la vallée qui descend d'Enu en direction du sud. Cette vallée devait être belle, voire luxuriante ainsi qu'en atteste la partie intacte près de la ville, faite de vergers fleuris. Mais ce qui atterre Sylvine c'est la monstrueuse trouée qui la perce, comme si une force gigantesque avait tout dévasté sur son passage, déracinant la végétation et la rejetant sur les côtés en un amas lugubre. D'une largeur de près d'un kilomètre, l'immense saignée dévale la plaine jusqu'à une barrière de grandes montagnes aux pointes acérées, où elle s'arrête enfin.

Des feux brûlent çà et là dans la tranchée, dégageant une fumée noire qui descend en lourdes volutes vers la chaîne montagneuse. Il n'y a plus rien ni personne sur ce terrain dévasté, et cela achève de lui conférer l'aspect d'une zone sinistrée, témoin de cette guerre dont on lui a parlé et qui se révèle seulement maintenant à elle, dans toute sa brutalité.

La vision enchanteresse qui l'a charmée un peu plus tôt vient de voler en éclat et le cœur de Sylvine se serre, bouleversé de cette violence si peu en accord avec la beauté féérique des collines et des forêts, intactes, au nord.

Puis la colère gronde en elle : cette terre, elle l'a reconnue comme sienne malgré son amnésie. Elle se sent liée à ses arbres, à ses chaînes de collines, à sa verte vallée. À l'idée qu'ils soient souillés par des êtres désireux d'y propager brutalité, terreur et destruction, elle réalise qu'elle est prête à se battre, à mettre toutes ses forces dans la balance pour empêcher que cela ne se reproduise.

Mais voilà, elle a tout oublié et à l'angoisse personnelle de ne plus connaître son histoire, s'ajoute maintenant celle de faillir à l'avenir d'un pays tout entier. Impuissante, elle ne peut quitter des yeux cette image de désolation.

C'est alors qu'un mouvement attire son attention, sur la route qui serpente au-dessus de la sinistre trouée.

Quelque chose se rapproche d'Enu à vive allure.

CHAPITRE 3

Aimer

Après quelques instants d'observation, elle peut distinguer un cavalier qui galope à bride abattue vers la ville. Une attaque ? L'assurance de l'intrus à chevaucher ainsi ardemment vers Enu ne parle toutefois pas en faveur d'une agression. Les « maudits » que l'on a évoqués devant elle semblent être du genre à aimer les embuscades sournoises et les approches furtives plutôt qu'à galoper en solitaire vers la place à conquérir.

Ce doit être un messager qui se dirige vers les portes d'Enu. Malgré la distance, le cavalier et sa monture forment un tableau magnifique, de puissance et de beauté mêlées, dans la lumière du soleil couchant. Sylvine les perd de vue lorsqu'ils franchissent les fortifications de la ville, mais quelques instants plus tard, alors qu'elle s'apprête à quitter son poste d'observation, un bruit de sabots parvient à ses oreilles, ainsi que le cri « *place, faites place* », lancé à intervalles réguliers afin de prévenir les habitants de l'arrivée rapide du cheval.

Curieuse, elle baisse la tête au moment où celui-ci passe sous sa fenêtre : elle n'a que le temps de saisir l'intensité du regard et l'expression déterminée du cavalier, la transpiration qui macule les flancs de la bête, qu'ils ont déjà disparu. Puis, le martèlement des sabots s'arrête et elle réalise que sa destination était la demeure du chef de Citara. Quelles sont les informations qu'il apporte ? Probablement des nouvelles urgentes, vu son allure. Il faut qu'elle trouve le moyen d'aller écouter aux portes...

D'en bas, des voix s'élèvent, et elle devine une effervescence due à l'arrivée du nouveau venu. C'est le moment d'essayer d'en savoir plus. Elle sort de l'embrasure de la fenêtre, rejetant machinalement sa lourde tresse derrière elle, et se dirige vers la sortie. Un vertige la saisit : elle a dû se relever trop vite, et elle vient poser sa main sur le mur, pour y reprendre appui et équilibre. Il lui semble alors entendre des pas précipités dans l'escalier qui mène à sa chambre.

Oui, elle en est sûre, quelqu'un monte les marches deux à deux, en une précipitation inquiétante. Allons bon, que se passe-t-il encore ? Le cœur battant, elle reste figée sur place, les yeux rivés sur la porte.

Soudain, dans l'encadrement se dresse une silhouette athlétique. C'est le mystérieux cavalier entraperçu tout à l'heure.

Le monde de Sylvine, déjà instable, bascule alors complètement.

Deux regards qui se croisent et le temps s'arrête. Tout a disparu autour d'eux, il n'y a que l'autre qui importe.

Incapable de bouger, Sylvine contemple, éperdue, l'homme qui s'élance vers elle. Ses yeux l'ont retenue captive avant même que ses bras ne se referment sur elle. Les mains posées sur cette poitrine chaude, elle n'a que le temps d'une fugitive pensée sur la dualité de ce moment : une découverte tout autant qu'une évidence.

Déjà, il s'est emparé de ses lèvres.

Elle qui venait à peine de se retrouver réalise aussitôt qu'elle ne s'appartient plus. Elle est sienne, sans aucune hésitation possible.

Son odeur, sa peau, sa passion, tout éveille un écho immédiat en Sylvine. Et ce baiser brûlant, cette étreinte fougueuse, répondent à un besoin vital chez elle. Qu'il la serre ainsi, pour toujours.

Leurs lèvres se prennent, leurs souffles se mélangent, plus rien n'a d'importance.

Lui. Elle. Ensemble, tout fait sens.

Le baiser s'achève, mais non l'étreinte. Le front contre celui de Sylvine, les yeux un bref instant fermés en un soulagement indicible, il murmure : « Toi ». Sa voix est rauque et grave, puissante comme son corps noueux.

Elle frémit et le regarde, ce bel amour, sa vie, prend ce visage qu'elle sait adorer entre ses mains. Il est taillé à angles droits, ferme, un visage d'ange guerrier que seuls les yeux gris et la bouche ourlée adoucissent. Elle le dévore des yeux, le retrouvant, lui qu'elle ne pensait pas avoir perdu.

Et, dans un soupir, du plus profond de son âme, lui vient alors le nom de celui qu'elle chérit plus que tout, le nom de l'homme qui la tient dans ses bras comme si elle était une partie indissociable de son corps à lui, un nom sorti de sa bouche comme une incantation magique :

— Olivier...

Bouleversée, Sylvine ferme les yeux, déchirée entre un sentiment de certitude absolue — celle de son amour pour lui — et un intense désarroi.

Car qu'est-ce que cela dit d'elle, d'eux, que, du plus profond des limbes qui obscurcissent son esprit, elle ait arraché son nom à *lui*... quand son propre passé lui reste hermétique ? En effet, si elle a un instant pensé que le choc de ces retrouvailles avait rouvert les vannes de sa mémoire, il n'en est rien. C'est toujours le vide qui occupe la place où son passé devrait se trouver.

À nouveau, elle sent ses lèvres se poser sur les siennes. Un baiser moins impétueux, cette fois, plus tendre, mais tout aussi intense. Un baiser auquel elle répond, savourant chaque pression, chaque effleurement, comme s'ils avaient tout le temps du monde pour eux. Un baiser d'amoureux.

— Oh, Sieur Olivier, vous n'auriez pas dû !

Cette exclamation vient d'être poussée par Dame Élaine, surgie à son tour dans l'embrasure de la porte, tout essoufflée d'avoir couru après lui.

— Le Sage m'avait bien dit de vous retenir, il faut absolument que vous alliez le voir, à l'instant ! C'est, euh, à propos... à propos de jeune Dame Sylvine, qui... euh... enfin... s'empourpre la pauvre femme, qui ne sait pas comment se sortir du mauvais pas où l'impétuosité du jeune homme l'a fourrée.

Tenant toujours fermement Sylvine dans ses bras — et elle ne quitterait cette place pour rien au monde — ce dernier se retourne avec un clin d'œil complice en direction de la gouvernante.

— Dame Élaine, vous savez bien que rien n'aurait pu m'empêcher de m'assurer par moi-même qu'elle était saine et sauve. J'ai eu si peur pour toi, dit-il en se retournant vers Sylvine, lorsque j'ai appris que tu avais disparu. Dans quelle aventure étais-tu encore allée te fourrer, ma tempétueuse ?

— Sieur Olivier, s'il-vous plaît, il faut vraiment que vous alliez voir le Sage, tout de suite..., l'implore à nouveau Dame Élaine, en se tordant nerveusement les mains.

Sylvine n'a pas pu prononcer un seul mot, assaillie par un flot d'émotions. Elle a peur de gâcher l'instant en lui révélant sa condition d'amnésique.

Mais son silence et ses yeux brillants, associés au malaise évident de Dame Élaine, finissent par alarmer Olivier.

— Il y a un problème ? fait-il, le regard vif et perçant tout à coup, dirigé alternativement vers l'une et l'autre.

— Je vous en prie, allez voir Gandore, il vous expliquera mieux que moi...

Inquiet soudain, il relâche sa compagne avec un bref sourire d'excuse et se retourne vers la porte.

Deux poings serrés agrippent alors sa chemise.

Baissant les yeux, il découvre le regard devenu farouche de Sylvine, qui le maintient contre elle.

— Non.

Non, a-t-elle dit.

Pas question de se retrouver encore une fois seule, face à ses interrogations, à ses angoisses, au vide dans son esprit. Pas question surtout d'être séparée de lui. Le garder auprès d'elle. Ne pas le perdre. Pas à nouveau.

— Je. Viens. Aussi, ajoute-t-elle, serrant les dents et pesant chaque mot.

Sa détermination, tout autant que son état de faiblesse, ne fait aucun doute.

Alors, soupirant légèrement, Olivier fait la seule chose sensée dans ces circonstances. Il soulève Sylvine du sol et l'emporte dans ses bras puissants, passant devant une Dame Élaine trop saisie pour réagir, avant de commencer à descendre l'escalier.

Dans la tête de Sylvine, des sensations multiples s'entrechoquent : sa force, sa chaleur, son odeur à lui, son soulagement à elle d'avoir eu gain de cause, se mêlent à la découverte rapide des lieux traversés d'un pas vif par le jeune homme. Des impressions fugitives parviennent à son esprit : l'élégance de la demeure encore accentuée dans les étages inférieurs, la chaleur des tentures aux murs, et aussi la surprise peinte sur quelques visages à peine entraperçus, presque flous, sur leur chemin. Elle n'a pas le temps de réfléchir à tout cela que déjà Olivier se dirige vers une porte en bois, décorée d'un petit vitrail et lance : « Gandore, ouvrez, c'est Olivier. »

Le vantail bâille quelques secondes plus tard, mais personne ne se tient derrière. Sans manifester d'étonnement au fait qu'il se soit ouvert tout seul, le jeune homme franchit le seuil avec toujours son précieux fardeau dans les bras et la porte se referme derrière eux.

Curieuse de découvrir ce nouvel endroit, Sylvine parcourt la pièce du regard. Il s'agit d'un espace de travail, qui lui paraît plutôt petit. En fait, il est surtout encombré de livres et de manuscrits, mais aussi d'objets dont la fonction n'est pas discernable au premier abord, posés sur des tables ou dans des niches de pierre. Deux hautes fenêtres éclairent les lieux. Auprès de celle du fond se tient un fauteuil au dossier pointu, pour l'instant abandonné, tandis qu'un bureau jouxte la première. Gandore est en train d'y écrire. À leur entrée, il redresse la tête et a un petit sourire en coin en apercevant Sylvine blottie dans les bras d'Olivier, comme s'il s'agissait de la place la plus naturelle du monde.

— Évidemment... soupire-t-il.

CHAPITRE 4

S'engager

Lorsque sur Citara
D'or vert viendra le règne
Le Sage de la Gardienne
Le bras chercher devra

De tous côtés ira
Chercher l'unité reine
Des forêts à la plaine
Citara se battra

Par celle qui les créa
Aidée de présence sienne
Fera qu'à tour ils viennent
Air Feu Eau Terre vaincra

Si Force trouvera
Choisir Amours pérennes
Destinée incertaine
Liberté gagnera

Alors toujours sera
Par la Vie Magicienne
Par l'Oubli la Sereine
Et Heureuse Citara

Sylvine soupire, l'esprit plus embrouillé que jamais, et repose le parchemin que Gandore lui a donné, le regard perdu dans le vide. Elle n'est guère plus avancée d'avoir lu — et relu — la fameuse Prédiction censée la concerner, tellement les termes lui paraissent ambigus et énigmatiques. Et faux en plus : elle ne voit pas du tout en quoi le fait d'oublier peut vous rendre serein. Elle est bien placée pour savoir que la sensation n'a rien de confortable !

Agacée, elle repousse la feuille qui la nargue et regarde au-dehors. La beauté des collines, qui baignent maintenant dans une exquise lumière mauve, l'apaise instantanément.

Citara... Quel beau nom pour un si magnifique pays ! C'est, à bien y réfléchir, la seule information valable que lui a révélée la Prédiction.

Elle répète le mot, appréciant les sonorités qui font écho à l'harmonie du paysage. Un nom porteur de rêves, lui rappelant...

Elle oscille un instant entre souvenir et sensations présentes, mais l'idée qui a failli la traverser s'évapore aussi vite qu'elle lui était venue. Elle a froncé les sourcils, tendue à nouveau dans un effort de mémoire, mais... rien, il ne reste plus rien de ses souvenirs d'avant l'agression. Elle sent alors le regard inquiet d'Olivier posé sur elle depuis l'autre côté de la pièce. Il en est ainsi depuis que Gandore l'a mis au courant de son état.

Après leur arrivée dans ce que le Sage avait appelé son « étude », Sylvine avait demandé à Olivier de la relâcher. Elle tenait à recevoir les explications que Gandore avait à leur donner dans une position moins embarrassante que les bras de son amoureux. Elle s'était donc assise sur le banc en face de lui, tandis qu'Olivier restait debout à ses côtés, écoutant avec attention le récit de Gandore sur l'attaque-surprise d'Enu, la découverte du corps inconscient de Sylvine dans une ruelle de la ville et son amnésie consécutive.

Nerveuse, elle s'était demandé comment il allait réagir, maintenant qu'il connaissait son absence totale de souvenirs.

— Mais... avait-il hésité, pourtant tu *sais* qui je suis ! Tu as prononcé mon nom...

Elle avait levé les yeux vers lui pour lui avouer :

— Ton nom, et mon amour pour toi sont les uniques choses dont je me souviens. Tout le reste : qui je suis, où je suis, notre histoire... tout cela a complètement disparu de ma mémoire.

Et elle s'était retournée vers Gandore, l'implorant du regard, afin qu'il éclaircisse ce mystère. Ce dernier avait croisé ses mains devant lui et penché la tête sur le côté, analysant cette information nouvelle. Puis il avait acquiescé, comme s'il était arrivé à une explication satisfaisante :

— Évidemment...

Tous ces « évidemment » commençaient sérieusement à agacer Sylvine, pour qui rien n'était clair depuis son réveil.

— Pourrais-je savoir, avait-elle repris d'un ton sarcastique, pourquoi il est si « évident » que je me souvienne de son nom et pas du mien ? Je n'avais pas réalisé que j'étais le genre de femme à s'effacer devant celui qu'elle aimait, au point d'en perdre sa personnalité !

Les deux hommes avaient alors échangé un regard de connivence amusée, qui l'avait encore plus hérissée. Mais Olivier lui avait pris la main et répondu, avec un sourire en coin :

— Mon impétueux amour, tu as beau avoir perdu la mémoire, tu es bien toujours toi-même. Rassure-toi, tu n'as jamais été dans mon ombre, bien au contraire. Quant à savoir pourquoi tu te souviens uniquement de notre relation, je l'ignore... mais j'en suis bien soulagé. Si ce n'était pas le cas, j'aurais dû me comporter avec plus de retenue envers toi, et cela m'aurait été... difficile, avait-il reconnu. Gandore ? Une explication ?

Ce dernier avait secoué la tête, au regret de ne pouvoir leur révéler ce qu'il avait compris.

C'était trop risqué.

Énergiquement, il avait chassé les pensées sombres de son esprit.

— Inutile de nous appesantir sur ces légères incongruités, avait-il fait avec un petit geste désinvolte de la main.

Alors que Sylvine ouvrait la bouche pour protester, il était déjà passé à autre chose :

— Nous avons des problèmes bien plus importants à résoudre. Olivier, j'ai besoin que tu me rapportes tes observations des derniers mouvements des Maudits, et vous, Sylvine, j'aimerais vous faire lire la prédiction vous concernant. Peut-être déclenchera-t-elle le retour de vos souvenirs ?

Il avait donc tendu un parchemin à Sylvine, puis pris Olivier par les épaules pour le conduire à une autre table, sur laquelle des cartes étaient étalées. Leurs propos ne faisaient pas le moindre sens pour Sylvine, comme ils évoquaient des noms qu'elle ne reconnaissait pas. Gandore traçait des lignes en suivant les indications du jeune homme qui pointait du doigt certains lieux.

Avec un peu le sentiment d'avoir été mise à l'écart, Sylvine avait alors découvert la fameuse prédiction, écrite en lettres manuscrites et décorée de superbes enluminures. À la lecture de celle-ci, cependant, aucun éclair fulgurant n'avait frappé son esprit ; elle restait plus que jamais dans les pénombres de l'oubli.

Et elle ne savait pas pourquoi, mais elle était pratiquement sûre que Gandore ne serait pas surpris de cette nouvelle...

En tout cas, qu'il ne s'avise pas de lui ressortir son sempiternel « Évidemment » !

Déjà remontée, Sylvine affronte le regard des deux hommes qui en ont terminé avec leurs discussions topographiques et guettent sa réaction. Relevant le menton d'un air buté, elle leur lance :

— Je ne comprends rien à ce ramassis de phrases !

À ces mots, Gandore sourit.

— Eh bien, vous voyez, c'est à peu près en ces termes que vous avez décrit la Prédiction la première fois que je vous l'ai récitée.

Elle ne peut s'empêcher d'être satisfaite à l'idée qu'au moins, elle est cohérente dans ses réactions. Mais cela ne l'éclaire pas sur le sens des mots.

— Gandore... Je comprends qu'il n'est pas possible que je réapprenne tout ce que j'ai oublié en quelques heures, mais tout de même, j'ai besoin d'en savoir plus que ce que vous m'avez dit. Comment j'en suis arrivée là, par exemple, ou comment je suis censée vous aider...

— Je le sais bien, soupire le Sage, je le sais bien. Et d'ailleurs, au vu des mouvements des troupes de Rohé, il faut que vous retrouviez la mémoire au plus vite. Le temps me manque pour tout vous expliquer. Et ce serait contre-productif puisque...

— Qui ça ? le coupe Sylvine.

— Qui quoi ?

— Qui est ce Rohan ?

— Pas Rohan : Rohé. Notre ennemi juré. Celui qui veut asservir Citara. Je pressens une attaque imminente. Il nous faut organiser votre réminiscence dès que possible, demain à la première heure, je dirais...

— Sa rémi — ... ? Il n'en est pas question ! s'interpose alors Olivier, le visage blême et les poings serrés.

— Olivier, voyons, tu comprends bien que nous ne pouvons pas faire autrement.

— Mais c'est dangereux !

— Je serai là. Je ne la lâcherai pas, promet Gandore, la main posée sur son épaule pour appuyer ses paroles.

— La dernière qui ait entrepris une réminiscence, elle n'en est jamais revenue ! On n'a retrouvé que le lien de Dame Faustine sur le sol !

— Je sais bien. Mais elle était seule et ne *voulait* pas revenir, Olivier. Rien ne la retenait plus à la vie. Ce ne sera pas le cas de Sylvine : elle t'a, toi.

Celle-ci ne peut qu'écouter les arguments échangés entre les deux hommes, sans y prendre part. Elle se doutait bien que cette histoire de réminiscence recelait du danger... Ce n'est pas cela, toutefois, qui lui fait le plus peur. C'est de rester pour toujours l'amnésique impuissante qu'elle est devenue.

Olivier fixe Sylvine, visiblement partagé.

D'un regard, elle lui fait comprendre qu'elle est prête à tout tenter pour retrouver la mémoire. Il hésite puis ses mâchoires se crispent et il acquiesce d'un hochement de tête.

En deux enjambées, il retourne auprès d'elle et la prend dans ses bras, tandis que Gandore s'installe dans le haut fauteuil de bois.

— Tu as intérêt à me revenir, je te préviens, fait Olivier en se forçant à plaisanter.

Sylvine appuie son front contre le sien, incapable de répondre. Il est vrai qu'elle ne supporte pas de ne rien connaître d'elle-même, de vivre dans le brouillard, d'être en permanence dans le doute. Elle *doit* se retrouver. Mais une part d'elle-même ne veut pas de cette réminiscence qui va l'arracher à lui. Si seulement rester dans ses bras pouvait suffire...

Sentant son déchirement, ses angoisses, Gandore n'insiste pas davantage. Il sait que Sylvine finira par agir selon sa conscience et que les moments qui vont suivre, même s'il aurait souhaité les lui épargner, seront déterminants dans sa décision.

Aussi, se raclant discrètement la gorge, reprend-il :

— Oublions pour l'instant cette histoire de réminiscence. Un Conseil exceptionnel doit se tenir et il faut nous y rendre, Olivier.

— Et moi ? demande Sylvine, en fronçant les sourcils.

D'un côté, elle se demande bien ce qu'elle pourra faire à ce fameux Conseil dans son état, de l'autre elle en a assez d'être laissée derrière.

— Toi, tu viens aussi, bien sûr, affirme Olivier.

Gandore acquiesce, comme à regret. Il se doit tout de même de les prévenir de ce qui se prépare.

— Vu la situation, mes enfants, attendez-vous à des complications.

Il hésite avant de poursuivre :

— Il va y avoir, forcément, des réactions... négatives suite à la nouvelle de l'amnésie de Sylvine. La peur fait souvent prendre des décisions hâtives...

Et le Sage regarde Olivier tandis que ce dernier se rembrunit, comme s'il avait compris à quoi Gandore fait allusion.

— Mais... inutile de trop anticiper, nous verrons bien comment les choses se présentent. Prenons les difficultés une à une, propose Gandore.

Sylvine, qui a frémi devant cette nouvelle allusion à des événements peu enviables à venir, décide d'alléger l'atmosphère en revenant à des sujets plus futiles.

— Comme... me trouver des chaussures, peut-être ? hasarde-t-elle en soulevant sa jupe pour révéler ses pieds nus.

Gandore a un sourire indulgent.

— Je savais bien, allez, que je n'allais pas pouvoir vous confiner bien longtemps. Va pour les bottes de la jeune dame ! fait-il avec un geste désinvolte de la main en direction de la porte.

Puis il déplie sa longue silhouette avec lenteur. L'heure est venue d'affronter les forces en puissance, et le poids de ses responsabilités pèse lourdement sur ses épaules en cet instant précis. Il les regarde, soudés l'un à l'autre, deux jeunes êtres à l'amour si intense et au destin si difficile, et soupire. Il reste à leur faire part d'une autre inquiétude...

— Mes enfants, quoiqu'il se passe au Conseil, gardez foi en l'avenir, nous arriverons à démêler tout ça, même si une chose ne va pas nous faciliter la tâche...

— Quoi ? s’enquiert le couple d’une même voix.

—... Les Brumes sont sur nous, finit par déclarer Gandore.

CHAPITRE 5

Affronter les regards

Des « brumes », tiens donc… Qu'est-ce que c'est encore que ce nouveau problème ? Comme si ça ne suffisait pas que j'aie tout oublié, il faut que je tombe sur un « sage » qui ne sait parler que par énigmes… « Les brumes sont sur nous », ça veut dire quoi ? Moi, leurs brumes, elles ont carrément pris possession de mon cerveau depuis ce matin, alors un peu plus, un peu moins…

Sylvine ronchonne dans sa tête en enfilant les bottes que Dame Élaine lui a enfin apportées dans l'étude de Gandore.

Bien sûr, personne n'a trouvé le temps de lui expliquer en quoi ces fameuses brumes consistent. À sa question « Qu'est-ce que c'est, les "brumes" ? », Olivier lui a simplement répondu « Rien de grave, juste le signe que notre destin est en train de changer », ce qui ne l'a guère avancée. Elle aurait pu leur dire cela sans avoir besoin de regarder des nuages.

Tout en maugréant intérieurement, elle finit d'enfiler ses bottes. Celles-ci, souples et résistantes, lui arrivent jusqu'au genou et elle se sent plus forte, plus sûre d'elle une fois qu'elle les a passées. Plus combative aussi : elle commence à ressembler à une vraie guerrière. Enfin presque... D'un geste décidé, elle enroule sa jupe sur elle-même et la noue comme elle l'avait fait plus tôt : elle n'ira pas au Conseil en tant que femme, mais en tant que combattante. Gandore la regarde sans mot dire mais hoche la tête, un sourire approbateur au coin des lèvres.

— Tiens...

Elle se retourne : Olivier est en train de lui tendre une sphère délicatement ornée.

— C'est ta lampe. Nous les portons toujours sur nous à la nuit tombée.

Lui-même en a une semblable à la taille : un orbe clair enchâssé dans de fines ramures feuillues. Lorsqu'il active un mécanisme caché au milieu des nervures en fer forgé, la lampe se met à dispenser une douce lumière jaune. Ravie de cette invention, elle regarde plus attentivement celle qu'il lui a donnée : elle est légère et solide à la fois. Ce qui lui plaît le plus, c'est la magnifique tresse de cuivre qui entrelace la sphère. Elle est beaucoup moins travaillée que la décoration sur celle d'Olivier, mais elle en apprécie particulièrement l'aspect brut et lourd, comme un bracelet païen... Lorsqu'elle repère le système d'allumage et active ce dernier, elle est fascinée de voir que c'est une lumière vert pâle qui en sort.

Celle de Gandore est encore différente : il s'agit d'une magnifique sphère ivoire, enserrée de deux ondulations bleutées. Elle remarque alors que c'était jusque-là la source unique de lumière de la pièce et qu'elle avait été amplement suffisante pour éclairer sa lecture de la Prédiction tout autant que le déchiffrage des cartes par les deux hommes. Une vraie prouesse technique. Olivier lui prend l'orbe lumineux des mains et, effleurant sa taille en une tendre caresse, l'accroche à l'une des lanières qui y pendent.

— Prête ?

— Prête.

C'est un mensonge, bien sûr. Elle préférerait dix fois se pelotonner dans son lit avec l'un des livres qu'on lui a apportés plus tôt. Mais il lui faut affronter son destin, elle n'en peut plus d'attendre. Elle relève le menton et place une main qui ne tremble pas dans celle qu'Olivier lui tend. Qu'importe si son cœur s'emballe, ce qui compte, c'est que cela ne se voie pas.

À la suite de Gandore, ils empruntent un couloir et pénètrent dans une salle aux dimensions imposantes, même s'il est difficile d'en juger de manière précise à la seule lueur de leurs lampes : les ombres dissimulent la taille exacte du lieu. Leurs pas résonnent sur le sol de marbre brillant avant qu'ils ne s'arrêtent.

— Gandore, à votre avis, où devons-nous placer Sylvine ?

Olivier, les sourcils froncés, contemple l'estrade en forme d'arc de cercle devant eux, sur laquelle de nombreux sièges sont disposés.

— J'y ai déjà réfléchi. Il ne faut pas qu'elle apparaisse au centre du C, elle y serait trop exposée. Néanmoins, elle ne peut pas non plus rester au milieu de la foule.

— Elle pourrait figurer aux côtés des Défenseurs. Vous savez qu'elle y a tout à fait sa place, insiste Olivier, devant la moue de Gandore.

— Non, là encore, on la remarquerait trop. Je pensais plutôt l'asseoir près de ta mère.

Si Sylvine n'a rien dit jusque là, ne comprenant pas la moitié des termes utilisés, elle fulmine intérieurement.

— Dites donc, je ne suis pas une potiche que l'on place ou déplace en fonction du décor que vous souhaitez constituer : merci de vous rappeler de ma présence lorsque vous discutez de vos petits arrangements, surtout quand ceux-ci me concernent...

Les deux hommes prennent l'air contrit, enfin, surtout Olivier.

— Pardon, ma douce, ton amnésie nous conduit à des comportements que nous n'avons pas lorsque tu es dans ton état normal. Tu as raison de nous le faire remarquer. Tu vois, ici se trouve la salle du Conseil. Elle a la forme d'un C, comme le nom de Citara.

Depuis ton arrivée à Enu, tu es traditionnellement placée au centre, à côté du grand Dirigeur, et je proposais que tu rejoignes les rangs des Défenseurs, tout en haut. Mais nous pensons qu'il serait mieux, vu la situation, que tu te positionnes plus bas dans l'arc de cercle, du côté des Importants : ainsi, les regards convergeront moins vers toi... alors que toi, tu auras un point d'observation idéal sur le reste de l'assemblée.

Elle observe attentivement la disposition de la tribune tout en écoutant ses explications. Il a raison, elle sera bien mieux tout en bas plutôt qu'en plein milieu.

— Va pour le bas du cercle, cela me paraît une bonne idée, en effet. J'ai juste une question... Ta mère et moi, on s'entend bien ou pas ?

Olivier éclate de rire :

— Ma mère t'adore, ne t'inquiète pas pour ça ! Elle est seulement...

Il est coupé par l'entrée d'une vingtaine de personnes, derrière la tribune. Leurs lumières, toutes jaunes, chassent les dernières zones d'ombre et Sylvine découvre l'ampleur réelle de la salle, au plafond vertigineux. Parmi les nouveaux arrivants, un homme se détache du lot : il est de taille moyenne mais son air hautain, sa petite barbe pointue et l'élégance de sa tenue, d'un gris argenté, le grandissent. À moins que ce ne soit une impression due aux courbettes de ceux qui s'empressent autour de lui. Ses cheveux poivre et sel sont coupés dru et il ne porte aucun bijou. Avec une rigueur toute militaire, il se dirige vers le centre de l'arc de cercle tout en jetant un coup d'œil distrait vers l'endroit où Sylvine et ses compagnons se sont arrêtés. Son regard se fait perçant dès qu'il se pose sur Sylvine, la jaugeant froidement. Elle décide sur-le-champ qu'elle n'aime pas ce personnage. Et apparemment, il le lui rend bien puisque, avisant ses doigts entrelacés à ceux d'Olivier, il manifeste son mécontentement d'une crispation soudaine des mâchoires.

Tout à coup, elle ne le voit plus. Gandore est apparu dans son champ de vision, s'interposant entre elle et le nouveau venu. Prenant fermement les deux bras de Sylvine, comme le salut citarien l'exige, il plonge son regard calme dans le sien :

— À plus tard, Gardienne de Citara !

Elle sursaute à ces mots. Instinctivement, ses doigts se crispent sur les avant-bras du Sage : plus que de lui rendre son salut, elle se contracte à cette appellation qui lui semble si peu adéquate, dans son état. Mais elle comprend ce qu'il essaie de faire. Il lui montre le point de vue des autres sur elle : aux yeux du monde, elle n'est pas une amnésique déboussolée, elle est leur Gardienne. Leur point de repère.

Elle prend une profonde inspiration avant de le remercier d'un signe de tête et de lâcher son appui. Puis leurs chemins se séparent : lui gagne le centre de l'arc de cercle, tandis qu'Olivier la guide vers le bas.

Le volume sonore monte soudain d'un cran : de nombreuses dames et messieurs élégamment vêtus et qui discourent avec animation viennent à leur tour d'entrer dans la salle du Conseil. La femme qui mène l'allure est très belle. Elle porte une robe damassée gris perle, qui bruit à chacun de ses pas. Contrairement aux autres, elle ne parle pas. Ce silence, ainsi que la distance qu'elle a mise entre elle et son entourage, l'isole comme si elle était entourée d'un mur invisible. La couleur de sa lampe, d'un surprenant rouge vif, ajoute à cette différenciation. Sertie d'étoiles en diamant, elle ressemble à une tache de sang sur un tapis neigeux. La dame glisse, indifférente et lointaine, vers sa destination, quand son regard triste s'anime soudain en se posant sur le couple qui vient à sa rencontre. Arrivée près d'elle, Sylvine note avec étonnement que ses cheveux, retenus sur le haut de la tête par un diadème d'émeraude, retombent en longs rubans d'argent étincelants. Leur couleur ne signale pour autant pas un âge avancé : le magnifique visage ne montre aucune ride.

— Mère, lui dit tendrement Olivier, baisant les mains que la belle apparition tend vers lui. Puis-je vous confier Sylvine ?

La mère d'Olivier sourit avec bienveillance à la jeune fille :

— Avec plaisir. Venez vous asseoir à côté de moi, ma chère.

Son fils embrasse alors doucement le poignet de sa compagne et lui lance un dernier regard d'encouragement, avant de tourner les talons pour se diriger à son tour vers le haut de l'arc de cercle. Sylvine se sent seule, tout à coup, seule en terrain inconnu. Se raclant la gorge afin de dissimuler son trouble, elle prend place sur le banc capitonné de rouge, aux côtés de la mère d'Olivier. Celle-ci est toujours en train de regarder son fils s'éloigner ; une expression de vive douleur est peinte sur son beau visage. Sylvine a à peine le temps de s'étonner de l'intensité de la peine qu'elle y lit qu'il redevient impassible. Secouant ses épaules, comme pour chasser de sombres pensées, la mère d'Olivier se tourne vers elle :

— J'ai été informée de votre accident. Dites-moi, la mémoire vous est-elle revenue ?

Comme Sylvine secoue négativement la tête, elle reprend avec gentillesse :

— Je suis sûre que tout finira par rentrer dans l'ordre, ne vous inquiétez pas trop. Et puis l'oubli a des vertus apaisantes, vous savez. Car les mauvais souvenirs ne sont plus là pour nous hanter.

Le regard de la mère d'Olivier s'est fait amer. Comme hanté, justement. Mais c'est une impression fugitive, car une seconde plus tard, l'expression change à nouveau et devient presque enjouée :

— En tout cas, mon fils a manifestement su se rappeler à vous. Vos liens semblent toujours aussi forts.

Sylvine s'empourpre, gênée, ne sachant que répondre.

— Humm, oui, je..., enfin nous... C'est à dire, madame, euh... Dame...

— Excusez-moi, j'aurais dû commencer par refaire les présentations au lieu de vous taquiner : je suis Dame Sopheline.

— Enchantée, euh, de faire votre, euh... connaissance.

Sylvine bredouille, tout en cherchant désespérément une réponse intelligente à apporter à l'observation de Dame Sopheline.

Comment évoquer avec une mère la passion que son fils vous inspire, au point que ce soit la seule chose que vous vous rappeliez ?

Que vous semblez l'aimer plus que vous-même ? Qu'il est le seul souvenir qu'il vous reste de votre vie passée ?

Quelque chose dit à Sylvine qu'amnésie ou pas, elle n'est pas très douée dans l'art de la conversation.

Heureusement, une dame aux fanfreluches jaunes, s'approche d'elles et s'exclame avec une voix haut perchée :

— Sopheline, ma chère, il faut absolument que tu me dises où tu as réussi à trouver ce tissu « pierre de lune » !

Avec un sourire d'excuse envers sa charge, Dame Sopheline se retourne pour répondre aux sollicitations de la nouvelle venue, au grand soulagement de Sylvine. Mais ce soulagement ne dure pas : un picotement dans la nuque l'avertit qu'un regard pèse sur elle. L'homme aux habits gris argent a maintenant pris place au centre de la tribune et la scrute intensément.

Mal à l'aise devant ce regard calculateur, hostile même, Sylvine se détourne et recherche Olivier des yeux, éprouvant du réconfort à sa simple vue. Sa carrure athlétique, son air calme et déterminé agissent comme un baume sur ses nerfs à fleur de peau. Il a rejoint, tout en haut du C, une troupe de personnes arrivées par un autre accès. Hommes comme femmes y sont vêtus entièrement de noir, l'épée à la taille. Ils ont accueilli Olivier chaleureusement, par des bourrades et des exclamations joyeuses. L'un d'entre eux, un jeune homme blond au sourire ravageur pose sa main sur son épaule, échangeant avec lui un aparté amusé. Ses cheveux s'échappent en mèches rebelles du petit catogan censé les retenir sur la nuque. Il semble très proche d'Olivier et elle regrette de ne pouvoir entendre leur conversation. Que c'est frustrant de devoir décoder le moindre geste, d'essayer de comprendre les relations qui unissent les uns et les autres en comptant seulement sur ses observations visuelles ! Et comme elle aimerait être parmi eux, normale, elle-même...

La salle continue de se remplir et Sylvine reporte son intérêt sur les nouveaux arrivants : des jeunes femmes portant une tenue similaire à celle de Dame Élaine, des hommes aux pantalons de cuir et aux multiples accessoires pendant à leur ceinture, là un visage renfrogné, ici un adolescent maigrelet qui se faufile pour prendre place au premier rang... La salle du Conseil s'anime et le bruit des conversations couvre celui des pas sur le dallage de marbre.

Sylvine fronce les sourcils. Il y a quelque chose, dans cette scène, qui l'étonne et elle ne parvient pas à deviner quoi. Ses doigts pianotent sur ses cuisses, comme s'ils ne savaient pas comment s'occuper et soudain elle réalise qu'elle semble être la seule à être tendue : personne n'arbore un air anxieux, et pourtant il s'agit, d'après ce qu'elle en a compris, d'un conseil exceptionnel, en temps de guerre qui plus est. La relative impassibilité des personnes présentes l'intrigue, elle qui se sent survoltée et angoissée alors qu'elle ne connaît même pas les enjeux de cette réunion.

Heureusement que ses yeux ont mille et une choses à observer, notamment le ballet des lampes que chacun porte à sa taille. Elles sont toutes sises dans un châssis particulier, unique. La plupart d'entre elles dispensent une lumière jaune pâle, mais quelques autres étincellent d'un rouge identique à celle de Dame Sopheline et elle peut également apercevoir de rares sphères bleues. Ces dernières sont arborées par un groupe de personnes à la peau généralement sombre, à l'allure gracieuse et au port de tête noble. Les femmes comme les hommes qui appartiennent à ce groupe sont vêtus d'une tunique blanche qui se termine sur un pantalon bouffant. Et des colliers de pierre cliquettent doucement à chacun de leur mouvement.

Tout à coup, au milieu de la foule, elle remarque un porteur d'une lampe verte comme celle qu'elle a à la taille : c'est le seul autre membre de l'assistance à en posséder une de cette couleur. Pourquoi ? Quels sont les points communs qui les relient ? L'homme, trapu et à la mine fermée, est vêtu d'une tenue similaire à la sienne : une chemise beige sur un pantalon marron, un gilet vert sans manches. Il se dirige vers le haut de la tribune, vers ce qu'Olivier a appelé les « défenseurs ». Il disparaît bientôt dans la foule qui peuple maintenant les lieux. Tandis qu'elle balaie l'assistance des yeux, elle croise alors un autre regard perçant : l'ami d'Olivier a perdu son air jovial et la dévisage avec inquiétude. Quand il réalise qu'elle s'est aperçue de son attention, il esquisse un sourire embarrassé et lui adresse un petit salut de la tête, avant de reprendre une attitude désinvolte et de se tourner vers la jeune femme qui l'accompagne. Sylvine écarquille de grands yeux en découvrant celle-ci, qu'elle n'avait pas remarquée au premier abord : elle a une apparence diaphane, éthérée, presque... transparente. Un instant, elle la perd de vue à cause des mouvements de la foule puis la retrouve, toujours aussi évanescente, pendue au cou de son compagnon. Imperturbable, celui-ci a repris sa conversation avec Olivier. Sylvine fronce à nouveau les sourcils. Il y a décidément quelque chose qui cloche dans cette scène.

Certains des visages de l'assistance, qu'ils soient loin ou près d'elle, lui paraissent flous, incertains... Et elle réalise maintenant que de longs rubans brumeux flottent çà et là, s'insinuant entre les personnes présentes. Elle cligne un instant des yeux, décontenancée : que lui arrive-t-il ? A-t-elle des problèmes de vue ? Ou alors... est-ce que ce ne sont pas là les fameuses brumes dont Gandore a si énigmatiquement mentionné la présence ? Mais si c'est le cas... comment se fait-il qu'elles se trouvent *à l'intérieur* ?

Elle ne peut continuer à s'interroger sur ce mystère plus longtemps. Car tandis que la foule se faisait plus dense, quelques personnes l'ont remarquée, perdue dans son recoin de la tribune, et se sont mises à en informer leurs voisins, se penchant les uns vers les autres et se transmettant la nouvelle avec, cette fois, une excitation fiévreuse. Et Sylvine voit bientôt tous ceux dont elle croise le regard effectuer le même geste : cognant leurs poings l'un contre l'autre devant leur poitrine, ils inclinent légèrement la tête, en signe manifeste de respect. Surprise, embarrassée, elle ne sait quelle attitude adopter. La mère d'Olivier, qui a noté son malaise, lui souffle :

— Rassurez-vous, ma chère, même lorsque vous aviez tous vos esprits, vous étiez gênée quand on vous adressait le salut pour les braves. Il vous suffit de les remercier d'un signe de tête, tout simplement.

Sylvine lui adresse un sourire reconnaissant, mais avant qu'elle ne puisse mettre sa recommandation en pratique, elle se sent soulevée de terre par une force mystérieuse.

— Sylvine-mae !

Deux bras se sont refermés sur elle, en une étreinte qui la broie presque. Elle tourne la tête et se retrouve face à deux yeux exprimant un soulagement éperdu dans un visage noir parcouru de taches bleues. Des dents blanches brillent dans une manifestation de joie intense. *Allons bon, un autre amoureux ?* se demande-t-elle, paniquée. *Il ne manquait plus que ça !* Les fils blancs qui parsèment la chevelure noire de son vis-à-vis la font toutefois douter de cette interprétation. Même si le visage est jeune, l'homme pourrait être son père.

— J'ai cru que tu ne sortirais jamais de ton sommeil, telle la marmotte des montagnes ! Comment vas-tu, petite étincelle ?

Il la relâche alors et elle retombe avec légèreté sur le sol. Elle doit relever la tête pour le regarder, tellement sa stature est imposante. Instinctivement, elle lui sourit. Est-ce l'affection manifeste qu'il ressent pour elle ou un sentiment de connaissance dans son cœur ? Il fait partie du groupe des « gens à la lumière bleue », car il en arbore une de cette couleur et porte également les colliers et bracelets de cailloux qu'elle a admirés plus tôt. Mais sa tenue ressemble davantage à la sienne et à celle de l'homme à la lampe verte. Son interlocuteur perd son sourire devant le manque de reconnaissance des yeux qui le dévisagent.

— Alors c'est donc vrai ce qui se murmure ? Tu aurais égaré tes souvenirs ?

— Oui, avoue Sylvine avec embarras.

— Oublié ton Achille ! reprend-il en levant les yeux au ciel d'un air moqueur. Moi, le « Gardien de la Gardienne »... c'est du joli ! Enfin... L'essentiel c'est que je sois à nouveau à tes côtés, et cette fois-ci,

Sylvine-mae, je resterai ton ombre et te défendrai contre les reptiles à la langue fourchue.

Son regard glisse vers le centre de la tribune, avant de revenir sur sa protégée. Au passage, il s'arrête brièvement sur Dame Sopheline, mais celle-ci affectant de ne pas le voir, il l'ignore également. Enfin, du moins est-ce l'impression ressentie par Sylvine. *Difficile de ne pas surinterpréter le moindre signe*, soupire celle-ci en son for intérieur. S'asseyant sur le siège resté libre à côté de Sylvine, le géant noir croise les bras, prenant sa place de protecteur attitré. Ainsi, voilà l'homme qui avait essayé de lui rendre visite plus tôt dans la journée ! Une part d'elle accueille avec un soulagement certain cet imposant allié, tandis qu'une autre réclame plus d'explications quant à son identité : Achille s'adresse à elle avec l'affection d'un ami plus que d'un simple garde du corps, et elle brûle d'en savoir plus sur leurs relations.

Elle ne peut toutefois échanger plus de mots, car, enfin, le Conseil commence : une voix puissante appelle au silence.

Tous les regards convergent sur une seule personne et Sylvine s'aperçoit avec dépit qu'il s'agit de l'homme froid et hautain, au plastron gris argenté. Installé au centre du C, il est prêt à mener la séance. Se mordillant à nouveau la lèvre, elle réalise que ce doit être lui, le « grand Dirigeur » de Citara chez qui elle est hébergée, Sieur Rochelaure. Cela ne la rassure pas de voir qu'elle n'apprécie pas le chef de son pays... et qu'il semble bien lui rendre cette animosité.

— Citariens, Citariennes, l'heure est grave. Vous avez été convoqués à ce Conseil exceptionnel à la demande des Sages et des Prieurs...

Le bras de l'orateur indique le haut de la tribune et Sylvine décèle alors une organisation interne qui lui avait échappé jusque là : tout en haut, les personnes rassemblées autour d'Olivier, toutes vêtues de noir ou de marron constituent un premier groupe, puis, en redescendant vers le centre, elle en distingue deux autres. L'un est formé de Citariens en longue tunique bleu foncé, probablement les Prieurs dont il vient de parler ; le troisième rassemble des hommes et des femmes d'un certain âge parmi lesquels Gandore a pris place.

Ceux qui se trouvent sur la droite de Rochelaure, les individus à l'allure élégante, à l'air affairé, qui sont entrés dans son sillage et dans celui de la mère d'Olivier, semblent seulement là en tant que spectateurs. Beaucoup portent sur eux une décoration ou un bijou à l'éclat vert qui luisent sous les lumières de l'assistance. Ce sont sûrement les « Importants » dont parlait Dame Élaine.

— ... aujourd'hui où les Brumes sont sur nous, pour décider de la conduite à tenir en ces journes exceptionnelles de notre histoire. Jamais, en effet, n'avons-nous connu pareille incertitude, pareille crainte en l'avenir.

Sylvine grince des dents devant l'air catastrophé de l'orateur et son style affecté, qui lui tape sur les nerfs.

— Les Maudits, loin de s'être laissés gentiment anéantir une bonne fois pour toutes, ont recommencé leurs exactions : attaques durant la nuit, pillages... Et voilà que, pour couronner le tout, notre « Gardienne », ajoute Rochelaure avec une moue dubitative, ne sait plus qui elle est, ayant perdu la mémoire !

À ces mots, un cri d'effroi collectif retentit dans la salle. Tous les regards convergent vers Sylvine, rouge de confusion que sa situation soit ainsi rendue publique. Sentant son malaise, tout autant que l'inquiétude de l'assemblée sur les conséquences de son amnésie, l'homme gris continue sur sa lancée :

— Voilà pourquoi nous pensons que des représentants des Importants doivent aller négocier avec le Maître des Sous-Terres.

Le calme des Citariens, que Sylvine avait admiré plus tôt, se fissure alors et de nombreuses clameurs indignées se font entendre à l'énoncé de cette proposition. Dans la foule, quelqu'un lance même un « Il n'en est pas question ! » déterminé. Gandore se lève de son siège, les mains tendues en signe d'apaisement :

— Seigneur Rochelaure, la Créatrice sait à quel point l'idée de verser le sang des Citariens répugne aux Sages que je représente. Mais négocier avec Rohé nous semble être la pire des décisions. D'autant que la Prédiction nous invite à le combattre, de toutes nos forces.

— Oui, parlons-en, de cette Prédiction. Qu'est-ce qu'elle nous a apporté ? Ce que nous savons c'est que c'est votre propre interprétation de celle-ci qui nous a amenés là où nous en sommes... Vous avez propulsé, sans concertation aucune, une toute jeune fille à une fonction prestigieuse, et nous voyons aujourd'hui le résultat de son inexpérience ! Des choix malencontreux, une impétuosité regrettable et, maintenant, une incapacité à nous sortir de la situation actuelle. Ah, elle est belle, votre Gardienne !

De nouveau, des clameurs de protestation se font entendre, plus véhémentes encore. Cependant, Sylvine peut également voir l'indécision se peindre sur certains visages. Elle-même se sent ébranlée par ce discours. Elle n'est pas au meilleur de sa forme, certes, mais il n'y a pas que cela : en son for intérieur, depuis son réveil, elle a du mal à admettre que le sort d'un pays tout entier repose sur ses frêles épaules. C'est juste absurde, incompréhensible, peu vraisemblable. Aussi les propos de Rochelaure, pour odieux qu'ils soient, résonnent-ils tout particulièrement en elle.

C'est alors que celui-ci lui assène le coup de grâce. Pointant le doigt sur elle, il éructe :

— C'est quand même à *elle* que nous devons la destruction des terres au sud !

Aux côtés de Sylvine, Achille s'est levé d'un bond, et un véritable brouhaha règne maintenant dans la salle. Mais l'accusée n'entend plus rien, pétrifiée par ce qui vient d'être dit. C'est elle qui est à l'origine de la monstrueuse tranchée entraperçue de sa fenêtre ? Elle qui a ravagé la terre sur des centaines de kilomètres ? Horrifiée, consternée, elle aurait voulu rentrer dans un trou de souris.

Un homme frappe alors du pommeau de son épée sur la balustrade en fer de la tribune, réduisant effectivement la foule au silence par les vibrations qui retentissent.

C'est Olivier. Il rengaine son arme, et, en essayant visiblement de s'accrocher à un calme qui menace à tout instant de le quitter, il rappelle, mâchoires serrées :

— Cette frêle jeune fille, elle nous a tous sauvés de l'anéantissement il y a à peine quelques journes. Alors oui, au passage, quelques arbres ont été arrachés, la terre remuée, et le paysage en a pâti. Mais ce n'est pas elle qui avait convoqué l'arrière-ban des enfers à Citara. Elle a fait ce qu'aucun Défenseur n'avait pu faire devant des ennemis amassés en si grand nombre : elle les a tous pulvérisés, en un clin d'œil. Et elle a chèrement payé pour cela. Ce qu'elle a réussi, elle seule peut le faire à nouveau.

— L'ennui c'est qu'elle ne sait plus comment, persifle Sieur Rochelaure.

Les deux hommes s'affrontent du regard, tendus l'un vers l'autre, tels deux adversaires retenant au prix d'un effort visible le moment de l'attaque physique.

— J'y arriverai.

Sylvine vient enfin de reprendre ses esprits et s'est levée en prononçant ces mots. Elle n'est pas surprise qu'Olivier ait pris sa défense, étant donné leur relation. Non, ce qui l'a marquée ce sont les actions qu'il lui a attribuées. Elle ne s'est apparemment pas conduite comme la parfaite gourde que Rochelaure a décrite. Le silence respectueux qui suit ses paroles achève de lui redonner confiance. Elle descend les deux marches qui la ramènent au bas de la tribune et se dirige vers Rochelaure, Achille sur ses talons. La foule s'écarte sur son passage, mais elle ne les voit pas, gardant les yeux fixés sur celui qui l'a si violemment attaquée.

Intérieurement, elle n'est que tumulte. Pourtant elle affiche, au prix d'un réel effort, un visage impassible : avant toute chose, mettre un frein à la panique qu'essaie d'instiller Rochelaure. Et cela implique de tenir ses propres doutes à distance. C'est ce que Gandore a voulu lui dire un peu plus tôt en lui rappelant son statut de Gardienne : elle a une responsabilité envers les autres. Arrivée devant l'homme qui a tenté de la faire passer pour une criminelle, au lieu de lui parler, elle se détourne pour regarder les Citariens, le laissant de fait dans son dos. Dans son ombre.

En voyant tous ces visages anxieux mais également emplis d'espoir, elle sait qu'elle a raison d'agir ainsi. Alors, elle s'adresse à la foule :

— Oui, Sieur Rochelaure vous l'a dit, j'ai subi une attaque qui m'a ôté la mémoire. Temporairement. Je ne vais pas attendre qu'elle revienne d'elle-même. Je pars en réminiscence, dès ce soir, pour vous revenir au plus vite, plus forte encore de tout ce dont je me serai souvenue. Sachez en tout cas ceci : je ne me rappelle peut-être plus de mon nom, de mon histoire, mais il y a une chose dont je suis sûre. Tant qu'il me restera un souffle de vie, je me battrai pour Citara. Je ne vous abandonnerai pas, je vous le promets. Faites-moi confiance.

L'espace d'un battement de cœur, l'assistance reste silencieuse. Puis une immense clameur retentit dans la salle du Conseil.

— Vive la Gardienne !

La Gardienne avait repris le contrôle de Citara. Tout irait bien.

CHAPITRE 6

Se préparer

La nuit était tombée sur Citara; chacun était rentré chez soi, certains soulagés, d'autres la rage au ventre.

Une ombre passe sur le visage de Sylvine à l'évocation du Seigneur Rochelaure : elle ne l'a pas revu après son discours, s'étant vite retrouvée assaillie par les Citariens. Tous avaient tenu à lui saisir chaleureusement les avant-bras et elle leur avait rendu leur salut avec sincérité, puisant dans ces échanges une énergie nouvelle. Puis Achille, Olivier et Gandore l'avaient escortée dans l'étude du Sage afin d'organiser la suite des événements.

Achille s'est appuyé contre le mur, près de la fenêtre, dans une attitude à la fois nonchalante et attentive. Olivier, les bras croisés et les pieds fermement plantés au sol se tient derrière Sylvine, qui a pris place sur le banc où elle s'était assise plus tôt dans la soirée. Elle réprime avec peine un bâillement de fatigue et fait rouler ses épaules pour relâcher la tension qui s'y est accumulée. Gandore, quant à lui, a retrouvé le haut fauteuil. Il a le regard dans le vague et les mains nouées devant son menton, deux doigts posés sur sa bouche.

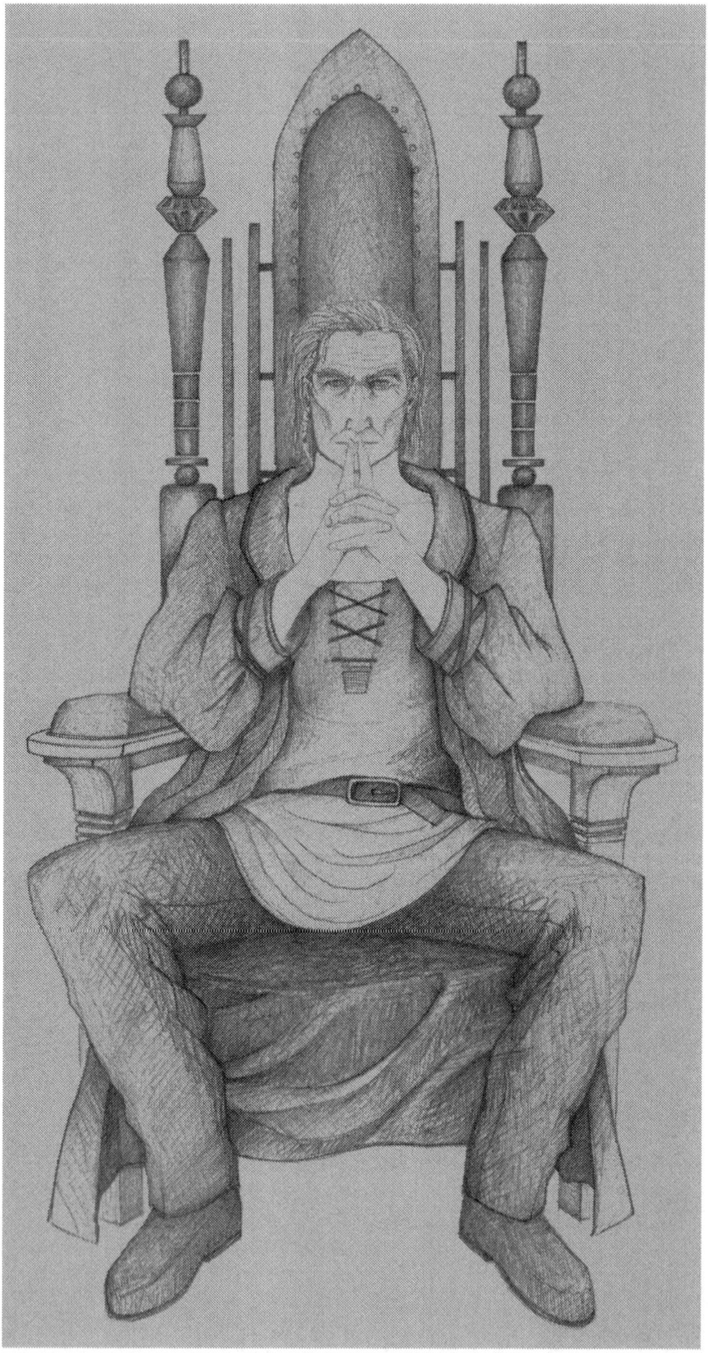

— Bon, commence-t-il après quelques instants de réflexion. Inutile de nous appesantir sur les événements du Conseil. Notre jeune Gardienne a réagi de la meilleure façon qu'il soit et évité que des décisions fâcheuses ne soient prises.

Sous le regard appréciateur du vieil homme, Sylvine se sent rougir de plaisir. Pourtant, maintenant que l'exaltation du moment est retombée, elle est à nouveau en proie aux doutes. C'est bien beau de s'être engagée auprès des Citariens mais saura-t-elle tenir sa promesse ? Le pourra-t-elle, tout simplement ?

Cela ne semble pas inquiéter Gandore, qui continue sur sa lancée :

— Je pense que pour plus de sécurité et de rapidité, nous réaliserons votre réminiscence ici, mon étude étant la plus à même de soutenir une attaque éventuelle. Cela va nous compliquer un peu la tâche, car il est plus facile de se projeter dans le passé lorsqu'on arrive dans le même lieu que celui d'où l'on est parti... Cependant, d'une part, nous n'avons pas le temps de vous reconduire dans la forêt aux Esprits, même en passant par les Cercles, et d'autre part c'est ici que vous serez nécessaire à votre réveil. Évitons donc des allers-retours inutiles. Je pense pouvoir vous aider à réintégrer votre corps à une date précise, mais cela nécessite un flux conséquent d'énergie et je serai incapable de faire autre chose pendant un certain temps. Il faudra, mes Sieurs, que vous vous chargiez de notre protection à tous les deux, lance-t-il en direction d'Olivier et d'Achille, qui acquiescent d'un signe de tête ferme.

— Quant à ce qui est de la réminiscence proprement dite, fait-il en s'adressant à Sylvine, voici comment cela fonctionne. Nous naissons tous accrochés par un cordon à notre mère. Puis, afin que nous puissions vivre de façon autonome, ce cordon est coupé... C'est un peu l'inverse qui se passe avec la réminiscence et le fil d'amour.

— Le fil d'amour ? sourit Sylvine, charmée par le nom.

— C'est le fil qui a été tissé pour nous par notre mère pendant sa grossesse. Il est plus ou moins long, coloré ou pas, fait de divers matériaux, en fonction de chacun, de ses ressources disponibles, de son histoire... Olivier, peux-tu montrer le tien à Sylvine ?

D'une de ses poches, le jeune homme sort une bourse en feutre noir et en renverse le contenu dans la paume de sa main :

— Le mien est fait de fleurs de rubis ertauquien. Il est assez petit, vu la rareté des gemmes utilisées, mais il fonctionne très bien quand même...

Dans sa main scintille un fil argenté où sont accrochées de fines corolles rouges. Celles-ci semblent pulser sous la lumière de sa lampe et il sourit en refermant le poing dessus. Gandore poursuit ses explications :

— À la naissance de l'enfant, la mère et ce dernier gardent chacun la moitié du fil et peuvent communiquer par la pensée n'importe où qu'ils se trouvent, en le prenant dans les mains. C'est ce qu'est en train de faire Olivier avec Dame Sopheline.

Olivier hoche la tête pour indiquer que c'était bien le cas, et range avec soin le bijou dans sa pochette.

Sylvine est émerveillée par le procédé. Curieuse de voir le fil d'Achille, elle lui lance un regard interrogateur. Il secoue la tête :

— Je regrette, Sylvine-mae, je viens d'un autre pays, de Soleïa-la-belle, et là-bas, nous ne connaissons pas le fil d'amour. Je n'en ai pas reçu à l'aube de ma vie... et, de toute façon, il ne me servirait à rien aujourd'hui. On ne peut pas dialoguer avec les âmes disparues...

Désolée de lui avoir remémoré de tristes souvenirs, elle lui envoie un sourire contrit, tandis que le Sage reprend :

— Placé sur le ventre ou autour de la taille, le fil n'aide plus à communiquer avec le présent, mais avec le passé, comme un retour au stade fœtal. Son extrémité est confiée à une autre personne, qui maintient le lien avec le présent.

Arrivé à ce moment-là de ses explications, il hésite, comme s'il ne savait par où poursuivre.

— Comment cela fonctionne-t-il ? demande Sylvine, qui essaie de visualiser la scène. On met le fil autour de sa taille et on est immédiatement propulsé dans le passé ?

— Pas tout à fait, cela serait trop simple. Il y a des incantations magiques à prononcer, il faut l'assistance d'une personne qui les connaît. Puis le réminiscent se sent comme aspiré de l'intérieur et sa pensée se retrouve projetée dans le corps du passé. Celui qui fait une réminiscence n'a souvent pas conscience qu'il revisite son passé, comme s'il était absorbé par celui-ci. D'où le besoin d'une tierce personne qui, en donnant régulièrement de légers coups sur le fil, rappelle au réminiscent qu'il est rattaché à une vie future et doit y retourner.

De même, il ne faut pas s'attarder dans les souvenirs : si la réminiscence se prolonge trop longtemps, alors, petit à petit, le corps dans le présent se dématérialise pour, dans de très rares cas, disparaître complètement.

Sylvine hausse les sourcils. Disparaître complètement ? Elle n'est pas sûre d'apprécier la façon de Gandore de minimiser les risques encourus. La chose a beau être rare, elle est tout de même angoissante à envisager. Elle se rappelle, avec un frisson, les paroles d'Olivier un peu plus tôt, au sujet d'une dame — Dame Faustine, il lui semble se souvenir — qui avait disparu lors de sa réminiscence.

Comme s'il sentait son trouble, Achille intervient :

— Ne t'inquiète pas, Sylvine-mae : Olivier et moi veillerons sur toi et si tu commences à devenir aussi blanche qu'un spectre, nous tirerons tellement fort sur ton fil que tu reviendras immédiatement tempêter à propos de notre manque de délicatesse.

Un peu rassurée, elle lui adresse un sourire complice.

Ses paroles font cependant écho à une interrogation qu'elle s'est posée plus tôt dans la soirée. Elle revoit la créature diaphane au bras de l'ami d'Olivier. S'agissait-il, justement, d'une réminiscente ?

— Olivier, tu as parlé avec un jeune homme blond pendant le Conseil, qui semblait être l'un de tes amis.

Il acquiesce, un sourire dans la voix :

— Oui, il s'agit de Boga, mon meilleur ami en effet.

— Il y avait une femme quasiment transparente à son bras, était-elle en train de faire une réminiscence ?

— Non, impossible.

C'est Gandore qui a parlé.

Olivier, lui, a inexplicablement rougi et s'il a ouvert la bouche pour répondre, aucun son n'en est sorti.

Surprise de son attitude, elle le dévisage avant de ramener son attention sur Gandore, qui a repris :

— Lorsque nous sommes en réminiscence, notre esprit quitte notre corps. Et celui-ci n'étant plus « animé », il ne peut se mouvoir. Le corps du passé, lui, est complètement actif, donc pas évanescent. Ce n'est pas une réminiscente que vous avez vue, c'est une Rêveuse, et elle n'a aucune espèce d'importance.

Gandore balaie les objections que Sylvine s'apprête à formuler d'un revers de la main.

— Vraiment, je vous assure. Cela n'a pas d'incidence sur les événements en cours. Vous avez déjà suffisamment de choses à assimiler, pour que vous ne perdiez pas de temps à vous inquiéter d'évènements aussi peu significatifs que l'apparition de cette jeune femme ou d'autres de son genre.

Sylvine a ouvert la bouche pour répondre vertement : encore une fois, il vient d'esquiver ses interrogations et elle commence à en avoir assez. Mais, comme pour démentir les propos du Sage, se matérialise soudain dans la pièce une autre femme à l'allure fantomatique. Si elle a la même consistance éthérée que celle dont ils sont en train de discuter, son physique est bien différent de celle entraperçue au bras de l'ami d'Olivier.

Plutôt boulotte, les cheveux filasses et les yeux chaussés de lunettes qui accentuent encore davantage leur aspect globuleux, elle est vêtue d'une sorte de chasuble informe. Ce qui frappe chez elle, hormis son arrivée imprévue, c'est qu'elle n'a d'yeux que pour Gandore.

— Mon cœur, mon puits de sagesse, je suis revenue te voir ! Ah, tu m'as trop manqué !

Elle s'avance vers lui, les bras tendus.

Soupirant d'un air excédé, le Sage fait un moulinet de la main et l'apparition disparaît comme elle est arrivée.

Stupéfaite, Sylvine est partagée entre le besoin de comprendre la scène qui s'est déroulée devant elle... et une furieuse envie de rire d'avoir vu le sérieux Gandore poursuivi par les avances d'un laideron extasié surgi de nulle part.

— Ah, euh, dois-je en conclure qu'elle non plus ne vient pas du passé ? l'interroge-t-elle innocemment, en se mordant l'intérieur de la joue.

Le regard noir, Gandore répond d'un ton sec :

— Exactement, et vous m'excuserez mais je n'ai pas envie d'en discuter. D'ailleurs, je vais vous demander de me laisser seul. J'ai des choses à faire, il faut notamment que je retrouve dans mes ouvrages comment préparer votre incantation, pour vous projeter dans un lieu et un instant précis de votre passé. Cela ne sera pas une mince affaire, j'ai besoin de temps et de calme pour y arriver. Je vous donne rendez-vous ici quand la lune sera pleine.

Ainsi congédiés, ils s'apprêtent à quitter son bureau. Tandis qu'Olivier s'éternise pour échanger un mot avec le Sage, Achille s'adresse à Sylvine dans ce langage fleuri qu'elle trouve charmant :

— La tendresse du soir étant propice aux baisers des amants, je te laisse avec ton Pulseur. Pour ma part, les abords de la cité m'appellent, je vais chasser les rats qui s'y dissimuleraient.

Pendant qu'il lui prend les avant-bras, comme le veut le salut citarien, elle saisit des bribes du dialogue entre Olivier et Gandore.

— Merci... votre incantation contre les Rêveuses... assez difficile comme ça, dit le jeune homme.

— ... dû faire de même..., grommelle alors Gandore.

L'esprit de Sylvine est assailli de nouvelles questions : qui sont ces femmes spectrales soi-disant « sans importance » ? Qu'est-ce que Pulseur signifie ? Que complotent le Sage et son amoureux ? Mais ces interrogations ne sont rien par rapport à celle qui l'angoisse le plus : que va-t-elle découvrir lors de sa réminiscence ? Est-elle réellement capable de faire ce que l'on attend d'elle ?

Elle croise le regard d'Olivier qui vient de la rejoindre... et remet ses doutes à plus tard : ils se retrouvent enfin seuls tous les deux et à vrai dire, elle ne désire rien d'autre que de vivre intensément les moments qu'il lui reste avant son départ... Avant qu'elle ne redevienne la Sylvine d'autrefois. Elle pressent que ces moments-là, grâce à l'innocence que lui procure l'amnésie, sont infiniment précieux.

— Viens avec moi, fait Olivier.

Ses doigts enlacés aux siens, elle se laisse guider vers une porte à l'arrière de la demeure, menant à l'extérieur. La nuit est douce et belle. La lune, un arc ventru dans le ciel, les éclaire de sa lumière complice et ils éteignent leurs lampes afin d'en profiter. Des chouettes hululent à intervalles réguliers, invisibles dans les ramures du petit parc vers lequel ils se dirigent tandis qu'un parfum léger et sucré emplit leurs narines.

Sylvine savoure la beauté du moment, sa sérénité. Délaissant le sentier principal, Olivier prend à droite, vers un monticule à l'écart, en haut duquel se détache la silhouette d'un arbre sur le ciel.

En s'approchant, Sylvine sent son cœur battre plus vite. Un sentiment de reconnaissance l'envahit... Arrivée devant l'arbre, elle a subitement la gorge nouée. Des larmes dans les yeux, elle tend la main vers le tronc et l'effleure. Une caresse tendre, d'amoureuse.

Bouleversée au plus profond d'elle-même, elle lève un regard d'incompréhension vers Olivier : comment peut-elle ressentir des sentiments aussi forts pour... un arbre ?

Son amant a un petit sourire et lui explique :

— Il s'est passé beaucoup de choses ici, autour de l'olivier sacré. C'est de là que tu as mis l'armée des Maudits en déroute... Et c'est également ici que nous nous retrouvions parfois, ajoute-t-il, arquant un sourcil malicieux, le regard entendu.

L'émotion éprouvée devant l'arbre se dissipe dans le cœur de la jeune fille et une autre prend sa place, envahissant son corps d'une fièvre subite.

Elle s'adosse au tronc noueux, sentant la vie émaner du végétal et vibrer en elle. Une pulsion sauvage, primitive semble l'habiter et elle s'entend exiger, d'un ton impérieux :

— Embrasse-moi.

Toute trace d'amusement disparaît du regard d'Olivier, qui se fait aussi enflammé que le sien. Comme si lui aussi ressent l'urgence qui vient de se saisir d'elle, il vient poser ses mains sur le tronc de part et d'autre de sa tête et s'empare de ses lèvres avec passion, tandis que son corps épouse intimement celui de Sylvine.

Un flot de sensations envahit celle-ci, comme une lame de fond qui emporte toute pensée cohérente sur son passage.

Eux.

L'arbre.

Lui. Elle.

Chaleur. Désir. Toucher.

Vivre, vivre, vivre...

Aimer.

Leur baiser achevé, ils se regardent. Un baiser ? C'était bien plus que cela, presque une union de leurs deux corps, en tout cas celle de leurs âmes.

En même temps, leurs lèvres s'ouvrent sur l'éternelle offrande du cœur :

— Je t'aime...

Sylvine aurait souhaité que cet instant ne cesse jamais. Elle ne sait pas ce qu'elle a vécu avant ni ce qui lui reste à vivre.

Mais elle est convaincue qu'aucun moment ne pourra être aussi beau que celui-là.

Puis, Olivier a un petit rire.

— Ahhh, amour... Nous n'avons pas le temps pour... enfin... de...

Il se passe la main derrière la nuque. Elle adore ce geste, signe de son embarras. Savourant son pouvoir sur lui, elle bat des cils, mutine, et s'appuie sur sa poitrine :

— Oui, nous avons le temps pour quoi, exactement ?

Secouant la tête, amusé et frustré à la fois, Olivier lui reprend la main.

— Viens, mon irrésistible, il faut que l'on parle un peu, tout de même. Asseyons-nous là.

Et il l'entraîne vers un vieux banc, un peu plus loin, qui surplombe la vallée d'Enu.

En voyant tout à coup, étalée sous ses yeux, la gigantesque rigole qui balafre le paysage, Sylvine retombe brutalement sur terre. Comment peut-elle être responsable d'un tel désastre ?

Lui prenant fermement les mains pour l'asseoir à ses côtés, Olivier la détourne de sa contemplation consternée.

— Sylvine, tu vas bientôt revivre ces derniers événements et réaliser par toi-même que tu n'avais pas le choix et que ce que tu as fait est plus une bénédiction qu'une catastrophe. Mais je voulais qu'on ait une discussion sur ce sujet tout de même, pour que tu ne penses pas, comme on a essayé de te le laisser entendre au Conseil, que tous les Citariens doutent de toi.

La jeune fille revoit alors dans son esprit la scène où Rochelaure pointe le doigt sur elle, la livrant aux regards de la foule. La colère s'empare d'elle. Une colère salutaire, car elle la sort de son accablement.

Elle se lève d'un bond et se met à arpenter l'espace devant le banc, s'échauffant au fur et à mesure qu'elle exprime la frustration qu'elle a ressentie à ce moment-là :

— Oui, j'ai bien vu que je n'étais manifestement pas l'héroïne de tout le monde… Notamment pas celle du chef du village… Quel être odieux, ce Rochelaure ! Et d'une arrogance ! « Regardez, regardez la coupable ! Une pauvre gourde amnésique ! Alors que moa, « le Sieur tiré à quatre épingles », je suis le vrai Sauveur de Citara ! » Ah ! J'aimerais bien le voir face aux fameux Maudits ! Ça m'étonnerait que son regard furibond et son air hautain les impressionnent, s'ils sont aussi terribles qu'on les dit. Non, mais, sérieusement, pour qui il se prend ? Et c'est qui, d'abord, ce type ? finit-elle par lancer à Olivier.

Le jeune homme a un petit rire désabusé, avant de répondre, dans un haussement d'épaules :

— Humm… Mon père…

— Oh…

Sylvine porte une main à sa bouche, tandis que le rouge envahit son visage.

— Olivier…, je suis désolée…

— Oh non, ne t'excuse pas. Il a été parfaitement odieux avec toi… comme à son habitude.

Olivier allonge ses jambes, enfouit ses mains dans ses poches et, rejetant sa tête en arrière pour fixer les étoiles, ajoute dans un soupir :

— Disons, pour simplifier, que je ne suis pas en très bons termes avec lui moi-même.

Sa mâchoire crispée contredit son attitude désinvolte.

Comprenant qu'il s'agit là d'un sujet sensible, Sylvine revient s'asseoir auprès de lui et pose une main compatissante sur son bras. Avoir un père comme ça ne doit en effet pas être une sinécure…

— Tu veux me raconter ?

Mais le jeune homme secoue la tête.

— Inutile, tu auras un aperçu de nos rapports très vite, dans ta réminiscence. Et il n'a pas eu d'impact sur ta formation de Gardienne, alors il ne faut pas que tu t'attardes sur lui.

À ce sujet d'ailleurs...

Et il lui reprend la main.

— ... je ne suis pas mécontent que tu retournes dans le passé avec la notion de ton amour actuel pour moi, car nos premières rencontres n'ont... comment dire... n'ont pas forcément été valorisantes en ce qui me concerne, ajoute-t-il avec un petit sourire en coin.

— Ah bon ? fait Sylvine, intriguée.

— Oui, d'ailleurs, je pense que tu ferais aussi bien de passer sur nos premières interactions, ça ne fait pas partie de nos meilleurs moments, grimace le jeune homme. Et puis, tu as tellement de choses à revoir qu'il ne faudra pas que tu t'attardes plus que nécessaire sur certaines scènes. Tu as compris les dangers qui pouvaient en résulter, n'est-ce pas ?

— Oui, mais comment saurai-je quels « passages » sont importants ou non ?

C'est l'une des principales inquiétudes de Sylvine quant au fonctionnement de la réminiscence. Perdre du temps à évoquer des souvenirs qui ne l'aideront pas à sauver les Citariens.

— Ah, comment dire ? Déjà, un indice se trouve dans la définition des lieux. Je vais t'expliquer : si, autour de toi, tout est clairement défini, si les détails te sautent aux yeux, si tu ressens comme une « netteté visuelle », c'est que ce souvenir est important pour toi.

Lorsque les contours sont flous, c'est que l'événement ne revêt pas de caractère particulier.

— Ah ? C'est comme les fameuses brumes dont Gandore et Rochelaure parlaient ?

Olivier marque une hésitation.

— Non, les Brumes sont une amplification de ce phénomène, mais dans le présent. D'ailleurs, contrairement à mon père et à Gandore, je ne suis pas convaincu qu'elles soient une si mauvaise chose.

Il s'arrête, comme s'il cherchait ses mots ou hésitait à poursuivre. Elle l'encourage du regard, curieuse. Depuis son réveil, Gandore s'est imposé comme celui qui sait. C'est « le Sage », il doit donc logiquement détenir les réponses à tout. Or, voir qu'Olivier ne partage pas son point de vue est particulièrement intrigant.

Olivier lui lâche la main et se lève, ainsi qu'elle l'a fait un peu plus tôt, comme s'il a besoin d'espace pour expliquer ses idées.

— Tu vois, depuis quelque temps déjà, les Brumes se sont faites plus persistantes, plus opaques, plus présentes. Je ne sais pas si elles sont la cause ou juste la manifestation d'un nouvel état d'esprit. Mais lorsqu'elles sont là, les Citariens se sentent différents... Leur destin semble moins tracé... C'est difficile à expliquer... Hors les Brumes, nos vies se déroulent comme si elles suivaient une logique inévitable, sur laquelle nous n'avons pas de prise. Ce sont des moments forts, certes, intenses même, mais...

Il s'interrompt à nouveau et lève les yeux vers la voûte étoilée. Son regard se fait plus insondable, comme s'il lisait dans le ciel un écho à ses pensées.

— Lorsque les Brumes sont là, je sens que tout est possible. Il n'y a plus aucune certitude, chaque moment est unique, inattendu. Les êtres agissent de façon plus indépendante, certains d'ailleurs profitent de la situation pour se livrer à des actes qu'ils ne concevraient même pas en temps normal, et ça, bien sûr, ce n'est pas la meilleure des conséquences...

Mais moi, ce que je ressens lorsqu'elles sont là, c'est avant tout un sentiment de... liberté.

Il dégage une telle passion, son profil sculpté se détachant sur le ciel étoilé qu'elle sait que si elle n'était pas encore tombée amoureuse de lui, elle le serait devenue à cet instant précis.

Elle lui sourit lorsqu'il la regarde de nouveau, heureuse de mieux le comprendre, et vient l'enlacer. Leurs lèvres se rejoignent, complices et tendres. Elle ne saurait dire combien de temps ils restent ainsi, à simplement savourer le bonheur d'être ensemble dans la nuit douce. Elle sait seulement que lorsqu'elle lève les yeux vers les étoiles, le sang se glace dans ses veines : la lune est presque parfaitement arrondie. Suivant son regard angoissé, Olivier contemple à son tour l'astre dans le ciel.

— Il est presque l'heure, acquiesce-t-il. Il nous faut rejoindre Gandore.

Dans un soupir, les lèvres dans ses cheveux, il murmure :

— Courage, mon amour, nous serons vite réunis.

Mais ses propos rassurants sont démentis par l'intensité de son étreinte, comme s'il a peur de la laisser partir. De son côté, Sylvine ne peut quitter la lune du regard, affolée de la voir se rapprocher inexorablement du cercle parfait.

Comme dans un rêve, elle suit Olivier sur le sentier qui les ramène à la grande maison où les attend Gandore.

Cependant, alors qu'ils n'en sont distants que de quelques mètres, un bruit métallique dans la ruelle qui longe le côté droit de la demeure, les fait s'arrêter net.

Tous ses sens soudain en alerte, Sylvine sait que le danger est là, tout proche.

CHAPITRE 7

Faire face aux complications

Trois silhouettes encapuchonnées de nuit les attendent à l'angle de la demeure des Importants.

D'un mouvement vif, Olivier sort son épée du fourreau et rejette Sylvine derrière lui. Deux des créatures s'avancent vers eux, deux hommes difformes, au teint livide et aux yeux brûlant de fièvre mauvaise. L'un est bossu, une sorte de brute épaisse au rictus baveux, l'autre, plus mince, arbore une lèvre inférieure grotesquement étirée sur la droite et ricane d'un air cruel.

Sylvine a saisi ces impressions en quelques secondes, tout en réfléchissant fébrilement à ce qu'elle peut faire pour prêter main-forte à Olivier qui, déjà, ferraille avec les Maudits.

Sa main se porte d'instinct à sa taille, mais n'y trouve rien, aucune arme. Furieuse de son impuissance, elle s'efforce de rester dans l'ombre protectrice d'Olivier sans pour autant gêner ses mouvements. Le jeune homme maintient avec adresse ses adversaires à distance : sa lame est vive et agile et il ne se laisse pas approcher. Mais il ne peut réellement attaquer sans mettre Sylvine à découvert, ce qui limite la portée de ses coups.

Derrière les deux ennemis, qui brandissent leurs sabres avec plus de brutalité que de dextérité, la troisième silhouette, en retrait, fait preuve d'une immobilité surprenante.

— Allons, mon p'tit gars, sois raisonnable, lance le maigre, on te veut pas du mal, à toi. Y a qu'elle qui nous intéresse. Laisse-nous la ramener chez nous, on te f'ra rien. Suffira juste de dire que t'as rien pu empêcher, qu'on était trop nombreux.

— Ben voyons, persifle Olivier. Tout le monde sait à quel point vous êtes des hommes d'honneur. Toujours à attaquer dans le noir, par-derrière si possible, Maudits que vous êtes !

De toutes ses forces, il rejette les armes qui viennent d'essayer de le piéger. Les lames grincent, tout comme les dents de ses adversaires.

Sylvine a soudain une idée : ses doigts s'activent à sa taille et agrippent l'objet froid et solide qu'elle y a dénoué. Ils tâtonnent jusqu'à trouver le petit mécanisme. Elle attend, attend...

Les deux Maudits accentuent leurs frappes, prenant plus de risques. Le front en sueur, Olivier doit reculer face à leur assaut conjoint. Le plus trapu des deux, sur sa gauche, est silencieux mais assène les coups avec la régularité d'un bûcheron en train de fendre du bois. À un moment, son sabre se faufile vers l'épaule d'Olivier : le tissu se déchire et une estafilade rouge s'y dessine, tandis que le Maudit ricane comme une hyène.

— Hihihihihihi !

Mais Olivier, imperturbable, a déjà enchaîné sur une botte et son épée se plante dans la poitrine de son adversaire. C'est l'occasion qu'attendait le deuxième comparse pour fondre sur son flanc droit, resté à découvert.

Sylvine s'interpose alors entre les deux hommes : sa lampe, qu'elle vient d'allumer d'un mouvement vif du doigt, éblouit le Maudit, et la lame rate sa cible. Comme brûlé par la lumière, l'homme hurle avant que son cri se termine dans un gargouillement. D'un geste précis, Olivier lui a porté le coup fatal, entre les deux yeux.

Sylvine a un sursaut de dégoût devant les deux corps à terre, mais déjà l'autre silhouette ennemie, jusque là restée immobile, se met en marche.

Olivier lui saisit la main en disant simplement :

— Cours !

Elle n'a pas le temps de s'interroger davantage qu'ils dévalent un sentier conduisant vers le centre de la ville, laissant le quartier de la demeure de Rochelaure sur leur gauche. Ils se retournent à plusieurs reprises, mais leur poursuivant ne progresse pas vite et ils finissent par le semer quelques ruelles plus loin.

Le cœur battant à tout rompre, l'esprit plein de nouvelles questions, Sylvine calque son pas sur celui d'Olivier, qui essaie de rendre leur course la plus silencieuse possible. En son for intérieur, elle se demande bien pourquoi, alors qu'il a occis deux de leurs ennemis avec une relative facilité, il a pris la fuite devant le troisième. Et pourquoi cet adversaire a tellement attendu avant d'intervenir.

Ils s'arrêtent au bout d'un instant, essoufflés. D'autres bruits leur parviennent, devant eux cette fois : des coups sourds, signe d'une bataille qui se déroule dans l'une des rues en contrebas. Sur leur droite, c'est un craquement sinistre suivi d'un cri qui se fait entendre juste après.

— Bonencre !

Sylvine sursaute devant le juron lâché par Olivier. Certes, elle comprend sa frustration : Enu est attaquée de toute part. Inutile, dans ces conditions, de continuer à essayer d'être discrets. Ce qui la choque, ce n'est pas le fait qu'Olivier ait juré, c'est l'interjection qu'il a utilisée :

elle est certaine de ne l'avoir jamais entendue auparavant et n'est pas sûre d'en saisir le sens.

Pendant ce temps, Olivier a fouillé dans la poche intérieure de son veston de cuir et en a tiré un cylindre en bois, obturé des deux côtés.

Sans perdre une seconde, il arrache avec ses dents la bande de protection d'une extrémité, place le petit tube sur ses lèvres et souffle avec force en direction de la voûte céleste.

Pfouitttt! Un projectile perce l'autre extrémité du cylindre et s'échappe à toute allure.

Puis Olivier reprend la main de Sylvine et se remet à courir, les faisant obliquer sur leur gauche : ils repartent en direction de la grande demeure de Rochelaure, par un chemin de traverse.

Ils n'ont pas fait plus de quelques pas, qu'au-dessus d'eux une gerbe de feu explose, illuminant le ciel d'une clarté quasi diurne, en une assourdissante déflagration.

Saisie, Sylvine trébuche, mais la poigne ferme d'Olivier la maintient debout. En quelques mots, il explique :

— C'est une fusalerte : elle prévient les Enusiens qu'ils sont attaqués et gêne les Maudits par la lumière qu'elle dégage, tant qu'elle dure.

Autour d'eux, la ville semble se réveiller en un mélange de cris, de mouvements, d'émanations de place assiégée. Les narines de Sylvine palpitent : elle vient de sentir une odeur de brûlé et effectivement, dans la rue adjacente à la leur, une lueur orangée signale qu'un feu a pris.

Olivier hésite, mais poursuit sa route, déterminé à mettre Sylvine à l'abri. Ils débouchent sur une placette, située juste devant l'entrée principale de la grande bâtisse qu'ils cherchent à atteindre. Une silhouette s'y tient, parfaitement immobile, comme si elle les attendait. La même silhouette qui les a pris en chasse un peu plus tôt et qui semble avoir très bien anticipé leurs déplacements

— Saleté de Vicre ! jure Olivier, qui tourne à demi la tête vers Sylvine, l'air anxieux. Surtout, ne te mets pas sur sa trajectoire. Je vais l'attirer vers moi et lorsqu'elle m'aura pris pour cible, je veux que tu coures à l'intérieur de la maison.

— Certainement pas !

— Sylvine, on n'a pas le temps de discuter, là, fait Olivier d'un ton urgent en reportant son attention sur leur adversaire.

La silhouette s'est animée et a avancé de quelques pas dans leur direction.

— Ah, ça commence à bien faire : j'entends ces mots depuis mon réveil ce matin !

Tout en surveillant elle aussi la progression de l'ennemi, elle continue sa diatribe :

— Vous êtes bien gentils, tous, mais j'en ai assez que vous preniez des décisions à ma place. J'ai peut-être oublié mon nom mais s'il y a bien une chose dont je suis sûre c'est que je ne suis pas du genre à aller tranquillement me mettre à l'abri en t'abandonnant derrière moi.

Olivier esquisse un sourire malgré lui :

— Tu es impossible.

Ils échangent un bref regard complice. À ce moment-là, Sylvine perçoit un mouvement du coin de l'œil : là, sur le toit du porche !

Elle tape doucement sur l'épaule d'Olivier, qui hoche la tête. Lui aussi a vu une forme sombre se déplacer en silence.

Comme s'il était soudain plus rassuré, il dégaine son épée et s'avance lentement vers leur adversaire. Inquiète, elle lui emboîte le pas. Lorsqu'ils se sont suffisamment rapprochés, elle réalise que la créature qui leur fait face... n'est pas humaine.

Il s'agit d'une sorte de statue, sculptée dans une matière métallique ; ses courbes sont celles d'un corps féminin nu, aux longs cheveux descendant jusqu'à la poitrine et aux yeux d'émeraude étirés.

Les faux iris, en les voyant s'avancer, s'illuminent soudain d'un bref éclair.

À cet instant, une silhouette féline bondit du toit et percute la créature de plein fouet, dans le dos.

Sous l'impact, la statue oscille avant de s'effondrer au sol.

Achille roule souplement sur lui-même, tandis qu'Olivier s'élance à son tour pour retomber sur la tête de la guerrière de fer, qui est en train de se relever.

Un craquement retentit, suivi d'un son cristallin, et l'une des orbites d'émeraude cliquette sur le pavé. Imperturbable, la créature commence déjà à se redresser sur un genou. Achille se jette dans son dos et Sylvine grimace au son de l'impact, violent, du corps de l'homme contre le métal.

— Han !

Grâce à son poids et à son élan, il parvient à faire à nouveau chuter leur adversaire et à se maintenir sur elle. La lame d'Olivier se porte aussitôt vers la tête à terre ; elle dérape sur le fer, plusieurs fois, avec un crissement désagréable, cherchant la faille sur le visage que la créature dérobe à ses attaques. Mais celle-ci ne peut l'éviter éternellement et, enfin, Olivier fait sauter la deuxième émeraude.

Ayant perdu sa source d'énergie, la statue s'effondre alors, le bruit métallique résonnant dans la nuit.

Sylvine, qui était restée figée sur place, frustrée de son impuissance, se rapproche d'eux :

— C'était quoi, ça ?

— Une Vicre, tout droit sortie de la forge de Rohé, halète Olivier. Ce monstre a réussi, par on ne sait quel prodige, à animer le fer et à le doter de rayons meurtriers. Et comme c'est un grand malade, il a dû trouver cela amusant de leur donner l'apparence de superbes créatures...

Après s'être essuyé le front, il ramasse les émeraudes qui gisent sur le sol et les glisse dans sa poche. Pendant ce temps, Achille s'affaire auprès de la Vicre, tout en s'adressant d'un air taquin à Sylvine :

— En tout cas, mon esprit est rassuré : l'éclipse de ta mémoire n'a pas atteint ton caractère. Je t'ai entendue bougonner du toit où j'étais tapi !

La pression se relâche sur les épaules de Sylvine et elle ne peut s'empêcher de rire :

— C'est grave si je me sens flattée par cette remarque ?

Tout en plaisantant, Achille a ouvert un cylindre similaire à celui qu'Olivier a utilisé plus tôt, en a répandu le contenu sur la créature, puis il recule et rejoint le couple derrière lui. Quelques secondes plus tard, avec une détonation sèche, la poudre s'enflamme d'elle-même, faisant instantanément fondre la carcasse métallique, mettant un terme définitif à son usage.

L'explosion qui a précédé la combustion a été plus sourde que celle ayant eu lieu en plein ciel, mais s'étant produite si près de l'entrée de la demeure de Rochelaure elle est rapidement suivie d'effet.

Car surgit alors sur le seuil un groupe hétéroclite, composé des serviteurs de la maison : certains sont vêtus de la longue chasuble de nuit que Sylvine a quittée avec soulagement plus tôt dans la journée, d'autres sont pieds nus, portant qui une arme, qui ce qui lui est tombé sous la main. Même Dame Élaine arbore une expression féroce, armée d'une impressionnante poêle en fonte. Elle est manifestement prête à en découdre avec les Maudits qui se trouveraient sur son chemin.

— Par la Créatrice, que se passe-t-il encore ?

— Une Vicre, c'était une Vicre !

— Alerte au feu dans la basse-ville !

Les nouveaux venus s'agitent sur le seuil avant qu'Olivier les appelle au calme :

— Braves gens, il va falloir que vous défendiez la demeure. Barricadez toutes les ouvertures et faites tout votre possible pour empêcher que les Maudits n'arrivent à l'étude de Gandore.

Comme s'il avait été invoqué, le Sage émerge à son tour, l'air soucieux.

À ce moment-là, un martèlement saccadé et métallique retentit dans une rue adjacente. D'autres entités de fer sont à l'approche.

Surgissent en effet sur la placette trois nouvelles Vicres aux yeux luminescents. La lumière de la fusalerte, toujours active, fait étinceler leurs corps et en voyant les statues d'acier s'avancer inexorablement vers eux, Sylvine sent son cœur se serrer. Achille et Olivier ont déjà eu du mal à se débarrasser d'une seule de leur espèce, alors trois... Et les pauvres gens de maison semblent bien peu à même de faire face aux redoutables créatures.

D'ailleurs, Gandore les fait reculer derrière lui. Ce geste rassérène Sylvine. Sûrement, le Sage va-t-il faire usage de ses fabuleux pouvoirs et régler la situation en quelques incantations bien senties. Pourtant, ce dernier ne regarde pas les Vicres : il observe avec plus d'angoisse encore les Brumes qui enveloppent presque entièrement la placette où ils se tiennent. Depuis quand sont-elles là ? Sylvine ne les a pas vues s'installer.

Particulièrement denses, elles tournoient nonchalamment autour d'eux tous, et d'elle en particulier, comme si elles attendaient quelque chose.

— Gandore, que se passe-t-il ?

Sortant en un sursaut de sa contemplation, le Sage répond :

— Nous ne pouvons plus retarder la chose, il faut que vous commenciez la réminiscence tout de suite.

— Mais...

— Olivier, Achille, pouvez-vous vous assurer que personne ne franchisse le seuil de cette demeure ?

Leurs yeux rivés sur les Vicres, qui ne sont maintenant qu'à quelques mètres, les deux hommes hochent la tête.

— Pas de problème, Gandore, affirme Olivier, on s'en charge.

— Va, petite étincelle, et reviens vite de ton voyage dans tes souvenirs ! ajoute Achille à l'intention de Sylvine.

Olivier échange un dernier regard, aussi intense qu'il est bref, avec elle. *Oui, reviens vite,* lui dit ce regard. *Reviens-moi.* Puis les deux hommes s'élancent dans un même élan vers les assaillantes. Celle qui est la plus avancée darde ses yeux maléfiques sur eux, des yeux soudains illuminés. Comme obéissant à un signal, ils se jettent en même temps de côté. Deux rayons verts pulvérisent le sol à l'endroit où ils se tenaient précédemment. Une odeur de terre brûlée s'élève sur la placette, alors qu'Achille et Olivier courent vers les deux Vicres suivantes et comptent à voix haute.

— Un... Deux...

Sylvine frissonne d'angoisse : ils tournent le dos à la Vicre qui vient de les viser, c'est terriblement imprudent ! Pourtant, celle-ci reste immobile, les yeux éteints. Tandis que Sylvine contemple avec fascination la scène qui se déroule devant elle, le vieux Sage lui attrape le bras.

— Venez, il ne faudrait pas qu'elle vous prenne pour sa prochaine cible : une fois prisonnier de leur regard, il est impossible de s'en dépêtrer. Rentrons.

— Quoi ? s'insurge Sylvine. Nous ne pouvons pas les laisser seuls face à ces trois... ces trois monstruosités. Vous... vous ne pouvez pas faire quelque chose pour les aider ?

— Croyez bien que je le regrette, fait Gandore, amer, mais mes pouvoirs n'opèrent que sur les matières organiques, pas sur ces abominations.

À regret, elle s'avance vers la porte et se retourne juste avant de la franchir :

— Huit...

Olivier poursuit le décompte. Une Vicre le suit du regard, pendant que l'autre fixe Achille. Les deux hommes ont intentionnellement dirigé leurs pas de façon à se trouver dos à dos, au centre d'un axe reliant les deux créatures. Soudain, les yeux de celles-ci s'illuminent.

— Maintenant ! crie Achille et tous deux se jettent à terre tandis que les Vicres émettent leurs rayons foudroyants.

L'une d'entre elles rate sa cible et brûle le sol herbeux loin derrière l'endroit où Achille se tenait.

Mais l'autre fait mouche.

Et frappe son acolyte de plein fouet.

La silhouette d'acier s'embrase avant de fondre sur le pavé. Olivier, qui s'était initialement trouvé devant elle, se redresse, narquois :

— Pas très futées, ces Vicres, quand même...

Déjà, Achille a recommencé le décompte, signalant, comprend Sylvine, le temps restant avant une réactivation de la statue : la première Vicre, par contre, s'est remise en mouvement et se dirige à nouveau vers ses deux adversaires.

Avant que le lourd vantail de la porte ne se referme devant elle, Sylvine a juste le temps de voir le visage décidé de l'homme qu'elle aime, qui court, l'épée au poing, en direction de la sinistre créature de fer.

Il a l'air sans peur, dans son élément. Et elle réalise que seule l'angoisse de la protéger, elle, a été une source d'inquiétude lors du combat contre les Maudits un peu plus tôt. Libéré de ce poids, il se consacre tout entier à sa tâche : éliminer les ennemis dégénérés qui attaquent les siens.

Anxieuse quant à l'issue de l'assaut, elle sursaute quand Gandore s'adresse à elle :

— C'est à vous maintenant d'engager vos forces dans une autre bataille. Êtes-vous prête ?

Inspirant profondément, elle acquiesce et le suit jusqu'à son étude. En chemin, ils croisent les serviteurs qui s'activent à bloquer les ouvertures et se préparent à soutenir un siège. Parmi eux, un homme de très grande taille, d'une carrure impressionnante fixe avec calme et décision des planches sur les montants des fenêtres. Sa bouche est emplie de clous prêts à être utilisés et lorsqu'un petit homme affolé vient lui parler d'une voix de crécelle en moulinant des bras, il ne peut que grommeler des mots inintelligibles mais qui réussissent tout de même à apaiser l'agitation de son interlocuteur. Un énorme choc ébranle alors la demeure et de la poussière tombe des poutres soutenant les étages. Sylvine presse le pas devant l'urgence de la situation : plus vite elle se sera souvenue de son passé, plus vite elle sera utile à son tour.

Arrivée dans le bureau du Sage, elle attend que ce dernier ait fini de marmonner en direction de la porte.

— Agara – Guèrèra – Réjara....

Il lance probablement des sortilèges de protection mais elle ne comprend pas les mots qu'il utilise. Son regard est attiré par un enchevêtrement d'objets posés sur l'une des tables : cela ressemble au tas qui se trouvait précédemment dans le placard de sa chambre. Il y a également une sorte de carquois avec des bretelles : deux lames y sont rangées, formant un X.

Gandore contourne la table tandis qu'elle s'en approche, intriguée...

— Vous n'aurez besoin de rien de tout cela pendant la réminiscence, l'assure le Sage, cependant j'ai pensé qu'il était plus sûr de tout faire amener ici, pour votre réveil.

Elle effleure un gros cordage du bout des doigts. Elle brûle d'envie de savoir à quoi il sert, mais se retient : dans quelques instants, elle va s'en souvenir, il ne faut pas qu'elle perde de temps.

Manifestement de cet avis, Gandore fouille dans le tas d'objets et en retire une jolie petite boîte de bois noir finement sculptée de motifs floraux. À l'intérieur, enroulée sur elle-même, repose une tresse de fils dorés, qui scintille sous l'éclat de la lampe de Gandore.

Le fil d'amour.

Sylvine tend les mains, irrésistiblement attirée.

Mais le Sage l'a déjà sorti du coffret et le garde hors de portée.

— Il ne me paraît pas opportun que vous communiquiez avec votre mère, vous l'inquiéteriez plus que vous ne la rassureriez. Elle n'est pas au courant de ce qui vous est arrivé, voyez-vous...

Sylvine a envie de se taper le front. Elle a complètement oublié cette propriété du fil, sa capacité à la faire dialoguer par la pensée avec sa mère.

— ... aussi vous demanderai-je de bien veiller à ne pas le toucher avec vos mains, poursuit Gandore.

Elle acquiesce de la tête.

— Venez mon enfant, ajoute le vieil homme, soudain ému, que je vous l'accroche.

Sylvine s'approche et il encercle sa taille de la cordelette dorée. Elle sent alors une chaleur bienveillante émaner de celle-ci. Des fourmillements la parcourent, comme une douce énergie. Elle prend place, à la demande de Gandore, dans le haut fauteuil à dossier au fond de la pièce. Confortablement installée, les mains sur les accoudoirs, elle est impatiente de commencer l'aventure de la réminiscence.

Le Sage lève les bras. Il a enroulé le fil d'amour autour de ses doigts : celui-ci luit doucement et Sylvine ne peut détacher ses yeux de son scintillement. Son corps se détend, ses mouvements de cœur ralentissent, ses extrémités s'engourdissent.

Le regard de Gandore se fait plus profond, plus insondable, comme si ses pupilles reflétaient une autre dimension. Sa voix puissante s'élève, psalmodiant des mots qu'il a soigneusement choisis :

Âme habitant ce corps
Entends donc mes paroles
Et prends bien ton envol
Vers un ancien décor.

Emprunte le chemin,
Retourne au jour précis
Où Sylvine a appris
Quel serait son destin.

Dans les pages de sa vie
Vagabonde à loisir
Mais reviens sans faillir
Quand tu auras compris.

Par la grande Créatrice,
Par la magie du lien,
Par tous les pouvoirs miens,
Je te fais spectatrice

Du passé de ses sens,
De ses mots, de ses actes,
Gardant ton corps en pacte,
Pars en réminiscence !

L'esprit de Sylvine tourne, tourne sur lui-même, et elle a l'impression de tomber dans un immense gouffre. Légères, ses pensées rejoignent à vive allure un tourbillon de lumières qui virevoltent follement et l'entraînent au milieu d'elles.

Dans la haute chaise en bois, ne se trouve soudain plus qu'un corps qui paraît assoupi.

Tremblant légèrement, tout autant d'effort que d'appréhension, le Sage veille, tandis que son cœur saigne un peu. Il sait bien à quel point la connaissance peut parfois s'avérer lourde à porter.

CHAPITRE 8

Se souvenir

Elle était dans un arbre. Un arbre entaché de soleil, au feuillage bruissant gaiement. Son cœur battait d'excitation heureuse.

À ses côtés, son meilleur ami partageait ce sentiment d'exaltation, celui de tout concurrent avant le départ d'une course.

— Grand Charme ? lança-t-il.

C'était un vrai défi, le Grand Charme étant assez loin pour qu'elle eût une chance de le vaincre. Pour une fois.

— Grand Charme ! approuva-t-elle, tandis qu'ils prenaient place chacun sur une branche.

Ils s'élancèrent, deux éclats roux dans le vert des branchages, passant à toute allure entre les ramures enchevêtrées, bondissant d'un appui à un autre, unis par la même ivresse, celle de la vitesse.

Sylvine avait plus d'élan ; elle connaissait bien les prises, les branches porteuses, et sautait avec aisance de l'une à l'autre. Mais Schnippy était agile et sa petite taille lui donnait l'avantage dans les passages difficiles.

Elle vit le Grand Charme se rapprocher et entendit Schnippy sur sa droite : pour l'instant, ils étaient à égalité. Deux chemins se présentaient à elle : l'un d'entre eux était constitué de branchages entortillés où elle devrait ralentir le rythme pour passer. Elle prit l'autre, plus risqué, mais qui lui laissait une chance.

Sans une seconde d'hésitation, elle courut sur la lourde branche étendue devant elle, le pied sûr, le regard dirigé vers son objectif.

Puis elle sauta dans le vide.

Il était toujours trop bref, cet instant où elle se retrouvait dans les airs avec la glorieuse impression de pouvoir s'y mouvoir, telle un oiseau.

Déjà, le tronc du Grand Charme se dressait devant elle, et elle se réceptionna — aïe — un peu trop près de l'arbre, une petite branche lui fouettant la tempe tandis que son épaule cognait assez durement le gros tronc moussu.

Qu'importe, elle avait ga-...

Sur la branche au-dessus de la sienne, Schnippy affectait nonchalamment de décortiquer une noisette. Mais ses yeux noirs luisaient d'humour : il avait encore battu son humaine préférée. Alors qu'elle peinait à reprendre son souffle, il conclut sur sa maxime habituelle :

— Dans arbres, être plus forts, écureuils !

Je suis là.
Quelle sensation étrange...
Je suis doublement là : j'observe la scène tout en y participant.
Je ressens l'insouciance qui était la mienne à ce moment-là, où ma vie se résumait à l'instant présent, à un jeu de course avec Schnippy.
Schnippy...

Ainsi j'ai un ami écureuil ! Et un ami écureuil sacrément farceur, apparemment.

Sylvine prit sa défaite avec philosophie et redescendit souplement de l'arbre. Lorsqu'elle avait recueilli le petit être tombé sur le sol quelque temps après sa naissance, trop jeune pour se nourrir, elle n'aurait pas imaginé qu'il deviendrait aussi fort et agile. Attendrie, elle l'avait ramené chez elle et grâce aux chèvres de Dame Vatine, avait pu l'aider à reprendre des forces. Puis, très vite, celui qu'elle avait surnommé Schnippy parce que cela sonnait comme « chenapan » avait cherché par lui-même ses sources de nourriture. Piochant un peu partout, il s'était rapidement aperçu que les humains n'aimaient pas quand il se servait dans les placards et préféraient qu'il utilise ce qui n'était pas enfermé. La mère de Sylvine ne lui criait jamais dessus bien sûr, mais quelques incursions dans les zones interdites lui avaient valu d'être pourchassé par une chose qu'il avait en horreur : le balai. Or, il craignait terriblement les poils drus de cet objet maléfique sur sa magnifique queue. Mais son intelligence lui avait permis de comprendre et de respecter les règles de vie dans la cabane de Sylvine. Celle-ci avait découvert qu'elle pouvait communiquer par la pensée avec la petite créature et que lesdites pensées étaient exceptionnelles par leur sagesse et leur humour... Enfin, lorsqu'elles ne se concentraient pas sur la recherche de nourriture, bien évidemment.

La compagnie de son complice lui était indispensable : tous deux ne se quittaient jamais. Autour d'elle, sans qu'elle en prît conscience, le paysage se troubla, devint moins net.

Une angoisse terrible me saisit tout à coup. Comment se fait-il que Schnippy n'ait pas été là à mon réveil ? Où est-il dans mon présent ? Je commence à comprendre comment la réminiscence fonctionne : je ne me rappelle que les instants que je revis, je n'ai pas de souvenirs de ce qui a précédé la scène que je suis en train de contempler. Seuls les moments que j'évoque dans le passé me reviennent, et je ne sais pas ce qui va arriver ensuite. Je dois guetter ces phases de clarté nette dont m'a parlé Olivier.

Mon esprit avance dans ce qui ressemble à un dédale de mots, j'entends comme un bruissement d'ailes.

Là.

Sylvine et Schnippy étaient sur le chemin du retour. Le petit écureuil avait repris sa place habituelle dans la torsade, la longue bande verte qui entourait la poitrine des Forestières, sa tête dépassant juste.

Sylvine allait d'un pas vif, malgré le poids du cordeau sur son épaule. Elle aimait marcher dans les sous-bois, tous ses sens en harmonie avec la nature autour d'elle : le craquement des branches mortes sur lesquelles elle posait le pied, l'odeur enivrante, riche, de la mousse et des fleurs, la rugosité des troncs qu'elle effleurait parfois de la main.

Elle connaissait tout de ces lieux, car elle était Forestière, tout autant par naissance que par inclination. Elle ne pouvait imaginer une vie ailleurs que dans ces bois mystérieux, où la lumière se dissimulait pour mieux réapparaître entre les arbres. Combien elle aimait ce jeu de cache-cache et surtout le doux bruissement des feuillages au-dessus de sa tête ! La forêt était un lieu vivant et cette vie résonnait en elle, comme si elle était un élément à part entière de cet écosystème, un arbre, une plante, un animal.

Tout au fond de son corsage, Schnippy grogna.

Avoir faim, Schnippy !

Les considérations métaphysiques de son amie lui paraissaient bien « enchevêtrées » — son expression favorite pour désigner tout ce qui lui semblait compliqué — au regard de ses simples besoins de nourriture.

Avec un petit rire, Sylvine pressa le pas, même si, moqueuse, elle ne put s'empêcher de souligner mentalement qu'il était étonnant qu'il soit si affamé que cela. Dans son cordeau, rempli des cueillettes destinées au village, étaient soigneusement rangées des baies de prunellier savoureuses auxquelles il avait tout de même fait un sort...

Pas mangé beaucoup ! se défendit Schnippy.

Sa maîtresse lui renvoya alors une image de ses moustaches violettes et il émit un « tsk tsk » vexé.

Dans le cordeau de Sylvine, se trouvaient aussi une bonne centaine de noix vertes pour les boissons de Sieur Vigan...

Peut-être avoir moins que ça, reconnut Schnippy, un peu honteux de sa gloutonnerie.

... des feuilles de brémance pour la mère de Sylvine, et deux lièvres pris dans les collets qu'elle avait posés.

Schnippy fronça le nez, écœuré devant l'image que Sylvine projetait, celle de la chair de lapin mijotant dans les marmites de cuivre des Forestiers.

Avoir drôles de coutumes, humains, grommela-t-il.

Sylvine sourit, compréhensive : si de nombreux Forestiers appréciaient les produits de la chasse, sa propre famille se nourrissait essentiellement de végétaux et de céréales. Les feuilles de brémance qu'elle avait collectées permettraient à sa mère non seulement de préparer des remèdes, mais relèveraient également le goût de leurs plats.

Par contre, elle n'avait pas réussi à trouver les cristallines dont Chloriane avait besoin. Elle culpabilisait à ce sujet, car c'était sa course avec Schnippy qui, outre lui avoir procuré une douleur encore vive à la tempe et à l'épaule, l'avait « empêchée » de chercher activement ces petites fleurs transparentes.

Non que sa mère lui en ferait le reproche, évidemment.

Chloriane ne parlait pas.

Elle n'avait plus jamais parlé après la mort de son compagnon, survenue avant la naissance de leur fille.

Sylvine se souvenait qu'enfant, elle avait été très frustrée de cet état et avait même pensé que sa mère ne faisait pas assez d'efforts pour recouvrer l'usage de la parole. Après tout, si elle parlait « avant », il n'y avait aucune explication physique pour que sa voix ait subitement disparu. Et elle était là, elle, n'était-ce pas une raison suffisante pour retrouver le chemin des mots ?

Mais un jour où elle jouait près de son arbre de vie, un serpent venimeux s'était glissé derrière elle et avait failli la mordre sans que, prise par l'activité qui l'occupait, elle ne l'ait entendu arriver.

C'était le « tchoiiiiiiiiinc » de la fléchette fichée sur la tête du reptile qui l'avait sortie de sa concentration. À quelques pas de là, Achille se dressait, la sarbacane à la bouche, le couteau prêt à être lancé si cela n'avait pas suffit. Mais c'était le visage blanc de sa mère qui avait le plus impressionné Sylvine. De l'autre côté de la clairière, Chloriane avait porté les mains à sa gorge, en un cri qui n'avait jamais pu dépasser ses lèvres, terrifiée devant son impuissance à alerter son enfant. Et c'était Sylvine qui l'avait consolée, tandis que de longs sanglots muets secouaient son corps. Après cet épisode, elle n'avait plus jamais douté de l'impossibilité pour Chloriane de pouvoir parler. Elles avaient trouvé une sorte de langage codé, passant par le regard, les expressions du visage, les gestes. Souvent aussi, elles prenaient le fil d'amour entre leurs mains et pour Sylvine, c'était alors un véritable baume que de sentir les douces paroles de sa mère effleurer son esprit et son cœur en une chaude caresse.

En fin de compte, Sylvine avait le sentiment de mieux communiquer avec sa mère muette que certaines des autres Forestières de son âge, dont la mère ne connaissait pas ce handicap. Certes, il n'y avait pas beaucoup de mots entre elle et Chloriane, mais une profonde compréhension, une... vérité, qui n'existait pas, par exemple, dans les rapports entre Écorcelle et Dame Vatine.

À l'évocation de la jeune fille qui lui avait tellement de fois rendu la vie difficile, Sylvine eut une lueur de satisfaction dans son regard. Car, enfin, elle allait damer le pion à sa rivale : demain, elle allait quitter le monde de l'enfance pour rejoindre celui des adultes; demain, elle entrait dans son seizième cycle.

Oh ma mère !
Je viens de voir fugacement ton visage
apparaître dans les pensées de la Sylvine
d'avant.
Tu es belle, ma mère, douce et brisée à la fois.
J'ai senti ta souffrance devant la perte de ton
époux, ce père que je n'ai jamais connu.
C'est un sentiment d'impuissance et de
fascination pour ma propre vie qui s'empare de
moi maintenant.
Qui suis-je ?
Qui était mon père ?
Pourquoi est-ce que je m'arrête devant cet
arbre comme s'il allait apporter des réponses à
toutes mes questions ?

Sylvine était arrivée auprès d'un chêne massif, un peu à l'écart du village. Schnippy émit un petit couinement approbateur. Lui aussi aimait aller écouter les histoires de l'homme qui y résidait. D'autant qu'il y avait toujours des noisettes, chez Radj.

Contrairement aux autres arbres de vie, celui-ci ne s'affichait pas comme un lieu d'habitation. Au contraire, une grande attention avait été portée à son camouflage. Le toit, par exemple, avait été soigneusement recouvert de mousse du même vert que le feuillage et les planches exclusivement prises dans du chêne. Radj avait tout fait pour qu'on ne distinguât pas la cabane perchée, allant jusqu'à se passer de la « monte », ce système de cordes et de poulies permettant aux Forestiers d'y monter et d'en descendre plus facilement.

Sylvine émit un sifflement semblable à celui de la cibelle, mais terminé par une vrille plus longue. Seuls les Forestiers initiés pouvaient détecter un signal dans ces trilles.

Radj apparut sur le pas de sa porte, hocha la tête en la voyant et grogna « Grimpe ! », de son habituel ton bourru.

La jeune fille ôta ses bottes afin de s'assurer une meilleure prise et ajusta son cordeau vers l'arrière. Schnippy était sorti de sa niche et elle entreprit l'ascension derrière lui, montant le long du tronc à la manière des premiers Forestiers, s'appuyant avec souplesse et agilité sur les aspérités naturelles de ce dernier. Sur la plateforme d'accueil, elle se débarrassa de ses affaires d'un coup d'épaule, tandis que Schnippy, arrivé en quelques bonds, achevait de franchir le seuil de la cabane.

— Ah, l'est toujours là, le rat ? l'accueillit Radj de son habituel ton sarcastique.

Une série de couinements indignés lui répondit.

Sylvine sourit de ce rituel entre les deux. Elle savait que Radj affectait de mépriser Schnippy... mais devait lui avoir sorti une poignée de noisettes de sa réserve dès qu'il les avait vus sur son racinium.

Et de fait, lorsqu'elle pénétra à son tour dans la pièce, le petit écureuil était déjà à l'affaire, décortiquant avec un plaisir évident sa première coque.

Elle fut accueillie de façon moins cavalière, mais sans effusion non plus. Un simple regard fut échangé, puis Radj lui tendit un bol de bois dans lequel pétillait un liquide rouge : de la mûrette. Sylvine raffolait de cette boisson pour son goût de fruits tout autant que l'effet gazeux apporté par l'eau de la quatrième source.

Avant de se saisir de son récipient, toutefois, elle planta un baiser rapide sur la joue rugueuse de son hôte.

— Belle journe à toi, oncle Radj !

Puis elle s'assit confortablement sur l'un des coussins disposés un peu partout dans l'arbre de vie. Le conteur n'avait pas son habituelle assistance d'enfants avides de rêver, qui venaient, lors du temps du loisir écouter ses histoires. Aujourd'hui, il n'y avait que Sylvine : cette session lui était réservée.

Tandis que Radj prenait son temps pour s'installer dans le gros fauteuil matelassé qui lui était dévolu, elle se demanda ce que l'histoire qu'il avait préparée pour elle allait lui révéler. Le récit qui marquait la fin de l'enfance était le plus important dans la vie d'un Forestier. Serait-ce un conte philosophique sur la maturité ? Une fable sur la nature et les animaux ? Une dernière aventure rocambolesque avant de clore ces sessions qu'elle avait chéries pendant toute son enfance ?

Une part d'elle s'attristait que ces instants magiques passés dans la cabane de Radj prennent fin. Même si elle était heureuse de rejoindre le monde des adultes et qu'elle savait qu'elle pourrait compter sur la présence attentive de son oncle, elle se sentait différente des autres Forestiers. Incomplète. Il n'avait pas toujours été facile de grandir, orpheline de père, aux côtés d'une mère rendue muette par le chagrin et seuls les récits de Radj ou les joutes avec Achille l'avaient aidée à s'évader d'un quotidien parfois trop silencieux.

En face d'elle, l'homme avait allumé sa soufflante, la longue tige de bois dispensant une fumée douce et sucrée, dont il aimait s'entourer avant de commencer un récit. Elle lui trouva l'air plus solennel qu'à l'accoutumée, les yeux brillants d'une émotion qu'il peinait à contenir.

Alors, elle sut quelle histoire il allait lui narrer.

Et son cœur se mit à tambouriner dans sa poitrine.

CHAPITRE 9

Écouter

Il y a bien longtemps de cela, aux confins du monde de Bramagine, naquit un enfant aux yeux et aux cheveux noirs comme la nuit, mais à l'esprit et au sourire lumineux comme le jour, un enfant qu'on appela Brohn.

Dans cette terre écrasée de soleil où les forces impitoyables du Grand Général Rorg faisaient régner la terreur et où le bonheur était proscrit, cet enfant apportait par sa seule présence un sentiment nouveau aux habitants de son village : l'espoir.

À contempler le visage rieur du jeune garçon, les opprimés d'Ultime supportaient plus facilement la dure vie qui était devenue la leur depuis la découverte, un jour maudit de tous, de la férelle. La férelle, ce minerai surgi des entrailles de la Terre après un terrible tremblement qui fendit le sol à une profondeur jamais encore explorée... et qui scella le sort d'Ultime à tout jamais.

Avant la découverte de ce matériau, les habitants d'Ultime, dernier village avant la barrière des Infranchies, vivaient heureux loin des turbulences politiques et partisanes qui secouaient le pays. Certes, ils ne connaissaient pas les splendeurs de L'Osias, la ville fortifiée où coulaient mille rivières et où prospérait une végétation luxuriante au milieu des demeures des Princes. Seuls les récits de rares voyageurs, qu'ils avaient du mal à croire, leur avaient présenté le lieu. Il se racontait que la table des Princes était tous les jours garnie de dix plats différents et qu'ils ne mangeaient jamais deux fois la même chose en une année. Que l'éducation des jeunes gens avait lieu de jour comme de nuit. Le jour pour tout ce qui avait trait à la beauté, la nuit pour tout ce qui avait trait à la mort. On chuchotait que des sectes prospéraient, et celle de la Cride notamment, qui enseignait à ses adeptes tous les moyens de tuer.

Mais ces histoires paraissaient bien éloignées de la vie des habitants d'Ultime. Eux ne connaissaient ni fontaines majestueuses ni règlements de compte sanglants. Il s'agissait d'un simple village de paysans, cultivant leurs champs et gardant quelques chèvres. Ils étaient oubliés de tous et vivaient fort bien cet isolement, sans cependant réaliser le bonheur qui était alors le leur. Seuls des êtres en partance venaient à Ultime, attirés par les hauts pics enneigés qui signalaient la limite du pouvoir de leurs cruels dirigeants. Les personnes pourchassées par la justice des Princes — enfin, par leurs assassins, car il n'était pas question de justice dans ces exécutions — avaient souvent cru pouvoir trouver dans les Infranchies un refuge contre la misère, la peur, la mort. Mais nul n'était jamais revenu d'une expédition dans les Infranchies et la montagne gardait son nom, indifférente au sort des hommes qui avaient espéré y trouver asile. Et les villageois d'Ultime haussaient les épaules devant la folie des fuyards et reprenaient leurs tâches quotidiennes dans leur solitude simple, à l'ombre de la montagne invincible.

C'était alors que l'Orage était venu. Le terrible Orage qui avait fait trembler la terre et creusé la Faille. Une fois qu'il fut passé, les habitants d'Ultime, curieux, explorèrent celle-ci et y découvrirent, à une grande profondeur, un minerai inconnu jusque là et qu'ils nommèrent la férelle. Il s'agissait en effet d'un métal aussi solide que le fer, mais qui était, à l'état naturel, d'une légèreté et d'une souplesse incroyables. On pouvait lui donner la forme que l'on voulait puis, une fois transportée à l'air libre, la férelle durcissait, devenant d'une rigidité à toute épreuve, mais gardant toujours son exceptionnelle légèreté. Très facilement, les habitants d'Ultime se confectionnèrent ainsi des récipients, des bijoux, des canalisations, des outils pour leurs cultures.

La nouvelle de ce nouveau minerai finit bien sûr par arriver aux oreilles des dirigeants à L'Osias. L'un des conseillers réalisa alors toute la portée de cette découverte et se proposa pour gérer l'exploitation de cette ressource et l'approvisionnement de la capitale en objets de toutes sortes. Les autres furent bien soulagés que l'un des leurs accepte volontiers cette tâche ingrate et se rende dans cette province si reculée, où nul confort n'existait. Ils lui laissèrent avec joie la charge de l'extraction du minerai et repartirent à leurs plaisirs et leurs complots.

Celui qui ne s'appelait alors que Rorg vint donc à Ultime et réorganisa la vie du village autour de la férelle. Il y fit fabriquer toutes sortes d'objets, utiles ou décoratifs, qui étaient ensuite expédiés à L'Osias. Mais également des armes de toutes sortes : épées, lances, boucliers, qui, eux, restèrent à Ultime. Doté d'une grande légèreté, et par ailleurs extrêmement résistant, cet arsenal allait, en quelques mois, lui permettre d'équiper l'armée secrète, qu'il avait recrutée au fil de ses pérégrinations dans les provinces reculées du territoire.

Devenu subitement invincible, il s'empara du pouvoir à Bramagine dans un bain de sang et se fit nommer Grand Général. Ayant conquis le pays grâce à sa mainmise sur la férelle, il voulut s'assurer que celle-ci était complètement contrôlée et imprenable par ses ennemis.

C'est ainsi que les habitants d'Ultime virent un jour débarquer un régiment d'une centaine d'hommes brutaux qui prirent possession des lieux et les assujettirent à une vie de labeur, entièrement consacrée à l'exploitation du sous-sol. Bien sûr, ils tentèrent de se rebeller, mais furent impitoyablement battus par des forces qui avaient déjà vaincu la capitale. Puis, la férelle vint à manquer et les villageois crurent que leur cauchemar était terminé. Mais les savants du Grand Général conçurent alors une technique qui permit de créer d'autres failles : ils fabriquèrent de grosses boules emplies d'une poudre noire, les sphérites. Lorsque l'on enterrait celles-ci et qu'on y mettait le feu, une explosion creusait le sol à une immense profondeur et sur un grand rayon. De plus petites boules servaient ensuite à former des galeries afin d'extraire la férelle et de la modeler sur place avant son transport et donc sa solidification à l'air libre.

Bien sûr, le procédé était extrêmement dangereux et nombreux furent les villageois à perdre la vie dans le maniement des boules d'extractions. En outre, à force d'être utilisées, elles finirent par détruire presque toutes les plantes, arbres et fleurs qui autrefois poussaient en surface. Seules quelques chèvres malingres subsistaient, raclant quelques piteux brins d'herbe sur les flancs des Infranchies. Et la pointe d'Ultime se transformait petit à petit en un désert où même l'air devenait nocif.

Les habitants s'étaient depuis longtemps résignés à une vie d'esclavage au service de l'exploitation de la férelle. Leurs jours ne connaissaient plus que la fatigue, l'accablement, la souffrance. Les hommes, les femmes, les vieillards : tous étaient réquisitionnés. Seuls les enfants étaient épargnés, et s'occupaient de l'entretien du foyer et de la préparation des repas. Jusqu'à leurs douze ans, où ils étaient à leur tour considérés comme aptes au travail.

Parmi ces enfants se trouvait le jeune Brohn, qui venait d'entrer dans sa onzième année. Il avait conservé, malgré la vie sombre que ses congénères menaient, un esprit enthousiaste et positif, encourageant les hommes à leur départ pour les failles, secondant les femmes à leur retour en leur portant leur matériel d'extraction ou en leur racontant les anecdotes de la journée : telle chèvre avait fait peur à un garde, telle autre avait déniché un bosquet de mûres que les enfants avaient pu récolter pour leurs familles, les poules avaient bien pondu, etc. Par sa présence, il insufflait une nouvelle énergie aux villageois et, petit à petit, sans même le vouloir, il leur donna une raison de se battre. Car ces derniers savaient que lorsque son tour viendrait de descendre dans les entrailles de la terre, il ne pourrait plus les enchanter, qu'il perdrait la joie de vivre dont ils avaient tellement besoin.

Puis un jour, l'un des gardes, pour se distraire de ses longues heures de surveillance, essaya d'entraîner l'une des jeunes filles derrière un buisson pour la violenter. Pourtant, les règles du chef du régiment étaient strictes à ce sujet : les habitants d'Ultime étaient destinés à l'extraction de la férelle et ne devaient servir qu'à cela. Des prostituées étaient d'ailleurs régulièrement amenées de L'Osias et des villages satellites, pour « distraire » les troupes de leur ennui. Et entre une courtisane parfumée et expérimentée et les femmes décharnées et mornes d'Ultime, les gardes savaient où allait leur préférence. Mais il y avait un certain relâchement à cette époque, le commandant étant plus laxiste que ses prédécesseurs, et le bataillon en fin de mission, donc plus prompt aux débordements. Le soldat essaya de s'en prendre à une jeune ouvrière qui avançait plus lentement que les autres à la fin de sa journée de travail. Au cri qu'elle poussa, le père de la jeune fille se retourna. Autrefois, il aurait peut-être regardé de façon impuissante la scène se dérouler. Mais depuis quelques années, la colère bouillait à nouveau dans les esprits devant les mauvais traitements qu'ils subissaient et la révolte grondait. Alors, voyant son enfant malmenée, l'homme lança un hurlement sauvage qui résonna dans le cœur de ses compagnons de peine. ASSEZ !

Dans un même élan, un même sentiment d'exaspération exacerbée, les villageois se ruèrent sur le garde et le mirent en pièce. Puis, alors que ses comparses interloqués tardaient à réagir, ils se jetèrent dans leur direction tandis que d'autres partaient à l'assaut du baraquement tout proche où la relève se préparait.

Hélas, leur puissance était moindre, bien moindre que celle d'hommes armés et qui sortaient d'une période de repos. Ils furent massacrés. En quelques instants, sur le chemin entre la caserne et le village, des corps gisaient partout, pour la plupart des habitants d'Ultime.

Le commandant aurait bien voulu organiser de sanglantes représailles, mais il avait déjà perdu tellement d'ouvriers qu'il se contenta de décréter que dorénavant les enfants de plus de dix ans devraient venir travailler, pour remplacer les morts. Et c'est ainsi que Brohn se retrouva dans la faille, avec les autres.

Pourtant, contrairement à ce que tout le monde pensait, il ne perdit pas son appétit de vivre. Bien au contraire, ce dernier avait été nourri de la révolte et du sursaut des villageois : pendant un instant, un glorieux instant qu'il avait contemplé du chemin où il attendait habituellement les siens à la fin de la journée, il avait vu le destin basculer. Des êtres soumis, hagards, faibles s'étaient transformés sous ses yeux en véritables lions. Mieux préparés, ils auraient pu gagner face à un régiment qui consistait désormais en hommes las de leur mission, un peu empâtés à force de ne plus faire d'exercices et qui ne s'attendaient pas à un tel déploiement de force.

Aussi le jeune Brohn entreprit de fomenter un plan et cette occupation pendant les longues heures d'extraction lui permit de garder intact son rêve d'une vie meilleure. Il réalisait qu'ils ne pouvaient lutter frontalement contre des ennemis ainsi armés. Et il était inutile d'espérer dérober de la férelle, celle-ci étant surveillée de près, les stocks pesés et consignés soigneusement à chaque étape du programme d'exploitation. Ce n'était pas le cas, par contre, des sphérites, souvent laissées dans les failles où toute la férelle avait été extraite, dans l'attente de création d'autres galeries. Alors, la nuit, Brohn se mit à récupérer autant de boules noires qu'il le pouvait sans se faire remarquer. Privé d'heures de repos pourtant nécessaires, il commença à manifester d'évidents signes de fatigue, ce qui ne surprit pas les travailleurs qui s'épuisaient à la tâche depuis de longues années. Mais il gardait toujours son sourire, et ce dernier révélait une telle confiance que les habitants reprenaient courage juste à le recevoir.

Or, une nuit que le jeune garçon s'apprêtait à repartir chercher d'autres boules, il entendit quelqu'un frôler sa hutte de terre battue. Retenant son souffle, il regarda discrètement au-dehors et aperçut une fine silhouette s'éloigner en direction des Infranchies. Curieux, il se décida à la suivre. Après une courte marche, pendant laquelle il réalisa qu'il filait Chloriane, une fille de dix ans nouvellement arrivée dans les failles, celle-ci atteignit un gros buisson épineux à flanc de montagne. Elle s'arrêta et Brohn se jeta silencieusement à terre tandis que la jeune fille se retournait pour vérifier qu'elle n'était pas suivie. Lorsqu'il releva la tête, elle avait disparu.

Saisi, Brohn attendit un instant allongé sur le sol, mais il n'y avait nulle trace d'elle. Il finit alors par se remettre debout et s'approcher avec précaution du buisson devant lequel il l'avait vue pour la dernière fois. Après quelques égratignures, il s'aperçut que ce dernier masquait une entrée dans la montagne. Sans hésiter, il s'y engouffra. Le lieu n'était pas sombre, contrairement à ce que l'on aurait pu croire : les parois de ce qui s'avéra être un tunnel étaient faites d'une matière phosphorescente, qui luisait suffisamment pour que Brohn voie qu'il y était seul. Toujours le plus discrètement possible, il continua son chemin et, au bout de quelques minutes, entendit un ruissellement d'eau ; le tunnel faisait une boucle et la lumière semblait plus intense derrière cette dernière. Avec précaution, il jeta un coup d'œil et retint une exclamation de surprise : il se trouvait devant une gigantesque cavité, ouverte sur le ciel nocturne et au milieu de laquelle coulait une rivière. Là s'affairait Chloriane, au milieu de plantes en pots, dont elle coupait quelques branches qu'elle mettait dans un sac en bandoulière. Puis elle se redressa, rangeant son petit couteau et refermant son sac. Brohn comprit qu'elle s'apprêtait à repartir au village et il rebroussa chemin aussi vite qu'il le put. Un peu trop vite, car dans sa précipitation, sa main se posa sur un pan de muraille où se lovait un serpent noir. Croyant qu'il était attaqué, ce dernier lui planta ses crochets dans la paume avant de glisser sur le sol. Arrivant sur ces entrefaites, Chloriane poussa un cri devant le corps d'un homme étendu dans le tunnel, tandis qu'un éclair noir disparaissait sur les pierres menant à l'entrée de la caverne. Comprenant ce qui s'était passé, elle retourna le blessé avec précaution, et se mordit la lèvre en découvrant que l'intrus de la grotte n'était autre que le charismatique Brohn et qu'il était en train d'agoniser. Mais la jeune fille avait été instruite par sa mère des vertus des plantes et elle possédait la science tout autant que le don de la guérison. Sans perdre de temps, elle confectionna un cataplasme purifiant, dont elle recouvrit la blessure, glissa une herbe médicinale dans la bouche de Brohn, puis le prit dans ses bras pour le réchauffer quand la fièvre infectieuse s'empara de lui et le fit trembler. Toute la nuit, ils restèrent ainsi dans la caverne, Chloriane veillant sur son blessé, tout en s'inquiétant de leur avenir. Elle n'osait imaginer ce qui se passerait s'ils étaient absents à l'appel au début de leur journée de travail, et son esprit conjurait des images angoissantes lorsqu'elle s'éveillait de la somnolence où la plongeait parfois sa veille.

Enfin, aux premières lueurs de l'aube, Brohn sortit de son état fiévreux. Faible, il dut encore attendre un peu avant de pouvoir se mouvoir. Chloriane lui raconta alors comment elle l'avait retrouvé et soigné. Reprenant des forces en partageant avec elle la boule de pain rassie qu'il avait emportée, il lui posa des questions sur la façon dont elle avait trouvé cette grotte et ce qu'elle y cachait. Elle lui expliqua que lorsqu'elle avait compris que les explosions de poudre allaient détruire toutes les plantes, elle avait pris la précaution de sauver les plus précieuses et de les entretenir secrètement ici. Comme le jour se levait, les jeunes gens convinrent qu'il leur fallait se remettre en marche au plus vite pour ne pas alerter les gardes.

Ils réussirent à rejoindre le village sans se faire remarquer d'autres personnes que du frère de Chloriane qui mit leur retour furtif sur le compte d'une amourette. À Ultime, en ce temps-là, les enfants n'en étaient plus depuis longtemps et il n'était pas rare de voir de très jeunes couples se former. Brohn et Chloriane, qui ne travaillaient pas dans la même faille, durent se séparer pour se rendre chacun dans la leur et toute la journée la jeune fille s'inquiéta de sa santé. Lorsqu'elle le revit le soir, il avait le teint cireux et ne protesta pas quand elle passa son bras sous ses épaules pour le raccompagner chez lui. Elle le veilla à nouveau cette nuit-là et découvrit, alors qu'il délirait sur son lit, ses projets de récupérer le maximum de poudre noire pour faire sauter les baraquements des gardes. Aussi, lorsqu'il eut recouvré ses forces et voulut entreprendre une nouvelle expédition nocturne dans ce but la trouva-t-il sur son chemin, déterminée à ce qu'il ne risque pas ainsi sa vie. Afin de la convaincre qu'il avait raison, le jeune homme l'emmena dans la caverne pour lui exposer son plan à l'abri des oreilles des autres.

Mais Chloriane était avisée pour son âge et au cours de leur discussion lui fit voir que même si son stratagème réussissait, ils seraient tout de même condamnés par les expéditions punitives qui s'ensuivraient, lorsque le Grand Général Rorg s'apercevrait qu'il n'était plus alimenté en férelle. Découragé de réaliser que son plan ne servirait à rien puisqu'ils étaient piégés par la montagne, Brohn laissait son regard errer sur la cavité, aussi grande que la place de son village, et d'où partait un autre tunnel. Tandis qu'il questionnait la jeune fille sur la disposition des lieux, une idée lui vint à l'esprit. Une idée plus audacieuse encore que tout ce à quoi il avait pensé.

Pendant de longues journes, Brohn peaufina ses projets, hésitant plus que jamais en sachant les sacrifices qu'il leur faudrait tous consentir. Autour de lui, la situation s'aggravait de jour en jour : ses compagnons ne voyaient pas d'issue et contemplaient l'avenir avec un désespoir toujours plus sombre. Par ailleurs, les corps mal nourris et trop sollicités s'affaiblissaient et les souffles s'épuisaient dans l'air vicié d'Ultime.

Or un soir, l'un des ouvriers revint le visage encore plus hagard que les autres jours : promenant un regard hébété sur les villageois assemblés sur la place, trop fatigués après leur journée de travail pour rentrer immédiatement chez eux, il lança d'une voix blanche : « Ils vont nous remplacer. » Il expliqua qu'il avait entendu le commandant annoncer à son adjoint que les troupes qui allaient venir les relayer apporteraient des travailleurs « frais », issus des geôles de L'Osias, car ceux d'Ultimes, usés jusqu'à la corde, ne remontaient plus autant de matière première qu'avant. Et lorsque son adjoint lui avait demandé ce qu'il allait advenir de ces derniers, son chef avait eu un rire gras en rétorquant que dans l'état qui était le leur, la mort serait une bénédiction et que « faire place nette » serait la première mission du nouveau bataillon. Un bataillon qui arriverait dans deux jours.

Un silence incrédule accueillit ses paroles puis la panique se saisit des villageois. Comprenant qu'il s'agissait là du signe qu'il attendait, Brohn monta alors sur une souche et s'adressa à eux. Il leur expliqua qu'il avait un plan, qu'il pouvait tenter de les sauver tous, oui, tous. Même les vieillards, même les enfants. Mais il voulait savoir s'ils lui faisaient confiance, car il ne pouvait rien leur promettre ni leur révéler. Il se dégageait une telle force, une telle lumière de celui qu'ils considéraient déjà comme un être à part depuis sa naissance, que tous se rallièrent à sa proposition.

Cette nuit-là, les habitants d'Ultime ne dormirent pas. Ils préparèrent des rations de nourriture, de maigres affaires, les outils qui subsistaient de l'époque où ils avaient découvert la férelle et toutes les réserves de bois qu'ils possédaient. Brohn passait de hutte en hutte et donnait à chaque personne suffisamment valide une sphérite. Chloriane voulut en prendre une, mais il refusa net, ce qui fit enrager et soulagea la jeune fille à la fois, elle qui détestait ces engins explosifs.

Le lendemain, ils se rendirent au travail, nerveux, mais déterminés. Quand la journée s'acheva, et alors que les gardes, qui pensaient déjà à leur départ, relâchaient leur surveillance, l'attaque eut lieu. Ceux qui se trouvaient dans la faille la plus proche de la caserne sortirent subitement de celle-ci tout en allumant leurs boules noires. Ils les lancèrent à toute force sur le bâtiment de bois puis se jetèrent au sol tandis que les sentinelles éberluées réagissaient avec retard, certaines alertant leurs congénères, d'autres s'enfuyant en courant, d'autres encore se dirigeant en brandissant leurs armes vers les ouvriers renégats.

L'explosion fit voler la caserne en éclats, éparpillant les corps des soldats restés à l'intérieur et de ceux qui ne s'étaient pas mis à couvert. Parmi les assaillants, deux furent écrasés par des débris enflammés projetés avec violence. Puis, dans le silence qui suivit la déflagration,

Brohn et d'autres hommes surgirent de leurs failles respectives, en hurlant. Comme convenu, la majorité d'entre eux avaient réussi à s'emparer des armes des gardes chargés de leur surveillance, pris par surprise par les événements qui se déroulaient au-dessus d'eux. De retour à l'air libre, ils se ruèrent sur les soldats encore debout pour croiser le fer avec eux. Les insurgés étaient plus nombreux, mais les gardes plus entraînés et, une fois leur stupeur passée, vendirent chèrement leur vie. Car tous avaient compris qu'il ne pourrait y avoir de survivants dans l'autre camp.

Brohn était partout, il se défendait comme un beau diable, taillant les ennemis en pièce, compensant son manque de technique par l'énergie du désespoir. Ou de l'espoir, plutôt.

Enfin, vint le moment où leurs tortionnaires furent décimés. Alors, dans un cri de délivrance, tous coururent vers Brohn pour le porter en triomphe, lui, leur héros, leur sauveur. Chloriane et lui échangèrent un long regard de joie farouche avant qu'il ne demande à être reposé au sol. C'est que tout n'était pas encore terminé : la relève serait bientôt là et il leur fallait se soustraire totalement au joug du Grand Général.

Pour la deuxième nuit consécutive, les villageois d'Ultime s'activèrent en suivant les directives de Brohn. Beaucoup pleurèrent en comprenant ses intentions, mais personne ne s'y opposa, tellement leur foi en lui était grande désormais.

Et lorsque la relève arriva, quelques heures plus tard, ce fut pour trouver non seulement la caserne et la mine détruite, mais les habitations d'Ultime également.

Ultime n'était plus, Ultime était morte. Les gardes se refusèrent tout d'abord à croire qu'il n'y avait aucun survivant et fouillèrent les décombres : toutefois, que ce soit dans le bâtiment militaire ou dans les huttes fumantes d'Ultime, ils ne découvrirent que des morceaux de corps calcinés.

Et après avoir vainement exploré les environs, et n'avoir récupéré qu'une misérable chèvre à moitié folle, ils retournèrent la tête basse à

L'Osias pour dire au Grand Général qu'aucune faille ne pourrait être exploitée avant longtemps.

Maintenant, on pourrait penser qu'il s'agit là d'une terrible histoire, où les habitants d'Ultime ne purent trouver la liberté que dans le suicide collectif.

Mais ce serait oublier l'intelligence de Brohn.

Car ce dernier savait que pour qu'ils soient libres, il leur faudrait donner au Grand Général des « preuves » de leur mort. Et pendant que les plus fragiles, guidés par Chloriane, entreposaient tout ce qui leur serait nécessaire dans la gigantesque caverne, lui et d'autres avaient eu l'effroyable mission de répartir les cadavres et lambeaux de chair des gardes dans les huttes d'Ultime, avant d'y jeter d'autres boules explosives. Puis ils avaient rejoint leurs camarades dans la grotte et, grâce à de plus petites doses de poudre, avaient fait sauter suffisamment de pans de la montagne pour obstruer l'entrée du tunnel, s'emmurant ainsi dans les Infranchies et empêchant toute poursuite éventuelle des Bramaginiens.

La vie s'était alors organisée dans la caverne, où chacun vaquait à sa tâche avec sérénité, s'employant surtout à reprendre des forces, aidé en cela par les potions préparées par Chloriane. Ils avaient de l'eau à profusion, des champignons comestibles, des œufs produits par les poules, du lait fourni par les chèvres, qui se nourrissaient du lichen qui poussait là. Ils se permirent même, au bout de quelque temps, de faire du feu, le ciel se trouvant tellement haut au-dessus de leurs têtes qu'ils ne risquaient pas de se faire repérer par la fumée : celle-ci se dissipait bien avant d'atteindre la cime des pics qui se dressaient tout autour de la cavité.

Cependant, Brohn ne comptait pas faire vivre son peuple dans une caverne pour le restant de leurs jours. Il avait exploré le tunnel qui partait sous la montagne et qui menait, il en était sûr, de l'autre côté de celle-ci. Ce souterrain semblait avoir été creusé des siècles auparavant et s'était effondré par endroit, aussi les réfugiés passèrent-ils de longues journées à excaver de lourdes pierres puis à étayer le plafond, pour continuer leur exploration. Vint le moment où il fut trop laborieux de rebrousser chemin pour retourner à la caverne et plusieurs équipes se relayèrent pour alterner les périodes de progression dans le tunnel. Seul Brohn restait dans ce dernier, dormant à l'écart de ceux qui piochaient et transportaient les pierres, lorsqu'il était trop fatigué pour poursuivre. Sa peau, qui n'avait pas été exposée aux rayons du soleil depuis des mois, pâlit considérablement et ses yeux perdirent l'habitude de contempler la lueur du jour, habitués qu'ils étaient à voir dans le noir. Mais son énergie les portait tous et un jour, un glorieux, glorieux jour, les trois hommes qui se trouvaient avec lui sentirent un souffle d'air leur arriver sur le visage. Un souffle d'air qui venait de *devant* eux. Un ultime coup de pioche et soudain ce fut la lumière.

— Et là, Sylvine, là, j'ai vu la plus belle chose qu'il m'ait été donné de voir de toute ma vie, fit Radj, délaissant le ton du conteur pour redevenir le participant ébloui qu'il avait été ce jour-là.

— La Forêt se dressait devant nous. Les arbres, la lumière verte et douce, le vent qui faisait bruisser les feuillages... Je ne sais combien de temps nous restâmes là, clignant des yeux tels des taupes émergeant finalement de leur sombre tunnel, à juste respirer cet air pur et à défaillir de bonheur.

Un bonheur que nous ne devions qu'à un seul homme.

Brohn.

Ton père.

CHAPITRE 10

Célébrer

Ça se complique. Le temps d'un récit, me voilà passée du statut d'orpheline à celui de « fille de héros »… et ce n'est pas facile à porter. Je me revois, dans le passé, essayer de recouper toutes les informations sur mon père. Et je souffre, je souffre à nouveau d'avoir perdu ce dernier.

Secouée jusqu'au plus profond de son être, un Schnippy repu endormi dans son corsage, Sylvine rentrait à son arbre de vie en repensant à l'histoire que Radj lui avait racontée. L'histoire de Brohn.

Une part d'elle admirait, bien sûr, l'homme qu'il avait été. Elle était fière d'être la fille d'un héros qui avait libéré tout un village et qui avait permis la naissance du peuple des Forestiers. Elle s'émerveillait du courage, de la résilience, de l'intelligence de Brohn… Mais elle aurait préféré qu'il ait connu un destin moins exceptionnel, qu'il ait mené l'existence banale d'un père à ses côtés. Au lieu de cela, il avait donné sa vie pour son pays, littéralement. Une fois les Forestiers installés dans la forêt, c'était lui qui avait initié les échanges avec la plaine, créant une alliance entre son peuple et les Vallésiens. Et c'était lui que l'on avait appelé à l'aide quand une bande de pillards venus du sud avaient commencé leurs raids dans la vallée. De sa première campagne contre ceux que l'on nomma dès lors les Maudits, Brohn revint cependant inquiet. Quelque chose couvait, la menace n'avait pas été éteinte. Il se murmurait que lors de la campagne un crime atroce avait été commis par un être dont personne n'avait vu le visage, un être maléfique. Apparemment, les Maudits n'hésitaient pas à se massacrer entre eux et cette sauvagerie gratuite avait ébranlé les Citariens, peu habitués à de tels actes.

Mais la vie avait repris son cours et Brohn avait rapporté de son expédition une pierre verte étincelante nouée au bout d'un lacet de cuir, qu'il offrit à Chloriane le jour où il lui demanda de devenir sa compagne. Celle-ci accepta avec joie et tous les deux goûtèrent enfin au bonheur d'une existence paisible.

Hélas, ce temps ne dura pas. Bientôt de nouvelles rumeurs inquiétantes arrivèrent du sud, à nouveau mis à mal par des Maudits mieux organisés et de plus en plus brutaux. La peur apparut à Citara, et ses dirigeants refirent appel à Brohn. Après des adieux déchirants au cours desquels Chloriane lui noua le pendentif autour de son cou en lui faisant promettre de le lui rapporter, il partit affronter le danger dans les lointaines provinces.

Il n'en revint jamais.

Radj, qui faisait bien sûr partie de l'équipée, avait longtemps cherché à comprendre ce qui s'était exactement passé lors de leur embuscade. La veille au soir, il avait vu son ami rentrer extrêmement inquiet et troublé d'une ronde. Ce dernier avait fini par admettre qu'il s'était trouvé face à un être effrayant et qu'il craignait que de la magie noire ne soit à l'œuvre, car l'homme avait subitement disparu. Mal à l'aise, les deux Forestiers ne dormirent pas de la nuit.

Au milieu de celle-ci leur troupe avait été brutalement attaquée et ils avaient dû lutter d'arrache-pied contre les Maudits et le terrible incendie qu'ils avaient allumé derrière eux afin de les piéger.

La sauvagerie des hommes tout autant que celle du feu les laissa pantelants au petit matin, près de la moitié de leur compagnie décimée. Lorsque les flammes moururent enfin, les survivants réalisèrent que Brohn ne se trouvait plus parmi eux... et ne retrouvèrent qu'un corps calciné, une dague fichée dans le dos. Seul le lacet à l'émeraude leur permit de reconnaître leur ami.

Éplorés, ils avaient alors ramené sa dépouille à sa veuve. Celle-ci n'avait pu supporter la nouvelle, d'autant qu'entre temps elle avait appris qu'elle portait leur enfant. Elle était partie à son tour vers le sud, à la recherche d'un ultime espoir : il y avait une erreur, son compagnon était plus grand que le cadavre racorni par le feu qu'on lui avait présenté, il était fort, il était beau, il était... invincible. Radj, ravagé par la douleur mais comprenant qu'elle devait entreprendre ce pèlerinage, l'accompagnait dans sa quête afin de veiller sur elle.

C'était une femme hantée par le chagrin qui était revenue, brisée, vaincue. Muette.

Seule la naissance de sa fille lui avait permis de reprendre goût à la vie et de retrouver le sourire. Mais pas sa voix. Souvent, Sylvine se demandait si c'était parce qu'elle avait trop crié sa détresse sur les chemins du sud où son amour avait trouvé la mort.

Grâce à Radj, Sylvine pouvait désormais associer les bribes entendues dans son enfance et donner du sens aux regards qu'avaient eus certains Forestiers envers elle : une sorte d'admiration, de reconnaissance par procuration. De la pitié aussi, parfois même de la jalousie, comme avec Écorcelle. L'histoire de Radj lui avait rendu son père au moment où elle s'apprêtait à entrer à l'âge adulte et à offrir ses talents à son pays. Mais quels étaient-ils, ces talents ? Elle ne se sentait pas courageuse comme son père ni aussi douée que lui.

Elle arracha une longue herbe graminée, se mit à la mordiller pensivement et renversa la tête en arrière pour laisser le soleil effleurer son visage en une chaude caresse. La caresse qu'elle aurait aimé recevoir de Brohn.

Mes parents...
Quels sacrifices avez-vous consentis pour le bonheur et la sécurité de votre peuple !
Je me sens coupable d'être là, vivante grâce à vous,
mais si inutile et si faible.
Cette mission de Gardienne, je comprends mieux pourquoi je l'ai acceptée : sûrement pour faire autant pour mon pays que mon père avant moi.
Pour être digne de sa bravoure et de son dévouement aux autres.
C'est étrange.
Je ressens comme une appréhension à cette pensée.
J'ai peur de ne pas avoir été à la hauteur.
Faites que j'aie été à la hauteur...

Toujours songeuse, Sylvine avait rejoint son arbre de vie. Celui d'Achille était juste à côté et elle fut tentée de se rendre chez celui qui avait été un père de substitution pour discuter avec lui de ce qu'elle venait d'apprendre, savoir s'il était lui-même au courant des agissements de Brohn. C'était peu vraisemblable, cela dit : arrivé dans la forêt alors qu'elle n'était qu'une enfant, Achille avait surpris les Forestiers par son langage fleuri, ses colliers de pierre et ses tatouages. Il provenait d'un pays lointain, où les légendes des Forestiers n'étaient sûrement pas contées. Il s'était intégré à la communauté petit à petit, se rendant utile grâce à ses aptitudes de chasseur accompli. On ne savait pas grand-chose de lui, juste qu'il aimait la forêt avec passion et qu'il avait une tendresse particulière pour la fille de Brohn.

Sylvine hésita. Mais l'une des montes de son propre arbre de vie était en position haute, ce qui signifiait que Chloriane était là. Elle seule pourrait atténuer la grosse boule que Sylvine sentait gonfler dans sa gorge. Elle dénoua la corde restante et s'envola vers la cabane, tandis que le contrepoids en pierre retombait doucement au sol. Puis, à l'arrivée sur la plateforme d'accueil, elle rattacha soigneusement la corde, qu'elle réutiliserait pour redescendre, à la branche prévue à cet effet.

Elle se retourna. Chloriane, lumineuse comme toujours, l'attendait sur le seuil. Elle portait la tenue des Forestières, jupe détachée, avec une élégance naturelle ; ses cheveux, aujourd'hui plus blancs que roux, encadraient librement son doux visage. Lisant le bouleversement sur les traits de sa fille, elle lui tendit les bras. Sylvine s'y réfugia, donnant libre cours aux larmes qu'elle avait jusque là gardées à distance.

— Oh, mama, Radj vient de me raconter... Il vient de me raconter...

Je. savoir... Je. donner. accord. Radj... Je. aimer. toi.

Sylvine sentit une tendre chaleur l'envahir, comme chaque fois que Chloriane et elle communiquaient via le fil d'amour. Sa mère avait sorti la chaînette dorée de son écrin, anticipant le fait que sa fille ne pourrait se contenter, à son retour de l'arbre de Radj, de leurs habituels gestes. Les mots retransmis par la magie du lien avaient beau être simples, exempts de conjugaison, ils n'en étaient pas moins efficaces : purs et sincères, ils adoucirent sa peine.

Tu. adulte. demain. Tu. savoir. origines. Tu.choisir.qui. être.

Oui, elle avait bien compris le sens de l'histoire de Radj : compléter les manques de son passé afin qu'elle puisse, en toute connaissance de cause, orienter son avenir. Elle serait digne d'un tel héritage. Elle se le promit.

Tu. venir. Je. cadeau.

Sylvine suivit sa mère à l'intérieur de l'arbre de vie et posa son cordeau, qui ne contenait plus que sa cueillette personnelle, sur la table en bois qui trônait au milieu de la pièce centrale, à côté d'un paquet de forme arrondie recouvert de fleurs. Sa lampe! Ou plutôt le châssis que chaque Citarien se voyait offrir à sa majorité. Elle n'aurait dû le recevoir que le lendemain mais Chloriane avait décidé de lui remettre avec un peu d'avance ce traditionnel cadeau qui lui permettrait d'emporter sa lampe partout avec elle, comme les autres adultes.

Elle avait hâte de découvrir le support que sa mère avait demandé à la lampeuse du village, personnalisé en fonction de ses goûts et de ses aspirations. Elle ouvrit fébrilement l'emballage avant de porter la main à sa bouche : le châssis était superbe, l'artisane ayant su allier la beauté d'une tresse élaborée, qui rappelait celle qu'elle portait quotidiennement, à la robustesse nécessaire pour une Forestière qui avait tendance à accumuler les cascades et aventures en tout genre.

Tu. apporter. lampe. fête. majorité.

— Merci, mama. Merci!

Elle embrassa sa mère avec reconnaissance, avant de reporter son attention sur le bel objet.

Tout redevient flou, moins délimité. Je sais qu'il faudrait que j'enchaîne sur un autre souvenir... Mais comme j'ai envie d'en savoir plus sur mon arbre de vie!

Je contemple avec avidité, à travers mes yeux du passé, ce cadre que je découvre enchanteur. Là, la grande desserte contre un pan du mur où je pose mon cordeau. Lorsque je me retourne, j'ai une vue plus générale de la pièce, avec ses fauteuils tressés, les bouquets de fleurs qui la décorent, en une harmonie de bleus et jaunes éclatants.

Sylvine... enfin... je *me dirige vers un coin de la cabane où je range mes outils de Forestière : il y a plusieurs petites niches à cet effet. Tiens, on dirait qu'une passerelle part de là, mais je n'en aperçois que le début, du coin de l'œil. Pas de lits, je me demande où nous dormons. Ah, là : un escalier tournant taillé dans le tronc. Il doit mener à un autre étage et à d'autres pièces.*

Comme j'aimerais emprunter cet escalier... Cela ne semble pas être mon intention : je me dirige maintenant vers une petite ouverture située presque en face de l'entrée et où arrive une conduite en bois. J'actionne la pompe à côté de celle-ci et je me lave les mains tandis que l'eau coule en bruitant gaiement dans la bassine de fer blanc qui la recueille. C'est ingénieux : je ne sais pas d'où provient l'eau, mais celle-ci est fraîche sur ma peau. Je m'en asperge le visage et apprécie la sensation.

Mes pensées d'avant se dirigent alors sur le « temps du loisir »... Qu'est-ce que c'est ? Un coup d'œil vers ma mère m'apprend qu'elle est occupée à trier les plantes que je lui ai rapportées dans divers compartiments où je distingue flacons, boîtes et pots bien ordonnés.

À ce moment, la passerelle se met à tressauter,
signalant l'arrivée d'un visiteur.
Puis Achille apparaît, à ma grande joie. Il a
dans ses énormes mains de petites fleurs
transparentes et étincelantes : des cristallines,
qu'il présente, paume ouverte, à Chloriane.
Main sur le cœur, celle-ci le remercie d'un
doux sourire. Puis, nous fait signe de vaquer à
nos occupations et de la laisser tranquille,
manifestement impatiente de transformer la
récolte en médecine.
Mon géant préféré me propose alors de venir
jouter, ce que je semble accepter avec
enthousiasme. Une vision furtive m'envahit,
celle d'une lutte joyeuse, avec un grand bâton
aux mouvements gracieux...
Mais je ne vais pas les rejoindre sur le
racinium.
Je sais que je n'ai que trop tardé ici, il faut que
j'avance dans mes souvenirs.
Cela devient de plus en plus difficile de
m'arracher à la contemplation de ce passé qui
me fascine... Comme ces lumières...

Sylvine venait d'arriver, en compagnie de sa mère, à la clairière principale, où tout le village était rassemblé. Une fête allait s'y dérouler, en ce dernier quartile du quinzième cycle de Citara. Une célébration exceptionnelle signalant non seulement la fin d'un cycle mais aussi l'accession à la majorité de leur tout jeune pays.

Les festivités prévues étaient nombreuses, les plus belles se tenant bien sûr à Enu, la capitale. Mais même ici, dans la Forêt, on s'apprêtait à fêter dignement l'événement.

— Et c'est parti pour les simagrées...

Sylvine se retourna et sourit à la jeune femme brune à l'air boudeur qui venait de manifester son manque d'entrain. Titane prisait peu les danses, et encore moins celle de l'Appel, où toutes les participantes devaient exécuter leurs mouvements dans une symétrie parfaite. Comme Sylvine, elle avait tendance à se tenir à l'écart des autres. Sa haute taille, son allure un peu garçonne, ses manières parfois brusques ne lui avaient pas valu que des amies, mais Sylvine appréciait sa franchise et sa simplicité.

— Avoue que ce soir, c'est tout de même particulier...

Comme Titane, Sylvine n'avait guère d'engouement pour la danse de l'Appel. Non, elle, ce qui lui plaisait, comme Schnippy, qui d'ailleurs commençait déjà à sautiller sur son épaule, c'était la musique jouée pendant la cérémonie. Elle vibrait au son des tambours de bois, elle aimait l'harmonie produite par les instruments et l'énergie qu'ils libéraient. Si elle rechignait souvent à prendre sa place dans la danse de l'Appel, aux mouvements minutieusement chorégraphiés, elle était par contre toujours partante pour les farandoles joyeuses dont les Forestiers raffolaient.

L'occasion était toutefois trop importante pour ne pas participer à la danse d'ouverture cette fois-ci : même Titane se joignit à toutes les autres Forestières dans le carré qu'elles avaient constitué. Les pas étaient compliqués et précis ; Sylvine s'appliqua à ne pas en oublier un. Certes, elle était moins gracieuse que Chloriane ou Maelle, les deux meilleures danseuses du groupe. Mais pour la première fois de son existence, elle finit par apprécier la communion du moment et la magie créée par l'alliance des pas et de la musique.

Qui sait ? Peut-être que grâce à leur ferveur à tous la Gardienne serait révélée ce soir ?

Un bref instant, les battements de son cœur s'accélérèrent : elle avait senti comme une présence lui caresser l'esprit.

Mais non.

Elle avait dû imaginer la chose.

En face d'elle, sur une branche en hauteur d'où il observait la danse, Schnippy la fixait de ses yeux avisés.

Et pour une fois, elle ne put deviner ses pensées.

Cette danse...
Une émotion particulière m'a étreinte en la contemplant.
En y participant.
Les pas...
Les pas écrivent Citara dans le sol...
Je suis bouleversée parce que j'entraperçois...
Non ! Impossible.

— Mes amis Forestiers, voici ouverte la cérémonie de célébration des seize cycles de Citara, déclara Dame Ferne, la chef du village de Sylvine.

Élancée, âgée d'une quarantaine de cycles, elle possédait un charisme naturel qui l'avait fait élire à ce poste sans même qu'elle l'ait recherché. Elle était inventrice, imaginant et fabriquant pour le village toutes sortes d'objets utiles au quotidien. Ses cheveux bruns étaient, en ce soir de fête, nattés autour de sa tête et elle ne portait pas son habituel fichu vert.

— Notre pays est bien jeune pour affronter les responsabilités nouvelles qui l'attendent. Il va devoir déjouer les manigances de Rohé et ses intentions dominatrices sur Citara. Vous le savez, j'ai connu le seigneur des Sous-Terres lorsqu'il figurait encore au Conseil d'Enu, il y a un cycle de cela. Eh bien, je peux vous dire que ce n'est ni son visage ni son regard diabolique qui sont le plus à craindre. C'est son intelligence. Il semble avoir toujours un tour d'avance sur ses adversaires. Or, désormais, ses adversaires, c'est nous.

Comme les autres, Sylvine frémit en pensant à l'aventurier à la sinistre réputation.

Venu du sud, apparaissant au départ comme un généreux donateur en distribuant autour de lui les gemmes vertes issues de ses mines, il avait fasciné les Citariens par l'aura de mystère qui l'entourait. Elle-même ne l'avait jamais vu et avait du mal à comprendre comment un être que l'on décrivait hideux au possible, avec son visage couvert de cicatrices et de tatouages en forme de reptiles arrivait à séduire autant de femmes. Sûrement que de la magie noire était à l'œuvre dans tout cela. Un harem de concubines, toutes plus belles les unes que les autres le suivait, entièrement dévoué au « Maître de la Terre ». Cette appellation avait fait davantage tiquer les Citariens que ses mœurs sexuelles, mais Rohé, alors en pleine campagne de charme auprès des Importants, avait prétendu qu'il s'agissait d'une référence à ses mines « sous terre » et cela les avait pour un temps rassurés. On avait donc donné, au territoire possédé par Rohé à l'extrême pointe sud du pays et non encore répertorié sur la jeune carte de Citara, le nom des Sous-Terres. Et il avait pu siéger au Conseil à ce titre.

Mais il était resté mystérieux, n'apparaissant que lors des grandes concertations, nouant dans l'ombre des contacts avec les marchands de Siort et inondant les artistes de Xued de ses émeraudes. Les premiers à dire que les pierres étaient maléfiques furent les Forestiers, représentés par Dame Ferne. Ses talents d'inventrice, couplés à son affinité avec la Nature, lui firent vite réaliser qu'une vie pulsait dans ces gemmes, une vie maligne. Peu de gens l'écoutèrent, cependant, tant l'engouement pour les bijoux et ornements verts avait pris à Citara. Les Forestiers durent se contenter de ne pas les introduire chez eux, au grand dépit du Maître des Sous-Terres. Celui-ci devint par ailleurs de plus en plus exigeant dans ses demandes, au point de postuler pour être nommé Dirigeur.

Sieur Rochelaure, qui avait participé à la naissance et à l'organisation de Citara quinze cycles plus tôt et qui était pressenti pour cette tâche avait vu d'un très mauvais œil cette démarche et les deux hommes s'étaient livrés à un âpre combat d'influence auprès des Importants, autour du poste convoité.

Finalement, sa violence et la peur qu'il inspirait jouèrent contre Rohé et ce dernier perdit la nomination qu'il souhaitait tandis que Rochelaure était introduit dans ses fonctions. Furieux, humilié, Rohé repartit dans les Sous-Terres en jurant qu'il se vengerait.

Depuis, les raids des Maudits à l'intérieur des terres citariennes se multipliaient. Le fait que seuls les habitants qui portaient une émeraude sur eux étaient épargnés fit comprendre à la population que Rohé était bien derrière ces troubles, même s'il ne revendiquait pas ces exactions. Le besoin en pierres vertes augmenta, afin de se protéger.

Mais les émeraudes n'étaient plus offertes, désormais. Ceux qui en détenaient ne voulaient pas s'en séparer et ceux qui en faisaient le commerce exigèrent de nombreuses choses en échange au point qu'on en arrivait aujourd'hui à de véritables excès.

Seuls les Forestiers étaient pour l'instant épargnés, comme ils étaient situés le plus au Nord par rapport aux terres de Rohé et de ses troupes.

— Mes amis, je ne souhaite pas gâcher notre belle fête avec mes craintes. Toutefois, le vent nous murmure des avertissements, les sous-bois frémissent d'angoisse, vous l'avez senti comme moi. Il va nous falloir être vigilants. Et, tout comme notre pays qui entre dans sa majorité et va devoir se mesurer à de nouvelles obligations, il va aussi nous falloir accepter de nous investir davantage dans la destinée de notre terre. Car nous sommes peut-être avant tout des Forestiers, mais nous sommes également, ne l'oublions pas, des Citariens.

Émue, Sylvine se joignit aux acclamations poussées par ses pairs. Chloriane, à ses côtés, lui serrait la main avec force, des larmes dans les yeux. Le discours de Dame Ferne devait lui remémorer ceux que Brohn avait dû tenir à son époque. Pour la première fois, Sylvine réalisa qu'il n'avait pas dû être facile de convaincre ses compagnons, qui n'aspiraient qu'à une vie calme dans leurs chères forêts, à rejoindre un combat dont ils étaient pourtant distants.

Elle-même avait du mal à croire à la menace qui pesait sur Citara : la soirée était belle, le soleil jouait entre les feuilles des arbres et une douce brise caressait les visages.

Bien vite résonnèrent les instruments des musiciens et, emportée par les trilles joyeuses et l'ambiance de fête, Sylvine oublia ses soucis.

Pourquoi cette angoisse qui me ronge alors que je contemple les danses et les chants. De l'angoisse ? Non, ce n'est pas tout à fait cela... On dirait... comme un regret. Ou un remord.

— Alors, on fait sa grande en arborant son châssis tout neuf ?

Sylvine, qui était en train de taper dans ses mains avec enthousiasme, amusée de voir son oncle bougon emporté sur la piste de danse par une Chloriane souriant de bonheur, fit la grimace. Cette voix doucereuse et sarcastique à la fois, elle la reconnaîtrait entre mille : Écorcelle. La jeune beauté blonde du village de Sylvine était venue lui jeter l'une de ses sempiternelles piques : elle n'avait pas encore sa lampe, elle, comme elle ne serait majeure que dans quelques quartiles. C'était la jalousie qui la faisait parler, Sylvine le savait bien. Mais que c'était agaçant de devoir toujours se justifier devant cette péronnelle !

Heureusement, elle ne verrait bientôt plus le visage honni d'Écorcelle. La mère de celle-ci, l'orgueilleuse Dame Vatine, avait annoncé quelques heures plus tôt, lors du conseil précédant la cérémonie, que sa fille avait été invitée en sa qualité de musicienne à se rendre à Enu pour une autre grande festivité, celle de la Fête de la Maturité de Dame Sopheline, l'épouse du Sieur Rochelaure. Écorcelle avait modestement baissé les yeux devant les félicitations de l'assistance, mais Sylvine avait remarqué l'éclat triomphal qui avait un instant brillé dans ses pupilles bleues. Enfin, la jeune fille et sa mère, qui rêvaient toutes les deux d'une vie citadine, allaient voir leur vœu s'accomplir.

Sylvine n'avait plus que quelques décimes à supporter son ennemie jurée : elle pouvait se permettre de faire preuve de patience. Froidement, elle répondit :

— Oui, ma mère me l'a donné une journe plus tôt que prévu afin que je puisse fêter dignement la majorité de Citara. Je ne vois pas en quoi cela te pose un problème, ceci dit.

— Il paraît que cela porte malheur de recevoir son châssis en avance, susurra l'autre, en ouvrant de grands yeux innocents.

— Ben, pour l'instant, ce serait plutôt l'inverse, rétorqua Sylvine.

Comme toujours, l'antagonisme d'Écorcelle suscitait une réaction épidermique chez elle : elle ne pouvait s'empêcher de surenchérir à ses provocations.

— Ah oui, et quelle est la bonne nouvelle que tu as eue aujourd'hui ? Tu as réussi à te faire une croquation sans renverser ton bol ?

— Euh, voyons voir... Tu pars bien pour Enu, hein ? Parce que si ça, ce n'est pas une bonne nouvelle...

— Pffft, cracha Écorcelle avant de tourner les talons.

Un ricanement parvint à l'esprit de Sylvine.

Elle croisa le regard complice de Schnippy et leva une main, sur laquelle le petit animal vint fouetter sa queue touffue en virevoltant sur lui-même. C'était leur signe de victoire à eux.

Réjouis par l'issue de la joute verbale entre Sylvine et cette chipie d'Écorcelle, ils se joignirent à la farandole, au son des tambours et des flûtes forestières.

Lorsque la danse fut terminée, Sylvine quitta l'assemblée, laissant Chloriane, inépuisable, sur la piste.

Elle avait un rituel à accomplir, un rituel qui, ce soir, prenait une tout autre dimension.

Après être montée tout en haut d'un arbre situé à l'orée de la forêt, elle contempla la magnifique vue qui s'offrait à elle.

Le crépuscule mauve caractéristique de Citara avait laissé place à la nuit. Dans cet écrin sombre et velouté, des joyaux brillaient de mille feux sur le pays tout entier : les lumières de Citara.

Partout, on fêtait la fin du cycle et partout les lampes tourbillonnaient en un scintillement féérique : les vertes des Forestiers derrière Sylvine, mais aussi les jaunes d'Enu, les multicolores de Xued, les bleues de Siort et, de part et d'autre de celles-ci, sur les collines qui encerclaient Citara, les rouges des Colliniens.

Ces lumières, qui témoignaient de la communion de tout un pays, en un spectacle magnifique de beauté et de simplicité mêlées, avaient toujours touché Sylvine, comme si le monde entier célébrait avec elle le début d'un nouvel âge.

Ce soir, cependant, elle était bien plus émue que d'habitude, bien sûr.

Car brillait désormais tout en haut d'un arbre une lampe verte qui pour la première fois avait rejoint la communauté, une lampe brandie haut et fort en signe d'adhésion complète à son pays.

La sienne.

CHAPITRE 11

Être pourchassée

Citara...
Je dois penser à Citara, à ses habitants en danger. Mais Dieu que cette réminiscence est fascinante... J'avance, avec toujours ce bruit d'ailes, ou plutôt de pages tournées, mais je ne vais pas très loin : seulement quelques heures se sont écoulées depuis la fin de la fête. C'est la nuit. Pourquoi est-ce que je m'arrête à ce souvenir ? Pourquoi ai-je cette impression de... danger ?

Sortie en sursaut de son sommeil, Sylvine s'assit le cœur battant. Sous elle, le liac oscilla doucement.

Qu'est-ce qui l'avait réveillée et provoqué cette sensation d'alerte ?

Elle avait clairement senti une présence dans son esprit qui s'écriait « Danger ! »

Ce n'était pas Schnippy, roulé en boule dans un creux du mur aménagé pour lui et qui dormait du sommeil du juste.

Sans faire de bruit, elle se balança et d'un mouvement fluide, descendit de son liac. Elle s'approcha de l'escalier et tendit l'oreille vers le bas. Sa main se posa machinalement sur le tronc-escalier central : elle sursauta lorsqu'elle entendit, *à travers ce dernier*, des voix inconnues.

— J'sais bien que c'est leur système pour grimper chez eux, mais y en a que deux. Et t'es pas le plus léger de nous trois. Donc tu montes la garde pendant qu'on va chercher la rouquine et en cas de pépin, tu fous le feu, comme on a dit.

— Ah ouais ? T'es peut-être moins lourd que moi, mais comment tu vas faire pour la redescendre, la femme ? Ni toi ni Tièn n'êtes fichus de la porter. Pourquoi tu crois que Rohé m'a choisi ? Pour aller faire joujou avec des brindilles ?

— Bon ça va, ajouta une troisième voix, j'ai compris. Lorg et toi, vous montez, moi je m'occupe du feu. On va pas y passer la nuit non plus. On zigouille tous ceux qu'on trouve et on retourne aux Sous-Terres avec la rouquine, comme Rohé l'a dit, sinon c'est nous qu'il va zigouiller.

Qu'est-ce que c'était que cette histoire ? Sylvine réalisa que trois hommes, au moins, étaient en train d'élaborer un plan juste sous son arbre de vie, pour... Pour quoi, au juste ? Pour l'enlever ? Elle ?

Sans faire de bruit, elle descendit l'escalier et fut rassurée de voir que les montes étaient bien à leur place, relevées et immobiles. Indécise, elle se mordit les lèvres : et si la conversation qu'elle avait « entendue » n'était qu'un mauvais rêve ? Elle voulut s'avancer vers la plateforme mais se ravisa. Elle serait bien trop visible ainsi, et sans défense. Elle revint sur ses pas, attrapa une jupe vert sapin qui était en train de sécher et l'enfila rapidement par-dessus sa chemise de nuit, ajoutant un châle sombre pour faire bonne mesure. Le tissu mouillé la fit grimacer mais acheva de la réveiller complètement. Elle se saisit aussi de son couteau de Forestière, puis, rampant sur le plancher, elle se rapprocha de la plateforme et jeta un coup d'œil prudent vers le sol.

Personne ne s'y tenait.

Elle fouilla les alentours du regard, mais ne décela rien d'anormal. La forêt était silencieuse et sombre, la lune voilée par les nuages de fin de nuit. La pluie avait cessé mais les feuilles étaient encore perlées de gouttes d'eau. Perplexe, elle attendit, scrutant vainement le sous-bois. Elle allait abandonner quand elle perçut un bref éclat vert dans les fourrés sur sa droite, entre son arbre de vie et ceux du village. Et à nouveau un autre.

Qu'est-ce que c'était ?

Quoi qu'il en soit, il se passait quelque chose d'anormal. Se mordant la lèvre, elle entreprit de scier la corde des deux montes, ne laissant qu'un bout pour tenir la pierre de lest. Au moins, s'il y avait des agresseurs décidés à pénétrer chez elle, auraient-ils une surprise en grimpant.

Puis elle se recula. Il lui fallait en apprendre davantage et pour cela, revenir à l'endroit où elle avait « entendu » les voix. Elle n'eut pas besoin de remonter à l'étage : en appuyant la main sur le tronc dans la pièce à vivre, elle entendit à nouveau celles-ci. Par quel prodige, elle n'en savait rien. On aurait dit que l'arbre était relié au lieu où se tenaient les hommes, peut-être grâce à ses racines, et qu'il lui restituait la conversation qui y prenait place.

— ... voir un mouvement, que je te dis !

— Ben justement, faut pas attendre davantage. Allez-y. De toute façon, au moindre truc qui tourne mal, je fous le feu, ça occupera les villageois. Même s'ils ont badigeonné leurs arbres de vie de la plante qu'il a parlé, Rohé...

— La brémance.

— M'en tamponne du nom, tout ce qui compte, c'est qu'ils n'en ont pas mis sur les autres. Et avec la mixture fabriquée par le Maître des

Sous-Terres, je peux te dire qu'elle va brûler comme il faut, leur forêt...

Un rire gras conclut ses paroles, vite suivi par deux autres, plus étouffés.

Sylvine resta clouée sur place. Que faire ? Non seulement les Maudits avaient prévu de tuer tous ceux qu'ils trouveraient sur leur passage, mais également de mettre le feu à son village ! Tout cela pour l'attraper, elle !

Tout cela pour l'attraper...

Alors, elle sut. Il y avait une chose qu'elle pouvait faire. La seule chose en laquelle elle excellait.

Plus de temps à perdre : elle remonta l'escalier quatre à quatre, souleva le rideau de saule menant à sa chambre, saisit le cordeau qu'elle avait déposé là la veille et y fourra ce qu'elle put trouver, avant de cueillir Schnippy pour le glisser dans sa blouse, à sa place habituelle. Quand il dormait, celui-là, pas moyen de le réveiller...

En revanche, lorsqu'elle secoua l'épaule de Chloriane, celle-ci ouvrit instantanément les yeux.

— Mama, il y a trois hommes en bas, peut-être plus, qui veulent attaquer le village. Je ne sais pas pourquoi, mais ils sont venus pour me chercher. Il faut que tu ailles prévenir Achille, par la passerelle, vite. Et tous ceux que tu pourras.

Les yeux angoissés mais vifs, Chloriane hocha la tête et se dirigea vers le rideau de saule, suivie de sa fille. Tandis qu'elles s'approchaient de l'escalier central, elles entendirent un cri : « Aaaaaaaaaaaaaah ! », puis un choc sourd, celui d'une pierre contre le sol. L'une des cordes de monte venait de lâcher.

— Va, lança Sylvine, ils ne peuvent pas monter, j'ai saboté les cordes.

Chloriane commença à dévaler les marches, pendant que sa fille les remontait. Elle sentit sa mère s'arrêter et se retourna :

— Je n'ai pas le temps de t'expliquer, mais ça va aller, je t'assure. J'ai une idée.

Après un dernier regard, elle reprit sa course à toute vitesse vers la cime. Là, elle passa de branche en branche, en un chemin familier qui la conduisit derrière les Maudits debout devant son arbre de vie.

D'un rapide coup d'œil, elle prit la mesure de la situation : le corps d'un homme, un corps de taille imposante, était entendu au sol. Sylvine frémit d'horreur en réalisant que la pierre de lest avait atterri sur son crâne, le tuant sur le coup. Mais elle n'eut pas l'occasion de s'attarder sur cette image : l'un des Maudits était en train d'escalader le tronc de sa maison, avec plus de difficultés que n'en aurait eues un Forestier, certes, mais il en était tout de même à mi-chemin. Et il ne lui restait que la moitié la plus facile, celle où les aspérités naturelles étaient plus nombreuses, moins élaguées. Son comparse se tenait près de l'arbre jouxtant celui d'Achille, une torche enflammée dans la main. Le combustible utilisé ne ressemblait à rien de ce que Sylvine connaissait : la lumière dégagée était verte et sa chaleur, intense, arrivait jusqu'à elle.

À cet instant, une forme blanche, légère, se jeta sur la passerelle qui séparait l'arbre d'Achille de celui de Sylvine. Chloriane avait le pied sûr et la passerelle n'oscilla presque pas malgré sa rapidité.

— Bon sang, Tièn, grouille-toi, y a quelqu'un qui s'échappe !

Sans hésiter, le Maudit qui avait parlé appliqua sa torche sur le tronc qui se trouvait à côté de lui. Sylvine écarquilla les yeux : elle avait beau avoir entendu ses menaces un peu plus tôt, jamais elle n'aurait cru possible qu'un arbre aussi massif pût s'enflammer comme une brindille.

En bas, bien que gêné par la lumière du brasier, le Maudit ricanait et s'approchait déjà d'un autre arbre.

— Hé là, vous !

Sylvine venait de le héler du haut de son perchoir.

— Ce n'est pas moi que vous cherchez, par hasard ?

Debout sur une branche, ses cheveux roux volant au vent, elle le narguait, espérant que c'était bien le cas. Qu'elle n'avait pas fait une terrible erreur en interprétant ses propos. Car, à bien y réfléchir, elle n'était pas la seule « rouquine » à habiter l'arbre : c'était également le cas de Chloriane.

L'espace de quelques minutes, le temps s'arrêta. L'homme se retourna vers elle et elle vit son visage pour la première fois : il avait le nez crochu et le crâne dégarni, une belle tête de Maudit. Ses yeux, plissés comme s'il n'arrivait pas à la distinguer clairement, reflétaient une intelligence roublarde. En tout cas, il s'était éloigné de l'arbre auquel il avait voulu mettre le feu pour venir près d'elle. Pendant ce temps, le tronc qui avait déjà été touché, lui, brûlait dans des craquements sinistres, le brasier atteignant maintenant ses plus hautes branches et se rapprochant dangereusement de celui d'Achille. Des cris s'élevèrent : les Forestiers, alertés par les bruits et l'odeur de fumée, sortaient de leurs arbres, inconscients de la scène qui se jouait derrière celui qui était enflammé.

Le visage du Maudit s'était éclairé :

— Tiens donc, si c'est pas l'écureuil qu'on est venus attraper... Je vais compter jusqu'à quatre pour que tu me rejoignes, ma belle. Si tu es bien sage, nous ne ferons de mal à personne. Dans le cas contraire, nous mettrons ton village à feu et à sang.

Du coin de l'œil, Sylvine vit son comparse, qui s'était figé en entendant leur échange, commencer à redescendre de son arbre de vie avant de sauter au sol.

— Ah, c'est que... j'avais une autre idée, moi.

Son cœur battait à vive allure, mais elle ne le montrait pas, affichant un air moqueur et provocant.

Crac...

Un bruit de branches brisé lui fit tourner la tête. Quelqu'un d'autre avançait dans les sous-bois, en provenance de l'endroit où elle avait prévu de les entraîner : la partie de la forêt qu'elle connaissait le mieux, en direction des Infranchies. Ami ou ennemi ? Lorsqu'elle put le distinguer, son allure hirsute ne fit aucun doute quant à sa provenance. Les Maudits étaient donc quatre, enfin trois si on enlevait le mort ; les choses se compliquaient.

À ce moment-là, Achille sortit sur le seuil de sa maison : torse nu, armé seulement d'un couteau, il prit la mesure de la situation en quelques secondes : le feu, les assaillants, leur attention rivée sur un arbre... où se tenait Sylvine. Leurs regards s'accrochèrent un instant puis elle lança en direction du Maudit à ses pieds : « Si vous me voulez... il faudra m'attraper », avant de partir dans les frondaisons, en un jeu qu'elle connaissait bien. Sauf que cela n'avait plus rien d'un jeu. Elle pria pour que son plan marche, pour qu'ils la suivent plutôt que de mettre leur menace à exécution.

Elle lâcha un soupir de soulagement en entendant le bruit de la course au sol. Et surtout en entendant le hurlement un peu plus loin en arrière. Plus que deux ennemis à ses trousses : Achille, un maître dans le lancer de couteau, avait dû viser le dernier homme alors qu'il était passé à découvert pour rejoindre ses compagnons.

Jouer course nuit, Sylvine ? Pas compter, si Schnippy dormir !

Schnippy pointait une tête encore ensommeillée hors de son corsage. Il s'éveilla vite devant la succession d'images mentales que projetait son amie tout en gardant son ryhtme effréné.

Sylvine était dans son élément. Elle avait eu peur un instant que le porteur de torche n'en profite pour embraser toute la forêt, mais lorsqu'elle se retourna pour vérifier la distance qu'elle avait mise entre elle et ses poursuivants, fut rassurée de voir que l'incendie ne se propageait pas. Les Maudits étaient avantagés dans le noir, grâce à leur excellente vision nocturne et l'homme avait dû se débarrasser de son flambeau.

Même si les assaillants étaient moins rapides qu'elle, la traque était réelle : elle avait beau s'élancer sans crainte et avec agilité de branche en branche, ses pieds nus s'agrippant instinctivement sur celles-ci, elle les entendait constamment derrière elle. Au bout d'un moment, les arbres se firent moins familiers, ralentissant son allure : elle ne connaissait pas bien cette partie-là de la forêt, en tout cas pas du haut des frondaisons. Alors Schnippy passa devant elle et la guida sur les branches dont il savait qu'elles pourraient supporter le poids d'un humain.

Ils avancèrent ainsi jusqu'au bout de la nuit. Sylvine sentait la fatigue faire trembler ses bras, mais son pas restait sûr. Toutefois, il y avait de quoi s'inquiéter : lorsque le jour se lèverait, elle allait devenir bien plus visible et donc plus facile à attraper...

Heureusement, à l'aube, elle réalisa vite que les Maudits ralentissaient et perdaient du temps à contourner les clairières, trop ensoleillées : ils craignaient tellement la lumière du jour qu'ils ne pouvaient s'y exposer. En comprenant cela, Sylvine décida de jouer le tout pour le tout et obliqua vers le sud, où se trouvait l'orée de la forêt. Une fois celle-ci atteinte, après avoir remis un Schnippy épuisé au fond de son corsage, elle prit une profonde inspiration puis descendit au pied du dernier arbre pour se mettre à courir dans la longue plaine qui s'étendait en face d'elle, en direction des collines, sur la droite. Elle aussi était épuisée, et le risque qu'elle avait pris, en s'exposant ainsi, accélérait les battements de son cœur. Au bout de quelques centaines de mètres, jetant un coup d'œil derrière elle, elle vit que ses poursuivants étaient restés, furieux et impuissants, à l'ombre des arbres. Momentanément arrêtés dans leur traque.

À bout de souffle, elle sentit alors subitement la fatigue retomber sur ses épaules. Mais elle serra les dents et poursuivit, en marchant cette fois, son chemin vers la forêt qu'elle distinguait beaucoup plus loin. Sa bouche était sèche, elle regretta sa précipitation qui lui avait fait oublier d'emporter une gourde d'eau. Il se pouvait que son cordeau, qui commençait à lui peser, en contînt une, mais elle n'avait pas le temps d'en faire l'inventaire : d'abord, il lui fallait atteindre le couvert des arbres.

Elle y arriva à la mi-journe. S'adossant à un tronc, elle se laissa glisser au sol, et scruta la plaine qu'elle venait de traverser. Il lui sembla apercevoir deux taches sombres au bord de la forêt qu'elle avait quittée, mais peut-être les imaginait-elle. En tout cas, elle était à l'abri jusqu'aux dernières lueurs crépusculaires. La sève qui coulait dans son dos la rafraîchit et apaisa un peu le tumulte de ses sensations. Schnippy, qui avait dormi pendant les longues heures de sa traversée, se chargea de monter la garde.

Chercher manger aussi, ajouta-t-il mentalement.

Sylvine sourit de cette remarque pragmatique et caractéristique du petit animal. Cela faisait tellement « normal » alors que sa vie ne l'était absolument pas à cet instant précis. Elle s'allongea sur le sol moussu et essaya de faire le vide dans son esprit. Mais maintenant qu'elle avait du temps pour réfléchir, elle repensait à tout ce qui venait de se produire, sans pouvoir y trouver du sens. Pourquoi s'en prendre à elle et la poursuivre ainsi ? Qu'est-ce que Rohé lui voulait ?

Enfin, terrassée par la fatigue, elle finit par sombrer dans un sommeil agité, sans avoir de réponse à cette question.

Comme convenu, Schnippy la réveilla avant le crépuscule. Il avait déniché des baies et des pignons de pin, qu'il avait rassemblés pour elle. Lui-même s'était gavé de succulentes larves qu'il ne connaissait pas, cette partie de Citara leur étant étrangère.

Ils se trouvaient dans les contreforts des collines, où Sylvine n'était encore jamais allée. Elle savait que la nature y était différente, mais celle-ci restait tout de même une alliée pour une Forestière. Elle décida de semer définitivement ses traqueurs en poursuivant sa progression vers l'ouest avant de remonter vers le nord pour y rejoindre sa propre forêt. Les deux amis se mirent donc en route après s'être désaltérés à un ruisseau déniché par l'écureuil. Sylvine avait pu jeter un coup d'œil dans son cordeau, mais celui-ci ne contenait pas de gourde, ce qui ne l'avait pas surprise : seuls son couteau, de la ficelle et une boîte d'onguent s'y trouvaient. L'émotion serra un instant la gorge de la jeune fille lorsqu'elle contempla le petit pot que sa mère lui avait apporté la veille au soir. Comme elle regrettait d'avoir laissé son fil d'amour dans sa chambre ! Il aurait été utile de pouvoir communiquer avec Chloriane pour la rassurer, savoir ce qu'il en était au village et pour donner sa position à Achille. Il ne servait cependant à rien de se lamenter sur ce qui n'était pas. Achille était un excellent pisteur, de toute façon, ce n'était qu'une question d'heures avant qu'il ne les rejoigne... Elle refusa d'écouter la petite voix qui s'étonnait que ce ne soit pas déjà le cas et grimpa sur le feuillu le plus proche avec détermination. Elle n'allait pas se faire damer le pion par deux vulgaires Maudits : c'était elle la Forestière, non ? Elle avait donc l'avantage dans cette traque, toute proie qu'elle était.

Cependant, force lui fut de reconnaître au bout de quelques heures de progression laborieuse qu'elle ne pourrait pas continuer à utiliser la voie des arbres pour échapper à ses poursuivants : le sous-bois était composé majoritairement de pins touffus et denses, et, à regret, elle dut redescendre à terre devant son incapacité à y trouver un chemin rapide. Elle aurait été plus en sécurité en hauteur et moins facile à suivre. Au sol, des pisteurs avertis pourraient plus aisément débusquer son passage. Mais peut-être n'était-ce pas le cas des Maudits ?

Elle marcha ainsi longtemps, d'abord à la lueur violette du crépuscule puis dans l'obscurité, avant d'atteindre une grande clairière. Les arbres avaient changé, il y avait moins de pins aux branches enchevêtrées, et elle put se hisser dans un immense chêne pour s'y mettre à l'abri. Elle était complètement épuisée, mais prit le temps de s'attacher avec son cordeau afin de ne pas tomber dans son sommeil. Aucun bruit menaçant ne lui parvenait, alors elle s'endormit, soulagée d'avoir, semblait-il, semé ses poursuivants.

Mais vers la fin de la nuit, des craquements dans le lointain signalèrent une progression rapide de ses ennemis. Irritée tout autant que découragée par la persistance de leur traque, Sylvine dut reprendre la fuite. Au milieu de la matinée, elle se retrouva face à une nouvelle plaine et tenta la même stratégie que la veille.

Mauvais choix.

La prairie, bien plus courte que la précédente, s'achevait en un impressionnant à pic à côté d'un cercle de hautes pierres bancales, usées par le temps. Elle se pencha au-dessus du gouffre où le vent soufflait avec force : peut-être pourrait-elle escalader la falaise qui lui barrait la route ? Emporté par le vent, le fichu qu'elle avait noué sur la tête pour se protéger du soleil se défit, voleta vers l'une des arêtes... et s'y empala : la roche était aiguisée comme du verre et avec ses pieds nus, impensable de passer par là.

Il y avait bien un mince rideau d'arbres sur la gauche de la falaise, mais il ne comptait qu'une poignée d'entre eux et donnait sur des marais : elle essaya de s'y frayer un chemin, mais lorsqu'elle faillit s'embourber pour la troisième fois, abandonna l'affaire. Il aurait fallu qu'elle connaisse suffisamment la topographie pour pouvoir traverser sans risque et atteindre la ville d'Ertauq, qu'elle pensait être juste derrière la colline. Si proche et pourtant trop loin.

Elle était prise au piège.

Du couvert relatif procuré par le bosquet, elle regarda l'orée de la forêt qu'elle avait stupidement laissée derrière elle. La petite fumée qui en sortait lui apprit que les deux Maudits s'étaient installé un campement. Ils n'avaient plus qu'à attendre la tombée du jour pour venir la cueillir comme un fruit mûr. Terriblement déçue que sa fuite s'achève ainsi, Sylvine sentit l'envie de pleurer l'envahir.

Furieuse contre elle-même tout autant que contre le sort, elle s'essuya les yeux d'une main rageuse. S'ils la voulaient, ils allaient devoir en payer le prix.

Elle passa sa matinée à tailler un long bâton comme celui avec lequel elle avait appris à jouter avec Achille. C'était la seule façon qu'elle connaissait de se défendre. Elle avait aussi son couteau de Forestière mais celui-ci était avant tout un outil, elle doutait de sa qualité en tant qu'arme. De toute façon, contre deux assaillants, les chances de victoire étaient dérisoires, elle le savait. Elle eut une pensée de regret de ne pas s'être davantage intéressée aux mouvements qu'Achille enseignait parfois aux jeunes hommes de son village. Enfin... à quoi bon se lamenter sur le passé, cela n'allait pas l'aider dans sa position actuelle. Il était un peu tard pour se rendre compte qu'elle n'était pas préparée à affronter des ennemis. Tout en travaillant le bois, elle se jura que si elle sortait de cette situation épineuse, elle demanderait à son ami de l'entraîner aux techniques de combat.

Schnippy l'assista du mieux qu'il put en allant lui quérir l'essentiel, selon lui : de la nourriture.

Ensuite, Sylvine employa le peu de temps qu'il lui restait avant la tombée du jour à récupérer des forces. Le sommeil la fuit tout d'abord, tellement l'issue du combat à venir lui paraissait défavorable. Elle se réveilla soudain en sursaut, persuadée que l'ennemi était désormais *derrière* elle. Schnippy scrutait d'ailleurs lui aussi les marais avec vigilance.

Pourtant rien ne bougeait dans cette direction.

Les deux Maudits étaient bien visibles à l'orée de la forêt et il lui sembla entendre leurs ricanements tandis qu'elle se redressait et serrait, résolue, le bâton de bois entre ses mains.

Car les deux assaillants s'étaient mis à avancer vers elle.

CHAPITRE 12

Le rencontrer

À ce moment-là, Schnippy se redressa sur ses pattes arrière, humant une nouvelle menace. Sylvine vit dans son esprit se former la certitude d'une troisième présence humaine. Trois ? Ils seraient trois contre elle ? Sylvine sentit le désespoir l'envahir : cette fois-ci, c'était fichu. Mais où l'autre se cachait-il ? Les deux Maudits qui l'avaient prise en chasse depuis son village avaient déjà parcouru la moitié du chemin menant à elle. L'un d'entre eux traversa le cercle de pierres sur sa gauche pendant que l'autre lui coupait toute fuite vers la droite, la prenant ainsi en tenaille.

Soudain, la voix de Schnippy se fit entendre dans son esprit : *Derrière* ! Instinctivement, elle virevolta en projetant son bâton de combat vers le danger. Elle retint avec peine un cri en découvrant qu'effectivement, à quelques pas d'eux à peine, avait surgi des marais un jeune homme brun qui fronçait les sourcils.

— Hé, que se passe-t-il ici ? s'enquit-il en balayant la scène des yeux.

Suspicieuse, elle se mordit les lèvres : était-il un allié potentiel ou un nouvel ennemi ?

Il fallait reconnaître qu'il n'avait pas l'apparence d'un Maudit, bien au contraire. Charpenté, le visage taillé à angles droits, le regard franc, il lui inspirait plutôt confiance.

Nerveuse, elle expliqua :

— J'ai été prise en chasse il y a deux journes par deux espions à la solde de Rohé qui voudraient m'emmener dans les Sous-Terres. Et je ne suis pas d'accord avec leur plan...

— Ah, je vois... Il m'avait bien semblé que quelque chose de pas très normal se déroulait par ici. Eh bien, nous serons donc deux à faire preuve de mauvais caractère, conclut-il avec un sourire complice.

Et au grand soulagement de Sylvine, il tira de son dos un long sabre imposant avant de s'aligner avec elle face à ses ennemis. Émue et surtout terriblement reconnaissante, Sylvine le remercia d'un hochement de tête.

Ils n'eurent pas le temps d'échanger davantage : furieux de voir la perspective d'une conquête facile leur échapper, les deux Maudits étaient en train de franchir les derniers mètres en hurlant de rage.

Le nouvel allié de Sylvine se plaça devant elle, prêt à affronter les deux bandits. Mais elle se décala sur le côté. Oubliée, sa peur : ne restait plus qu'une immense exaspération. Elle en avait assez de fuir et de se cacher. Chacun se retrouva face à un adversaire attitré. Lui face à l'homme au nez busqué, armé d'un coutelas imposant et elle au plus petit homme, celui qui avait essayé de grimper jusqu'à chez elle, un gourdin à la main.

Le choc des lames était la seule indication du combat qui se déroulait sur sa gauche, entre son allié et le Maudit. De son côté, elle avait fort à faire pour parer les coups que tentait de lui asséner le Maudit tout en la provoquant :

— Alors comme ça, tu croyais vraiment que tu pourrais nous échapper, ma jolie ? Allez, arrête de faire joujou avec cette branche, tu vas finir par te faire mal... Nous, tout ce qu'on veut, c'est t'emmener faire une petite visite dans les Sous-Terres : y paraît que Rohé, il veut discutailler avec toi. Enfin, « discutailler »... Le Maître, avec les belles plantes, il fait pas que causer, si tu vois ce que je veux dire...

Tout en lâchant ce qu'il estimait sans doute être des flatteries, il abaissait son gourdin avec une régularité de métronome. Elle comprit vite toutefois que ses attaques visaient plus à l'assommer qu'à la tuer. Elle avait donc un avantage. Son bâton, qu'elle avait prit soin de tailler dans une branche de chêne rouge, résistait vaillamment aux coups de massue de son adversaire. Ses bras par contre, peu entraînés, commençaient à trembler et le Maudit ricana, sûr de sa victoire. Tout proche d'elle, il dégageait une odeur de transpiration et de saleté repoussante. À l'intérieur de sa bouche, au milieu des dents noires et jaunes, une lueur verte pulsait. Déconcentrée, elle ne put esquiver le coup suivant, qui vint s'abattre sur sa tempe.

Alors qu'elle était en train de ployer sous l'impact, prise de vertige, un éclair roux jaillit de son corsage et atterrit sur le visage de son adversaire en crachant de colère. De ses grilles acérées, Schnippy entailla la joue de l'homme avant de s'activer sur sa tête, tirant sur ses cheveux et le mordant partout où il trouvait de la chair.

— Aaaaah !

Le Maudit recula. Du sang perla des traces de griffure sur sa joue tandis qu'il essayait d'attraper l'écureuil virevoltant sur son crâne. Sylvine en profita pour lui asséner une série de frappes bien senties. Sa tête bourdonnait encore du coup reçu et elle cognait un peu au hasard, mais de toutes ses forces. Hélas, la main de l'homme trouva Schnippy et, d'une bourrade, l'envoya voler à travers les airs. Le petit animal retomba plus loin avec un couinement de douleur puis se tut.

— Schnippy !

Sans le réaliser, elle relâcha sa prise sur son arme, son attention dirigée vers le lieu où son ami était tombé. D'un coup sec vers le haut, l'homme lui fit lâcher son bâton. Elle était à sa merci.

— C'est l'heure de faire dodo, ma mignonne...

Alors qu'il levait, à deux mains, le gourdin pour l'assommer, une lame étincelante se ficha dans son ventre. L'allié inattendu de Sylvine venait de se fendre pour la protéger, et avait porté un coup fatal au « griffé ». Celui-ci tomba à genoux, serrant son abdomen de ses bras, avant de s'affaler, face en avant, sur le sol.

— Tiens, prends ça, mon gars ! Et ça !

Horrifiée, Sylvine vit le coutelas du deuxième Maudit s'enfoncer dans la cuisse du jeune homme désormais à découvert, puis dans son épaule. L'allié de Sylvine chuta à son tour, sur un seul genou, et para avec peine l'attaque suivante. Du sang commençait déjà à couler de ses blessures ; il ne pourrait continuer longtemps à se battre. Serrant les dents, elle récupéra son bâton et le brandit sous le nez du Maudit, qui recula, surpris de son intervention. Elle enchaîna alors une suite de mouvements qu'Achille lui avait apprise lors de leurs joutes amicales, retrouvant dans les gestes habituels une concentration bienvenue. Son regard déterminé, ses gestes amples et rapides déstabilisèrent son adversaire. Il commença à céder du terrain. Jusqu'à ce qu'elle lui assénât un coup imparable dans le bas-ventre. L'homme se plia en deux et elle le frappa de toutes ses forces sur son crâne. Un craquement sinistre lui apprit qu'elle avait réussi à en venir à bout : les yeux du Maudit roulèrent dans ses orbites avant qu'il s'écroule à terre. Un dernier tressaillement le parcourut puis il ne bougea plus.

Pantelante, elle prit la mesure de la situation. Les bruits de la bataille, les cris, les halètements et l'entrechoc des armes, s'étaient tus et le silence soudain la frappa. À moins que ce ne soit la réalisation que parmi les corps gisant au sol, il n'y avait pas que ceux des ennemis...

Schnippy ?

Casser patte, répondit le petit animal non loin de là.

Soulagée de le savoir vivant, elle avança de quelques pas avant de le retrouver. Après l'avoir ramassé délicatement entre ses mains, elle frotta sa joue à son doux pelage en un geste de tendresse. Elle n'oublierait pas de sitôt le courage dont son ami avait fait preuve. Elle le mit dans son corsage en faisant attention de laisser pendre la petite patte abîmée hors de ce dernier. Elle essaierait de la panser plus tard ; une autre personne nécessitait des soins urgents. Les jambes tremblantes, elle revint auprès du jeune homme. Il n'avait pas perdu connaissance mais soufflait avec peine, le visage crispé de douleur, allongé sur le dos. Elle nota que même si le sang s'était arrêté de couler, il en avait tout de même perdu beaucoup.

Le blessé ouvrit les paupières. Ses yeux gris étaient aussi perçants que lorsqu'il s'était proposé pour lui venir en aide, ce qui était rassurant. Il esquissa un sourire malgré la souffrance peinte sur ses traits :

— Bon… Eh bien… on s'en est… pas mal tiré… au final.

Elle grimaça. Elle s'en sortait presque sans une égratignure alors que lui…

— En tout cas nous sommes tous les deux vivants, ce qui n'était pas gagné. Et c'est grâce à vous.

— Hum… j'ai bien failli y passer… si vous n'aviez pas… chargé ce Maudit…

Il ferma les yeux. Son souffle se fit plus hésitant, saccadé.

— Avec ce bâton… qui… dansait… autour… de… lui… Virevoltait… telle un écureuil… Magnifique.

Il glissait vers le délire et Sylvine sentit le désespoir l'envahir. Comment l'aider ? Elle ne possédait pas le don de Chloriane pour guérir les autres. À cette réflexion lui revient en tête l'image de la médecine présente dans son cordeau. Sautant sur ses pieds avec un « Je reviens » hâtif, elle courut récupérer ses affaires. Puis, assise à nouveau auprès de lui, elle ouvrit le précieux pot ; elle eut une pensée reconnaissante pour sa mère qui avait pris le temps d'en tirer la substance guérisseuse. Elle n'avait pas d'eau à sa disposition pour nettoyer correctement la blessure, mais le pouvoir de la plante était tel qu'elle pouvait risquer de s'en passer.

Après avoir arraché l'étoffe souillée de sa manche et de son pantalon, elle appliqua généreusement la crème étincelante sur le bras et la jambe ensanglantés. Le jeune homme tressaillit lorsqu'elle le toucha. Il luttait, les yeux fermés et la mâchoire crispée, contre l'évanouissement et la douleur.

Tout en le soignant, elle lui parla :

— J'ai eu de la chance que vous soyez dans les parages. Vous habitez les collines ?

D'une voix rauque, le blessé articula avec peine :

— Oui... Enfin... non, je... je ne suis pas... censé être ici... Il ne faut pas...

Il ne put poursuivre.

Intriguée par ses propos, mais trop occupée par ses soins pour y prêter plus d'attention, elle referma le pot de cristalline. Il ne restait plus qu'à panser les plaies : sans hésiter, elle arracha ses propres manches. La matière végétale dont était faite sa chemise, douce et fraîche, était idéale pour en faire des pansements.

— Nous ne nous sommes pas présentés. Je m'appelle Sylvine. Et vous ?

Au prix d'un immense effort, le jeune homme rouvrit les yeux. Il la regarda avec intensité et souffla avec peine quelques mots, qu'elle n'entendit pas... Elle pencha alors la tête vers lui et ne saisit qu'une syllabe : « ...vi... », avant qu'il ne sombre dans l'inconscience.

Sylvine se demanda ce qu'il avait tenté de lui dire : son prénom ? Ou était-ce son nom à elle qu'il avait répété ? « Vi », cela pouvait aussi être une injonction : « Vis ! »... Perplexe, désemparée, elle regarda machinalement autour d'elle.

Son cœur se serra en voyant la silhouette qui titubait dans sa direction, un couteau sanglant à la main.

Le Maudit dont elle s'était débarrassée plus tôt n'était pas mort. Et, comme une idiote, elle avait laissé son bâton là où elle l'avait fait tomber après la bataille. Elle se remit sur pied avec difficulté et ajusta son cordeau sur l'épaule : il devrait lui servir d'arme, elle n'avait rien d'autre... Un coup d'œil au blessé la fit hésiter. Il ne fallait pas qu'elle reste ici, elle devait éloigner leur ennemi de lui. Sur sa gauche, le cercle de pierres levées, érigé par des peuplades ancestrales, se dressait : il présentait un terrain plus favorable que la plaine découverte, aussi s'élança-t-elle dans sa direction. Lorsqu'elle pénétra dans le cercle, elle sentit comme une vibration la parcourir. La sensation fut fugace mais la surprit. Moins, cependant, que la présence de l'homme de stature imposante, aux cheveux blancs qui lui faisait face tout à coup. Vêtu d'un long manteau sombre, il tenait à la main le bâton de pèlerin des grands Sages. Sans bruit, il mit un doigt sur sa bouche.

Interloquée — comment se faisait-il qu'elle ne l'ait pas vu pendant qu'elle rejoignait les pierres ? — Sylvine hésita avant d'acquiescer. Une grande sérénité l'envahit. Difficile de dire si elle était le fruit du regard calme du nouveau venu ou si elle imprégnait les lieux. Un mouvement du coin de l'œil lui rappela que les circonstances étaient pourtant loin d'être favorables et elle se retourna pour épier la progression du Maudit. Celui-ci était encore à bonne distance, retardé par ses blessures. Il venait de s'arrêter net et de froncer les sourcils. *Il a remarqué que je n'étais pas seule*, pensa Sylvine. Mais le regard de l'homme ne cessait de balayer le cercle, comme s'il y cherchait quelque chose. Elle réalisa tout à coup qu'il ne les voyait pas. Le lieu semblait avoir une propriété magique, la masquant, ainsi que l'inconnu, aux yeux de son poursuivant.

Lentement, pour tester sa théorie, elle recula, s'écartant de la périphérie de la ronde. Le Maudit continua à scruter les alentours sans la remarquer. Puis il haussa les épaules et se rapprocha des pierres levées :

— Ah, tu as décidé de jouer à cache-cache. C'est bien, ça rend la chasse plus excitante encore.

Il mit un pied à l'intérieur du cercle.

Sylvine réalisa aussitôt qu'elle n'était plus invisible à ses yeux, car son regard se posa immédiatement sur elle. Puis sur l'homme à ses côtés. Les paroles du Maudit confirmèrent ses craintes.

— Alors comme ça, tu t'es trouvé un autre chevalier servant ? Un peu âgé, tu crois pas ? Écarte-toi, vieillard, ou ta longue vie s'achève aujourd'hui.

Devant le silence qui accueillit ses mots, il fit un second pas en direction du centre. Elle frémit, dans l'attente de ce qui allait se passer. Car il allait se passer quelque chose, elle en était convaincue. La lune accrocha de sa lumière la lame brandie par l'assaillant.

Alors, dans un hurlement à glacer le sang, celui-ci se désagrégea sous les yeux effarés de Sylvine : il se décomposa en une multitude de petites pierres qui s'éparpillèrent au sol. L'une d'elles, de couleur verte, roula jusqu'aux pieds des deux témoins de la scène.

— C'est... C'est vous qui avez fait ça ? demanda finalement Sylvine en se tournant vers le Sage.

Celui-ci secoua négativement la tête. Il expliqua, d'une voix puissante et calme à la fois :

— Non, c'est la magie du lieu. Ici, seules les âmes pures ont leur place, la sienne était trop noire.

— Mais, se rappela Sylvine, il y est passé un peu plus tôt, je l'ai vu, et il ne lui est rien arrivé !

— Ahhh, hocha le Sage d'un air approbateur, c'est que la lune n'était pas pleine.

Sylvine releva la tête et contempla l'astre qui luisait doucement, tout rond. Il ne gardait cette position parfaite qu'une seule heure, avant de décroître, comme toutes les nuits.

— Eh bien, c'était moins une !

— Oui, opina gravement de la tête son interlocuteur, d'ailleurs, il nous faut nous hâter nous-mêmes, nous n'avons plus que quelques instants pour commuter.

— Pour... Quoi ? Hein ? fit la jeune fille, perdue.

— Je pense que vous devez être Sylvine, la jeune Forestière qui s'est enfuie la nuit de ses seize cycles parce qu'elle était pourchassée par deux Maudits, n'est-ce pas ?

— Euh... oui, mais comment... ?

— Bien.

Le vieil homme opina à nouveau du chef :

— Alors, prenez ma main, je vous ramène chez vous.

— Oh, mais je... Je ne peux pas venir avec vous. Pas tout de suite en tout cas, ajouta-t-elle aussitôt devant son froncement de sourcil.

Même si elle ne comprenait pas bien ce qu'il entendait par « commuter » ou « la ramener chez elle », elle ne voulait pas le vexer de sa proposition. D'autant qu'elle aurait donné tout ce qu'elle avait pour retrouver le plus vite possible son village et les siens. Mais il y avait un jeune homme blessé à cause d'elle non loin et il était hors de question qu'elle l'abandonne.

Faisant un pas en direction de la sortie du cercle, elle expliqua :

— Quelqu'un m'est venu en aide un peu plus tôt et a été gravement touché dans la bataille qui a eu lieu, je ne peux le laisser là.

Elle eut un choc en voyant le Sage mettre son bâton en travers de son chemin.

— Je regrette, mais vous êtes infiniment plus importante dans l'ordre des choses qu'un simple Collinien, si vaillant fût-il.

D'ailleurs, ajouta-t-il après avoir scruté un instant la pénombre en direction de l'endroit où elle avait quitté le jeune homme, je sens qu'il vient de s'éveiller et grâce à vos soins, il pourra tout à fait s'en retourner chez lui. Allons, maintenant.

— Pas question, fit Sylvine, butée. Je vous remercie de votre aide, mais je peux rentrer chez moi toute seule, je veux d'abord...

Elle ne put poursuivre sa phrase.

Avec un soupir résigné, le Sage lui avait attrapé le bras.

Et ils se mirent à tourner, de plus en plus vite, en une ronde qui lui coupa le souffle. Incrédule, elle sentit son corps se soulever et réalisa que, prise dans une spirale blanche, elle s'éloignait du sol.

Le regard dirigé vers le bas, elle aperçut une dernière image, avant de perdre connaissance : celle d'un jeune homme se soutenant péniblement sur un bâton, le visage horrifié tandis qu'il contemplait la falaise aux pics tranchants, où claquait au vent un fichu vert.

CHAPITRE 13

Douter

— Bon, ça suffit maintenant, ramenez-moi immédiatement là-bas !

Cela faisait un bon moment que Sylvine tempêtait en marchant de long en large et en fulminant de son impuissance.

Imperturbable, un peu à l'écart du nouveau cercle de pierres où ils avaient « atterri », le Sage continuait de piler de petites fleurs blanches avec un caillou, dans un repli de rocher.

Lorsqu'elle s'était éveillée, aux premières lueurs de l'aube, ses premières pensées étaient allées au jeune homme blessé : ses yeux, son humour quand il s'était aligné avec elle contre les Maudits, son courage, son visage tiré par la souffrance... Ces instants s'étaient imprégnés pour toujours sur sa rétine. Mais, alors qu'ils étaient enfin hors de danger, qu'ils pouvaient prendre le temps de se soigner, de mieux se connaître, voilà qu'un olibrius surgi de nulle part s'était permis de les séparer. Sans même qu'elle ait pu correctement remercier son sauveur. Il devait la croire ingrate de ne pas être restée pour lui prêter assistance. Elle revit la dernière image qu'elle avait eue de lui : si celle-ci était réelle et non une élucubration de son esprit, il devait plutôt l'imaginer morte, déchiquetée par les arêtes des falaises infranchissables. Difficile de savoir ce qu'il en était vraiment, ceci dit : on aurait dit un cauchemar sans fin. À son réveil, ses yeux s'étaient posés, sans la reconnaître, sur la partie de forêt où ils se trouvaient. Puis sur le Sage qui ramassait tranquillement des fleurs à côté d'elle. Elle avait alors bondi sur ses pieds et exigé qu'ils retournent « là-bas ». Même si elle n'avait aucune idée de l'endroit exact ni de la façon dont ils pouvaient s'y rendre. Le vieil homme s'était contenté de secouer la tête, l'air désolé, avant de sortir un bol de sa poche et d'y déposer sa cueillette :

— Je regrette, c'est impossible.

Elle fut un instant tentée de partir à l'inconnu, mais soupira, découragée : cela lui prendrait des quartiles entiers pour retrouver son chemin. Elle essaya une autre approche :

— Vous comprenez, cet homme qui m'a aidée, qui a risqué sa vie pour moi, je ne connais même pas son nom, il est seul, blessé, et je ne sais pas s'il habite loin de là où nous l'avons laissé. Je voudrais simplement m'assurer qu'il va bien.

Le Sage la regarda. Son air compréhensif commençait à lui taper sur les nerfs : elle avait l'impression qu'il détenait les réponses à toutes ses questions, mais qu'il les gardait pour lui.

Tout en continuant à malaxer les fleurs écrasées, il consentit à expliquer :

— C'est indépendant de ma volonté, je vous assure : le passage s'est refermé et on ne peut plus l'emprunter avant la nuit prochaine... Et il serait inutile de le faire alors, ajouta-t-il aussitôt en levant la main en geste d'apaisement, anticipant sa demande, étant donné que ledit jeune homme aura forcément quitté les lieux. Or, ainsi que vous l'avez dit vous-même, vous ne savez pas où il habite.

Ce serait donc une perte de temps, alors que nous en manquons par ailleurs.

Sylvine grinça des dents. Elle appréciait décidément de moins en moins l'air docte de son compagnon.

— « Nous » ? Qui ça « nous » ? Et au fait, qui êtes-vous ?

— Oui, vous avez raison, j'aurais dû commencer par cela. Je suis Gandore, l'un des Sages de Citara, pour vous servir. Depuis plus d'un cycle, je me suis mis en quête de la Gardienne, ainsi que le demande la Prédiction.

— Ah..., soupira Sylvine, la Prédiction...

Dépitée, elle se laissa glisser sur le sol moussu et frais.

Formidable, elle était tombée sur l'un de ces illuminés qui croyaient en ce ramassis de phrases obscures concernant l'avenir de Citara. À tous les coups, il allait lui raconter sa quête et elle aurait de la chance si elle arrivait à le convaincre qu'elle devait rentrer chez elle au plus vite. D'ailleurs, puisqu'elle y pensait...

— Et où sommes-nous ? Vous n'étiez pas censé me ramener à mon village ?

— C'est bien ce que nous ferons, ne vous inquiétez pas. Mais il m'est apparu depuis que vous n'aviez pas tous les éléments nécessaires pour comprendre la situation. Alors nous commencerons par rendre visite à une charmante dame de ma connaissance, Dame Marie, Grande Prieuse de Citara.

Sylvine gémit intérieurement : les choses ne s'arrangeaient pas, voilà maintenant qu'il parlait d'aller rencontrer une religieuse ! Si elle-même n'avait rien contre les Prieurs et Prieuses, elle ne se sentait aucune affinité avec ces personnes ayant fait le choix de mettre leur vie au service de la Créatrice.

— La situation ? Quelle situation ? Et pourquoi dois-je vous accompagner ?

— Jeune Dame, je suis heureux de vous apprendre que j'ai enfin trouvé la Gardienne de Citara...

— Ah bon ? Eh bien, c'est formidable, ça...

— ... et qu'il s'agit de vous, poursuivit-il, imperturbable.

Saisie, Sylvine le dévisagea, inquiète soudain de la tournure prise par la conversation. Le vieil homme serait-il fou ? Non, c'était pire, il semblait calme et déterminé.

Elle eut un petit rire, un rire qu'elle voulait léger mais qui s'avéra seulement mal assuré :

— Alors je vous le confirme, je ne suis pas sûre de comprendre la situation. Pourquoi ne revenez-vous pas me parler de tout ça dans quelques cycles ?

Le Sage se rembrunit, comme si elle avait évoqué un point sensible. Il avait fini sa préparation : une sorte de pâte blanchâtre. Sylvine espéra qu'il ne s'agissait pas de leur repas. Elle avait beau avoir faim, cela ne lui semblait pas très ragoûtant.

Finalement, son interlocuteur soupira :

— Croyez bien que je souhaite que vous n'ayez à intervenir que le plus tard possible. J'espère de tout cœur me tromper, mais je crains que les récents événements ne me donnent, hélas, raison.

Enfin... laissons cela pour l'instant et occupons-nous de notre blessé.

— Hein ? fait Sylvine, instantanément perdue, où ça ?

Un couinement râleur lui répondit. Elle baissa les yeux et croisa ceux, réprobateurs, de Schnippy. Rouge de honte de l'avoir oublié, elle le sortit délicatement de sa chemise.

Oh, Schnippy, je suis désolée, tu as mal ?

Grmpf, grommela l'animal, *avoir faim surtout.*

Elle sourit malgré elle, soulagée de voir qu'il n'avait pas perdu son légendaire appétit.

Elle croisa alors le regard scrutateur du mage. Les désignant tour à tour du doigt, il s'enquit :

— Vous venez de communiquer, n'est-ce pas ? Vous comprenez ce qu'il dit ?

Méfiante devant ce nouvel intérêt pour sa personne, Sylvine acquiesça tout de même.

Le Sage opina simplement du chef comme s'il avait eu la confirmation de quelque chose.

— Évidemment.

Puis, sans plus d'explication, il fit signe à la jeune fille d'approcher. Après avoir hésité, elle réalisa son intention et lui tendit la main où Schnippy reposait. Délicatement, Gandore enveloppa la patte de l'écureuil de la mixture fraîchement préparée.

Sylvine sentit un soulagement immédiat s'emparer de ce dernier.

— Dans quelques instants, le cataplasme de soudille va se durcir et votre petit compagnon pourra à nouveau utiliser sa patte, en la ménageant toutefois. Puis, lorsque son os sera réparé, la soudille s'effritera d'elle-même.

Sylvine le regarda, troublée.

Certes, il était irritant au possible, ce Gandore, avec ses décisions unilatérales, ses raisonnements imparables et sa science infuse. Mais il avait pris le temps de confectionner un médicament pour un animal blessé, qui ne lui était rien.

Alors, pour la première fois depuis qu'elle l'avait rencontré, elle lui sourit :

— Merci.

Il hocha la tête et reprit son bâton de pèlerin.

— Allons, il est temps de retrouver Dame Marie. Je pense qu'elle aura de quoi nous sustenter.

À cette bonne nouvelle — car il connaissait tous les synonymes du verbe « manger » — Schnippy émit un « Douk ! » ravi. Sylvine le reposa délicatement à sa place préférée et suivit leur guide. Pour l'instant.

Certes, elle lui était reconnaissante d'avoir atténué les souffrances de l'écureuil et elle-même ne bouderait pas le plaisir d'avoir enfin un vrai repas à se mettre sous la dent.

Par contre, si ses élucubrations sur la Gardienne le reprenaient, elle était fermement décidée à lui fausser compagnie et à retrouver seule le chemin de son village.

Elle scruta la nature autour d'elle : une forêt claire, très semblable à la sienne, bien qu'aux reliefs plus prononcés. Ils la quittèrent bientôt pour gravir une petite colline au sommet de laquelle se dressait un arbre dont Sylvine ne connaissait pas l'espèce. Curieuse, elle s'y intéressa plus qu'à la grande bâtisse rectangulaire toute de pierre et de bois, qui se trouvait derrière lui. Lorsqu'ils arrivèrent devant l'arbre inconnu, Sylvine vit Gandore y appuyer la main, puis le front avant de se diriger, l'air apaisé, vers le Prieuré.

À son tour, elle posa une main hésitante sur le tronc... et la retira aussitôt. Lorsqu'elle avait touché le bois noueux, une sensation de puissance, d'énergie vitale extrême s'était propagée du végétal à elle. Ses doigts la picotaient encore, tellement la décharge avait été forte. Saisie, elle regarda l'arbre avec plus d'attention : il ne payait pourtant pas de mine. Tout tordu, ses branches étendues à l'horizontale sans réel sommet, il ressemblait à un homme écartelé. Ses feuilles étaient petites, bicolores et il portait d'étranges fruits noirs.

Curieuse, elle rattrapa le Sage et lui demanda :

— Gandore, quel est cet arbre ? Je n'en ai jamais vu de tel auparavant.

— C'est un olivier. Un arbre millénaire possédant de grandes vertus, outre la capacité de son espèce à traverser le temps et l'espace : on dit qu'il y a un olivier dans chaque monde connu. Il a entre autres un fort pouvoir régénérateur.

Songeuse, elle le suivit à l'intérieur du Prieuré.

Elle était un peu intimidée d'y pénétrer, ignorant tout des rites des initiés au culte de la Créatrice. Elle savait seulement qu'ils consacraient leur temps du travail à appeler la bénédiction de celle-ci sur les habitants de Citara. Mais elle avait du mal à comprendre leur motivation : son pragmatisme lui faisait dire que c'était à chacun de résoudre ses problèmes et d'aider son prochain, et non de s'en remettre à une divinité imaginée de toutes pièces par les hommes. Quant à y dévouer sa vie... Sylvine appréhendait de se retrouver face à une mystique aux yeux un peu fous, qui allait sûrement essayer de lui vendre une Prédiction obscure la plaçant au rang de Gardienne.

Elle s'engouffra à la suite de Gandore dans le couloir qui débutait en haut du bâtiment. De part et d'autre, les portes ouvertes laissaient entrevoir des pièces tout en longueur ; ils entrèrent dans la première. Il s'agissait de l'aire de réception des pèlerins : on y trouvait des éviers de pierre, des fauteuils en rondins recouverts de coussins bleus et une imposante cheminée décorée d'un bouquet de pervenches. L'ensemble invitait au repos et à la méditation et Sylvine apprécia l'atmosphère qui se dégageait des lieux : simplicité et harmonie étaient les maîtres mots ici. Gandore s'adressa à une jeune dame avenante qui portait une tunique et un pantalon dans les mêmes tons que les coussins qui garnissaient les fauteuils.

— Que la Créatrice vous bénisse, chère Bethunia...

— ... et vous rende heureux, compléta la femme, à la voix musicale et au sourire franc. C'est toujours un plaisir de vous revoir, Sieur Gandore.

— Il en est de même pour moi. Pouvez-vous nous annoncer, jeune Dame Sylvine de la Forêt aux Esprits et moi-même, auprès de Dame Marie ?

Sylvine haussa un sourcil en entendant son nom entier résonner dans la pièce. Dans la forêt, il n'y avait pas tout ce cérémonial d'introduction, on se saluait par son seul prénom.

Pendant qu'ils patientaient, confortablement assis dans les fauteuils, elle laissa les bruits du quotidien bercer ses pensées : on était au premier temps de la journe, le temps de l'énergie. C'était le moment où chaque Citarien enchaînait les exercices physiques, la recharge de sa lampe, la préparation du matériel qui lui serait nécessaire, la confection du repas. Elle aimait cette atmosphère calme et pleine de promesses, et devant ce rituel si familier, sentit sa gorge se serrer. Elle avait l'impression que cela faisait une éternité qu'elle avait quitté son arbre et son existence quotidienne. Un instant, une angoisse la saisit. Celle de ne plus jamais connaître cette vie simple et insouciante. Une vie normale. Puis elle secoua les épaules. N'importe quoi, la fatigue lui faisait tout voir en noir, c'était tout.

Normal ? Oh non, plus rien ne l'est. Plus rien ne le sera plus...

Sentir bon ici ! Schnippy huma l'air de son petit nez connaisseur. Sylvine revint à des considérations plus matérielles et immédiates. La préparation du repas lui faisait venir l'eau à la bouche, à elle aussi. Elle espérait que la Grande Prieuse ne les ferait pas trop attendre avant qu'ils puissent se nourrir.

La pièce où ils entrèrent ensuite se voulait fonctionnelle, mais elle avait été rendue charmante par les cristaux colorés qui se balançaient çà et là en accrochant la lumière. Des livres étaient disséminés sur toutes les surfaces pouvant les accueillir, ainsi que des parchemins et du matériel d'écriture, en un désordre studieux.

Embrassant les lieux du regard, Sylvine ne réalisa pas tout d'abord qu'ils étaient occupés. Puis une femme sortit de derrière un gros lutrin, posa la plume qu'elle venait d'utiliser et s'avança vers eux, le sourire aux lèvres. C'était un tout petit bout de femme, qui portait avec grâce la tenue bleue des Prieurs. Ses cheveux, couleur miel, étaient retenus dans un chignon lâche et encadraient un joli visage respirant l'intelligence. Les yeux marron étaient pétillants et lumineux alors qu'elle accueillait Gandore avec chaleur :

— Gandore, mon ami, je suis bien heureuse de vous voir si vite de retour, fit-elle en saisissant ses deux mains dans les siennes.

— Moi de même, Dame Marie, moi de même !

— Et qui m'amenez-vous là en visite ? ajouta-t-elle en souriant gentiment.

— Une Forestière qui a eu maille à partir avec deux Maudits du côté d'Ertauq, jeune Dame Sylvine, de la Forêt aux Esprits.

— Bienvenue à vous, Sylvine, que la Créatrice soit en votre cœur et en vos projets... Ainsi qu'en celui de votre charmant petit compagnon, s'attendrit Dame Marie, en découvrant le museau de Schnippy.

Mais venez, prenez place sur ces fauteuils et contez-moi vos aventures. Je pressens des nouvelles d'importance. J'espère qu'elles sont heureuses ?

— Oui, très, acquiesça Gandore.

Sylvine se fit la remarque que lorsqu'il ne fronçait pas ses sourcils en une moue inquiète et qu'il souriait d'un air réjoui, comme en cet instant, cela le rajeunissait et le rendait presque sympathique.

— J'ai trouvé la Gardienne, Dame Marie.

Celle-ci joignit ses mains en un geste de joie :

— Louée soit la Créatrice ! Alors nous sommes sauvés. Et de qui s'agit-il ?

— De la jeune fille assise à côté de vous.

Sylvine se retint de justesse de lever les yeux au ciel. Toute cette histoire était décidément bien embarrassante et elle n'osait penser à l'air éberlué dont la Grande Prieuse allait sûrement la gratifier.

Celle-ci eut cependant la grâce de ne pas manifester son étonnement et de s'écrier, après quelques secondes de battement seulement :

— Alors c'est un honneur, jeune Dame, de vous recevoir ici. Vous avez toute notre reconnaissance et notre soutien dans cette tâche qui est la vôtre.

— Oui, hum hum...

Malgré l'embarras affiché par sa petite toux, Gandore avait l'air de trouver la situation tout à fait réjouissante.

— Pour tout vous avouer... il me reste encore à convaincre cette jeune personne qu'elle EST bien notre Gardienne. Je vous l'ai donc amenée afin qu'elle puisse découvrir les termes exacts de la Prédiction et vos brillantes interprétations de celle-ci.

Dame Marie, précisa-t-il en se tournant vers Sylvine, est non seulement Grande Prieuse, mais est en outre experte dans le décryptage des parchemins. C'est notamment elle qui a compris le fonctionnement des Passages.

Rougissante, l'intéressée balaya ces présentations élogieuses d'un revers de la main.

— N'encombrez pas le cerveau de cette pauvre enfant de ces compliments éhontés, Gandore. D'autant que si je ne m'abuse, elle et son compagnon ont l'air épuisés.

Elle ajouta alors quelque chose qui lui valut l'amitié immédiate dudit compagnon :

— Peut-être souhaiteriez-vous vous alimenter avant d'entendre nos interprétations sur la Prédiction ?

Ses invités hochèrent la tête avec approbation, l'un d'entre eux avec plus d'enthousiasme que les deux autres.

— Je m'en occupe, fit Dame Marie dans un sourire.

Elle disparut avec vivacité dans le couloir central avant de revenir quelques instants plus tard avec des timbales de fer, une cruche d'eau et un petit bol en grès.

— Voilà, le repas arrive dans quelques instants. En attendant, rafraîchissez-vous. Le bol est pour votre écureuil, Sylvine, ainsi que ceci.

Tout en parlant, Dame Marie s'était dirigée vers un grand meuble aux multiples tiroirs, en avait ouvert deux d'entre eux et s'était saisie d'une poignée de noix et de fruits secs d'un beau rouge.

— Tiens mon jeune ami, régale-toi.

Ravi de ce festin, Schnippy sortit de son nid douillet. Il boitait un peu, mais sa patte le supporta tandis qu'il allait effleurer la main de la Prieuse de sa tête. Puis, sans plus de cérémonie, il attaqua sa première noix, les yeux mi-clos pour mieux la savourer.

Ce fut ensuite au tour des humains de consommer leur repas quotidien : aujourd'hui, il consistait au Prieuré en une volaille froide marinée dans du miel, des bâtonnets de carottines colorées à tremper dans du fromage blanc aux herbes, ainsi qu'un gâteau en forme d'aile. Sylvine déclina le premier plat mais fut généreusement servie des autres. C'était la première fois qu'elle faisait un vrai repas depuis sa fuite et tout lui parut délicieux. Son palais savourait chaque sensation : le croquant des légumes, la fraîcheur onctueuse de la sauce, l'explosion du sucre dans sa bouche.

Pendant le repas, Gandore et Dame Marie devisaient avec la simplicité d'amis partageant des intérêts communs, mentionnant les avancées de leurs travaux respectifs et échangeant des nouvelles à propos de leurs connaissances.

Puis vint le moment que Sylvine redoutait et attendait à la fois.

La table débarrassée, la Grande Prieuse s'adressa à elle :

— Bien, concentrons-nous sur la Prédiction. Elle est, bien sûr, centrale à notre culte et nous la connaissons tous par cœur au Prieuré, mais peut-être souhaiteriez-vous la relire ou l'écouter avant que je ne vous en parle ?

Sylvine réfréna un haussement d'épaules indifférent : elle avait déjà eu l'occasion de déchiffrer ces vers à l'école... et elle les avait oubliés aussitôt. Mais la petite dame était trop chaleureuse pour qu'elle la vexe ainsi.

— Je pense que je préférerais l'entendre.

Dame Marie se recula un peu sur son siège. Ses yeux cherchèrent un tableau accroché au mur. Il représentait les collines de Citara, baignant dans un halo bleuté. Puis, tournant son regard ardent vers Sylvine, Dame Marie entonna alors la prédiction.

Lorsque sur Citara
D'or vert viendra le règne
Le Sage de la Gardienne
Le bras chercher devra

De tous côtés ira
Chercher l'unité reine
Des forêts à la plaine
Citara se battra

Par celle qui les créa
Aidée de présence sienne
Fera qu'à tour ils viennent
Air Feu Eau Terre vaincra

Si Force trouvera
Choisir Amours pérennes
Destinée incertaine
Liberté gagnera

Alors toujours sera
Par la Vie Magicienne
Par l'Oubli la Sereine
Et Heureuse Citara

Les derniers mots vibraient dans la pièce.

Malgré elle, Sylvine avait été touchée par ceux-ci et surtout par la ferveur avec laquelle la Prieuse les avait énoncés. Oui, les vers étaient beaux, elle-même en convenait.

Elle ne souhaitait pas briser le charme, mais tout de même, il y avait une question essentielle en suspens.

— Je veux bien croire en ces mots. Mais qui vous dit que c'est bien de moi, Sylvine, qu'il s'agit ? Quelle preuve avez-vous que je sois la Gardienne ? Ce n'est pas écrit dans votre prédiction, ça.

Gandore lève alors un doigt docte, comme si elle soulevait un point intéressant.

— Ahhh... Vos interrogations ne sont pas infondées, mon enfant. Et il m'a fallu du temps avant de vous trouver, croyez-moi. J'ai bien hésité à me lancer dans cette quête, car, voyez-vous, moi aussi je me posais des questions : le « règne de l'or vert » était-il venu ? Où chercher la Gardienne ? Étais-je moi-même le Sage de la Prédiction ? Heureusement, Dame Marie m'a aidé à y voir clair dans tout cela. N'est-ce pas, ma chère ?

Tapotant le bras du Sage, celle-ci reprit avec un sourire :

— Allons, allons, mon ami, vous vous dépréciez, je n'ai servi qu'à mettre en lumière ce que vous saviez déjà. Vous voyez, jeune Sylvine, notre instinct nous disait que le moment était venu. Mais il fallait que notre raison également en soit persuadée. Et de fait, la situation semblait tellement... claire tout à coup. L'or vert, premièrement. En quelques quartiles, tout le monde s'était mis à affectionner les bijoux d'émeraude et à en parer presque tous les objets. Au point qu'on en arrivât à les troquer contre du travail, contre des services. Cette mention « d'or », je l'avoue, nous a paru obscure tout d'abord, mais après de nombreuses recherches, nous avons découvert que c'était ainsi que l'on appelait un système d'échange ayant cours dans des histoires pour enfants. Tout y était comparé par rapport à cet... « or », et ce dernier était couramment donné en échange d'objets ou de travaux.

Nous en avons déduit que les émeraudes faisant désormais office d'intermédiaire dans les trocs citariens, nous étions bien dans « le règne de l'or vert ».

Quant à savoir si notre Gandore était le bon Sage, il n'a pas été difficile de l'inférer : nul autre que lui ne témoigne d'une connaissance aussi étendue que variée sur notre jeune pays. Dès qu'il a été élu Grand Sage, les choses se sont précisées dans nos esprits. Ce serait à lui que reviendrait cette mission.

Et puis, il a été appelé. Racontez, mon ami.

Gandore eut un petit sourire d'impuissance et, écartant les bras, expliqua.

— Un beau jour, j'ai trouvé un bâton de Sage pèlerin dans mon étude, posé en travers de mon bureau. Ce n'était pas un bâton ordinaire, dit-il en caressant songeusement ce dernier. Dur, noueux, fait pour la marche comme pour le combat. Et lorsque je le pris, je ressentis un grand pouvoir se transmettre du bois à mes doigts. Un manteau était plié à côté de lui, également surgi de nulle part. Ses innombrables poches recèlent ce dont j'ai besoin en fonction de la nécessité du moment.

Pour appuyer ses dires, il plongea la main dans sa longue veste... et en ressortit, sous les yeux surpris des deux femmes, une grenouille.

— Ah ? Et vous avez besoin d'une grenouille pour quoi faire, exactement ? lança Sylvine, en éclatant d'un rire nerveux.

Un instant décontenancé, le Sage haussa les épaules :

— Cela n'apparaît pas toujours évident au premier abord, mais j'en aurai l'usage plus tard, c'est certain.

Et sans plus y accorder d'importance, il fourra le batracien dans la poche d'où il l'avait sorti, reprenant son histoire :

— Je me suis donc mis en quête de la Gardienne. Mais où trouver celle-ci ? Naturellement, je vins au Prieuré pour solliciter les lumières de celle qui était le plus à même de m'aider à interpréter la Prédiction.

— « Le Sage de la Gardienne le bras chercher devra », confirma Dame Marie en hochant la tête à l'évocation de ces souvenirs. Nous avons compris qu'il fallait que Gandore cherche une personne faisant usage de son bras, probablement chez les Défenseurs. Mais rien ne se produisait, les journes passaient et rien ne nous mettait vraiment sur la piste de la Gardienne.

C'est alors, en relisant la Prédiction pour une énième fois que l'expression « Des Forêts à la Plaine » nous apparut sous un autre jour : et si cela nous indiquait le lieu où trouver la Gardienne ?

— Tout s'enchaîna alors, reprit Gandore, je tombai sur un groupe de Justiciers ayant questionné un parti de Maudits. Ces derniers leur avaient avoué que Rohé avait chargé plusieurs de ses sbires d'une mission : ramener une femme rousse de la Forêt aux Esprits. Pourquoi ? Personne n'en savait rien, mais l'intérêt de cet homme pour la représentante d'un peuple situé aux antipodes de son monde ne pouvait être une coïncidence. Je décidai donc de m'acheminer vers votre village... mais arrivai après l'attaque sur votre personne. Les Forestiers étaient en émoi, et commentaient avec souci votre disparition. L'un de vos amis, un certain Achille je crois, était parti sur vos traces une journe plus tôt. Pour ma part, j'ai préféré essayer de vous devancer via les passages, et me rendre dans les collines, où j'estimais que vous pouviez avoir trouvé refuge.

Je venais de rejoindre le cercle de pierres lorsque je vous vis y entrer. Et vous connaissez la suite...

— Oui, bon, j'admets que la coïncidence est étonnante, reprit Sylvine, têtue. Mais, vraiment, je n'ai pas l'étoffe d'une « Gardienne » : j'ai eu énormément de mal à me débarrasser de ces Maudits et je n'y serais jamais arrivée seule. Je n'ai rien de spécial, je vous assure, termina-t-elle, sincèrement désolée d'avoir si peu à leur offrir en regard de leur espoir.

— Et ça ? demanda Gandore, en saisissant Schnippy d'un mouvement rapide.

Le petit écureuil, qui se nettoyait avec application après son repas, ne put réagir et disparut en un instant.

Sylvine poussa un cri et se leva d'un bond. Elle sentit la confusion de son ami, emprisonné dans un espace noir et chaud. Des coups sourds et lents résonnaient non loin de lui. Sans hésiter une seconde, elle plongea la main dans l'une des poches du Sage, située sur la poitrine de ce dernier, et en retira un Schnippy ébouriffé. Il émit une série de couinements indignés avant d'aller se réfugier dans le cou de Sylvine.

— À quoi jouez-vous ?

Elle planta un regard furieux dans celui du Sage, resté de marbre.

Celui-ci lui dit alors simplement :

— Personne n'aurait pu savoir dans laquelle de mes poches je l'avais fait disparaître. Personne sauf un être suffisamment doué d'empathie pour le retrouver instantanément.

Sylvine haussa les épaules, tandis que Schnippy s'appliquait à coiffer sa queue, en jetant vers Gandore des coups d'œil devenus méfiants.

— Oui, Schnippy et moi pouvons communiquer, mais c'est uniquement parce que je l'ai recueilli tout bébé. Il ne parle pas vraiment, j'anticipe seulement ses réactions, car je le connais bien.

Parler peut, Schnippy ! se défendit alors l'animal en question.

Et parler arbres, aussi, Sylvine.

Parler aux arbres ? Elle se demanda, perplexe, ce qu'il entendait par là.

Bien sûr, lorsqu'elle grimpait à un arbre elle savait instinctivement où poser le pied et la main, mais cela n'était dû qu'à sa condition de Forestière, elle était sûre que tous ceux de son village étaient capables de la même chose.

Enfin, non, ce n'était pas vrai : si les Forestiers vivaient en harmonie avec leur habitat naturel, c'était le résultat d'une longue observation de leur cadre de vie plus que d'une réelle communication avec les êtres et les végétaux qui peuplaient la forêt. Elle seule arrivait à décrypter les messages disséminés dans la nature et à interagir avec elle. C'est pour cela qu'elle avait « entendu » les conversations des Maudits : le son lui avait été transmis par son arbre de vie.

— Bon, d'accord, je peux peut-être parler avec des animaux ou des plantes mais... ce n'est pas suffisant pour décréter que je suis votre Gardienne, finit-elle par balbutier, en ayant l'impression que son avenir lui échappait tout à coup. Qu'est-ce qui me relie tant au destin de Citara ?

La réponse jaillit de la bouche du Sage, évidente :

— Vous êtes nées la même journe.

Un instant médusée par cette réponse, elle insista, peu convaincue :

— Et alors ? Je suis sûre que je ne suis pas la seule à qui c'est arrivé !

Devant le regard échangé par ses deux interlocuteurs, sa gorge se serra.

— Eh bien, à notre connaissance, et je peux vous dire que nous en avons consulté, des registres, aucune autre naissance n'a été déclarée cette journe-là. Dans les cycles précédents ou les suivants, oui, nous avons trouvé quelques personnes concernées. Mais personne d'autre que vous n'est né à la date exacte de la naissance officielle de Citara.

Sylvine sentit son cœur défaillir. Depuis toujours, elle avait considéré le fait d'avoir le même âge que son pays comme une simple coïncidence, lui permettant d'assister dans le lointain au ballet des lumières, comme si le peuple entier lui fêtait son anniversaire.

En quelque sorte, c'était le cas : elle et Citara étaient jumelles. Si la terre était ancienne, le nom et les règlements régissant Citara, eux, étaient récents. Ils avaient seize cycles à peine, tout comme elle.

Elle réalisa avec un choc qu'elle n'avait pas vu passer la date d'entrée dans son seizième cycle, tout occupée qu'elle était à fuir les Maudits. Voilà, elle était adulte désormais. Pourtant elle ne s'était jamais sentie aussi jeune que maintenant.

Lasse de ces histoires, elle ferma les yeux et murmura :

— Oh, je voudrais tant rentrer chez moi et que tout ceci s'arrête !

Elle garda ses paupières obstinément closes, car celles-ci s'étaient remplies de larmes malgré elle, en repensant à Chloriane, à Achille, à son arbre de vie. Elle avait besoin d'eux, de leur affection, et d'un retour à la normalité.

Gandore l'avait sûrement compris, car, dépliant sa longue silhouette, il se leva de son siège et annonça :

— Oui, faisons cela. Il nous faut rentrer au village de Sylvine maintenant, ne serait-ce que pour rassurer les siens. Dame Marie, je vous remercie de votre accueil. Je reviendrai bientôt vous voir.

Au moment du départ, la Prieuse, émue de la détresse de Sylvine, lui caressa doucement la joue.

— Je sais, jeune Sylvine, que la tâche peut vous sembler difficile et peu enviable.

Mais je sais aussi qu'avec de la volonté, on peut tout faire.

Tout.

Trouvez la volonté, et vous accomplirez votre destin sans faillir.

Trouvez la volonté et rien ne vous paraîtra insurmontable.

Puis les voyageurs se dirigèrent vers la forêt. Le village de Sylvine n'était, l'assura Gandore, qu'à quelques heures de marche de là.

Songeuse, la jeune fille le suivit sans poser de questions. Elle avait beaucoup apprécié Dame Marie. C'était une personne qui dégageait une impression tout autant de passion et d'énergie que d'assurance et de sérénité. Elle semblait comblée par sa vie et rayonnait littéralement, illuminant ceux qui croisaient sa route d'une aura chaleureuse.

Quant à Gandore, elle était plus réservée à son sujet. Elle ne niait pas qu'il ait de bons côtés et beaucoup de talent. Mais elle lui en voulait de lui avoir asséné toutes ces vérités dérangeantes et d'avoir perturbé son petit monde tranquille. Elle décida donc de ne plus lui adresser la parole jusqu'à son retour chez elle.

Même lorsque, hésitant sur la direction à prendre à une fourche un peu plus tard, il marmonna soudain « Évidemment ! » et sortit la grenouille de sa poche avant de suivre le chemin qu'elle indiquait. Elle serra les dents, mais ne dit rien.

CHAPITRE 14

Essayer

— Bon, puisque vous êtes si certain que je suis la Gardienne, donnez-moi au moins une preuve tangible de ce que je suis censée savoir faire.

Elle avait gardé le silence jusqu'à la mi-journe, mais n'y tenait plus : trop de questions tournaient en boucle dans sa tête. Les deux voyageurs étaient en train de prendre un peu de repos dans une clairière où chantait un ruisseau à la fraîcheur bienfaisante. Cette partie de la forêt semblait vaguement familière à Sylvine : ce bosquet, ces fleurs d'un joli violet lui disaient quelque chose. Elle avait dû déjà venir ici ; son village n'était sûrement plus très loin. Assise sur la mousse, l'esprit préoccupé, elle dessinait des figures sur le sol avec un bout de bois, qui finit par se casser en deux.

Gandore, qui la regardait, inclina la tête sur le côté :

— Pourquoi pas ?

Étonnée d'avoir eu si facilement gain de cause, elle se redressa avec excitation.

— Je vais vous enseigner une incantation : une incantation plutôt simple, mais efficace. Il s'agit d'une formule utilisée pour réparer ce qui a été brisé. Comme votre petit bâton, ajouta-t-il en le désignant de la tête. Reprenez les deux morceaux, je veux vérifier quelque chose. Bien. Avant toute chose, il faut que vous ayez bien conscience du danger que représente la magie. Elle nous aide, mais puise sa force en nous.

Si vous exigez trop de la magie, vous le paierez de votre vie.

C'est pour cela qu'il est toujours préférable, fit-il de ce ton professoral qui agaçait la jeune fille, de privilégier une action humaine lorsque cela est possible. Il ne faut utiliser la magie qu'en dernier recours, quand le temps presse ou que le danger est trop important pour pouvoir s'en sortir par un moyen normal.

Il attendit que Sylvine acquiesce avant de poursuivre.

— Bon, concentrez-vous sur votre bâtonnet, sentez par l'esprit les deux extrémités et prononcez le mot « resarci ».

— Et… c'est tout ? fit Sylvine, surprise.

— Pour vous, oui, cela devrait suffire. Pour les Mages cela demande plusieurs années d'études et des gestes précis.

Curieuse, la Forestière regarda les deux morceaux de bois, un dans chacune de ses mains. Elle ferma les yeux et chercha leur présence.

Au bout d'un long instant, elle secoua négativement la tête, frustrée.

— Je ne les sens pas, avoua-t-elle, plus déçue qu'elle ne voulait l'admettre.

— Bon. C'est ce que je pensais : votre don n'opère que sur les matières vivantes. Or ces bâtonnets sont morts depuis longtemps. Essayez donc avec de l'herbe.

Sylvine lâcha les brindilles devenues inutiles pour attraper dans son poing une touffe verte.

— Doucement ! la fit sursauter Gandore. Commencez par un unique brin.

Agacée devant tant de précautions, elle relâcha néanmoins les herbes fauchées, n'en gardant qu'une seule, qu'elle coupa en deux à la demande du Sage. À nouveau, elle ferma les yeux.

Cette fois-ci, il se passait quelque chose : dans sa main, une sorte d'énergie liquide était canalisée. Elle ne pouvait ni la voir ni l'entendre, elle la sentait dans son esprit, un peu comme lorsqu'elle discutait avec Schnippy. La vie coulait dans les tiges, tel le ruisseau de la clairière, mais le flux en était abruptement brisé à deux endroits.

Mentalement, elle rapprocha les deux morceaux, jusqu'à ce qu'ils ne forment, à nouveau, plus qu'un.

Elle rouvrit les yeux et contempla, incrédule, le brin d'herbe reconstitué, qui oscillait doucement dans sa paume. Pourtant, quelque chose n'allait pas. Fronçant les sourcils, elle referma les paupières. Oui, le flux s'écoulait bien, comme avant, sur la longueur de la tige... mais il s'arrêtait net à une extrémité : celle où elle avait arraché l'herbe du sol. Se mordant les lèvres, elle visualisa le raccord du brin à sa base.

Lorsqu'elle ouvrit les yeux, il n'y avait plus rien dans sa main.

Et outre la satisfaction d'avoir réussi, elle eut celle de voir le grand Gandore abasourdi.

— Eh bien ? lui demanda-t-il, que s'est-il passé ? Vous étiez parvenu à ressouder le brin d'herbe puis il a disparu.

— C'est parce que je l'ai *entièrement* réparé, répondit Sylvine, goguenarde.

Les yeux du Sage glissèrent vers le sol puis revinrent vers elle. Il eut subitement l'air agacé.

— Ah, je vois... Eh bien, ça promet, soupira-t-il.

— Ben quoi ? se défendit Sylvine, vexée. J'y suis arrivée, non ?

— Oh oui, au-delà de mes attentes, je dois dire. Avez-vous réalisé que vous n'avez pas prononcé l'incantation ?

— Ah, euh... c'est-à-dire, fit-elle en s'empourprant légèrement, je... j'avais oublié le mot.

— Eh bien, cela signifie que vous n'en avez même pas besoin pour accomplir ce sortilège.

— Ah ? C'est plutôt une bonne chose, ça, non ?

Sylvine sentait que quelque chose lui échappait, car son professeur n'avait pas l'air aussi ravi que l'on aurait pu s'y attendre.

— Oh oui, je n'ai aucun doute sur le fait que vos pouvoirs sont impressionnants. Ce n'est pas ça, mon problème. C'est justement la facilité avec laquelle vous exercez votre don qui me pose souci, car je réalise qu'il va vous être difficile de vous arrêter à temps.

— À temps ? reprit Sylvine qui ne comprenait toujours pas.

— Vous aviez comme tâche de réparer un simple brin d'herbe, mais c'est tout juste si vous n'avez pas remis en place une motte entière, je me trompe ?

— Non, je..., se défendit mollement Sylvine, qui avait failli faire exactement cela.

— Et ne vous ai-je pas dit qu'il fallait *mesurer* l'usage de la magie, ne l'utiliser qu'avec parcimonie ?

— Oui, mais...

— Allez, debout maintenant, fit le Sage en tournant brusquement les talons, on repart.

Interloquée par sa précipitation soudaine et déçue de ne pas avoir été plus congratulée pour sa première tentative — *un réel succès*, se félicita-t-elle en son for intérieur —, Sylvine se leva d'un bond.

Enfin... c'était son intention, mais elle retomba sur son séant, prise de vertiges.

— Qu'est-ce que... ?

Lorsque sa tête arrêta de tourner, elle croisa le regard sagace de Gandore, les deux mains appuyées sur son bâton.

— Bien, je crois que vous commencez à comprendre. Vous voyez l'état de fatigue dans lequel vous a mis la réparation « *entière* » d'un simple brin d'herbe ? J'espère que cela vous servira de leçon. La magie a un coût, rappelez-vous-en, termina-t-il en martelant le sol d'un coup sec de son bâton de marche.

Puis il s'éloigna à grands pas, laissant là Sylvine, aussi faible qu'un nouveau-né.

— Où... Où allez-vous ? demanda celle-ci.

Sans se retourner, il répondit :

— Vous chercher à manger. L'énergie peut être rechargée grâce à la nourriture. Si nous voulons arriver chez vous avant la nuit, nous avons intérêt à ce que vous repreniez vite des forces. Allongez-vous et dormez si vous le pouvez, ça aide aussi.

Et il disparut sous les frondaisons.

Être forte très, Sylvine, fit alors Schnippy, resté silencieux jusque là.

Un peu réconfortée par l'admiration manifeste de son ami, elle lui sourit faiblement avant de se rouler en boule et de s'endormir aussitôt, la douce fourrure du petit écureuil contre son cou.

Le soleil était bas quand elle s'éveilla à nouveau. Gandore haussa un sourcil interrogateur lorsqu'il vit qu'elle avait les yeux ouverts.

— Alors, comment vous sentez-vous ?

— Bien.

C'était la vérité. Même si elle admettait qu'elle n'aurait pas couru sur de longues distances, le repos s'était avéré réparateur. Le Sage lui tendit sa collecte : des baies, des noisettes et des champignons. Le ventre de Sylvine émit un borborygme reconnaissant. *Incroyable comme elle avait faim à nouveau !* Après avoir savouré le tout — Schnippy ayant refusé, contre toute attente, sa proposition de partager avec lui — elle s'estima prête à reprendre la route.

Au fur et à mesure de leur avancée, le paysage se fit plus familier. Elle pressa le pas, heureuse et réconfortée de retrouver ses points de repère. Sans même le réaliser, elle était passée devant Gandore et c'était elle, désormais, qui les guidait sur le chemin du village.

Lorsqu'elle arriva aux premiers arbres, elle fronça le nez : une odeur inusitée venait de frapper ses narines, une odeur de brûlé. L'arbre qui avait flambé comme une vulgaire torche dressait son corps noirci à deux pas du sien. Elle n'eut pas le temps d'être triste, toutefois : les premiers cris de joie retentirent en la reconnaissant, et elle fut vite rejointe par amis et voisins.

— C'est Sylvine, elle est de retour !

— Mais qu'est-ce qui s'est passé ?

— Eh, les amis, Sylvine est là !

— Par la Créatrice, que j'ai eu peur ! Je ne dors plus les nuits, malgré les veilles.

— Ah ben quand même, t'en a mis du temps pour retrouver ton chemin !

Cette dernière phrase provenait de Radj. Sylvine sauta dans ses bras, riant et pleurant à la fois de le revoir.

— Oncle Radj, tu ne changeras jamais !

Mais si les propos de son oncle étaient aussi caustiques qu'à l'accoutumée, les battements rapides de son cœur et la force de son étreinte lui révélèrent à quel point il avait eu peur pour elle. Lorsqu'elle se détacha de lui, elle se retrouva face à un grand jeune homme blond, les cheveux coupés courts qui la dévisageait avec intensité :

— T'étais où ? Comment t'as eu ce bleu au visage ?

Stupéfaite, elle regarda sans répondre Brís, l'un des chasseurs du village avec lequel elle n'avait presque jamais échangé avant cette journe, et qui venait de l'apostropher en serrant les points. Elle effleura sa tempe : elle avait oublié le coup reçu par le gourdin du Maudit mais la douleur se ranima dans le sillage de ses doigts et elle réalisa qu'elle devait avoir une belle trace. Cela n'expliquait cependant pas pourquoi Brís la contemplait comme s'il lui était soudain poussé deux têtes...

— Hé, Brís, laisse-la respirer, elle vient juste d'arriver. Elle a peut-être envie d'embrasser sa mère avant de te raconter sa vie, tu crois pas ?

Sylvine sourit, reconnaissante, à Titane. Les deux jeunes filles se saluèrent avec chaleur, leurs bras se serrant plus fort que d'habitude.

Au-dessus d'elles, il y eut un mouvement aérien : Chloriane était en train de descendre de la corde de monte, les joues baignées de larmes. À l'arrivée, elle lâcha celle-ci, et seule la présence d'esprit de Titane, qui rattrapa le filin, empêcha la pierre de lest de redescendre : Chloriane n'avait d'yeux que pour sa fille et la prit dans ses bras sitôt à terre. Sylvine enfouit son visage dans l'épaule de sa mère, respirant son odeur, laissant elle aussi ses larmes couler librement. Leur peur rétrospective et la joie des retrouvailles se confondirent en une longue étreinte.

Pendant ce temps-là, Schnippy, qui s'était dégagé de son habituelle place avant d'être écrasé par toutes ces embrassades, se réjouissait de l'attention dont il était également l'objet et engloutissait avec un plaisir non dissimulé les noisettes qu'une voisine était vite allée lui chercher.

Puis, à la demande des Forestiers et de Dame Ferne qui les avait rejoints, Sylvine, un bras passé autour de la taille de sa mère, se dirigea vers l'arbre central pour y raconter ses aventures. Dans son sillage, la chef du village et Gandore discutaient avec animation des péripéties du voyage.

Suis-je toujours là ?
J'ai l'impression de me confondre de plus en
plus avec un souvenir...

Après une nuit réparatrice, Sylvine se réveilla, comme à son habitude, avant le lever du jour. L'esprit frais et dispos, elle enchaîna sur une série d'étirements qui achevèrent de l'éveiller. À sa routine, elle ajouta cependant quelques mouvements qu'elle n'avait encore jamais réalisés jusque là : des flexions des bras et des jambes, des coups malhabiles contre un adversaire imaginaire. Ainsi, elle arriverait peut-être à se muscler davantage. Elle prit aussi du temps pour garnir les poches de sa jupe de tout ce matériel dont elle avait regretté l'absence pendant sa fuite vers les collines : un canif, des ficelles supplémentaires, son fil d'amour. Chloriane la rejoignit alors qu'elle achevait de préparer leur repas : une soupe d'airelles et de petits fromages enroulés dans des feuilles de brémance frites.

Par geste, sa mère lui demanda si elle allait bien et elle hocha la tête avec un sourire. Oui, de retour dans son environnement familier, elle se sentait à nouveau elle-même, apaisée, en confiance. Par contre, elle n'avait aucune envie de croiser le Sage. Il commençait à lui sortir par les yeux avec les leçons qu'il cherchait à lui donner à tout bout de champ.

— Mama, je vais partir en cueillette avec Schnippy ce matin. J'en ai vraiment, vraiment besoin, insista-t-elle devant l'air alarmé de Chloriane. Tu sais bien que je ne peux pas rester cloîtrée à la cabane éternellement. C'est... c'est juste pas moi.

Après une hésitation, Chloriane finit par acquiescer.

Son repas avalé, Sylvine s'équipa de son cordeau et de son couteau de Forestière avant de quitter son arbre de vie, Schnippy dans son corsage.

Elle se glissa entre les arbres de la périphérie du village, évitant le centre, trop fréquenté. Elle put tout de même noter quelques changements, opérés suite à l'attaque : les montes étaient toutes relevées, inaccessibles du sol. Les troncs sentaient bon l'enduit de brémance frais, même ceux qui n'hébergeaient pas des Forestiers. D'un geste, elle salua le garde qui s'apprêtait à quitter son poste de guet : les Maudits craignant la lumière, il avait été jugé inutile de surveiller également les alentours durant la journe. Deux arbres étaient vides de leurs occupants : en ce qui concernait le premier, Sylvine avait appris que Dame Vatine et sa fille étaient parties dès le lendemain de l'attaque pour Enu, clamant à qui voulait les entendre que dans cet endroit civilisé, elles seraient à l'abri de ce genre de situations.

Quant à Achille, il n'était toujours pas de retour. Sylvine calculait qu'il lui faudrait bien deux journes supplémentaires pour revenir, et encore, s'il ne s'obstinait pas dans sa quête après avoir perdu sa trace dans le cercle de pierres. Elle espérait qu'il ne s'acharnerait pas dans sa traque.

En attendant, elle voulait renouer avec sa Forêt, surtout maintenant qu'elle avait pris conscience de son don. Est-ce qu'elle pouvait vraiment interagir avec la nature ?

Elle s'essaya tout d'abord sur les animaux : là, un oiseau à la recherche de brindilles pour son nid, inquiet pour sa couvée, ici un hérisson nonchalant et fureteur, ou, plus loin, une sauterelle aux pensées rapides comme l'éclair, toute concentrée sur l'ivresse de sauter d'une herbe à l'autre. Toujours plus haut. Aucun, toutefois, n'avait une intelligence aussi développée et aboutie que Schnippy et elle ne put réellement communiquer avec eux.

Pour les végétaux, c'était encore différent. Il y avait une... affinité, une sorte d'évidence à écouter les plantes penser. Un peu comme lorsqu'elle échangeait avec Chloriane en utilisant le fil d'amour. L'information était là, dans sa tête, tout simplement. Sylvine pouvait se retourner, à l'instinct, au moment où une fleur était en train d'éclore dans toute sa splendeur derrière elle. Elle était capable de ressentir le frémissement heureux des arbres, leur plaisir de sentir la sève qui coulait, sirupeuse, régulière, de leurs racines à leur tronc. Avec ce qui vivait sous la terre, c'était plus difficile : elle pouvait percevoir l'énergie qui s'y dissimulait, mais avec une telle densité, une telle inertie, qu'elle renonça vite à sonder le sol, préférant le flux plus dynamique des animaux et des végétaux.

Elle fit tout de même très attention à cantonner son pouvoir d'empathie à l'observation du monde autour d'elle, sans chercher à modifier le cours des choses : elle ne tenait pas à reproduire l'erreur de la veille et à se retrouver faible comme un nouveau-né.

La Nature ne lui avait jamais semblé aussi belle et vivante, et elle déambula sous les frondaisons le cœur empli de bonheur.

Jusqu'à ce qu'elle arrive au Grand Charme.

Là, Schnippy fit écho à sa consternation en émettant un couinement navré.

Elle avait toujours connu cet arbre, lieu privilégié de ses jeux d'enfants. C'était au pied de ce dernier qu'elle avait trouvé Schnippy. C'était au tronc rugueux qu'elle avait confié ses joies et ses peines, ses secrets et projets d'aventure, confortablement installée dans ses branchages.

Mais aujourd'hui, le Grand Charme était en train de mourir, agressé par la main de l'homme.

Un cercle de cendres au sol, à proximité immédiate de l'arbre, indiquait que les Maudits avaient probablement établi leur campement ici avant d'attaquer son village.

C'était aussi de là qu'ils avaient tiré le gourdin utilisé contre elle : une partie du tronc avait été complètement mise à nu, lacérée sur sa hauteur, condamnant le Grand Charme à une mort lente, mais certaine.

Les yeux pleins de larmes, elle posa la main sur le tronc mutilé. Elle ressentit la douleur de l'arbre, la sève qui s'y figeait, la vie qui s'y atténuait. Triste, incommensurablement triste, elle appuya son front contre lui, comme pour lui apporter du réconfort.

Pas soigner arbre, Sylvine : être dangereux, très ! s'alarma soudain Schnippy qui avait senti cette pensée traverser l'esprit de sa maîtresse.

Mais elle ne l'écoutait pas, puisant dans la colère qui l'envahissait maintenant devant le gâchis causé à son arbre préféré par deux imbéciles de Maudits, l'énergie nécessaire pour ce qu'elle avait l'intention de faire.

Elle savait très bien qu'elle ne pourrait jamais reconstituer la partie qui avait été arrachée.

Par contre, elle pouvait aider le végétal à effectuer une cicatrisation propre, comme ce dernier aurait pu le faire lui-même de manière naturelle si l'entaille avait été réalisée ailleurs et en suivant une autre inclinaison.

Elle visualisa la plaie se recouvrir petit à petit du bourrelet caractéristique de l'arbre qui se protège des parasites.

Le plus difficile était la guérison à l'intérieur. Pourtant, au bout d'un long moment, le front trempé de sueur, Sylvine sourit : elle avait réussi, elle le savait. Le Grand Charme n'allait pas mourir.

Lui, non. Mais alors que la sève coulait à nouveau à flots dans le tronc, son sang à elle stoppa son cheminement. Les jambes soudain cotonneuses, elle tomba au sol. Ses mains ne purent amortir sa chute et elle atterrit sur le dos, le souffle coupé sous le choc.

Le regard rivé vers un ciel qu'elle ne distinguait déjà plus au milieu des tâches sombres qui dansaient devant ses yeux, elle sentit les battements de son cœur ralentir, ralentir, ralentir…

S'arrêter.

CHAPITRE 15

Accepter

Je suis en train de mourir. Dans mon passé, je suis en train de mourir.

Je ressens le maelström de sensations qui m'envahit, cette impression de tournoyer, de m'élever… Dans les brumes, je distingue une femme. Mon moi passé s'approche d'elle. Enfin, mon âme, car je ne suis plus qu'une âme désormais, une silhouette vaporeuse. Celle qui m'accueille a un visage doux et jeune. Elle contemple avec affection mon être désincarné qui l'a rejointe et sa main effleure, en une tendre caresse, le souvenir de ma joue. Sa voix murmure, bienveillante : « Ce n'est pas ton

heure, Sylvine. Ce n'est pas ton heure.
Pardonne-moi. »
Au sol, une tache rousse se déplace à toute allure, grimpe à un arbre, et en ressort accompagnée d'un homme âgé vêtu seulement de son pantalon. Tous deux se hâtent dans la Forêt et parviennent à mon corps immobile. L'homme se voûte et ses joues se couvrent de pluie. Mais la femme qui m'a parlé souffle sur mon âme et celle-ci se met à vibrer, à tourbillonner... À redescendre.
Tandis que mon moi passé repart en arrière, je jette un dernier regard à celle qui vient de me ressusciter. Elle me contemple. Elle me contemple moi, la Sylvine du présent. Et je sursaute, emplie d'un effroi indicible.

Sylvine ouvrit les yeux. Les referma aussitôt. *Encore quelques minutes de repos. Ou quelques heures.*

La fatigue pesait sur ses membres et le sommeil commençait à reprendre possession de son corps. Mais une petite voix se fit entendre dans sa tête. Une voix qui l'exhortait à se lever. Une voix inhabituellement anxieuse.

Se réveiller, Sylvine. Se réveiller.

Alors, avec effort, elle rouvrit ses paupières. Sous elle, le liac bougea lorsque l'écureuil sauta sur son épaule. Elle sourit faiblement en croisant ses yeux noirs.

Quelles sont les nouvelles, mon petit chenapan ?

Faire peur à tout le monde, Sylvine. Dormir depuis trois journes. Pas manger, Schnippy.

Tout en lui résumant la situation, il frottait sa fourrure contre la joue de son amie.

Les souvenirs de Sylvine revenaient petit à petit à sa mémoire : sa promenade dans la forêt, son empathie avec la nature, les soins qu'elle avait prodigués au Grand Charme. Ensuite ? Elle s'était sentie partir, flotter. Elle avait fait un rêve étrange, celui d'une rencontre avec la Créatrice. Elle eut envie de lever les yeux au ciel mais même cela lui sembla un effort insurmontable. Trois journes, tout de même ! Il allait bien falloir qu'elle arrête de dormir. En se redressant péniblement sur un coude, elle balaya la pièce du regard : elle était dans son arbre de vie. Sa mère était assise à côté d'elle, assoupie, un livre sur les genoux.

Sylvine la contempla, la gorge serrée : Chloriane la veillait comme lorsque, dans sa jeunesse, elle s'était fait mal en s'amusant à des jeux dangereux. Elle réalisa combien cela avait dû être difficile pour sa mère de permettre à son unique enfant de goûter aux joies, mais aussi aux risques de la liberté.

Reconnaissante, elle tendit un bras faible pour effleurer ses cheveux, autrefois roux comme les siens. Ceux-ci lui semblaient avoir encore davantage perdu de leur couleur, avoir fait place à plus de mèches blanches qu'avant sa fuite et elle sentit le remords l'envahir à l'idée qu'elle en était sûrement la cause.

À sa demande, Schnippy poursuivit ses explications mentales. Son discours n'était pas toujours très clair, pourtant Sylvine comprit que c'était lui qui avait été quérir de l'aide lorsqu'elle s'était évanouie dans la forêt.

À travers les souvenirs de l'animal, la jeune fille vit Gandore, le visage creusé par la peine et la fatigue, promener à plusieurs reprises ses mains au-dessus de son corps étendu et livide, en murmurant des incantations. Puis il l'avait portée dans ses bras pour la ramener chez elle, où il l'avait faite monter dans son arbre via la panière, le système utilisé pour les enfants ou les invalides.

Un mouvement surpris sur sa droite la sortit de ses pensées et de celles de Schnippy : Chloriane venait de s'éveiller à son tour. Un immense soulagement peint sur son visage, elle enlaça Sylvine, la berçant comme un bébé.

— Oh, mama, je suis désolée de t'avoir fait de la peine. Pardon, mama. Pardon.

La durée de l'étreinte fit prendre à Sylvine la mesure de l'angoisse ressentie par sa mère. Cela, et le sermon dont la gratifia vite Gandore.

Après qu'elle ait avalé de quoi retrouver quelques forces, le Sage glissa sa tête des mauvais jours dans l'ouverture de la chambrée.

Il dut se voûter pour passer sous le plafond bas, mais cela ne diminua pas son allure altière et lorsqu'il prit place sur le fauteuil d'où l'avait veillée Chloriane, elle se recroquevilla intérieurement sous son regard froid.

— Je suis désolée pour... enfin du souci que j'ai causé à tout le monde, finit-elle par dire, penaude. Mais c'était important, reprit-elle très vite, il fallait que je sauve le Grand Charme, il est... très... important, ne put-elle que répéter, à court de mots.

— Sylvine, soupira Gandore, croyez-moi, au cours des prochains quartiles, vous allez devoir faire des choix difficiles. Il est probable que des personnes que vous aimez, des personnes *importantes*, soient gravement blessées ou même meurent lors des affrontements violents que j'anticipe. Vous ne pourrez les sauver tous.

La seule façon que vous ayez de les aider, je vous l'affirme, c'est en préservant votre pouvoir, en ne l'utilisant qu'à bon escient, lorsque vous n'aurez pas le choix.

Voilà quel va être votre principal défi, Sylvine : faire le bon choix.

Devant son silence, il poursuivit :

— Pourquoi croyez-vous que j'aie passé plusieurs heures l'autre journe à confectionner un emplâtre pour votre petit ami, alors qu'il me suffisait de prononcer quelques mots, d'agiter mes doigts, et de lui restituer sa patte intacte ?

C'est parce qu'il est le plus souvent préférable de privilégier des solutions humaines à l'utilisation de la magie. Celle-ci coûte cher, très cher. Vous aviez pourtant vu combien la réparation d'un seul brin d'herbe vous avait épuisée ? Alors un arbre! Vous vouliez vous tuer ou quoi ?

Confuse, Sylvine baissa la tête.

— Je suis désolée, j'essaierai de faire plus attention, je vous le promets.

Mais Gandore secoua la sienne.

— Essayer ne suffira pas, Sylvine. Est-ce que vous réalisez que ce n'est pas moi qui vous ai sauvée? Que lorsque je suis arrivé sur les lieux, il était trop tard pour que je puisse faire quoi que ce soit ? Je ne sais pas expliquer par quel miracle vous êtes revenue à la vie, mais cela m'étonnerait que vous ayez à nouveau droit à cette chance. Les prédictions, c'est bien beau, mais ce ne sont que des mots. La réalité peut, à tout instant, y mettre un terme définitif.

— Je comprends ce que vous me dites, Gandore...

Sylvine était ébranlée par les paroles du Sage : ainsi, elle était bien passée tout près de la mort... Son rêve à propos de sa rencontre avec la Créatrice n'était peut-être pas qu'une élucubration de son esprit fatigué. Pourtant, un doute persistait.

— ... mais il y a toujours une part de moi qui refuse de vous croire, qui trouve cette histoire de Gardienne presque... ridicule. Comment un pays tout entier pourrait-il être sauvé par « le bras » d'une jeune femme comme moi? Je veux dire, regardez-moi : je serais bien incapable d'effrayer Rohé et ses troupes!

— Pour l'instant. Oui, pour l'instant, je vous l'accorde, vous n'êtes pas bien dangereuse.

Gandore déplia sa haute stature, s'apprêtant à prendre congé d'elle. Ses yeux gris se vrillèrent aux siens, intenses :

— Je suis toutefois convaincu que vous cachez une grande force intérieure et que vous êtes bien l'arme secrète dont nous manquions pour contrer les attaques, toujours plus nombreuses, du maître des Sous-Terres. J'ai foi en vous, jeune Dame Sylvine, sachez-le. Mais cela ne sert à rien tant que vous n'y croirez pas vous-même.

Elle était déchirée : une part d'elle souhaitait ne pas le décevoir, l'autre refusait d'endosser la responsabilité de Gardienne. Elle se contenta de le regarder, sans un mot.

— Bon, je vais vous laisser « faire la marmotte », ainsi que votre voisin se plaît à le dire, et je repasserai dans quelque temps. On ne nous signale aucun mouvement du côté des Maudits, l'heure n'est peut-être pas encore venue pour vous d'intervenir. Je vais voir avec Dame Marie si nous ne pouvons pas aboutir à plus de précisions sur le moment où la Gardienne doit entrer en action.

Soulagée de ce répit inespéré, elle mit un instant avant de réaliser une chose :

— Mon voisin ? Achille ? Il est revenu ?

— Oui, et il a bien hâte de vous passer un savon lui aussi, rétorqua le Sage, qui ne put cependant s'empêcher d'esquisser un sourire. À bientôt, Sylvine. Je suis heureux de vous revoir parmi nous.

Je dois... Je dois m'arracher à cette contemplation de mon passé. Mais comme c'est difficile ! Encore plus depuis que je l'aie vue. Elle.

Les journes avaient passé et Sylvine allait mieux. Elle avait recommencé à marcher en forêt, accompagnée de Schnippy. Elle constata vite que ses promenades, loin de la fatiguer, l'aidaient à se ressourcer. C'était comme si la nature tout entière lui transmettait son énergie. Elle s'arrêta net au moment où elle se fit cette remarque. Car c'était bien le cas : aucun doute possible, les arbres, les plantes, les animaux qu'elle croisait, tous lui communiquaient de la force, pour peu qu'elle les touchât quelques secondes.

Elle sentit les larmes lui monter aux yeux devant cette générosité spontanée.

— ... pas envie de me faire trimballer jusqu'aux Collines pour y être massacré, moi ! Rohé l'a bien dit, les autres ont été tués là-bas !

— Faut juste faire gaffe à la rouquine, il paraît qu'elle est coriace. Mais j'ai de quoi la calmer pour plusieurs journes.

— Moi, ce qui m'intéresse, c'est un bon petit rôti d'écureuil. C'est goûteux, ces bestioles, et, lui au moins, on a le droit de lui faire son affaire. Et j'vais pas m'gêner, j'vais t'dire...

C'est pas vrai, gémit intérieurement Sylvine, *ils commencent sérieusement à m'échauffer les oreilles, ceux-là !*

La voilà qui se retrouvait isolée, à bonne distance au sud de son village, sur le chemin de Maudits ! Et de Maudits à ses trousses, comme d'habitude... Avec son agilité coutumière, elle grimpa à l'arbre le plus proche, bien décidée à ne pas s'attirer des ennuis. Sa tenue devrait la dissimuler aux yeux des hommes de main de Rohé.

Ceux-ci ne tardèrent pas à surgir. Comme à leur habitude, ils étaient au nombre de quatre. Les deux premiers se ressemblaient comme deux gouttes d'eau : même allure dégingandée, même démarche silencieuse, mêmes cheveux blonds coupés ras. Ils étaient armés jusqu'aux dents : l'un des jumeaux portait un arc prêt à lâcher la flèche qui y logeait, et une collection de couteaux pendaient à sa ceinture. Son frère tenait une hache à la main, et lui aussi arborait tout un assortiment de lames tranchantes dans un ceinturon en bandoulière. Ils étaient entourés d'une sorte de halo brumeux.

— Vos gueules, souffla l'archer, l'air peu amène, en regardant derrière lui. Vous allez finir par nous faire repérer.

— Oh la la, faut se détendre, hein...

L'un des retardataires, un petit homme grassouillet au crâne rasé et à la barbe rousse, ronchonna, tout en tapant avec son gourdin sur sa paume. Lui aussi semblait se mouvoir à travers une bulle, ainsi que le Maudit qui fermait la marche, remarqua Sylvine.

— On est à deux bonnes heures de leur village, ça risque rien.

L'archer s'arrêta et tourna un œil noir vers son comparse.

— J'te dis de la boucler. On est peut-être invisibles pour les Forestiers mais ils ne sont pas sourds.

— Moi, ça me rend nerveux, cette histoire d'invisibilité. Et quand je suis nerveux, je cause.

Sylvine écarquilla de grands yeux : allons bon, que se passait-il encore ? Invisibles ? En tout cas, elle, elle les distinguait parfaitement ! En bas, la dispute continuait.

— Oui, eh bien retiens-toi, sinon je te fais taire pour de bon.

— Ah ouais ? Eh bien, vas-y si tu crois que je vais être si facile à éliminer que ça !

Les deux hommes se jaugeaient, prêts à en découdre l'un avec l'autre.

— T'inquiètes, j'ai pas besoin de te tuer pour arriver à clore ton clapet, suffit juste que je te coupe la langue.

— Chuis pas sûr que ça rentre dans les plans de Rohé, ça, mon gars.

— T'as été choisi pour cette mission que parce que tu pouvais voir de jour, comme nous, alors la ramène pas. La fille, on peut s'en occuper à trois, on n'a pas besoin de toi, le gros !

Au grand regret de Sylvine, qui aurait bien aimé que la situation dégénère, afin qu'il y ait un Maudit de moins dans l'histoire, le quatrième larron intervint. De taille moyenne, il affichait un air bon enfant qui contrastait avec les expressions habituellement malveillantes des Maudits. Il ne semblait pas porter d'armes : à sa ceinture ne pendaient que des fioles et une sorte de flûte. Il secoua la tête, tout en prenant l'instrument :

— Allons, allons, y a pas de quoi s'énerver. On va juste récupérer la demoiselle et rentrer chez nous avant que l'effet des incantations de Rohé soit terminé.

— Sauf qu'on n'a pas encore mis la main dessus, Krat. Elle doit être super bien gardée, maintenant.

— Mais non, c'est notre jour de chance, je pense que le joli petit minois qui nous regarde de là-haut appartient précisément à celle que nous sommes venus chercher. Vous voyez, les gars, que vous avez bien fait d'emmener un renifleur avec vous.

Saisie, Sylvine réalisa simultanément deux choses : qu'elle avait été repérée et que le Maudit appelé Krat avait inséré quelque chose dans le tube qu'il était en train de mettre à la bouche. En la visant.

Elle n'eut que le temps de se déporter sur sa gauche : l'aiguillon lancé par la sarbacane la frôla.

— Eh oh, le calma l'homme à la hache, arrête ça ! Il la veut vivante, Rohé !

— T'inquiète, j'ai pris celles qui endorment, j'suis pas idiot.

— Oui, sauf que si elle s'évanouit de là-haut, elle se tordra le cou en tombant au sol, ça revient au même. Attends, les arbres, on connaît bien, on va te l'attraper vite fait bien fait.

Son frère, l'archer, était déjà en train de monter avec agilité à un tronc. Lui en choisit un autre, de façon à couper le chemin vers le village à Sylvine. Celle-ci réfléchissait à toute allure : elle n'avait pas à craindre les flèches empoisonnées, c'était une bonne chose. Il semblait qu'elle allait devoir recommencer une course dans les branchages mais celle-ci serait de courte durée : la lisière de la forêt n'était plus très loin.

Aller enchevêtrer Maudits, Schnippy !

Furieux d'avoir été envisagé comme nourriture par les assaillants, l'écureuil était bien déterminé à entrer dans la bataille. C'était cela qu'elle devrait faire, soupira intérieurement Sylvine : l'heure était à la bataille, non à la fuite. Sauf qu'elle ne savait pas se battre. Alors, avec une impression lassante de déjà-vu, elle fit volte-face et commença à passer de ramure en ramure, en dessinant un arc de cercle vers le nord : cela la rapprochait un peu trop près de l'homme à la hache, mais la ramenait vers la forêt et ses arbres solidaires.

— Fais gaffe, Tem ! Y en a un derrière toi !

Un coup d'œil rapide au sol fit vibrer le cœur de Sylvine : Achille venait d'apparaître dans la clairière tout près du Maudit au crâne rasé. Le géant noir avait tiré son sabre et effectuait des gestes puissants autour du Tem en question. Mais sans le toucher. Avec horreur, elle réalisa qu'il ne voyait pas son adversaire, contrairement à elle. Le Maudit en profita pour attaquer et frappa Achille sur le côté. Plissant les paupières, celui-ci encaissa le choc et dirigea sa lame vers l'endroit où il estimait que l'ennemi se trouvait. Le Maudit fut transpercé de part en part, tandis que le gargouillement qu'il poussait révélait à Achille qu'il l'avait bien éliminé.

Il restait cependant l'homme à la sarbacane... Et ceux qui la poursuivaient dans les arbres. Celui à la hache était gêné par le poids de celle-ci dans son dos mais il n'était plus qu'à quelques mètres : elle pouvait entendre sa respiration sifflante.

Elle accéléra l'allure, ignorant les griffures et gifles des branches qui se trouvaient sur sa route. Le Maudit était moins agile qu'elle, mais il progressait vite, en suivant le chemin qu'elle lui traçait involontairement. Et il semblait infatigable : cela faisait un bon moment maintenant qu'elle était prise en chasse et la distance entre eux ne diminuait pas, bien au contraire. Quant à l'archer, elle ne pouvait savoir où il était passé.

Un cri dans le lointain et une image mentale envoyée par Schnippy lui apprirent que l'homme à la sarbacane gisait au sol, une tige fichée dans le coup et le bras ensanglanté. *Bien joué, Schnippy et Achille !*

Mais sa joie fut de courte durée, car entre elle et le prochain arbre, qu'elle reconnut comme étant le Grand Charme, il y avait un vide béant, infranchissable. Un saut de plusieurs mètres qu'elle savait ne pas pouvoir réussir.

Elle regarda en arrière ; son poursuivant était trop près pour qu'elle puisse changer de direction.

Désespérée, elle se tourna à nouveau en direction du Grand Charme... et n'en crut pas ses yeux : là où quelques secondes plus tôt il n'y avait rien, une branche était tendue.

Elle sourit alors, profondément émue, percevant une pensée ténue et végétale. Son ami lui témoignait ainsi sa reconnaissance. D'en bas, l'œil humain ne pouvait déceler de différence dans le positionnement des branchages, mais Sylvine savait, elle le sentait, que l'arbre s'était imperceptiblement torturé jusqu'à permettre à l'une de ses ramures de l'atteindre et de lui donner une issue.

Elle sauta sur la perche qui lui était tendue et avança très vite vers le tronc.

Derrière elle, le Maudit essaya de faire la même chose, mais trop tard : le bois se rétracta, millimètre par millimètre et là où il croyait poser le pied, l'homme ne trouva que le vide.

Avec un hurlement, il s'écrasa au sol, le craquement de ses os faisant un sinistre écho à celui des branches tombées dans son sillage.

Sylvine reprit son souffle avec peine, ses bras enserrant l'arbre de toutes ses forces.

Elle savait qu'il en restait un, mais où ?

— Noooooon ! Damos !!!

L'archer descendit à toute allure d'un chêne derrière elle et se pencha sur le corps disloqué. Lorsqu'il leva des yeux brûlants de haine vers elle, elle comprit que la mission dont l'avait chargé Rohé n'avait plus aucune importance pour lui. Il ne voulait plus qu'une chose : venger son frère. Il attrapa une flèche et l'encocha.

— Sylvine-mae !

L'appel d'Achille, lancé à sa recherche, lui parvint de loin : il n'arriverait jamais à temps. Le Maudit devait avoir atteint la même conclusion car il se permit un sourire sadique :

— Meurs !

Lorsqu'il lâcha la flèche, Sylvine ne put que regarder celle-ci foncer sur elle, en souhaitant de toutes ses forces qu'elle soit déviée. Une brise légère se leva, faisant voleter ses cheveux... et écartant le projectile de sa trajectoire de quelques centimètres sur sa gauche. La hampe frôla son visage avant d'aller se perdre derrière elle.

— Saleté de vent !

En bas, l'homme en encocha prestement une, bien déterminé à ne plus rater sa cible. Celle-ci sentit ses genoux lâcher et s'affaissa contre l'arbre qu'elle enlaçait toujours : elle avait dû inconsciemment avoir recours à la magie et n'aurait probablement pas la force d'esquiver le tir une nouvelle fois.

Mais, juste avant que l'archer ne recommence, il poussa un gémissement étonné : ses yeux se baissèrent sur la pointe qui ressortait de son abdomen, le transperçant de part en part.

Lorsqu'il tomba, Sylvine réalisa avec un choc que Gandore se trouvait de l'autre côté du bâton, devenu lance.

Un profond silence s'installa sur la clairière. Sylvine et Gandore se regardaient, l'une perchée dans l'arbre dont elle étreignait toujours le tronc, le second paraissant subitement plus âgé.

Achille les rejoignit à cet instant, essoufflé.

— Tout va bien ici ? Il en reste, vous croyez ?

— Je ne sais pas, admit Gandore, je n'arrive pas à les voir. Il m'a fallu attendre que celui-ci tire une flèche pour le localiser.

— Moi je... je peux. Les voir, je veux dire.

Sylvine se mit à claquer des dents mais poursuivit, sous les regards interrogateurs des deux hommes :

— Ils étaient quatre et, normalement, ils sont tous... ils sont tous morts.

— Par la terre brûlée ! jura Achille. Aucun survivant ! Nous ne saurons jamais ce que fomentent ces hyènes puantes si nous n'arrivons pas à les soumettre aux questions des Justicieurs !

Sylvine frissonna en pensant aux terribles interrogatoires menés par les Justicieurs. Mais Achille avait raison : ce serait seulement en prenant connaissance des plans et des forces dont Rohé disposait qu'ils pourraient vraiment se défendre contre ses frappes. Des frappes qui ne semblaient pas prêtes à s'arrêter.

Un petit couinement parvint à son esprit.

Soulagée, Sylvine traduisit alors pour les deux hommes :

— Schnippy dit qu'il y en a un vivant, dans la clairière. Il lui a planté l'un de ses projectiles dans le cou, c'est une fléchette paralysante, il n'est pas mort.

Tandis qu'Achille se rendait auprès de Schnippy, elle descendit enfin, avec lenteur, de son perchoir. Elle tournait le dos à Gandore et grimaça en entendant le bruit de succion écœurant signalant qu'il ôtait son arme du corps du Maudit. Elle prit un instant pour communiquer avec l'arbre et le remercier de tout son cœur.

Lorsqu'elle se retourna, le Sage la regardait, la tête sur le côté.

— On dirait que vous avez eu raison de le sauver, lui, finalement. Je ne pensais pas que l'amitié puisse exister entre un végétal et un humain, mais je découvre que je me suis trompé.

Elle sourit, un peu réconfortée par ces mots qui sonnaient presque comme des excuses. Mais ce fut le visage grave qu'elle parla à son tour.

— Moi aussi je me suis trompée, Gandore, en croyant que je pouvais continuer à mener ma vie d'avant. Et je vous ai fait perdre du temps en n'admettant pas que je pouvais être la Gardienne.

Tous les deux se regardèrent, comprenant que le destin de Sylvine venait de basculer.

— Et maintenant, demanda-t-elle dans un petit rire tremblé, on fait quoi ?

Gandore hocha la tête :

— On s'entraîne.

CHAPITRE 16

S'entraîner

Tout le reste m'apparaît comme dans un brouillard. J'ai beau essayer de me hâter dans mes souvenirs, des images me happent : le silence dubitatif des habitants de mon village, au Conseil, lorsque Gandore leur apprend que je suis censée être la Gardienne. Je me vois rentrer ma tête dans mes épaules, terriblement consciente que leur incrédulité est fondée : je n'ai jamais manifesté la moindre aptitude pour le combat. Je suis bien plus douée pour la fuite et la cueillette des produits de la nature... et cela n'a jamais été avec ces aptitudes que l'on a gagné une guerre. Puis je vois la fureur de ma mère en apprenant la nouvelle, une fureur d'autant plus incontrôlable qu'elle ne passe pas par des mots. Je la comprends : après qu'elle ait perdu son compagnon de vie au service de son pays, voilà qu'on lui demande de mettre en danger son enfant... Cependant, contempler ses yeux lancer des éclairs de rage et ses cheveux voler au vent tandis qu'elle envoie des fioles vides contre un Gandore désemparé m'arrache un faible sourire. Mais il doit bien être arrivé à la convaincre car les entraînements commencent avec Radj et Achille. Je découvre alors ce que c'est que la douleur : la douleur de mes muscles qui crient grâce, devant ce que l'on exige d'eux, celle de mes mains qui saignent des coups qu'elles apprennent à donner, celle des multiples plaies et écorchures lorsque les lames de mes compagnons m'atteignent, malgré les protections. Je vois Titane, Brís et Radj qui me servent d'adversaires, concentrés, forts, tellement plus forts que moi. Je ressens la frustration, mes dents qui mordent l'intérieur de ma joue devant la lenteur de mes progrès en magie : Gandore n'est pas un maître patient et lui et moi nous accrochons sans cesse. Il me reproche surtout de trop puiser dans mes réserves d'énergie, mais comment faire ? Comment faire alors que je sens sa nervosité à sa façon de humer l'air autour de lui comme si le danger se rapprochait de nous ? Seule la rivière-bain arrive à m'apaiser lorsque j'immerge mon corps meurtri à l'intérieur de ses eaux tièdes.

Sylvine gémit doucement. Comme d'habitude, l'entrée dans l'eau avait réveillé ses plaies : les anciennes comme celles gagnées pendant la journe. Ce ne fut qu'une fois entièrement immergée, quand elle revint à la surface et rejeta ses cheveux trempés en arrière que les premiers effets bénéfiques se firent sentir : ses muscles tétanisés par l'effort se relâchèrent, la souffrance disparut pour être remplacée par une énergie chaleureuse qui se distillait dans ses veines, goutte à goutte.

Elle se trouvait dans la rivière-bain, l'une des quatre rivières qui prenaient leur source dans la Forêt aux Esprits. De l'autre côté du rideau d'arbres et des rochers moussus sur sa droite, elle pouvait entendre les cris joyeux et les plongeons de la partie réservée aux hommes. Elle préférait nettement la crique sereine où les femmes avaient leurs aises. D'autant qu'à cette heure-ci, elle était seule. Enfin, seule avec Schnippy.

Resté sur la berge fleurie, celui-ci s'employait à faire sécher sa fourrure trempée en grommelant dans sa tête :

Pas être drôle, Sylvine. Pas drôle du tout.

Elle se retint de rire pour ne pas le vexer davantage mais elle était ravie, elle, d'avoir appris à maîtriser l'eau. Elle avait toujours aimé le mouvement, la vie de cet élément. Grâce aux leçons de Gandore, elle pouvait désormais sculpter des bulles liquides et les suspendre en l'air. Aujourd'hui, elle avait réussi à leur donner la forme d'un écureuil, mais la fierté de Schnippy de se voir pris pour modèle avait été de courte durée, Sylvine n'ayant pu s'empêcher de dissoudre son double juste au-dessus de lui.

Pardon, mon Schnippy, tu as fait les frais de la pression qu'ils me mettent, tous.

Grumpf, répondit-il.

En soupirant, elle posa sa tête sur la mousse d'un rocher qui affleurait. Il n'y avait qu'à cette heure-ci de la journe qu'elle pouvait se détendre. Les matinées étaient consacrées aux entraînements : avec Radj, d'abord, qui lui préparait des exercices destinés à la muscler et à l'endurcir. Elle commençait à mieux comprendre comment il avait pu survivre aux impitoyables conditions de vie à Bramagine car il avait le don pour lui concocter des défis particulièrement difficiles et tout à fait personnels, au moyen de bûches, de cordes de montes, et même de feuilles. Elle fléchit son bras et tâta le muscle qui y saillait : n'empêche, tout cela était efficace, elle ne pouvait que l'admettre. Son ventre et ses jambes étaient désormais fermes et galbés. Couverts de bleus et de blessures, certes, mais toniques. Elle grimaça en contemplant l'hématome qui s'étendait sur son épaule. Sur sa cuisse, une longue estafilade, nouvellement acquise elle aussi, achevait d'être nettoyée par l'eau purifiante de la source. À ce rythme-là, les réserves en cristalline de Chloriane allaient vite être épuisées. Les entraînements avec Achille devenaient de plus en plus difficiles : ce n'étaient plus des sabres en bois qu'ils utilisaient désormais.

— Ça va ?

Sylvine rouvrit les yeux et croisa ceux, embarrassés, de Titane. La jeune fille portait un paquet d'habits propres sous le bras et un cube de savon végétal à la main. Elle les désigna de la tête :

— C'est pour toi : Chloriane a pensé que tu avais sûrement oublié de les prendre.

— Que la Créatrice, ma mère et toi soyez bénies, c'est exactement le cas. Et pour ma jambe, ne t'inquiète pas : je te l'ai dit, ça fait partie du jeu.

Titane était celle qui lui avait causé la blessure la plus importante de la journe et s'en voulait beaucoup.

— Je survivrai. Enfin, je pense... la taquina Sylvine.

Titane lui tira la langue avant de la rejoindre dans l'eau, soupirant à son tour de bien-être. Elle non plus n'avait pas été épargnée lors des exercices de la matinée. Elle fit quelques brasses pour décontracter ses muscles puis plongea pour ressortir non loin de Sylvine. Leurs entraînements quotidiens les avaient rapprochées l'une de l'autre et elles étaient devenues amies, ce qui était une nouvelle expérience pour toutes les deux. Elle lui tendit le savon vert qui sentait bon la menthe et la citronnelle. Sylvine se frotta les membres avec, retenant avec peine un gémissement chaque fois que le cube touchait l'une des zones à vif.

— N'empêche, je ne sais pas comment tu fais : les exercices avec Achille sont déjà bien épuisants alors quand je pense que tu les cumules avec ceux de ton oncle et du Sage, je n'en reviens pas que tu ne sois pas plus fatiguée, reprit Titane en secouant la tête.

Sylvine hésita un instant.

— Bon, je veux bien te révéler mon secret si tu promets de ne rien dire à Gandore.

— Bien sûr.

— Tu sais, la pâte noire dont ma mère fait un remède contre les maux de ventre ?

— La pepse ? fit Titane tout en récupérant le savon et s'enduisant de mousse à son tour.

— Oui. J'ai réalisé que chaque fois que j'en prenais, je n'étais plus fatiguée. J'ai eu l'idée de la malaxer avec la gomme de réside que Chloriane prépare comme fortifiant : j'ai obtenu de petites boules de pastilles noires, pratiques à emmener avec moi. J'en ai mis plein mes poches au cas où...

— Au cas où quoi ?

— Tu sais, lorsque j'utilise la magie, je suis souvent drainée. Gandore fait très attention à cela, bien sûr. Mais...

— Mais ?

— Tu connais la Prédiction ?

— Ma mère était une Prieuse, je te rappelle.

Sylvine se mordit la langue, désolée de sa maladresse. Les parents de Titane étaient morts quand celle-ci n'avait que douze cycles. Dame Ferne, qui était sa tante, avait alors accueilli la jeune fille sous son toit.

Titane s'était tellement bien accoutumée à son nouvel environnement que Sylvine avait oublié qu'elle n'était pas originaire de la Forêt aux Esprits.

— Eh bien, tu sais, le moment où il est écrit « Fera qu'à tour ils viennent, Air Feu Eau Terre vaincra » ? Gandore pense que je vais devoir convoquer les quatre éléments d'affilée dans les combats que j'aurai à mener. Or, cela me paraît insurmontable, Titane.

Elle baissa la tête, honteuse.

— Déjà, je n'arrive à en maîtriser facilement que deux. Et lorsque je passe de l'un à l'autre, cela me demande une énergie considérable. Je ne vois pas comment je pourrais enchaîner quatre sorts à la suite. La pepside me permet d'en combiner trois, mais cela reste insuffisant.

Titane réfléchit un instant, songeuse.

— Ma mère disait que lorsqu'on ne parvient pas à quelque chose, c'est qu'il y a une raison pour cela. Peut-être qu'en identifiant cette raison, tu y arriveras mieux ? Qu'est-ce que Gandore te fait faire comme exercices ?

Sylvine lui expliqua que le Sage avait commencé son entraînement par un atelier « air », comme c'était le premier élément de la prédiction. Grâce à lui, elle avait appris à « voir » les courants qui parcouraient l'atmosphère et à les utiliser pour dévier de leur trajectoire les projectiles que le Sage lui envoyait. Elle avait aussi appris à créer de petits tourbillons de la taille d'une pomme, pour les projeter sur des cibles. Par contre, elle ne parvenait à faire venir jusqu'à elle que de menus objets, comme des morceaux de tissu ou des baies posées sur le sol, jamais de choses lourdes, comme une arme par exemple.

Pour l'atelier du feu, elle avait plus de mal : elle s'était brûlée plusieurs fois en le manipulant et n'arrivait qu'à produire de timides étincelles et à ériger une barrière mentale contre la chaleur.

— Ah !

Titane avait toujours été franche et n'hésita pas à aborder ce qui, pour elle, constituait le cœur du problème.

— Je pense que le feu te fait peur. C'est bien normal, après tout : déjà, tu as vu par toi-même que les Maudits pouvaient en allumer certains qui n'avaient rien de naturel... Pas étonnant que tu t'inquiètes d'avoir à affronter ça. Mais surtout... je crois que le fait que ton père soit mort dans un incendie est la raison principale de tes difficultés avec cet élément... Tu as perdu beaucoup de choses à cause du feu, beaucoup de choses.

Sylvine ouvrit la bouche, puis la referma. Que pouvait-elle répondre à cela ? La Forestière d'adoption avait vu juste : il se pouvait que son blocage provienne de la peur que cet élément suscitait dans son esprit.

— Et ton préféré, c'est lequel ? reprit Titane sur un ton encourageant.

— Hum, l'eau, je pense. Je suis à l'aise pour la manipuler... et Schnippy en a fait les frais aujourd'hui, sourit Sylvine.

L'écureuil avait oublié sa contrariété et s'amusait à chasser les insectes sur la berge, farfouillant dans le sol. Elle fronça les sourcils.

— Pour la terre, j'arrive à la façonner et à creuser des galeries souterraines, un peu à la manière des taupes. D'ailleurs, j'utilise celles qui sont déjà existantes, afin d'économiser de l'énergie. Mais je ne vois pas trop à quoi cela va me servir pour l'instant.

Voilà, rien de très exceptionnel, soupira-t-elle, pas de quoi faire pâlir les Maudits d'effroi, en tout cas.

— Je ne suis pas d'accord : tu ne le vois pas parce que tes progrès te semblent lents et que tu dois les faire sur plein de plans à la fois, mais lors de l'entraînement en public, les Forestiers étaient nombreux à t'encourager.

Gandore avait convié les Forestiers à les rejoindre dans la clairière choisie pour l'entraînement de Sylvine, à chaque fin de décime. Les basses branches et les rochers moussus, confortables sièges naturels, accueillaient les spectateurs.

— Je pense qu'ils ont surtout pitié de moi, fit Sylvine en haussant un sourcil. Je n'ai gagné aucun combat encore.

— Ah, rappelle-toi ce qu'Achille nous dit toujours...

— « Gagner ne nous apprend rien sur nous-mêmes. Alors que perdre fait de nous des lions », récitèrent-elles en pouffant.

Tandis qu'elles rejoignaient la berge pour se rhabiller, Titane ajouta, songeuse :

— N'empêche, dommage qu'il n'y en ait eu qu'en Soleïa, des lions : j'aurais bien aimé voir à quoi ça ressemble, pas toi ?

Mon cœur bat si vite que j'en ai mal. Parce que moi, des lions, j'en ai déjà vu. Pourquoi est-ce que je sais à quoi ils ressemblent ?

Quatre décimes après le début de son entraînement, le labeur de Sylvine commençait enfin à porter ses fruits. Grâce au talent de ses trois maîtres instructeurs, ainsi qu'aux baumes apaisants et guérisseurs de Chloriane, peut-être aussi grâce à son caractère qui la poussait à ne jamais abandonner, elle avait acquis en un quartile une réelle aisance dans les combats à l'épée. Affronter des Défenseurs aguerris ne lui faisait plus peur et elle prenait même plaisir à deviner leurs failles, à trouver ce qui allait lui assurer la victoire.

Chaque matin, elle préparait sa tenue avec soin, afin que si une urgence survînt, elle ne soit pas prise au dépourvu : les petites poches cousues sur sa jupe s'étaient progressivement emplies d'objets menus, mais essentiels : une mini-gourde d'eau faite en férelle, des gommes de pepside, un pot d'onguent de cristalline, un canif donné par Radj, des bouts de tissu pouvant servir de bandages, quelques feuilles de brémance contre les brûlures...

Elle possédait également un tout nouveau et superbe carquois dorsal. Elle adorait ce fourreau, léger et pratique, que lui avait fabriqué Achille et qui lui permettait de ranger ses deux épées — car désormais, elle était capable de se battre à deux mains — tout en courant les bois sans être gênée par ses armes. Chaque fois qu'elle tirait sa ou ses lames de son dos, en un mouvement qu'elle avait longuement répété et qui lui était maintenant naturel, elle repensait au bel inconnu qui était venu à son secours dans les Collines : lui aussi avait une sorte de carquois et elle le revoyait sortir son arme dans la lueur du crépuscule, les yeux complices, afin de l'aider à combattre ses assaillants.

Un hurlement retentit, qui la fit frissonner et revenir au présent.

Dans l'arbre-trou de la Forêt aux Esprits, celui où on enfermait les prisonniers dans l'attente de leur jugement, le Maudit qui avait utilisé sa sarbacane contre elle, Krat, attendait toujours qu'un Justicieur vienne le questionner. Ce long retard posait de nombreux problèmes aux Forestiers, qui avaient dû solliciter l'aide de Gandore car le captif essayait par tous les moyens de mettre fin à sa vie. Malgré les incantations du Sage, destinées à apaiser les angoisses extrêmes de l'homme à l'approche de la nuit, à chaque lever du soleil, il le retrouvait, les yeux fous et exorbités, poussant des gémissements qui terminaient en sanglots.

Mais en cette journe de Nove, enfin, le cri tant attendu retentit :

— Le Justicieur ! Il est là !

Comme les autres, Sylvine se dirigea en hâte vers l'entrée du village. Les Justicieurs étaient admirés dans tout Citara par leur quête de la vérité et leur lutte pour redresser les torts. Devenir Justicieur ou Justicieuse, n'était pas donné à tout le monde : il fallait certes avoir une notion aiguë du bien et du mal, mais aussi allier ce sens de la droiture à un goût pour l'affrontement physique et la traque. Une fois le coupable arrêté, les Justicieurs le soumettaient à la question par l'esprit : leur entraînement et leur force de caractère étaient tels que les interrogés ne pouvaient résister à l'invasion de leurs pensées... et révélaient tout à la fois leur crime, les modalités d'exécution de ce dernier, mais également leurs intentions et leur ressenti : regrets sincères, satisfaction malsaine, rien n'échappait aux Justicieurs. Suite à quoi ils décidaient du châtiment à donner : services à rendre à la communauté en échange des dommages causés, isolement méditatif, ou, dans les rares cas où la personne était irrécupérable ou l'acte trop monstrueux, la mort immédiate.

L'homme qui s'avançait vers eux, suivi d'un jeune page, portait la tenue de sa fonction avec grâce : chemise noire négligemment ouverte, pantalon cintré et bottes luisantes de la même couleur. Le long manteau sombre et imperméable dont les Justicieurs s'enveloppaient pour dormir à la belle étoile était accroché à la selle de son cheval, qu'il tirait derrière lui. Dans la forêt on avait peu l'utilité de montures et donc peu l'occasion d'en voir. La beauté de celle-ci généra autant de commentaires que celle de son maître. Car le Justicieur avait du charme, beaucoup de charme même : cheveux blonds mi-longs retenus dans un catogan laissant échapper des mèches rebelles, yeux bleus chaleureux, sourire franc, il avait tout pour faire chavirer le cœur des Forestières de tout âge. Sylvine, toutefois, ne put s'empêcher de le comparer à un autre homme, brun, au regard gris et complice : tout séduisant qu'il était, le Justicieur ne suscitait pas le même émoi chez elle que son bel inconnu. Agacée de sa nostalgie, elle se tourna vers Achille, tandis que le jeune Justicieur répondait aux salutations de la chef du village, Dame Ferne.

— Bon, ils en ont pour plusieurs heures à palabrer et s'occuper du Maudit. On va courir ?

Achille acquiesça, mais ajouta, moqueur :

— Puisse la Créatrice te doter de sabots de biche, fleurette-mae... Tu avais les attributs de Dame Tortue la dernière fois...

Sylvine sourit, comme toujours, des images de son protecteur.

Elle ne courait pas pour gagner mais pour sentir son énergie vitale se répandre dans ses veines, son corps se mouvoir avec aisance grâce à tous les entraînements des quatre décimes précédentes.

Lorsqu'ils revinrent au village, emplis de cette fatigue heureuse que procurait une bonne activité physique, ils trouvèrent les Forestiers silencieux, vaquant à leurs occupations le front bas.

Des hurlements glaçants provenaient de l'arbre-trou : l'interrogatoire du Maudit avait commencé. Malgré le ton apaisant employé par le Justicieur, rien n'y faisait, les cris montèrent dans les aigus, de plus en plus rapprochés.

— Non ! Non ! Rohé ! C'est Rohé ! Ahhh, ma tête, ma tête !

Sylvine avait les nerfs à vif d'entendre le Maudit torturé ainsi. Au moins, dans un combat, la situation était claire : ceux qui vous affrontaient, qui voulaient votre mort, c'étaient les méchants. Il fallait en venir à bout sous peine d'être mis hors course soi-même. Là, c'était autre chose : la pitié brouillait les lignes entre ceux qui avaient raison et ceux qui avaient tort.

Les cris continuèrent ainsi de longues minutes. N'y tenant plus, elle ressortit de son arbre, Schnippy, comme toujours, sur ses talons.

Arrivée à la clairière centrale, elle trouva une bonne partie des Forestiers présents. On avait beau être au temps du loisir, personne n'avait le cœur à faire la fête.

Lorsqu'ils virent sa mine assombrie et ses yeux couleur d'orage, deux Forestiers hochèrent la tête, comprenant ce qu'elle était venue chercher : ne plus penser à l'homme qui sanglotait maintenant, toute fierté disparue. Trouver l'oubli dans l'exercice physique. Achille et Brís s'avancèrent vers elle, tandis qu'elle sortait ses deux épées de leur fourreau. Depuis peu, son instructeur avait décidé qu'il était temps qu'elle apprenne à combattre deux adversaires simultanément. Elle lui en était reconnaissante, car elle se souvenait que pendant son premier « combat » contre les Maudits, elle avait été incapable de se concentrer sur autre chose que son unique ennemi, ce qui l'avait rendue aveugle à l'action qui se déroulait juste à côté d'elle. Contrairement à son inconnu aux yeux gris, qui, lui, avait su lui prêter main-forte lorsqu'elle s'était trouvée en difficulté.

Désormais, elle pouvait voir ou du moins sentir les mouvements des assaillants autour d'elle, et donc les anticiper. Elle avait aussi gagné en rapidité d'exécution.

Les deux hommes étaient parvenus au centre de la clairière et s'élancèrent simultanément sur elle. Mais elle avait déjà sauté haut, très haut au-dessus d'eux, portée par un courant aérien qu'elle avait modelé à sa guise.

Elle retomba souplement sur le dos de Brís, l'envoyant rouler plus loin, alors qu'elle croisait le fer avec Achille. Les yeux mi-clos, le guerrier noir n'était plus le doux protecteur poète de son enfance. Au fil des entraînements, elle avait réalisé que se révélait lors de ces combats sa qualité principale : la persistance. Il allait jusqu'au bout, n'abandonnait jamais. Cette persévérance avait beaucoup impressionné Sylvine qui avait compris que résidait là la source essentielle de ses succès militaires : technique et force étaient certes nécessaires, mais c'était la motivation qui était la clé de la réussite.

Alors, elle avait décidé de faire sienne cette devise d'Achille : ne jamais abandonner.

La bataille se prolongea, suscitant des « ahh ! » et des « ohhh ! » admiratifs ou effrayés de l'assistance devant l'adresse des combattants.

Brís avait beaucoup progressé lui aussi et sa force faisait souvent ployer Sylvine sous ses attaques. Mais elle était plus rapide et avait toujours plusieurs mouvements d'avance. Ainsi, qu'alors qu'il croyait lui porter un coup « fatal », le jeune homme se retrouva soudain sur le ventre, le nez dans la terre, une botte sur son derrière et la lame d'une épée sur son cou.

Grommelant, il concéda alors sa défaite en levant la main : il savait que dans un véritable corps à corps, il aurait été tué sur l'instant.

Déjà, Sylvine était repartie d'un bond en arrière afin de prendre ses distances avec son deuxième adversaire qui était presque sur eux. Se dépoussiérant de bonne grâce, Brís contemplait celle qui l'avait vaincu avec cet air admirateur qui l'agaçait tant. Impossible de faire comprendre au jeune homme qu'il ne l'intéressait pas... Un court instant, le souvenir d'un fougueux regard gris la déconcentra mais elle se reprit : l'heure n'était pas aux rêvasseries. Celui qui s'avançait vers elle, calme et déterminé, n'hésiterait pas à en profiter.

Méfiante, elle tourna autour de lui, afin de garder ses distances... et devina au dernier moment la racine derrière elle, qui aurait pu la faire trébucher. En une seconde, elle se décida : elle tomba en arrière, comme si elle avait été surprise. Mais alors qu'Achille s'élançait, elle tendit la main en avant. Le sol s'effondra sous son adversaire, tandis qu'elle se redressait sous les applaudissements de la foule. Cependant, si eux croyaient la bataille terminée, elle connaissait bien son Achille et savait que ce n'était pas le cas.

Effectivement, il avait déjà sauté souplement hors du gouffre où elle l'avait fait tomber et reprenait son approche.

Elle commençait à ressentir de la fatigue, aussi rengaina-t-elle l'une de ses épées afin de s'alléger. Puis elle exécuta la série de mouvements rapides que son professeur lui avait enseignés. Une fois, deux fois, elle enchaîna les passes, forçant celui-ci à reculer. Mais à la troisième, elle remplaça de manière inattendue l'un des gestes — un moulinet du poignet — par un éclair acéré. Cela surprit Achille qui para gauchement le coup... et se retrouva désarmé.

Face à lui, Sylvine sourit. Elle avait passé des heures à suer sur cet enchaînement, le refaisant, encore et encore, cherchant à atteindre la perfection voulue par son instructeur. Elle était ravie d'avoir déconcerté ce dernier par sa modification impromptue. Le regard d'Achille débordait d'ailleurs de fierté pour sa protégée.

— Bien joué, Sylvine-mae. Vraiment bien joué.

C'est alors que tous réalisèrent que le silence s'était fait dans l'arbre à trou. Et que le Justicieur, en était sorti, assistant à leur entraînement depuis quelque temps déjà. Ses yeux contemplaient Sylvine avec intérêt et étonnement.

— Hum hum. Pas mal, mais je n'ai pas encore participé à cette joute, il me semble.

Gandore était en train d'ôter son manteau, se préparant à entrer en action lui aussi.

Elle voulut lui dire que ce n'était peut-être pas le moment mais le regard du Sage se fit insistant et elle se ravisa. Elle se débarrassa de son carquois, croqua une pepside et s'apprêta à l'affronter.

Il se tenait, impassible, au milieu de la clairière. Si Sylvine avait appris à déceler, au fil du temps, les attaques favorites d'Achille et les faiblesses de Brís ou de Radj, elle ne savait toujours pas anticiper les mouvements de Gandore. Il la surprenait chaque fois, avec ses successions d'incantations improbables.

Il fit un geste, comme s'il ramassait de l'eau, et une masse de pierres se souleva de terre pour ensuite foncer sur elle. Elle les balaya d'une rafale de vent, les envoyant sur le côté où il n'y avait aucun observateur. Elle recommença ainsi jusqu'à ce qu'elle fige les projectiles, la paume en avant, avant de les renvoyer à leur expéditeur. Celui-ci les fit disparaître, les remplaçant par des flèches de glace. En réponse, elle produisit un bouclier de feu. Puis elle sépara ses mains : la droite continua à la protéger, la gauche lança un jet de flammes dans la direction de Gandore. Elle eut un petit sourire en voyant de la fumée s'élever au-dessus de sa manche et le Sage froncer les sourcils, agacé.

Il fit tournoyer son bâton au-dessus de sa tête. Elle se mordilla la lèvre : elle connaissait bien ce geste. Il allait créer une tornade, chose dont elle avait toujours beaucoup de mal à se défaire. Il était temps de tenter une nouveauté... Elle érigea mentalement de hauts murs de terre et les plaça devant elle. Lorsque le tourbillon arriva, il heurta violemment la paroi solide qu'elle avait édifiée, envoyant de la terre sur ceux qui étaient un peu trop près, jusqu'à ce que Gandore mette fin à son attaque. Alors qu'elle-même faisait s'effondrer sa protection, une petite motte de boue gicla jusqu'à la joue du Sage. Impassible, il l'essuya.

Mais elle le connaissait bien et sut, à son rictus, qu'il allait déchaîner toute sa puissance sur l'incantation suivante. Bien sûr, naquirent bientôt entre les mains noueuses des boules de feu qu'il projeta sur elle sans lui laisser de répit. Elle les esquiva en utilisant toutes les parades qu'elle avait apprises mais comprit vite que cela ne serait pas suffisant. Alors, risquant le tout pour le tout, elle tourna sur elle-même, s'enveloppant dans une bulle d'air et d'eau et y appuya son front et ses paumes, luttant contre les tentatives du feu de s'immiscer à l'intérieur. La chaleur était intense, malgré son bouclier, mais elle serra les dents, butée. Non, elle ne céderait pas.

Puis la pression s'arrêta. Elle releva la tête et distingua la silhouette du Sage face à elle. Il la regardait et il lui sembla apercevoir un demi-sourire sur son visage. Puis il leva la main, en signe de reddition. Elle mit fin à son propre sortilège. Soudain, ses lèvres s'étirèrent. Une joie nouvelle dévalait dans son cœur et dans son âme, telle un torrent.

— Gandore, j'ai réussi ! J'ai réussi à utiliser les quatre éléments chacun à leur tour ! Et je ne suis pas à bout de force !

Il eut un petit sourire et un hochement de tête :

— Je vous dirais bien que j'en étais sûr, mais ça risquerait de vous agacer, alors...

Trop heureuse et soulagée pour lui en vouloir — exceptionnellement — elle éclata de rire. Autour d'elle les Forestiers applaudissaient, fiers et admiratifs.

— Félicitations, Sylvine, pour tes impressionnants progrès. Je devine bien la somme de travail et d'efforts qui se cachent derrière ces derniers. Et bravo à tes instructeurs pour la qualité de leurs enseignements, intervint Dame Ferne.

Maintenant, il me paraît nécessaire que Sieur Gandore, Radj, Achille et toi entendiez ce que Sieur Boga a à nous raconter, ajouta-t-elle en désignant l'homme en noir à côté d'elle.

L'arbre conseil, qui figurait sur la place, était un chêne au tronc démesurément large. Il n'était pas haut, par contre, et on y accédait par une échelle en bois. La pièce avait des dimensions gigantesques : elle pouvait recevoir tous les Forestiers lors des conseils de début et de fin de décime.

Dame Ferne ignora le dais officiel et se rendit derrière : une table ronde, plus intimiste, s'y tenait, autour de laquelle les six personnes présentes s'assirent.

Sylvine accueillit avec joie l'arrivée d'une collation à son intention. Celle-ci était composée de fruits, de feuilles frites et de petits fromages au miel de papillon. Les Forestiers connaissaient les besoins énormes en énergie de Sylvine mais le Justicieur, qui n'était pas habitué à l'idée de faire plusieurs repas dans la même journe, haussa un sourcil surpris devant son appétit, avant d'exposer ses remarques :

— Dame Ferne m'a raconté que vous aviez déjà subi une attaque de Maudits précédemment et que l'une comme l'autre vous visait spécifiquement, jeune Dame Sylvine. Tout d'abord, je vous présente mes excuses, pour ne pas être intervenu plus tôt. À la vérité, il se passe des choses très graves à Enu et dans la vallée, où les Maudits pullulent en ce moment. Nous avons du mal à y faire face d'autant qu'est apparue une nouvelle menace contre laquelle nous sommes hélas, pratiquement impuissants : les Vicres.

— Les Vicres ? Gandore fronça les sourcils, comme si le mot ne lui disait rien.

— C'est ainsi que les nomment les Maudits qui les accompagnent. Il s'agit de créatures ayant la forme d'une femme, mais s'avérant en fait être constituées uniquement de métal. La façon dont elles se meuvent reste une énigme. Et elles émettent à intervalle régulier des rayons verts qui brûlent tout sur leur passage, y compris les êtres humains. Nous n'arrivons pas à en venir à bout, pour tout vous dire. Heureusement, elles perdent tout à coup leur énergie et redeviennent à nouveau inoffensives. Pour l'instant elles sont très peu nombreuses, c'est déjà ça, soupira-t-il.

Mais passons, j'ai donc interrogé votre Maudit et ai découvert quelque chose que je ne m'explique pas.

Il se tourna vers Gandore :

— Gandore, d'après ce que j'ai compris, vous l'avez ensorcelé de façon à ce qu'il ne cherche pas à se tuer, c'est cela ?

— Oui. Et j'ai dû renouveler l'incantation chaque matin.

— C'est cela qui me pose problème : apparemment, toutes les nuits, Rohé ou un homme se faisant passer pour lui, a essayé de défaire votre sort, l'incitant à mettre fin à ses jours.

Une exclamation générale accueillit ses paroles.

— Quoi ? Rohé ? Ici ?

Le jeune homme écarta les bras en signe d'impuissance.

— Je vous livre ce que j'ai lu dans ses pensées. Elles n'étaient pas toujours très claires, mais il était convaincu que Rohé s'adressait à lui tous les soirs pour lui ordonner de se donner la mort.

Les autres digérèrent l'information en silence. Comment l'ennemi de Citara avait-il pu se faufiler sans être vu dans leur village ? Surtout avec les Forestiers qui montaient la garde... Et puis dans quel but ? Il était impossible de faire s'évader un prisonnier de l'arbre-trou par le sol. S'évader, non, mais communiquer avec lui, par contre, restait tout à fait envisageable. Le malaise des Forestiers était réel tandis qu'ils s'imaginaient Rohé se promenant impunément au milieu d'entre eux.

— Mais..., balbutia Sylvine, je... je l'aurais senti. Les arbres m'auraient avertie du danger...

Gandore secoua la tête :

— Personne du village n'était menacé, il est probable que la nature n'ait pas jugé bon de vous alerter.

Puis se tournant vers Sieur Boga, il demanda :

— D'après ce que nous avons entendu, vous avez appliqué la sentence de mort, n'est-ce-pas ?

— Je n'ai pas eu le choix. Même si je déplorais d'accorder à Rohé ce qu'il souhaitait le plus, l'esprit du Maudit était trop perverti et endommagé par la folie pour qu'un simple châtiment puisse le sauver. J'ai dû le tuer. Mais je voulais vous alerter de la présence possible de Rohé, ou de quelqu'un se faisant passer pour lui, dans les parages.

— Attendez ! fit soudain Sylvine, je me rappelle de quelque chose. Avant la deuxième attaque, j'ai entendu les Maudits discuter. Ils disaient que Rohé les avait prévenus que ceux de la première expédition étaient morts dans les Collines. Mais... comment a-t-il pu l'apprendre ? Après tout, ils n'ont pas pu aller le lui raconter eux-mêmes. Alors comment a-t-il été informé de leur mort et surtout, comment a-t-il su que celle-ci avait eu lieu dans les Collines ?

— C'est simple, réfléchit Gandore, ils ont une façon de communiquer qui traverse les distances.

Chacun absorba cette idée. Puis Boga sursauta.

— Je me demande si... Mais non, comment cela fonctionnerait-il ?

— Parlez, l'encouragea Gandore, vous avez peut-être une partie de la solution et une fois exposée elle nous aidera à y voir plus clair.

Le Justicieur répondit avec lenteur, en assemblant dans son esprit les pièces de ce qu'il entrevoyait :

— Tous les Maudits que j'ai interrogés... avaient une pierre verte... une pierre verte incrustée sur leur langue.

— Incrustée ?

— Sur leur langue ?

— Oui, un peu comme... comme une ornementation, un bijou fixé par une boucle en métal.

— À Soleïa, se souvint Achille, certaines personnes aimaient décorer leur corps d'incrustations de pierres précieuses.

— Oui, reprit Boga, mais maintenant je me demande... S'agit-il seulement d'un ornement ? Je veux dire, les Maudits ne nous ont jusque là pas paru particulièrement intéressés par leur embellissement...

Les autres hochèrent la tête : les Maudits étaient plus connus pour leur apparence hideuse et leur hygiène négligée que le contraire.

Sylvine sursauta en repensant à un autre incident : elle leur raconta comment des éclats dans les fourrés lui avaient indiqué la présence des assaillants lors de leur première attaque. Elle aurait juré avoir vu de brèves lumières apparaître par intermittence. Et il y avait eu, aussi, cette pierre verte qui avait roulé au sol, après que le Maudit se soit désintégré dans le Cercle, près des collines.

— Évidemment..., murmura Gandore.

Puis il leva la main, en réponse à l'interrogation qu'il lisait dans les yeux de ses interlocuteurs, afin qu'ils le laissent réfléchir en silence. Enfin, il hocha la tête et leur expliqua son raisonnement :

— De tout temps, en tous lieux du monde, l'émeraude s'est vue attribuer des propriétés. L'une d'entre elles est la clairvoyance : une personne qui en porte une à sa bouche est censée percevoir les intentions des autres. Je pense... Oui, je pense que Rohé maîtrise suffisamment bien la magie pour avoir conçu un système lui permettant de communiquer avec ses hommes via ces pierres.

— Par la Créatrice, cela expliquerait tout ! s'exclama Boga en frappant du poing sur la table. Nous trouvions que les Maudits s'étaient facilement laissés prendre ces derniers temps et nous ne voyions pas pourquoi : en fait, ils profitent de leurs arrestations pour renseigner Rohé, de l'intérieur ! Les Défenseurs qui les surveillent échangent sûrement entre eux des informations sur la situation, sur le nombre de nos troupes, sur les points sensibles... sans se douter que les prisonniers retransmettent aussitôt ces informations à leur chef ! Il faut que je rentre à Enu au plus vite pour prévenir les Importants, fit-il en se levant.

Dame Ferne, qui avait jusque là écouté la discussion en silence intervint alors :

— Sieur Boga, avant de partir, je vous saurais gré de raconter à mes amis ce qui se chuchote dans les couloirs de la capitale, concernant les projets du Sieur Rochelaure.

Pressé de prendre congé, le jeune homme se tourna tout de même vers Sylvine, puis Gandore et admit, avec une certaine gêne :

— Ce ne sont peut-être que des ragots... Mais il se dit que Rochelaure a l'intention de lancer un appel à la Gardienne pour qu'elle se manifeste avant la fête de la Maturité de Dame Sopheline.

— Ah ? fit Gandore, l'air surpris. Eh bien, c'est plutôt une bonne chose ; les événements se précisent, on dirait.

— C'est que... ce n'est pas tout ce que l'on raconte.

— Oui ?

— Il paraîtrait que Rochelaure pense, enfin, qu'il *sait* qui est la Gardienne.

— Qui ? fit Gandore le regard soudain acéré.

— Euh, Dame Sopheline, son épouse, bredouilla Sieur Boga visiblement embarrassé, avant de se tourner vers Sylvine :

— Bien sûr, je leur dirai ce que j'ai vu ici, à savoir que vous me semblez bien plus à même de sauver Citara... mais... euh... sauf votre respect... vous êtes inconnue de tous, alors que Dame Sopheline.... euh...

— Vous pensez que Sylvine aura du mal à se faire accepter des Importants, surtout si Rochelaure a décidé de propulser sa femme au rang de Gardienne, conclut Gandore, le visage fermé.

Visiblement désolé, le jeune homme acquiesça.

Sylvine hasarda alors :

— Gandore, avez-vous envisagé l'idée que peut-être, Sieur Rochelaure a raison ? Que ce n'est finalement pas moi, la Gardienne ? Il dispose peut-être d'informations que nous n'avons pas ?

Agacé, le Sage soupira :

— Sylvine, on ne va pas revenir là-dessus ! Je connais bien Sieur Rochelaure : c'est une personne qui a fait beaucoup pour Citara... mais dont l'ambition démesurée peut l'amener à prendre de mauvaises décisions. Je crains que ses intentions ne nous créent des ennuis. Ahhh, il faut que je réfléchisse...

En tout cas, une chose me semble évidente.

— Ah ? répondirent tous les autres, perdus.

— Sieur Boga, nous ne pouvons pas vous laisser repartir pour Enu et risquer d'informer Rochelaure et sa clique de la présence de la vraie Gardienne chez les Forestiers. Achille, Radj, emparez-vous de lui !

— Eh là, eh là. Tout doux, Mes Sieurs !

En quelques secondes, le Justicieur, subitement en alerte, avait sorti une longue dague de sa botte et s'était prudemment reculé vers une ouverture tandis que les deux hommes interpellés par Gandore, malgré leur hésitation initiale, s'approchaient de lui.

— Je comprends vos inquiétudes et vous certifie que je n'ai aucune envie de nuire à vos projets, reprit Boga, tentant de calmer les esprits.

Mais il me faut prévenir les Importants de ce que nous avons appris au sujet des Maudits. Je ne peux accepter d'attendre que vous ayez fini d'organiser l'accession de cette jeune femme au statut de Gardienne aux yeux des Citariens. Ce serait inadmissible de ne pas alerter nos Défenseurs des dangers qu'ils courent. Je suis un Justicieur, je dois donc faire ce qui me semble juste.

Gandore le regarda, reconsidérant la situation, les yeux plissés.

— Certes... Mais vous avez dit aussi que vous pensiez que Sylvine était la Gardienne. Ne serait-il pas *injuste* qu'elle ne puisse avoir une chance de faire ses preuves avant d'être mise à l'écart par les sbires de Rochelaure ?

Boga hésita, manifestement tiraillé entre les menaces dont il faisait l'objet tout à coup, son besoin de prévenir les Importants de l'espionnage présumé de Rohé... et la vérité qu'il avait clairement entraperçue lors de l'affrontement qui s'était déroulé devant lui : que la jeune Forestière aux yeux verts pouvait bien être la Gardienne attendue.

S'éleva alors une voix peu entendue, mais dont le calme fit beaucoup pour ramener à la raison les esprits échauffés.

Dame Ferne s'était levée et, d'une main, avait arrêté la progression de Radj et Achille vers Boga. Gandore avait beau être le Grand Sage, c'était elle, la chef des Forestiers.

— Laissez-moi résumer la situation, je vous prie. Sieur Justicieur, est-ce que votre principal souci est bien d'informer au plus vite la capitale de la façon dont nous pressentons que les Maudits communiquent avec Rohé ?

Sans hésiter, Boga acquiesça :

— Tout à fait.

— Dans le même temps, reprit Dame Ferne de sa voix apaisante et claire, admettez-vous que notre jeune amie puisse être la Gardienne et que si elle se présente comme telle à Enu, elle n'a aujourd'hui aucune chance de passer les obstacles que Rochelaure érigera contre elle ? Mettant ainsi en danger non pas uniquement sa propre destinée, mais celle de Citara ?

Cette fois, Boga hésita. Un instant, il posa ses yeux sur Sylvine, qui attendait, angoissée, son verdict. Puis, dents serrées, il hocha à nouveau la tête :

— Je l'admets.

— Eh bien, conclut Dame Ferne, il y a une solution simple à tout cela.

— Je vois, fit Gandore, visiblement parvenu à la même idée. Je conduis cette nuit, via les Passages, le page de Sieur Boga à Enu avec des instructions précises sur ce qu'il doit dire aux Importants.

— Puis vous revenez aussitôt ici, enchaîna Dame Ferne. Car il est temps pour Sylvine de quitter l'anonymat de la Forêt et de parcourir les routes pour être présentée à tous.

Quant à vous, sieur Boga, je vous serais reconnaissante d'oublier ce malentendu et de bien vouloir apporter le crédit de votre témoignage au groupe qui accompagnera la Gardienne dans son tour de Citara.

Un long silence suivit cette proposition. Chacun réfléchissait aux conséquences des actions engagées et à l'avenir qui s'annonçait. Sylvine était sous le choc : elle avait beau savoir que cela arriverait un jour, elle ne se sentait pas prête à quitter sa forêt et son environnement habituel.

Puis le Justicieur eut un petit rire avant de rengainer sa dague.

— Soit, fit-il enfin. Mon rôle a toujours été de servir Citara. Jeune Dame, conclut-il en saluant Sylvine, je me range à vos côtés.

Il restait un quartile entier avant la Fête de la Maturité de Dame Sopheline, le jour choisi pour proclamer le nom de la Gardienne : quarante journes.

C'était à la fois long et court comme période, en regard de tous les endroits qu'ils avaient à parcourir.

Penchés sur la carte la plus récente de Citara, Gandore, Sylvine, Achille et Radj argumentèrent pendant plusieurs heures sur le meilleur chemin à prendre : de part et d'autre de Citara, à l'est et à l'ouest, le pays était entouré de collines parsemées de petits villages. Ils ne pourraient les visiter tous, mais en utilisant les passages que Gandore leur indiqua, ils tombèrent d'accord pour faire trois ou quatre arrêts dans les collines est, avant de commuter de l'autre côté de Citara, à Xued.

Cela voulait dire qu'ils laisseraient de côté Siort, la ville des Artistes. D'une part parce qu'aucun cercle de pierres n'y menait directement et qu'il faudrait donc s'y rendre à pied, ce qui les retarderait. D'autre part, parce que la ville étant située dans la ligne droite entre Enu et La Passe, l'une des entrées vers les Sous-Terres de Rohé, elle avait été la cible privilégiée des démarches de Rohé pour imposer les émeraudes et par là sa domination sur le pays. Siort, ravissante ville localisée au bord d'un lac entouré d'arbres, avait depuis toujours été une source d'inspiration pour les artistes, où ceux-ci, provenant de multiples endroits, avaient fini par établir domicile. À Siort plus qu'ailleurs, la population était représentative des diverses origines de Citara et le soir, lorsque les lampes s'allumaient, c'était un scintillement multicolore qui parcourait la cité : les rouges d'Ertauq, les bleues de Xued, les vertes de la Forêt et les jaunes d'Enu se côtoyaient, se mélangeaient, s'entrecroisaient avec la nonchalance qui caractérisait le mode de vie de ses habitants. Les Siortiens étaient aussi connus pour leur amour du beau, et c'était donc tout naturellement qu'ils avaient été les premiers à s'extasier sur les émeraudes en provenance du sud. Les hommes qui les importaient leur en offrirent beaucoup, puis, une fois le goût pour les pierres établi, les échangèrent contre des services ou des marchandises.

À Siort comme partout ailleurs à Citara, la règle était de mettre toutes les ressources en commun. Mais petit à petit, l'individualisme des artistes, associé au désir de posséder les gemmes vertes fit que chacun se mit à œuvrer pour soi. Au fil du temps, Siort se transformait de plus en plus en avant-poste de Rohé : tous les porteurs d'émeraude — et ils étaient une majorité — étaient de potentiels espions à sa solde.

Le petit groupe de Sylvine décida donc d'écarter la ville de leur périple. Par contre, ils furent tous d'accord pour se rendre à Xued, au bord de la mer des Oubliés, car les échanges y étaient essentiels, notamment avec les basses collines de l'ouest, ce qui leur éviterait peut-être d'avoir à y aller. Et ils pourraient ainsi conclure leur tour de la périphérie de Citara par la ville d'Ertauq, au nord-ouest, avant de rejoindre la capitale.

D'ici là, raisonna Gandore, ils devraient avoir réuni suffisamment d'adhésion à leur cause pour que Rochelaure s'incline.

Une fois l'itinéraire décidé, il restait encore à composer l'escorte de Sylvine : ils ne devaient pas être trop nombreux pour être accueillis facilement dans les petits villages, mais pas trop peu non plus, pour impressionner et convaincre... surtout s'ils tombaient face à un parti de Maudits.

Chloriane se proposa. Mais son frère et sa fille ne souhaitaient pas lui faire revivre un voyage vers le sud, sans compter qu'elle n'avait pas la condition physique nécessaire pour de longs déplacements. Chloriane consentit à contrecœur à rester au village, afin de ne pas retarder l'avancée du groupe. Et fit promettre à Sylvine de communiquer régulièrement via le fil d'amour.

Achille résolut le problème en recrutant parmi ses élèves Défenseurs les deux plus doués : Brís et Titane.

L'équipe finale se composait donc de Gandore, Radj, Achille, Brís, Titane et Boga. Celui-ci cependant restait réservé et un peu à l'écart des préparatifs de la troupe. Il souhaitait par là leur montrer qu'il ne les accompagnait qu'en tant que caution morale et qu'il en voulait au Grand Sage de lui avoir forcé la main.

Venir aussi, Schnippy! s'indigna le petit compagnon de Sylvine, déçu qu'elle ne l'ait pas compté comme l'un des membres du groupe.

Avec Schnippy, l'équipe comprend donc hui valeureux combattants, reprit-elle mentalement, un sourire en coin.

Mais bien vite, ce sourire s'effaça pour faire place à l'inquiétude : qu'est-ce qui les attendait au cours du prochain quartile ? Que se passerait-il si elle échouait dans sa mission ? Ou si les Citariens avaient autant de mal qu'elle en avait eu elle-même à la considérer comme Gardienne ?

CHAPITRE 17

Quitter la forêt

Il fut difficile à Sylvine de dire au revoir à sa mère et de s'arracher au lieu qui l'avait vue naître et grandir. Quand elle se retourna pour contempler une dernière fois le village et les silhouettes de ses amis et voisins, sa poitrine se comprima. Hormis lorsqu'elle avait été pourchassée par les Maudits, elle n'était jamais partie à plus d'une journe de marche de son arbre de vie. Elle quittait un univers familier, cher à son cœur, sans savoir quand elle y reviendrait. Si elle pourrait même y revenir. Les dégradés de vert, le jeu du soleil à travers les feuillages, l'ultime baiser que Chloriane lui souffla se fixèrent sur sa rétine. Elle leva la main en signe d'au revoir. Puis elle se retourna, décidée à ne plus regarder en arrière.

Ajustant carquois et cordeau sur ses épaules, elle allongea ses foulées pour rejoindre ses compagnons. Bien vite, son naturel curieux et enthousiaste reprit le dessus sur la nostalgie : elle allait enfin vivre de nouvelles aventures, découvrir des régions inconnues de Citara, échanger avec d'autres personnes...

Grumpf.

Le reniflement entendu de Schnippy la fit rougir. S'était en effet involontairement glissée dans ses pensées l'image de son sauveur aux yeux gris. Elle ne pouvait nier qu'elle espérait le revoir au cours de ce périple.

Dans tous les cas, ce ne serait pas pour tout de suite car le groupe se dirigeait d'abord vers les collines au nord-est de Citara, à l'opposé de celles où elle l'avait rencontré.

Tous marchaient d'un bon pas : Gandore en tête guidait et menait l'allure, suivi d'Achille, Titane et Brís. Boga avait laissé Radj et Sylvine passer devant lui, afin de fermer la marche en tirant sa jument, Tornade.

Ils arrivèrent au cercle de pierres à la fin de la journe.

— Nous voici devant l'un de ces passages dont je vous ai parlé. J'attire à nouveau votre attention sur le fait que *personne,* hormis quelques Sages et le Dirigeur de Citara, ne connaît le pouvoir qui est le leur. Nous aimerions garder le secret pour l'instant.

Tous hochèrent la tête. Ils avaient, bien sûr, déjà été informés par Gandore de la manière dont celui-ci comptait les faire voyager rapidement d'un point à l'autre de Citara. Mais la curiosité pouvait se lire sur les traits des deux apprentis d'Achille, qui s'amusèrent à entrer et sortir du cercle sans que rien ne se passe.

Pendant ce temps, Gandore s'approcha de Boga, l'air soucieux.

— Boga ? Je ne peux pas vous garantir que votre jument supportera la commutation. La nuit précédente, celle de votre page a paniqué et rué : en parvenant de l'autre côté, elle s'est brisé la jambe sur l'une des pierres levées et son maître a dû l'achever. C'était la première fois que je faisais voyager un cheval, je n'avais pas pensé que cela pourrait mal se passer.

Sylvine, qui était juste à côté et avait entendu toute la conversation, se mordit la lèvre. Elle avait conscience de la tension de Sieur Boga à cette annonce. Depuis son arrivée dans la Forêt, si le Justicieur avait multiplié les conquêtes féminines, aucune d'entre elles n'avait reçu autant d'attention que sa monture. Mâchoires crispées, caressant machinalement le chanfrein de Tornade, il réfléchissait sur la conduite à tenir, tandis que les Forestiers autour de lui s'installaient en attendant l'heure de la pleine lune.

Après avoir hésité, Sylvine finit par se rapprocher du Justicieur. Il s'était mis à l'écart des autres, après avoir accroché les rênes de son cheval à une branche. Il faisait sauter de petits cailloux dans sa main, sourcils froncés.

— Sieur Boga ?

— Mmmm ?

— Si vous voulez, je peux essayer d'entrer dans l'esprit de Tornade. Pour la rassurer et lui expliquer ce qui va se passer, précisa Sylvine devant l'air interdit du jeune homme.

Celui-ci la regarda, intéressé :

— Ah ? Vous pouvez parler à n'importe quel animal ?

Au cours des précédentes journes, il avait remarqué qu'elle communiquait avec Schnippy.

Elle acquiesça.

— Et... est-ce que ça vous prendra de l'énergie ? hésita-t-il.

Il avait bien observé la façon dont le pouvoir de Sylvine fonctionnait et savait que certains actes pouvaient lui coûter cher.

— Non, cela ne requiert aucun usage de la magie, c'est juste une sorte d'empathie naturelle.

Elle haussa les épaules, toujours embarrassée quand elle devait expliciter ses talents.

Boga continua à jouer machinalement avec ce qu'il avait dans la main. Elle put voir alors qu'il s'agissait de cubes noirs sur lequel des signes étaient gravés. Puis il les lança en l'air avant de les récupérer dans sa paume et de lire l'inscription que le sort avait désignée. Il eut un petit sourire devant le résultat : le premier dé avait ramené un carré, le deuxième une étoile.

— C'est « dé-cidé », jeune Dame Sylvine, je vous laisse tenter la chose.

La jeune fille s'avança vers la jument et lui flatta l'encolure. Elle n'avait jamais encore approché de cheval d'aussi près, mais avait déjà vu Boga faire ce geste.

Puis elle ferma les yeux.

Inquiétude.

Tornade frémissait sous sa main, nerveuse. Elle avait peur de cette humaine dont elle ne connaissait ni l'odeur ni le toucher. Elle aurait aimé s'enfuir, comme son instinct le lui soufflait. À quoi servait de pouvoir aller aussi vite que le vent si vous étiez entravée ?

Frustration.

L'animal souffrait d'être attaché. Dans ses gênes coulait le désir de la liberté et ses pulsions naturelles se heurtaient aux chaînes forgées par les humains.

Mais Sylvine ressentit également un autre type d'entrave, consentie cette fois.

Adoration.

Tornade éprouvait un amour absolu pour le cavalier blond qui la montait. Elle le suivrait partout, cet être qui la nourrissait, qui la caressait, qui la chevauchait en de grisantes courses, et qui lui confiait parfois tout bas à l'oreille à quel point il l'aimait.

Bouleversée par les pensées de Tornade, Sylvine s'adressa à elle mentalement.

Je suis l'humaine qui te touche. Tu m'entends ?

Étonnement.

Le cheval leva ses oreilles, cherchant à discerner d'où venait la voix qu'il avait perçue.

Les hommes ont inventé une façon d'aller vite, plus vite encore que le galop. C'est comme un tourbillon de vent. Lorsque la nuit sera là, nous l'emprunterons.

Séparation ?

Non, tu ne seras pas séparée de lui.

Peur.

Oui, tu as raison, il a peur. Mais il a peur pour toi. Il craint que le tourbillon ne t'inquiète et que tu te blesses.

L'animal réfléchit, ses pensées se juxtaposant tellement vite que Sylvine ne put les suivre. Elle rouvrit les yeux, perdant la connexion mentale.

Finalement, Tornade baissa la tête et donna un coup de sabot. En croisant son regard oblique, Sylvine y lut l'acquiescement et l'acceptation.

Soulagée, elle lui caressa chaleureusement l'encolure tout en rassurant Boga :

— C'est bon, elle a compris ce qui va arriver dans le cercle de pierres et elle est prête.

Ne sachant s'il devait vraiment la croire, le jeune homme opina.

— Merci.

— De rien.

Elle commença à s'éloigner, avant de se raviser après quelques pas : à demi tournée vers lui, les yeux fixés sur sa jument, elle reprit :

— Vous savez, si vous la détachez, elle ne se sauvera pas : elle vous aime trop pour vous quitter. Mais cette attache est dure à supporter pour ceux de son espèce.

Puis elle repartit auprès des autres.

Au cours de la veillée, alors qu'ils attendaient la mi-nuit, Boga les rejoignit. Pour la première fois, il rit de bon cœur des pitreries de Schnippy et écouta avec intérêt les histoires de Radj.

Enfin, la lune atteignit son point culminant dans le firmament. Un à un, les membres du groupe pénétrèrent dans le cercle de pierres, Sylvine et Gandore en premier. Les exclamations fusèrent lorsqu'ils disparurent de la vue de leurs compagnons. Puis à nouveau lorsque ces derniers y entrèrent à leur tour et les retrouvèrent.

— Incroyable !

— Heureusement qu'on était prévenus, ça m'aurait glacé les sangs, de vous voir vous évaporer comme ça.

Radj secoua la tête, impressionné malgré lui.

Une fois qu'ils furent tous là, Boga tenant fermement les rênes de Tornade, Gandore leur fit signe de former une chaîne en nouant leurs doigts les uns aux autres. Sylvine éprouva la même sensation vertigineuse que lors de sa première commutation, la colère et la frustration en moins : cette fois-ci, elle ne s'y opposait pas.

Curieuse, elle vit le sol tourner de plus en plus vite sous elle, avant que le rythme ne ralentisse finalement. Elle réalisa alors que l'environnement extérieur avait changé : ce n'étaient plus des hêtres, des charmes et des chênes qui composaient la forêt avoisinante mais des pins. La roche des collines toute proche était blanche, non moussue.

Comment Gandore savait-il dans quel cercle ils allaient arriver ? Comment la sélection s'opérait-elle ? Alors qu'elle s'apprêtait à ouvrir la bouche pour poser ces questions à Gandore, plusieurs choses s'imposèrent simultanément à elle : l'air alarmé du Sage, le regard dirigé vers quelque chose qui se trouvait dans son dos, des cris de détresse, un grondement sourd, une odeur de fumée.

Elle se retourna, sa main partant instinctivement à la recherche de son épée, et découvrit un brasier dans la nuit. Le village non loin duquel ils étaient arrivés était en feu. Des silhouettes indistinctes, des ombres déformées et agrandies par les flammes gesticulaient, certaines attaquant les autres. Un hululement de joie féroce retentit, nouant le ventre de Sylvine : des Maudits.

Sans réfléchir, après s'être débarrassée de son cordeau d'un coup d'épaule, elle s'élança en direction du feu : il n'était pas trop tard pour sauver des vies. La main de Gandore s'abattit sur son bras.

— Sylvine, non, c'est trop loin, nous n'arriverons pas à temps. Et nous ne sommes pas assez nombreux.

D'un geste de la tête, il lui indiqua leurs compagnons évanouis au sol. Seuls Boga et sa jument étaient conscients : le jeune homme était en train de parler doucement à celle-ci, qui roulait des yeux exorbités.

— Vous rappelez-vous votre première commutation ? Il vous a fallu plusieurs heures pour vous en remettre. Nous ne sommes donc que trois. Trois contre la Créatrice seule sait combien de Maudits. C'est trop risqué. Et nous ne pouvons pas les laisser ici.

C'était la voix de la sagesse, bien sûr.

Mais pas celle de la Gardienne.

Résolue, Sylvine enleva la main de Gandore de son avant-bras.

— Gandore, il ne suffira pas de *dire* aux gens que je suis leur Gardienne. À un moment, il faut bien que je le leur *prouve*.

Après un long silence, le Sage finit par acquiescer, le front plissé d'inquiétude.

— Sieur Boga, reprit-elle, j'ai besoin de votre aide ainsi que de celle de Tornade. Pouvez-vous me conduire quelque part ?

— Mmm ? Où ça ? fit le Justicieur, qui venait tout juste de réussir à calmer la jument et n'avait pas encore remarqué la situation.

— Là-bas, fit Sylvine en désignant les flammes.

Près du cœur du brasier, les sons et les sensations s'amplifièrent : la chaleur du feu, les cris des Colliniens, l'odeur de la fumée et du sang. Boga arrêta son cheval sur une petite éminence : les deux citernes avaient été percées par les assaillants et l'eau s'écoulait lentement au sol, en un véritable gâchis. Un villageois essayait de colmater les fissures de celle qui était la plus proche d'eux mais une ombre surgit derrière lui alors qu'il était absorbé par sa tâche et lui trancha la gorge. Sylvine détecta la présence de nombreux habitants piégés dans leurs maisons.

Elle sauta avec vivacité de Tornade. Boga fit de même et, après une légère hésitation, noua les rênes de sa monture à la selle plutôt qu'à un arbre :

— Je te fais confiance, Tornade. Va te mettre à l'abri.

— Boga, vous prenez les Maudits de la citerne basse. Moi, ceux de la citerne haute.

Sylvine ne réalisa même pas qu'elle venait de donner ses premières directives de chef de guerre et n'attendit pas pour voir si elles étaient suivies. Elle s'élança à l'assaut de la colline. Un plan s'était échafaudé dans son esprit tandis qu'ils s'approchaient du village et qu'elle notait l'emplacement des bâtiments et la disposition des lieux. Devant le réservoir d'eau dont elle s'était attribué la défense, deux Maudits montaient la garde. Il y avait cinq corps étendus autour d'eux : une boucherie facile qui les avait excités. Ils remarquèrent tout à coup la silhouette qui s'avançait vers eux et ajustèrent leur prise sur leurs armes, deux coutelas à la lame rougie de sang. Lorsqu'ils réalisèrent qu'ils n'avaient affaire qu'à une jeune fille, ils se détendirent.

— Eh bien, ma jolie, tu t'es perdue ?

— Tu veux qu'on t'emmène faire une balade en forêt ? renchérit l'autre.

Sa tenue de Forestière n'était pas passée inaperçue.

Les yeux baissés, elle ne répondit pas et continua de s'avancer.

Surpris de la soumission de leur prochaine victime, mais ravis de l'aubaine, les deux hommes s'interrogèrent du regard : lequel des deux allait pouvoir s'amuser avec elle en premier ?

Déjà, Sylvine s'était élancée, ôtant d'un geste fluide ses deux épées de leur fourreau dorsal, et virevoltant sur elle-même.

Les deux misérables n'eurent pas le temps de comprendre qu'ils étaient attaqués qu'ils gisaient morts à ses pieds.

— Schnippy, monte la garde pendant que je me concentre, lança Sylvine, en le déposant sur un muret avoisinant.

Puis elle ferma les yeux, autant pour rassembler ses forces que pour oublier la vision des deux corps à terre. Ses victimes... Elle venait de tuer pour la première fois. Mais elle ne pouvait se permettre de s'attarder sur ce qu'elle ressentait : dégoût, tristesse et horreur allaient devoir attendre. Au prix d'un immense effort de volonté, elle mit de côté ses pensées chaotiques pour se concentrer sur les vies encerclées par les flammes.

Elle savait qu'elle ne pouvait éteindre l'incendie entier : ce serait un gaspillage d'énergie, et ce, pour épargner des pierres principalement.

Au milieu de celles-ci, toutefois, elle percevait des présences humaines, des êtres qu'elle devait sauver. Elle fit jaillir de la citerne une grosse sphère d'eau, la dirigea vers la première demeure et la lâcha au-dessus du toit, inondant celui-ci. Elle renouvela l'opération. Sur cette bâtisse et sur les autres. Encore et encore, jusqu'à ce qu'elle perde le décompte.

Bientôt, les Colliniens émergèrent de leurs maisons, trempés et roussis, mais sains et saufs.

Ils contemplèrent alors, interdits, le spectacle d'une toute jeune fille revêtue de la tenue des Forestiers et guidant du regard des boules liquides sur leurs habitations.

Au bout de quelques instants pourtant, celle-ci dut arrêter son manège. Elle avait encore assez d'énergie, mais la citerne était complètement vide. L'autre était trop loin et cela aurait nécessité trop d'efforts de faire « monter » les bulles d'eau plutôt que d'utiliser les courants d'air descendants comme elle l'avait fait. De toute façon, elle ne détectait plus de présence humaine prisonnière des flammes.

Arrivent vite, Maudits ! Quatre, sont.

L'alerte de Schnippy résonna dans sa tête. Elle rattrapa ses armes, et se tapit contre un mur de pierre. Elle laissa passer les trois premiers puis, sans hésiter, surgit devant le dernier. Il s'écroula en criant, le ventre transpercé.

Seul le Maudit le plus proche l'entendit et se retourna. Mais en deux foulées, Sylvine était déjà sur lui et lui avait entaillé l'épaule.

Il esquiva maladroitement quelques coups, mais, trop pataud, ne vit pas venir celui qui l'acheva et se ficha dans son cœur.

— Mais qu'est-ce que c'est que cette furie ?

L'un des deux Maudits restants venait à son tour de remarquer Sylvine.

— Hey, Djom, par là !

Alerté par les cris de son comparse, l'autre Maudit arrêta sa course : il avait eu l'intention de s'en prendre aux villageois qui fuyaient devant lui, mais à la vue de la Forestière et des corps de ses deux compagnons, une expression de rage traversa son visage.

Les deux Maudits restants se regardèrent, échangeant un coup d'œil entendu. Ils se rapprochèrent lentement de Sylvine, s'écartant l'un de l'autre afin de la prendre en tenaille.

Impassible, celle-ci attendit. Elle connaissait bien ce mouvement : elle s'était entraînée avec Achille, Brís et Titane des centaines de fois sur les attaques conjointes.

Elle baissa ses armes et ferma les yeux. Cela ne fit qu'accroître sa perception : elle avait acquis une acuité mentale supérieure à son acuité visuelle.

Mais les assaillants crurent à une reddition et s'élancèrent sur elle. Elle ploya un genou, se soustrayant à une lame, se faisant effleurer la joue par l'autre. Ses bras se levèrent sur les côtés, comme un oiseau qui écarterait ses ailes... et empalèrent ses attaquants.

Elle grimaça.

L'odeur âcre et métallique du sang la prenait à la gorge, tout autant que les râles d'agonie de ses victimes.

D'un mouvement sec, elle retira ses épées. Il lui était inutile de regarder les Maudits pour savoir qu'ils étaient morts. Elle ne percevait plus aucun souffle de vie venant d'eux.

Pourtant, elle plissa le front.

Un battement rapide, le battement d'un cœur, résonnait tout près.

Celui d'un être prisonnier dans la maison en flammes en face d'elle, un son si ténu qu'elle avait bien failli ne pas l'entendre. Il s'agissait d'un être humain, elle en était sûre. Une personne dans l'incapacité de se mouvoir et qui commençait à manquer de souffle, assaillie par les fumées toxiques.

Impossible de ne pas lui venir en aide. Elle rengaina ses armes, désormais inutiles.

Les flammes dansaient devant elle, les flammes qui avaient ravagé le corps de son père, qui avaient carbonisé en quelques minutes un chêne centenaire. Les flammes qui la terrifiaient.

Elle inspira puis pénétra dans le brasier, sous les yeux horrifiés de la population qui s'était progressivement assemblée à quelques pas, maintenant que les Maudits avaient été mis hors de combat, et qui crut qu'elle allait vers sa mort.

Ce qu'ils ne voyaient pas, c'était le tunnel d'air qu'elle venait de créer à travers la fournaise et qui la protégeait des brûlures.

Malgré tout, le grondement du feu et sa chaleur suffocante étaient effrayants et ses vieilles peurs ne tardèrent pas à la reprendre. Le tunnel se resserra autour d'elle.

— Tu es une fée ? fit soudain une voix enrouée.

Pelotonné sur un lit à quelques pas d'elle, un garçon de huit cycles environ la contemplait avec émerveillement.

Ramenée à la réalité de la situation, Sylvine en oublia ses angoisses et s'approcha de lui avec un bref sourire :

— Non, pas vraiment.

Elle prit l'enfant dans ses bras et ressortit du brasier, courbée sur le précieux fardeau pour qu'il soit le moins possible en contact avec les flammèches qui voletaient tout autour d'eux. Elle sentit ses forces s'amoindrir et ses jambes vaciller en un signal d'alerte qu'elle connaissait bien. Son bouclier d'air ne consistait plus qu'en une fine pellicule, prête à s'effriter.

Pourtant, elle réussit à franchir le dernier rideau de feu et à émerger à l'air libre. Tous deux ouvrirent la bouche, avalant de grandes goulées de cet oxygène dont ils commençaient à manquer.

— Kyvan !

Un homme se rua vers eux, pendant que les villageois poussaient des cris de stupeur et de joie :

— Incroyable !

— J'ai cru qu'elle allait se tuer, la petite !

— Elle a sauvé Kyvan !

— La Créatrice soit bénie !

Le Collinien, les yeux fous d'angoisse, les cheveux du même brun que ceux de l'enfant qu'elle portait dans les bras, se saisit de lui. Tous les deux s'étreignirent avec force, tandis qu'elle reculait de quelques pas.

Puis le père, la voix enrouée, s'adressa à Sylvine :

— Merci... Merci.

Il secoua la tête, à court de mots.

Exténuée, Sylvine sourit au petit garçon qui la dévorait du regard. Schnippy la rejoignit à ce moment-là, tout tremblant, et se lova contre sa paume. Il avait bien cru qu'il allait la perdre dans les flammes, sa maîtresse. Puisant dans sa douce fourrure et son amour un réconfort dont elle avait terriblement besoin tout à coup, Sylvine frotta sa joue contre lui. Elle réprima les larmes qui cherchaient à monter à ses paupières. Ce n'était pas le moment de craquer.

Dans les bras de son père, la voix de Kyvan s'éleva. Rauque, elle porta pourtant loin dans le silence qui était tombé sur l'assistance :

— Papa, je sais qui c'est, la dame.

— Hmm ?

— C'est la Gardienne de Citara !

Quand Boga, essoufflé et inquiet pour Sylvine, revint de sa mission, il tomba sur une foule qui se répétait de bouche en bouche l'appellation avec révérence. La silhouette élancée de la Forestière se découpait sur le ciel un peu au-dessus d'eux. Elle avait beau être frêle et tituber de fatigue, la force et le courage dont elle avait fait preuve lui avaient gagné l'admiration de tout un village. Les regards de Boga et de Sylvine se croisèrent. Tous deux affichaient quelques écorchures et marques de brûlures, et de la suie maculait leurs vêtements et leur visage. Ce n'était pas la seule chose qu'ils avaient en commun : il y avait également ces vies qu'ils venaient d'ôter, celles qu'ils venaient de protéger. Dans les yeux respectueux du Justicieur, Sylvine sut qu'elle avait trouvé un nouveau compagnon d'armes fidèle et dévoué.

Lorsque l'équipe de Sylvine avait réfléchi à leur présentation de la Gardienne aux Citariens, elle n'avait pas envisagé une arrivée aussi fracassante. Il avait été décidé qu'en entrant dans les villes et villages sur leur parcours, Gandore se rendrait chez leur chef et lui expliquerait la situation. Il était ensuite prévu que Sylvine fasse une démonstration de ses pouvoirs sur la place centrale avant qu'ils ne rallient le prochain arrêt sur leur itinéraire. Cela laissait aux habitants le temps de discuter entre eux lors de leur conseil décimal et à la troupe de couvrir un maximum de lieux. L'inconvénient était que cela les obligeait aussi à quitter ces derniers sans savoir si Sylvine avait convaincu l'assemblée de son identité.

Or, à ce premier arrêt, la population l'avait découverte en pleine action : les Colliniens avaient vu de leurs yeux la jeune fille occire plusieurs Maudits, avant d'utiliser la magie pour leur sauver la vie. Et chacun se rappelait la scène où elle était sortie des flammes indemne, Kyvan dans les bras.

Cela fit beaucoup plus pour les convaincre que tous les discours initialement prévus.

Au matin, après que les ultimes foyers aient été éteints, que les derniers blessés aient été pris en charge, ce fut devant tout le village que Gandore expliqua que, oui, ils avaient bien reconnu la Gardienne.

Entre temps, ses compagnons s'étaient massés derrière Sylvine et les habitants contemplaient, admiratifs, la fine troupe qu'ils constituaient.

— 'Nous auraient vus cette nuit, 'nous auraient trouvés moins fringants, grommela Radj, encore plus bourru qu'à l'habitude.

Le Forestier ne se remettait pas de s'être évanoui pendant la commutation.

Il n'empêchait qu'aux yeux des villageois, ils avaient fière allure et à la fin du discours de Gandore, ils furent tous acclamés, et pas uniquement la Gardienne.

L'ambiance n'était pas festive pour autant : la fumée froide agressait les gorges, les maisons effondrées avaient triste mine et peu nombreux étaient ceux dans l'assistance à ne pas avoir de bandages. Une dizaine de linceuls, à côté desquels des formes éplorées sanglotaient, attendaient d'être mis en terre. Ce n'était toutefois pas l'accablement qui dominait : désormais, l'espoir était permis, que les attaques des Maudits cessent enfin. La Gardienne s'était révélée.

— Vous avez payé un lourd tribut dans cette guerre informelle, Colliniens de l'Est. Nous espérons que ce sera le dernier. En attendant le jour de l'affrontement, le jour où chacun devra se battre pour défendre Citara, je vous engage à protéger votre village, à entraîner des combattants et combattantes, à être vigilants. L'heure est aux préparatifs de guerre. Afin qu'une journe prochaine, nous puissions ne plus avoir à craindre celle-ci.

Une acclamation salua la fin du discours de Gandore. Puis, chacun vaqua à ses occupations, les nouveaux venus prêtant main-forte au nettoyage.

Un peu plus tard, Kyvan et son père se rapprochèrent de Sylvine. L'enfant avançait de façon autonome, en s'appuyant sur des cannes de bois, mais ce n'étaient pas ses jambes qui se mouvaient : celles-ci étaient encerclées de métal et c'était un mouvement de balancier qui faisait s'enchaîner les pas. Devant le regard attentif de Sylvine, son père expliqua :

— Kyvan ne peut marcher depuis un accident survenu quand il avait cinq cycles. C'est moi qui lui ai confectionné ces jambes de métal, pour qu'il puisse se déplacer seul. Hier soir, j'étais en train de les nettoyer quand j'ai entendu du bruit : je suis sorti, pour voir ce qui se passait, mais le temps que je comprenne que nous étions attaqués, les Maudits étaient déjà sur moi. Ils m'ont assommé. Lorsque j'ai repris connaissance, le village était en feu. Ma maison était en feu. Avec Kyvan prisonnier à l'intérieur. J'ai... j'ai cru...

Je vous dois une reconnaissance éternelle, jeune Dame Sylvine, reprit-il après avoir frissonné rétrospectivement. Que puis-je faire pour aider la Gardienne de Citara dans sa tâche ?

Celle-ci secoua sa tête :

— Vous ne me devez rien, Sieur... ?

— Tophe.

— Sieur Tophe, je suis heureuse d'avoir pu sauver Kyvan. J'espère surtout que les autres Colliniens ne connaîtront pas le même enfer que celui que vous avez dû vivre ici et qu'ils nous croiront lorsque nous leur raconterons ce qui s'est passé.

Tophe réfléchit un moment, regarda Kyvan, puis d'un air décidé, reprit :

— Si vous le voulez bien, je vous accompagnerai dans les collines est. J'y connais beaucoup de monde. Je leur dirai, moi, ce que j'ai vu et ce que vous avez fait pour notre village.

Entre temps, les compagnons de Sylvine s'étaient rapprochés d'eux et Gandore réagit :

— C'est une excellente idée, nous vous en remercions et vous accueillons bien volontiers parmi nous.

Kyvan, ravi, s'écria alors :

— Oh, pap', tu vas rejoindre le clan de la Gardienne !

Achille sourit et ébouriffa les cheveux de l'enfant :

— Eh bien, jeune Nommeur, grâce à toi, nous savons désormais qui nous sommes tous : une Gardienne et son Clan.

Sylvine contempla ses compagnons de route.

Un Clan, hein ?

Oui, elle aimait beaucoup cette idée.

CHAPITRE 18

Voyager

Le lendemain, le Clan de Sylvine, augmenté de Tophe qui avait laissé Kyvan aux bons soins de sa voisine, reprit sa route. Ou plutôt son chemin : le sentier était étroit et serpentait entre les arbres, en un dénivelé important. Sylvine eut bientôt l'impression qu'elle passait la journe à monter et dévaler des pentes de plus en plus raides. Les cailloux qui roulaient sous leurs pieds ne facilitaient ni l'ascension ni la descente. Les belles collines citariennes s'avéraient décidément plus plaisantes à admirer qu'à parcourir. Mais personne ne se plaignait et chacun suivit le rythme rapide de Tophe sans rechigner. Le Collinien portait une tenue singulière, un manteau rigide coupé en diagonale et qui se terminait en pointe dans le dos. Il semblait particulièrement à son aise dans cet environnement : ses jambes musclées avalaient les distances avec régularité et ses cheveux bouclés n'étaient pas trempés de sueur, contrairement à ceux de Sylvine. Lors d'une pause, afin d'aérer sa nuque, elle fit un chignon de sa tresse et fixa la coiffure au moyen d'une brindille.

Ils venaient d'atteindre le sommet d'une énième colline et distinguaient enfin le premier village sur celle d'en face. La proximité visuelle, toutefois, était trompeuse : de nombreuses heures seraient nécessaires avant qu'ils n'y parviennent.

Tophe s'approcha :

— Si vous êtes d'accord, je vais partir en avance et aller prévenir les habitants de votre arrivée. Cela me permettra de préparer votre accueil et votre hébergement.

Sylvine et les autres membres du Clan, hormis Gandore qui avait souri, se regardèrent un peu surpris : ils pensaient avancer à un bon rythme et voilà que le Collinien parlait de les devancer...

Après que Sylvine eut néanmoins hoché la tête, elle tomba des nues en voyant Tophe se rendre non pas sur le sentier en lacet, mais vers un parapet, un rebord de pierre en arc de cercle. L'homme monta sur ce dernier et ferma un instant les yeux... avant de basculer dans le vide.

— Mais qu'est-ce que... ?

Sylvine se précipita vers la margelle, suivie par les autres Forestiers.

— Oh !

Bras écartés, son manteau formant une sorte de V rigide derrière lui, le Collinien volait. Enfin, il ne volait pas vraiment : il utilisait les courants aériens pour se diriger vers le sommet voisin. Ils contemplèrent son évolution gracieuse pendant les quelques minutes qu'il lui fallut pour atteindre sa destination. Sylvine était fascinée : comme elle aurait aimé se déplacer ainsi ! Se sentir libre, légère, portée par la brise, caressée par le soleil...

Juste avant d'atterrir, Tophe replia ses bras le long du corps et se posa souplement à terre. Il se retourna pour les saluer du bras, puis disparut sous le couvert des arbres, en direction du village un peu plus bas.

— T'as vu, ça, Titane ? Eh, oh, Titane, je te parle !

Brís agitait sa main devant les yeux émerveillés de la Forestière. Une expression béate était peinte sur le visage de celle-ci, une expression qui se fit déterminée :

— Je *veux* apprendre à faire ça !

— Jamais de la vie ! assura Radj, j'ai cru dix fois que le vent allait le projeter à terre.

Les Forestiers revinrent vers le sentier en discutant du choc qu'ils avaient eu lorsque le Collinien s'était jeté dans le vide. Achille souriait de toutes ses dents :

— J'ai vu beaucoup de choses, dans le livre de ma vie, mais cette image-ci était inédite !

Boga et Gandore étaient toujours assis sur le tronc où ils avaient choisi de se reposer : ils ne s'étaient pas joints au mouvement spontané des autres pour voir ce qu'il était advenu de Tophe après son saut. Ils avaient sûrement déjà contemplé ce spectacle auparavant et d'ailleurs affichaient le sourire entendu d'initiés devant les mines éberluées de leurs compagnons.

Dès que le Clan eut repris le laborieux chemin qui serpentait dans le sous-bois, Sylvine se rapprocha du Sage :

— Gandore, vous aviez déjà vu quelqu'un faire ça ?

— Oui. Et uniquement les Colliniens peuvent utiliser cette technique, je vous préviens, ajouta-t-il aussitôt.

— Ah ? fit Sylvine, déçue. Et pourquoi ?

— Parce que c'est un talent qui se transmet dans leur sang, comme le don des Forestiers de communiquer avec la Nature.

Sylvine s'arrêta, saisie, avant de le rattraper en quelques enjambées :

— Mais... Je croyais que j'étais la seule à pouvoir faire ça !

— Ah ah, reprit le Sage de sa voix professorale, c'est que vous êtes la seule à *interagir* avec elle : non seulement vous l'écoutez et vous lui parlez, mais elle *réagit* à vos injonctions. Les Forestiers ont une forme moins évoluée de ce don, une sorte d'instinct pour distinguer où trouver du gibier, quelles plantes sont comestibles ou utiles, quels arbres constituent de bonnes habitations, ce genre de choses. C'est le talent des Forestiers, lié à leur mode de vie.

Les Colliniens, eux, ont dû apprendre à vivre dans des endroits escarpés, où l'accès est difficile. Ils ont donc développé une capacité, née tout simplement de leur besoin de se déplacer plus facilement d'un point à l'autre. Ils pourraient se passer de leur équipement, la mantale, mais avec cette dernière, il est plus aisé de se stabiliser et ils dépensent ainsi moins d'énergie.

— Ahhhh ! Et pour les Mariniens, c'est la même chose ? Ont-ils eux aussi un pouvoir ?

— Oui. Pour les habitants de Xued, c'est un talent issu de la frustration de ne pas pouvoir embarquer sur la mer et voir ce qu'il y a au-delà. Bien peu sont ceux qui ont pu franchir la mer des Oubliés et aucun n'en est jamais revenu. Par contre, elle leur amène parfois des objets ou même des personnes, comme c'est le cas de votre Achille, je crois bien, en provenance de terres lointaines et inaccessibles.

Alors, ils ont développé un don pour l'imagination et il arrive que cette imagination se transforme en prédiction. On dit que les Xuediens peuvent deviner l'avenir. Car leur esprit est ouvert, vous voyez, comme l'est leur horizon. Ouvert vers des choses prêtes à se produire.

Sylvine hocha la tête, fascinée. Personne ne lui en avait jamais parlé avant. Elle connaissait finalement bien mal son pays.

— Et les Vallésiens ? reprit-elle après un temps de réflexion, quels pouvoirs ont-ils ?

Elle avait beau réfléchir, elle ne voyait pas ce qui les différenciait des autres, et pourtant elle en avait déjà rencontré certains, comme ils étaient leurs voisins les plus proches et que la capitale y était située.

— Ah... c'est un peu là où le bât blesse. Car les Vallésiens, vu leur situation au centre de Citara et leur environnement très favorable ont eu moins de nécessité de s'adapter à celui-ci. Donc, ont eu moins l'occasion de développer un talent que les autres habitants de Citara. D'où, parfois, un... dépit, un sentiment de frustration, qui, chez certains individus, peut entraîner un manque de confiance en eux et chez d'autres, au contraire, un besoin de prouver leur valeur, en méprisant les aptitudes apparentées à de la magie.

Le Sage hésita, comme s'il réfléchissait à ce qu'il devait dire et ne pas dire. Elle retint son souffle : si elle se faisait trop pressante, il ne lui révélerait rien.

Avec réticence, il lâcha finalement :

— En fait, certains d'entre eux, des esprits forts, possèdent, sans en avoir conscience, un don comme le vôtre. Seulement le leur n'opère pas sur l'environnement, vu que celui-ci ne conditionne pas leur comportement.

— Mmm... Et sur quoi agissent-ils alors ?

Le Sage s'arrêta et la regarda d'un air grave :

— Pas sur quoi... sur *qui*... Car certains Vallésiens ont un pouvoir de persuasion sur les autres êtres humains.

Tandis que Sylvine digérait l'information, il reprit son chemin et ses explications :

— Heureusement, ils ne l'ont pas réalisé encore. Et c'est mieux ainsi. Car s'ils en prenaient conscience, je crains qu'ils n'en abusent.

— Comme Sieur Rochelaure, murmura Sylvine, intuitive.

Gandore ne répondit rien et elle n'insista pas. Elle avait déjà appris tant de choses que cela lui suffisait pour l'instant. Une question toutefois lui revint en mémoire un peu plus tard, alors qu'ils commençaient leur dernière ascension.

— Je voulais aussi vous demander, Gandore, comment on pouvait « choisir » le lieu d'arrivée lors d'une commutation. Vous avez prononcé la même incantation que la fois précédente et pourtant nous ne sommes pas apparus au même endroit.

— Ah...

Il hocha la tête, tel un professeur heureux de la réflexion de son élève.

— C'est vrai que cela m'a pris du temps pour comprendre moi-même comment cela fonctionnait. Ma première commutation s'est faite entre le Prieuré et le cercle ou nous sommes arrivés hier. J'ignorais à l'époque totalement comment revenir dans le lieu d'où j'étais parti. J'ai « atterri » à Enu, par hasard. C'est d'ailleurs comme cela que j'ai découvert le Passage vers Enu, car celui-ci n'est plus réellement visible.

— Comment cela ?

— Il s'agit d'une pièce construite sur et avec les pierres de l'ancien cercle... *à l'intérieur* de la demeure des Importants.

Sylvine écarquilla les yeux à cette nouvelle information surprenante.

— J'ai dû retourner à pied au Prieuré afin d'annoncer à Dame Marie que sa théorie sur les Passages était correcte, mais également qu'il était difficile d'atteindre une destination précise.

Puis je retentai l'expérience, toujours à partir du Prieuré. Je me plaçai au même endroit... et arrivai chez les Colliniens de l'Est. J'étais parti plus tard que la première fois, la lune avait commencé à décroître et je dus attendre la nuit suivante pour renouveler mes expérimentations. Pendant ce temps, j'inspectai mieux chacune des pierres levées : il y en avait huit, enfin... plus exactement sept plus une, brisée. Comme au Prieuré. Comme dans les autres rondes. Alors je compris : chaque monolithe représentait un lieu d'arrivée différent. Pour s'y rendre, il faut se tourner vers celle de son choix tout en prononçant l'incantation pour que le lien se fasse entre les deux.

J'ai donc obtenu, après plusieurs pérégrinations, une carte assez fiable des sept passages en état de marche.

— Pourrais-je la voir ?

Le Sage secoua la tête :

— Elle n'est pas écrite. Cela serait trop dangereux si elle tombait entre les mains des Maudits. Ou celles de personnes mal intentionnées. Seuls la Grande Prieuse et moi-même connaissions la fonction des cercles, jusque là. Maintenant que nous allons les emprunter à plusieurs, la nouvelle de leur existence ou plutôt de leur utilisation va commencer à se répandre, mais je souhaiterais au moins garder secrets la façon dont on se déplace de l'un à l'autre, et les lieux d'arrivée.

— Oui, je comprends, fit Sylvine, déçue tout de même.

— Ceci dit, *vous* devriez les connaître, cela pourrait s'avérer nécessaire dans un futur proche. Il faudra bien sûr ne la révéler à personne, mais je vous aiderai à mémoriser la carte lors de notre passage dans le prochain cercle.

Elle acquiesça, ravie de la proposition.

Grâce à cette conversation, Sylvine avait gravi la pente sans trouver le temps long. Les voilà qui se présentaient déjà à la porte d'entrée où les attendait une foule assemblée par Tophe.

Quelle lourdeur pèse sur mes membres... Même si je n'ai pas de corps dans la réminiscence, je peine à accélérer l'allure, à ne pas juste me poser dans mon passé et à le vivre, tout simplement. Pourquoi dois-je me dépêcher, en fait ? J'ai oublié.
Mais je le fais. J'avance, je contemple ma conquête du cœur des Colliniens, facilitée par les récits enthousiastes de Tophe, qui est connu et estimé de tous. Cela dure plusieurs jours. Et là, tout devient à nouveau plus net.

Après une décime et autant de villages visités, le Clan parvint à sa dernière étape de leur itinéraire dans les Collines est. Tophe était né ici et il s'était surpassé pour annoncer leur arrivée. Ce fut donc une foule en délire qui les accueillit :

— Alors, c'est elle ? La Gardienne ? Celle qui a des glaives dans le dos ?

— Des épées, on m'a dit.

— Glaives ou épées, elle est bien jeune pour partir à la guerre, pauvrette !

— Oh ! Tu l'as vu ? Dans sa chemise ? C'est Schnippy !

— Et le géant, là-bas ? C'est Achille, tu crois ?

— Sûrement ! Il est suivi de ses deux apprentis Défenseurs... Comment Tophe les a appelés, déjà ?

— Brís et Titane.

— Hum, un joli brin de femme, elle aussi...

— Mmmm, moi, c'est le beau blond qui me plaît, le Justicieur.

Cette dernière journe de décime signalait un soir de fête et, très vite, les musiciens lancèrent leurs ritournelles, entraînant les membres du Clan dans leurs danses.

Sylvine se récusa et préféra observer son entourage. Même si elle était très heureuse que leur voyage ait jusque là été couronné de succès, elle commençait à se languir de son ancienne vie solitaire et libre dans la forêt, avec Schnippy pour seul compagnon.

— Ça ne te manque pas, à toi, tout ça ?

Le petit écureuil ne répondit pas. Il était bien trop occupé à faire ses cabrioles pour amuser les villageois... et récupérer les noisettes et céréales que ceux-ci lui offraient. Comme chaque soir depuis le début de leur périple, il allait s'endormir le ventre repu. En voilà un qui appréciait particulièrement sa nouvelle existence...

Avec un sourire en coin, elle s'intéressa à ses autres compagnons : Schnippy n'était pas le seul à séduire les Colliniens.

Titane ne ratait pas une farandole tellement les cavaliers s'empressaient autour d'elle. Ses yeux pétillaient et elle sautillait avec enthousiasme, sa jupe de Forestière dénouée, passant de l'un à l'autre avec un entrain que Sylvine lui avait rarement vu. Brís, piètre danseur, ne quittait pas du regard la fine silhouette, les sourcils froncés, comme s'il était jaloux. Sylvine ne put s'empêcher de sourire tout en dégustant la mûrette qu'on lui avait servie. L'intérêt nouveau de Brís pour Titane la soulageait d'un grand poids : non seulement il cesserait de la contempler, elle, d'un air adorateur, mais elle se doutait que son amie éprouvait quelque chose en retour, même si elles n'en avaient jamais discuté. Elle se promit de le faire à la première occasion.

Elle continua d'observer les membres de son Clan, ravie qu'ils puissent s'amuser et se détendre après une décime un peu monotone. Comme elle, ils avaient pris place sur les bancs de pierre garnis de coussins carmin, qui peuplaient le centre du village. Deux gros platanes apportaient de l'ombre durant la journe. De nuit, on y avait suspendu les lumières rouges des Colliniens et leur lueur ajoutait à l'atmosphère chaleureuse et champêtre de l'ensemble. Non loin d'elle, Gandore discutait politique avec la chef du village, une vieille dame au sourire sympathique et au visage ridé dont Sylvine avait oublié le nom, et quelques Colliniens âgés. Achille avait devant lui une petite cour d'admiratrices. Dès qu'il sortait l'une de ses expressions imagées, ses interlocutrices gloussaient et se les répétaient, ce qui l'amusait beaucoup. Même Radj avait du succès. Une dizaine d'enfants émerveillés se tenaient assis en tailleur à côté de lui. Il devait être en train de leur raconter l'une de ses fabuleuses histoires : il avait porté sa soufflante à la bouche et gardait les yeux mi-clos tandis que les membres de l'assistance buvaient ses paroles.

Boga, lui, s'était déjà éclipsé depuis longtemps avec une Collinienne, comme à son habitude. Le jeune homme, lorsqu'il était déchargé de sa tâche de Justicieur, s'avérait être un vrai séducteur. Au point qu'au sein du clan, on le surnommait désormais Jolicoeur. La première fois que Radj l'avait appelé ainsi, il avait haussé les épaules et rétorqué avec insouciance : « il y a trop de fleurs pour se contenter de n'en cueillir qu'une seule ».

Charmant, beau, avouant sans détour sa légèreté, il n'avait eu aucun mal à trouver une partenaire dans presque tous les villages traversés. Et comme ses conquêtes faisaient preuve du même esprit indépendant que lui, ils se séparaient au petit matin sans adieux déchirants.

Envers Sylvine, le Justicieur manifestait un respect teinté de camaraderie guerrière, celui avec lequel il traitait les autres membres du groupe. Petit à petit, les liens s'affermissaient entre eux tous, noués au cours des longues marches, de leurs exercices d'entraînement sous la houlette d'Achille, de leurs démonstrations auprès des Colliniens, des conversations au coin du feu. Elle se sentait bien avec son Clan.

— Sylvine ? Venez, j'ai quelque chose à vous montrer.

Celui qui l'impressionnait toujours autant, qu'elle ne pouvait considérer avec la même camaraderie que les autres, restait Gandore. Il fallait dire aussi qu'il était le seul à lui donner des ordres...

En soupirant, elle se leva.

Ils quittèrent le village niché dans sa muraille et empruntèrent une route qui menait à une plaine caillouteuse. La lune, qui n'avait pas encore atteint sa position haute, était suffisante pour les éclairer et rendait leur progression plus discrète que s'ils avaient allumé leurs lampes.

Au bout d'un moment, Gandore s'éloigna du chemin principal. En contrebas, se tenait le cercle de pierres levées.

Ils y entrèrent en passant à côté de celle qui était brisée :

— Gandore, pourquoi celle-ci est-elle à terre ? C'était également le cas dans les deux autres rondes. C'est pour se repérer ?

— Je ne pense pas. Je crois qu'elle a été sectionnée volontairement, peut-être parce que le passage ne fonctionnait plus ou était dangereux. En tout cas je n'ai jamais pu accéder au lieu désigné par celle-ci.

Il haussa les épaules, fataliste.

— Et c'est vrai que c'est un bon moyen de se repérer. Elles sont au nombre de huit.

À la droite de celle qui est à terre, le rocher a, si vous regardez bien, comme une ondulation à son sommet. C'est celui qui mène à Xued, la ville des Mariniens.

Continuons à tourner dans ce sens, et nous arrivons maintenant à une pierre très carrée et massive, suivie d'une autre quasiment identique : ce sont les deux qui conduisent dans les Collines ouest, la deuxième étant celle qui est la plus proche d'Ertauq et indiquant le cercle où je vous ai trouvée la première fois.

La suivante, au sommet plus acéré et qui est en face de la pierre brisée, est celle qui arrive à Enu. Nous ne l'emprunterons pas avec les membres du Clan, car il ne convient pas que tout le monde sache qu'il existe un accès direct à la demeure des Importants. J'essaierai de vous montrer la salle où elle mène, quand nous serons à Enu.

Ensuite vient celle avec un bel arrondi, c'est celle du Prieuré. À sa droite, vous avez celle qui nous a amenés aux Collines est. La dernière est celle qui correspond au lieu où nous sommes. C'est celle qui est enterrée le plus profondément au sol et donc légèrement plus basse que les autres. Toutes ont les mêmes caractéristiques et la même implantation dans chacun des Cercles.

Voilà, vous savez tout, il suffit de les mémoriser.

Sylvine hocha la tête. Elle avait déjà commencé à le faire. C'était facile : les « vagues » de Xued, la pointe d'Enu, l'arrondi du Prieuré... Elle se retrouvait face à son point de départ, alors que la lune atteignait son firmament. Elle pouvait sentir ses doigts fourmiller, les vibrations du lieu la parcourir... et même l'aspirer vers d'autres endroits.

Déstabilisée, elle rouvrit des yeux qu'elle ne se rappelait pas avoir fermés : elle avait cru que la pierre brisée allait l'attirer en elle.

Gandore n'avait pas remarqué son trouble : il était en train de sortir de la ronde des monolithes et de prendre la direction du village. Après un dernier regard autour d'elle, Sylvine le suivit. Un instant, elle s'était imaginé... Mais elle haussa les épaules et rejoignit le Sage. Il était temps d'aller dormir.

Dormir... Ne plus penser...
Comme c'est tentant.

La nuit suivante, ils se mirent en route.

Gandore ronchonna de voir la foule qui s'était réunie pour les accompagner : à ce rythme, le secret des cercles de pierres n'allait pas le rester bien longtemps... Heureusement que seuls ceux maîtrisant la magie pouvaient les utiliser.

Le Clan se sépara de Tophe à regret : son enthousiasme avait fait beaucoup pour que la tournée dans les Collines fut un vrai succès et il s'était fait apprécier de tous. Ému lui aussi, il leur promit de continuer à répandre la nouvelle de l'arrivée de la Gardienne dans les lieux plus lointains de la région.

Avant de partir, il serra les avant-bras de Sylvine avec force, les yeux brillants, sans dire mot. Puis il se recula, les laissant dans le cercle.

Sous les exclamations des villageois, qui, bien qu'avertis du phénomène, étaient excités d'avoir vu la troupe disparaître, chacun se mit en place autour de Gandore. Il s'était disposé face à la pierre au sommet ondulé. Boga était le plus loin dans la file, les rênes de Tornade fermement tenues. Sylvine s'assura que la jument était calme avant d'acquiescer au regard interrogateur de Gandore et de lui prendre la main.

À l'arrivée, elle constata que son équipe commençait à maîtriser la commutation : seule Titane avait perdu connaissance. Brís affecta de soupirer en emportant la jeune fille dans ses bras mais Sylvine sourit intérieurement en voyant le Défenseur observer avec un nouvel intérêt le visage inanimé. Au repos, les traits de Titane perdaient l'agressivité qu'elle utilisait comme un bouclier au quotidien et sa vulnérabilité semblait toucher son habituel partenaire de joutes.

Comme il n'était pas question de se présenter à la population de Xued de nuit, le Clan installa son campement à proximité du cercle. Au moment de se faire un liac de son cordeau, Sylvine se figea. Elle avait entendu quelque chose d'étrange : un bruit sourd, qui se répétait. Elle regarda ses compagnons mais personne ne semblait y prêter attention.

Sauf un.

Achille s'était écarté et il contemplait quelque chose, du haut d'un petit tertre tout proche. Silencieuse, elle le rejoignit tandis que le son s'amplifiait. Pas menaçant, mais... puissant, envoûtant. Comme une musique lancinante.

Puis elle s'arrêta, émerveillée : en bas, il y avait une longue, très longue plaine aux tons sombres. Elle miroitait sous la lumière de la lune, en un mouvement constant. C'était la plaine qui faisait ce bruit.

Alors, c'était ça, la mer ?

Pour la première fois de son existence, elle était face à la gigantesque étendue d'eau dont on lui avait parlé. Elle était fascinée par le jeu de celle-ci, qui s'avançait pour mieux se reculer ensuite, par la puissance qu'elle sentait sourdre dans ses profondeurs, par son immensité. Émue, elle jeta un coup d'œil à Achille, mais tut son exaltation en remarquant ses prunelles brillantes.

Le regard du géant était fixé sur le lointain. Il devait penser à son pays d'origine, à Soleïa, d'où il était parvenu un jour, agrippé à un morceau d'épave, ayant failli mourir dix fois pendant la traversée. Un pays où il ne pourrait jamais plus retourner : la mer des Oubliés portait bien son nom, car elle empêchait quiconque de naviguer sur ses flots. Il le savait. Il avait assez essayé de repartir...

Sentant sa nostalgie, elle caressa son bras, geste muet de réconfort.

Au bout d'un moment, il tourna le dos à la vue qui lui avait rappelé tant de souvenirs et embrassa sa main.

— Ma vie est ici, maintenant. Viens, Sylvine-mae, il faut nous reposer avant de te présenter aux Xuediens.

De retour auprès du Clan, ils installèrent leurs cordeaux à deux troncs d'arbres, les transformant en liacs, comme pour les autres Forestiers présents.

Boga et Gandore, qui ne s'étaient pas convertis à ces lits en hauteur, s'étaient couchés sur la mousse, enveloppés de leur manteau afin de s'abriter de la pluie qui tomberait en fin de nuit.

En quelques minutes, tous s'étaient endormis, hormis Sylvine. Se balançant doucement au rythme des vagues plus loin, elle se posait mille questions sur l'accueil qui leur serait réservé le lendemain. Certes, tout s'était très bien passé dans les collines, mais ils avaient eu la « chance » d'arriver en véritables protecteurs aux yeux des habitants de la région. Alors qu'à Xued, ils auraient toute une réputation à bâtir... Quand le sommeil s'empara enfin d'elle, ce fut pour rêver que les villageois la mettaient dans une barque en partance sur la mer des Oubliés, la condamnant à quitter Citara pour toujours.

Un cauchemar.
C'est un simple cauchemar.

La première vue qu'ils eurent de Xued ravit les Forestiers, qui n'étaient encore jamais venus jusqu'ici. Comme les autres, Sylvine fut charmée par le camaïeu de bleu, de blanc et de doré qui les accueillit quand ils descendirent du cercle de pierres en direction de la jolie cité, fondée sur un ensemble rocheux qui surplombait la mer. À Xued, pas de remparts construits de la main de l'homme : la falaise formait une muraille naturelle sur laquelle la ville s'était érigée en hauteur. Seule une porte en réglementait l'accès. Toutefois, ils ne trouvèrent aucun garde à l'entrée et le Clan put la franchir sans encombre. Gandore, comme à son habitude, menait les autres. Ils en furent bien soulagés car il était difficile de se repérer dans le dédale des rues claires. De fines et longues marches de pierre permettaient cependant de monter sans se fatiguer. Sylvine dévorait tout du regard : les maisons dressées en cercles concentriques, blanches et rondes, les fenêtres et portes aux volets bleus, les toitures plates sur lesquelles des toiles azurées étaient tendues, les gonds et mécanismes d'ouverture dorés. D'étranges odeurs, qu'elle n'avait jamais senties jusque là, parvenaient à ses narines : des essences de fleurs et de végétaux inconnus, d'épices exotiques et, par-dessous tout, celle, âpre et saline, de la mer.

— Ah, vous voilà !

Une voix enthousiaste avait retenti au-dessus d'eux et ils levèrent la tête dans un bel ensemble. Celle qui venait de les apostropher était une adolescente élancée, à la peau mate et aux cheveux sombres qui cascadaient sur ses épaules. Un pied nu appuyé sur le muret, les bras croisés avec nonchalance sur la rambarde, elle semblait les attendre. Ses yeux, d'un bleu très clair, leur sourirent avec chaleur et intérêt. Secouant ses boucles brunes, ce qui fit tinter la breloque de coquillages qu'elle portait à une oreille, elle reprit :

— J'ai rêvé de votre arrivée cette nuit.

Sylvine haussa un sourcil : l'énoncé avait été factuel, comme si la Xuedienne y était accoutumée.

— Je me nomme Ayamardureva, mais tout le monde m'appelle Ayam. Venez, je vais vous conduire au Conseil.

Et elle s'écarta de la rambarde, disparaissant de leur vue avec un léger cliquetis.

Sans hésiter, Gandore se dirigea en souriant vers le petit escalier qui partait sur leur gauche pour monter plus rapidement dans la ville haute.

Le reste du groupe, après avoir échangé des regards surpris et des haussements d'épaules, le suivit. Heureusement que Boga avait laissé Tornade en liberté près du cercle de pierres, le chemin aurait été impraticable pour un cheval.

Arrivés en haut des marches, ils se retrouvèrent sur une esplanade lumineuse où les attendait Ayam. Celle-ci les comptait au fur et à mesure qu'ils quittaient l'escalier :

— Six... Sept...

Elle fronça les sourcils :

— Bizarre, j'aurais juré que vous étiez huit, dans mes songes.

Ce fut le moment que choisit Schnippy pour pointer sa tête encore endormie hors de la chemise de Sylvine. On était au temps de l'énergie et les Xuediens s'affairaient à la préparation des repas : les succulentes odeurs l'avaient tiré de son sommeil.

Ayam battit des mains en le voyant, tout heureuse :

— Ah, voilà notre huitième ! Je comprends mieux pourquoi j'avais du mal à saisir ce que mon esprit entendait par « tout petit et très grand à la fois ! » Tu dois être un personnage important, maître écureuil, bienvenue à Xued !

Ravi du salut que lui adressait l'adolescente, ainsi que de ses compliments, Schnippy émit une série de « douks douks » approbateurs. Puis il sauta hors de la chemise de Sylvine pour suivre Ayam sur le chemin.

Bien aimer Xued, Schnippy !

Le cliquetis harmonieux des bracelets de pierres et de coquillages que portait Ayam les accompagna jusqu'à leur arrivée devant la salle du Conseil.

— Attendez-moi là : je vais prévenir les Importants et vous faire amener à manger. Autrefois, cela se serait fait tout seul, mais bon...

Avec un soupir de regret, la jeune Xuedienne les quitta de son pas dansant.

— Qu'est-ce qu'elle voulait dire, la gamine, par « autrefois cela se serait fait tout seul » ? Vous y croyez à son histoire de rêve ?

Radj, perplexe, s'appuyait contre un haut mur de pierres blanches, un genou replié derrière lui et allumait sa soufflante.

Il regardait Gandore d'un air interrogateur tandis que tous s'installaient pour l'attente : Achille et Sylvine assis sur les murets surplombant la rue, les autres autour d'une table de marbre sur laquelle un arbre aux fleurs bleues jetait une ombre légère.

— Eh bien, il y a quelque temps, tous les habitants de Xued faisaient des rêves prémonitoires, c'était la norme, en quelque sorte. Mais cela se perd aujourd'hui et c'est pourquoi seule cette jeune fille a su devancer notre arrivée, ce qu'elle déplore.

Déjà, deux serviteurs avenants, eux aussi vêtus de la longue tunique au pantalon bouffant de leur région, se présentaient avec des plateaux chargés de victuailles.

— Bienvenue à Xued la bienheureuse, Voyageurs. Voici de quoi patienter en attendant les Dirigeurs. Voulez-vous que nous vous ouvrions la salle du Conseil ou préférez-vous manger ici ?

Tous souhaitaient rester face à la mer, sous le doux soleil de début de matinée et la brise marine. Ils n'étaient pas les seuls : bientôt, les Xuediens apparurent sur les terrasses en contrebas pour y prendre également leur repas, fait de coquillages, de fleurs et de fruits.

Sylvine ne pouvait détacher ses yeux de l'horizon. Elle n'avait jamais eu envie de quitter Citara et encore moins sa chère forêt. Mais devant ce paysage changeant, dégagé, plein de promesses et de questions, elle comprenait mieux l'ouverture aux rêves, au désir d'ailleurs de ceux qui vivaient là.

Elle savourait cet instant parfait, ne réalisant même pas que la Brume envahissait petit à petit les lieux.

Comme j'ai eu du mal à m'arracher à cette contemplation !
La mer... Je rêve de partir sur la mer... De voir ce qu'il y a au-delà. De découvrir le monde...
Un jour, j'irai là-bas. Oui, j'irai...

Au soir de leur première journe à Xued, le Clan de Sylvine se retrouva dans une taverne de la basse ville pour faire le point. Ils venaient d'offrir une démonstration de leurs talents aux Xuediens, mais les réactions avaient été décevantes : ils avaient eu le sentiment d'être considérés plus comme des bateleurs de foire que comme des sauveurs de l'humanité.

— Je crains que cela ne confirme les propos que m'a tenus Sieur Penlade alors que nous quittions le Conseil ce matin, désappointés de les voir si peu adhérer à notre cause, soupira Gandore. Tant que leur Mama Sangre n'aura pas annoncé l'arrivée de la Gardienne, ils n'admettront pas que celle-ci ait été révélée.

— Qui ?

— Mama Sangre. Une sorte de devineresse locale, très âgée, dont les prédictions sont, selon Sieur Penlade, toujours justes. Elle a une telle influence ici que tant qu'elle n'est pas sortie de sa tanière pour pronostiquer un événement, les Xuediens n'y croient pas.

— Et où on la trouve, cette sorcière ? ronchonna Radj.

— C'est ça le problème, soupira à nouveau Gandore, on ne la trouve pas : c'est elle qui se manifeste, et non les villageois qui vont la consulter. J'essaie depuis ce matin de ressentir son aura dans les rues, mais il n'y a pas de trace récente de son passage. Je crains que nous n'ayons pas le choix : seule sa présence éventuelle au conseil de fin de décime pourrait nous donner le coup de pouce dont nous manquons. Et dont nous avons vraiment besoin : Xued est la seconde ville la plus importante de Citara après Enu... Nous ne pouvons pas nous priver de son soutien, surtout après avoir décidé de nous passer de celui de Siort.

C'était la consternation générale au sein du groupe : après une décime où ils avaient enchaîné les accueils triomphaux, les voilà soudain obligés d'attendre neuf journes sur place la bonne volonté d'une « vieille probablement sénile ». Ce qualificatif peu amène provenait de la bouche d'un Radj encore plus bougon que d'habitude. Bon gré mal gré, le clan finit toutefois par s'installer pour quelque temps à Xued.

Je nous vois nous disperser pour participer aux tâches communes de la cité. Gandore et Boga auprès des Dirigeurs, Radj avec les fabricants de filet de pêche, Titane, Brís, Achille et moi chez les Défenseurs.

Je me vois jeter un regard d'envie vers les arbres avoisinants. C'était cela, mon talent initial : récolter des produits de la nature pour la communauté. Je ressens le poids des responsabilités sur mes épaules : je dois me faire reconnaître en tant que Gardienne et non aller batifoler dans les sous-bois en compagnie de mon écureuil. Alors, en soupirant, mon moi passé rejoint les autres.

Les journes suivantes s'étirent, longues, ennuyantes. Souvent, je lorgne le bois au nord de Xued, avant de reprendre mes exercices. Ma mère me manque, nous communiquons via le fil d'amour mais ce n'est pas pareil. L'odeur des arbres, la fraîcheur de la forêt me manquent... Les seuls moments que j'apprécie sont les heures que je passe, parfois en compagnie de la petite Ayam, à contempler la mer des Oubliés. Si dans mon passé, je suis convaincue qu'aucun des mondes situés par-delà l'horizon ne peut se comparer à la beauté de ma forêt natale, dans mon présent, j'en suis beaucoup moins sûre... Cela m'inquiète d'être si différente de celle que j'étais autrefois. De ne pas aimer les mêmes choses, de ne pas avoir les mêmes envies. Que s'est-il produit pour que je change à ce point ?

À la huitième journe, Sylvine n'y tint plus : les Récolteurs n'avaient pas rapporté beaucoup de nourriture la veille et elle proposa de prêter ses talents en la matière aux Xuediens.

— Eh bien, hésita Sieur Penlade, un homme un peu pataud mais au regard bienveillant, c'est que les groupes sont partis maintenant, et que vous vous retrouveriez seule...

— Oh, mais je ne serai pas seule, j'ai mon éclaireur avec moi !

Sylvine désigna Schnippy en essayant de contenir son excitation.

Devant la moue peu convaincue du Dirigeur, elle poursuivit :

— Je vous en prie, laissez-moi vous aider : j'ai toujours travaillé comme Récolteuse, dans la Forêt aux Esprits.

— Bon, reprit-il d'un air bonhomme, c'est d'accord, allez-y. Mais soyez attentive : on nous a rapporté un nombre conséquent de disparitions, ces derniers temps.

— De disparitions ?

— Euh, oui. Des objets, des vêtements. Rien d'important, mais comme ceux-ci se volatilisent sans qu'on ne sache pourquoi, je préfère vous prévenir.

Sagement, les deux compères attendirent d'avoir quitté la salle du conseil avant de faire leur signe de connivence favori, la queue de Schnippy venant fouetter la main levée de Sylvine. Puis ils détalèrent à toute allure vers la Forêt, avec l'impression d'avoir une journe de loisirs à leur disposition.

Très vite, ils retrouvèrent leur rythme d'avant : le guet, la chasse du gibier, les courses-poursuites, les récoltes de baies et de noix.

Sylvine était heureuse, à nouveau dans son élément : la guerre, les combats, elle ne les avait pas choisis. Elle n'avait pas de goût prononcé pour les exercices physiques, contrairement à Titane qui exultait dans les confrontations. Ce qu'elle aimait le plus faire c'était ça : déambuler dans la nature et en retirer les fruits pour nourrir sa communauté. Elle avait toujours pensé qu'elle finirait Récolteuse, mais il semblait bien que le destin avait d'autres plans pour elle. Elle haussa les épaules : pas question de gâcher une si belle journe en ruminant des regrets.

Alors qu'elle flânait sereinement, son cordeau rempli, elle songea à tout ce qui lui plaisait dans la forêt : le bruissement des feuilles, l'odeur de la terre, ses cachettes...

Elle s'arrêta net. Cette dernière pensée n'était pas la sienne. Quelqu'un d'autre, un humain présent non loin, s'était dit cela. Quelqu'un qui se dissimulait pour qu'elle ne le voie pas.

La main sur la garde de son épée, elle lança :

— Je sais que vous êtes là, sortez !

Le silence lui répondit.

Schnippy aussi s'était fait attentif. Puis il lui indiqua mentalement :

Grand chêne, derrière.

Sylvine se retourna brusquement et se retrouva face à un être de petite taille, au visage noueux et bruni par le temps, au corps tordu, ses deux paumes appuyées sur une canne en bois. Difficile de distinguer s'il s'agissait d'un homme, d'une femme ou d'un être végétal. Vêtue de marron foncé, un turban vert enroulé sur la tête, les traits tellement ridés qu'il était impossible de lire leur expression, la créature émit soudain un son bizarre.

Cela ressemblait à un rire.

— Garde qui gardera.

La voix était éraillée mais il s'agissait bien d'un être humain. De quel sexe, elle n'en savait rien.

— Que... Qu'avez-vous dit ? demanda Sylvine, déstabilisée.

L'être étrange tournait déjà les talons, sans répondre.

— Attendez ! Je n'ai pas compris. Que vouliez-vous me dire ?

Un simple haussement d'épaules accueillit ses paroles. D'une démarche chaloupée, l'autre poursuivit sa route sans lui prêter la moindre attention.

Vexée par son mutisme, Sylvine s'adressa à Schnippy à voix haute :

— Allez viens, Schnippy, on rentre à Xued.

Mais tandis qu'elle reprenait la direction du village, elle entendit un ricanement moqueur derrière elle :

— Ce que tu cherches ne s'y trouve pas.

Arrêtée net dans son élan, excédée, Sylvine fixa à nouveau le petit être difforme. Celui-ci s'était retourné, avait appuyé ses mains sur sa canne et la dévisageait, la tête penchée sur le côté.

— Et comment savez-vous ce que je cherche ? fit Sylvine en levant le menton d'un geste de défi.

— Mama Sangre sait tout, répondit cette dernière, le regard noir en frappant le sol de son bâton.

Bien sûr ! gémit Sylvine intérieurement. *Ça fait huit journes qu'on attend de rencontrer une vieille prophétesse bizarre et dès que tu tombes sur elle, tu ne la reconnais même pas ! Bien joué, ma fille !*

Elle fit un effort pour ravaler sa fierté et s'exclama :

— Mama Sangre ! Je suis désolée, je ne... Hum... Je suis heureuse de vous avoir trouvée. Figurez-vous que... Hum, mes amis et moi espérions avoir votre...

Sa voix s'éteignit. Elle hésitait tout à coup. Ce n'était pas qu'elle accordait tant de crédit que ça aux paroles d'une devineresse probablement radoteuse... mais si jamais celle-ci était aussi forte qu'on le disait... et qu'elle ne la considérait pas comme la Gardienne ?

Cela remettrait en question toute leur équipée... et l'identité qu'elle s'était construite au cours des dernières décimes.

Ce fut donc la gorge serrée qu'elle finit par formuler l'interrogation qui lui brûlait les lèvres.

— Mama Sangre, suis-je la Gardienne ?

En face d'elle, la vieille femme haussa les épaules. Puis, après un temps qui parut une éternité à Sylvine, elle concéda :

— Gardienne tu es, fille de la Forêt, tu le sais bien, hélas.

Infiniment soulagée, Sylvine acquiesça : oui, c'était un don et un poids tout à la fois, ce titre.

Elle s'apprêtait à poursuivre quand soudain, les Brumes furent là, denses, presque impénétrables. Seul était désormais visible le visage de la Prophétesse, dont les yeux étaient devenus d'un noir d'encre, la pupille occultant tout le blanc de la cornée. Mama Sangre entonna d'une voix caverneuse :

— Double est ta présence
Double était ta provenance
Double sera ta romance
Double je vois ton existence
Double, par quatre fois,
Tu es, tu as été et tu seras, lui asséna-t-elle, martelant le sol à chaque occurrence du mot « double ».

Des frissons couraient sur la peau de Sylvine et sa respiration s'était faite laborieuse. Puis, aussi soudainement qu'elle était apparue, la brume disparut. De même que la vieille femme.

Les jambes coupées, Sylvine se laissa tomber à terre, toute la joie de cette journe désormais envolée. Qu'est-ce que Mama Sangre avait voulu dire ? Double ? Elle serait « double » ? Comme dans le contraire de sincère ?

Impossible, lui criait son esprit, *impossible ! Tu es droite, tu es entière, ne te laisse pas atteindre par les élucubrations d'une vieille folle.*

Oh mais c'est qu'elle n'est pas folle.
Pas folle du tout...
J'ai envie de vomir.

Le lendemain, les habitants de Xued se retrouvèrent pour le conseil décimal. Celui-ci se tenait sur l'esplanade où Sylvine et ses compagnons avaient pris leur repas à leur arrivée dans la ville. Des toiles étaient tendues pour protéger les têtes du soleil ardent et un dais abritait les Dirigeurs. Sylvine et les siens s'étaient regroupés sur la droite de l'estrade et attendaient le verdict les concernant, tandis qu'on expédiait les affaires courantes. Si ses amis espéraient que la fameuse prophétesse viendrait leur donner sa bénédiction, Sylvine serrait les poings : elle n'avait pas osé leur révéler sa rencontre désastreuse avec celle-ci. Lorsqu'elle était rentrée au village, encore sous le choc, elle était tombée sur Gandore, parti à sa recherche. Avant qu'elle n'ait pu lui raconter quoi que ce soit, il s'était lancé dans une diatribe sur le danger de se rendre seule en forêt sans en informer quiconque. Excédée, à bout de nerfs, elle s'était écriée un bien peu élégant « Oh, mais foutez-moi la paix, à la fin ! » puis avait dévalé la colline en direction de Xued. Tous les deux se faisaient la tête depuis. Vraiment, ce séjour dans le sud de Citara tournait au fiasco : hormis avec Ayam, le Clan n'avait pas noué de liens avec les habitants. Ceux-ci étaient restés distants et Sylvine pestait intérieurement de devoir quitter les lieux sans avoir réussi à se faire connaître. Qu'aurait-elle pu faire pour les convaincre de sa bonne foi ?

Elle réalisa tout à coup que le brouhaha de l'assistance s'était tu : seul un martèlement régulier était perceptible sur les pavés de marbre.

Comme les autres, elle regarda en direction du bruit. La foule s'écartait sur le passage d'un être minuscule, dont la canne avait annoncé l'arrivée : Mama Sangre.

Un silence de plomb s'installa. Les villageois, les yeux brillants, retenaient leur souffle, penchés en avant pour boire les paroles de la devineresse. Pourtant, lorsque celle-ci s'exprima enfin, elle ne fut pas tendre envers eux :

— Ah ! La belle assemblée que voilà ! Une assemblée d'incapables, oui ! Mais qu'attendez-vous pour faire appel à *vos* dons ? Compterez-vous toujours sur moi pour vous présenter ce qui vous crève les yeux ? Pauvres fous, à quoi vous sert d'avoir une cervelle si vous ne faites plus confiance à votre instinct et à vos rêves ? Où sont les Xuediens d'autrefois, qui pressentaient dans les nuages et dans les vagues le destin de nos vies ? Il est grand temps que vous cessiez de vous reposer sur Mama Sangre. Elle a des plantes à regarder pousser, tenez-le vous pour dit.

Puis, elle repartit comme elle était venue, en grommelant et en houspillant ceux qui se trouvaient sur son passage.

Derrière elle, Sylvine entendit Radj chuchoter, sur un ton admiratif : « Eh ben, c'est un sacré bout de femme, cette Mama Sangre ! »

Les villageois, eux, se regardèrent, décontenancés. Qu'y avait-il lieu de faire, maintenant ?

Les joues de Sylvine rosirent : très vite, elle était devenue le centre d'attention. Il n'y avait pas que les regards qui étaient posés sur elle : dans son esprit, elle sentait poindre des interrogations externes la concernant, comme si des centaines de personnes essayaient de sonder leur âme... et la sienne.

Elle fit quelques pas. S'arrêta.

Il serait vain de refaire une démonstration de ses pouvoirs, elle le devinait. Ce n'était pas cela qui convaincrait les Xuediens. Elle prit une profonde inspiration, se nourrissant de l'énergie de la mer, des vagues qui se brisaient sur la grève pour mieux renaître ensuite.

Elle *était* la Gardienne. À eux de le voir.

Lentement, elle leva son bras, le passa derrière son épaule et tira l'épée rangée dans son carquois. La lame étincela un instant au soleil, avant qu'elle ne l'abaisse vers le sol. Ses deux mains se posèrent sur la garde, s'y appuyèrent fermement, tenant l'arme droite, la pointe sur le marbre. Les yeux brillants de défi, le menton haut et fier, elle exigea :

— Xuediens ! Que chacun d'entre vous se demande s'il est prêt à me suivre. Faites confiance à votre instinct. Écoutez ce qu'il a à vous dire : soit il vous engage à me soutenir, soit il rechigne à le faire. C'est tout simple. Xuediens, je suis venue chercher votre allégeance.

Il semblait tout à coup à Sylvine qu'elle n'avait jamais été aussi légère : oui, c'était simple, finalement. Les cheveux volant dans la brise marine, elle inspirait au rythme des vagues qui jouaient plus bas, attendant.

Sans peur, sans hésitation, elle attendait.

La première, Ayam ploya un genou.

— Gardienne, je te servirai comme je sers Citara. Avec ma vie.

Sylvine sourit à la jeune Xuedienne et hocha la tête, acceptant son hommage. Alors, comme si des écailles leur tombaient des yeux, les Xuediens s'agenouillèrent, certains immédiatement, d'autres après quelques minutes de réflexion. Seuls quelques-un restèrent debout, bras croisés ou ballants, incapables de rejoindre sa cause.

Ce n'était pas grave. Mieux valait des certitudes personnelles fortes qu'une adhésion collective fragile et elle leur sourit, compréhensive.

Elle-même avait mis du temps mais, enfin, enfin, elle *savait* qui elle était.

Je suis là. Je crois.
Mais qui suis-je ?
Perdue.

CHAPITRE 19

Construire

Le soir même, les compagnons de Sylvine retournèrent dans le cercle de pierres, accompagnée d'une bonne partie des Xuediens. La foule était joyeuse, anticipant avec enthousiasme le moment de la commutation dont la nouvelle s'était répandue comme une fusalerte. Seul Gandore bougonnait, de voir le secret des Passages éventé aux quatre coins de Citara, mais l'humeur des autres était au beau fixe. Sieur Penlade, parmi les premiers à s'être ralliés à Sylvine sur l'esplanade, avait promis d'envoyer des émissaires dans les villages situés dans les collines au nord de Xued, afin de les informer de la venue de la Gardienne. Le Clan pouvait ainsi se rendre directement à Ertauq, la cité la plus septentrionale de Citara, en empruntant le cercle de pierres, au lieu des quatre à cinq jours de marche initialement estimés. Il leur resterait un peu plus d'une décime pour faire adhérer les Ertauquiens à leur cause. Cela ne serait pas chose facile : le Sage et même Boga avaient insisté sur la fierté et la méfiance naturelle de ce peuple. Mais le fait de disposer de plus de temps que prévu pour y arriver galvanisait la petite troupe. Devant Sylvine, Titane et Brís s'envoyaient des piques légères :

— Hum, il paraît que les hommes blonds sont très recherchés dans cette région, qui en compte peu, fit le Défenseur en passant une main dans ses cheveux.

Il avait souvent vu Boga pratiquer ce geste, qui avait toujours beaucoup de succès auprès de la gent féminine.

— Recherchés pour quoi faire ? Si c'est pour danser, ils vont être déçus !

Titane pouffa de rire, tandis que Brís la regardait en plissant les paupières :

— M'étonnerait qu'ils soient rentrés dans la légende en sautillant au son des flûtiaux. Tu risques de manquer de partenaires, là-bas...

— Hum... tant que j'y trouve des partenaires, pas besoin qu'ils sachent danser, rétorqua la jeune femme, mutine.

Les yeux se retinrent captifs quelques secondes puis se quittèrent, gênés tout à coup. Sylvine, juste derrière eux, se mordit la lèvre pour ne pas rire : ces deux-là, à force de se chercher, allaient bien finir par se rejoindre...

Elle aussi avait à nouveau le moral et ses doutes de l'après-midi n'étaient plus que de mauvais souvenirs. Bien sûr, la confiance que les Xuediens lui avaient accordée y était pour beaucoup. Mais elle devait bien s'avouer qu'une autre raison faisait palpiter son cœur d'excitation : elle retournait enfin à l'endroit où elle avait rencontré le jeune homme aux yeux gris auquel elle pensait quelquefois.

Penser Collinien très *souvent, Sylvine,* ne put s'empêcher de glisser un Schnippy narquois juché sur son épaule.

Elle lui tira la langue et essaya de détourner le cours de ses réflexions, afin qu'il arrête de se moquer d'elle.

Mais la commutation achevée, tandis que chacun reprenait ses esprits et que Titane, blanche mais consciente, refusait farouchement l'aide de Brís, elle se tint un instant immobile dans le cercle de pierres où son destin avait basculé, la gorge nouée. Elle fut la dernière à quitter les lieux, à la recherche d'indices signalant le passage du jeune homme.

Elle ne trouva rien. Même son fichu vert avait disparu, décroché sûrement depuis longtemps par les vents puissants. Déçue malgré elle, elle essaya de se réconforter : elle aurait plus de chance d'en savoir plus sur celui qui lui avait sauvé la vie auprès des habitants d'Ertauq.

Leur arrivée dans le village, au petit matin, fut différente de toutes celles qu'ils avaient connues jusque là. Des archers en position de tir les tenaient en joue sur des fortifications colossales, s'étendant sur tout le pourtour de la ville. Des hallebardes imposantes dépassaient du grand portail bardé de fer, aussi fermé et gardé que les visages penchés vers eux. La réputation des Ertauquiens comme invincibles guerriers et armuriers chevronnés ne semblait pas usurpée. Ici, les Maudits n'avaient qu'à bien se tenir...

— Veuillez reculer et envoyer un représentant sans armes, afin de faire connaître vos intentions, annonça une voix ferme.

— Eh bien, eh bien, est-ce ainsi que l'on accueille un camarade ?

Boga, qui était jusque là caché par les autres membres du Clan, s'avança, tirant Tornade derrière lui. Après un court silence, une exclamation nettement plus chaleureuse se fit entendre :

— Ça alors, Sieur Boga en personne si je ne m'abuse ! Eh, en bas, ouvrez la porte, le Justicieur préféré de ces dames est de retour !

— Je ne suis pas seul. Je suis venu accompagné d'amis. D'amis pour lesquels je me porte garant.

Boga s'était arrêté sous la herse et levait la tête, la main sur le cœur. Le Clan derrière lui attendit, retenant son souffle.

— C'est bon, on va les laisser passer, tes amis.

Le Justicieur se retourna et fit un clin d'œil aux autres.

— Allez, venez ! Je n'ai pas voulu vous dire que j'avais mes entrées ici, au cas où cela ne se déroulerait pas comme prévu. Mais il semblerait que les Ertauquiens se soient ramollis depuis ma dernière visite...

— Ramollis ! C'est qui qui a l'air d'une fillette avec ses cheveux longs ?

Un ours, ou plutôt un Collinien de la carrure d'un ours et recouvert d'une peau de l'animal en question, les attendait sur le seuil de la cité et, malgré ses paroles peu amènes, souriait de toutes ses dents, les mains sur ses hanches.

Lorsque Boga fut à sa hauteur, les deux hommes se tapèrent sur l'épaule avec vigueur.

— Mes amis, je vous présente Sieur Tarare, le chef des Défenseurs de la ville. Tarare, voici mon nouveau Clan, celui de la Gardienne de Citara.

L'Ertauquien, une véritable force de la nature auprès duquel Achille avait l'air d'un adolescent filiforme, leur jeta un regard perçant, bien moins chaleureux que celui qu'il avait adressé à Boga. Son crâne chauve, ses muscles saillants et la balafre qui traversait son œil droit fascinaient Sylvine qui ne pouvait s'empêcher de le dévisager.

— C'est cette petite chose-là que tu appelles la Gardienne ? fit l'homme en montrant Titane du doigt.

Celle-ci tenait son arme favorite, une grande hache à deux têtes, à la main. Elle grinça des dents et secoua la tête, foudroyant l'homme du regard.

Sylvine se sentit rougir et fit un pas en avant :

— Euh non, en fait, c'est moi.

Sa toute nouvelle confiance en elle faillit fondre comme neige au soleil devant le coup d'œil incrédule du Défenseur. Mais elle leva le menton et rétorqua :

— Je comprends que vous soyez surpris. Moi-même je le suis : je ne savais pas que les Ertauquiens étaient du genre à commérer devant leur porte au sujet de leurs visiteurs...

Boga déguisa son rire en toux étouffée.

Son ami lui adressa un regard noir avant de reprendre, les traits impassibles :

— Non, en effet, ce n'est pas notre habitude. D'ordinaire, nous attendons de les avoir à notre merci à l'intérieur de nos murailles avant de le faire. Si vous voulez bien me suivre...

Le Clan pénétra dans la cité escarpée, en s'échangeant des coups d'œil circonspects devant la menace voilée.

Derrière leur hôte, ils cheminèrent à travers les ruelles extrêmement étroites et pentues. Les Colliniens de l'Ouest portaient également une mantale, un peu plus courte que celle des Colliniens de l'Est, observa Sylvine, qui ne cessait de regarder partout autour d'elle, essayant d'englober chaque détail.

Il fallait dire que la cité était belle : si elle ne possédait pas le charme coquet et rêveur de Xued, elle était tout aussi originale dans son genre. Ses maisons étaient presque toutes fortifiées, présentant des tours crénelées et massives. Si quelques éléments décoratifs étaient visibles, comme les jardinières garnies de fleurs d'un rouge flamboyant, ou d'élégantes rambardes et enseignes en fer forgé, l'ensemble dégageait surtout une impression de solidité. On voyait que c'était là une ville bâtie pour durer, qui avait utilisé la pierre disponible à profusion dans les Collines, pour édifier des monuments à la fois audacieux et résistants.

La présence de Boga était un précieux atout pour le Clan, ainsi qu'ils s'en aperçurent vite. Alors que les regards qu'on leur lançait étaient réservés et contraints, Boga était salué avec le plus grand respect par tous. De nombreux Colliniens d'Ertauq avaient en effet choisi la carrière de Justicieur et Sieur Tarare avait même été instructeur à Enu, où il avait formé Boga avant de retourner vivre dans ses chères collines.

Ceci, Gandore l'expliqua à Sylvine alors qu'on leur apportait une collation appétissante : des *croqumes*, petites boules ressemblant à du pain et renfermant des légumes aromatisés aux herbes, du fromage grillé au piment rouge, de fines tranches de viande crue auxquelles Sylvine ne toucha pas mais sur lesquelles ses compagnons ne tarirent pas d'éloges et des *bombilles*, un fruit rond et vert dont le pourtour pétillait sur la langue avant d'exploser en une délicieuse cascade de jus désaltérant.

Tout au long du repas, Sylvine et les siens sentirent bien que la déférence dont ils faisaient l'objet n'était due qu'à la présence de Boga parmi eux. C'était nouveau pour la troupe, et en particulier pour Sylvine, de ne pas être le centre d'attention, mais reposant également.

Flou. Monotonie.

Quelques journes plus tard, alors qu'elle mourait d'ennui, Sylvine envoya valdinguer à travers la pièce la pile de feuilles qu'elle essayait vainement de lire depuis quelques minutes. Il était temps de faire le point sur la situation. Cela faisait quatre journes qu'ils étaient arrivés à Ertauq. Depuis le début de la décime, ils avaient chacun été affectés à des tâches diverses, en une subtile manœuvre destinée à les tenir à l'œil, tout en les séparant les uns des autres. Elle tapota avec impatience des doigts sur la table, regrettant l'absence de ses compagnons.

Radj, en raison de sa grande force, avait été envoyé chez le maître-forgeron, dont le fils était alité, afin de l'aider à honorer ses commandes. L'artisan, sieur Kerrigan, encore plus bourru et taciturne que le Forestier, avait failli renvoyer manu militari le néophyte qu'on lui avait attribué. Mais, bon gré mal gré, il avait gardé son nouvel apprenti. Radj s'acquittait du mieux qu'il le pouvait des tâches qui lui étaient confiées, dans un silence qui convenait à sa propre nature. Sieur Kerrigan était un bourreau de travail : même la nuit des bruits de martèlement s'échappaient de son atelier, car l'homme semblait ne jamais avoir besoin de dormir. En tout cas, les pièces qui sortaient de sa forge étaient magnifiques, de véritables œuvres d'art, alliant finesse, force et beauté.

Achille avait rejoint, curieusement, le service des cuisines, mais il ne s'en formalisait pas. Il avait aimé les plats originaux qui leur avaient été présentés à leur arrivée, et était content de l'opportunité qui lui était donnée de découvrir comment les préparer.

Sylvine, quant à elle, s'était retrouvée affectée, à son grand désarroi, au classement des registres. Le conseil enusien avait récemment décrété que les événements précitariens, c'est-à-dire ceux survenus avant le cycle un, devaient désormais être consignés de la même façon que les post-citariens. Ainsi, les témoignages que Gandore était chargé d'enregistrer pendant son séjour, étaient-ils notés, puis confiés à Sylvine pour qu'elle les ordonne. Mais le retard pris dans le classement était impressionnant et Sylvine soupirait devant cette tâche terriblement ennuyeuse dont elle avait hérité. La seule chose qui la rassérénait était que les rapports avec le Sage, l'unique membre du Clan qu'elle croisait dans ses activités quotidiennes, s'étaient améliorés : Gandore faisait des efforts pour lui demander son avis et l'inclure dans ses réflexions sur les Ertauquiens et elle appréciait cette nouvelle considération à son égard.

Elle aurait toutefois préféré travailler avec Titane, affectée à la confection des mantales, ou même Brís, parti aider au nettoyage du village.

Enfermé avec elle la première journe, Schnippy l'avait vite abandonnée pour aller rejoindre Achille. S'il pouvait comprendre le langage parlé des humains, tous ces traits sur le papier lui étaient impénétrables et elle n'était pas surprise qu'il ait choisi d'« aider » aux cuisines.

Depuis, le temps s'écoulait de façon encore plus interminable qu'à Xued. Seule dans la salle des archives, elle avait la vue qui se brouillait devant les informations sans intérêt qu'elle devait organiser :

Octe de la troisième décime du quartile trois, cycle un : disparition du jeune sieur Pierre d'Ertauq, à côté de Siort, dans une attaque des Maudits.

Terce de la troisième décime du quartile deux, cycle deux : naissance de Fleur d'Ertauq, fille de Pacha et d'Élisandre, respectivement d'Ertauq et d'Enu.

Quinte de la quatrième décime du quartile quatre, cycle trois : installation de Sieur Kerrigan, des Collines Ouest. Veuf de sa compagne, arrivé avec son fils, Vivien, âgé de quelques quartiles. Ayant pris la fonction d'assistant de Sieur Damien, Forgeron.

Dice de la quatrième décime du quartile trois, cycle un : union de Dame Forence, d'Ertauq, et Sieur Tarare, des Collines Ouest. Installation à Enu de Sieur Tarare comme Instructeur Justicieur.

Le plus difficile, pour Sylvine, n'était pas de lire les événements, mais de les classer en fonction de leur date : le cycle (C), puis le Quartile (Q), la Décime (D) et la journe. Cela donnait des formulations très similaires et compliquées, et le soir Sylvine rentrait l'esprit tout embrouillé.

Malgré les liens qu'elle essayait de nouer ensuite, au temps du loisir, elle réalisait que la réserve des habitants de la ville était telle qu'une décime ne suffirait pas à les convaincre d'adhérer à sa cause. Il s'agissait d'un peuple fier, isolé dans ses collines et vivant dans de massives demeures de pierre, où leur existence s'écoulait à l'abri des regards. Elle savait que si elle gagnait la confiance des Ertauquiens, elle n'aurait jamais à douter de leur fidélité. Mais cette ouverture se faisait bien trop lentement par rapport au temps qu'il lui restait avant que Sieur Rochelaure ne mette sa propre Gardienne en avant. Cela ne lui suffirait pas pour se faire connaître de tous, d'autant qu'ils se laissaient difficilement approcher.

Son regard se posa sur les feuillets à terre. Et elle eut une idée.

Pendant les six journes suivantes, je me vois faire exactement les mêmes actions : j'épluche consciencieusement chaque dossier qui passe entre mes mains, chaque nom, chaque profession, chaque histoire. Puis, l'après midi, je déambule dans les rues escarpées d'Ertauq, associant des visages aux noms que j'ai vus défiler le matin, saluant les gens amicalement et étant saluée en retour. Schnippy m'accompagne dans ces promenades et m'aide à nouer contact.

J'essaie de me convaincre que le chercher, lui, *fait partie du plan que j'ai échafaudé. Que mes questions sur un jeune homme qui aurait été blessé, quelque temps auparavant, sont juste là pour entamer la conversation.*

Que ce n'est pas grave si personne n'a entendu parler de lui et si personne n'a manqué à l'appel depuis des quartiles : ce doit être qu'il n'habitait pas ici. Ce qui serait, du reste, cohérent avec ce qu'il avait dit : « Je ne suis pas censé être là... »

J'essaie surtout de me persuader que je ne suis pas terriblement déçue.

En cette journe de Nove, troisième décime du quartile deux du cycle seize — Sylvine gémit intérieurement d'avoir à ce point assimilé le système calendaire des archives qu'elle se mettait à penser comme l'une d'entre elles — les Ertauquiens étaient pratiquement tous présents au Conseil de fin de décime, curieux d'évoquer le sujet qui concernait leurs visiteurs.

L'assemblée se tenait dans une sorte de grotte à demi-ouverte sur l'extérieur. Ses murs de pierre brute, les hauts sièges de bois recouverts de coussins rouges des Dirigeurs, les torchères éteintes fichées à intervalle régulier dans les parois de ce qui ressemblait à un théâtre conféraient une tonalité solennelle et un peu effrayante à la scène. Sylvine déglutit avec peine. Beaucoup de choses allaient se jouer dans les prochains instants, elle le sentait. Elle et ses compagnons avaient pris place, comme les Ertauquiens, sur les gradins de granit, et elle s'était assise au bout d'une rangée. Boga leur décrivait les lieux en détail :

— Là-bas, c'est l'autel à la Créatrice. Nuit et jour, en tout temps, une flamme y brûle, signe que celle-ci veille sur Citara. La fontaine qui entoure l'autel a été sculptée par un grand artiste venu de Siort, j'ai oublié son nom.

Sylvine plissa les yeux, afin de mieux voir l'ensemble, qu'elle n'avait pas remarqué en entrant dans la grotte.

La sculpture représentait le visage d'une femme aux traits indistincts, aux cheveux fins et lisses. L'une de ses mains tenait la flamme vacillante dont le Justicieur avait parlé. L'autre était délicatement posée sur son front, comme si elle réfléchissait ou souffrait de maux de tête.

— Tu dis que c'est une fontaine, mais... y a pas d'eau, observa Titane.

— Non, la source s'est tarie il y a quelques cycles de cela. C'est dommage que vous ne l'ayez pas vue en action : le son était si mélodieux qu'on aurait juré que la Créatrice elle-même chantait.

À ce moment-là, les Dirigeurs d'Ertauq, deux hommes et deux femmes, entrèrent dans la salle et prirent place sur leurs sièges. Sieur Tarare avait enlevé son habituel gilet en peau de bête et revêtu une chemise de soie blanche, tout comme ses homologues. Leurs pantalons noirs, légèrement bouffants, se mouvaient avec fluidité. Sur leurs poitrines à tous les quatre reposait un long collier de cuivre avec la médaille ertauquienne, honneur réservé aux personnalités ayant marqué l'histoire de la cité.

La femme la plus âgée, aux cheveux gris retenus en chignon, croisa ses mains sur le tas de feuilles devant elle et prit la parole.

— Chers habitants d'Ertauq, depuis une décime vivent parmi nous des voyageurs qui se sont bien intégrés à la vie du village. Tous les rapports faits à leur sujet témoignent de leur sérieux et de leur engagement dans les tâches qui leur ont été confiées.

Des applaudissements polis saluèrent cette annonce.

— Maintenant, il nous reste à aborder la raison principale de leur venue.

Elle se racla la gorge et regarda ses confrères, qui hochèrent la tête.

Toute l'assemblée attendait patiemment, mais les nerfs de Sylvine supportaient mal la lenteur du processus.

— Hum. Oui, donc... Nous disions que nos invités accompagnent une jeune Dame, prénommée Sylvine, de la Forêt aux Esprits.

Les Colliniens saluèrent gravement la Forestière, au supplice devant tant de manières. Mais elle leur retourna le geste. Elle avait bien compris qu'il ne servait à rien de brusquer les Ertauquiens. En temps normal. Il lui faudrait peut-être mettre fin à cette tradition prochainement. Ses muscles, déjà noués, se tendirent davantage.

La seconde Dirigeuse, une femme aux cheveux blonds tressés autour de la tête, enchaîna, lisant une autre feuille :

— Cette jeune Dame nous a été présentée par son entourage, dont le sieur Boga, Justicieur — elle s'inclina profondément devant ce dernier, suivie par tous les membres de l'assistance — comme étant la Gardienne de Citara, ainsi qu'il est inscrit dans la Prédiction.

L'énumération des compagnons de Sylvine continua ainsi pendant de nombreuses minutes, en omettant toutefois Schnippy.

Pas mériter amitié Schnippy, Ertauquiens !

Vexé, l'écureuil alla bouder un peu plus loin. Une Collinienne qui avait eu la bonne idée d'apporter des noisettes, lui fit signe qu'elles étaient pour lui et il retrouva le sourire, oubliant son orgueil blessé.

En contrebas, les Dirigeurs en étaient arrivés à la question principale :

— Doit-on ou pas, encenser le postulat sur cette jeune fille ?

Après un court silence, une main se leva. Autorisé à parler d'un hochement de tête, l'homme se redressa pour se présenter :

— Sieur Vanel. Je me demandais si d'autres avancées avaient été faites concernant l'interprétation de la Prédiction ?

Après un débat sur cette dernière, qui parut à Sylvine infiniment long, la Dirigeuse aux cheveux tressés reprit :

— Comment pouvons-nous endosser la responsabilité de juger si cette jeune Dame est la Gardienne ou pas ? C'est une décision qui demande réflexion et je pense que nous devrions soumettre jeune Dame Sylvine à plusieurs tests afin de définir justement cela.

Une autre main se leva dans l'assistance :

— De quelle nature seraient ces tests ?

Sylvine n'en pouvait plus. Des palabres, toujours des palabres. À ce rythme-là, il faudrait attendre plusieurs cycles avant que les Ertauquiens ne prennent position.

Tandis qu'autour d'elle, les habitants avaient commencé à proposer des épreuves possibles, elle se leva avec décision et descendit les gradins de la salle. Gandore n'avait rien fait pour la retenir.

Arrivée en bas de l'hémicycle, elle s'adressa avec respect aux Dirigeurs, consciente d'interrompre leur processus habituel de discussion

— Mes Dames, mes Sieurs, puis-je m'adresser à vous ?

Elle attendit patiemment que ceux-ci acquiescent.

Celui assis à la gauche de Sieur Tarare, un homme maigre aux cheveux roux qu'elle avait à peine côtoyé pendant son séjour, glissa tout de même, le visage fermé :

— Nous vous aurions permis de le faire à l'issue du Conseil, vous savez.

— Je le pense bien, Sieur Bruno, répondit gracieusement Sylvine, qui sourit intérieurement de le voir tressaillir à l'énoncé de son nom. Mais si j'ai pu apprécier les instants passés dans votre belle ville, il me faut hélas vous annoncer qu'ils touchent à leur fin.

Oui, lança-t-elle alors, en se tournant à demi, de façon à être vue et entendue de tous : il est temps pour mes compagnons et moi-même de nous remettre en chemin pour convaincre les Dirigeurs d'Enu avant que la prochaine décime ne s'achève. Car c'est le moment où Sieur Rochelaure désignera la Gardienne de Citara.

Elle laissa chacun calculer la faible marge dont elle disposait afin qu'ils comprennent l'urgence de la situation.

— J'ai conscience que je vous demande d'agir avec une hâte qui ne vous plaît guère. Et croyez bien que j'en suis désolée.

Mais le temps nous presse par ailleurs. Or, du temps, nous vous en avons donné. Une décime entière. Et pendant cette décime, habitants d'Ertauq, qu'avez-vous appris ? En une décime, vous avez pu juger du sérieux de nos intentions et de notre travail. En une décime, vous avez retenu nos noms : Gandore, Achille, Radj...

Schnippy, lui rappela l'animal qui venait de la rejoindre pour mieux apprécier l'instant.

— ... Titane, Brís, Boga..., continua Sylvine imperturbable, avant de concéder un sourire et de le désigner, perché sur son épaule.

— ... et Schnippy, bien sûr.

Un léger rire secoua l'assistance. Oui, difficile de ne pas savoir qui il était, celui-là.

— En une décime, vous avez appris à reconnaître les huit membres de mon Clan.

Elle fit une pause avant de reprendre, la voix forte et assurée :

— Et en une décime, moi, Sylvine de la Forêt aux Esprits, fille de Chloriane et de Brohn de Bramagine, j'ai appris à vous connaître. Tous.

Son regard accrocha ceux des Dirigeurs :

— Dame Alys, Sieur Bruno, Dame Élisandre et Sieur Tarare, qui dirigez ce conseil depuis trois cycles et avez permis l'édification du premier pont vers la colline moussue.

Elle se mit à longer l'hémicycle. Ses yeux éperonnaient ceux qu'elle nommait maintenant, en les saluant de la tête :

— Sieur Péji, qui régalez la collectivité de ces croqumes dont vous avez le secret.

— Sieur Vanel, dont la compagne de vie vient de donner naissance au tout jeune Sieur Bramain.

— Sieur Kerrigan, qui fabriquez les plus belles armes de tout Citara.

— Dame Labie, dont la douce musique charme les oreilles de ceux qui passent dans la rue des Fauries.

— Vous, vous, vous, les désigna-t-elle, en égrenant les noms, les fonctions, les détails qu'elle avait glanés lors de cette décime, je sais maintenant qui vous êtes.

Dans le silence profond qui régnait dans l'hémicycle, elle conclut :

— Et voilà qui je suis.

La salle était à moitié ouverte sur l'extérieur, ce qui permettait à sa magie d'opérer. D'un geste de main, elle démultiplia la petite flamme qui brillait sur l'autel à la Créatrice et alluma d'un coup toutes les torchères, suscitant un mouvement de surprise dans l'assistance. De l'autre, elle creusa le remblai qui obstruait le conduit de la vasque depuis des cycles, faisant jaillir de l'eau de la bouche de la sculpture.

— Oh ! murmura la foule.

Un rire cristallin lui fit écho, celui de la fontaine ressuscitée.

Sylvine tendit ensuite ses mains devant elle. Dans ses paumes apparut une grosse pierre blanche, qu'elle sculpta par la pensée : des tours, des fortifications, une grotte. Enfin, enveloppée dans un tourbillon de vent, la miniature d'Ertauq dans ses mains, tandis que les torchères l'illuminaient au son joyeux de l'eau réapparue, elle s'éleva au-dessus du sol.

— Et moi, saurez-vous me reconnaître ?

Elle devina qu'elle avait trouvé le chemin de leur cœur lorsqu'ils se levèrent d'un même geste, lorsqu'ils l'acclamèrent spontanément.

— La Gardienne ! La Gardienne ! La Gardienne ! La Gardienne !

Elle avait réussi. Elle était parvenue à susciter l'enthousiasme chez ce peuple ardent et fier, si réservé d'habitude. Un peuple qu'elle avait appris à aimer.

CHAPITRE 20

Recevoir

— Bien, bien, bien... Nous voici placés dans une configuration des plus favorables. Tout cela grâce à notre jeune Gardienne, qui a su offrir son cœur aux Ertauquiens avant d'exiger le leur. Un coup de génie, ça, Sylvine, bravo !

Le Sage se frottait les mains en faisant les cent pas.

Des compliments de Gandore ? Sylvine faillit s'étrangler en buvant la mûrette qu'on lui avait servie. Ils étaient les seuls clients de la taverne : dehors, des bruits de course précipitée, des exclamations pressées, des aller-et-venues incessantes signalaient que les Ertauquiens s'affairaient à la cérémonie de départ qu'ils avaient absolument tenu à organiser. Même l'aubergiste, Dame Forence, les avait quittés quelques instants pour aller au sous-sol compter ses barils et préparer ceux qu'elle allait mettre en perce à la fête. Celle-ci s'improvisait avec fièvre sous l'égide de son compagnon, Sieur Tarare.

Le Clan, lui, avait gentiment été convié... à ne rien faire. Les Dirigeurs souhaitaient qu'ils aient la surprise de ce qui allait suivre et

Sylvine et ses amis, hormis Boga, avec qui Sieur Kerrigan voulait s'entretenir, s'étaient retrouvés à la taverne de la Tour Bénite, un peu désœuvrés.

Ils aimaient pourtant beaucoup ce lieu, où ils avaient passé une bonne partie de leurs soirées pendant leur séjour : les tables de bois et le sol en terre cuite étaient toujours propres, les boissons fraîches à souhait, les sièges confortables, la compagnie agréable. Les solives se mariaient joliment aux pierres laissées apparentes et de petits bouquets, changés tous les jours, donnaient une note pimpante à l'ensemble. La taverne était large, tout en gardant un aspect intimiste. Dame Forence leur avait expliqué, en astiquant son comptoir, qu'à l'origine il s'agissait de deux maisons qui avaient été regroupées en une seule lorsqu'elle avait épousé son voisin, Sieur Tarare.

Radj bâilla, les yeux mi-clos.

— Eh bien, oncle Radj, on dirait que la liste de mes exploits, toute courte qu'elle soit, t'ennuie à mourir, le taquina Sylvine.

— Hein ? Ah mais non, pas du tout ! C'est juste que je n'ai pas assez dormi ces derniers temps, si tu veux tout savoir : Sieur Kerrigan a encore tapé du fer toute la nuit. L'est infatigable, le bonhomme, décidément ! Je me demande quand il se repose... D'ailleurs, à ce sujet, on quitte bien Ertauq demain, c'est ça qui est prévu ?

— Ah.

Le Sage se rembrunit.

— Eh bien, à vrai dire, je n'en sais rien. Si nous partons demain, il faut compter deux à trois journes de marche... et nous arriverons au plus tôt à la Doce, ou, de façon plus probable, à la Terce.

— Et en quoi c'est un problème ?

— Les préparatifs de Sieur Rochelaure concernant l'annonce de l'arrivée de la Gardienne vont, à mon avis, être décidés dès le conseil de début de décime, à la Prime... Si nous nous rendons à Enu par les chemins citariens, nous raterons ce conseil et perdrons un avantage certain.

— Eh bien quoi ? s'étonna Brís, on n'a qu'à prendre le cercle de pierres ! Il y a bien un passage vers Enu, d'après ce que vous disiez ? Du coup, si on part cette nuit ou demain, on est sûr d'y être à temps.

— C'est une solution. Il y a juste un problème, et de taille : vous ne pourrez pas emprunter le Passage qui mène à Enu. Seuls Sylvine, Boga et moi pourrons le faire.

— Hein ?

— Mais pourquoi ?

— Cela m'embête de vous le dire, mais je n'ai pas le droit de vous révéler où le Passage aboutit. Les risques sont trop élevés.

— Les risques ? Quels risques ?

Radj tapa du poing sur la table, tout à fait réveillé maintenant :

— Dites surtout que vous ne nous faites pas confiance !

— Non, je vous assure, Radj, que ce n'est pas ça le problème. C'est juste que ce secret n'est pas le mien et que j'ai promis de le protéger.

Un silence contraint s'installa, qu'Achille finit par rompre :

— Je pense que notre groupe doit se scinder en deux. Telle une corde dont les deux extrémités, en se rejoignant, serreront plus nettement le nœud de nos intentions.

— Traduction ? demanda Titane avec un sourire gentiment moqueur.

— Achille dit qu'il faut que nous nous divisions en deux équipes, résuma Radj : l'une qui irait à pied à Enu, l'autre, en nombre restreint, qui s'y rendrait en empruntant le Passage.

Gandore hésitait encore :

— D'un autre côté, se séparer c'est fragiliser Sylvine si les choses tournent mal.

— De toute façon, ajouta Achille, le Justicieur ne pourra être des vôtres.

Devant l'air surpris de ses compagnons, il expliqua :

— Si j'ai bien compris, le cercle d'Enu se trouve à l'intérieur d'une habitation, et vous souhaitez que votre arrivée passe inaperçue ?

Gandore hocha la tête.

— Alors, je vois peu Dame Tornade se retrouver en ces lieux. Question discrétion, il y a mieux que d'apparaître au cœur de la nuit dans une pièce close avec un fringant destrier.

Titane enchaîna :

— Et comme Jolicoeur n'acceptera pas de quitter sa monture...

— Exactement. Sieur Boga et sa belle utiliseront forcément les routes pour se rendre à Enu.

— Évidemment, concéda le Sage, un peu vexé de ne pas y avoir pensé plus tôt. Bien, dans ce cas, seuls Sylvine et moi emprunterons le Passage et vous nous rejoindrez tous le plus rapidement possible à Enu.

— Hors de question ! C'est quoi, ce plan ?

— Prenez au moins l'un de nous pour vous couvrir !

— Je refuse que Sylvine y aille sans moi, j'ai promis à ma sœur que je veillerai sur elle !

Les exclamations de protestation avaient fusé autour de la table, provenant de Brís, de Titane et de Radj.

Seul Achille n'avait rien dit : il regarda Gandore droit dans les yeux, secoua la tête et croisa les bras.

— Mes amis, votre engagement vous honore et je vous en remercie. Toutefois, je connais bien les arcanes de la vie politique à Enu. Si nous nous présentons en comité restreint, nous inquiéterons moins Sieur Rochelaure et nous pourrons faire passer notre position plus aisément. Ce n'est qu'en deuxième instance que le nombre peut être nécessaire... et c'est à ce moment-là que vous nous rejoindrez.

— Peut-être, mais les fauves attaquent plus volontiers ceux qui leur apparaissent comme une proie facile. Il faut un Gardien à votre Gardienne et ce n'est pas votre rôle, grand Sage, vous le savez bien.

Ce dernier hésitait encore, tiraillé entre le raisonnement logique d'Achille et son besoin de préserver les secrets Citariens.

À contrecœur, il finit tout de même par acquiescer :

— Il est sûr, Sylvine, que vous aurez plus de poids accompagnée de votre géant personnel. Et si les choses venaient à mal tourner, avoir un garde du corps de la trempe d'Achille peut s'avérer une aide précieuse. Mais je ne peux absolument pas amener quelqu'un d'autre avec nous, que ce soit clair pour tout le monde.

Radj finit par se rasseoir, avec un hochement de tête à l'intention d'Achille pendant que les Forestiers acceptaient, bon gré, mal gré, le plan proposé.

Gandore reprit, plus calmement :

— Avant que nous nous séparions, il me faut vous dresser un bref tableau de la situation à Enu pour que vous sachiez où vous mettez les pieds. Sieur Rochelaure est un homme extrêmement rigide, profondément attaché à son pays, mais aussi aveuglé par son orgueil. Il est persuadé que lui seul a les capacités de gouverner, notamment en ces temps troubles : il pense que Citara a besoin d'une main ferme et décidée pour pouvoir résister à l'invasion pernicieuse de Rohé.

Sylvine écoutait avec attention, son bol de mûrette oublié à côté d'elle.

— Par ailleurs, le grand Dirigeur s'en veut d'avoir facilité l'introduction de Rohé au conseil : il croyait que Citara allait profiter du luxe et de la richesse promis par le Maître des Sous-Terres, qui distribuait les bijoux comme des petits pains. Lorsqu'il s'est aperçu de son erreur, il était presque trop tard : Rohé et ses espions dirigeaient Enu de façon non officielle. Il a fallu que Sieur Rochelaure use de toute sa... persuasion pour convaincre le Conseil de la dangerosité des intentions de Rohé.

Le regard appuyé de Gandore et son hésitation volontaire firent comprendre à Sylvine que Rochelaure avait probablement manipulé les esprits de ses concitoyens pour parvenir à ce résultat.

Après une pause, Gandore reprit :

— Aujourd'hui, Sieur Rochelaure bénéficie de la reconnaissance entière du Conseil qui réalise rétrospectivement ce qui aurait pu arriver à Citara si les rênes du pouvoir avaient été confiées à cet être abject qu'est Rohé. Les Importants, les Défenseurs et les Sages se rangent donc systématiquement derrière les avis péremptoires du Dirigeur.

— Mais... hasarda Sylvine, le front plissé par la réflexion, si ses intentions sont bonnes pour Citara ?

— Oh, pour la plupart, elles le sont. Il s'agit majoritairement d'initiatives louables, concéda Gandore. Mais depuis quelque temps, Sieur Rochelaure s'est mis en tête d'instaurer un nouveau régime politique, une oligarchie.

Brís et Titane échangèrent un regard perplexe devant ce mot. Radj s'était assombri. Lui qui d'ordinaire intervenait peu dans les débats s'exprima alors, le visage grave :

— J'ai connu cela, à Bramagine. L'idée c'est que certaines personnes, plus éclairées que d'autres, sont mieux à même de gouverner. Et transmettent leurs prérogatives à leur descendance. Dans les faits, cela ne se passe jamais ainsi. Car lorsque l'on goûte aux plaisirs du pouvoir, très vite on ne pense plus au bien de son pays, mais au sien propre. Dès que le pouvoir appartient à un nom et non plus à une cause, il devient synonyme d'oppression.

Gandore acquiesça à regret :

— Le Sieur Rochelaure sait que son mandat de Dirigeur touche à sa fin et cela lui fait peur. En consacrant sa femme comme la Gardienne de Citara, il espère, à mon avis, pérenniser son rôle et permettre à son fils de prendre la relève. Et comme il contrôle ce dernier...

Il haussa les épaules.

— Je ne comprends pas, hasarda Brís, on m'a dit que le fils ne pensait qu'à boire et à s'amuser. En quoi peut-il être dangereux ?

Gandore soupira en secouant la tête, désabusé :

— J'avoue avoir été très déçu par ce jeune homme. Il faut croire que d'avoir été élevé par un père aussi autoritaire et une mère... fragile l'a grandement perturbé. Le jeune Sieur Olivier n'est connu que pour ses frasques et ses bagarres et semble bien peu intéressé par la fonction de Dirigeur, ce qui faciliterait la tâche de Rochelaure. De toute façon, que les rênes du pouvoir à Citara se trouvent entre les mains d'un homme inflexible et pompeux ou de son écervelé de fils n'arrange pas sa destinée, croyez-moi.

Chacun digéra ces informations peu réjouissantes. Puis Gandore reprit.

— Pendant le conseil de la Prime, nous interviendrons, Sylvine, Achille et moi, en expliquant qu'au cours d'un voyage entrepris pour mieux connaître son pays, Sylvine a eu la révélation qu'elle était la Gardienne et qu'elle devait venir se présenter aux Importants. Cela va susciter un certain émoi et de l'agitation, mais comme tout le conseil aura été pris à témoin, Rochelaure ne pourra pas empêcher que la position de Sylvine soit examinée par les Sages et les Prieurs. Et là, je suis sûr que vous saurez les convaincre, ma chère enfant. Vous avez prouvé lors de ce quartile que vous n'aviez besoin de personne pour vous faire reconnaître en tant que Gardienne.

Cette avalanche de compliments, de la part d'un homme qui en était habituellement avare fit rougir Sylvine, qui avala une autre gorgée de mûrette pour dissimuler son embarras. Hum, à ce rythme-là, elle allait avoir du mal à se rendre à la fête donnée en leur honneur en marchant droit.

Heureusement, le Sage revint vite sur leur stratégie.

— Ensuite, l'arrivée du Clan entier, mené par Sieur Boga, ainsi que les témoignages des délégations des Collines et de Xued, devraient achever de rallier les Dirigeurs à votre cause.

— Et après ? demanda Sylvine, perplexe.

— Quoi, après ?

— Eh bien, une fois que toutes les palabres seront terminées, je suis censée faire quoi ? J'ai appris à me battre, pas à diriger un pays.

Gandore balaya ses doutes d'un mouvement négligent de la main :

— Nous verrons cela quand nous y serons. Croyez-moi, le plus difficile sera d'en arriver là.

Boga les rejoignit alors à ce moment-là, enfin libéré de ses obligations. Pendant qu'il était mis au courant des dernières décisions, Sylvine méditait dans son coin. La mûrette avait beau lui donner envie de sourire, elle n'était pas du tout convaincue de pouvoir persuader un cortège de Sages et de Prieurs, déjà, et surtout, il restait pas mal de zones d'ombres concernant son rôle exact dans l'avenir de Citara. Elle se demanda quand il était prévu qu'elle revienne chez elle, dans cette histoire. Dégrisée tout à coup, elle reposa son bol. Pourquoi avait-elle l'impression qu'elle allait être sollicitée beaucoup plus longtemps qu'elle ne l'avait anticipé ?

Et pourquoi ai-je à nouveau ce sentiment de
culpabilité ? Qu'ai-je fait ?
Qu'ai-je fait ?

— Dans ce cas, nous partirons à l'aube. Et tous montés. Je sais où nous procurer des chevaux,

Sylvine fit un effort pour reprendre le fil de la conversation qui continuait à se dérouler autour d'elle.

Boga n'avait soulevé aucune objection au plan élaboré en son absence hormis le souhait d'avancer l'heure du départ afin de ne pas séparer le Clan trop longtemps.

— Sans moi, merci. Chuis jamais monté sur un canasson, c'est pas demain que ça va commencer.

Rajd fronçait les sourcils, avec sa tête des mauvais jours. Titane et Brís échangèrent un coup d'œil surpris : en bons Forestiers, eux non plus n'avaient jamais eu l'occasion de le faire. Les yeux de Titane se mirent à briller : la jeune femme n'était jamais contre une nouvelle aventure.

— Je te parie que je vais plus vite que toi !

— Tenu !

Radj leva les yeux au ciel.

— Oncle Radj, je peux parler à ton cheval, si tu veux. Pour qu'il soit le plus coopératif possible.

— Parler à… ? Mais puisque je te dis qu'il est hors de question que je monte sur cette chose !

Les autres échangèrent un coup d'œil entendu. Ils le connaissaient bien maintenant. L'idée allait lentement faire son chemin puis l'ancien Bramaginois finirait par céder : il n'était pas homme à laisser la peur lui dicter sa conduite et freiner le groupe.

Gandore changea de sujet :

— Dites, Boga, pouvez-vous en dire un peu plus à nos compagnons sur les différentes personnes qu'ils vont rencontrer à Enu ?

Le Justicieur s'exécuta de bon cœur et s'avéra une source d'information précieuse avec ses portraits parfois au vitriol : Sieur Rochelaure, dont il parlait avec une froideur révélatrice, l'efficace Bontemps, son intendant, Dame Élaine qui gouvernait la Demeure des Importants, Dame Sopheline à la beauté triste… Il fut réticent cependant à discuter du jeune Sieur Olivier, reconnaissant sa mauvaise réputation, mais concluant avec fermeté :

— Quoiqu'il en soit, il n'en reste pas moins un ami.

Les autres se le tinrent pour dit.

Sylvine le contempla, songeuse. Étonnant qu'un Justicieur puisse s'entendre avec un noceur invétéré, n'ayant pas de but dans la vie hormis profiter de celle-ci…

Des trompettes retentirent alors, joyeuses et claires. Il était l'heure pour Sylvine et ses compagnons de retrouver les Ertauquiens dans la grotte où le conseil s'était tenu un peu plus tôt.

Celle-ci avait bien changé d'allure.

Des étendards colorés claquaient au vent, lumineux, festifs. Les torchères flamboyaient toujours, telles qu'elle les avait laissées. Des pétales de fleurs rouges étaient éparpillés dans les allées, en un tapis chatoyant à l'odeur sucrée. Une estrade avait été montée, également décorée de fanions et de fleurs. Les visages étaient souriants, débarrassés de la préoccupation qu'ils affichaient le matin même.

Dame Alys, qui avait revêtu une robe d'un rouge profond, assorti à sa lampe, ouvrit la cérémonie. Derrière elle, Dame Elisandre, Sieur Tarare et Sieur Bruno, eux aussi parés de leurs plus beaux atours, attendaient, des paquets enrubannés de formes indistinctes, à leurs pieds.

— Nous voici réunis, en ce jour béni par la Créatrice, où nous, Ertauquiens, avons solennellement reconnu Dame Sylvine de la Forêt aux Esprits comme la Gardienne de Citara. Où nous lui avons juré soutien et assistance dans sa tâche. Mais elle n'est pas la seule que nous ayons découverte en cette décime. Et nous tenions à remettre, à chacun d'eux, un gage de notre reconnaissance.

Assis, comme on les en avait priés, sur le muret de pierre à côté de l'entrée, les membres du Clan se regardèrent, étonnés.

— J'appelle donc Sieur... Schnippy, fit Dame Alys avec un petit sourire.

— Douk !

Ravi, Schnippy rejoignit la Dirigeuse sur l'estrade et sauta sur le pupitre.

— La communauté entière ayant vanté vos talents pour la divertir, je vous remets la médaille d'honneur d'Ertauq.

Sylvine sentit ses yeux s'embuer de larmes lorsque Dame Alys noua le lacet de cuir autour du cou de l'animal. Elle se joignit aux applaudissements nourris qui reconnaissaient l'écureuil comme un membre à part entière du Clan. Schnippy, pourtant généralement peu attaché aux coutumes humaines, était très fier de la médaille qui reposait sur sa poitrine. Mais sa joie ne connut plus de bornes quand il reçut un deuxième présent : un sac de *cornoix*, ces petites graines qui, après avoir été placées en plein soleil pendant une heure, gonflaient et explosaient pour devenir de succulentes friandises. Après en avoir déposé quelques-unes sur le muret à côté d'eux, Sylvine enfourna le reste dans l'une de ses poches, afin de les protéger de l'appétit vorace de son ami. À partir de cet instant, Schnippy ne prêta qu'une oreille distraite à la suite de la cérémonie, le regard focalisé sur les cornoix, en attendant qu'elles éclatent enfin.

Dame Elisandre prit la parole à son tour :

— Nous aimerions également remettre un présent à un travailleur infatigable, qui a su s'attirer la reconnaissance particulière de l'un d'entre nous : Sieur Radj de Bramagine.

Radj s'avança avec raideur, peu habitué à être à l'honneur. Il eut la surprise de voir Dame Elisandre se reculer, laissant la place à un homme aux muscles puissants, qui venait de descendre des gradins, un paquet ressemblant à un long bâton entre les mains : Sieur Kerrigan. Il était vêtu d'un gilet de cuir noir portant la trace de nombreuses entailles. Les sourcils broussailleux, la barbe grisonnante, il affichait un air austère qui détonait au milieu de la joyeuse assemblée.

L'homme eut un demi-sourire envers son ancien assistant et lui tendit son présent, sans ajouter un mot. Radj déballa celui-ci et écarquilla les yeux devant le glaive étincelant qu'il en sortit. La réputation du forgeron n'était pas usurpée : l'arme était magnifique et sa puissance ne faisait aucun doute. La lame émit un sifflement bien reconnaissable lorsque le Forestier fit quelques mouvements avec.

— Merci.

La voix de Radj était encore plus rauque qu'à l'accoutumée et il cligna des paupières plusieurs fois avant de poser son glaive et de saisir fermement les avant-bras de Sieur Kerrigan, faisant passer dans le salut citarien toute l'émotion qu'il ne pouvait exprimer par des mots.

Puis ce fut au tour de Titane d'être appelée. En cadeau, elle reçut un manteau d'envol qui fit l'envie de ses compagnons, de Sylvine en particulier. Il avait été adapté pour une non Collinienne, avec un triangle amovible pour qu'elle puisse prendre appui dessus. La jeune femme avait les yeux brillants et sourit de toutes ses dents, visiblement impatiente d'utiliser sa mantale.

Lorsqu'elle reprit sa place près de Sylvine, elle se pencha vers elle et lui chuchota :

— Mais oui, je te la prêterai. Essuie la bave de ton menton, le Sage commence à nous regarder d'un œil pas ravi du tout...

Sylvine réprima un fou rire et essaya d'afficher une expression innocente. Gandore et Titane la connaissaient trop bien.

— Brís, de la Forêt aux Esprits.

L'équipe avec laquelle le jeune homme avait nettoyé les rues de la ville lors de la décime, un groupe d'une dizaine d'Ertauquiens, descendit des gradins pour lui remettre solennellement... une pelle. Un peu désemparé, le Défenseur prit la parole avec gaucherie.

— Euh, je... Eh bien... C'est avec joie que, euh... je vous remercie de ce souvenir de ma tâche à vos côtés.

Avec un petit rire, le plus âgé d'entre eux, un Collinien avec une barbichette pointue et des lunettes en écaille, lui montra les astuces de l'objet : un mécanisme permettait à l'outil de se replier et de prendre ainsi peu de place dans un baluchon de guerrier. Enfin, la pelle s'enfonçait comme dans du beurre dans le sol le plus rocailleux.

Brís les remercia à nouveau, avec plus d'enthousiasme cette fois, et rejoignit les autres sur le muret.

Radj, qui avait haussé les sourcils, s'empara de l'objet pour l'examiner et lui murmura :

— Eh bien, mon gars, ils se sont pas foutus de toi. Il s'agit d'une pelle en férelle, rien de moins.

Finalement ravi de son cadeau, Brís le rangea avec soin dans son paquetage.

Achille, quant à lui, se vit remettre une coupe en pierre volcanique noire, rugueuse et surmontée d'un couvercle. Ses compagnons se regardèrent, perplexes : la fonction de l'objet n'était pas évidente au premier abord. Lorsqu'il revint s'asseoir, après avoir remercié les Ertauquiens dans ce langage fleuri qui lui était propre, Sylvine chuchota :

— C'est quoi, qu'ils t'ont offert ?

Pendant que Dame Alys discourait des qualités de Gandore, il leur expliqua à voix basse qu'il s'agissait d'une sorte de marmite ne nécessitant pas de feu pour fonctionner, juste du soleil. Sous l'action de ce celui-ci, la pierre chauffait et cuisait les aliments posés à l'intérieur. Appelées *fourroches*, elles étaient extrêmement utiles aux voyageurs.

Impressionnée, Sylvine hocha la tête. Les Ertauquiens avaient visiblement essayé de remettre à ses amis un souvenir à la fois précieux et en lien avec leurs activités de la décime. Elle sentit l'inquiétude la gagner : si, en reconnaissance de ses heures passées à déchiffrer les archives, les Ertauquiens lui offraient une liasse de ces dernières, il lui serait difficile de cacher son manque d'enthousiasme...

— ... et donc, Sieur Gandore, recevez cette plume d'écrivelle, en gage de notre reconnaissance.

Elle fit un effort pour revenir à la cérémonie qui se déroulait.

Le Sage faisait courir ses doigts sur la penne bleu azur, visiblement ému. Très rares, les plumes d'écrivelle ne requéraient aucune encre et permettaient de superbes graphies.

— Croyez bien que je suis très touché de ce magnifique présent que vous m'avez fait. Je vous promets de m'en servir pour raconter l'histoire d'Ertauq, dès que j'aurai le temps de me consacrer à nouveau à l'écriture.

Une clameur suivit ses paroles. L'assistance était aux anges, personne encore n'ayant mis leur ville à l'honneur dans un ouvrage.

Sylvine plissa les yeux. Ainsi Gandore écrivait à ses heures perdues... Il faudrait qu'elle lui demande quoi.

Pendant ce temps, Sieur Tarare attendait que le calme revienne avant d'annoncer le nom de Sieur Boga, de la Vallée.

Le jeune homme se leva et se dirigea de sa démarche nonchalante vers l'estrade. Sieur Tarare le reçut avec son habituelle tape sur l'épaule, rompant avec la solennité de la cérémonie.

— Boga, nous avons un peu triché en ce qui concerne ton présent. Je dois reconnaître que j'en avais passé la commande il y a plus de deux quartiles de cela, en remerciement de ton dévouement à la communauté d'Ertauq. Voici un objet, qui, je l'espère, vous plaira à tous les deux : à toi et à l'élue de ton cœur...

Les regards se firent curieux dans l'assistance et au sein du Clan. Boga aurait-il enfin cédé aux charmes d'une Ertauquienne ? Comment se faisait-il qu'ils n'en aient rien su ?

Mais ce furent des rires qui accueillirent l'ouverture de son paquet : si l'objet était magnifique, la destinatrice n'était pas celle à laquelle on s'attendait. Le Justicieur venait de révéler une selle en cuir noir, superbement travaillée. Il tâta le matériau, à la fois souple et résistant, un sourire appréciateur aux lèvres.

— Ouf, j'ai eu peur, j'ai cru que tu allais m'offrir l'une de tes peaux de bête.

— Ah mais c'est le cas, elle est faite en cuir d'ours. J'ai fait don de ma veste préférée pour cela.

Boga écarquilla les yeux tandis que Tarare éclatait de rire, suivi par l'assistance.

Le Justicieur leva un index menaçant puis secoua la tête devant la blague de son ami. Les deux hommes finirent par se donner une franche accolade, échangeant quelques mots en privé. Boga hocha la tête avant de rejoindre le Clan. Sa main ne cessait de caresser le cuir de sa selle et Sylvine comprit qu'il n'avait qu'une hâte, c'était d'aller l'essayer.

Le silence se fit alors dans la salle. Tout le monde savait qu'il s'agissait désormais du tour de Sylvine et la tension était à son comble.

Sieur Tarare se retourna pour attraper le dernier tas encore à terre, alors que Dame Alys annonçait :

— Jeune Dame Sylvine, de la Forêt aux Esprits.

Les mains moites tout à coup, Sylvine marcha à son tour vers l'estrade, sous les vivats de la foule. Son regard glissa malgré elle sur le grand paquet rectangulaire recouvert de velours gris que Sieur Tarare portait dans ses bras et elle déglutit avec peine. Cela avait vraiment la forme d'un tas de feuilles...

— Jeune Dame, la salua Dame Alys avec chaleur, vous avez su, en très peu de temps, gagner nos cœurs. Nous avons été charmés par votre présence et votre sourire. Ainsi que par votre volonté à vouloir entrer dans nos vies. Nous sommes fiers de vous offrir notre médaille d'honneur en gage de votre succès.

Comme Schnippy, elle reçut des mains de la Dirigeuse une médaille ertauquienne : en bronze, de taille bien sûr plus imposante que celle qui reposait autour du cou de l'écureuil, elle représentait le même motif : une tour crénelée, impénétrable.

Alors qu'elle allait exprimer ses remerciements, Sieur Tarare se racla la gorge, ramenant le silence. Le visage soudain grave, il reprit.

— Oui, jeune Dame, Sylvine, vous avez conquis nos cœurs. La tentation est grande d'en rester là et de vous congratuler pour cet exploit. Mais nous sommes des guerriers. Et nous savons, mieux que personne, ce qui va être exigé de vous. Les vivats seront loin, sur le champ de bataille. Ils seront remplacés par les coups des ennemis, par les blessures, par la souffrance, par le découragement parfois, par la tristesse, toujours.

Surprise par ce discours, elle le dévisagea. Où voulait-il en venir avec ce tableau inquiétant de réalisme ?

Les yeux de Sieur Tarare se firent plus chaleureux, comme s'il avait perçu son angoisse et cherchait à la rassurer.

— Nous avons souhaité pouvoir vous aider, au-delà de cette salle. Bien après que les applaudissements se seront tus. Afin que vous ne vous sentiez jamais seule sur le champ de bataille. J'avoue que je ne sais pas par quel miracle, en si peu de temps, l'homme qui est venu nous trouver avec sa proposition de présent a pu réaliser celui-ci. Mais le voici. Le soutien d'Ertauq à votre quête, sorti tout droit de l'atelier de Sieur Kerrigan.

Il tendit ses bras, soulevant le paquet afin qu'il soit à sa hauteur.

Elle ôta le tissu avant de porter une main à sa bouche.

— Oh !

Certaines personnes dans l'assistance s'étaient levées, tandis que les membres du Clan se rapprochaient pour mieux voir.

Brillant d'une lumière vive, reposaient dans les bras du Dirigeur deux sabres tête-bêche, reliés entre eux au moyen d'un ruban vert. Elle les contempla sans rien dire, admirant leur lame étincelante, leur poignée, finement sculptée. Celle-ci semblait adaptée à la petitesse de sa main : lorsqu'elle dénoua le lien qui les attachait et se saisit des armes, elles s'intégrèrent à la perfection à ses paumes, formant comme un prolongement de ses deux bras. Dans un silence respectueux, Sylvine exécuta quelques mouvements fluides : les lames sifflèrent et jettèrent des éclairs de lumière, telles deux alliées fidèles et indestructibles.

Elle dut se racler la gorge avant de pouvoir parler.

— Ertauquiens, vous m'aviez déjà fait un don précieux en m'accordant votre confiance. Grâce à votre magnifique présent, celle-ci m'accompagnera partout où je devrai me battre.

La main sur la poitrine, elle conclut :

— Merci, merci de tout mon cœur.

La foule l'applaudit à tout rompre. Elle replia, en un geste fluide, les deux armes dans son dos et les fit glisser dans son carquois dorsal. Elle comprenait mieux maintenant pourquoi Boga avait insisté pour qu'elle vienne sans ses anciennes épées à la cérémonie : il devait savoir quel présent on lui destinait. Son regard chercha celui du jeune homme. Avec son habituel sourire en coin Boga lança alors un « Vive la Gardienne », repris par toute l'assistance.

Quelques instants après que le calme soit revenu, un *pop* sonore fit se retourner tout le monde. C'étaient les cornoix de Schnippy qui commençaient à exploser. Celui-ci s'en empiffra avec une joie tellement manifeste que la cérémonie se termina dans un grand éclat de rire.

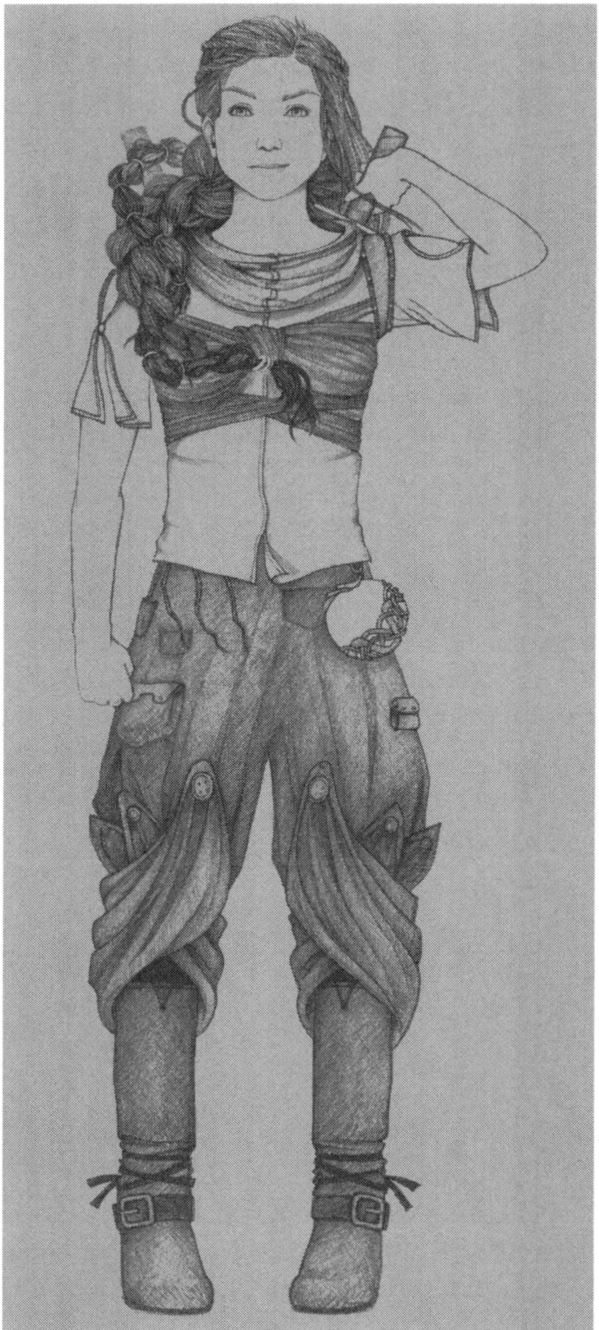

Quelques heures plus tard, la nostalgie avait remplacé l'allégresse dans le cœur de Sylvine. Juste après la remise des présents, elle avait dû regarder partir les autres membres du Clan et les adieux avaient été difficiles. Elle s'était habituée à les voir à ses côtés et se sentait étrangement seule tout à coup, elle qui avait pourtant souvent recherché cette solitude. Même la conversation avec sa mère à travers le fil d'amour n'était pas parvenue à chasser sa morosité.

Quant à Schnippy, il ne pouvait guère la réconforter : repu de cornoix, il était profondément endormi dans son corsage.

Une dernière fois, elle avait arpenté les rues d'Ertauq à la recherche d'un regard gris et chaleureux. Quelque chose grattait au coin de son esprit, un détail incongru au cours de cette journée, mais elle n'arrivait pas à comprendre quoi.

Et désormais, il était trop tard.

Dans quelques instants, elle devrait affronter un milieu inconnu, qui l'inquiétait bien plus que les Colliniens ou Xuediens ne l'avaient fait... Jusque là, elle n'avait eu à convaincre que des gens simples, comme elle. Alors qu'elle allait devoir maintenant se mesurer à des politiciens et Dirigeurs d'envergure.

Gandore aussi avait l'air nerveux, ce qui était étonnant chez lui. Une fois tous les trois dans le cercle de pierres, il leur fit éteindre leurs lampes.

— J'espère que nous n'aurons pas de mauvaise surprise à l'arrivée, grommela-t-il. Et qu'ils n'auront pas renforcé la garde.

— Au fait, Gandore, où commutons-nous exactement ? demanda Sylvine.

— Dans les cachots.

— Hein ?

Achille éclata de rire.

— Je comprends mieux, ô Lumière de Sagesse, votre réticence à révéler la présence d'un passage libérateur dans un lieu d'enfermement. Je serais curieux de savoir comment vous escomptez d'ailleurs nous faire sortir nous-mêmes de là.

— Nous n'arrivons pas dans une cellule fermée, précisa Gandore, mais dans la salle de garde.

— La salle de garde ? s'ébahit Sylvine.

De mieux en mieux. On va débarquer en pleine nuit ; au milieu de troupes prêtes à nous sauter dessus.

— Je vous rassure, ajouta aussitôt Gandore, les précédentes fois, les Défenseurs étaient assoupis et ne m'ont pas vu passer.

Et j'ai d'ailleurs avec moi, fit-il en sortant un paquet d'une de ses multiples poches, de la poudre de fleurange endormante. Bon, je ne l'utiliserai qu'en dernier recours, car elle risque d'agir sur vous également. Et je ne connais pas votre degré d'immunité à celle-ci : en ce qui me concerne, à part un léger étourdissement, je peux désormais y résister, mais si vous n'y avez jamais été exposés, vous pourriez tomber vous aussi dans un profond sommeil.

Achille et Sylvine se regardèrent. Aucun des deux n'ayant jamais entendu parler de cette fleur, il y avait de fortes chances pour qu'ils y soient sensibles...

— Mais bon, comme je vous l'ai dit, il est probable que je n'aie pas à m'en servir... Allons, la lune va atteindre son zénith, préparez-vous à commuter.

Les trois s'attrapèrent alors par le bras et Sylvine ferma les yeux, refusant de revoir d'en haut ce paysage qui lui rappelait tant de souvenirs, de revivre le moment où elle avait été contrainte de laisser derrière elle un homme blessé. Blessé parce qu'il lui était venu en aide. En partant à nouveau sans l'avoir retrouvé, elle avait l'impression qu'elle l'abandonnait une seconde fois. C'était une sensation très désagréable.

Enfin... moins désagréable que le cliquetis des lames, le bris de meubles et l'odeur âcre de la fumée qui les accueillirent à leur arrivée.

CHAPITRE 21

Se faire surprendre

À peine eut-elle le temps d'ouvrir les yeux que Sylvine se retrouva projetée au sol d'une bourrade d'Achille.

Ziiiiing

Un éclair vert passa au-dessus de sa tête.

— Aaaaah !

Transpercé par le rayon, un homme s'écroula juste à côté d'elle, dans une odeur de brûlé.

Être... écrasé... Schnippy.

Elle dégaina son sabre et roula sur le côté, se relevant d'un coup de reins, tout autant pour le libérer que pour mieux y voir. Elle recula vers la paroi dans son dos, la pointe de l'arme tendue vers les potentiels ennemis. Bonencre, mais où étaient-ils tombés ?

Ils avaient commuté dans une pièce ronde aux murs de pierre. Une poignée d'hommes étaient en train de s'y battre. Une grande table était effondrée au centre de la pièce, de la vaisselle et des dés éparpillés au sol. Deux, non, trois corps gisaient à terre non loin, immobiles. Une fumée grise jetait un voile opaque sur le reste. De petites flammes léchaient le bas du bahut à côté d'elle et, sans quitter la scène du regard, elle tapa des pieds pour empêcher le feu de se propager. Un coup d'œil sur sa droite lui apprit qu'Achille aussi était en train de prendre la mesure de la situation.

— Ils sont combien, tu penses ?

— Je dirais cinq ou six Maudits, trois Défenseurs... et ça, ça doit être une Vicre.

Le « ça » désignait une créature de fer qui restait immobile, le regard éteint, au centre de la pièce. Elle était tournée vers leur gauche, dans la direction de celui qui venait de tomber à terre. Sylvine sentit une sueur froide couler dans son dos. Les dégâts causés par la Vicre étaient horribles : en un tir lointain, elle avait abattu un homme. La jeune Gardienne baissa les yeux sur son sabre, qui lui parut tout à coup bien dérisoire : elle avait appris à se battre au corps à corps, pas à lutter contre des... des machines qui tuaient à distance, sans aucun état d'âme.

Schnippy, apeuré, s'était perché sur le bahut et contemplait, effaré, la scène. Lui aussi se sentait impuissant.

— Assomationnens !

Un coup sourd ébranla la pièce, faisant tomber des gravats.

Sylvine cligna des yeux et se mit à tousser : entre la poussière et la fumée, elle avait du mal à distinguer quoi que ce soit. Puis elle vit Gandore, les bras écartés. Il se trouvait de l'autre côté de la salle. C'était au Sage qu'ils devaient la déflagration. L'un des Maudits en face de lui s'écroula. Enfin, elle supposa qu'il s'agissait d'un Maudit, il était trop distant pour qu'elle en soit sûre. Deux hommes ferraillaient encore plus loin, devant un escalier de pierre. À côté d'elle, des bruits d'épée reprirent : un Défenseur, en sueur, affrontait trois adversaires. Derrière la Vicre, un autre combat avait lieu, entre un Défenseur et un Maudit, près d'un tunnel.

Elle inclina la tête vers l'homme qui luttait à trois contre un, Achille acquiesça et ils se jetèrent ensemble dans cette direction.

Le Défenseur avait un bouclier dans une main, un lourd glaive dans l'autre. Du sang perlait de son arcade sourcilière ; il grimaçait de douleur, une jambe à demi repliée sous lui, mais il se battait comme un forcené, parvenant à tenir à distance ses trois adversaires malgré leur avantage numérique et ses blessures.

L'arrivée de Sylvine et d'Achille le surprit, elle le vit dans le rétrécissement de ses pupilles, mais il ne lâcha pas sa garde.

Par contre, le Maudit qui se trouva face à elle perdit contenance suffisamment longtemps pour qu'elle le désarme. Elle hésita une seconde, une de trop. L'homme, petit mais agile, s'était déjà penché vers sa cheville, avait attrapé un couteau et l'avait lancé en un geste sûr. Elle se baissa vers l'arrière, son torse presque à l'horizontale et sentit le souffle de la lame passer non loin de sa tête. Furieuse d'avoir failli se laisser surprendre, elle poussa un hurlement de rage et l'embrocha sur son sabre avant qu'il n'ait pu projeter la deuxième.

— Ah !

Quelqu'un venait de crier de douleur. Quelqu'un qu'elle connaissait bien.

Elle se retourna, sa tresse fouettant sa joue, et ouvrit la bouche, horrifiée.

À l'autre bout de la pièce, le Sage était adossé au mur. Il se tenait le bras où un couteau était enfoncé jusqu'à la garde, et où le sang commençait déjà à teindre la manche d'un flot carmin.

Alors qu'elle allait s'élancer vers lui, les yeux de la Vicre se rallumèrent. La créature tourna sur elle-même, à la recherche d'une nouvelle cible. Si elle continuait sa révolution ainsi, elle allait immanquablement arriver sur lui.

— Gandore, le Passage ! Reprenez le passage avant que la lune redescende.

Le vieil homme — le cœur de Sylvine se serra : elle ne l'avait jamais considéré comme un vieil homme jusqu'à cet instant — secoua la tête, têtu.

Achille cria à son tour, tout en combattant son adversaire :

— Gandore, il faut que vous retourniez à Ertauq. Si la monstrueuse machine vous vise, elle ne vous lâchera pas tant que vous serez dans cette pièce.

Livide, le Sage tâchait de reprendre son souffle.

Sylvine s'élança en direction de la créature de fer, qui lui tournait le dos. Trop tard : Gandore était désormais dans le champ de vision de celle-ci. Comme si le temps était ralenti, Sylvine vit la lueur de l'éclat vert se refléter dans les pupilles du Sage alors que celui-ci levait sa main valide.

Le fauteuil au lourd dossier de bois qu'il avait interposé entre lui et la Vicre reçut toute la violence du jet lumineux. L'objet explosa, pulvérisé.

Mais c'en était trop pour Gandore, qui avait épuisé toutes ses forces dans cette parade. Avec un regard impuissant vers Sylvine et Achille, il murmura un mot avant de disparaître de la pièce.

— Han !

Des deux mains Sylvine porta un coup latéral à la Vicre, espérant la sectionner en deux. La lame rebondit sur le torse en fer, ne l'éraflant qu'à peine. Son bras vibra douloureusement sous l'impact et elle faillit lâcher son arme.

— Saleté !

Comment venir à bout de ce monstre métallique ? Il paraissait indestructible. Elle souffla pour chasser la mèche sur ses yeux, pliée en deux, les mains sur les cuisses. Sur sa droite, le Maudit enfonçait son couteau dans la gorge d'un Défenseur à genou. Près de l'escalier, par contre, l'homme de Rohé avait été vaincu par son adversaire, mais le gagnant chancelait. De fatigue ou à cause de ses blessures, elle n'en savait rien. En tout cas, il fallait venir à bout de la Vicre, avant qu'elle ne fasse une nouvelle victime.

Renverse-la à terre ! Saute sur son dos !

Elle ne comprit pas d'où provenait la voix dans sa tête, mais choisit de lui faire confiance. Se reculant pour avoir de l'élan, elle courut en direction de la Vicre, toujours immobile, prit une impulsion à moins d'un mètre d'elle et se projeta dans son dos.

Dans un bruit de ferraille assourdissant, la créature tomba à terre. *Et maintenant ? Je fais quoi ?*

Debout sur le corps métallique, elle tourna sur elle-même, cherchant la faille. Un mouvement du coin de l'œil lui indiqua qu'elle avait un souci plus pressant. Elle sauta à bas de la statue, attrapa un coin du vaisselier qui se tenait à côté et le poussa de toutes ses forces. Le meuble hésita, vacilla, avant de s'écraser sur la créature dans un bruit de porcelaine brisée. Cela devrait suffire. Dans l'immédiat, elle devait combattre un nouvel adversaire : le Maudit qui avait égorgé le Défenseur venait de s'avancer vers elle. *Encore une belle tête de vainqueur*, soupira-t-elle. La Créatrice seule savait où Rohé recrutait ses soldats mais il semblait bien que la laideur soit un élément essentiel pour être sélectionné. L'homme avait un nez épaté et une peau vérolée. Ses cheveux filasse étaient retenus sur son front par un lacet de cuir. Sur son bras gauche, un bouclier avec un nombre conséquent d'éraflures. À sa ceinture des sortes de bâtonnets roses et rouges. Il les caressa amoureusement avant de s'adresser à elle, en se léchant les lèvres et en agitant son couteau dentelé.

— Fais voir tes mimines, ma jolie. J'ai bien envie d'accrocher l'un de tes doigts à mes trophées de guerre.

Réprimant un sursaut de dégoût, Sylvine s'obligea à ne pas baisser les yeux vers les petits bouts de chair qui dansaient sur son bas-ventre. Elle prit une profonde inspiration. Expira. Recommença. L'exercice quotidien lui permit de stabiliser son pouls, de retrouver sa lucidité coutumière. Un entraînement. Elle devait faire comme lors d'un entraînement. Son bras libre se leva, alla chercher sa deuxième lame. Elle était prête.

Lorsqu'il se jeta sur elle, elle fit un rapide pas de côté, abattant l'un de ses sabres. Celui-ci fut arrêté par le bouclier. Mais son autre bras opérait déjà un mouvement latéral. Lui trouva prise sur le flanc du Maudit.

— Aargh, la garce !

L'homme se recula. Il ne souriait plus du tout. Dans ses yeux, elle vit apparaître la rage, la souffrance... et la peur.

Alors elle chargea, enchaînant les coups. Il parait, de son bouclier et de son arme, résistant à l'assaut du mieux qu'il le pouvait. Un pas, deux pas... Il ne pouvait plus attaquer, seulement se défendre. Elle continua son manège, l'habituant à une succession de mouvements.

Droite, gauche, gauche.

Droite, gauche, gauche.

Ils s'approchaient insensiblement de l'endroit où se tenaient Achille et son adversaire. Ou plutôt ses adversaires. Le Défenseur n'était plus en train de se battre, probablement mort. Achille luttait pied à pied contre les deux ennemis restants. Tout cela, elle l'enregistra sans arrêter sa série de figures.

Droite, gauche, gauche.

Elle vit le Maudit tressaillir, son œil se diriger une fraction de seconde derrière elle. Maintenant !

Droite, droite, gauche. Mécaniquement, l'homme avait anticipé l'attaque sur l'autre flanc, mettant le droit à découvert. Avant qu'il ait compris ce qui se passait, il était tombé à genoux. Il la regarda, un air surpris sur son visage. Baissa les yeux sur le sabre qui lui avait sectionné le bras et qui était entré dans son corps. Qui repartait en sens inverse. Puis il chuta complètement, face en avant.

À ce moment-là, un vacarme épouvantable, d'assiettes et de verres brisés, de craquements de bois retentit derrière Sylvine. Elle s'accroupit d'instinct, tout en se retournant. Son cœur défaillit dans sa poitrine. Le grand vaisselier venait de se redresser. Il retomba lorsque la Vicre se dégagea entièrement, en faisant un pas en arrière. Ne gardant que Sylvine dans sa ligne de mire.

— Non ! lança Achille, en tirant Sylvine derrière lui.

Il avait vaincu l'un des Maudits ; l'autre était encore sonné, mais commençait déjà à se relever.

Les yeux de la Vicre s'allumèrent alors et se posèrent sur Achille. Lui et Sylvine n'eurent que le temps de se jeter à terre, de part et d'autre du faisceau lumineux.

Haletants, ils se regardèrent parmi les débris et poussières qui voletaient autour d'eux, tandis que l'odeur de brûlé agressait leurs narines. *Non ! Non, pas ça ! Pas lui !* Une part d'elle savait qu'il était trop tard, qu'il était devenu la proie de l'entité implacable et indestructible. Un bruit de verre brisé la fit sursauter et la ramena à l'instant présent. Tous deux se relevèrent d'un bond. Le dernier Maudit était en train de cogner sur les quelques lampes qui éclairaient la pièce, espérant gagner l'avantage grâce à sa vision nocturne.

— Occupe-toi de lui, Sylvine-mae, je vais essayer de piéger la créature de fer. Et surtout, laisse ta lumière éteinte.

Lui alluma la sienne. Ainsi, il était seul visible, tout en diffusant assez de clarté pour que Sylvine puisse voir le Maudit s'avancer. La lueur verte, familière, agit comme un baume sur le cœur paniqué de Sylvine. Elle reprit ses exercices de respiration et se concentra sur le dernier adversaire encore debout. Elle crut entendre des bruits lointains. Enfin ! Il était temps que des troupes viennent à leur rescousse, ils étaient sourds ou quoi, dans cette ville ? L'homme était en sueur mais ne semblait pas blessé. En tout cas, s'il avait résisté aussi longtemps contre Achille, cela signifiait qu'il était plus fort que sa taille moyenne ne le laissait supposer. Il avait récupéré un gourdin de fer et il s'abritait derrière une plaque métallique, probablement arrachée à l'armure d'un Défenseur. Les premiers échanges furent modérés, chacun prenant la mesure de l'autre.

Puis, la pièce s'éclaira d'un rayon vert, suivi d'une odeur de terre carbonisée. Sylvine fit appel à toute sa volonté pour ne pas regarder du côté d'Achille. Elle n'avait rien entendu : pas de cri, pas de heurt, pas de corps tombé au sol, c'était bon signe. Elle attaqua. L'ennemi se protégea avant d'asséner un coup à son tour. Elle n'avait pas de bouclier mais les lames de ses sabres résistaient sans faillir à ses assauts. Elle eut une pensée reconnaissante pour le talent de Sieur

Kerrigan et repartit dans une série de mouvements, aléatoires cette fois. Le Maudit était coriace et malin. Lorsqu'il sentait qu'elle prenait l'avantage, il se reculait avec vivacité, disparaissait dans la zone d'ombre afin de reprendre son souffle. Par ailleurs, elle devait faire attention à ne pas se trouver sur la trajectoire de la Vicre, où il essayait systématiquement de l'amener.

À intervalles réguliers, le jet de celle-ci illuminait la pièce, instruisant Sylvine sur le jeu du chat et de la souris que se livraient Achille et la créature de fer, et sur leurs positions respectives. La bataille se prolongeait entre elle et le Maudit sans qu'aucun d'eux n'arrive à prendre l'avantage. L'homme était trop fuyant et aidé par l'obscurité ambiante. Ah, si seulement elle pouvait recourir à la magie ! Mais dès son arrivée dans la salle de garde, elle avait immédiatement compris que ce serait impossible dans ce milieu fermé, où la nature était absente. Sauf si...

Lorsque la Vicre émit son prochain jet et toucha une chaise, carbonisant celle-ci, Sylvine récupéra le faible courant d'air provenant de l'unique fenêtre, le dirigea vers les braises encore rougeoyantes et projeta celles-ci au visage du Maudit.

— Aaaah !

L'homme hurla en se tenant la face, se contorsionnant dans tous les sens, perdant tout contrôle. Dans sa panique, il fonça vers elle et, surprise, elle n'eut que le temps de se jeter à terre pour l'éviter. Son épaule heurta durement le sol et elle grimaça de douleur. Le Maudit gesticulait, aveuglé, entre la Vicre et Achille. Un nouvel éclat vert illumina la pièce.

— Salarana !

Un râle d'agonie et un juron résonnèrent en même temps dans la semi-pénombre revenue. Face à la Vicre momentanément désactivée, Achille se laissa glisser contre le mur. Le Maudit, qui avait reçu le plus gros de l'impact, resta encore debout une seconde avant de s'effondrer, transpercé de part en part.

— Achille !

Oubliant sa douleur, Sylvine se précipita vers lui et s'accroupit à ses côtés. Une partie de son mollet avait été arrachée et une odeur de chair grillée s'élevait dans la pièce. Il ne pourrait plus jouer à cache-cache avec la créature, c'était une évidence. Il grimaça :

— Va, Sylvine-mae, va chercher de l'aide.

Elle secoua la tête. Pas question de le laisser là, à la merci de la Vicre. Elle regarda autour d'elle et se releva d'un bond, tirant un fauteuil renversé afin de constituer un barrage de fortune devant son corps prostré. Si la Vicre ne le voyait plus, peut-être passerait-elle à une autre proie ? Désespérée, elle visa le visage de la statue. Sa lame s'inséra dans l'un de ses orbes éteints... et fit sauter l'une des pupilles maléfiques.

Son visage s'éclaira. Elle avait trouvé la faille, elle en était sûre.

À ce moment-là, elle entendit des pas précipités qui descendaient l'escalier menant à la salle des gardes. Dans le doute, elle se mit en position de défense.

Prévenir Justicieur, Schnippy !

Schnippy ! Dans le feu de l'action, elle l'avait complètement oublié, fermant son esprit à tout ce qui n'était pas le combat. Derrière lui, une silhouette sombre apparut à contre-jour. Elle s'arrêta un instant, prenant la mesure du carnage. L'attention du nouveau venu se porta sur Sylvine. Il se crispa. Puis, tel un chat, il s'élança des dernières marches, retomba sur l'immense pied central de la table de bois qui avait été renversée, se servant de l'impulsion pour s'agripper au cercle de bronze où l'on suspendait les lampes au plafond. Sylvine se baissa pour l'éviter. Mais ce n'était pas elle qu'il visait : il atterrit sur le dos de la Vicre, juste au moment où son œil encore en fonction recommençait à briller.

Sous l'impact, la créature de fer tomba au sol tout en effectuant son tir : apparemment, l'obstacle que Sylvine avait mis entre sa victime et elle n'avait pas suffi à dissimuler Achille à sa vue. Cependant le rayon, orienté vers le bas, ne le toucha pas, se contentant d'embraser les pieds du fauteuil. À la lumière du feu, le Justicieur, masqué comme pour un interrogatoire, lança derrière lui, d'une voix rauque :

— Écartez-vous, vite ! Je vais la faire exploser.

Sylvine se précipita vers Achille :

— Viens, appuie-toi sur moi.

Avec une grimace, il accepta la main tendue et clopina avec son aide alors qu'ils se réfugiaient derrière la lourde table renversée.

Être blessé, Achille ? Schnippy les avait rejoints et s'inquiétait de l'état du Forestier. Elle le rassura mentalement : il s'en remettrait... s'ils arrivaient à sortir de ce traquenard.

Une puissante détonation secoua la pièce. Lorsque Sylvine releva les yeux, ce fut pour découvrir une épée pointée sur leurs têtes.

— Qui êtes-vous et que faites-vous ici ?

Le Justicieur les tenait en respect. Sylvine avait été déséquilibrée par la déflagration et était à moitié cachée par Achille. Celui-ci répondit :

— Nous avons été conduits en ces lieux par le Sage Gandore.

— Gandore ? Il est là ?

— Plus maintenant, il a été blessé et a dû repartir. Nous devions assister avec lui au conseil pour annoncer...

Achille s'arrêta, ne sachant ce qu'il devait dire.

— Pour annoncer quoi ? s'impatienta l'homme au masque.

Au-dessus, des voix se faisaient entendre, ainsi que des bruits de course.

— Que la Gardienne était arrivée, finit par dire Achille, décidant de faire confiance au nouveau venu.

Après tout, il les avait aidés à se débarrasser de la Vicre.

Sylvine se redressa à ce moment-là sur ses mains. Elle secoua la tête pour que les mèches folles s'écartent et elle releva son visage vers leur interlocuteur. Leurs yeux se croisèrent et tous deux tressaillirent. Sans qu'elle comprenne pourquoi. Avant qu'une pensée cohérente ait pu traverser l'esprit de Sylvine, les bruits de pas se firent plus proches, ainsi que des cris.

— Des cachots, ça vient des cachots !

Le Justicieur jura et rengaina son arme :

— Pas un mot de ma présence ici. À personne ! Et je vous garde à l'œil. Tous les deux.

Un court instant, il ouvrit la bouche en dévisageant Sylvine, comme s'il allait ajouter quelque chose.

Puis, il sauta à nouveau sur le pied central et le lustre en fer, fit quelques mouvements de balancier et gagna l'embrasure de la seule fenêtre, perchée à plus de deux mètres de haut.

Presque simultanément, une dizaine de Défenseurs pénétra à son tour dans la salle de garde, menée par un homme au visage couturé de cicatrices. Sa mâchoire se crispa devant les corps à terre. Tandis que les soldats se penchaient vers eux, il resta campé sur ses jambes, son arme à la main, ses yeux balayant la pièce.

— Maître Sabrio, finit par souffler l'un des Défenseurs, ils sont morts. Greg et Joris. Et je ne vois pas Vulcain.

D'un coup de pied rageur, leur chef envoya voler une timbale en fer à l'autre bout de la salle. Ce faisant, il remarqua Sylvine et Achille accroupis derrière la table.

— C'est qui ces deux-là ? Emparez-vous d'eux ! Et éteignez-moi ce putain de feu !

Sylvine et Achille furent remis debout sans ménagement et désarmés. Un coup d'œil de la jeune fille vers l'ouverture du haut lui apprit qu'elle n'avait pas d'aide à attendre du Justicieur qui y était initialement perché : il avait disparu.

Maître Sabrio s'approcha d'eux à les toucher et, les dents serrées, martela :

— Il va falloir que vous m'expliquiez comment mes hommes, tous des soldats aguerris, ont été décimés par une troupe de Maudits, alors que vous deux, de parfaits inconnus surgis de nulle part, vous en êtes sortis indemnes.

Inquiets devant la tournure des événements, Achille et Sylvine se regardèrent : ils n'avaient plus Gandore avec eux comme garant de leur identité et leur survie même ne plaidait pas en leur faveur.

— En fait, nous..., commença Sylvine

— Vous savez quoi ? Gardez votre salive. J'ai pas franchement envie de vous écouter, là.

Se contenant avec peine, le chef des Défenseurs se tourna vers ses hommes :

— Foutez-moi ça au cachot. Et convoquez deux Justicieurs. Tout de suite.

La cellule où Sylvine fut conduite n'était pas large. Elle disposait d'une couchette en fer dans un coin, un trou dans un autre avec un tas de paille à côté. Aucune fenêtre n'éclairait les lieux. Elle tâta le matelas. Difficile de voir dans quel état il était. Elle préféra s'asseoir sur le sol en terre battue, le dos au mur qui la séparait d'Achille. Malgré ses supplications, ils n'avaient pas eu le droit de rester ensemble et elle s'inquiétait pour sa blessure.

Être là, Schnippy !

Elle sourit à son compagnon : malin, il s'était dissimulé dans un coin sombre de la salle de garde lorsqu'elle avait été arrêtée. Personne ne l'avait remarqué... pas plus qu'ils n'avaient remarqué les multiples poches qu'elle avait ajoutées à sa jupe. S'ils l'avaient délestée de son carquois, de sa ceinture et des accessoires qui y pendaient, elle avait toujours sur elle quelques ressources dont ils ne se doutaient pas.

Tiens, va porter ça à Achille, c'est pour le soigner fit-elle en fixant un sachet à son lacet en cuir : elle avait enroulé le petit pot de cristalline d'une bande de tissu.

Douk !

Ravi d'être utile, l'écureuil disparut par l'ouverture dans la porte : un trou avec des barreaux à travers lequel un garde vint, quelques minutes plus tard, s'assurer qu'elle ne complotait pas un mauvais coup. Elle baissa les yeux devant la lumière de la torche, puis les pas s'éloignèrent vers la cellule d'Achille. Elle espérait que celui-ci aurait le temps de ranger le nécessaire de soin. La cristalline ne dégageait pas d'odeur, c'était déjà ça.

Souffrir moins, Achille. Dormir bientôt.

Le rapport de Schnippy fit sourire Sylvine. Elle caressa la douce fourrure de l'animal qui s'était blotti contre elle. Maintenant qu'elle avait le temps de réfléchir aux derniers événements, elle ne savait plus quoi penser de tout cela : d'où sortaient tous ces Maudits ? Pourquoi se trouvaient-ils justement là en même temps qu'eux ? Avaient-ils été trahis ? Comment le Justicieur était-il venu à bout de la Vicre ? D'ailleurs comment se faisait-il que Schnippy l'ait ramené ?

En réponse, l'animal fit passer des images de sa rencontre avec le Justicieur dans un couloir, l'air furtif de celui-ci, en train de regarder par une fenêtre, puis sa perplexité lorsqu'il avait vu l'écureuil, son haussement d'épaules... sa colère, enfin, quand Schnippy, qui cherchait à tout prix à attirer son attention, s'était emparé du mouchoir monogrammé qui dépassait de sa poche. Ils s'étaient engagés dans un couloir aux murs épais et les premiers bruits de la bataille avaient stoppé net le Justicieur dans sa course-poursuite. Schnippy avait lâché le bout de tissu, inquiet pour Sylvine... et son récit s'arrêtait là.

Elle hocha la tête : elle comprenait mieux pourquoi personne n'était venu à leur secours plus tôt. Les murs avaient étouffé les bruits et seule la déflagration du Justicieur, qui avait ébranlé le bâtiment entier, avait alerté les Défenseurs.

Elle se frotta les yeux, épuisée mais trop tendue pour dormir. Tant que le cercle ne se serait pas réactivé sous l'influence de la lune, Gandore ne pourrait pas les rejoindre pour témoigner en leur faveur. Il leur fallait tenir jusque là, mais ça ne serait pas chose facile.

Aller repérer lieux, Schnippy ?

Malgré sa fatigue, elle sourit. Certes, Schnippy souhaitait aider sa maîtresse mais elle avait bien vu passer dans son esprit l'image de noisettes ou, à défaut, de petits insectes. C'était qu'il avait faim, avec tout ça.

Oui, bonne idée, vas-y. Mais fais attention à toi et reviens avant que le soleil ne soit levé. Et s'il y a des Justiciers avec moi, ne te montre pas.

Une fois qu'il fut parti, elle posa son front sur ses bras repliés. Tout s'était passé tellement vite pendant la bataille ! À un moment, elle avait eu l'impression qu'une voix dans sa tête la conseillait. Mais c'était impossible... Impossible.

Ce n'était pas moi. Si ?
Est-ce moi qui lui ai dit quoi faire ?
Oui, c'était moi.
Non, c'était elle. Enfin, moi.
Qui ?
Je crois que je suis en train de devenir folle.

Elle avait dû s'endormir car un bruit de voix la fit sursauter.

— Qui va là ?

— T'inquiète, c'est moi : Bram. J'amène les Justiciers que Maître Sabrio a convoqués.

Sylvine se redressa d'un bond, le dos collé au mur, bien réveillée tout à coup. Elle frissonna. Elle avait beau ne rien avoir à cacher, l'idée qu'on fouille ses pensées les plus intimes la révulsait.

Un cliquetis et la porte de la cellule s'ouvrit. Ses yeux, éblouis par la lumière que levait le garde, finirent par distinguer deux silhouettes noires et immobiles à ses côtés. L'une d'elles entra dans son cachot. Pendant que la porte était refermée à clé, elle alluma sa lampe. Il s'agissait d'une femme aux yeux d'un bleu intense. Ses cheveux disparaissaient sous la capuche qui les recouvrait. Elle portait un masque qui dissimulait ses traits.

— Je suis Dame Kriss. Je suis venue vous interroger.

Sylvine hocha la tête, toujours collée au mur. Dans la cellule d'à côté, le scénario se répétait pour Achille. Elle eut la gorge nouée en pensant à lui. Elle savait à quel point il s'était battu pour effacer de sa mémoire les terribles souvenirs de sa vie avant son arrivée à Citara. Les revivre aujourd'hui serait un calvaire.

— Vous n'ignorez pas, je suis sûre, comment se passe un interrogatoire : vous ne souffrirez pas si vous me laissez accéder à vos pensées. Ne résistez pas : si vous tentez d'ériger une barrière entre vos souvenirs et moi, je m'acharnerai sur celle-ci. Et je la briserai. Vous comprenez ? Trop de barrières et votre esprit se retrouverait endommagé. À tout jamais.

Sylvine prit une profonde inspiration. De toute façon, elle était venue à Enu avec l'intention de se faire reconnaître en tant que Gardienne. Même si son arrivée était moins glorieuse que prévu, la validation de son statut par une Justicieuse ne pouvait finalement qu'être à son avantage.

Relevant le menton d'un geste brusque, elle lança :

— Allons-y, j'ai beaucoup de choses à faire.

L'œil de la Justicieuse s'écarquilla, comme si l'aplomb de l'interrogée était quelque chose de plutôt rare. Elle indiqua le lit d'un mouvement de tête :

— Asseyez-vous là bas. Il est probable que vous ne pourrez pas rester debout.

Sylvine obéit, souhaitant en finir vite.

Lorsqu'elle leva à nouveau son visage vers son interlocutrice, les mots moururent sur ses lèvres : un regard bleu, un regard insoutenable pénétrait dans sa tête, comme si un outil perçait un trou au milieu de son crâne. Elle recula instinctivement contre le mur, mais impossible d'empêcher l'invasion : les yeux bleus étaient partout, à chaque recoin de son âme, examinant ses relations avec Schnippy, avec Chloriane, avec Achille. Avec Gandore. Avec Boga. Sylvine se détendit imperceptiblement : l'intrusion se faisait moins agressive, comme si la Justicieuse était rassurée par la présence d'un de ses confrères parmi les compagnons de route de l'interrogée.

Son regard tomba alors sur une scène enfouie dans une partie reculée du cerveau de Sylvine, une scène que malgré elle, elle voulait préserver intacte. Peine perdue, la Justicière s'immisça plus profondément encore dans ses souvenirs : elle marqua un temps d'étonnement en découvrant l'inconnu dans les Collines, son geste valeureux et le départ forcé de Sylvine. Sa peine à elle, ses regrets... Son trouble...

Furieuse de cette intrusion dans ses pensées les plus intimes, Sylvine se contracta et tenta de rejeter le regard envahisseur. Ses tempes se comprimèrent, ses idées s'entrechoquèrent tandis qu'elle haletait, luttant férocement tout à coup.

Car les yeux bleus avaient distingué autre chose et s'étaient faits soudain inquiets, fouillant, cherchant, creusant...

La douleur vrillait le crâne de Sylvine. Elle n'avait pas conscience qu'elle gémissait maintenant, sans retenue.

Puis tout s'arrêta.

Le regard l'avait quittée.

Sylvine reprit son souffle avec difficulté et essaya de retrouver ses esprits. La pièce tournait autour d'elle et elle serra les lèvres contre la nausée qui menaçait de l'envahir toute entière.

En face d'elle, étonnamment, la Justicière semblait en proie au même malaise. Comme si elle aussi avait été mise à rude épreuve.

La femme masquée finit par reprendre la parole, d'une voix moins assurée que lorsqu'elle s'était présentée.

— Hum... J'ai vu qui vous étiez, non seulement à vos yeux, mais également à ceux de votre entourage. Il semblerait bien que je me trouve face à une personnalité, nulle autre que la Gardienne de Citara...

Elle fit un petit salut de la tête.

Sylvine esquissa un faible sourire. Elle devait avoir bien piètre allure, la Gardienne, en cet instant précis.

D'ailleurs, Dame Kriss paraissait plus inquiète que rassurée de son identité.

— Votre interrogatoire est terminé et je vais veiller à ce que les Importants soient avisés au plus vite de votre présence. Je vous demande un peu de patience. Profitez de ces moments pour vous remettre de vos émotions, tout cela a dû être éprouvant pour vous.

Elle attendit que Sylvine hoche la tête avant de héler le garde, puis la porte se referma et Sylvine se retrouva seule, assise sur la couchette.

Lentement, elle se laissa tomber à genoux, puis s'étendit sur le côté. Le contact frais de la terre contre sa joue lui fit du bien. Elle inspira, expira, cherchant dans ce petit bout de nature l'énergie nécessaire à sa reconstruction. Son oreille, collée au sol capta alors des sons. Des bruits de voix.

Elle se concentra. La matière se fit conductrice et elle entendit ce que se disaient les deux Justicieurs, qui se tenaient quelques mètres plus loin dans le couloir :

— C'est donc bien la Gardienne attendue ?

— Oui, en tout cas, c'est ainsi que son entourage la considère.

— Je te confirme, le mien en était convaincu aussi.

— Mais il y avait quelque chose d'étrange en elle, comme une autre présence. Je ne sais pas comment l'expliquer, c'était la première fois que je voyais ça. Ce n'est pas comme si elle cherchait à me la dissimuler, je crois qu'elle n'en était pas consciente elle-même.

— Elle aurait été manipulée ?

— Non, ce n'est pas ça non plus. On aurait dit que quelqu'un d'autre était présent lors de cet interrogatoire... Sord, je t'avoue que ça m'inquiète. Qu'est-ce que cela peut bien signifier ?

— Tu veux que je regarde ?

Il y eut un silence pendant lequel Sylvine se recroquevilla intérieurement à l'idée de revivre l'invasion de son esprit. Pitié, plus jamais ça... Puis la Justicière répondit :

— Non. Je pense avoir été au plus profond d'elle-même. Poursuivre serait trop risqué et pourrait causer des lésions irréversibles. Il vaut mieux en rester là. Pour l'instant.

— Bien. De mon côté, rien à signaler hormis que l'homme que j'ai interrogé a subi des choses que l'on ne peut imaginer. Et pourtant, il est toujours debout et d'une intégrité exceptionnelle. Un grand Sieur. Bon, je vais au Conseil annoncer que nous avons deux hôtes de marque plutôt que deux dangereux transfuges et faire lever leur emprisonnement. Tu vois autre chose ?

— Non... Ah si. Préviens les gardes de la présence d'un autre visiteur imprévu. Qu'ils ne s'en prennent surtout pas à un écureuil roux, il fait partie des invités-surprises.

— Hein ?

Un sourire dans la voix, tandis qu'ils s'éloignaient, Dame Kriss expliqua :

— Notre Gardienne a emmené ce petit compagnon avec elle et il a beaucoup plus de valeur qu'on ne pourrait le penser. Alors on n'y touche pas !

Le bruit de leur discussion s'atténua puis disparut.

Sylvine relâcha le souffle qu'elle retenait jusque là. Une part d'elle était rassurée que son identité ait été confirmée et que Schnippy ne soit pas malmené... Mais l'autre... l'autre était en plein chaos : qu'avait bien voulu dire la Justicieuse à propos de cette double présence en elle ? Ces propos faisaient douloureusement écho à ceux de Mama Sangre dans la forêt de Xued. C'était étrange de se mettre à avoir peur... de ce que recelait son propre esprit.

Autour d'elle, les brumes dansaient nonchalamment. *Depuis quand sont-elles là ?* s'interrogea-t-elle. *Pourquoi sont-elles revenues ?*

Puis elle s'évanouit.

Oh !
Ce regard...
Ce regard sur moi !

Comme une douleur, qui m'a réveillée, sortie de cet ensevelissement dans mes souvenirs. Il ne faut plus que je succombe à ces derniers, il faut que je m'en détache...
Je me hisse avec difficulté au-dessus des événements. Et je retrouve ce bruit d'ailes que j'avais oublié.
Je vois mon éveil dans une chambre inconnue, les retrouvailles avec un Gandore au bras bandé et aux yeux fatigués, une grande salle, la contrariété de Rochelaure, l'arrivée intempestive de Boga, couvert de poussière, mes yeux qui se posent sur un homme dans la foule, mon cœur qui s'accélère...

CHAPITRE 22

S'interroger

Sylvine s'arrêta net dans son observation de la tribune des Importants et écarquilla les yeux.

Après les premiers débats houleux la concernant, le témoignage admiratif de Boga, arrivé en un temps record d'Ertauq, avait calmé les esprits. Pendant que les Dirigeurs discutaient protocole, elle avait enfin pris le temps de regarder l'assistance, debout au milieu de la salle, aux côtés d'Achille. La gigantesque pièce s'était remplie, petit à petit, de nouveaux venus. Schnippy, par contre, s'en était vu refuser l'accès, à sa grande fureur. Achille, qui avait déjà assisté à un Conseil dans la capitale, était en train d'expliquer à voix basse à sa protégée l'organisation de la tribune.

Dans le bas de celle-ci, parmi les Importants, figurait un jeune homme qui venait de retenir l'attention de Sylvine. La tête penchée vers le ventre, un bras replié sur sa tempe, il jouait avec un bout de tissu en satin bleu, qui pendait de son cou. Hormis sa chemise, de couleur argentée, ses vêtements étaient du même bleu, un bleu violent.

L'un de ses pieds, recouvert d'une botte à l'extrémité démesurément allongée, se balançait avec nonchalance. Il bâilla, ne prêtant aucune attention à la discussion en cours. L'œil de Sylvine avait été autant attiré par sa tenue criarde que par son indifférence, qui détonait avec celle des autres membres de l'assistance, passionnés par les débats : eux s s'agitaient sur leurs sièges, étirant leur cou pour mieux voir les orateurs et commentaient avec animation chaque intervention, alors que lui restait immobile, détaché.

À l'instant, il venait d'ôter le poing de son front et de révéler son visage à Sylvine.

Un visage à angles droits, aux traits fermes et harmonieux, un visage qui hantait ses souvenirs : celui de l'inconnu qui lui était venu en aide, deux quartiles plus tôt.

Sans réfléchir, elle fit un pas dans sa direction.

Comme attiré par ce mouvement, il leva les yeux vers elle sans changer de position. Son regard la balaya avec la même indifférence nonchalante qu'il avait eue pour tout ce qui l'entourait, avant de revenir se poser sur le bout de satin bleu. Aucun signe de reconnaissance à son égard.

Pourtant, pas de doute possible : c'était lui qui l'avait secourue dans les collines, son visage était gravé dans sa mémoire. Se pouvait-il qu'il l'ait oubliée ? Ou l'ignorait-il volontairement ? Il lui sembla voir un muscle palpiter nerveusement sur sa joue.

Elle se mordit la lèvre : bien sûr ! Il devait être furieux qu'elle l'ait abandonné à son sort cette journe-là...

— Oui ?

Sieur Rochelaure, les Dirigeurs et l'assistance entière la contemplaient d'un air interrogateur.

Ils s'étaient interrompus pour écouter ce que la Gardienne avait à leur dire.

Elle se sentit pâlir. Impossible de leur expliquer la véritable raison de son pas en avant. Pourtant, il fallait bien qu'elle trouve quelque chose à déclarer.

Quelque chose de sensé, si possible. Car Sieur Rochelaure n'avait pas caché qu'il considérait sa présentation en tant que Gardienne comme une mauvaise plaisanterie. Seul le respect de tout Citarien pour l'ordre des Justicieurs l'avait fait s'incliner, avec raideur, devant elle. Devant cette gamine inconnue qui prétendait sauver le pays. Elle avait entendu cette pensée traverser son esprit aussi clairement que s'il avait prononcé les mots à voix haute. Peut-être même avait-il fait exprès de la lui envoyer... Il ne faudrait pas qu'elle s'attire définitivement sa défaveur en restant silencieuse.

Elle se racla la gorge. De quoi étaient-ils en train de discuter, déjà ?

— Euh, je crois que...

Ah oui, les Sages, ils venaient d'évoquer le conseil des Sages !

— Hum, je disais que les Sages me semblent les plus à même pour définir la portée de la Prédiction et d'en expliquer les parties les plus... hum... complexes.

Le Sieur Rochelaure la dévisagea en haussant un sourcil devant l'inintérêt de sa remarque.

— Le problème, avec la Prédiction, c'est qu'elle est assez nébuleuse pour que l'on en tire des interprétations diamétralement opposées. Nous ne sommes plus dans la théorie, là, nous sommes en train de discuter d'un plan de Défense. Avec tout le respect que je dois à la Gardienne, je ne pense pas me tromper en disant que nous avons un petit peu plus d'expérience que vous dans ce domaine...

Elle grinça des dents. Non seulement elle avait été remise à sa place en quelques mots, mais elle ne voyait pas ce qu'elle pouvait répondre à cela.

Satisfait, Sieur Rochelaure reprit :

— Nous allons centrer nos forces sur Enu et le sud. Inutile de mobiliser les Colliniens, de toute façon ils sont trop éloignés et peu aptes à intervenir en défense.

Hein ? Les Colliniens peu habiles au combat ? Cela ne correspondait pas du tout à l'image que Sylvine avait d'eux. Elle voulut s'insurger mais vit que Gandore secouait la tête en signe d'avertissement. Ce n'était pas le moment de faire scandale, sa réputation n'était pas suffisamment assise pour qu'elle puisse se le permettre. En prenant une profonde inspiration, elle détendit ses doigts crispés. Son regard repartit malgré elle en direction de son sauveur des collines. Qui détourna aussitôt le sien.

Il fallait qu'elle ait une discussion avec lui dès la fin du Conseil...

— Il nous faut un Commandeur des armes, quelqu'un qui puisse coordonner les opérations des Justicieurs et des Défenseurs. Et de la Gardienne, ajouta le Dirigeur du bout des lèvres.

Le jeune Enusien aux habits bleus quitta son expression léthargique pour considérer Sieur Rochelaure avec un nouvel intérêt.

— Pourquoi pas Sieur Olivier ? proposa avec obséquiosité l'un des conseillers, un homme rondelet à la tenue pourpre rehaussée de pierres vertes.

Les regards de l'assistance se tournèrent vers celui qu'elle ne quittait pas des yeux et qui, déjà, avait repris son air apathique.

Atterrée, Sylvine réalisa que son preux chevalier n'était autre que... le fils de Sieur Rochelaure. Celui dont on lui avait dit qu'il était oisif, bagarreur, noceur, incapable... Non, ce n'était pas possible ! Il ne pouvait pas être cet être si décrié ! Elle revit alors la scène où il avait tenté de souffler un dernier mot avant de perdre connaissance : « ...vi... ». Olivier... Il essayait tout simplement de lui dire son prénom !

Elle ferma les yeux un court instant, ébranlée dans ses convictions et ses attentes.

Entre temps, Sieur Rochelaure rabrouait l'homme qui avait émis cette suggestion :

— Je ne pense pas que ce soit la place de mon héritier de guider notre armée contre Rohé. De toute façon, lui non plus n'y connaît rien en stratégie militaire ou en maniement de l'épée.

— Oh, mais c'est faux !

Interloquée de la violence de l'attaque contre son propre fils, Sylvine n'avait pu s'empêcher de prendre la défense de celui dont elle avait pu admirer la valeur au combat.

Tous les regards se tournèrent à nouveau vers elle.

Rougissante, elle persista néanmoins :

— Votre fils est tout à fait apte à ferrailler, je vous assure !

— Tiens donc ? susurra Rochelaure, les yeux plissés, et qu'en savez-vous ?

— Je le sais parce qu'il m'a sauvé la vie, rétorqua sèchement Sylvine, qui commençait à en avoir assez du ton doucereux du Dirigeur.

À ces mots, des exclamations fusèrent. L'une d'entre elles émanait de l'Enusien ainsi désigné, qui s'était levé de son siège et affrontait maintenant le regard de Rochelaure :

— C'est n'importe quoi, je n'ai jamais vu cette jeune dame avant aujourd'hui !

Les commérages allaient bon train dans l'assistance, surexcitée, et peu entendirent Sylvine ajouter, d'une voix rendue faible par sa dénégation véhémente :

— Mais si... C'était dans les collines ouest, il y a deux quartiles de cela...

Ses propos furent coupés par ceux, moqueurs, de Rochelaure, qui prit à partie l'assemblée :

— Manifestement, encore une fois, il semble que mon fils ait du succès auprès de la gent féminine. Toutefois, je crains, jeune Dame, qu'il ne vous rende pas votre intérêt... et ne vous ait oubliée.

Devant les rires étouffés des Importants et le mépris de Rochelaure, elle sentit la chaleur embraser son corps. Néanmoins, têtue, elle s'apprêtait à insister lorsqu'un tumulte se créa tout près d'elle : une femme aux cheveux argentés, très belle, venait de s'évanouir, causant l'émoi de son entourage. L'air inquiet, le jeune homme en bleu la rejoignit en hâte, fendant les rangs.

Rochelaure crispa les lèvres et ordonna, d'une voix à la fois glaciale et excédée :

— Qu'on emmène mon épouse dans ses appartements. Je lève la séance jusqu'à demain, afin que tout le monde reprenne ses esprits. Je rappelle qu'il s'agit d'un Conseil, non d'une représentation théâtrale. Ceux qui ne seront pas capables de maîtriser leurs interventions ne seront pas autorisés à y assister.

Sylvine resta plantée là, sans comprendre, tandis que les Importants, certains avec de petits rires avisés, d'autres avec des expressions compatissantes à son égard, quittaient la salle dans le sillage du Dirigeur.

Après un dernier regard furibond dans sa direction, Olivier, qui avait pris dans ses bras la dame évanouie, abandonna aussi les lieux. Non, décidément, ce n'étaient pas les retrouvailles qu'elle avait imaginées...

Oh, Olivier...
Est-ce cette entrevue que tu voulais que
j'oublie ? L'Olivier que j'aime ne ressemble en
rien à ce que l'on dit de toi : quel rôle jouais-tu
à ce moment-là ? Pourquoi ces mensonges ?
Je continue à effleurer mes souvenirs jusqu'à
retrouver ton visage dans ces derniers.
Oh, ça ne s'arrange pas, on dirait !

Sylvine suivait le serviteur dans les couloirs endormis de la demeure de Rochelaure. L'homme s'était présenté sous le nom de Bontemps : il occupait la fonction d'intendant dans ce qui avait de plus en plus, aux yeux de la Forestière, l'allure d'un château. Petit et trapu, tiré à quatre épingles, avec un visage banal mais avenant, il la guidait vers les appartements de Dame Sopheline. Leurs lampes, jaune pour lui, verte pour elle, projetaient des ombres fantomatiques sur les murs. Sylvine s'interrogeait : que pouvait bien lui vouloir l'épouse de Rochelaure ? Et pourquoi la convoquer à cette heure si tardive ?

L'odeur d'alcool la frappa en premier. Fronçant le nez, elle leva la tête et découvrit, effarée, un Olivier manifestement ivre qui titubait dans leur direction.

Il n'avait pas allumé sa lampe et l'éclat des leurs, pourtant faible, lui fit plisser les yeux.

Le serviteur à côté de Sylvine se racla la gorge, visiblement embarrassé :

— Oh, Sieur Olivier, vous avez l'air... hum... souffrant. Attendez-moi ici un instant, je finis d'accompagner cette jeune dame et je reviens vous aider.

— Pas... la peine, articula le jeune homme avec orgueil. Je... Je suis tout à fait... capable de retrouver le... le chemin... de ma chambre.

Il prit appui contre le mur et cligna des yeux. Son regard se posa sur Sylvine.

— Hé hé ! Salut ma mignonne ! Content de me re-voir ? insista-t-il avec un rire gras sur le préfixe.

Sylvine leva le menton et rétorqua avec mépris :

— Hélas non ! Je préférais certainement notre première rencontre...

— Ah oui... notre première rencontre... Cet instant inoubliable...

Elle s'empourpra devant son ton sarcastique. C'était sûr cette fois, il n'avait pas apprécié qu'elle l'ait planté là après qu'il lui ait sauvé la vie.

Il n'avait pas l'air d'être en état de discuter mais elle essaya tout de même de justifier son geste :

— Oui, je sais, les circonstances ne plaident pas en ma faveur... Mais c'est Gandore qui m'a empêchée de vous rejoindre, il m'a obligée à quitter les lieux avant que je ne puisse...

Le jeune homme avait froncé les sourcils :

— Qu'est-ce que vous racontez ? Gandore était présent ? Depuis quand ?

— En fait…

Elle n'eut pas le temps d'en dire davantage : au bout du couloir, la porte s'était ouverte.

Une lumière rouge brilla dans la pénombre, révélant celle qui la tenait à bout de bras : la femme de Rochelaure, Dame Sopheline.

Elle s'approcha d'eux, sa magnifique robe de nuit bruissant à chacun de ses pas. Le tissu scintillait dans le noir, tout comme sa chevelure d'argent.

— Mon fils, je pense que vous devriez regagner vos appartements plutôt que de houspiller notre invitée en plein couloir.

La réprimande fut efficace, car le jeune homme eut tout à coup l'air penaud : il hocha brièvement la tête vers les personnes présentes en signe d'excuse ou de salutation, avant de reprendre sa progression laborieuse.

— Sieur Bontemps, pouvez-vous aider mon fils à rejoindre sa chambre, je vous prie ? Je m'occupe de jeune Dame Sylvine, revenez la chercher dans une heure.

Le serviteur s'inclina à son tour et rattrapa Sieur Olivier autour duquel il passa un bras pour le soutenir. Tous les deux disparurent bientôt. Dame Sopheline, qui contemplait la scène avec un pli soucieux sur le front, finit par adresser un faible sourire à Sylvine :

— Venez, mon enfant, nous devons discuter toutes les deux.

Sylvine la suivit au bout du couloir. Une fois dans ses appartements privés, Dame Sopheline l'invita à s'asseoir sur l'un des somptueux fauteuils de brocard rouge qui se faisaient face.

Pendant que son hôtesse se dirigeait vers une commode à rafraîchissements, la jeune Forestière glissa un regard curieux sur les lieux.

C'était une pièce très féminine, décorée avec goût et luxe : des étoffes luisaient sous l'éclat de leurs lampes, des bibelots précieux étaient disposés harmonieusement sur divers supports. À la gauche du fauteuil où Sylvine avait pris place, il y avait une autre pièce ouverte sur un environnement bien différent : un amoncellement de cadres empilés autour d'un chevalet, des tissus, une boîte à peintures. La pénombre qui y régnait empêcha Sylvine de discerner les motifs tracés sur les toiles, mais elle se douta que c'était Dame Sopheline qui les avait peintes. Si elle était également l'auteur du grand tableau accroché juste au-dessus du buffet où elle s'affairait, elle avait un réel talent.

Sylvine ne pouvait détacher son regard de la scène qui y figurait. Elle représentait une Sopheline plus jeune, tenant par la main un enfant, mais ne le regardant pas. Elle avait le visage tourné à demi vers l'arrière et une expression angoissée recouvrait celui-ci. Le garçonnet, lui, avait l'air malicieux et plein de vie. Malgré les rondeurs de l'enfance, elle reconnut les yeux gris et le sourire contagieux : c'était son sauveur des collines, c'était Sieur Olivier.

Elle retrouvait, à contempler ses traits, la même émotion qui l'avait saisie lorsqu'il l'avait regardée avec complicité, avant de s'engager à ses côtés pour combattre les Maudits qui l'embusquaient. Comme cet instant-là était loin... Son inconnu s'était avéré n'être ni plus ni moins qu'un jeune homme gâté par la position de son père, indolent et enclin aux beuveries. Comment avait-elle pu se tromper à ce point sur lui ?

Elle ne put retenir un soupir et Dame Sopheline, qui s'était un moment plongée elle aussi dans la contemplation du tableau, effleurant même la toile d'un geste tendre, tressaillit.

— Je suis désolée, ma chère, vous devez être épuisée après les émotions de ces dernières heures et je suis là à rêvasser au lieu de vous proposer un rafraîchissement.

Sylvine secoua légèrement la tête :

— Non, je vous remercie... Je suis à vrai dire surtout curieuse de connaître la raison pour laquelle vous souhaitiez me recevoir.

Dame Sopheline baissa un instant les yeux vers les bouteilles à côté d'elle. Ses mains hésitèrent à proximité d'un flacon opaque... mais finirent par se nouer l'une à l'autre tandis que prenant une profonde inspiration, elle se retournait vers son invitée.

— Je me doute de vos interrogations, Sylvine. Le fait est qu'il m'est très difficile d'évoquer ce sujet... D'autant que je ne sais pas encore dans quelle mesure je peux vous faire confiance.

La Forestière fronça les sourcils devant cette entrée en matière déroutante. Il devait sûrement s'agir de cette histoire de Gardienne. L'épouse de Sieur Rochelaure avait été pressentie pour ce titre et elle devait vouloir négocier la chose avec celle qui l'avait supplantée.

La discussion s'annonçait difficile. Sylvine avait désormais conscience du rôle qui était le sien. Et elle ne pensait pas que la beauté et la grâce naturelle de Dame Sopheline puissent faire le poids face aux forces armées de Rohé. Elle ouvrit la bouche pour essayer d'expliquer cela avec le plus de tact possible lorsque Dame Sopheline la devança :

— C'est au sujet de mon fils.

Sylvine en resta bouche bée. Elle ne s'était certes pas attendue à ce sujet de conversation...

Son interlocutrice vint prendre place en face d'elle, sur l'autre fauteuil. Ses doigts se croisaient et se décroisaient sur ses genoux. Elle poursuivit, sans la regarder :

— Ce matin, vous avez affirmé que mon fils vous avait sauvé la vie... Pourriez-vous me raconter comment cela s'est passé ?

Sylvine hésita. Elle revit les dénégations véhémentes du jeune homme à ce sujet, la foule qui riait, moqueuse. Lui revint alors en mémoire ce qu'il lui avait déclaré pendant qu'elle le soignait, dans les collines : « je ne suis pas censé être là »... Glacée tout à coup, elle réalisa qu'elle avait peut-être commis une bourde monumentale en révélant cette histoire. Elle se mordit la lèvre et répondit avec embarras :

— Euh... Je crois... que je me suis trompée de personne, en fait. Il faisait nuit et euh... j'ai sûrement confondu... En tout cas, lui même a dit qu'il s'agissait d'une méprise... Ne vous alarmez pas au sujet de cette erreur...

Elle ne put poursuivre : Sopheline lui avait soudain pris les avant-bras et vrillait son regard dans le sien. Ses ongles s'enfonçaient dans la peau de Sylvine tandis qu'elle luttait visiblement pour garder son calme.

— Mon enfant... Votre silence vous honore... Et me rassure, car je vois que vous n'irez pas raconter cette histoire à tort et à travers... Mais il *faut* que je sache ce qui s'est passé, c'est de la plus haute importance.

Saisie par l'air hagard et désespéré de la mère d'Olivier, Sylvine ne put qu'ouvrir de grands yeux devant son attitude.

Comprenant qu'elle était allée trop loin, Dame Sopheline relâcha son emprise et se releva pour arpenter la pièce. Machinalement, Sylvine frotta ses avant-bras, là où la marque des ongles était visible.

— Comment vous expliquer ? Comment vous dire les secrets qui peuplent nos vies ici ? Il y a tant de choses que vous ignorez et tellement d'enjeux que vous ne pouvez percevoir...

Elle s'arrêta et fixa à nouveau Sylvine du regard :

— Je vous en conjure, je vous en supplie, racontez-moi ce qui s'est passé cette journe-là.

— Mais pourquoi... Pourquoi ne demandez-vous pas à votre fils ?

Dame Sopheline eut alors un rire étranglé. Elle renversa sa tête en arrière, clignant des yeux, avant d'avouer :

— Mon fils... comme beaucoup d'autres, pense que je ne pourrais pas supporter ce genre d'information. Il n'a pas tort d'ailleurs... J'ai passé la majeure partie de mon existence à chercher à éviter les soucis, les angoisses, à refuser d'affronter mes peurs...

Ses yeux glissèrent vers l'armoire aux boissons, s'arrêtant sur la bouteille opaque. Puis remontèrent vers le tableau accroché au-dessus, qui la représentait en train de se détourner d'Olivier.

— Je crains de ne pas avoir été une mère très protectrice ni mérité la confiance de mon fils.

C'était bien elle qui avait réalisé la toile, Sylvine en était sûre désormais : elle l'avait peinte pour expier son remords de ne pas avoir accompagné pleinement son enfant sur les chemins de la vie.

— Mais maintenant... maintenant, je me sens plus forte... C'est comme si vous m'aviez redonné le goût de vivre.

— Moi ?

— Vous. En me déchargeant de ce poids qu'était la nomination en tant que Gardienne, d'une part. Et en me révélant... que j'avais raison... en pensant que... mon fils menait une double vie.

Tandis que Sylvine digérait ces informations, Dame Sopheline s'approcha des lourdes tentures bordant la fenêtre. Sa main caressa le velouté de l'étoffe, comme pour y puiser un réconfort. D'une voix sourde, le regard fixé sur le paysage nocturne des collines de Citara, elle conclut :

— Je vous le demande, Sylvine. Aidez une mère à reprendre espoir. Racontez-moi votre rencontre avec mon fils. Et je vous dirai à mon tour ce que j'ai pressenti.

Le sang battait aux tempes de Sylvine alors qu'elle réfléchissait à ce qu'elle venait d'entendre. Se pourrait-il qu'elle ne se soit pas trompée sur la valeur de son chevalier servant ? Poussée par la curiosité d'en savoir davantage, autant que par compassion pour la femme blessée qui se tenait à la fenêtre, elle commença d'une voix hésitante :

— C'était il y a quelques quartiles de cela. J'avais été prise en chasse par deux Maudits et avais dû m'enfuir de mon village jusque dans les collines ouest, au nord de la pointe d'Ertauq. J'avais épuisé toutes mes ressources et je me retrouvai prise au piège. À la tombée de la nuit, les Maudits allaient s'emparer de moi, car je ne n'étais pas de taille à lutter seule contre eux. À l'époque, je ne savais pas me battre. C'est alors que je sentis une présence derrière moi.

Perdue dans ses souvenirs, Sylvine racontait maintenant avec fluidité la scène : sa rencontre avec le jeune homme, sa décision à lui de lui prêter main-forte, la bataille, puis ses soins au blessé et le cryptique « vi » de ce dernier, qu'elle comprenait mieux aujourd'hui.

La mère d'Olivier ne s'était pas retournée, seul son poing crispé sur le rideau trahissait son attention.

Puis Sylvine soupira avant d'expliquer l'ultime affrontement avec le Maudit, l'arrivée de Gandore et son propre enlèvement par celui-ci.

Dame Sopheline fit alors volte-face, une expression horrifiée sur son visage :

— Mais... Vous l'avez laissé seul dans ce champ ? Alors qu'il était gravement blessé ?

— Je n'ai pas eu le choix, se défendit Sylvine. J'ai tout fait pour convaincre Gandore, mais il m'a assuré que la cristalline avait soigné le Collinien qui m'avait aidée... et lorsque nous avons quitté le cercle, je l'ai vu qui venait de se relever.

Dame Sopheline avait fermé les yeux, comme à court de mots. Sylvine ne comprenait pas la force de son désarroi : Olivier était guéri aujourd'hui, pourquoi une telle angoisse a posteriori ?

Gandore ne s'était pas trompé lorsqu'il l'avait qualifiée de femme trop sensible. C'était sûrement de cette fragilité qu'elle avait voulu se protéger en mettant tout le monde à distance.

Dame Sopheline elle-même confirma cette impression :

— Excusez-moi, je... j'ai beaucoup de mal à ne pas réagir de façon extrême, parfois. Et... êtes-vous retournée dans les collines ouest depuis votre aventure ?

— Oui. Nous avons passé une décime à Ertauq juste avant d'arriver à Enu.

— L'avez-vous revu à cette occasion ?

— Olivier ? s'étonna Sylvine. Non. C'est comme s'il avait disparu de la région. Personne n'avait entendu parler d'un jeune homme blessé quelque temps auparavant. J'en ai conclu qu'il ne venait pas d'Ertauq, à juste titre apparemment...

Dame Sopheline hocha la tête d'un air préoccupé :

— Tant mieux si personne ne sait. Oui, tant mieux.

Elle finit par pousser un profond soupir, comme pour oublier l'épisode.

Mais c'était au tour de Sylvine d'attendre des explications.

— Alors ? Que s'est-il passé à votre avis, pour que votre fils nie m'avoir rencontrée dans les collines ?

— C'est vrai, je vous avais promis des réponses... Je vous demande juste un instant, j'ai besoin de remettre mes pensées en ordre.

Dame Sopheline retourna auprès du buffet et attrapa de façon décidée la bouteille opaque qu'elle avait soigneusement évitée jusque là. Elle se servit un verre du liquide bleu clair, étonnamment épais, qui y était contenu. Puis elle s'assit à nouveau sur le fauteuil en face de Sylvine et but une longue gorgée.

Son expression était plus distante et réservée, comme si elle cherchait cette fois à garder le contrôle de ses émotions.

— Mon fils, voyez-vous, a grandi sous la domination totale de son père. Ce dernier a toujours rêvé pour lui d'un destin de Dirigeur. Et n'a donc pas apprécié l'envie d'Olivier de devenir quelqu'un d'autre, et notamment d'embrasser une carrière de Justicieur.

— Justicieur..., murmura Sylvine, songeuse.

Il était vrai que la fonction correspondait tout à fait avec sa décision de voler au secours d'une jeune fille agressée par deux ennemis.

Elle réprima un sursaut : elle avait déjà vu Olivier en tenue de Justicieur ! L'homme masqué et vêtu de noir qui avait éliminé la Vicre dans la salle de garde, c'était lui ! Si elle n'avait pas été aussi inquiète pour Achille, elle l'aurait identifié plus tôt ! Lorsque son regard avait croisé le sien, juste avant que les soldats de Maître Sabrio n'arrivent, elle avait senti une reconnaissance dans les pupilles grises.

En face d'elle, la mère d'Olivier n'avait pas remarqué son trouble et poursuivait avec mélancolie :

— Oui, d'ailleurs ses Aptitudes ont été sans équivoque à ce sujet. Toutefois, mon époux n'a rien voulu savoir et Olivier a été écarté de ses enseignants, de ses amis, de tout ce qui pouvait le conduire à fréquenter le monde armé. Il a bien essayé de s'opposer aux décisions de son père, mais... en vain. Disons que mon mari, poursuivit-elle avec un sourire amer et après avoir avalé une nouvelle gorgée, peut être très persuasif...

J'ai vu Olivier devenir insolent et paresseux, passant ses nuits à boire dans les tavernes et ses journes à s'ennuyer dans les tâches que lui confiait le Conseil, sous l'impulsion de leur Dirigeur. Petit à petit, toutefois, j'ai commencé à avoir des soupçons. Certaines de ses blessures faisaient plus penser à des coupures de sabre qu'à des rixes d'ivrogne. Et puis, je connais mon fils. Jamais il n'acceptera de vivre une vie qu'on a rêvée pour lui, mais qui ne lui correspond pas. Il est trop épris de liberté pour cela, mon Olivier.

Sur son visage s'affichèrent alors tout l'amour et la fierté d'une mère. Mais aussi un certain désespoir, comme si elle mesurait à quel point elle était, elle, incapable d'un tel courage. Elle contempla à nouveau son verre avant de le vider. Puis, elle inclina sa tête en arrière, sur le dossier du fauteuil rouge sang.

— Non, il a juste trouvé le moyen de contrevenir aux directives de son père sans que ce dernier s'en aperçoive. Ce qui n'est pas un mince exploit, croyez-moi. Tant que mon fils ne s'approche pas des armes, Rochelaure passe outre son attitude de jeune homme gâté... sans réaliser que celle-ci n'est qu'une couverture.

Avec un rire qui se voulait léger mais qui parut acide aux oreilles de Sylvine, elle conclut :

— Une de plus... À Enu, nous sommes des experts dans l'art du camouflage, voyez-vous...

Si Sylvine ressentait un grand soulagement suite aux révélations que Dame Sopheline venait de lui faire sur Olivier, notamment parce qu'elles expliquaient l'étrange conduite de celui-ci à son égard, elle était un peu déroutée par le changement de comportement de son interlocutrice. Celle-ci semblait soudain être passée du stade d'écorchée vive à détachée de tout. Ses yeux s'étaient faits plus vagues, perdus dans le décor derrière Sylvine, comme si elle avait oublié sa présence.

Cela devint même franchement inconfortable pour la jeune fille au bout de quelques instants et elle se racla nerveusement la gorge pour briser le silence.

Dame Sopheline baissa alors vers elle un regard étonné :

— Oui ?

— Hum, je me demandais... s'il y avait autre chose dont vous vouliez m'entretenir ? s'enquit Sylvine avec hésitation.

— Ah ? Non. Je vous remercie de votre visite, mon enfant. Puisse la Créatrice veiller sur vos pas.

— Euh, merci, bredouilla Sylvine, décontenancée par l'attitude soudain complètement artificielle de la mère d'Olivier.

À ce moment, un grattement discret à l'huis se fit entendre. Il s'agissait du fidèle Bontemps, qui était revenu la chercher.

— Veuillez m'excuser, Dame Sopheline, je voulais savoir si vous en aviez terminé avec votre invitée ?

— Oui oui, allez ma chère, et passez une bonne nuit.

Elle agita nonchalamment son verre en disant cela. En se dirigeant vers la porte, Sylvine remarqua que le regard du serviteur s'était posé sur les quelques gouttes de liquide bleuâtre qui restaient encore au fond. Une expression désolée envahit son visage avant que ce dernier ne redevînt impassible.

— Jeune Dame Sylvine, si vous voulez bien me suivre...

Il suréleva un peu sa lampe pour indiquer la sortie, et Sylvine aperçut alors une autre toile tendue au-dessus du chambranle, qui faisait pendant à celle accrochée sur le mur d'en face. On y voyait à nouveau Olivier et sa mère, mais la scène était différente.

Dame Sopheline était représentée de dos, et tournait son visage pour regarder derrière elle. Son expression était tout aussi tourmentée que sur l'autre tableau, tandis qu'elle contemplait, cette fois, le petit garçon resté en arrière. Il était assis sur un rocher et semblait tristement seul, comme abandonné de tous, les yeux perdus dans le vide.

Sylvine ne put s'attarder davantage et suivit Bontemps dans le couloir. Avant que la porte se referme, elle eut le temps de voir que le regard de Dame Sopheline s'était également posé sur la toile. Comme il l'avait fait, elle le réalisait maintenant, à de nombreuses reprises pendant leur entretien.

Tout au long du chemin qui la ramenait à sa chambre, elle ne prononça pas un mot, cherchant à comprendre la personnalité de la mère d'Olivier. Était-elle aussi fragile qu'elle le semblait, ou n'était-ce qu'un jeu ? Pourquoi cette fin de conversation si dénuée de sens ?

Alors que Bontemps s'apprêtait à prendre congé, après l'avoir reconduite chez elle, elle ne put s'empêcher de retenir l'intendant par la manche.

— Sieur Bontemps, quel était ce liquide bleu que Dame Sopheline a bu lors de notre entretien ? Je ne le connais pas...

En face d'elle, l'homme eut soudain l'air au supplice.

— C'est que... peu de gens le consomment, car... enfin... il a des effets secondaires qui... C'est un breuvage que Dame Sopheline affectionne, mais il n'est pas facile de se le procurer.

L'embarras visible de Sieur Bontemps conforta Sylvine dans l'opinion qu'il y avait bien quelque chose dans le liquide qui avait transformé le comportement de Dame Sopheline dès qu'elle y avait trempé les lèvres.

— Je vois. C'était par simple curiosité, finit-elle par dire.

Mais alors qu'il s'apprêtait à faire demi-tour, elle insista :

— Le nom de cette boisson ?

Bontemps soupira avant de répondre, l'air malheureux :

— L'Oublie.

CHAPITRE 23

Attendre

Tumulte des questions dans mon esprit. Quels sont ces secrets sur lesquels les vies d'Olivier et de sa mère se sont édifiées aussi sûrement que les pierres de leur maison ? Je fouille les jours suivants à la recherche d'indices. Mais Olivier en est absent. Il semble n'y a avoir plus que Maître Sabrio dans mon quotidien...

— Elle est sur votre droite. À droite, j'ai dit !

Les Défenseurs obéirent à Maître Sabrio et se déplacèrent dans la direction souhaitée pour atteindre Sylvine. Celle-ci, silencieuse comme un chat, repartit sur leur gauche, avec un sourire narquois. Si Maître Sabrio croyait qu'il allait l'attraper en lui envoyant ces lourdauds, il se trompait. Même sans ses indications, elle les aurait entendus s'approcher, grâce à son don naturel.

Toutefois, elle comprenait l'utilité de ces entraînements de nuit pour le reste des combattants : plusieurs fois pendant cette décime, ils s'étaient retrouvés entre le coucher du soleil et le lever de la lune, sur un terrain au sud d'Enu, afin d'habituer leurs yeux au manque de lumière qui avantageait tant leurs adversaires. Brís, Achille et Radj avaient énormément progressé sur ce plan. Seule Titane était en difficulté dans ces exercices : sa vue n'arrivait pas à s'adapter aux conditions de nuit et elle vivait très mal cette infériorité.

— À gauche maintenant ! Vous n'avez pas senti qu'elle avait bougé ?

Dès qu'ils obliquèrent, elle passa derrière eux. Excédé, Maître Sabrio jura.

— Bonencre ! Va falloir que vous vous débrouilliez sans moi, là, les gars. Parce que dès que je vous donne un ordre, la gamine le contre. Forcément, elle n'est pas sourde. Il a tout compris, l'autre, avec son système des perceraudes. Je me demande si je devrais pas vous en greffer à vous aussi…

Sylvine eut une grimace. Pas devant le surnom dont l'affublait le maître d'armes : cela elle s'y était habituée, décelant même dans l'appellation une sorte d'estime. Non, ce qui la faisait tiquer c'était de repenser à ce qu'ils avaient appris la veille.

Les Sages avaient enfin compris comment Rohé et ses hommes échangeaient à distance : chaque Maudit se voyait forcé de porter une perceraude, un anneau d'émeraude accroché à la langue. Cette pierre, contrairement à ce que les Citariens avaient d'abord cru, ne leur servait pas à parler *entre eux*. Elles communiquaient avec la mère émeraude, dont elles avaient été extraites, et que Rohé plaçait dans sa bouche chaque fois qu'il souhaitait s'adresser directement à ses troupes. Pas de perceraude pour lui, bien sûr, il restait libre d'ôter le minéral dès qu'il avait fini de transmettre et de recevoir ses messages.

Alors que les Maudits, eux, étaient contraints à garder en permanence sur leur langue la menace de son écoute et de ses directives.

Sylvine avait frissonné devant cette marque d'esclavage. Mais ce n'était rien par rapport à l'horreur qu'elle avait éprouvée lorsqu'elle avait appris comment les Vicres étaient conçues.

Les statues de fer étaient façonnées par le feu. Le même modèle avait été reproduit en plusieurs exemplaires : celui d'une femme mince, aux longs cheveux étendus derrière elle. Une fois la sculpture achevée, Rohé tuait une personne contre l'armure en métal. Lorsque la vie quittait le corps, c'était pour se retrouver emprisonnée dans la Vicre, grâce à une incantation magique seule connue du Maître des Sous-Terres. Sylvine serra les poings. Si le sacrifice humain était déjà atroce en soi, le fait que la majorité des victimes soient des femmes rajoutait encore à l'horreur de la chose. Il se disait en effet qu'après plusieurs essais, Rohé avait remarqué que le souffle de vie donné aux créatures d'acier, même s'il finissait toujours par s'épuiser, semblait durer plus longtemps quand il provenait d'êtres féminins. Elle serra les mâchoires : qu'il s'approche d'elle et elle aurait à cœur de lui montrer combien la réputation d'endurance des femmes était fondée.

Lorsque les Défenseurs la trouvèrent enfin, ils le regrettèrent. Ils avaient beau être quatre contre elle et à un simple entraînement, elle se battit comme si elle était possédée.

— Bon, allez, on arrête là avant que la Gardienne n'ait décimé mon armée. C'était pas trop mal, reconnut Maître Sabrio, récemment nommé Commandeur des forces citariennes.

Ce qui, dans sa bouche, équivalait à un compliment.

En sueur, échevelée, les habits sales, Sylvine reprit avec ses compagnons le chemin vers la ville, en réprimant un bâillement. La lune éclairait la voie déserte : les Citariens étaient couchés depuis longtemps. Seuls les Importants, qui avaient été conviés à un concert de musique douce, étaient encore debout ; ailleurs, les lumières étaient toutes éteintes.

Le changement de rythme dû aux entraînements nocturnes perturbait ceux qui y participaient : un appétit inhabituel à cette heure-ci les tenaillait souvent. Sylvine et Achille avaient coutume de passer prendre une croquation aux cuisines avant d'aller se coucher… et y retrouvaient Schnippy qui appréciait beaucoup cette nouvelle tradition. Ce soir, l'écureuil allait toutefois devoir patienter car ce dont Sylvine rêvait avant tout, c'était d'un bain.

— On dira ce qu'on voudra de la vie à Enu : que c'est bruyant, qu'il y a trop de monde, que leur literie est un cauchemar et que cela manque d'arbres, ils ont une chose pour eux, ce sont leurs sources chaudes, fit Titane, en écho à ses pensées.

— Peuh ! Nos sources sont peut-être moins chaudes mais on y nage à l'air libre. Et pas dans ces espèces de caves souterraines.

— Mouais, Brís, tu regrettes surtout de ne pas pouvoir épater les autres avec tes talents de plongeur…

— Pas du tout ! Et d'abord, comment sais-tu que j'aime plonger ? demanda le Forestier, une lueur soupçonneuse dans le regard.

Titane rougit pendant que Sylvine réprimait un rire : Brís l'ignorait mais dans la partie de la rivière-bain dévolue aux femmes, dans la Forêt aux Esprits, la paroi entre leurs deux bras de rivière comportait un trou de la taille d'une main. Ce trou permettait aux Forestières un peu curieuses d'observer leurs congénères masculins en toute impunité : l'ouverture donnait, de leur côté, sur un éperon rocheux, qui n'offrait pas la même opportunité aux hommes. Nul doute que Titane avait eu l'occasion de remarquer les exploits de Brís… et sa musculature.

— Hum, j'ai peut-être le don de double-vue depuis notre passage à Xued, répondit Titane en espérant s'en sortir par une pirouette.

— Il paraît pas flagrant de nuit, ce don.

Elle lui tira la langue.

— Je sais pas pour les talents acquis à Xued, mais pour ceux obtenus à Ertauq, elle assure comme un chef, la petite.

Radj s'était pris d'affection pour la jeune Forestière et ne manquait pas une occasion de la défendre. Et c'était vrai que les progrès de Titane en ce qui concernait le vol en mantale étaient impressionnants. Sylvine la première reconnaissait qu'elle n'arrivait pas à la cheville de son amie : elle-même ne parvenait pas à tenir la position requise suffisamment longtemps et finissait toujours par atterrir brutalement. N'empêche... Ses yeux se mirent à briller en repensant aux moments, trop brefs, où elle avait pu ressentir l'ivresse du vol dans les airs, après s'être soustraite à la surveillance attentive de Gandore ou d'Achille.

En devisant, ils étaient arrivés à l'entrée d'Enu.

— Bon, eh bien, à plus tard ! soupira Sylvine.

La Gardienne avait ses quartiers dans la Demeure des Importants, à l'insistance de Sieur Rochelaure. Au grand soulagement de Sylvine, Achille y résidait aussi : il avait dû batailler ferme mais il avait obtenu un réduit non loin de sa chambre. Par contre, leurs compagnons étaient logés à l'autre bout de la ville, à l'Aubergerie des Voyageurs.

Cela lui pesait, cette séparation : après avoir passé plus d'un quartile à cohabiter avec eux, leur camaraderie lui manquait, surtout les journes après les séances nocturnes, où ils n'avaient pas d'entraînement. Si encore elle avait pu les retrouver au temps du loisir... Mais Sieur Rochelaure, soutenu en cela par les Sages et Gandore en particulier, avait insisté pour qu'elle soit présente à toutes les activités organisées pour les Importants. Des activités où elle s'ennuyait à mourir, d'autant qu'Achille n'y était pas convié.

— Viens avec nous à la Taverne, demain soir ! proposa Titane, compatissante.

Sylvine hésita : le lieu était toujours bondé de monde et bruyant. Les rares fois où elle s'y était rendue, au final, elle n'avait pas pu beaucoup discuter avec ses amis.

— Allez, insista Brís. Il paraît qu'il y aura peut-être un Pulseur.

Un Pulseur ? Voilà qui l'intéressait davantage... Elle en avait déjà entendu jouer un quand elle était petite et se souvenait encore de la fascination qui avait été la sienne à l'époque. Les musiciens utilisaient un tamb, une sorte de fût en bois creux recouvert d'une peau de bête. Il fallait que celle-ci soit la plus fine possible pour que le son soit mélodieux, tout en étant suffisamment résistante pour supporter l'impact répété des paumes. Certains disaient que le matériau idéal était les ailes de dragon mais comme personne n'avait jamais vu les créatures en question, cela restait une légende.

— Peut-être. Si j'arrive à me libérer…

À leur arrivée dans la Demeure des Importants, Achille la quitta à son tour :

— Mon ventre refuse de laisser mes pas se diriger ailleurs qu'aux cuisines. À tout à l'heure !

Elle sourit et prit seule la direction des sources chaudes réservées aux habitants de la Demeure. Il lui tardait d'enlever toute cette poussière et de retrouver une allure plus présentable.

— Oh oh, regardez qui va là. La Gardienne de Citara en personne à ce qu'il paraît ! Il n'y a pas à dire, je me sens rassurée tout à coup…

Elle aurait reconnu cette voix entre mille. Elle se retourna et se retrouva face à Écorcelle. L'ancienne Forestière rayonnait littéralement. Elle portait une robe miroitante en soie mauve et ses cheveux blonds étaient retenus en un savant chignon laissant retomber quelques boucles sur ses tempes et ses joues, soulignant la grâce de son cou de cygne. De petites pierres violettes scintillaient dans ses sourcils finement arqués, accentuant la beauté de ses yeux et leur conférant une teinte presque mauve. Aux lacets de ses jupes étaient suspendues des feuilles dans les tons de vert, délicatement ouvragées. La vie à Enu semblait manifestement lui convenir. Elle était accompagnée de deux autres jeunes filles, elles aussi vêtues de robes élégantes et claires, quoique d'apparence plus banale.

Sylvine soupira intérieurement. Non seulement elle retrouvait à Enu celle qui lui avait gâché une partie de son enfance avec sa jalousie et ses commentaires acides, mais en plus les circonstances n'étaient pas à son avantage : sa tenue dépenaillée contrastait avec la beauté radieuse et sophistiquée de son ancienne ennemie.

Elle haussa un sourcil… Ancienne, c'était le mot… Curieusement, la pique d'Écorcelle ne lui avait rien fait, alors que quelques quartiles plus tôt, elle se serait enflammée et aurait même surenchéri.

Elle plongea son regard dans les yeux pétulants et y lut quelque chose qu'elle n'avait jamais encore remarqué chez Écorcelle : une insécurité, un besoin de se rassurer sur sa propre valeur en rabaissant les autres. Comme elle faisait jeune ! Sylvine se sentit vieille tout à coup. Tout simplement parce qu'elle connaissait désormais un monde dont son interlocutrice ignorait tout : celui de la violence, des combats, de l'agression, de la peur. De la magie aussi.

— Écorcelle.

Avec un sourire sinon chaleureux du moins assuré, elle attrapa la jeune fille par les avant-bras. Celle-ci ne se déroba pas au salut, mais ses mains n'effleurèrent qu'à peine les manches empoussiérées de Sylvine, qui répondit avec calme :

— Eh oui, je sais me battre, maintenant. J'ai beaucoup appris depuis la dernière fois où nous nous sommes vues, je comprends ton étonnement.

Les jeunes filles accompagnant Écorcelle gloussèrent d'un air gêné. Si elles semblaient soucieuses de ne pas déplaire à leur amie, elles ne souhaitaient tout de même pas se mettre à dos celle que les rumeurs présentaient comme la Gardienne.

Écorcelle ouvrit de grands yeux en réalisant que son adversaire ne prenait pas la mouche.

— Hum, je vois… Eh bien, tant mieux si tu te plais en la compagnie de soldats frustes et brutaux, cela ne me surprend pas, je dois dire. Pour ma part, j'ai enfin trouvé à Enu l'harmonie et la culture dont nous manquions cruellement en forêt, mère et moi. Mais ce n'est manifestement pas ce que toi tu es venue chercher dans la capitale. Nous ne t'avons vue à aucun des concerts du soir…

Sylvine eut un frisson de soulagement rétrospectif : effectivement, elle avait jusque là réussi à éviter ces séances où les Importants s'enfermaient dans des salles closes, où la musique s'écoutait dans un silence recueilli. Et a priori c'était plutôt une bonne chose puisque cela lui avait épargné d'y rencontrer Écorcelle, qui avait été admise, elle venait de s'en souvenir, dans le prestigieux ensemble musical d'Enu.

— Eh oui, nous sommes différentes. Cela a toujours été le cas et je ne pense pas que cela changera…

— C'est juste que j'avais espéré que ton arrivée à Enu te permettrait d'acquérir une allure plus… féminine. Au lieu de quoi, tu fais, je ne sais pas, plus sauvageonne encore que lorsque tu vivais dans la Forêt aux Esprits. Ce n'est pas une très bonne image que tu donnes de notre région d'origine.

Elle effleura les feuilles de jade qui paraient sa tenue, petit rappel élégant à celle-ci.

— Enfin… si c'est ton choix.

Sylvine haussa les épaules. Inutile de lui dire qu'elle n'avait jamais eu le choix. D'essayer de lui faire comprendre les responsabilités qui venaient avec la fonction de Gardienne. De lui parler de ses doutes, de ses peurs.

— Eh bien, je ne te retiens pas davantage alors, bonne nuit.

— Merci. Nous avons à nouveau joué ce soir toutes les trois pour la famille de Sieur Rochelaure. C'est épuisant, certes, mais toujours très agréable de se sentir… désirée par les personnes les plus en vue du pays, ajouta la musicienne avec un clin d'œil complice vers ses amies.

— C'est clair que tu ne manques pas d'attention, vu les sourires que te lance le jeune Sieur Olivier, renchérit l'une d'elles, une brune vêtue d'une robe bouton d'or.

Sylvine s'était figée malgré elle. Olivier et Écorcelle ? Bien sûr. Cela faisait tout à fait sens que l'ancienne Forestière soit attirée par la prestance et la position du fils de Rochelaure. Tout autant que la beauté de la musicienne ait pu séduire le jeune homme, habitué aux conquêtes féminines.

Le seul problème c'était que malgré l'attitude détestable qu'il avait eue envers Sylvine depuis son arrivée à Enu… elle ne parvenait pas à le chasser de son esprit.

Les oreilles soudain bourdonnantes, Sylvine réalisa à peine que les jeunes filles prenaient congé. Tandis qu'elles repartaient, elle entendit tout de même Écorcelle geindre :

— Pfff, il va falloir que je fasse nettoyer ma tenue, maintenant. Ses mains sales ont laissé des traces sur ma robe, regardez !

Ses amies poussèrent des cris apitoyés. Impuissante, Sylvine suivit des yeux la gracieuse silhouette qui s'éloignait dans un bruissement de tissu, un éclat vert dans ses cheveux. Elle serra les poings. Elle se sentait tout à coup complètement inadéquate et gauche dans ce couloir où résonnait encore la voix assurée d'Écorcelle évoquant l'intérêt d'Olivier pour elle.

Venir avec Schnippy, Sylvine !

L'écureuil avait surgi d'un escalier arrivant des cuisines, le museau violet des mûres dont il s'était régalé.

Ah non alors ! J'ai besoin d'un bon bain et de dormir, surtout...

Mais Schnippy était tout excité et lui fit parvenir l'image mentale d'un Olivier qui faisait bien attention à ne pas être vu, et qui se dirigeait vers l'armurerie.

Sa curiosité soudain en alerte, Sylvine suivit le petit être bondissant. Il était temps, car la silhouette d'Olivier avait quitté l'armurerie et s'encadrait dans la porte menant aux jardins, avant de disparaître.

D'un regard, ses deux pisteurs se mirent d'accord : Schnippy se glisserait derrière lui, et informerait Sylvine de leur progression. Elle pourrait ainsi rester à bonne distance et ne pas être repérée.

Les hululements des oiseaux nocturnes, le bruit des cailloux qui roulaient sous les pas de l'Enusien, bien moins silencieux qu'elle, accompagnèrent Sylvine jusqu'au sommet de la colline à l'olivier sacré. Là, Olivier obliqua sur sa gauche, afin de gagner le couvert des arbres : un bosquet d'une trentaine de pins, quelques buissons de baies sauvages et une clairière y avaient été aménagés en un simulacre de forêt.

Avoir rendez-vous, Olivier.

Elle s'arrêta net, horrifiée tout à coup à l'idée de surprendre le jeune homme en galante compagnie. Pire encore, qu'il s'agisse d'Écorcelle. Mais l'image que lui fit parvenir Schnippy était toute autre. Olivier avait dégainé son sabre. Deux hommes se trouvaient face à lui dans l'espace dégagé au sein de la forêt : Maître Sabrio et Boga.

Quand, à son tour, Sylvine rejoignit les lieux, elle se tapit derrière un buisson touffu pour contempler le combat qui s'y déroulait.

Elle en avait enfin la confirmation : Olivier était tout sauf un piètre escrimeur. Il enchaînait les passes avec aisance, force et grâce mêlées et elle ne pouvait détacher son regard de la silhouette musclée et agile. Il poussait parfois un éclat de rire victorieux ou moqueur lorsqu'il réussissait à faire reculer son ou ses adversaires. Car il avait fort à faire entre Maître Sabrio et Boga, redoutables bretteurs eux-mêmes. Mais elle avait vu tout de suite qu'il s'agissait d'un entraînement et non d'un réel combat : chacun retenait sa lame pour qu'elle ne cause pas de dommages irréversibles.

Enfin, Olivier fit sauter l'épée de Boga, avant d'acculer Maître Sabrio contre un arbre.

Les adversaires se saluèrent puis, comme à son habitude, l'instructeur revint sur les passes effectuées. Il demanda à son élève de recommencer les gestes jusqu'à ce qu'il en soit satisfait.

Ensuite, quand la lune fut presque couchée, Maître Sabrio s'en retourna vers la ville. Sylvine comprit qu'il cumulait les entraînements entre les Défenseurs et Olivier, sans pour autant montrer aucun signe de fatigue. Son admiration pour l'homme augmenta d'un cran.

Boga et Olivier s'étaient rapprochés du lieu où elle se cachait, le bras du Justicieur affectueusement passé autour de son ami.

— Alors, tu vas bientôt être libéré de toute cette comédie ?

— Pas trop tôt, ce n'est pas toujours une sinécure de passer pour un vil fêtard incompétent.

— Surtout lorsqu'il y a une jeune Gardienne irrésistible dans les parages. Et qui est, elle, plus que compétente, le taquina Boga.

Olivier haussa les épaules tandis que Sylvine rougissait, embarrassée de surgir ainsi dans la conversation.

— Tu sais, déjà que je l'avais ridiculisée devant toute l'assemblée des Importants en niant l'avoir rencontrée auparavant, je pense avoir perdu tout crédit à ses yeux le jour où elle m'a vu rentrer en titubant… Moi qui étais fier d'avoir monté toute une mise en scène d'ivrogne pour cacher le fait que j'étais blessé à la cuisse, je ne m'attendais pas à tomber sur elle au détour d'un couloir. J'ai pas dû faire grande impression, grimaça Olivier.

— C'est peut-être mieux ainsi. Comme ça, ton père et sa clique ne se doutent de rien. Sylvine est tellement franche et directe qu'elle aurait du mal à garder secrète ta double vie. Tu n'as plus que quelques journes à patienter avant de te lancer dans une offensive de charme pour remédier à tout ça !

— Et qui te dit que j'en ai envie ? Peut-être suis-je suffisamment comblé par les avances de mes groupies actuelles ? fit Olivier, les yeux plissés.

Le cœur de Sylvine se serra. C'était sûr qu'entre la fragile beauté d'Écorcelle et son allure de garçon manqué à elle, le choix devait être vite vu.

Les deux hommes passèrent à quelques pas de Schnippy et d'elle sans réaliser qu'ils étaient observés.

— Arrête ! J'ai bien remarqué comment tu regardais notre Gardienne. Dès qu'un entraînement a lieu, tu te postes aux fenêtres de la Tour à l'Horloge. Et je ne saisis pas trop ce que tu as de si important à y faire…

— C'est bon, le rabroua Olivier, joignant un coup de poing amical à la parole, cesse de faire ta commère, on n'a pas fini mes exercices de Justicieur. Je dois travailler sur ma façon de pénétrer les esprits…

Avant qu'ils ne disparaissent, Sylvine eut encore le temps d'entendre Boga demander :

— Tu viens à la Taverne, demain soir ? Ça te ferait du bien de relâcher un peu de pression…

Sylvine était trop loin pour percevoir la réponse d'Olivier. Mais il lui sembla le voir hocher la tête en signe d'acquiescement.

Alors elle sut où elle allait passer sa soirée du lendemain.

Et moi j'y vais tout de suite...

Malgré une journe de repos, Sylvine se sentait nerveuse ce soir-là, alors qu'elle montait la côte vers la Taverne. Un peu excentrée par rapport à la ville, celle-ci se dressait de l'autre côté de la colline à l'olivier sacré.

La Forestière avait consacré plus de temps que d'habitude au choix de sa tenue. Elle avait fini par enfiler une robe enusienne aux manches bouffantes et à la longue jupe, dans les tons bleu ardoise. C'était bizarre de marcher sans pouvoir faire de grandes enjambées. Pour la première fois depuis son arrivée à Enu, elle avait dénatté ses cheveux, les relevant simplement sur les tempes grâce à deux pinces dénichées par la gentille gouvernante, Dame Élaine. La brave dame était aux petits soins pour elle et sa chaleureuse présence réconfortait Sylvine qui se sentait parfois seule. Même si elle communiquait souvent avec Chloriane via le fil d'amour, la Forêt et sa mère lui manquaient terriblement.

Des voix la tirèrent de ses pensées.

Viens. Viens à moi.

Elle leva la tête, se retourna. Non, il n'y avait personne d'autre qu'elle sur le chemin pierreux menant à la Taverne. Et pourtant elle avait le sentiment d'avoir été appelée.

Des coups sourds pulsaient de la Taverne à quelques mètres d'elle. Attirée par le son, elle poussa la porte.

La première fois qu'elle était venue ici, elle avait pensé que le lieu était en proie aux Brumes mais le brouillard qui y régnait provenait de la vague de chaleur dégagée par les corps qui s'y pressaient. C'était également le cas ce soir : tout Enu semblait s'y être donné rendez-vous. Partout, des exclamations fusaient, des rires, des bruits de verre. Le parfum du vin épicé et de la Puissante, la bière préférée de Radj, arriva à ses narines.

Elle essaya de repérer le visage de ses amis mais la foule était trop compacte pour cela. Ils aimaient bien s'installer au fond de la salle, aussi se fraya-t-elle un chemin au milieu des corps agglutinés là dans un amas de couleurs et d'odeurs disparates. Elle baissait la tête, peu disposée à se laisser aborder par un inconnu.

La musique, qui s'était un temps faite discrète, enfla à nouveau. Écorcelle et ses amies auraient sûrement eu du mal à considérer comme telle les pulsations qui envahissaient à présent les lieux. Trop... primaires, sans doute. Mais elles résonnaient au plus profond de Sylvine, en une harmonie aussi complète que sauvage. La musique occupait désormais la taverne tout autant que les corps qui s'y pressaient. Elle touchait chaque parcelle de la peau de Sylvine, effleurant également son cœur et son âme.

Une telle alchimie ne pouvait signifier qu'une chose : c'était un Pulseur qui jouait.

Les coups sourds battaient en elle et elle oscillait, au bord du vertige, attendant, voulant... elle ne savait trop quoi.

Deux personnes qui bloquaient son avancée s'écartèrent à ce moment et elle en profita pour se faufiler dans l'espace ainsi libéré.

Ses yeux tombèrent alors sur un spectacle captivant, celui du Pulseur en pleine action.

Dans l'ombre où il jouait, elle ne distinguait que sa silhouette. L'homme était debout et tapait sur un grand cylindre au moyen de deux lourdes mailloches. Toujours plus fort, toujours plus vite.

Quand il ne frappait pas le tamb, il continuait à vivre le rythme, et se balançait de gauche à droite, en hochant la tête.

Plusieurs personnes, debout devant la petite estrade où il se produisait, faisaient de même.

Sylvine aussi pulsait sur place. Ses pieds, ses genoux, ses jambes étaient comme portés par la musique et elle tangua bientôt en rythme avec le Pulseur, envoûtée au plus profond d'elle-même.

Tadam dam DAM, TAM, Tadam dam DAM…

Les battements sur la caisse en fer s'étaient substitués à ceux de son cœur. Ils étaient autant un appel qu'une réponse et ne laissaient plus place aux doutes, aux questions ou aux angoisses.

Seule subsistait la conscience de son corps et de la vie qui le parcourait.

Elle tressaillit tout de même lorsque, à la lueur d'une lampe soudain brandie par un Enusien, le Pulseur se retrouva dans la lumière et révéla sa splendide beauté animale : son torse nu et couvert de sueur, les muscles qui se contractaient sous l'effort consenti, le regard, intense et concentré.

Sylvine ne put détourner les yeux, fascinée. Encore moins lorsque ceux du musicien se levèrent vers les siens… et les retinrent captifs.

Tandis que le rythme semblait tout à coup se déchaîner, plus rien n'exista plus pour Sylvine que ce regard et les émotions qui agitaient son corps. Elle frémit de tout son être sous l'invasion de la musique tout autant que du regard perçant. Elle était à la merci du Pulseur, elle était sienne à cet instant précis.

Lorsqu'Olivier abattit triomphalement ses mailloches pour la dernière fois, et que le silence se fit, alors seulement Sylvine ferma les yeux, ébranlée au plus profond d'elle-même, laissant l'onde de choc déferler en elle.

Il restait comme une… douleur dans le bas-ventre, une envie insatisfaite, un besoin de plus.

Elle rouvrit lentement les paupières. Olivier n'avait pas bougé et la regardait toujours. Il semblait ressentir la même chose qu'elle : une expression de souffrance était peinte sur son visage, comme si lui aussi voulait l'inaccessible. Ses lèvres murmurèrent quelque chose. Un mot.

Puis la foule reprit ses va-et-vient et tous deux perdirent le contact visuel.

Haletant soudain, Sylvine recula d'un pas. Elle déglutit avec peine. Impossible d'aller discuter paisiblement avec ses amis. Ni affronter Olivier dans cet état. Alors, elle tourna les talons et sortit dans la nuit. Celle-ci parut fraîche à ses joues brûlantes pendant qu'elle dévalait la pente la ramenant au centre de la ville.

Elle avait la sensation — à la fois grisante et affolante — que le moment se rapprochait où le jeune homme et elle devraient affronter leurs émotions. Le désir qu'ils avaient l'un de l'autre.

C'était en tout cas ce que ses lèvres à lui avaient dit, c'était le mot qu'elles avaient formé :

— *Bientôt...*

CHAPITRE 24

Craindre

Oh, cette douleur, ce manque ! Ce désir de toi, Olivier…
Tout est, ensuite, à nouveau trouble dans mon passé, jusqu'à cette soirée, où les costumes étincellent à la lumière des lampes multicolores.

Sylvine ouvrit des yeux admiratifs en découvrant la grande salle d'Apparat. Celle-ci occupait presque toute la longueur du premier étage de la demeure et était habituellement condamnée : c'était la première fois qu'elle y pénétrait. Les fenêtres, nombreuses et à intervalles réguliers, montaient jusqu'au plafond, où un gigantesque dragon vert était représenté en plein vol. Il ne crachait pas de flammes, se contentant d'observer d'un œil aiguisé les prairies et les collines citariennes au-dessous de lui. Sa tête frôlait le chambranle de la porte d'entrée tandis que sa queue se terminait le long de celle qui conduisait aux appartements du Dirigeur. Les pans de mur étaient décorés de volutes peintes en vert, assorties aux longues tentures. À leur arrivée dans la salle, les Citariens glissaient leurs lampes sur les tiges obliques et dorées qui y étaient fichées et où une sphère de petite taille brillait, permanente, elle. Bien vite, la pièce étincela des lumières des personnes présentes. Tout Enu avait été convié à la fête. Importants ou simples habitants de la capitale, ils discutaient avec animation, revêtus de leurs plus beaux atours et appréciant l'anonymat du masque précieux qui recouvrait leur visage : l'accessoire avait été distribué à tous les invités et chacun l'avait ensuite décoré de la façon qu'il le souhaitait. Une musique légère provenait d'un coin de la pièce.

Difficile de croire que Citara se prépare à la guerre...

Sylvine haussa les épaules : décidément, elle n'était pas d'humeur festive. Cela ne lui ressemblait pas d'être aussi acerbe. Mais il fallait bien reconnaître que depuis l'autre nuit, à la Taverne, elle était à cran. Et ce n'était pas cette soirée qui allait lui permettre de se détendre...

Il s'agissait pourtant de l'événement le plus attendu de la saison : la fête de la Maturité de Dame Sopheline.

Celle-ci célébrait en effet ses quarante cycles et en l'honneur de cette date, si symbolique à Citara, Rochelaure lui avait organisé une somptueuse réception. Ce serait également l'occasion d'annoncer solennellement aux Citariens l'arrivée de la Gardienne. Très peu savaient à quel point Sieur Rochelaure devait grincer des dents ce soir : ses plans avaient été totalement bouleversés. C'était normalement sa femme, l'éthérée Sopheline, qu'il avait prévue pour endosser ce rôle. Au lieu de cela il allait devoir introniser Gardienne une obscure inconnue venue de la Forêt aux Esprits.

Sylvine se reprit : elle était en train de jouer son jeu en se qualifiant elle-même ainsi. Elle n'était pas une « obscure inconnue », loin de là : les exploits de son père étaient devenus légendaires à Enu, qui avait sollicité l'appui de Brohn à plusieurs reprises autrefois. Cela n'empêchait toutefois pas le grand Dirigeur actuel d'éprouver du mépris pour la fille du héros. Mépris qu'elle pouvait à nouveau lire dans ses yeux alors qu'il contemplait la tenue qu'elle avait choisi de revêtir.

Elle releva la tête d'un air de défi. Si elle avait accepté l'aide de Dame Élaine pour sa coiffure et avait sorti de sa penderie un ensemble qu'elle n'avait jamais encore porté, elle avait souhaité mettre à l'honneur sa terre d'origine. La robe, fluide, très longue, faite de la matière végétale qu'affectionnaient les Forestiers, contrastait, par sa simplicité, avec les robes étincelantes arborées par les enusiennes. Elle était de la même teinte que sa chevelure, d'un roux d'automne, dont Dame Élaine lui avait assuré qu'elle lui allait à ravir. La brave gouvernante avait passé du temps à brosser puis à tresser ses cheveux, dans lesquels elle avait fait courir le fil d'amour, l'emmêlant avec adresse dans la coiffure. L'effet était saisissant.

Ainsi qu'elle avait été priée de le faire, Sylvine portait comme tout le monde un masque sur son visage mais, goûtant peu à cette mascarade, elle avait choisi de garder ce dernier intact, sans y ajouter les multiples décorations destinées à le personnaliser. Cependant, entre la simplicité de sa mise, la flamboyance de ses cheveux, et le fait qu'un certain petit écureuil était fermement perché sur ses épaules, elle était très reconnaissable et Rochelaure ne s'y était pas trompé. Il crispa les mâchoires et détourna le regard.

À ses côtés se tenait Dame Sopheline, aussi sublime que d'habitude. Elle portait l'une des magnifiques robes que Sieur Rochelaure faisait confectionner pour elle : d'un blanc de neige, elle était agrémentée de plumes grises et blanches, qui se mariaient parfaitement avec sa chevelure argentée nouée en un chignon élégant sur le sommet de sa tête, également orné de duvet de cygne. Elle était la seule à ne pas avoir de masque, comme la fête était donnée en son honneur, mais, curieusement, elle semblait être affublée de l'un d'entre eux, tant son air triste détonnait au milieu de la joyeuse assemblée.

Apercevant Sylvine, Dame Sopheline, au contraire de son époux, ne détourna pas le regard. Un rare sourire éclaira ses traits mélancoliques, comme si le fait de voir la jeune fille lui rappelait de bonnes nouvelles. Elle lui fit signe d'avancer et Sylvine s'exécuta. Même si la compagne de Rochelaure la déroutait souvent, elle était touchée par sa fragilité et par l'amour qu'elle éprouvait pour son fils.

Ce dernier rejoignit sa mère au même instant et Sylvine marqua une imperceptible hésitation avant de poursuivre sa progression. Si elle-même s'était employée à rester sobre dans sa toilette, le jeune homme, lui, avait manifestement choisi de faire appel à l'artillerie lourde. Une pluie de dentelle blanche débordait de son col et de ses manches, tranchant nettement avec le noir de ses vêtements où des diamants avaient été cousus. Il portait à nouveau ces longues chaussures au bout effilé dont raffolaient les jeunes Enusiens en ce moment et que Sylvine ne pouvait s'empêcher de trouver ridicules. Son masque accentuait encore la futilité de sa mise : toute sa surface était recouverte de décorations, il étourdissait par la surenchère de pierreries et de motifs qui y avaient été dessinés à l'encre noire.

Cependant, sous la tenue précieuse, Sylvine devinait les muscles puissants de celui qu'elle avait vu s'entraîner en secret, et le regard qu'il lui lança, loin d'être superficiel, lui procura le même émoi que lors de leur première rencontre. Avec lui, le salut citarien se fit caresse et elle ne put s'empêcher de rougir à son contact. Elle était soudain très heureuse que ses traits soient dissimulés sous le masque.

— Jeune Dame Sylvine.

— Sieur Olivier.

Leurs salutations compassées effectuées, un silence pesant s'installa. Elle accepta avec reconnaissance l'une des belles coupes que lui tendait un serviteur, dans lequel un liquide doré pétillait, et y trempa ses lèvres.

Aller voir croquations, Schnippy !

Lui s'intéressait davantage aux longues tables garnies d'assiettes, où de petites quantités de nourriture avaient été joliment disposées, qu'à la tenue des participants. En deux bonds, il descendit de son perchoir, se frayant un chemin parmi les robes froufroutantes. Elle soupira, l'enviant pour cette liberté qu'elle ne pouvait se permettre.

— Alors, Sylvine, comment trouvez-vous nos fêtes enusiennes ?

Dame Sopheline la première avait rompu le silence.

— Tout est ravissant, Dame Sopheline. Je n'avais jamais rien vu de tel.

— Oh, racontez-moi comment se passent les fêtes en Forêt ! J'ai toujours rêvé d'aller visiter cette partie de Citara.

— Je ne sais pas pourquoi, je vous imagine très mal grimper aux arbres dans vos atours actuels, ma chère, glissa Rochelaure dans un petit rire compassé.

Le visage de sa femme perdit l'étincelle enthousiaste qui l'avait un court instant illuminé.

— Il n'y a pas besoin de porter la tenue des Forestiers pour participer à nos célébrations. Celles-ci se déroulent dans les clairières, où tout le monde peut se rendre, objecta Sylvine, le regard aussi froid que le sien.

Elle sourit à Dame Sopheline :

— Je pense que cela vous plairait. Il y a des chants, des danses…

Elle se tut, les yeux humides en se rappelant la dernière fête à laquelle elle avait assisté dans son village. Elle célébrait ses seize cycles alors et la majorité de Citara. Elle se souvenait de la danse de l'Appel, de son émotion lorsqu'elle avait brandi sa lampe en hommage à son pays. Que tout cela lui semblait loin...

Elle déglutit avant de poursuivre :

—… des conteurs qui enchantent petits et grands avec leurs histoires, de la mûrette dont seuls les Forestiers ont le secret…

Les yeux d'Olivier et de sa mère s'étaient faits attentifs, intrigués par le tableau qu'elle peignait et où transparaissait sa nostalgie.

— Ah, la mûrette ! J'avoue que j'apprécie tout particulièrement cette boisson, moi aussi.

Sylvine reconnut la voix de Gandore et elle se retourna pour le saluer. Elle faillit lâcher son verre : l'homme qui se tenait devant eux ne ressemblait pas du tout au vieux Sage. Il avait revêtu un costume blanc aux passementeries bleu saphir. L'habit, bien coupé, soulignait des muscles qu'elle n'avait jamais remarqués, cachés comme ils étaient sous le long manteau informe qu'il portait d'habitude ou les tuniques larges qu'il affectionnait. Ses yeux gris clair pétillaient derrière le masque bleu où un seul brillant étincelait à la commissure de la paupière. Enfin, ses cheveux, d'ordinaire libres, avaient été attachés en un catogan élégant.

— Oh, Gandore, mais vous êtes superbe !

— Merci. Vous-mêmes, mes Dames, êtes absolument divines. Dame Sopheline, belle et longue vie à vous en cette journe anniversaire. Sieur Rochelaure. Sieur Olivier.

De loin, Sylvine vit les masques qu'elle guettait depuis son arrivée pénétrer à leur tour dans la pièce. Titane avait revêtu une tenue enusienne d'un rouge rubis qui mettait ses cheveux bruns en valeur. Brís, qui évitait soigneusement de lorgner du côté du décolleté de sa camarade, portait un costume gris anthracite simple mais impeccable. Seuls Achille et Radj n'étaient pas présents : ils avaient préféré passer la soirée en compagnie de Maître Sabrio, à jouer aux dés dans la salle de repos des gardes. Les Défenseurs ne manquaient pas pour assurer la protection des Importants : Sylvine en avait compté une douzaine en faction devant les ouvertures et il lui semblait en avoir distingué d'autres parmi les invités.

Il faisait chaud dans la grande salle et le brouhaha des conversations commençait à lui donner mal à la tête. Ou était-ce la mélopée lancinante qui était en train d'être jouée ? Elle se tourna à demi vers la porte menant aux appartements du Dirigeur : les musiciennes avaient été regroupées dans une alcôve, dans le coin gauche de la pièce, et elle n'eut aucune peine à reconnaître Écorcelle. Celle-ci avait misé sur le vert, en hommage à ses origines, mais elle n'aurait jamais pu se promener dans cette tenue dans les sous-bois. Sa robe cascadait en multiples étages de tissu dans différents tons de vert, qui se terminaient en une longue traîne. Ses épaules étaient seulement couvertes de fines bretelles scintillantes. Un chignon très serré dégageait ses traits : elle ne portait pas de masque, ni aucune musicienne d'ailleurs. Des breloques de jade en forme de feuille tombaient de ses oreilles et une ceinture de faux branchages poursuivait la thématique de la forêt. Très droite, ses deux mains enserrant amoureusement une haute harpe dorée, elle était d'une beauté à couper le souffle. Elle termina son morceau et sourit d'un air modeste aux applaudissements de l'assistance, admirative.

Puis le silence se fit.

Rochelaure se dirigeait d'un pas décidé vers l'estrade dressée un peu plus loin.

Sylvine sentit un bras se glisser sous le sien : Dame Sopheline, avec délicatesse, conduisait celle qui allait bientôt être intronisée comme Gardienne plus près du pupitre plutôt que de la laisser toute seule dans la foule. Elles s'arrêtèrent à quelques pas du Dirigeur, face à l'assistance.

— Chers amis Enusiens, merci d'être venus si nombreux honorer mon épouse lors de sa fête de la Maturité.

Dame Sopheline inclina la tête et monta avec grâce les deux marches qui menaient à l'estrade, sous les applaudissements.

— Belle et longue vie à Dame Sopheline !

Une fois le calme revenu, Rochelaure poursuivit.

— En cette journe si symbolique, promesse de sérénité et d'accomplissement, j'ai souhaité en appeler dans le même temps à celle que la Prédiction de Citara désigne comme la Gardienne. J'ai été entendu.

Sylvine avait du mal à déglutir. C'en était fait, dans quelques instants elle allait être présentée comme telle à son pays tout entier. Schnippy la rejoignit alors. Il avait fait un sort discret à certains des plats du buffet mais n'avait pas voulu rater le moment où tous les regards seraient tournés vers Sylvine. Et peut-être aussi un petit peu sur lui.

Dis donc, mais c'est que tu prends goût aux honneurs, toi...

Soutenir juste Sylvine, Schnippy !

Pendant qu'ils se chamaillaient, Rochelaure continuait son discours. Les yeux de Sylvine se posèrent sur l'assistance, qui écoutait l'orateur avec intérêt. La majorité d'entre eux n'avaient pas encore rencontré la Gardienne et ils attendaient cet instant pour voir son visage. Toutefois, le Dirigeur prenait son temps ; nombreux étaient ceux qui chuchotaient des commentaires, impatients. Un homme attira l'attention de Sylvine. Lui ne discourait pas à voix basse avec ses voisins. Son attitude — immobile, les bras croisés — détonnait au milieu de la foule animée. Elle ne pouvait pas l'apercevoir complètement et son regard revint à plusieurs reprises sur lui. Des personnes bougèrent sur la gauche de l'Enusien, qui se décala un peu et Sylvine entrevit des prunelles foncées et intenses derrière le masque rieur, presque enfantin, qu'il portait. Ses vêtements étaient sobres mais élégants, d'un vert très sombre, presque noir.

— Il est désormais temps pour moi de vous présenter la Gardienne de Citara. Mais avant, laissez-moi vous raconter comment nous avons été informés de son identité.

Le regard de l'inconnu qui retenait la curiosité de Sylvine glissa vers l'arrière de l'estrade où Rochelaure et Sopheline avaient pris place. Ses lèvres murmurèrent quelque chose et Sylvine se retourna, ses yeux fouillant l'espace derrière le Dirigeur. Il n'y avait qu'une porte fermée, devant laquelle un Défenseur se tenait en faction.

— Est apparue à Enu il y a plusieurs journes de cela une jeune femme issue de la Forêt aux Esprits. Elle a réussi l'exploit de vaincre une Vicre et six Maudits qui s'étaient introduits dans la tour de garde, sans que l'on sache toujours comment.

À ces mots, Sylvine oublia sa curiosité et fixa l'orateur, éberluée de cette exposition des faits. Seule, elle n'aurait jamais pu y arriver, et c'était Olivier qui avait détruit la Vicre. Derrière le masque de ce dernier, Sylvine devina un regard railleur tandis qu'il écoutait son père forger à Sylvine une réputation de guerrière invincible.

— Les Justicieurs, les Sages et les Prieurs se sont longuement entretenus avec elle tout au long de cette décime et c'est sous leur égide et leur recommandation que je peux vous confirmer que la Gardienne est parmi nous ce soir.

Sylvine eut à son tour un petit sourire sarcastique devant cette façon de présenter la situation. Si Rochelaure conservait tout le prestige de l'annonce aux Enusiens, il ne s'en protégeait pas moins, au cas où les choses tourneraient mal — au cas où, elle, Sylvine, faillirait à son rôle — en se dédouanant de l'authenticité de son identité.

— Celle qui nous a été envoyée par la Créatrice pour garder Citara se nomme Sylvine, de la Forêt aux Esprits et n'est nulle autre que la fille du célèbre Brohn de Bramagine.

Dames et Sieurs, veuillez l'accueillir comme il se doit.

Sylvine ôta son masque. Elle s'apprêtait à rejoindre Rochelaure sur l'estrade lorsque son regard se heurta à celui de l'homme qu'elle avait repéré dans l'assemblée. Si elle l'avait trouvé intense un peu plus tôt ce n'était rien par rapport à celui qu'il lui décochait maintenant. On aurait dit qu'il cherchait à la transpercer de part en part et elle mit plusieurs secondes à réaliser que des bruits de coups avaient retenti sur la tribune.

Attaquer fête, Maudits !

Sylvine perdit le contact avec l'inconnu au regard brûlant. Libérée de la rage qu'elle avait pu y lire, elle posa des yeux interdits sur la scène qui se déroulait à quelques pas d'elle. Un homme masqué, vêtu de la tunique brune des Maudits venait de se jeter sur Rochelaure. Le Défenseur qui montait la garde gisait non loin, dans une mare de sang. Des cris s'élevèrent de l'assistance, des cris étouffés par la musique qui avait, curieusement, repris.

Le temps que Sylvine s'élance, Rochelaure avait été assommé d'un direct par le Maudit, qui se dirigeait vers Dame Sopheline. *Satanée robe, impossible de sauter sur l'estrade !*

Elle dut faire le tour, attrapant au passage la seule arme qu'elle avait pu amener à la réception, un couteau fixé par une bande à sa cheville.

Olivier, lui-même gêné par ses longues chaussures, était déjà aux prises avec l'assaillant, mais il n'avait pas d'armes et s'il esquivait les coups de machette avec facilité, il ne pouvait pas faire grand-chose pour faire reculer le Maudit. Celui-ci tournait le dos à Sylvine, arrivée en bas des marches. Elle sectionna d'un geste vif le tendon derrière son genou. Il hurla et tomba vers l'arrière, l'emportant avec elle.

Écrasée sous son poids, elle fut bloquée un instant, mais un éclair roux virevolta sur le visage du Maudit, lui lacérant la joue et celui-ci se débattit, libérant Sylvine. Elle roula sur le côté avant d'utiliser le tranchant de sa main sur sa carotide, ainsi que Maître Sabrio leur avait appris.

— À terre, tout le monde à terre ! Et en silence. Le premier qui braille, on le bute.

Une femme hurla de terreur. Son cri s'acheva dans un gargouillis atroce. Sylvine, qui venait juste de se relever après en avoir terminé avec son adversaire, contempla la scène sans comprendre.

Les gens étaient figés, aussi stupéfaits qu'elle. Une odeur métallique imprégnait les lieux : celle du sang. Tous les Défenseurs postés aux portes avaient été égorgés et gisaient, tels des pantins désarticulés, devant leur poste. Des Maudits surgis de nulle part, faisaient s'allonger les personnes présentes. L'Enusienne qui avait crié chuta à genoux, les mains serrant son cou ensanglanté, les yeux déjà vitreux derrière le masque décoré. Elle tomba face contre terre et ne bougea plus.

— Y en a d'autres qui veulent la même chose ?

Le Maudit qui venait de tuer l'Importante se tenait au centre, trapu, un coutelas à la lame rougie à la main. Il portait un manteau de cérémonie jaune qui avait dû lui servir à camoufler ses habits habituels et dont il se débarrassa aussitôt. L'étoffe retomba dédaigneusement sur le corps de l'Enusienne tandis que les invités obéissaient et s'allongeaient sur le sol, certains avec plus de précipitation que d'autres. Pendant ce temps, les musiciennes jouaient toujours. Un coup d'œil dans leur direction apprit à Sylvine qu'elles n'avaient pas le choix : deux Maudits les menaçaient. Les larmes coulaient sur leurs visages horrifiés. Écorcelle était pâle. Un instant, son regard croisa celui de Sylvine avant qu'elle ne reporte son attention sur son instrument, les dents serrées.

Schnippy, va chercher de l'aide, va chercher Achille !

Désarmée, dans une pièce close où la nature était absente, elle ne pouvait rien faire. L'écureuil hocha la tête et disparut en quelques bonds.

Sur l'estrade, Olivier s'employait à ranimer Dame Sopheline. Deux Maudits, le visage recouvert de masques grimaçants, étaient en train de s'approcher de lui dans son dos.

— Olivier, derrière toi !

Il se retourna et plissa les yeux, évaluant ses chances.

Au total, une quinzaine d'ennemis les entouraient, compta rapidement Sylvine tout en s'avançant vers Olivier.

Tous armés, alors que pratiquement aucun des Citariens ne l'était.

Elle serra les dents devant cette manœuvre si bien organisée.

Les convives s'étaient maintenant presque tous allongés sur le sol. Une poignée de personnes seulement refusaient d'obéir, dont Sylvine, Olivier... et Gandore. Le Sage observait avec attention un homme, lui aussi resté debout. Celui dont elle avait affronté le regard brûlant juste avant l'attaque.

— Tiens, tiens... Il semble que quelques invitations se soient perdues du côté des Sous-Terres... Vous pourriez ôter votre masque, Sieur Rohé, cela serait tout de même la moindre des politesses, maintenant que vous avez gâché la fête.

— Oh, mais je n'en ferai rien : à vous l'honneur, rétorqua une voix moqueuse et rauque.

Sylvine ne pouvait détacher le regard de l'homme que Gandore avait apostrophé, le cœur battant à toute allure. Se pouvait-il vraiment qu'il s'agisse de Rohé ?

Le Sage retira son masque, haussant un sourcil provocateur.

L'autre enleva à son tour le sien, révélant un visage couturé de cicatrices aussi noires que ses prunelles.

Non, pas des cicatrices. Plutôt des signes, des formes serpentines peintes sur sa peau.

Il souriait.

D'un geste de la tête, il désigna le carnage autour de lui.

— Et donc, je suppose que vous vous rendez ?

Gandore soupira, comme si tout cela était une évidence.

En quelques secondes, la salle changea de couleur. Des éclairs avaient jailli des mains des deux hommes, bleus pour Gandore, verts pour Rohé. En se percutant, les rayons firent voler en éclat les vitres et les lampes toutes proches.

Les deux adversaires se mesuraient du regard, aussi terribles l'un que l'autre.

Le vent s'engouffra dans la pièce par les fenêtres brisées.

Le vent !

Sylvine appela celui-ci à elle, le canalisa dans sa paume et fit tournoyer son index, infléchissant le mouvement d'air. Ensuite, elle projeta la mini tornade qu'elle venait de créer en direction de Rohé.

— Tut, tut, petite, laisse jouer les grands !

Le Maître des Sous-Terres avait lancé une main en avant. Sous la force de l'élan, Gandore recula, cessant le tir, pendant que son adversaire relevait déjà l'autre bras. Les pierres et parures métalliques des personnes présentes, comme aimantées, se détachèrent des vêtements, des masques, des décorations de l'assemblée et s'amalgamèrent à toute allure, formant un mur compact contre laquelle le vent vint s'écraser. Un geste et le mur de gemmes fonça sur Sylvine. Elle n'eut que le temps d'utiliser un courant d'air ascendant pour y échapper. Au milieu de la pièce, le combat titanesque entre Gandore et Rohé avait repris. Cette fois-ci, plutôt que des rayons, c'étaient des projectiles qu'ils s'envoyaient, à une allure défiant l'entendement : des boules incandescentes contre de fines balles en fer. Lorsque Gandore évita une rafale de ces dernières, l'Important qui s'était à demi relevé sur sa droite les reçut en pleine poitrine et s'effondra, projetant son sang sur ceux encore à terre.

— Hum... Intéressant, fit Rohé en observant la victime.

Un halo vert l'entourait, le protégeant des sorts que Gandore s'acharnait à lui lancer.

Derrière Sylvine, qui était redescendue et qui contemplait la scène sans savoir comment intervenir, un bruit de coups retentit. Olivier était en train de se battre de ses poings contre un Maudit, tandis que l'autre avait mis Dame Sopheline sur son dos et avançait vers la sortie entre l'estrade et les Musiciennes.

Sylvine dirigea le vent dans les jambes du ravisseur puis, lorsqu'il chuta lourdement, s'en servit pour retenir Sopheline et lui éviter le même sort. L'effort fait pour maintenir la mère d'Olivier en suspension à cette distance était intense et, très vite, le front en sueur, elle dut la poser au sol.

C'est alors que surgirent de l'entrée principale, dans un fracas de porte brisée, Achille, Radj et Maître Sabrio. Derrière, un bruit de cavalcade signalait que les Défenseurs de réserve n'étaient pas loin.

— Attrape, Sylvine-mae ! lança le grand guerrier noir à sa protégée.

Elle leva le bras pour récupérer son carquois. En un mouvement preste, elle passa les brides autour de ses épaules pendant que les premiers Maudits tombaient sous les coups de ses compagnons. Elle se saisit avec fluidité de ses deux sabres. Enfin armée !

— Aaaaah !

En poussant un cri de rage, elle se précipita sur les ennemis qui accouraient dans leur direction.

Ils allaient voir la différence entre trucider des personnes sans défense et se battre contre des guerriers entraînés !

Elle était gênée par sa robe mais pas au point de ne pas pouvoir lutter. Bientôt, les bruits de lames remplacèrent les cris de détresse et les Maudits commencèrent à faiblir devant leur assaut conjoint. Une vingtaine de Défenseurs étaient entrés à la suite d'Achille et de ses compagnons : la victoire était en train de changer de camp.

Rohé s'en aperçut. Il balaya la pièce de son regard de glace, puis eut un geste étrange : il recula sa main, les doigts écartés. Tout se ralentit. La course des Défenseurs, le coup de hache de Radj sur la tête de son adversaire, la chute de Gandore, touché à la tempe, le Maudit au fond de la salle en train de s'enfuir avec Dame Sopheline dans ses bras, deux de ses acolytes sur ses pas, Écorcelle qui se levait, du sang sur la joue provenant d'un homme projeté avec force à côté d'elle. Tout cela, Sylvine en avait pleinement conscience. Elle-même subissait cette inertie physique, tout en gardant son acuité mentale. Rohé, le seul à ne pas être affecté par le ralentissement temporel, sortit une petite émeraude de sa poche et la mit sous sa langue. Il ne quittait pas Sylvine des yeux.

— Maudits de deuxième percée, avec moi dans la grande salle. Vaudrin, Dacier et Garibal, laissez l'Enusienne ici et emparez-vous de la Forestière !

Puis le temps reprit son cours normal. Le sabre de Sylvine acheva son mouvement latéral, éliminant un Maudit. Un pas de course signalait l'arrivée de nouveaux assaillants, qui surgirent de derrière les portes, leur assurant à nouveau l'avantage numérique.

Sylvine jura.

Pas question de se laisser faire. Elle avait déjà échappé aux sbires de Rohé. Et à plusieurs reprises, même. Il lui suffisait de recommencer. Elle leva le menton, défiant le Maître des Sous-Terres de son regard vert. À sa grande surprise, il tressaillit.

Encouragée par sa réaction, elle s'avança dans sa direction, mais dut renoncer à l'attaquer : trop de Maudits l'encerclaient. Sans doute les fameux Dacier, Garibal et… elle ne se rappelait plus du troisième. Qu'importaient leurs noms, de toute façon, puisqu'elle les tuerait avant qu'ils ne puissent accomplir leur mission. Luttant de toutes ses forces, assénant des coups puissants, elle n'avait même pas idée de leurs visages : ils n'étaient que des ennemis à abattre en face d'elle. Elle esquiva leurs attaques, et sentit une fléchette la frôler : il valait mieux qu'elle évite le corps à corps si elle ne voulait pas se faire endormir ainsi. Un coup de hache faillit la couper en deux. Bizarre. Elle ne pensait pas que Rohé avait souhaité la récupérer en petits morceaux mais manifestement ses hommes n'avaient pas tout à fait compris son message…

Soudain, Olivier se trouva à ses côtés, à visage découvert et pieds nus. Il se battait avec une machette prise à un Maudit et celle-ci tournoyait avec dextérité, offrant à Sylvine une plus grande marge de manœuvre, elle qui avait commencé à reculer devant les attaques cumulées de ses adversaires, au nombre de quatre finalement.

— Merci !

— De rien.

Ils avaient beau vivre des instants dramatiques, elle eut envie de sourire, tout à coup. Malgré l'échange impersonnel, elle avait l'impression de retrouver un ami. Cette bataille lui rappelait celle qu'ils avaient livrée dans les collines ouest. Pourtant ni le lieu ni les circonstances n'étaient les mêmes. Cette fois-ci, elle était son égale et rendait plus de coups qu'elle n'en recevait. Mais les revoilà qui se battaient l'un à côté de l'autre. Elle retrouvait avec plaisir l'unité qu'ils formaient côte à côte. Ensemble, ils étaient plus forts, tout simplement.

Petit à petit, le nombre d'assaillants diminua. Jusqu'à ce que le Maudit que combattait Sylvine réalise qu'il était l'un des derniers encore debout et ne tourne les talons pour s'enfuir. Malheureusement pour lui, il trouva Radj en travers de son chemin.

Haletante, Sylvine posa la pointe de son sabre sur le sol et s'appuya dessus pour prendre la mesure de la situation. À côté, Olivier faisait de même, les deux bras sur ses cuisses.

Où était passé Rohé ?

Il n'y avait nulle trace de lui. Inquiète, elle balaya la salle du regard, revenant à l'endroit où elle l'avait vu la dernière fois. Une manche blanche dépassait d'un tas enchevêtré de personnes à terre. Son cœur manqua un battement. Gandore…

— Gandore !

Elle se précipita à côté de lui, le dégageant du corps de l'Enusien qui lui était tombé dessus. Ses doigts tremblants se posèrent sur son cou. Il était vivant. Extrêmement faible par contre, ayant mis toutes ses forces dans la bataille. Elle fouilla dans l'unique poche de sa tenue de soirée, soupirant de soulagement en trouvant les petites boules noires qu'elle y avait placées.

Elle en mit une dans la bouche du Sage :

— Gandore, vous m'entendez ? C'est Sylvine. Croquez, cela va vous donner de l'énergie. C'est de la pepside. Je vous en prie.

Un frémissement parcourut le visage creusé, qu'elle avait relevé entre ses bras. Péniblement, sans rouvrir les yeux, il obéit. Quelques secondes passèrent, pendant lesquelles Sylvine contempla la salle d'Apparat. Cela avait été une boucherie. Même si les invités étaient vivants, peu s'en étaient sortis indemnes. La bataille entre Gandore et Rohé avait fait énormément de dégâts, fauchant tous ceux qui se trouvaient aux alentours immédiats. Quant aux Défenseurs, ils avaient payé un lourd tribut : ceux qui étaient en faction au moment de l'attaque avaient été décimés. Aucun de ceux arrivés en renfort, par contre, n'avait perdu la vie. Maître Sabrio, le visage sombre, faisait déjà le tri des victimes et des blessés. Du sang coulait de son bras, mais il n'en avait cure.

— Qu'est-ce que c'était, vous avez dit ?

Gandore avait repris des forces, cela se voyait dans la couleur légèrement plus rosée de ses joues, dans ses yeux qui s'étaient rouverts et la fixaient.

— Quoi ? demanda Sylvine.

Elle se mit à trembler, sous le contrecoup de la violence des événements.

— Ce que vous m'avez donné.

— Ah, ça. Une pastille que j'ai fabriquée, à base de pepse.

— Eh bien, c'est efficace. Il faudra m'en fournir la recette.

Elle l'aida à se redresser, puis à se mettre debout. Lentement, il regarda autour de lui, comptant les victimes, mesurant les dégâts.

— Gandore ? Rohé a disparu.

Cela l'inquiétait de ne pas savoir où il était. L'homme n'était plus un simple nom : en l'espace de quelques minutes, il était devenu terriblement concret. Elle connaissait désormais la puissance qui était la sienne. Et elle la craignait.

— Hum. Je crois que mon dernier sort l'a envoyé par là.

Il se tourna vers les fenêtres : toutes étaient brisées à divers endroits, mais l'une d'entre elles présentait une béance plus importante, comme si quelqu'un était passé au travers.

Le cœur battant d'espoir, Sylvine s'y dirigea, Gandore appuyé sur son épaule. Du verre jonchait le perron de pierre, situé juste en dessous. Mais aucun corps n'y était étendu, aucune trace de sang n'était visible.

Le Sage soupira.

— Je crains qu'il ne s'en soit sorti, à nouveau. Il va aller panser ses plaies, reconstituer sa réserve d'énergie et puis… il reviendra.

Elle hocha la tête. Il reviendrait, c'était inévitable.

En attendant, ils l'avaient fait fuir. Son plan, pourtant si ingénieux, avait échoué. Tout ça grâce à un petit écureuil qui avait pu aller prévenir les secours. D'ailleurs, où était-il ?

Schnippy ?

Il ne répondit pas.

Inquiète tout à coup, elle abandonna le Sage aux équipes de soin. Celles-ci s'étaient organisées sous l'égide de Dame Élaine et de Sieur Bontemps, toujours efficaces malgré leurs traits livides.

— Titane, Brís, vous allez bien ?

Tous deux hochèrent la tête. Titane avait un énorme bleu à la tempe et grimaçait en se tenant le front.

— Plus jamais je ne vais à un combat en robe, vous m'entendez ? J'ai bien failli y laisser la vie…

— Heureusement que tu m'as convaincu de glisser mon épée dans mon costume. C'était peut-être inconfortable à dissimuler mais sans elle, nous ne serions pas là pour en discuter.

Les deux se tenaient la main, plus proches qu'ils ne l'avaient jamais été.

— Et Schnippy, vous l'avez vu ?

— Non, désolée, pas depuis le début de la fête.

Elle reprit ses recherches. Les autres membres du Clan se portaient bien, aucun n'était sérieusement touché. Elle-même n'avait à déplorer qu'une robe tachée de sang et trouée à de multiples endroits, ainsi qu'une légère estafilade au bras.

Elle arriva à proximité de Sieur Rochelaure, à qui Bontemps était en train de faire son rapport.

— ... et une dizaine de blessés graves. Un début d'incendie a été circonscrit. Au final, plus de vingt et un morts de notre côté, trente-deux pour les Maudits.

Le front bandé, Rochelaure était blême de rage. Un peu plus loin, Sopheline était agenouilllée auprès des blessés, sa magnifique robe irrémédiablement souillée. Ses yeux brillaient de larmes mais elle avait refusé d'être ramenée dans ses appartements. Sa beauté agissait comme un baume sur les Importants, calmant les crises de panique et apaisant les souffrances.

— Nous avons fait deux prisonniers. Par contre, aucune trace de Sieur Rohé nulle part, il s'est volatilisé. Il nous reste encore à retrouver certaines personnes portées disparues, mais nous avons bon espoir que...

L'homme s'interrompit. Une jeune fille à la mise déchirée, tenant une compresse sur sa tempe, s'était avancée vers eux, les yeux écarquillés et les joues trempées par les pleurs, en état de choc. Sylvine eut vaguement l'impression de la reconnaître, mais avant que son souvenir ne se précise, elle entendit avec soulagement une voix dans sa tête.

Avoir suivi Maudits, Schnippy. Partir très vite à cheval.

Pendant ce temps, la jeune fille à côté d'elle poursuivait son témoignage.

— Sieur Rochelaure, il faut que je vous parle... Les... Maudits... Ils nous ont attaquées dans le couloir et...

Des larmes jaillirent de ses yeux. Rien dans son existence dorée ne l'avait sûrement préparée à la violence des derniers événements.

— ... ils ont pris l'une d'entre nous.

Dans le même temps, Schnippy transmettait des images à sa maîtresse, des images qui l'horrifièrent.

Sourcils froncés, Rochelaure demanda :

— De qui s'agit-il ?

La jeune fille s'effondra en pleurs, incapable de répondre.

Mais c'était inutile, Sylvine avait vu par les yeux de Schnippy qui avait été enlevée. La seule autre Forestière présente à la soirée...

Elle murmura, atterrée :

— Écorcelle... Écorcelle de la Forêt aux Esprits.

CHAPITRE 25

Prendre

Maintenant, je sais à quoi ressemble Rohé... et je tremble depuis que je l'ai vu dans mes souvenirs.
Oh, pas de peur, pas de dégoût.
Ça, c'est ce que vit mon moi passé.
Non, ce qui m'horrifie c'est ce que je ressens aujourd'hui.
À la place de la peur, de la culpabilité.
À la place du dégoût, de la fascination.
Mais qu'est-ce qui ne va pas, chez moi ?

La nuit était tombée depuis longtemps. La deuxième après l'attaque sanglante qui avait secoué Enu.

La deuxième où elle n'arrivait pas à dormir.

Elle revoyait sans cesse dans sa tête les corps anonymes à terre, à qui les masques prêtaient des visages obscènes et ridicules. Les

Défenseurs tués par traîtrise et baignant dans des flaques de sang, le regard vide, n'ayant pas eu l'occasion de prouver leur valeur. Son impuissance à elle devant le pouvoir de Rohé.

Rohé. Si calme et si calculateur. Si fort. Et Écorcelle, sans défense, qui se retrouvait prisonnière des Maudits. Que feraient-ils d'elle lorsqu'ils découvriraient qu'ils s'étaient trompés de personne ?

De rage, Sylvine fouetta de son sabre un bouquet de fougères qui se trouvait sur son passage.

Le regretta instantanément.

Ce n'était pas en blessant son alliée la plus précieuse, la nature, qu'elle viendrait à bout de ses problèmes.

Elle fit le vide dans sa tête, cueillit les épis fauchés et les remit leur place, réparant les dommages qu'elle avait causés.

Elle eut un sourire nostalgique. Il était loin, le temps où elle s'évanouissait après avoir « réparé » un brin d'herbe. Même si elle avait tout à fait compris la leçon de Gandore sur le fait de devoir économiser la magie, elle ne pouvait toujours pas se résoudre à laisser la nature pâtir de ses erreurs.

Pardon...

Songeuse, elle reprit ses errances dans le bosquet à côté de la Demeure des Importants. Elle avait bien conscience qu'il y avait plus malin que de se promener seule de nuit alors que les Maudits avaient décidé d'intensifier leurs attaques. Mais elle en avait assez d'être enfermée, de se retourner dans son lit sans pouvoir trouver le sommeil... et de devoir affronter les cauchemars quand elle y parvenait. Elle était venue chercher ici le réconfort qu'un univers familier pouvait lui apporter.

Elle soupira.

Pour l'instant, ce n'était toujours pas le cas : le sous-bois avait beau lui présenter des sons, des odeurs connus, ce n'était pas sa forêt. Celle qui lui manquait tant.

Avoir idée, Schnippy ! Faire rire Sylvine, passage secret...

Son ami était triste de la voir dans cet état et essayait par tous les moyens de lui remonter le moral.

Un passage secret ?

Haussant un sourcil, elle le suivit tandis qu'il courait devant elle. Le bosquet céda la place à de gros rochers, tombés les uns sur les autres il y avait des siècles de cela, que la mousse et le lierre avaient amalgamés en un tas impénétrable.

Descendre ici, Schnippy et Sylvine. Très amusant.

Elle fit la moue. Ils avaient contourné les blocs, escaladé l'un d'entre eux et se retrouvaient devant un trou sombre, qui faisait penser à un terrier à lapin par la forme, mais de taille beaucoup plus conséquente.

Schnippy sautillait sur place d'excitation. Dans sa tête se dessinait l'image d'un lac sous-terrain, aux parois phosphorescentes, dont les berges moussues recelaient d'excellentes larves.

Bon, elle n'était pas plus tentée que cela par les insectes mais l'idée d'un bain lui fit soudain très envie. Enu était réputée pour ses sources chaudes souterraines, elle était curieuse de découvrir ce nouveau lieu.

Et tu es sûr que c'est sans danger ?

Y aller plusieurs fois, Schnippy ! Jamais voir personne.

On ne distinguait pas le bout du tunnel. Elle ne voulait pas allumer sa lampe, au cas où quelqu'un rôderait dans les parages. Elle utilisa plutôt ses sens : le boyau était long et vide. Seul le clapotis de l'eau plus bas était audible. Les toiles d'araignées présentes à l'entrée témoignaient qu'aucun humain n'était passé par là depuis longtemps. Elle essaya de les éviter mais grimaça en sentant que certaines se prenaient dans ses chevaux. Le bain était désormais une nécessité. Avec précaution, elle se déplaça à quatre pattes, suivant le cliquetis des griffes de Schnippy sur la pierre.

Sa jupe, pourtant attachée par les lanières prévues à cet usage, s'accrocha à une aspérité.

Elle la dégagea d'un coup sec tandis que Schnippy continuait sa progression. Elle avança plus vite pour le rejoindre.

Trop vite.

Le tunnel faisait un coude et s'inclinait brutalement. La mousse qui était amassée là la fit déraper en avant et elle ne put se retenir, glissant, glissant, glissant.

Soudain, de la lumière, une surface miroitante.

Elle ferma les yeux et prit une profonde inspiration.

Splash !

L'eau était tiède, c'était déjà ça. Elle eut une fugitive pensée pour ses sabres qui risquaient de la faire couler, roula sur elle-même et tapa du pied sur le sol pour se donner de l'élan. Elle refit surface aussitôt, soulagée : elle n'était immergée qu'à mi-poitrine. Dégoulinante, elle fusilla Schnippy du regard.

Oups ! Oublier fin glissante, Schnippy.

Ah ah.

Tout penaud, Schnippy se tenait sur la berge, à côté du conduit. Lui avait pu sauter à temps pour éviter le plongeon.

— Très drôle, et je fais comment, maintenant, moi, avec mes habits mouillés ? ronchonna-t-elle à voix haute.

— Euh, je ne sais pas, les enlever, peut-être ?

Saisie, elle se retourna avec maladresse à cause de sa jupe et de ses bottes gorgées d'eau, mais en levant déjà un bras vers ses sabres.

Dans le lac, une tête hilare la regardait.

Jamais voir personne, hein ?

Embarrassé, Schnippy se dit qu'il était temps pour lui de laisser les humains entre eux... et repartit dans le tunnel, abandonnant lâchement sa maîtresse face à Olivier.

— Alors comme ça, vous êtes venue vous baigner ? Vous savez qu'il y a un passage avec des *marches* un peu plus loin ?

— Oui, mais ça ne correspondait pas suffisamment à mon naturel aventureux, répliqua Sylvine d'un ton hautain.

Son regard soutint celui d'Olivier.

Ils éclatèrent de rire en même temps. Abandonnant la bataille, perdue d'avance, pour rester digne, elle se dirigea vers le conduit d'où elle avait fait son entrée fracassante. Impossible de repasser par là, surtout avec ses vêtements mouillés.

— Bon, j'avoue. J'ai été victime d'un traquenard infâme monté par un petit animal roux.

— Des êtres diaboliques, les écureuils, approuva Olivier.

— On n'imagine pas à quel point.

En badinant, elle pataugea jusqu'à la berge. Hésita.

— Les mousses bleues ont une grande capacité d'absorption, vous devriez y déposer vos habits. Ils seront secs en quelques heures. Promis, je ne regarde pas.

Olivier se retourna.

Après avoir ôté avec difficulté ses bottes et son carquois, elle se débarrassa du reste. Elle ne garda que son sous-vêtement de coton vert, entoura sa poitrine de la bande de soutien et attacha celle-ci derrière le cou.

Elle s'assura que le jeune homme continuait à barboter en lui tournant le dos avant d'essorer sa blouse, son collant et sa jupe, les étalant sur les mousses douces. Elle prit soin aussi d'essuyer ses lames sur les plantes pour qu'elles ne rouillent pas.

Puis, parce qu'il n'y avait rien d'autre à faire, elle revint dans le lac.

Cette fois-ci, c'était nettement plus agréable. Elle soupira d'aise une fois immergée dans l'eau chaude et observa les lieux avec plus d'attention.

Ils se trouvaient dans une longue caverne où la nature avait joué les architectes audacieux : de grandes arches rocailleuses, des stalactites en volutes, un plafond dentelé. L'ensemble était magnifique et n'avait rien à voir avec la version policée qui existait sous la Demeure des Importants. Ici, pas de vasque en porcelaine, mais des roches centenaires ; pas de serviettes moelleuses, c'était la mousse épaisse tapissant la rive qui remplissait cette fonction ; pas de lampe enusienne, mais des cristaux phosphorescents bleu turquoise. Enchantée, elle fit deux brasses avant de se rappeler qu'Olivier était toujours prisonnier de sa promesse.

— C'est bon, je suis regardable.

Il se retourna, une expression neutre sur le visage.

— Très bien, ma chère. Je propose que vous nagiez dans ce coin et moi dans celui-ci.

Elle fronça les sourcils, surprise par ce changement de ton. On aurait dit l'Olivier des premiers jours, au vocable précieux.

— Euh, d'accord. Et vous venez souvent ici ?

— Non, pas du tout. D'habitude je suis plutôt à la Taverne en train de boire. Mais ce soir, elle était fermée, alors...

Elle plissa les paupières. Il n'allait tout de même pas lui jouer la comédie de l'héritier ivrogne et artificiel ?

— En tout cas, les lieux se sont avérés bien plus hospitaliers que je ne les avais imaginés, lui fit-il avec une œillade suggestive.

Elle le regarda sans manifester d'émotion. Il essayait de l'agacer, elle le voyait clairement. Afin qu'elle reste à distance.

Résolue, elle plongea et refit surface à quelques pas de lui, rejetant ses cheveux en arrière.

— Eh ! Qu'est-ce que vous faites ?

— Je viens vous rendre visite.

— Oui, bon, vous êtes gentille, mais moi je n'avais pas prévu d'avoir de la compagnie. Alors, question décence, vous risquez d'avoir un petit choc, là...

— Oh s'il est petit, ce n'est pas grave, susurra-t-elle en se mordant la joue pour ne pas rire.

Il écarquilla les yeux devant son audace. Puis rougit en comprenant le sous-entendu.

— Mais..., eh, ce n'est pas ce que je voulais dire !

— Oui, Olivier, que vouliez-vous me dire, exactement ? Non, parce qu'avec toutes vos personnalités, j'ai du mal à suivre. Apprenti-Justicieur la nuit, buveur incapable le jour, sans oublier sauveur de jeunes femmes en détresse à l'occasion, qui est-ce qui s'adresse à moi ce soir ?

Il la contempla un long instant, le regard soudain pénétrant. Comme si un masque était tombé.

— Je regrette, je ne peux pas vous le dire. Pas encore. C'est... J'ai passé trop de temps à préserver ce secret. Toute ma vie, je n'ai rêvé que d'une chose : être libre. Le jour approche où cette liberté me sera peut-être accessible. Je ne peux pas risquer de tout perdre. Vous ne pouvez pas comprendre.

— Vous pensez que si vous me parlez, Sieur Rochelaure pourra tout découvrir en sondant mon esprit.

Il ouvrit la bouche, la referma et hocha la tête, sans dire un mot.

— Alors, gardez votre secret. Je voulais juste que vous cessiez de jouer la comédie en ma présence.

Un nouveau respect dans le regard, il sourit.

— C'est entendu.

— Bien, ça, c'est fait. Et maintenant, discutons un peu de nous.

— Comment ça, de nous ?

À nouveau déstabilisé, il la regarda s'avancer avec méfiance. Elle eut envie de rire tellement était inscrite sur son visage sa gêne vis-à-vis de leur proximité... Il n'avait aucune idée qu'elle était à l'écoute de tout son être et en avait donc pleinement conscience. Tout comme du désir qui pulsait sous sa peau. Sous *leurs* peaux.

— Oui, de nous. Au sujet de votre démonstration de tamb, vous vous rappelez ?

— De... ? Ah. Oui. Je suis désolé. Je... J'étais pris par la magie du moment. N'y voyez rien de...

Il recula.

Elle avança encore.

Il recula à nouveau, venant cogner la roche derrière lui. Acculé, il plissa les yeux :

— Bon sang, mais qu'est-ce qui vous prend ?

— Dites-moi si me trompe. D'après ce que je sais du don des Pulseurs, ils peuvent émettre des sons sur des fréquences différentes, en fonction de la personne pour laquelle ils jouent, comme un dialogue que seule celle-ci peut comprendre, c'est exact ?

— Oui. Et ?

— Pour qui jouiez-vous l'autre soir ?

Il la contempla sans répondre.

Puis sa main, comme malgré lui, vint s'enrouler autour de sa tresse.

— Vous le savez très bien, fit-il la voix rauque.

— Alors, pourquoi ne continuerions-nous pas cette conversation ? Là, tout de suite.

Elle posa ses paumes sur sa poitrine imberbe. Proche, tellement proche. Pas assez.

— Embrasse-moi.

Ses bras vinrent se nouer autour d'elle, la broyant dans une étreinte sauvage. Leurs corps se soudèrent l'un à l'autre, chauds, musclés et, enfin, enfin, leurs lèvres se rencontrèrent.

Explosion de sens.

Sa peau, les gouttes d'eau qui s'immisçaient entre leurs langues, leurs lèvres qui se caressaient, se prenaient, le rythme effréné de leurs cœurs. Lorsqu'il posa sa bouche sur la veine palpitante de son cou, elle gémit.

— Sylvine, il ne faut pas...

Il ne cessait de l'embrasser, de lécher sa peau, les doigts perdus dans ses cheveux, comme si son corps était dissocié de son esprit.

— Pourquoi ?

— C'est... Je ne sais pas si... Tu es sûre ? Je ne veux pas que tu regrettes...

Elle secoua la tête, farouche tout à coup.

— Olivier... Il y a deux journes, des femmes, des hommes sont morts. Cela aurait pu nous arriver. Il y a de fortes chances pour que ça nous arrive. Cela fait des quartiles maintenant que ma vie ne m'appartient plus, qu'elle a été réquisitionnée au service de mon pays. Je n'ai pas envie d'attendre pour être heureuse. Je n'ai pas envie de mourir sans connaître l'amour.

Ils avaient beau être toujours collés l'un à l'autre, elle le sentit qui s'éloignait. Comme... blessé.

Pourtant, il lui sourit et s'apprêta à l'embrasser à nouveau.

— D'accord. Je comprends.

Elle l'arrêta en mettant ses doigts devant sa bouche.

— Non, tu ne comprends pas. Tu crois que je veux juste satisfaire un besoin physique, ou même, pire, de la curiosité.

— Quand bien même cela serait le cas, c'est ton droit. Si c'est ce que tu désires, ça me va.

— Idiot.

Elle prit son visage entre ses mains, gravant cet instant au plus profond de son âme.

— Si je m'étais retrouvée ici avec n'importe quel autre homme, jamais je ne lui aurais fait une telle proposition. Guerre ou pas. Je te veux, toi. Olivier. Ton corps tout autant que ton cœur. Si celui-ci est à prendre.

Il baissa son front contre le sien en un geste de capitulation.

— Alors je te le confie, ensorceleuse...

Les baisers reprirent. Doux, forts, tendres, passionnés. Elle ne savait plus qui donnait, qui prenait.

Confiante, elle suivait son rythme, le laissant la guider sur ces chemins délicieux dont elle ignorait tout. Elle ne se lassait pas de parcourir son corps de ses mains, de sa bouche, enchantée de le voir frémir sous ses caresses. Comme elle tremblait sous les siennes.

Il la souleva, et elle enroula naturellement ses jambes autour de sa taille. Elle lui sourit.

Ce n'était pas le sourire d'une jeune fille inquiète de l'inconnu. C'était déjà celui d'une femme prête à apprécier les précieux moments que la vie lui accordait.

Et celui-là plus qu'aucun autre.

Plus tard, ils vinrent s'allonger sur la berge moussue. Alors qu'il la regardait, appuyé sur le coude, elle le vit qui fronçait tout à coup les sourcils.

— Quoi ? demanda-t-elle, en arquant les siens.

— Tout de même, j'aurais pu t'offrir une meilleure couche que celle-ci. Surtout pour notre première fois.

Elle secoua la tête et s'étira, comblée.

— Je ne pouvais rêver mieux, je suis une fille de la forêt, ne l'oublie pas. Nous ne sommes pas habitués à vos lits soi-disant « civilisés ».

— Et qu'est-ce qu'ils ont de si aberrants que ça, nos lits, je te prie ?

— Ce n'est pas tant ce qu'ils ont que ce qu'ils n'ont pas, rétorqua-t-elle.

Sincèrement étonné, Olivier demanda :

— Qu'est-ce qu'il leur manque, à nos lits enusiens ?

— Eh bien, ils ne bougent pas.

— Ils ne bougent pas ?

— Oui, nous, nous avons des liacs. Ils sont accrochés en hauteur et ils se balancent, fit-elle en mimant le mouvement du doigt.

— Tiens donc, lança Olivier, une étincelle dans le regard. Et... c'est agréable ?

Il se rapprocha d'elle, son corps reproduisant le geste qu'elle avait eu.

— Mmmmm, très agréable, confirma Sylvine, les yeux mi-clos.

— Un peu comme ça ?

Ardente soudain, elle le fit basculer sur le côté avant de se retrouver sur lui.

— Non... Plutôt comme cela...

Plus tard, bien plus tard, alors que les soupirs s'étaient éteints et que les deux amants reposaient dans les bras l'un de l'autre, une petite silhouette passa sa tête dans le conduit.

Plus faire cauchemars, Sylvine.

Bien content de lui, Schnippy s'installa confortablement sur les habits déjà secs et s'endormit du sommeil du juste.

CHAPITRE 26

Révéler

Non !

Non ! Lâchez-moi !

Je veux rester ici. Pour toujours...

Mais j'ai mal tout à coup, tellement mal : comme des décharges électriques qui parcourent mon enveloppe corporelle et me tirent en arrière. Ou est-ce en avant ? Vers le futur...

On m'arrache à toi, Olivier, et je vois défiler les jours sans pouvoir les retenir.

Ahhh, enfin, cela s'arrête.

Pourquoi cela s'arrête-t-il ?

Pourquoi ces gens à l'attitude si solennelle ?

Et pourquoi te tiens-tu, Olivier, devant eux ?

Sylvine essuya ses mains moites sur sa jupe. La tension était palpable dans l'air. Elle n'émanait pas des Importants, réunis en nombre. Pour eux, il ne s'agissait que d'une simple formalité.

Non, c'était Olivier qui dégageait cette nervosité qu'elle percevait par tous les pores de sa peau. Il avait beau garder un visage neutre, elle avait appris à décoder ses expressions, dans les journes qui avaient précédé : une veine battait plus vite sur sa tempe et ses épaules étaient contractées, ses poings serrés. Il avait dû s'en rendre compte lui-même car elle le vit déplier ses doigts, les replier, puis les détendre. Il se préparait. À quoi ? Elle n'en était pas très sûre.

Les Importants s'étaient réunis dans la salle du Conseil afin d'assister au choix de carrière du fils de leur Dirigeur. Ils savaient déjà qu'il avait les compétences requises pour la fonction d'Organisateur, même s'il n'en avait pas le goût : la formation dispensée par des tuteurs stricts y avait veillé.

Sylvine avait été conviée à la cérémonie en tant que Gardienne. Un rôle officiel qui commençait à lui peser, d'ailleurs… Elle aurait préféré se lancer sur les routes citariennes en compagnie de la troupe de Défenseurs chargés de ramener Écorcelle mais elle n'en avait pas eu l'autorisation : Rochelaure, Gandore et même son Clan s'y étaient opposés. Elle avait donc dû se contenter d'être présente à des événements allant de l'important au futile : les funérailles des victimes de « la tuerie des masques » comme on parlait d'elle désormais, l'intronisation de Dame Kami chez les Sages, la nomination de jeunes Défenseurs appelés en renfort… Et, aujourd'hui, les Carrières d'Olivier. Celui-ci avait passé pour l'occasion des vêtements plus sobres qu'à l'accoutumée, hormis l'extravagant jabot de dentelle blanche qui parait son cou. Dans la tribune, à gauche de Rochelaure, ne figurait qu'un représentant de chaque ordre. Pour les Sages, il s'agissait de la nouvellement nommée Dame Kami, une grande dame aux yeux bleus angoissés, qui relisait ses notes, le front plissé. Les Prieurs étaient représentés par une femme replète aux lunettes cerclées qui lui donnaient l'air d'un hibou. Les Défenseurs avaient choisi un homme qu'elle connaissait pour s'être entraînée avec lui, Sieur Khân, un excellent bretteur. Il ne devait pas plus goûter les cérémonies officielles qu'elle car il venait de passer une main devant sa barbe brune pour dissimuler un bâillement. Enfin, le regard de Sylvine termina son balayage sur le dernier membre qui constituait le Directoire chargé de valider la carrière d'Olivier. Celui-ci lui fit un clin d'œil bien peu protocolaire et elle réprima un sourire. Comment Boga avait-il pu siéger ici au nom des Justicieurs, malgré son jeune âge ? Rochelaure semblait se poser la même question : il le considérait en fronçant les sourcils, mâchoires crispées.

Les discours de présentation commencèrent et Sylvine soupira. Dans la Forêt, l'événement se déroulait dans une clairière ensoleillée, sous l'ombre protectrice des arbres. Pas d'atmosphère rigide et compassée, le moment était empreint de naturel et de simplicité. Enfin, Dame Kami, dont c'était la première cérémonie officielle, s'adressa à Olivier d'une voix chevrotante :

— Jeune Sieur. En cette décime de vos vingt cycles, avez-vous décidé de votre choix de carrière pour servir Citara ?

— Oui, répondit sobrement celui-ci, le visage concentré.

— Jurez-vous de consacrer votre temps du travail à accomplir, du mieux possible, les tâches qui vous seront confiées en fonction de vos capacités et des besoins de votre pays ?

— Oui.

— Et souhaitez-vous donc vous engager dans votre vie d'adulte en tant qu'Organisateur, ainsi que ces quatre dernières années de formation vous y ont conduit ?

— Non.

— Alors nous allons vous...

La Sage, qui s'apprêtait à commencer l'examen des compétences, réalisa soudain l'étrangeté de la réponse précédente.

— Je vous demande pardon ? fit-elle, l'air perdu en levant des yeux myopes vers son interlocuteur.

Un silence confus venait de tomber sur la salle. Des regards furtifs glissèrent vers Sieur Rochelaure, qui gardait son visage impassible. Mais lui aussi avait crispé les mâchoires.

Olivier reprit :

— Je souhaite m'engager en tant que Justicieur.

Des exclamations étouffées se firent entendre.

— Bien... bien sûr, un tel changement est possible, bafouilla la Sage avec un coup d'œil éperdu en direction de ses homologues et du Grand Dirigeur.

La Prieuse vint à son secours :

— Il vous faut toutefois témoigner de vos Aptitudes, jeune Sieur.

Le Défenseur avait penché la tête sur le côté, comme pour mieux jauger la situation :

— C'est le cas, je pense. Je crois me souvenir que les tests d'Aptitude passés il y a quatre cycles de cela allaient justement dans ce sens...

— Ah ?

La Sage jeta un nouveau regard inquiet en direction de Rochelaure.

Ce dernier avait pincé les lèvres et croisé les bras. Encore plus froidement qu'à son habitude, il s'adressa à son fils :

— Il me semble, Olivier, que le moment est mal venu pour manifester un tel enfantillage. Nous devrions en discuter plus tard, en privé.

— Je regrette, mais c'est maintenant que je dois me prononcer. Et je viens de le faire.

— Effectivement, c'est l'heure du choix des Carrières, l'heure où un Citarien devient homme et s'engage à mettre ses talents au service de son pays. Admirer une position ne signifie pas nécessairement que l'on soit adapté pour celle-ci. Tu souhaites peut-être faire partie des Justicieurs, mais ce dont *eux* ont besoin ce n'est pas d'un rêveur incompétent, mais d'un membre capable de les seconder dans leur difficile tâche.

Olivier ne cilla pas. Mais de fines gouttes de sueur perlèrent à son front devenu pâle, comme s'il était en train de faire un effort considérable.

Sylvine se mordit la lèvre jusqu'au sang en réalisant tout à coup que c'était le cas. Debout, devant l'assistance inconsciente de ce qui était en train de se passer, il luttait de toutes ses forces pour contrer le regard implacable de Rochelaure. Le regard d'un expert en manipulation mentale.

C'était pour cela qu'Olivier avait dû jouer la comédie au quotidien, afin de persuader son père qu'il avait perdu toute velléité d'exercer la fonction de Justicieur et se contentait d'une vie de plaisirs et d'insouciance. Le Dirigeur ne devait pas avoir apprécié la mascarade et devait être en train d'essayer de retrouver son emprise sur l'esprit de son fils.

— Capable ? Oh, mais c'est le cas, père. Vous voulez voir ?

D'un mouvement fluide, le jeune homme enleva son jabot de dentelle, avant de recouvrit son visage du masque de Justicieur qui se dissimulait derrière.

Ses yeux parurent gagner en intensité et soudain Rochelaure écarquilla les siens, faisant un pas en arrière.

— Ce... ce n'est pas possible...

Trop tard, le regard du Justicieur était sur lui, en lui, et il ne pouvait y échapper.

— Sieur Rochelaure, je vous accuse d'avoir voulu priver Citara d'un de ses plus ardents Défenseurs en détournant votre fils de ses Aptitudes.

Rochelaure haletait. Il semblait résister de toutes ses forces à l'intrusion cérébrale et Sylvine ne put s'empêcher de grimacer en se rappelant son propre interrogatoire. Elle se souvint aussi de l'avertissement de la Justicière Kriss : trop d'opposition de la part de celui qui était sondé et l'esprit de ce dernier en ressortait à jamais brisé...

Elle frémit devant le combat impitoyable auquel tous les deux se livraient.

Un cri retentit dans la salle. Dame Sopheline, livide, s'était levée et s'écria :

— Olivier, non ! Arrête cela, je t'en supplie !

Son expression horrifiée, tout autant que le teint grisâtre de Rochelaure, fit prendre conscience à l'assistance de ce qui était en train de se passer.

— Oh !

Plusieurs Importants avaient porté la main à leur bouche, tandis que d'autres chuchotaient, excités.

Sieur Khân fit un pas vers Olivier mais celui-ci s'était déjà reculé et avait rompu le contact.

Se détournant avec résolution de son père, il retira le masque et s'adressa à ses assesseurs.

— Ainsi que le veut la cérémonie, après avoir énoncé mon choix de Carrière, j'apporte maintenant la preuve de mes capacités à l'assumer. Je suis apte à l'interrogation des esprits, comme vous venez de le voir.

— Sieur Rochelaure, confirmez-vous ce fait ? demanda la Prieuse.

Le Dirigeur respirait par à-coups, le regard plein de rage. Il ne put faire autrement que de hocher la tête d'un coup sec, les dents serrées.

Olivier poursuivit en s'adressant toujours au Directoire, sans lui accorder d'attention :

— Je suis également apte au maniement des armes. Sieur Khân, vous voulez bien m'évaluer ?

Le Défenseur acquiesça, une lueur d'intérêt dans les yeux. Il se plaça face à Olivier, à qui Boga avait lancé sa propre rapière.

En quelques secondes, les regards de l'assistance, d'interloqués, étaient devenus approbateurs. Tout le monde connaissait la valeur de Sieur Khân… et il avait fort à faire pour maintenir Olivier à distance. Concentré, le jeune homme enchaînait les passes et les parades et il était évident qu'il prenait plaisir à la joute.

L'esprit de Sylvine, lui, s'était soudain éloignées de l'évaluation des qualités de bretteur d'Olivier pour se diriger sur une appréciation beaucoup plus... esthétique de sa musculature et elle ne put s'empêcher de rougir du tour de ses pensées.

Bien vite, la démonstration fut terminée : les deux hommes se saluèrent de l'épée et le Défenseur revint à la tribune avec un ferme : « Aptitudes de combattant émérite validées ».

La salle se fit silencieuse, retenant son souffle.

— Bien, énonça la Sage, résignée. Il ne vous reste donc plus qu'à prêter serment.

Olivier prit une profonde inspiration avant de relever imperceptiblement la tête :

— Moi, Olivier d'Enu, fils de Dame Sopheline d'Ertauq et de Sieur Rochelaure d'Enu, prête serment de mettre ma vie au service de la Justice. Je jure, au nom de la Créatrice, de n'utiliser désormais mes Aptitudes que pour le bien de Citara, jamais le mien.

Par la lame, par l'esprit
Par le poids de l'honneur,
Je donne à mon pays
Ma vie comme Justicieur.

Justicieur... Le mot sembla vibrer pendant les quelques secondes qui suivirent la déclaration d'Olivier. Puis la foule applaudit, Sylvine en tête, terriblement émue. Boga sauta par-dessus la tribune pour venir donner l'accolade à son ami, un immense sourire sur le visage :

— Bienvenue dans nos rangs, mon frère.

Rochelaure lui, quittait déjà la salle sans un regard pour son fils, ses fidèles sur les talons : sa raideur était encore plus accentuée qu'à l'accoutumée. Dame Sopheline jeta un coup d'œil inquiet au dos rigide qui s'éloignait avant de se diriger vers Olivier pour le prendre dans ses bras et le féliciter à son tour.

Les yeux brillants, Sylvine croisa le regard victorieux d'Olivier. Il leva un sourcil, en retournant sa main, la paume présentée. Un mouvement anodin pour les observateurs mais qui signifiait tant de choses : « Viens, si tu le veux. » Elle ne put faire autrement que de le rejoindre. En un geste tendre, il embrassa la main qu'elle lui offrait et la garda enlacée à la sienne, officialisant ainsi leur relation aux yeux de tous ceux présents.

Qu'elle est nette, cette scène ! Je ressens encore l'intensité du moment : la fierté de son regard, ma joie sereine. Bien vite cependant, le tableau se gâte.
Notre séparation.
Je me vois seule pendant ces nuits où le manque de lui me torture.
Où mes cauchemars recommencent.

Non !

Sylvine s'assit dans son lit, le front trempé de sueur. Dans son rêve, le même qu'elle faisait toutes les nuits, elle était prisonnière des Maudits, attachée dans une caverne glauque qui suintait l'humidité. Son dos était glacé, tout comme son cœur. Rohé la contemplait, dardant son regard magnétique sur elle et chacun de ses mots la blessait plus sûrement qu'une lame :

— Alors c'est ça, la Gardienne de Citara ? Je pensais que votre héritage ferait de vous quelqu'un d'un peu plus difficile à combattre. Comme votre héros de père doit être déçu depuis sa tombe... Une tombe où je propose que vous le rejoigniez...

Il l'attrapait par le cou, lui coupant la respiration, serrant, serrant. Elle suffoquait, impuissante, sentant son âme la quitter et passer dans la Vicre derrière elle. Ses yeux s'allumaient et elle devenait une machine à tuer.

Faire encore cauchemar, Sylvine...

Schnippy, qui d'ordinaire avait un sommeil de plomb, sauta sur le lit, inquiet. Cela faisait plusieurs nuits que le manège recommençait.

Furieuse contre elle-même, les mains plongées dans ses cheveux, elle hocha la tête.

Puis se leva d'un bond. La lune n'était même pas haute, mais elle savait qu'il était inutile de s'acharner, qu'elle ne pourrait retrouver le sommeil tant qu'elle n'aurait pas évacué cette tension.

Elle s'habilla, maudissant Rochelaure. L'homme s'était bien vengé de l'affront infligé par son fils. Dès le lendemain de sa nomination, il avait envoyé Olivier en mission dans les collines les plus éloignées à l'est d'Enu, faisant d'une pierre deux coups : il l'ôtait de sa vue tout en le séparant de Sylvine. Encore une nouvelle qui lui avait fortement déplu, d'ailleurs, l'annonce de leur couple...

À sa grande surprise, Sylvine avait du mal à surmonter le départ d'Olivier. L'amour de sa mère, la compagnie de Schnippy et d'Achille, ses promenades en forêt avaient jusque là comblé les vides dans sa vie. Elle découvrait tout à coup ce qu'était le véritable manque : celui de son sourire, celui de leurs discussions, celui du corps chaud contre le sien. Avoir connu cela pour en être privée aussitôt après, voilà qui était difficile à vivre. Surtout en ces temps où la tension pesait sur tous les Citariens.

Tout en ruminant ses pensées, elle était arrivée à la salle de garde, Schnippy sur son épaule. Elle salua les deux Défenseurs qui s'y trouvaient et qui jouaient aux dés. Dans un coin de la pièce, trois autres ronflaient sur des lits de fortune.

Depuis l'invasion surprise de Rohé, Maître Sabrio avait renforcé le nombre de gardes dans cette pièce. Gandore suspectait que les Maudits avaient emprunté le cercle de pierres pour pouvoir si facilement entrer ou ressortir d'Enu, et ce, à plusieurs reprises. Cela dit, l'utilisation des Passages par des personnes au cœur noir était tellement improbable que depuis plusieurs journes, il restait enfermé dans la grande bibliothèque, penché sur ses livres, pour essayer de comprendre comment cela pouvait être possible.

Les hommes la saluèrent avant de poursuivre leur partie. Ils avaient pris l'habitude de la voir déambuler de nuit dans la Demeure des Importants.

— Quatre ! La Créatrice est en ma faveur ce soir.

— Grumpf, grommela l'autre, en souriant à Sylvine et en levant les yeux au ciel.

Il s'agissait d'un véritable géant, taillé comme un roc. Sylvine l'avait déjà croisé à plusieurs reprises lors des entraînements mais ne se souvenait pas de son nom, l'homme étant peu causant bien que sympathique. Elle répondit à son sourire avant de reporter son attention sur la salle.

Cela faisait plusieurs fois qu'elle venait ici, sans trop savoir pourquoi. À nouveau, elle chercha dans le mur les pierres repères des Passages. Ce n'était pas évident : celles-ci avaient été intégrées à d'autres pendant la construction de la tour. La seule qui était vraiment reconnaissable, à cause de sa couleur noire et brillante, était la pierre brisée. Enfin, celle qui était censée être brisée. Contrairement aux autres cercles, ici, elle était entièrement levée. Seule une immense zébrure, qui la parcourait de part en part, signalait qu'elle avait été coupée en deux autrefois.

Sylvine s'approcha d'elle, caressa la surface polie.

Je me demande...

Elle n'eut pas le temps de finir sa pensée. Son corps tournoya dans un mouvement qu'elle avait appris à connaître. Puis, autour d'elle, tout devint noir.

Instinctivement, elle s'accroupit, prête à affronter le danger. Elle était arrivée dans un nouveau lieu, plongé dans les ténèbres. Comme à Enu, il n'était pas à ciel ouvert mais entouré de murs. Enfin, c'était plus une impression qu'une constatation. Elle attendit que ses yeux s'habituent à l'obscurité et lui confirment son ressenti.

Où est-ce qu'on est tombés ?

Aller voir, Schnippy !

Elle hésita. Elle était armée, c'était déjà ça. Depuis « la tuerie des masques », elle refusait de se séparer de ses sabres. Plus question d'être à nouveau sans défense, elle avait bien compris la leçon. Mais toute seule, elle ne pourrait pas faire grand-chose si elle se retrouvait face à un parti de Maudits.

Être là, aussi, Schnippy !

Pardon, Schnippy.

Elle corrigea ses pensées pour y inclure le petit écureuil susceptible. Donc, ils étaient deux et pour tout arsenal, elle ne disposait que de ses sabres. Ils n'iraient pas loin ainsi… D'un autre côté, si elle repartait prévenir Gandore ou les Défenseurs, ils devraient attendre la nuit prochaine pour commuter. Il fallait qu'elle en apprenne un peu plus sur ce lieu, d'autant qu'elle n'était pas sûre de savoir comment y revenir.

Elle acquiesça à la suggestion de son ami.

D'accord, vas-y, mais fais attention à toi.

Pendant qu'il cherchait une sortie, elle suivit la courbure des pierres, les mains levées au-dessus de sa tête. Il lui fallait reconnaître celle d'Enu au cas où ils devraient repartir précipitamment… À tâtons, elle inspecta les sommets. Au bout de quelques minutes, elle sourit : elle avait senti les dentelures crénelées qui signalaient celle d'Ertauq. Celle d'Enu était juste après.

Rencontrer personne, Schnippy !

L'écureuil était revenu de sa mission, fier de l'avoir menée à bien.

À travers ses yeux, elle vit qu'un long tunnel débutait à sa droite. Elle le suivit silencieusement. Le sol était pavé. Ils n'étaient pas arrivés dans une caverne mais dans une habitation. Ses mains effleurèrent des carreaux de céramiques indiquant que le couloir était décoré.

Où pouvaient-ils donc se trouver ? En pensée, elle revit l'implantation des cercles de pierres sur la carte de Citara : tout en haut celui du Prieuré, puis les deux des collines Est. On passait ensuite à la gauche de la carte, avec le cercle de Xued tout en bas, celui des collines Ouest et celui d'Ertauq. Enu composait le dernier Passage connu, presque au centre du pays. Manquait seulement la localisation de la pierre brisée… La frise sur laquelle elle faisait courir ses doigts était ouvragée, les arabesques travaillées. Peut-être étaient-ils arrivés à Siort, la ville des artistes ?

Ils s'arrêtèrent au bout de quelques pas : une tenture se trouvait au milieu de leur chemin. Schnippy la franchit en premier.

Toujours personne.

La voie étant libre, elle le suivit. Là, de la lumière éclairait les lieux. Une lumière orange émanait de chacun des hublots disposés de part et d'autre du tunnel à intervalle régulier. Sylvine s'approcha de l'un d'entre eux, fascinée par les flammes qui y dansaient. Non, pas des flammes, cela ressemblait plus à des vagues. Elle scruta le verre. C'était beau. D'une beauté dangereuse, sulfureuse.

Être faux, le mur.

Schnippy regardait derrière eux, par là où ils étaient arrivés : elle sursauta. Un mur était apparu. Elle revint sur ses pas, tendit la main et ses doigts rencontrèrent non pas de la pierre mais l'étoffe d'un tissu. La tenture par laquelle ils venaient de passer était un leurre. Oui, décidément les décors et l'ingéniosité du système plaidaient en faveur des artisans de Siort.

Descendre bientôt, lune, rappela Schnippy, inquiet, en contemplant le tunnel devant eux avec hésitation.

Allez, Schnippy, courage. On a presque une heure avant que la lune ne redescende. Il faut que nous puissions dire aux autres où cela mène.

Quelques pas plus loin, ils arrivèrent à une première bifurcation, puis une deuxième, et encore une troisième. À chaque embranchement, ils prirent le chemin sur leur droite.

Le tunnel était très spacieux : deux fois aussi haut qu'elle et pouvant accueillir quatre à cinq personnes dans sa largeur. Éclairés par les lampes orange, ils progressaient vite tout en restant prudents : un lointain brouhaha de voix était devenu perceptible. Soudain une plus grande luminosité apparut après un virage. Une haute porte décorée était fermée sur leur droite. Après celle-ci, le couloir continuait sur la gauche. En face d'eux se trouvait un vide béant. D'en bas provenaient les bruits d'une population nombreuse.

Sylvine jeta un coup d'œil nerveux à la porte qui se tenait entre elle et le point d'observation, ne pouvant se résoudre à la dépasser.

Encore une fois, Schnippy lui prêta ses yeux en s'avançant près du bord tandis qu'elle restait en arrière.

Au début, les images mentales de l'écureuil furent anodines : des escaliers en pierre qui serpentaient tout autour de la gigantesque cavité, des tables du même matériau disposées en rangées, des fauteuils en bois où plusieurs personnes étaient assises, devisant autour de choppes en étain. Une taverne ?

Puis, elle déglutit avec peine.

Une taverne qui serait remplie de Maudits alors... Car Schnippy, tout aussi paniqué qu'elle, lui retransmettait maintenant la vision de centaines de leurs adversaires qui vaquaient à leurs occupations. Bonencre, elle était tombée dans leur repaire !

Elle commença prudemment à reculer, le cœur battant à toute allure. Pourvu que son cauchemar n'ait pas été prémonitoire...

Une trompe retentit, amplifiée par la haute voûte.

Elle se figea.

S'agissait-il d'une alerte ? Avaient-ils été repérés ?

À cet instant, un rire de gorge et un bruit de pas se firent entendre, derrière la porte dorée.

Schnippy, cache-toi ! fit-elle mentalement en se rejetant derrière le coude dans le tunnel... juste avant que le battant ne s'ouvre.

L'écureuil bascula dans le vide, s'accrochant de ses griffes à la paroi.

— C'est que je ne voudrais pas risquer de déplaire au maître des lieux en n'étant pas à l'heure à la convocation, lança une voix moqueuse depuis le seuil.

— Tu as raison. Il pourrait sévir.

— Oh non, alors. Moi qui *déteste* les punitions...

Figée, le dos au mur, Sylvine retenait sa respiration.

Elle se trouvait à quelques pas de Rohé… et d'Écorcelle. Elle en était sûre, elle aurait reconnu la voix de la Forestière entre mille. Même si le ton avait changé, s'était fait séducteur, c'était bien elle.

La tête lui tournait, elle avait un goût de bile dans la bouche. Écorcelle et Rohé ?

À côté d'elle, une succession de soupirs et de bruits de succion signalait que le couple s'embrassait.

— Je propose que nous revenions vite discuter châtiments et récompenses. Mais avant, j'ai un discours à faire… Viens.

Sylvine ne put que prier pour qu'ils prennent la direction inverse à la sienne : elle était tellement choquée qu'elle était incapable de bouger. Les pas s'éloignèrent dans la galerie opposée et elle se laissa lentement glisser à terre, ses genoux ne la portant plus.

Schnippy était toujours accroché à la paroi et lui signala l'arrivée du couple sur une plate-forme toute proche. Écorcelle était vêtue d'une robe en voile noir transparente, s'ouvrant sur ses jambes nues, une chemise de fine dentelle du même ton recouvrant une brassière mettant en valeur sa poitrine. Entre ses seins, une énorme émeraude reposait. Ses yeux étaient maquillés d'un noir charbonneux qui accentuait l'impression de beauté primitive, sensuelle qu'elle dégageait.

Qu'est-ce que Rohé avait pu faire à la jeune Forestière innocente pour qu'elle change à ce point ? Certes, Sylvine l'avait connue chipie, orgueilleuse, jalouse… Mais elle ne la voyait pas mettre en scène sa propre disparition. Non, elle n'y croyait pas. La passion qu'elle lisait dans le regard avec lequel Écorcelle contemplait Rohé faisait plutôt penser à un ensorcellement.

En bas, les Maudits s'étaient regroupés en rangs bien ordonnés, un genou à terre. Il y en avait tant ! Impossible d'en estimer le nombre, mais ils étaient bien plus qu'elle ne l'avait imaginé : plusieurs centaines.

Rohé s'avança, seul, vers le bord de la plate-forme. Il leva une main gantée de vert en direction de ses troupes. Dans la lueur des torchères orangées, les tatouages qu'il arborait semblaient animés, comme si des serpents rampaient sur son visage.

— Maudits, redressez-vous ! Redressez-vous car, je vous l'annonce, il est temps. Temps de revendiquer votre droit aux terres citariennes. De retrouver votre place dans une société qui vous a rejetés. Parce que vous n'étiez pas suffisamment beaux, parce que vous n'étiez pas suffisamment bons, parce que vous n'étiez pas suffisamment pieux. Parce que vous n'étiez pas assez bien pour eux.

Bientôt, nous allons marcher sur Enu et nous allons la prendre.

Une clameur polie secoua l'assistance.

— Pourquoi ? Pourquoi conquérir Enu ? Parce que c'est la première étape avant notre domination de Citara tout entière. Parce que nous en avons assez de cette société lisse, vertueuse qui prône la beauté et l'harmonie. Nous n'en voulons pas, de cette petite vie parfaite et insignifiante. Nous, ce que nous voulons, c'est un pays où les forts règnent, où les faibles obéissent. Où le mérite ne dépend pas du lieu de naissance ou d'un physique adéquat alloué par la nature ! Nous voulons d'une autre vie à Citara !

Dans la fosse, les Maudits levaient le poing, acclamant ses paroles.

— Une fois que nous contrôlerons Citara, nous pourrons mettre fin à l'organisation bien pensante des Enusiens et instaurer une Forçocratie : le régime des forts et non celui des faibles. Qand ceux qui seront au pouvoir auront prouvé qu'ils étaient faits pour y être, alors nous aurons enfin retrouvé la place qui nous est due ! La place qu'on nous a volée.

Après une salve de « hourras », Rohé reprit :

— Vous vous demandez peut-être si vous allez mourir dans cette conquête. Je vais être honnête : beaucoup d'entre vous y laisseront la vie. Mais j'ai fait en sorte que pour chacun d'entre vous qui tomberez, ce seront dix Citariens qui connaîtront l'enfer.

Des bruits de pas cadencés se faisaient maintenant entendre, provenant d'un tunnel en face de Rohé. Un régiment de Vicres s'y aligna. Impossible d'en estimer le nombre. Elles emplissaient tout l'espace et, alors que les premières s'étaient arrêtées, le martèlement de celles qui prenaient place derrière elles ne cessait pas. Sylvine en avait le vertige. Toutes ces Vicres à combattre. Comment pourraient-ils jamais en venir à bout ? Comment pourraient-ils échapper à leurs regards assassins ?

— Mais pour ceux qui survivront à l'attaque d'Enu, je promets l'abondance. Tout ce que vous y trouverez sera à vous. Femmes, bijoux, terres, vous n'aurez qu'à les prendre.

Je vous refuse simplement deux choses : la demeure des Importants et les Forestières. Ces dernières m'appartiennent. Toutes. Y compris, et surtout, la Gardienne. Je la veux vivante, coûte que coûte.

Un seul écart à cette règle et vous mourrez.

Les oreilles de Sylvine bourdonnaient. Pourquoi les Forestières revêtaient-elles un tel intérêt aux yeux de Rohé qu'il s'en réservait le droit exclusif ? Elle frissonna de dégoût, se sentant comme souillée par cette exigence.

Entre-temps, le Maître des Sous-Terres fit un signe de la tête. Un gémissement lancinant se fit entendre. Un homme venait d'être amené par deux Maudits à la sortie de l'un des multiples tunnels de la caverne. Il avait le visage bouffi et en sang et l'une de ses jambes pendait à un angle peu naturel. Sa tête dodelinait sur sa poitrine tandis que les gardes l'attachaient à une espèce de pilori en métal. S'agissait-il d'un Défenseur ? Sylvine priait pour que ce ne soit pas le cas, qu'elle ne connaisse pas celui qui semblait érigé là en tant qu'exemple.

— Il y a eu, lors de notre dernière attaque, un petit problème de compréhension de mes ordres… Je tiens à m'assurer que cela ne se reproduira pas.

Partir, Sylvine, partir maintenant !

Schnippy quitta son poste d'observation et darda des regards paniqués vers le tunnel derrière elle. Elle sursauta en réalisant qu'ils s'étaient déjà trop éternisés : la lune allait décroître et elle n'avait aucune envie de se retrouver prise au piège ici jusqu'à la nuit suivante.

Elle rebroussa chemin.

Là-bas, Rohé continuait son discours :

— J'ai également ajouté, je pense que vous serez soulagés de l'apprendre, une toute nouvelle arme à notre arsenal, une arme mythique, une arme qui mettra les Citariens à terre encore plus sûrement que vos lames et les rayons de mes Vicres ne le feront. Il s'appelle Lok.

Un son guttural résonna dans la caverne.

Rentrer vite, Sylvine, pressa l'écureuil.

À regret, elle secoua la tête.

Nous ne pouvons pas retourner à Enu sans savoir quel est ce nouveau danger.

Elle n'eut pas besoin d'envoyer Schnippy espionner pour elle. Un cri perçant retentit et une forme noire, une forme gigantesque apparut dans la grotte principale. Une forme qui faisait claquer sa longue queue sur les parois de la cavité dont elle occupait la moitié de l'espace avec ses ailes étendues.

Un dragon.

Rohé avait conjuré un dragon.

Ce... Ce n'est pas possible.

Malgré sa terreur, Schnippy s'avança vers le poste d'observation. Mais avant qu'il ait pu le rejoindre, le monstre légendaire ouvrit sa gueule et cracha un jet de flammes à l'odeur de soufre.

C'en était trop pour Sylvine.

Schnippy, vite, on y va !

Elle courut dans le souterrain, ses oreilles résonnant du hurlement qui avait retenti dans la caverne. Elle sentit Schnippy la suivre, puis la dépasser.

— Un intrus ! Un intrus dans la galerie haute !

Leur fuite avait été perçue. Et Rohé n'était qu'à quelques mètres d'elle. Elle força l'allure, refusant de laisser la faiblesse l'envahir.

Refusant de penser à l'être qu'elle venait de voir être carbonisé sous ses yeux. Elle l'avait reconnu juste avant qu'il ne soit transformé en torche humaine : c'était celui qui avait essayé d'enlever Dame Sopheline avant que ses ordres ne changent. Celui qui avait commis l'erreur de ramener la mauvaise Forestière. Oh oui, le message de Rohé était clair…

Gauche…

Des pas se faisaient entendre derrière elle, des pas tout proches.

Gauche…

Elle accéléra encore. Pas question d'être rattrapée. Pas question de finir en Vicre. Elle serra les dents.

Gauche.

Le cul-de-sac était là. Sans hésitation, elle fonça sur la tenture, courut dans le noir en comptant ses pas et atteignit la salle du cercle de pierres.

Son cœur s'arrêta. Pas besoin d'y voir pour savoir que celui-ci était vide. Il était vide !

Schnippy ?

Tromper couloir.

Les jambes lourdes comme du plomb, elle se retourna.

— Arrêtez-vous là, j'y vais seul.

Rohé venait d'ordonner à ses troupes de ne pas le suivre. Pourquoi ? Parce qu'il savait qu'elle était prise au piège ? Parce qu'il ne voulait pas qu'ils connaissent le passage secret ?

Partir, Sylvine, partir vite.

Non, pas sans toi !

Pas trouver Schnippy, Maudits.

Elle sentit la terreur envahir l'esprit de l'écureuil. Pas pour son propre sort mais pour celui de sa maîtresse. Car elle, ils allaient la trouver. Et il avait vu ce qu'ils lui faisaient dans ses songes.

Partir, Sylvine !

Le rideau se souleva.

Elle fit un pas en arrière, entrant dans le cercle, disparaissant hors du regard de Rohé.

Celui-ci jura et se mit à courir dans sa direction.

Elle fixa la pierre d'Enu, juste à côté d'elle.

Pendant une seconde, elle craignit qu'il ne soit de toute façon trop tard, que la lune ne soit trop basse pour que la magie opère. Mais se retrouva à planer dans le vide. Seule.

CHAPITRE 27

Décider

Oh non, Schnippy !
Schnippy…
Tout s'est passé si vite… Où est-il maintenant ? Est-ce que son absence dans mon futur signifie qu'il… ?
Non, je ne dois pas penser ça. Il est trop malin pour ne pas avoir réussi à échapper à ces lourdauds de Maudits et à leur…
Mon Dieu, le dragon ! Comment allons-nous vaincre le dragon ?

Dès son retour dans la salle de garde, Sylvine tomba sur Gandore. Littéralement.

Le Sage avait été alerté par les Défenseurs de sa disparition, et lui et Maître Sabrio arpentaient les lieux avec anxiété, lorsqu'elle se matérialisa dans le cercle de pierres enusien. Elle percuta violemment l'épaule de Gandore qui la rattrapa d'une main ferme.

— Sylvine ! Ça va ? Nous nous sommes fait un sang d'encre à votre sujet !

— Gandore ! Ils ont des centaines de Vicres, des centaines ! Et un... un... un dragon ! Et Schnippy... Schnippy est resté là-bas !

Elle claquait des dents et serait tombée s'il ne l'avait pas retenue.

— Là-bas ? Où ça, là-bas ?

— La pierre brisée... Elle mène chez eux.

Les deux hommes échangèrent un regard consterné :

— Chez les Maudits ? Vous revenez de chez les Maudits, là ?

Maître Sabrio passa la main dans ses cheveux.

— Je pense que Sieur Rochelaure doit être informé de tout cela. Au plus vite.

— C'est fait.

La voix calme les fit se retourner. Celui dont il était question se tenait sur le seuil. Malgré un réveil en pleine nuit, il était impeccable, en costume gris et rouge. Il tira sur ses manches et ordonna :

— Une réunion d'urgence s'impose dans la salle du Conseil.

— Non. Allons plutôt dans mon étude. Elle est... sécurisée.

— Bien. Gandore, vous représenterez les Sages. Maître Sabrio, en tant que Grand Commandeur de nos forces, votre présence est requise et comptera pour celle des Défenseurs. Il nous faut un Prieur, je vais chercher Dame Juliette. Nous écouterons ce que la Gardienne a à nous dire et déciderons des mesures nécessaires ensuite.

C'était la première fois que Rochelaure l'évoquait en ces termes, sans hésiter sur le mot. La première fois qu'il la contemplait à égalité. Ce n'était pas le moment de laisser l'hystérie la submerger.

Elle serra les dents et releva la tête. Mais adressa un regard reconnaissant à Maître Sabrio lorsqu'il lui offrit le bras : ses jambes n'étaient pas encore très assurées.

Une fois dans son étude, Gandore sortit une carte de Citara, la posa sur sa table encombrée et l'étudia les sourcils froncés.

— Alors, ce serait là que mène le dernier passage. Bien sûr, bien sûr. C'est logique, tout ça.

Sylvine s'était laissée tomber sur le banc le plus proche, tandis que Maître Sabrio découvrait les lieux avec intérêt.

Un coup sec fut frappé à la porte.

Sieur Rochelaure entra sans attendre de réponse, suivi d'une dame rondelette revêtue d'un peignoir de nuit mauve, qui affichait un air contrarié.

— Je ne vois pas pourquoi cette réunion ne pouvait pas attendre le matin !

— Comme je vous l'ai dit, nous sommes en plein conseil de guerre, vous êtes là pour représenter les Prieurs. À moins que ces derniers souhaitent se retirer des décisions qui seront prises ?

Elle pinça les lèvres et secoua la tête.

— Bien, et si nous écoutions ce que la Gardienne a découvert ?

Sylvine leur raconta comment elle s'était retrouvée chez les Maudits sans le savoir, leur organisation, le discours de Rohé, l'arrivée des Vicres... et puis celle de Lok.

— Par la Sainte Créatrice !

Dame Juliette, bien réveillée maintenant, pressait une main sur son cœur.

— Un dragon ! Mais... mais ces créatures n'existent pas ! Il s'agit de contes pour faire peur aux enfants !

— Eh bien je viens d'en voir un et en pleine action. Et je peux vous dire que la légende est bien en dessous de la réalité...

Elle frémit en repensant à l'homme qui avait servi d'exemple et était mort par le feu, en un hurlement atroce.

— Bon, je crois que la priorité, c'est de refermer les Passages, réfléchit Maître Sabrio. Que plus aucun Maudit ne puisse les emprunter.

— Non.

Rochelaure secoua la tête.

— Ce sont nos atouts les plus précieux : nous ne pouvons pas nous en priver. C'est par là que j'avais prévu d'évacuer les enfants et les invalides.

— C'est trop dangereux. Les Maudits pourraient nous envahir en plein cœur de la ville.

— Faisons tomber la pierre, proposa Sylvine. Comme dans les autres cercles. Une fois la roche à terre, ils ne devraient pas pouvoir emprunter les Passages depuis chez eux.

— Depuis chez eux, non, mais rien ne les empêche d'utiliser les autres.

— Ils sont à deux journes de marche du cercle le plus proche, remarqua Gandore. Cela nous laisse deux journes pour nous retourner. Donnez l'ordre de desceller la pierre noire dans la salle de garde. Je m'occupe de celles des autres cercles.

— Comment ?

— Je commuterai dans chaque cercle la nuit prochaine et je les enchanterai.

— Je viendrai avec vous, acquiesça Sylvine.

— Vous ne devez pas quitter Enu, objecta Rochelaure. C'est ici que la bataille se livrera, nous prenons un risque si vous vous aventurez dans les Passages avant celle-ci. Vous êtes la Gardienne d'Enu, je vous rappelle.

— Non, je suis celle de Citara.

— Mais c'est Enu qui est menacée. La première visée.

— Vous voulez la sauver avec les seuls moyens dont nous disposons dans la capitale. Non seulement c'est impossible, vu les troupes attendues, mais vous avez tort.

Qu'est-ce qu'elle disait, là ? Elle n'y connaissait rien, au fond. Elle devrait le laisser parler, lui, un homme d'expérience...

Elle fronça les sourcils, reconnaissant une manœuvre mentale du Dirigeur pour instiller le doute en elle.

Elle le fusilla du regard, serra les dents pour ignorer le mal de tête qui tempêtait soudain dans son crâne et poursuivit :

— Il ne s'agit pas de protéger uniquement votre ville, il s'agit de sauver le pays tout entier. Car c'est ce dernier, et pas seulement Enu, que Rohé veut s'approprier. Rappelez-vous ce que dit la Prédiction : « Des forêts à la plaine, Citara se battra ». Il nous faut réunir toutes les troupes, des quatre coins du pays.

— Bien beau projet... Malheureusement irréalisable. Même en utilisant les cercles de pierres, vous ne pourriez en une seule nuit prévenir suffisamment de villages, étant donné leur éloignement... Sans compter qu'il leur faudrait ensuite plusieurs décimes pour s'organiser et s'armer. Ce que vous suggérez est impossible.

— Faux, affirma Sylvine, en plantant fermement ses mains de chaque côté de la carte étalée entre eux. Lorsque j'ai fait le tour de Citara, je ne me suis pas contentée de me présenter comme la Gardienne. J'ai *agi* en tant que telle. Avec les Dirigeurs de chacun de ses lieux, nous avons décidé de placer des sentinelles aux abords de chaque Passage. Notamment afin de relayer les informations au plus vite entre le cercle et les villages, parfois très distants des pierres levées. La nuit prochaine, mon Clan et moi nous posterons chacun devant l'une des sept pierres restantes et préviendrons les sentinelles. Gandore, vous croyez que vous pourrez aider mes compagnons à les utiliser seuls ?

Le Sage réfléchit à ce qu'elle demandait. Elle ne put s'empêcher, pendant ce temps, d'évoquer par la pensée, la gorge serrée, celui qui ne serait pas présent, le huitième membre du Clan.

Je ferai tout pour te retrouver, Schnippy. Dès que cela sera terminé avec Rohé, je viendrai te chercher.

— Hum, cela ne me paraît pas possible sans être accompagné d'un des miens. Hormis vous, Sylvine, bien entendu... Il nous faut donc réquisitionner cinq autres Sages pour la commutation. Ce qui est tout à fait réalisable.

— Bien, une fois alertées, les sentinelles auront alors toute une journe pour convoquer les troupes dans les cercles. Nous organiserons une rotation pour la nuit suivante : dès qu'un groupe sera arrivé, nous partirons chercher le prochain. Dans deux nuits, nous disposerons à Enu de la totalité de la défense citarienne.

— Et si Rohé décide d'attaquer avant ?

— Comment le pourrait-il ? Il est à plus de deux journes de marche d'ici et nous aurons condamné les cercles de pierres.

Chacun réfléchit au plan, élaboré par le Clan lors de leur périple. Tous les villages traversés avaient été sollicités afin qu'ils puissent leur apporter leur aide dans les combats qui s'annonçaient.

Pour les collines est, une division d'hommes volants devait avoir vu le jour, sous la direction de Tophe. À Xued, on ne savait pas encore comment les habitants avaient choisi de soutenir les forces citariennes, l'indécision semblant faire partie de leur caractère. Les Ertauquiens, eux, devaient seconder Sieur Kerrigan pour pouvoir équiper des centaines de Défenseurs en armes. Enfin, conclut Sylvine, les Forestiers avaient également été prévenus de tout ce dispositif et y prenaient part, grâce aux informations reçues par Chloriane via le fil d'amour. Ils avaient mis en place une troupe d'archers.

— Mais c'est une excellente idée !

La Prieuse venait de lever un regard émerveillé vers les autres. Un tel enthousiasme pour une division de combat chez un membre du clergé était plus que surprenant.

— Quoi ? fit Sylvine, perplexe.

— Eh bien, le fil d'amour ! C'est le meilleur moyen de prévenir les Citariens les plus éloignés. Votre système de sentinelles est efficace, mais celles-ci ne pourront pas alerter les lieux les plus reculés, alors que si nous faisons dialoguer toutes les mères avec leurs enfants et vice-versa, très vite ce sera Citara tout entière qui sera informée !

Ils la regardèrent, stupéfaits de ne pas avoir songé à ce mode de communication avant. C'était... lumineux, comme idée.

— Bien vu, Dame Juliette, approuva le Sage. Vraiment bien vu !

L'assemblée se sourit, comme s'ils venaient de trouver un moyen imparable de contrer Rohé. C'était loin d'être le cas et les visages se rembrunirent vite. Celui de Rochelaure encore plus que les autres. Il fit quelques pas, les mains sur ses hanches, avant de revenir poser ses bras sur la table :

— Écoutez... Avant que nous n'envisagions d'aller plus loin, je vous demande à tous de réfléchir. D'après ce que vous nous dites, Sylvine, non seulement l'armée de Gandore est presque égale à la nôtre en termes de troupes humaines, mais il possède aussi des bataillons entiers de Vicres et désormais un dragon. Pensez-vous, réellement, que nous puissions le vaincre ? Même en unissant nos forces.

— Euh... Eh bien non, je n'en suis pas sûre, je sais juste que...

— Alors, il est essentiel de nous poser la question d'une reddition à Rohé.

— Hein ?

— Non !

Seuls Maître Sabrio et Sylvine s'étaient insurgés. Les deux autres réfléchissaient à la proposition de Rochelaure. Sylvine sentit son estomac se nouer tandis que le Dirigeur levait la main en signe d'apaisement. Le visage grave, il s'expliqua :

— Je ne suis pas prêt à sacrifier la vie de milliers de Citariens si nous n'avons aucune chance de gagner. Je ne conduirai pas tant d'êtres humains au massacre si c'est en vain. Je préfère qu'ils soient asservis, que nous le soyons tous, plutôt que tués. La vie est le don le plus précieux que nous ayons. Morts, nous ne pourrons plus lutter. Vivants, il nous reste de l'espoir. Morts, nous serons des vaincus. Vivants, nous serons des rebelles.

Elle le regarda, saisie par ses mots. Elle s'était attendue à ce qu'il se batte, égoïstement, pour sauver sa place de Dirigeur. Or, ses arguments allaient dans le sens inverse : il plaidait en faveur de la survie du plus grand nombre.

Elle déglutit. Cette position méritait d'être considérée : si les Citariens étaient perdus d'avance, à quoi servait de se battre ? Pourtant...

— Ce ne serait pas une vie.

Les regards se tournèrent vers elle.

— Se trouver sous le joug de Rohé, ce ne serait pas vivre. L'homme est fou. Ivre de puissance. Il parle de Forçocratie, la loi du plus fort. Je n'en veux pas, moi, de cette vie. Je ne veux pas que la justice n'existe plus. J'aime que mon pays soit « vertueux », comme il le dit : j'aime le fait que nous essayons toujours de faire pour le mieux, dans l'intérêt général. Alors, oui, je préfère mourir plutôt que vivre dans un monde à son image.

Rochelaure eut un sourire triste.

— Vous êtes jeune. Et idéaliste. Mais je vous le demande : visualisez-vous au cœur de la guerre. Une guerre que *nous* aurons décidée. Imaginez le déroulement des batailles, avec les forces en présence telles que vous nous les avez décrites. Ce sera une boucherie : des dizaines, des centaines de victimes. Par le feu, par les rayons des Vicres, par les couteaux des Maudits. Vous voyez-vous endosser la responsabilité de toutes ces morts ? Êtes-vous sûre que cela en vaut la peine ?

Elle ferma les yeux, ébranlée. Il avait peint une image très réaliste de ce que donneraient les combats. Elle se vit, à genoux devant une montagne de corps enchevêtrés, leur demandant pardon, alors que la ville d'Enu achevait de disparaître dans les flammes. Alors qu'il n'y avait plus personne pour l'entendre.

— Oui.

Elle avait rouvert les yeux. Une conviction nouvelle brûlait dans sa poitrine, qu'elle essaya de transmettre à ceux présents :

— Déjà, parce que je pense que malgré tout, nous avons une chance de gagner en nous unissant tous. Ensuite parce que mourir, cela signifie juste perdre notre enveloppe corporelle. Vivre sous le règne de Rohé, ce serait perdre nos âmes. Je préfère la première alternative.

Enfin… parce que je crois en la Prédiction. Oui, j'y crois à cette promesse « Air Feu Eau Terre *vaincra* ».

Un profond silence suivit ses paroles. Puis Rochelaure hocha la tête :

— Bien. Mes Dames, mes Sieurs, je vous écoute. Que souhaitez-vous pour Citara ?

— La guerre.

La Prieuse avait été la première à se prononcer. Elle fixa Sylvine d'un air approbateur et déterminé. Gandore la suivit :

— La guerre.

Il avait les yeux embués et tapa sur l'épaule de sa Gardienne, comme le ferait un père fier des actes de son enfant.

— La guerre.

— La guerre.

Maître Sabrio et Sieur Rochelaure avaient été les suivants.

Sylvine fut la dernière à parler :

— La guerre.

Que la Créatrice lui pardonne si elle entraînait tout le monde à sa perte.

Je ne veux pas y penser. Je. Ne. Veux. Pas. Y. Penser.

Pas maintenant.

Je passe, très vite, sur tous les préparatifs, toute l'agitation qui s'empare d'Enu dès le petit matin. Les Sages qui recherchent dans leurs livres comment se défendre contre un dragon et en venir à bout… et ne trouvent pas grand-chose. Les ordres que je distribue, comme si j'avais fait cela toute ma vie. Ces moments où je m'adresse à Schnippy avant de

réaliser qu'il n'est pas là pour me répondre...
Notre tour des cercles de pierres, Boga à Ertauq, Titane dans les collines au nord-est, Brís pour celles du sud-est, Achille à Xued, Radj dans les collines ouest et moi au Prieuré. Je me revois parler avec Dame Marie qui est présente aux côtés de la sentinelle, je sens sa caresse apaisante, encourageante sur ma joue, ses vœux pour que la Créatrice nous vienne en aide...

— Que la Créatrice vous vienne en aide...

Sylvine repensait à la dernière phrase de Dame Marie, alors qu'elle se trouvait à nouveau dans le cercle de pierres d'Enu. Pour la troisième nuit consécutive.

C'était un peu facile, pour les Prieurs, de s'en remettre toujours à une aide extérieure. Dame Marie avait dit à Sylvine que tous engageraient leurs prières dans la bataille, mais la Gardienne doutait de l'efficacité de cette action...

Mieux valait se concentrer sur les armes et les troupes, à son avis.

D'ailleurs, les premières n'allaient pas tarder à arriver.

Comme convenu, Gandore se posta face à la pierre d'Ertauq et disparut dès que la lune se leva. Sylvine, elle, restait dans le cercle, à l'endroit où se dressait autrefois la roche noire menant dans les Sous-Terres. Ses doigts effleurèrent le mortier frais qui avait été placé autour des nouvelles pierres posées la veille. Son cœur saignait : c'était comme s'ils avaient emmuré Schnippy vivant, en l'empêchant d'aller le rechercher.

Quelques minutes plus tard, la salle de garde voyait apparaître une centaine d'Ertauquiens et d'Ertauquiennes, casqués, avec cottes de mailles et boucliers. Nombreux étaient ceux qui s'étaient évanouis pendant le trajet mais encore plus nombreux étaient ceux qui avaient résisté. Les valides se chargèrent de leurs camarades. Plusieurs Colliniens portaient des hottes dans leurs dos, remplies d'objets étincelants : les armes de Sieur Kerrigan. Des sabres, des glaives, des haches. Plusieurs centaines. Comment l'homme avait-il réussi à faire sortir autant de lames de ses forges ?

— Allez, ce n'est pas le moment, les invectiva Gandore, alors que certains venaient saluer la Gardienne. D'autres attendent pour nous rejoindre : montez les escaliers, on vous conduira à vos quartiers.

L'efficace Bontemps avait passé les deux dernières journes à réfléchir à la logistique liée à l'arrivée des troupes de combattants qu'on lui annonçait. Il les accueillait en haut des marches, afin de les répartir dans les différents quartiers d'Enu réquisitionnés à cet usage.

Pendant que Gandore se reposait — les commutations drainaient toujours beaucoup d'énergie et il avait besoin de récupérer avant le prochain voyage — Sylvine partit à Xued. Il n'y avait personne dans le cercle mais foule tout autour. Lorsqu'elle mit un pied hors du Passage, tous l'acclamèrent. Elle les salua avec joie... et une certaine appréhension au cœur. C'était qu'ils n'avaient pas trop l'air de guerriers, avec leurs tenues blanches bien visibles. Et où étaient leurs armes ?

— Merci à vous d'être là ! Euh... et qui sont ceux d'entre vous que je ramène à Enu ?

— Nous tous ! s'exclama une voix enthousiaste.

Sylvine retrouva Ayam avec plaisir : la jeune fille avait la même allure de sauvageonne et la même énergie.

— Et ne t'inquiète pas, nous ne venons pas les mains vides. Nous avons des pièges à Vicres, là, tu vois ?

Elle désignait les cordages solides que les Xuediens avaient fabriqués pour y emprisonner les créatures de fer.

— Oh, ingénieux ! C'est juste...

— Oui, tu as raison, fit l'adolescente, qui avait pressenti la cause de son hésitation. Le blanc de nos tenues est très visible. Justement. Nous espérons que nous pourrons nous joindre à vous sur le champ de bataille en tant que soigneurs. Grâce à nos dons, nous avons développé une aptitude pour soigner les blessés. Et pour deviner les mouvements des troupes ennemies. Nous te serons utiles, tu verras.

Sylvine lui ébouriffa les cheveux avec affection.

— C'est bon, jeune Dame qui sait tout, je te crois ! Nous devons y aller, il ne faut pas que nous soyons en retard. Mais...

Anticipant le refus que la Gardienne allait lui faire, Ayam secoua la tête :

— Non, je ne resterai pas ici. C'est la bataille de Citara et je suis Citarienne. C'est ma bataille aussi. Que je sois majeure ou pas. Je n'ai plus de parents, tu sais. Alors c'est moi qui décide. Je viens avec vous.

Arrivée dans le cercle Sylvine se sentit nerveuse tout à coup : c'était la première commutation dont elle avait la charge et elle appréhendait d'en perdre en route. Elle attendit qu'ils se donnent tous la main, inspira, prit celle d'Ayam dans la sienne. Et arriva à Enu.

— Grumpf, pas trop tôt, grommela Gandore. Enfin, c'est pas trop mal pour une première fois en groupe.

Elle sourit, soulagée.

— Par ici ! Pressons, pressons !

Les Xuediens étaient à leur tour encouragés par Bontemps à le rejoindre en haut des marches tandis que Gandore partait pour les collines ouest.

Ils se relayèrent ainsi à tour de rôle, ramenant des troupes, des vivres, et même un engin de siège que les collines du sud-est avaient fabriqué pour l'occasion. Peut-être que l'un des boulets viendrait à bout du dragon ? En tout cas, ce ne serait pas chose aisée que de démonter la catapulte pour la faire emprunter les escaliers.

Ils n'eurent que le temps de la pousser contre un mur que Gandore revenait déjà avec une cinquantaine d'archers Forestiers et autant de Prieurs et Prieuses, dont Dame Marie.

— Que la Créatrice...

— Oui, oui, oui, bon, on n'a pas le temps de se saluer, là... Vous ferez ça plus tard.

— Mama !

Au milieu des têtes connues, Sylvine en avait distingué un qui n'appartenait pas à un combattant.

Chloriane lui sourit et fit un pas dans sa direction. Elle n'avait pas changé, hormis quelques mèches blanches supplémentaires qui encadraient son beau visage.

— Sylvine, si vous parlez à votre mère maintenant, ce sera trop tard pour aller chercher le dernier groupe, vous le savez.

Elle hocha la tête, articulant nettement face à Chloriane :

— À tout à l'heure, mama, je reviens vite.

Il lui restait un ultime trajet. S'ils avaient décidé de garder ce cercle pour la fin, c'était parce qu'au cas où ils n'arriveraient pas à commuter à temps, la division ailée de Tophe pourrait les rejoindre en volant. Mais ce serait plus difficile pour les Colliniens de batailler après un long voyage.

Résolue, elle tourna ses pensées vers la pierre de destination : elle aurait le temps plus tard de retrouver sa mère. En attendant, il lui fallait faire vite. Il ne restait plus que quelques minutes avant que la lune ne commence à décroître.

À l'arrivée, elle fit un pas hors du cercle avec l'intention de ne pas s'écarter de ce dernier davantage.

Elle ouvrit la bouche, prête à héler le groupe d'une cinquantaine de personnes qui patientaient à côté, remarqua une silhouette familière et s'élança vers celui qui s'était mis à courir vers elle dès qu'il l'avait vue :

— Olivier !

Elle se précipita dans les bras qu'il tendait déjà et il tourna sur lui-même en la réceptionnant, aussi fou de joie qu'elle. Autour d'elles, les hommes et femmes en mantale sourirent, attendris.

— Eh bien, Dame Sylvine, on ne dit plus bonjour à ses amis ?

— Tophe !

Elle embrassa chaleureusement le Collinien qui venait de l'apostropher, sans lâcher la main d'Olivier.

— Vous êtes prêts ?

— Nous le sommes.

— Alors on y va, il ne nous reste que quelques minutes.

Ils se hâtèrent tous vers le cercle.

— Bon courage, Dame Gardienne ! Vous n'êtes pas seule !

Les mots avaient été lancés par un petit garçon debout sur des jambes articulées, parmi les Colliniens qui restaient. Elle n'avait plus le temps d'aller l'embrasser. Elle prit celui de le saluer d'un geste de la main :

— Merci Kyvan !

Puis elle forma la chaîne humaine, priant pour qu'il ne soit pas trop tard.

À l'arrivée à Enu, elle soupira de soulagement. Ils avaient réussi ! Ils avaient transporté près d'un millier d'hommes, des armes, des pièges, tout cela en une nuit. Elle serra plus fort la main d'Olivier, fière de ce résultat incroyable. Touchée par la confiance que ces personnes lui portaient. Ils avaient répondu présents à son appel. Oui, Kyvan avait raison, elle était loin d'être seule.

Oh, mais je le suis. Je le suis.

Il était tard lorsque Sylvine et Olivier purent se retrouver en tête à tête. Ils avaient dû faire face aux multiples obligations, problèmes et questions que posait l'arrivée de toutes les troupes. Sylvine avait tenu à les saluer tous et les remercier de leur venue. Elle avait enfin pu s'isoler avec Chloriane dans l'étude que Gandore avait mise à leur disposition. La Forestière avait apporté une impressionnante provision d'herbes médicinales, d'onguents de brémance et de pots de cristalline. Elle aussi s'était préparée à faire sa guerre. Toutes les deux n'avaient pas assez de temps pour évoquer tous les sujets dont elles voulaient s'entretenir mais dans les bras de sa mère Sylvine avait pu laisser couler les larmes qu'elle retenait depuis la disparition de Schnippy, consolée par les douces caresses de Chloriane dans ses cheveux. D'Écorcelle, elle n'avait rien dit, pour ne pas la bouleverser.

Puis, Dame Élaine avait conduit Chloriane dans la chambre de Sylvine, pendant que celle-ci prenait le chemin des appartements d'Olivier. Chloriane avait souri en la quittant : elle avait hâte de rencontrer celui qui avait volé le cœur de sa fille.

En toquant à la porte, Sylvine se sentit intimidée tout à coup. C'était la première fois qu'elle rejoignait Olivier chez lui.

— Entre !

Elle poussa le battant en haussant les sourcils :

— Hum, si tu dis ça à toutes celles qui frappent à ta porte, ça ne m'étonne pas que tu aies une réputation de séducteur invétéré...

— Tu es la première à venir ici. Hormis ma mère, bien entendu.

— Tu as pu la voir ?

— Oui. Brièvement. Et toi la tienne ?

— Oui. Trop court aussi.

Tout en parlant, elle découvrait les lieux : les longues tentures bleu nuit qui encadraient la fenêtre ouverte sur le jour naissant, les tapis dans des tons plus clairs au sol, le haut lit à baldaquin. Olivier était pieds nus, le coude appuyé au linteau de la cheminée, dans un coin de la pièce. Il la regardait. Elle fit de même.

Fronça les sourcils.

— C'est quoi, ça ? Tu t'es battu ?

Elle s'approcha de lui et effleura sa tempe gauche, où un bleu s'étalait jusqu'à la pommette de sa joue.

Il grimaça.

— Non, ça c'est un signe que je ne suis pas aussi doué que ton amie Titane pour les vols en mantale...

— Oh, tu as essayé ?

— Bien sûr ! Je ne pouvais *pas* ne pas essayer.

Il l'enlaça et elle posa la tête sur son épaule. Que c'était bon de le revoir...

— Et ça t'a plu ?

— Mmmm. Avant nous deux, j'aurais dit que c'était la meilleure expérience de toute ma vie... Mais forcément, ça ne vient plus qu'en deuxième position.

— Flatteur !

Comme ce badinage lui avait manqué... Comme ce toucher lui avait manqué... Elle respira son odeur, une odeur de soleil et de mousse et soupira de contentement.

— Et toi, ça va ?

— J'ai peur, tu sais. Je comprends mieux ce que ton père voulait dire à propos de ma responsabilité vis-à-vis de tous ceux que j'ai engagés dans la bataille.

— Hum. Je vois. Il a encore mis la pression sur tes épaules...

— Non ! Non, franchement, il a été très bien. Il a dit ce qu'il fallait. C'est juste que... j'espère que je serai à la hauteur dans le feu de l'action... Que j'ai eu raison d'insister pour qu'on aille au combat. Que j'ai pris la bonne décision en incitant tout le monde à affronter Rohé.

Olivier attendit un instant avant de répondre. Il la berçait dans ses bras et une impression de bien-être commençait à se diffuser dans tout le corps de Sylvine. Elle bâilla.

— Tu sais, ma douce, ce n'est pas toi qui as voulu la guerre. Ce n'est pas toi qui as choisi d'attaquer la première. Et ça, ça fait toute la différence entre un monstre sanguinaire comme Rohé et toi. Chacune des morts lui sera imputable. Pas à toi.

Elle lui sourit, reconnaissante, plus légère tout à coup.

À nouveau, elle bâilla, le corps empli d'une bienheureuse fatigue.

Ses cils papillonnèrent alors qu'il l'emportait vers le lit. Il l'allongea, lui enleva ses bottes et vint prendre place derrière elle, enlaçant sa taille.

— Dors, ma douce, tu en as besoin.

Les tensions, les angoisses accumulées depuis des journes, disparaissaient. Les paupières de Sylvine s'alourdirent, pendant qu'une agréable pesanteur s'emparait d'elle.

Apaisée, elle se sentit glisser vers le sommeil... mais une pensée lui vint soudain.

Éveillée tout à coup, elle se retourna vers lui les yeux grand ouverts.

— Dis donc, toi, tu n'aurais pas manipulé mon esprit ?

— Moi ? Non... Enfin... pas vraiment.

— Olivier... le menaça-t-elle.

Il hésita un instant avant de lui caresser la joue avec tendresse et de reconnaître :

— J'ai pensé que tu avais besoin de te reposer, après tout ce que tu venais de vivre... et avant ce qui nous attend demain, alors j'ai juste suggéré à ton cerveau qu'il était temps de lâcher prise...

Il haussa les épaules puis ajouta très vite, soudain horrifié de ce qu'elle pourrait imaginer :

— Mais je te promets que je n'ai jamais fait cela auparavant. Je veux dire émettre des suggestions... Dans ton esprit... J'ai tellement subi de manipulations mentales de mon père que je ne ferais jamais... enfin... Ne pense pas que je m'amuse à ça avec toi... Je... Non, je n'ai jamais...

Son embarras la ravit. Emplie d'une nouvelle vague d'amour pour lui, elle lui prit le visage entre ses mains.

— Olivier, je te crois. Et je te remercie pour cette attention. Mais demain, peut-être que l'un de nous mourra dans les combats. Je ne veux pas perdre une minute des moments qui me sont donnés avec toi. Je t'aime.

Puis elle l'embrassa tendrement, lentement, en y mettant tout son cœur. L'alchimie opéra à nouveau. Tous les deux goûtaient l'instant présent, prolongeant chaque caresse, savourant la texture de leur peau, l'odeur de leurs cheveux, heureux de redécouvrir l'autre.

Demain les attendaient les combats, le feu, le sang.

Ils pouvaient bien consacrer une nuit à l'amour...

CHAPITRE 28

Se battre

On y est. À ce jour que Gandore voulait
absolument que je revive.
Le dernier souvenir qu'il m'a demandé de
ramener dans mon futur.
Le souvenir de la bataille de Citara.

L'état-major de Rochelaure était regroupé à l'est d'Enu, sur un large promontoire naturel offrant la meilleure vue sur la plaine citarienne. Les lieux étaient habituellement prisés par les Enusiens, au temps du loisir. Ils venaient y admirer le paysage spectaculaire : la Forêt mystérieuse dans leur dos, les vagues de collines de part et d'autre, et, devant eux, la riante vallée qui descendait jusqu'aux crêtes acérées du Massif des Maillons, avec la Mer des Oubliés en bout de course.

En cette journe, l'heure n'était pas à l'admiration, cependant. Sylvine ne cessait de serrer et desserrer les poings, les mâchoires crispées à s'en faire mal, le cœur meurtri. Une épaisse fumée noire montait du bas de la vallée, à deux journes de marche de la capitale : un message de Rohé aux Enusiens.

Il ne pouvait plus utiliser les Passages ? Qu'importe, il emprunterait une autre voie.

Enu était fortifiée ? Il s'attaquait à Siort, laissée sans protection.

Pourquoi, mais pourquoi n'avaient-ils pas anticipé cela ? Le repaire de Rohé était localisé tout en bas dans un recoin de la carte de Citara. Jusque là, les Maudits avaient toujours utilisé les chemins qui serpentaient au pied des collines est, lorsqu'ils avaient voulu pénétrer en territoire citarien. Des chemins qui débouchaient au nord de Siort et conduisaient à la route principale vers Enu. Là où les Défenseurs avaient installé leurs premiers pièges.

Contre toute attente, Rohé avait perdu une journe de marche en partant de La Passe, la seule faille entre les montagnes tout au sud. Il avait alors fait remonter ses troupes sur la longue voie pavée, en direction du nord. Une voie qui passait par Siort.

Depuis la veille, les Citariens regardaient brûler la cité. La cité des peintres, des poètes, des danseurs. La cité du bonheur.

Sylvine n'y était jamais allée mais elle avait souvent entendu parler des merveilles de Siort. Radj, Radj qu'elle n'avait jamais vu pleurer de sa vie, se tenait à ses côtés, les joues baignées de larmes. Lui avait visité Siort, au temps où avec Brohn il faisait campagne dans le sud. Dans les contes qu'il racontait aux enfants, les palais magnifiques, les fontaines en cascade, les jardins colorés étaient tous inspirés de ce lieu. Un lieu qui n'était plus.

Ils étaient trop loin pour entendre les cris de la population, mais nul besoin de les entendre pour les imaginer. Sylvine frissonna.

Pourtant, Rochelaure avait envoyé des Justicieurs prévenir les habitants de la guerre qui se préparait contre Rohé, de l'existence du dragon, du nombre impressionnant de Vicres que le Maître des

Sous Terres avait réussi à créer. Des messages d'alertes étaient partis en amont, via les fils d'amour. Mais très peu de Siortais étaient rentrés se mettre à l'abri dans la capitale. Elle espérait que les autres avaient pu se réfugier dans la ville de Xued, protégée par ses fortifications naturelles, lorsqu'ils avaient détecté l'avancée des Maudits.

Elle aurait dû y aller, se joindre à la délégation. Siort était la seule ville où elle ne s'était pas présentée. Peut-être qu'en la voyant, qu'en l'écoutant, ils auraient cru au danger ?

Elle soupira. Ces pensées étaient stériles, elle le savait bien. Si elle s'était rendue à Siort, elle n'aurait pas pu aller prévenir les sentinelles ni aider Gandore à convoyer les troupes via les Passages.

De toute façon il était trop tard : elle ne pouvait rien faire pour ceux qui se faisaient piller, violer et massacrer là-bas. Rien, à part contempler le triste spectacle, serrer les poings et se jurer qu'elle donnerait sa vie avant que pareille situation ne se produise ailleurs.

La taille du nuage de fumée était sans appel : aucun espoir qu'il reste quoi que ce soit de la ville. Le souffle brûlant du dragon, associé aux tirs des Vicres avaient transformé les lieux en un gigantesque brasier qui mettrait des journes à s'éteindre.

Depuis la nuit précédente, une masse noire avait quitté Siort et s'avançait en direction d'Enu. On aurait dit des milliers de fourmis envahissant un nouveau territoire : les Maudits montaient à l'assaut de la vallée. Et on ne voyait pas le bout de leur armée.

S'ils ne s'arrêtaient pas en route, l'avant-garde serait à Enu avant la nuit.

— Donc, les pièges ont été mis en place, là et là. Ici, la division des Colliniens à mantale. Là, celle des Colliniens avec leurs boucliers. En première ligne pour résister aux Vicres. Maître Sabrio, ces hommes ont-ils bien reçu leurs rations de poudre explosive ?

— Oui, une chacun. Nous n'en aurions pas eu assez sinon.

Sylvine se détacha de sa contemplation pour revenir aux tactiques élaborées par les Défenseurs. Elle comprenait pourquoi le Dirigeur lui avait demandé d'être à leurs côtés au moins aux premiers moments de la bataille. D'ici elle serait informée des décisions et stratégies de l'état major et disposerait d'une vue imprenable sur les premiers mouvements des troupes. Cela lui permettrait de voir où elle serait le plus utile ensuite.

— Radj, vous serez avec vos compagnons, ainsi que souhaité par la Gardienne, au pied de la colline sacrée. À la troisième fusalerte, vous et les derniers civils rejoindrez ceux qui sont déjà partis dans la Forêt.

Le Forestier hocha la tête avec résignation. Ce plan ne lui plaisait pas et il espérait qu'ils n'auraient pas à le mettre à exécution. Mais il était logique qu'il soit celui désigné pour cette mission : il était le plus âgé du Clan et ses muscles fatiguaient plus vite que ceux des autres. En outre, il connaissait les chemins qui permettraient aux habitants de rejoindre le couvert de la Forêt en évitant d'être vus. Ce serait là qu'il serait le plus utile. Il espérait seulement qu'il aurait le temps de tuer quelques Maudits avant de devoir fuir devant eux.

Sylvine passa une main compatissante sur son bras. Elle savait combien il devait lui coûter d'être loin des combats. Loin de la nièce qu'il avait juré de protéger.

— Sylvine, vous n'interviendrez que lorsque cela sera nécessaire. Et en n'utilisant la magie qu'en dernier recours, rappela Gandore, le front plissé d'une barre anxieuse.

— Oui, Gandore, je vous l'ai promis.

— Bien... Alors, pour l'instant, il ne nous reste plus qu'à prendre des forces. Et à attendre, fit Rochelaure, le regard rivé sur la masse sombre qui progressait vers eux.

Accompagnée de Radj, Sylvine redescendit la petite éminence qui menait au promontoire pour rejoindre son Clan au pied de la colline sacrée. L'endroit formait une sorte de cuvette, une prairie incurvée et bientôt d'autres personnes se rassemblèrent spontanément dans ce lieu où se déroulaient d'habitude les tournois et manifestations sportives.

Ainsi que l'avait dit Rochelaure, les ordres avaient été donnés, chacun connaissait sa mission : il ne restait plus qu'à attendre. Mama Sangre, qui était arrivée un peu plus tôt d'on ne savait trop où, et qui s'était invitée d'office dans le poste de commandement, avait confirmé qu'il n'y avait rien à craindre avant.

Un rideau d'arbres frêles au bas de la plaine masquait le sud et la fumée venant de Siort, offrant l'illusion d'une après-midi paisible, comme toutes les autres. Les hommes et femmes qui se retrouvaient là étaient issus de toutes les régions de Citara et, pour beaucoup, c'était la première fois qu'ils se mélangeaient, se découvraient.

Les questions fusaient, portant sur les tenues, les dons particuliers de chaque villageois. Petit à petit, des groupes se formaient, s'asseyaient dans la prairie. Des rires s'élevèrent.

— On dirait un grand rassemblement de cousins éloignés, fit Titane, songeuse, en mâchouillant un brin d'herbe.

Sylvine, la tête sur l'épaule d'Olivier, ne pouvait quitter la scène des yeux :

— C'est le cas. Nous sommes tous frères aujourd'hui.

Elle-même n'avait découvert toute la diversité et la richesse culturelle de son pays que depuis peu et elle comprenait tout à fait ce que vivaient les Citariens sur cette plaine.

Quant à elle, entourée de ceux qui lui étaient chers, elle profitait des dernières heures de paix avant l'invasion des Maudits.

Assise non loin aux côtés de son frère, Chloriane était en train de tresser, de ses doigts agiles, une couronne de fleurs. Son visage était calme, comme toujours. Sylvine enviait sa sérénité, son naturel tranquille. Comment se faisait-il qu'elle soit si différente de sa mère ? Qu'elle ait toujours besoin d'agir, de faire, d'être en mouvement ? Cela devait être l'héritage de son père.

Son père... Il avait dû vivre cela, ces instants de camaraderie d'avant la bataille. Saurait-elle faire aussi bien que lui pendant les combats ?

— Hé, c'était *mon* brin d'herbe !

Titane se battait contre Brís pour récupérer le trophée qu'il avait saisi. Victorieuse, elle sourit à celui qui avait la tête sur ses genoux.

— Il ne connaît pas sa chance, ce brin, soupira Brís.

Vive, elle déposa un baiser rapide sur les lèvres tendues vers elle, puis reprit sa position assise, les joues rosies. Elle n'avait pas encore l'habitude des démonstrations d'affection en public avec son compagnon.

En souriant elle aussi, Sylvine détourna le regard, la laissant reprendre contenance. Elle était heureuse pour Brís et Titane. Ils avaient mis du temps mais ils avaient enfin compris qu'ils étaient faits l'un pour l'autre. Comme elle et Olivier. Celui-ci lui donna un coup d'épaule amical.

— À quoi tu penses ?

— Hum... Aux enfants que nous aurons ensemble lorsque tout ça sera fini, fit-elle sérieusement, ravie de le voir pâlir. Je me demande s'ils auront mon adorable caractère ou ton talent pour la dissimulation.

Comme assommé, Olivier la dévisageait, la bouche ouverte.

Elle n'y tint plus et éclata de rire.

Mortifié, il la renversa et la maintint sur le dos. Songeur.

— Des enfants, hein ?

— Mais non, je plaisantais, je t'assure...

D'abord secouée par les rires, elle finit par reprendre son calme. Il la contemplait d'un regard pénétrant.

— Olivier ?

— Des enfants... Je n'avais pas réalisé à quel point je désirais en avoir. Ils auraient tes yeux. Tes taches de rousseur. Bon, pour le caractère, j'espère vraiment qu'ils tiendraient de moi, mais...

— Eh, arrête, c'était juste une plaisanterie...

— ... je les vois, tous les huit, en train de s'entraîner à jouter...

— Huit ?!

Elle commençait sérieusement à paniquer, en s'imaginant en mère de famille nombreuse.

— ... et à rendre leur mère chèvre. Oui, je les vois tout à fait, les petits monstres...

Elle fronça les sourcils et l'observa attentivement. Cette étincelle, là...

— Toi, tu es en train de te ficher de moi !

Les yeux gris pétillèrent davantage et le sourire s'élargit.

— Avoue que tu as eu peur !

— Non, pas du tout, je...

— Avoue !

Elle encadra le visage moqueur de ses mains et l'embrassa pour le faire taire. Elle n'avait pas la même retenue que son amie en ce qui concernait les démonstrations d'affection en public. Surtout si c'étaient les dernières qu'il lui était donné de vivre.

Olivier appuya son front contre le sien. Ferma les yeux.

— Je t'aime.

— Moi aussi.

Ils restèrent un moment ainsi, savourant la sérénité de l'instant.

Puis il se redressa, lui tendit la main pour l'aider à se rasseoir.

Il jeta un coup d'œil au petit groupe de Justicieurs qui discutaient un peu plus loin.

— Je reviens, il faut que j'aille dire un truc à Boga. Au cas où... Enfin, bref.

— Vas-y.

Elle le regarda rejoindre son ami avec un pincement au cœur. Il allait lui dire au revoir. *Au cas où.*

Elle enlaça ses genoux de ses bras. Comme elle aurait aimé pouvoir retenir le temps, les figer tous dans une bulle protectrice, afin de leur épargner le futur violent qui s'approchait d'eux. Elle balaya la prairie du regard, mémorisant les gestes de toutes ces personnes qu'elle avait eu la chance de rencontrer dans sa vie. Tant qu'ils se tenaient encore là autour d'elle. Vivants. Les images se succédaient sur sa rétine : Radj et Chloriane qui discutaient par signes. Achille assis en tailleur en train de méditer, la tête nimbée par le soleil décroissant. Tophe qui jouait aux dés avec Sieur Péji, le cuisinier d'Ertauq. Gandore qui se dressait, songeur, appuyé sur son long bâton, les yeux levés vers le ciel. Et Olivier et Boga, la main sur l'épaule l'un de l'autre, qui riaient d'une plaisanterie. Il y avait un absent dans ce tableau. Quelqu'un qui aurait déclaré que tout cela manquait terriblement de noisettes.

Une corne retentit.

Le tableau se figea.

Puis chacun se leva, le visage grave, prêt à prendre sa place dans le combat qui allait se jouer. Sylvine secoua ses jupes avant de les assembler en pantalon. Ses mains ne tremblaient pas. La peur, les hésitations s'étaient envolées avec la fin de l'attente. Maintenant commençait l'action. Elle était dans son élément.

Elle regarda Gandore. Il fit signe vers sa gorge d'un air interrogateur et elle acquiesça. Oui, elle souhaitait s'exprimer. Elle avait fait la moue lorsqu'il lui avait suggéré cela un peu plus tôt mais venait de comprendre qu'il avait raison.

— Citariens...

Sa voix, magiquement amplifiée, se répercuta jusqu'au bout de la plaine, faisant s'arrêter ceux qui s'apprêtaient à la quitter.

— Citariens, mes amis...

Lorsque vous serez sur le champ de bataille, que vous serez en train de souffrir, d'avoir peur. De mourir, peut-être. Souvenez-vous. Souvenez-vous de ces instants de bonheur qui étaient les vôtres juste avant. Souvenez-vous de ces rencontres que vous avez faites, de ces moments que vous avez partagés avec ceux que vous aimiez.

Sa voix s'étrangla. Elle prit une profonde respiration et se força à continuer.

— Souvenez-vous-en, lorsque vous penserez que vous êtes seuls face à l'ennemi. Vous n'êtes *pas* seuls. Vous n'êtes plus seuls. Nous sommes tous frères aujourd'hui. Nous, Citariens.

Un court silence suivit ses paroles. Puis une clameur retentit, de plus en plus fort, tandis que le millier de personnes présentes répétaient ce mantra.

— Nous, Citariens ! Nous, Citariens ! Nous, Citariens ! Nous, Citariens !

Après avoir serré sa mère dans ses bras, Sylvine regagna le promontoire d'un pas rapide, entourée de son Clan, auquel Olivier avait été ajouté d'office.

La vue d'en haut était cauchemardesque, encore plus maintenant que leurs ennemis étaient discernables à l'œil nu. Un premier régiment de Vicres ouvrait la marche, suivi d'une cohorte de Maudits. Puis, à nouveau, une alternance de créatures mécaniques et de troupes humaines. Pas de trace du dragon pour l'instant.

— Ils vont arriver au niveau des premiers pièges, commenta Maître Sabrio.

Les Vicres venaient d'atteindre le carrefour situé en dessous des fortifications. Sans remarquer que la route avait été recouverte de branchages, elles tombèrent dans les gouffres creusés par les Défenseurs, en un enchevêtrement de corps métalliques. Les murs étaient trop hauts, leur structure trop rigide, pour qu'elles puissent en sortir.

— Un régiment de Vicres en moins ! se congratulèrent les Défenseurs présents.

Mais il en restait tellement... Le serpent ondulant formé par l'armée de Rohé s'étendait d'Enu jusqu'à Siort. Où se trouvait Rohé ? En tête ? Au milieu de ses troupes ? Tout au bout ? Sylvine serrait les poings en le cherchant des yeux : il était sa principale cible. Lui éliminé, les Maudits abandonneraient le champ de bataille, elle en était persuadée.

Les hommes qui venaient derrière les Vicres s'étaient arrêtés devant l'obstacle.

Prudents, ils le contournèrent, mais se mirent de ce fait à portée de tir des archers qui se dissimulaient derrière les remparts d'Enu. Les flèches volèrent, se fichant dans les corps, stoppant net la progression des assaillants.

— Qu'ils cessent de tirer ! ordonna Maître Sabrio.

Le Défenseur derrière lui agita les drapeaux verts et blancs selon les codes convenus avant le combat. Les archers s'arrêtèrent.

On pouvait sentir un flottement du côté des Maudits. Puis, venant de l'arrière, de longues et larges planches de bois passèrent au-dessus de leurs têtes. Ils les posèrent sur les fosses afin de traverser sans dommage.

— Combien de temps ? demanda Rochelaure.

— Hum, quelques minutes avant qu'ils n'atteignent la deuxième ceinture de pièges.

— Dites aux Colliniens de se tenir prêts.

Sylvine se tendit. Les premiers combats au corps à corps allaient avoir lieu près des fortifications d'Enu. Des yeux, ils suivirent la progression des ennemis.

Les Maudits arrivaient sur un bosquet en face de la ville. Ils s'arrêtèrent.

Leur hésitation était visible. Flairant le piège, ils en firent le tour, se mettant à nouveau à la portée de tir des archers.

— Maintenant !

Une pluie de flèches s'abattit sur les Maudits. Pourtant, l'effet était moins flagrant cette fois-ci : pour chaque homme touché, deux autres continuaient leur avancée.

Pendant ce temps, le deuxième régiment de Vicres avait atteint l'orée du bosquet à son tour. Le chemin le plus court pour arriver à Enu. Elles avancèrent. Leurs pieds se crochetèrent dans les cordages disposés sur le sol, que la division aux boucliers manipulait de loin, et elles chutèrent. Les Colliniens dissimulés à la cime des arbres se laissèrent glisser de leurs cordes, leur tombant dessus.

— Satanés arbres, on n'y voit rien.

— Il y a peu de rayons verts, remarqua Achille. Les Colliniens doivent avoir réussi à arracher la prunelle de leurs yeux, comme prévu.

Aux Vicres à terre, oui. Mais à celles qui arrivaient ?

Sylvine aurait aimé leur crier de se mettre à couvert. L'un des leurs devait sûrement servir de sentinelle car ils virent les troupes remonter dans les arbres juste avant qu'ils ne soient pris pour cible par les nouvelles venues.

Petit à petit toutefois, les ennemis progressaient. Ils étaient trop nombreux, tout simplement. Dans le bosquet, les rayons se firent plus fréquents au fur et à mesure que les Colliniens perdaient pied. Pendant ce temps, les Maudits avaient atteint la muraille, même si beaucoup étaient tombés sous les flèches. Certains assuraient la protection d'autres, accroupis, regroupés, manipulant ce qui ressemblait à des gourdins.

— Mais qu'est-ce qu'ils font ? s'étonna Sylvine.

Radj poussa une exclamation de dépit :

— Bonencre ! Ils fabriquent des échelles !

Lorsque tous le regardèrent, surpris, il expliqua :

— J'ai déjà vu cette technique, à Bramagine : chacun porte sur lui un élément emboîtable à un autre. Avec dix hommes, vous pouvez construire une échelle suffisamment haute pour passer par-dessus les murs.

Ils reportèrent leurs regards sur les fortifications, impuissants.

Effectivement, une première échelle ne tarda pas à s'élever, bientôt suivie d'une deuxième. Les archers Forestiers avaient compris la manœuvre et pilonnaient la zone. Pourtant, vint le moment où les premiers Maudits commencèrent à grimper à l'assaut des murailles.

— Ils les repoussent !

Les Défenseurs postés sur la tour de ronde, armés de hallebardes, pressaient de toutes leurs forces sur les montants de bois. L'échelle vacilla puis s'abattit en arrière, écrasant les Maudits qui y étaient perchés.

— Oui !

Sur la plate-forme d'observation, un cri de joie collectif résonna.

— Elle arrive. La créature qui brûle tout.

Mama Sangre, ses yeux d'un noir de suie, venait de parler, douchant leur enthousiasme.

Tournés vers Enu, ils avaient cessé de regarder vers le sud. D'un même ensemble, ils se retournèrent, scrutant le ciel. Bien vite, un point grossit au loin. Précédée d'un cri perçant, une forme gigantesque fonçait sur la ville depuis les nuées.

Leurs ennemis avaient lâché le dragon.

Son ombre recouvrit les observateurs, mais, déjà, il les avait dépassés, son regard fixé sur les créneaux où s'agitaient les Défenseurs. D'en bas, il était encore plus imposant que dans les souvenirs de Sylvine. Ses ailes membraneuses, déployées, reflétaient la lumière orangée du soleil couchant. Il s'arrêta, se maintenant au-dessus des troupes enusiennes un instant. Avant de cracher un jet de flammes sur les fortifications.

Des cris de panique s'élevèrent, des corps noircis chutèrent. Écœurée, Sylvine détourna la tête.

Et découvrit l'expression émerveillée peinte sur le visage d'Olivier.

— Magnifique ! murmura le jeune homme.

— Hein ?

Là-bas, le dragon poursuivait son œuvre de destruction, pulvérisant tous ceux qui se trouvaient sur le chemin de ronde.

— Qu'est-ce qui te prend ?

La bête avait réussi à vider tout un pan de muraille de ses Défenseurs. Changeant d'avis ou obéissant à une injonction, il obliqua son corps pour survoler la capitale. Dès qu'il fut parti, les Maudits dressèrent leurs échelles, assurés de ne plus rencontrer de résistance.

Sortant de sa transe, Olivier secoua la tête, une lueur de regret dans le regard.

— Non, c'est juste que... je ne pensais pas qu'il me serait donné de voir ça. Un dragon... Je sais que c'est un monstre, mais... il est superbe. Quel dommage que nous n'ayons pas le temps de l'apprivoiser.

— L'apprivoiser ? Ce... cette chose ?

Elle abandonna la discussion. Ils ne pourraient pas être d'accord là-dessus, c'était clair.

— Allez, viens, ça va être à nous de jouer.

— Attendez, les hommes en mantales interviennent !

Le dragon tournait le dos à la colline à l'olivier sacré. De celle-ci, des silhouettes sombres s'élancèrent : la division de Tophe. Tenant chacun une lance, ils se dirigeaient en formation serrée vers leur cible.

Dès qu'ils furent à portée de tir, ils lancèrent leurs armes à l'assaut des faiblesses du monstre : les Sages leur avaient recommandé de viser le cou, les yeux et les membranes, afin de le forcer à se poser.

Grâce à leur mantale, ils virevoltaient autour de la créature, espérant l'approcher d'assez près pour la blesser.

Si elle avait été surprise de les voir surgir, et avait reçu sans comprendre deux traits dans ses ailes, l'intelligente bête finit par lâcher une clameur furieuse et par tourner sur elle-même, fouettant de sa terrible queue les hommes sur sa trajectoire. Fauchés par l'appendice lourd et pointu, ils chutèrent sur les pierres et les champs en contrebas.

Faites qu'ils s'en soient sortis, pria Sylvine. Elle dévalait la pente qui l'amenait au pied de la colline sacrée, en compagnie de son Clan. Maintenant que les Maudits avaient accès à la ville, ils ne tarderaient pas à les rejoindre sur la plaine.

Elle leva un coup d'œil inquiet en direction du dragon. Celui-ci, débarrassé de la majeure partie de ses assaillants, lâcha un jet de flammes sur un groupe d'habitations. Les vitres explosèrent sous l'impact, des flammèches léchèrent les murs... mais rien d'autre ne se passa.

Elle eut envie de rire devant l'air surpris de la créature.

Eh oui, mon cher Lok, nous avons consacré les deux dernières journes à badigeonner chaque maison, à l'extérieur et *à l'intérieur, de brémance. Et nous en sommes tartinés nous-mêmes...*

Bon, s'ils se retrouvaient face à lui, il y avait peu de chances qu'ils en réchappent. Au moins ne craindraient-ils pas les retours de flammes et la propagation du feu.

Un sifflement se fit entendre au-dessus de sa tête. De la cité partit un gros boulet de pierre en direction des troupes de Rohé. La roche explosa sous l'impact, éliminant une vingtaine d'assaillants et créant la panique dans les rangs. Déjà, les Défenseurs rechargeaient la catapulte, encouragés par leur succès.

Sylvine prit la mesure de la situation.

Tout se passait plutôt bien pour son camp. Leurs pièges avaient fonctionné, les dégâts causés par Lok avaient été limités. Il ne restait plus qu'à faire la différence au corps à corps. Les Vicres, qui ne pouvaient pas grimper aux fortifications en raison de la rigidité de leurs jambes, n'étaient pas un souci pour l'instant.

Une clameur enfla, celle des Maudits qui surgissaient sur la plaine, légèrement en contrebas. Tactiquement, les Citariens avaient l'avantage. Toutes leurs forces se tenaient là, hormis les archers, la division volante, les Colliniens dans le bosquet et les Défenseurs chargés de manier l'engin de siège. Au total huit cents hommes et femmes déterminés se trouvaient à ses côtés. Même Rochelaure avait rejoint les troupes et pris une arme.

Elle échangea un regard avec Olivier. C'était maintenant que tout se jouait.

— Ahhhhh !

Elle brandit son sabre devant le premier assaillant. Qui l'évita et se fit transpercer par Achille. Déconcertée, elle se tourna vers le prochain. Il ne la regardait pas, concentré sur Olivier. Elle l'embrocha.

Comme lors de la tuerie des masques, l'ennemi n'avait plus de visage, plus d'identité. Il se composait de bras à trancher, de jambes à sectionner, de parties vulnérables à viser. Elle se fraya un chemin dans la masse des Maudits, taillant dans le tas comme s'ils étaient de simples morceaux de bois. Des morceaux qui hurleraient, qui projetteraient de longues traînées rouges en tombant à la renverse, qui suinteraient la peur et la rage. Mais pas des êtres humains. Elle refusait de les considérer comme tels.

Dans le feu de l'action, elle ne s'attardait pas sur les coups qu'elle recevait. Elle les recensait dans un coin de son esprit mais sans ressentir de douleur. Une légère entaille sur le poignet droit, une éraflure au front. Toutefois, elle fronça bientôt les sourcils. Ses blessures étaient superficielles et, surtout, aucune n'était portée intentionnellement : des Maudits s'en prenaient à elle, certes, mais ils essayaient surtout de la désarmer. De la capturer.

Bien. Facilitez-moi la tâche...

Elle prit plus de risques, attaqua avec plus de sauvagerie encore. Si Rohé la voulait, il faudrait qu'il vienne la chercher lui-même.

Une lumière intense jaillit tout à coup sur le champ de bataille. Prévenus, les Défenseurs ne manifestèrent aucune hésitation : la nuit était tombée et il était prévu que la première fusalerte partirait à ce moment-là. Désorientés par la luminosité soudaine, qui les gênait, les Maudits reculèrent. Le front des Citariens progressa vers l'avant.

Sans ennemi immédiat devant elle, Sylvine jeta un coup d'œil aux alentours. Olivier et elle s'étaient retrouvés éloignés de leurs compagnons. Ils étaient arrivés non loin de la Taverne où elle avait entendu Olivier pulser. La porte de l'établissement était éventrée et des combats avaient lieu à l'intérieur. Les combats se livraient partout, d'ailleurs : que ce soit sur la plaine ou dans le ciel, où quelques vaillants soldats volants résistaient toujours à Lok et lui menaient la vie dure. Le dragon arborait de multiples lances fichées dans son corps, mais aucune n'avait réussi à l'abattre. Au moment où Sylvine levait les yeux vers lui, l'un des hommes en mantale — et Sylvine crut reconnaître Tophe — s'approcha d'assez près pour transpercer l'une des membranes ailées à côté de la jointure. Rendue folle de douleur, la bête cria tout en tournant sur elle-même et heurta le Collinien de plein fouet, le faisant lourdement chuter.

— Tophe !

Alerté par son cri, Olivier se retourna et contempla la scène à son tour. Les Maudits reculaient, certains commençaient même à déserter le champ de bataille. Lok cracha un jet de flammes rageur sur le toit de la Taverne et sur les Défenseurs autour, tout en luttant pour ne pas perdre l'équilibre. Sur les traits du Justicieur, une expression apitoyée apparut. Puis son visage s'illumina d'une autre lueur.

— Couvre-moi !

Il rebroussa chemin et elle le suivit à quelques mètres de distance. Les Maudits qui se trouvaient sur leur route tombèrent sans avoir une chance de leur décocher un coup.

La Taverne, rare habitation à ne pas avoir été enduite de brémance, brûlait, menaçant de s'effondrer à chaque instant.

— Olivier, non !

Elle le vit s'engouffrer à l'intérieur, dans la salle du rez-de-chaussée encore intacte.

Elle accéléra, ses yeux allant du toit dévoré par les flammes au seuil de la Taverne.

— Olivier !

Il ressortait déjà, un tonneau dans ses bras.

Dans un fracas assourdissant, la toiture s'écroula.

Ils durent reculer, se protégeant le visage de l'éclat et de la chaleur du brasier.

— Viens !

Il remonta la colline et elle le suivit en tempêtant :

— Tu es fou ou quoi ? Tu as failli mourir pour aller récupérer un tonneau de bière ?

— Pas un tonneau. Mon tamb de Pulseur.

— Ton... ?

— Oui, c'est le cadeau le plus précieux que m'ait fait mon père...

— D'accord, mais...

Il se retourna, les yeux emplis d'excitation :

—... un objet recouvert d'une membrane de... *dragon.*

Elle trébucha, saisie. Qu'est-ce qu'il avait en tête ?

— Ah, là ça me paraît bien.

Olivier s'arrêta après avoir observé l'espace dégagé autour d'eux et posa son tamb. Les yeux levés vers le ciel, il commença à taper sur l'instrument, en un rythme syncopé, lancinant.

Paniquée, Sylvine regarda autour d'elle. Les Maudits reculaient sous l'assaut des troupes citariennes ; personne ne semblait faire attention à eux.

Elle réalisa tout à coup que Lok avait cessé de crier. Sa tête s'était tournée en direction de la musique. Lentement, le vol saccadé du fait de ses blessures, il fit demi-tour. Pour se diriger vers eux.

Le cœur de Sylvine galopait dans sa poitrine.

— Tu... tu es sûr de ce que tu fais ?

— Non. Pas du tout.

Il lui jeta un regard d'excuse. Mais l'excitation se le disputait à la conscience du danger auquel il les exposait.

— Je pense que je peux communiquer avec lui. J'essaie, en tout cas.

Au-dessus d'eux, la créature avait perdu son expression torturée. Elle finit par se poser maladroitement au sol, poussant un petit cri de souffrance.

Olivier pulsait, la sueur lui coulant sur le front, les yeux rivés vers Lok. Tout à coup, il sourit.

Un dragon de plusieurs tonnes se dressait juste à côté d'eux et l'homme souriait...

Furieuse contre lui, Sylvine scruta la bête légendaire, de son crâne reptilien à la longue queue hérissée de crêtes. Elle plissa les yeux : une pierre verte brillait autour de son cou, accrochée à une ceinture de cuir.

— Continue de jouer, lança-t-elle à Olivier avant de s'approcher des pattes arrière du dragon, avec prudence.

Olivier rata une mesure :

— Qu'est-ce que tu fais ?

Il n'en fallut pas plus pour que la bête retrouve une expression féroce et il se hâta de reprendre la mélopée qu'il avait composée pour elle.

— Moi aussi, j'ai une idée.

Tant mieux s'il s'inquiétait, ça lui apprendrait à ne pas lui faire part de ses lumineuses trouvailles...

Le dragon ne la regardait pas, tout entier focalisé sur le Pulseur. Sa tête se balançait, les yeux mi-clos.

Elle s'était imperceptiblement rapprochée de ses pattes, épaisses comme des troncs d'arbre. Elle conjura un courant d'air aérien pour s'élever lentement jusqu'à son cou... L'œil du dragon se rouvrit et se tourna vers elle, méfiant.

— Sylvine, non ! s'alarma Olivier.

— Ne t'inquiète pas, je n'ai pas l'intention de lui faire de mal.

Était-ce l'effet de ses paroles ou de la musique, qui s'était faite cajoleuse et apaisante ? La bête perdit son expression menaçante et reporta son regard sur le Pulseur. Soulagée, Sylvine en profita pour sortir sa dague effilée. Elle s'approcha de plus en plus près du cou où les écailles fines se chevauchaient... et trancha le lien de cuir qui l'entourait. L'émeraude tomba à terre, en tintant contre les pierres.

Elle retint son souffle, redescendit au sol et recula en direction d'Olivier, gardant les yeux fixés sur Lok.

Pendant un instant, elle avait été tentée de sectionner l'artère qu'elle avait vu battre sur son cou. Avait-elle eu raison d'épargner la vie du dragon ? Elle en doutait. Même libéré de l'emprise maléfique de Rohé, à supposer encore que ce soit le but du collier, il n'en restait pas moins une créature sauvage. Féroce.

Le tamb se tut.

Pourquoi Olivier avait-il arrêté de jouer ?

Se retournant, Sylvine le vit qui luttait à mains nues contre un Maudit, armé, lui, jusqu'aux dents et qui avait surgi de nulle part.

Non !

Elle se mit à courir. Pourquoi avait-elle arrêté de le couvrir ? La distance entre eux était trop longue, elle avait l'impression d'avancer au ralenti.

Là-bas, Olivier avait réussi à faire rouler son adversaire à quelques pas de lui. Tout à coup, dans un hurlement à glacer le sang, le Maudit s'embrasa.

Lok était sorti de sa torpeur et avait projeté son jet de flamme sur le Maudit, dont il ne restait déjà plus qu'un tas de cendres. Une terrible odeur de chairs brûlées s'éleva dans les airs. Sylvine, tombée à genoux par la violence du souffle passé tout près d'elle, sentit la bile lui monter à la gorge. Elle ne pouvait que fixer, épouvantée, le seul être encore dans le champ de vision du dragon : Olivier. À terre, lui aussi, il toussait et de la fumée s'élevait de sa manche, touchée par les flammes. Il se redressa péniblement avant de se figer, face à la créature qui s'approchait de lui.

Pendant quelques secondes, qui parurent des siècles à Sylvine, il ne se passa rien.

Puis le dragon déploya son large cou et vint le poser, en signe d'allégeance, devant le Pulseur.

Sylvine se laissa tomber plus qu'elle ne s'assit sur le sol.

Il l'avait fait. Il avait dompté un dragon.

— Sylvine ? Sylvine, ça va ?

Olivier la cherchait des yeux, inquiet.

De ses doigts tremblants, elle essuya les larmes qui avaient coulé sur ses joues et prit de profondes inspirations avant de se mettre debout.

— Oui, ça va. J'ai une envie terrible de t'étriper, pour la peur que tu m'as faite, mais ça va.

Olivier s'affairait déjà auprès de Lok, ôtant avec douceur les armes fichées dans son corps. Le dragon tressautait parfois mais se laissait faire. Il ne pourrait pas aider les Citariens à remporter la bataille, évalua Sylvine devant l'état de ses blessures. Au moins n'auraient-ils pas à craindre ses jets de flamme impromptus au milieu de leurs rangs.

Le ciel s'éclaira à nouveau d'une vive lumière. Une fusalerte avait été lancée.

La deuxième ou la troisième ? Elle ne se rappelait plus.

Elle se tourna vers Enu et reconnut Radj qui s'éloignait avec quelques personnes en direction de la Forêt. C'était donc la troisième qui venait d'être tirée.

Cela voulait dire que la chance avait changé de camp.

Les Maudits, qui avaient reculé jusqu'aux fortifications de la ville s'écartèrent en ricanant.

Des Vicres, des centaines de Vicres venaient de surgir des portes que les humains leur avaient ouvertes. Les statues au regard tueur avançaient vers eux de leurs pas cadencé et métallique.

C'était la fin.

Ils n'étaient pas assez nombreux pour survivre à leur attaque, surtout après avoir déjà combattu aussi longtemps. Eux étaient blessés, épuisés. Elles étaient intactes et insensibles à la fatigue.

Sylvine contempla, éperdue, ceux qui restaient sur le champ de bataille, se dirigeant instinctivement vers eux. Ils n'étaient plus que quelques centaines de Défenseurs. Elle chercha ses amis, rassurée lorsqu'elle les trouva. Encore debout. Titane, échevelée, boitait mais elle avait conservé son allure vindicative. Elle se rapprocha de Brís et ils échangèrent un regard. Eux aussi avaient compris qu'il s'agissait de l'ultime combat. Le jeune Forestier essuya son front en sueur de son bras valide. L'autre pendait, sanguinolent, inutilisable. Lui non plus ne manifestait pas de peur, seulement du fatalisme. Achille était placé juste devant Sylvine, en première ligne comme toujours et lui tournait le dos. Mais la tension de ses épaules signalait qu'il avait également pris la mesure de ce qui les attendait.

Le Sage contemplait, comme les autres, l'avancée des sculptures monstrueuses, le visage fermé. Puis il se tourna vers sa Gardienne, comme s'il avait toujours su où elle se trouvait pendant la bataille.

— Sylvine... La colline sacrée... Il faut utiliser la magie, maintenant. Il n'y a que vous qui puissiez y arriver, c'était écrit. Nous allons les retenir ici.

Sylvine lança un coup d'œil vers la Taverne. Olivier était désormais trop loin d'elle pour être prévenu de ce changement de plan. Pour qu'elle lui dise au revoir. Elle regarda ses amis avec détresse. Si elle partait maintenant, elle aurait l'impression de les abandonner.

— Sylvine, faites-moi confiance.

Elle finit par hocher la tête, la mort dans l'âme et fit deux pas en arrière vers les collines. Elle était déchirée. Déchirée entre le besoin viscéral de rester avec eux et la nécessité de tout tenter pour les sauver.

Achille lui lança :

— Attends, Sylvine-mae ! Attends que les femmes de fer aient tiré pour partir et ne bouge que pendant les décomptes de dix. Si l'une te prend pour cible, nous ne pourrons rien faire pour la détourner de son objectif. Et surtout, ne te retourne pas. Le futur est devant, non derrière, tu le sais.

La gorge nouée, elle acquiesça avec peine, tandis qu'autour d'elle les rangs se formaient.

Gandore expliqua sa stratégie, la voix posée.

— Je vais pouvoir contrer leur première attaque. Ensuite, vous aurez dix secondes pour en détruire le plus grand nombre. Après... ce sera à chacun de lutter pour sa survie.

Sylvine se tourna à demi vers la colline, les larmes aux yeux. Une seconde plus tard, le regard des Vicres s'activa et la plaine s'éclaira d'une sinistre lumière verte, sous leurs tirs conjugués.

Gandore avait levé les bras. Un épais mur de glace s'érigea devant les Citariens, qui absorba les impacts et en renvoya même quelques-uns. Sous la violence du choc, le Sage chancela. Ce qui ne l'empêcha pas de sermonner Sylvine qui avait instinctivement fait un pas dans sa direction :

— Qu'est-ce que vous attendez ? C'est le moment !

Tout autour d'eux, les Citariens égrenaient le désormais familier décompte :

— Un... Deux...

Sans plus tergiverser, elle fit volte-face et s'élança vers la colline, sous le bruit des explosions de poudre lancées sur les premières Vicres.

— Cinq... Six

Elle courait, de toutes ses forces, comme elle n'avait jamais couru.

— Sylvine !

Le cri d'Olivier la fit hésiter.

— Huit... Neuf...

Haletante, elle s'arrêta. Sans oser se retourner.

Ce fut une torture d'entendre les hurlements des premières victimes touchées par le regard vert, de penser que certaines des personnes qui comptaient le plus pour elle venaient de tomber.

Pourvu que ce ne soit pas le cas...

Résolue, elle reprit sa course folle vers le sommet dès le début de la nouvelle énumération. Lorsque le dixième chiffre résonna, elle hésita mais poursuivit son ascension, s'estimant suffisamment loin pour ne plus être dans la ligne de mire des Vicres. De nouveau, des cris retentirent sur le champ de bataille.

Enfin, elle arriva en haut de la colline, à bout de souffle. Lorsqu'elle se retourna, elle faillit défaillir. Sous elle, sur la plaine qu'elle venait de quitter, les rayons verts semblaient fuser de partout. Les Vicres ne synchronisaient plus leur tir, les rendant plus dangereuses, car moins prévisibles.

Mais il y avait pire.

Une marée d'hommes et de métal déferlait sur la cité. La deuxième vague de l'armée de Rohé.

Tout au bas de la vallée, des oriflammes montaient, signalant l'arrivée conquérante de leur ennemi, resté prudemment en retrait.

La colère tout autant que la peur tordit le ventre de Sylvine. Ce n'était pas possible qu'elle laisse détruire ainsi son pays ! Mais que faire ? Elle serra les poings, frustrée et impuissante. Furieuse tout à coup contre cette Prédiction nébuleuse qu'on lui avait rabâchée plusieurs fois et qui s'avérait inutile. Personne, Gardienne ou pas, ne pouvait lutter contre ça. Personne.

Des forêts à la plaine, Citara se battra... Oui, c'était le cas, merci du cadeau... Et maintenant ?

Aidée de présence sienne par celle qui les créa...

Ce passage lui avait toujours semblé plus obscur que les autres.

— Aidée de présence sienne par celle qui les créa... Aidée de présence sienne par celle qui les créa...

Impuissante, elle se répétait la phrase en boucle. Des images défilaient devant ses yeux : Kyvan qui lui criait « Vous n'êtes pas seule ! », sa propre injonction aux Citariens avant la bataille, Dame Marie qui l'encourageait avec la formule consacrée : « Que la Créatrice vous vienne en aide ».

Ce fut une révélation.

Elle se mit à tourner sur elle-même. Se baissa. Se releva.

Ses mouvements étaient fluides, elle retrouvait la ferveur et l'intensité de la dernière fois où elle les avait effectués. Lors de la fête de ses seize cycles. Des seize cycles de Citara.

Et lorsqu'elle lança vers le ciel la poignée de terre qu'elle gardait serrée dans sa main, croyant de toutes ses forces, elle fut récompensée.

Une lumière bleue étincelante venait d'apparaître au-dessus d'elle.

Elle avait enfin compris que le sort de Citara ne reposait pas sur ses seules épaules, qu'elle pouvait demander de l'aide. L'aide de Celle qui les avait créés. Elle avait fait la danse de l'Appel.

Et elle avait été entendue.

Fascinée, Sylvine dévisagea la silhouette qui était descendue à sa hauteur. Elle ne savait pas trop à quoi elle s'attendait, mais en tout cas pas à se trouver face à une jeune femme de son âge, aux longs cheveux bruns et lisses flottant autour de son doux visage. La Créatrice, au centre d'un halo bleuté et scintillant, inclina la tête sur le côté :

— Tu m'as appelée, Sylvine ?

Sa voix était harmonieuse, cristalline.

— Oui, hum...

Sylvine, embarrassée tout à coup, se demanda comment on s'adressait à une divinité. Votre Majesté ? Ô Créatrice ?

Elle finit par simplement tendre le bras vers les troupes en contrebas.

— Nous avons besoin de vous.

La Créatrice se retourna et avisa pour la première fois les divisions ennemies. Son regard se troubla :

— Alors ça y est, nous y sommes... Soit.

Puis une lueur combative s'alluma dans ses yeux et elle se tourna vers Sylvine.

— Je vais t'aider, Gardienne de mon pays. Je ne peux y arriver seule, toutefois, n'ayant pas d'enveloppe corporelle. Il faut que nous agissions ensemble. Prête ?

Sylvine acquiesça. Oui, elle l'était.

— Il te faut canaliser l'énergie de Citara entre tes mains avant de la projeter, avec le plus de précision possible, sur les troupes ennemies.

Comment pourrait-elle arrêter ces meutes hurlantes avec de l'énergie ? Les Maudits couraient vers les pillages promis, vers la capitale citarienne et le vent faisait voler leurs cheveux derrière eux. Le vent... *Air, Feu, Eau, Terre vaincra...* L'air était le premier élément de la Prédiction. Était-ce parce qu'elle devait l'utiliser en premier ?

Elle se retourna vers la déesse, qui hocha la tête, lui confirmant sa supposition.

Décidée, Sylvine se planta face à ses ennemis. Il lui faudrait viser juste en effet, pour ne pas atteindre ceux qui se battaient contre les Vicres en dessous... Mais le reste de la trajectoire était linéaire. La Créatrice ferma les yeux et étendit les bras... avant de se dissoudre en une infinité de particules bleutées et scintillantes qui recouvrirent entièrement le paysage de Citara : les collines, les forêts, la plaine... Émerveillée, Sylvine contempla un instant la scène. Les combattants suspendirent leurs gestes, étonnés de l'arrivée de cette lumière qui se déposait partout, y compris sur eux.

Ainsi que Gandore lui avait appris, elle aspira l'énergie de Citara, les bras tendus en avant.

C'était fort, tellement plus fort que ce qu'elle avait jamais ressenti auparavant. Des milliers de picotements parcouraient ses paumes en grésillant, tandis qu'une boule de lumière bleutée s'y constituait.

C'était comme si chaque être vivant de Citara lui donnait une particule de vitalité et que l'alliance de tous, hommes, animaux, végétaux, minéraux, s'amalgamait en une immense sphère d'énergie...

qui se retrouvait maintenant assemblée entre les mains de la Gardienne.

Elle sourit, exaltée tout à coup par la puissance qui était la sienne. Elle était le vent. Elle était la tempête.

Ses yeux se plissèrent, évaluant les distances. Ici, elle pourrait blesser les siens. Là-bas, elle laisserait trop de Maudits s'en tirer.

Elle inspira. Et dirigea la boule de lumière de toutes ses forces en direction des Vicres et des Maudits.

En heurtant le sol, à quelques pas des premières silhouettes de fer, la sphère explosa. Une tornade monstrueuse s'en libéra, qui détruisit tout sur son passage, en une ligne droite du nord vers le sud, creusant la terre sur plusieurs dizaines de mètres. Tous ceux qui se trouvaient sur son chemin furent projetés dans les airs, en un enchevêtrement de membres épars.

Seul l'arrière de l'armée fut épargné, les hommes de Rohé ayant eu le temps de s'écarter précipitamment de la trajectoire de la tempête qu'elle venait de créer.

Sylvine vacilla, vidée de toutes ses forces tout à coup. Ses oreilles bourdonnèrent, des lumières papillonnèrent devant ses yeux. Il lui sembla entendre une clameur retentir sur la plaine. Son prénom hurlé par celui qu'elle aimait, qui gravissait la colline.

— Sylvine !

Trop tard. Elle glissait, glissait vers la nuit totale.

CHAPITRE 29

Perdre

Cen'estpaspossiblecen'estpaspossible...
Réveille-toi, réveille-toi !

— Réveillez-vous !

Le cœur battant à toute allure, elle rouvre les yeux. Sa bouche avale bruyamment de grandes gorgées d'air, comme si elle sortait d'une apnée prolongée.

Où est-elle ?

Elle a froid et se recroqueville sur elle-même.

Est-ce cela que ressentent les nouveau-nés lorsqu'ils quittent le cocon chaud et rassurant de leur mère pour se retrouver projetés dans l'immensité glacée du monde ?

Sauf qu'elle ne se sent pas du tout comme un nourrisson.

Plutôt comme une morte vivante.

Les brumes épaisses qui l'entouraient se dissipent, du bruit parvient à ses oreilles : des coups sourds, du verre brisé.

Elle voit un homme aux cheveux blancs, dont la silhouette se courbe après avoir lancé un cri, la main tendue en avant. Gandore. Il s'agit de Gandore.

En face de lui, un homme au visage bouffi s'effondre sans raison. Un autre se protège derrière un fauteuil. Deux corps gisent à terre, la porte est éventrée. La pièce est sens dessus dessous. Quelle pièce ? Où est-elle ?

Au ralenti, son cerveau dégage du sens de ce qu'elle observe : l'étude du Sage. À Enu. Elle est dans l'étude de Gandore. Quand ? Que se passe-t-il ?

Danger.

Il faut... que je me lève.

Son corps ne répond pas aux injonctions de son esprit.

Gandore semble à bout de force. Une de ses paumes s'appuie lourdement sur la table de bois. L'autre s'élève en tremblant en direction du Maudit. Celui-ci s'approche de lui, sa hache levée.

Un sifflement et il tombe à son tour, une lame fichée dans le cou.

Sans comprendre, elle regarde sa main. Sa main qui, d'elle-même, a attrapé l'arme à sa cheville et l'a lancée. Comment a-t-elle fait cela ?

Elle est toujours assise dans le haut fauteuil de Gandore et le fil d'amour scintille autour de sa taille. D'un geste brusque, elle s'en libère, marquant la fin de sa réminiscence. De sa *catastrophique* réminiscence.

Elle n'a pas encore regardé Gandore. C'est au-dessus de ses forces.

Lorsqu'elle en trouve enfin le courage, elle déglutit. Il est toujours appuyé contre la table, le visage creusé. Inévitablement, il lui pose la question redoutée.

— Alors, mon enfant, avez-vous pu retrouver qui vous étiez ?

Elle secoue la tête, au bord de la nausée.

— Non.

Après une seconde de battement, elle ajoute, à contrecœur :

— Seulement qui je ne suis *pas*.

Le silence se fait, se prolonge...

Puis elle lâche dans un souffle :

— Je sais seulement pourquoi je n'avais pas de souvenirs de ma vie passée, pourquoi je n'ai pas reconnu mon visage à mon réveil, pourquoi j'ai eu tant de mal à admettre qu'on m'attribue tous ces exploits de Gardienne.

C'est parce que ce n'est pas moi.

Elle fronce les sourcils. Ce n'est pas tout à fait exact.

— Je veux dire... *Sylvine* est bien la Gardienne. Mais... je ne suis *pas* Sylvine.

Le Sage esquisse un sourire désolé :

— Je sais.

— Bon sang, Gandore, mais alors qui suis-je ?

La colère, une colère salvatrice, s'empare soudain d'elle.

Elle se lève de la chaise. Elle en assez de ses cachotteries, de ses réponses évasives, de cette connaissance qu'il ne partage avec personne. Elle qui se retrouve dans la peau de Sylvine ne sait si c'est le tempérament fougueux de cette dernière qui s'exprime ou s'il s'agit de sa propre émotion, mais elle souhaite des explications.

Comment se fait-il qu'elle occupe le corps d'une autre ? Quelle place a-t-elle dans cette histoire ?

Le Sage vient de se laisser tomber sur le banc à côté de lui et appuie sa main sur son front, comme si les événements l'avaient cette fois dépassé.

Il secoue la tête.

— Je regrette, je ne peux pas vous le dire.

— Put... !

Elle retient avec peine son juron et frappe de son poing sur le dossier du fauteuil.

— Je n'en suis pas sûr moi-même, essaie de la calmer Gandore, ce sont juste des suppositions. Et puis...

Il marque un temps d'hésitation avant de poursuivre :

—... je crains les répercussions si c'est moi qui vous révèle qui je pense que vous êtes. C'est à *vous* de trouver la réponse, n'en avez-vous pas eu une petite idée au cours de la réminiscence ?

Elle crispe les poings, frustrée.

— Non, celle-ci s'est terminée juste avant... juste avant... que je ne puisse deviner.

Le Sage soupire et ses yeux se font vagues :

— Alors je crains... Je crains que nous ne soyons perdus.

Ce désarroi inattendu la déstabilise.

Pourquoi cette crainte ? Est-elle une force diabolique ? Une espionne de Rohé ? Une ennemie de Sylvine qui aurait pris son apparence pour mieux la détruire ? Pour s'emparer de son amour ?

— Olivier... murmure-t-elle soudain, la gorge serrée.

Car c'est lui, le pivot de son histoire, elle en est sûre. C'est lui qu'elle partage avec Sylvine.

Elle ressent alors la nécessité absolue, vitale, de le retrouver.

Où est-il ?

Elle plisse le front, essayant de se rappeler la dernière fois qu'elle l'a vu dans son présent. Elle s'était éveillée, amnésique, « trois journes après la grande déroute des Maudits », si elle se souvenait bien de ce que Dame Élaine lui avait dit. Il y avait eu le Conseil avec un Rochelaure odieux à son égard, puis sa conversation avec Olivier sur la colline. Ensuite, ils étaient tombés dans une embuscade et elle avait dû partir dans son passé. Enfin... celui de Sylvine.

— Gandore, je vais rejoindre Olivier, lui dit-elle d'un ton décidé, tout en se dirigeant vers la table où sont posées ses affaires.

Avec un geste à la fois fluide — combien de fois l'a-t-elle pratiqué pendant la réminiscence ? – et étrange — ce n'est pas *elle* qui a l'habitude de manier ces sabres —, elle enfile le carquois de Sylvine.

— Pouvez-vous me dire depuis combien de temps je suis... partie ?

Gandore a tourné les yeux vers la fenêtre, en proie à de profondes réflexions. Il sursaute et regarde une espèce de sablier rond, magnifiquement ouvragé, sur une étagère.

— Je pense que vous avez été absente pendant deux heures environ.

— Deux… ?

Deux heures que la bataille entre Achille, Olivier et leurs assaillants durait à l'extérieur ? C'était énorme !

Et inquiétant. Surtout si les ennemis avaient pu forcer la porte de Gandore, malgré la promesse des deux hommes de la protéger. Elle pâlit.

— Oui, allez le retrouver. Les hommes qui se battent dehors ont besoin de voir leur Gardienne.

Elle fronce les sourcils, agacée :

— Je viens de vous dire que ce n'était pas moi, la Gardienne…

— Oui, mais *eux* ne le savent pas, rétorque le Sage.

Il la regarde à nouveau avec son habituel demi-sourire.

— Ils ne verront que Sylvine, et cela leur suffira. L'espoir est une belle chose, se nourrissant d'étincelles pour allumer des brasiers.

Elle hausse les épaules et se hâte vers la sortie.

De toute façon, puisqu'elle occupe le corps de Sylvine et qu'elle sait comment celui-ci fonctionne, autant le mettre à profit pour sauver des vies.

Dans le long couloir de la Demeure des Importants, c'est la désolation. Des traînées noires et rouges, de poudre et de sang, maculent les murs, des corps y sont allongés en travers. Elle contemple, navrée, celui d'un Défenseur dont elle n'a jamais pu retenir le nom, l'homme réservé qui lui avait souri dans la salle de garde, avant qu'elle ne découvre le repaire de Rohé, et qui gît, dans une mare de sang, une dizaine de Maudits occis de sa main autour de lui.

— Pardon, murmure-t-elle en l'enjambant.

Pardon de quoi, elle n'en sait rien. De ne pas avoir fait l'effort de mémoriser son nom ? De ne pas avoir été à ses côtés pendant qu'il sacrifiait sa vie ? Tout ça pour sauver une impostrice ?

Sur le seuil de la porte, c'est pire encore. Il fait toujours nuit mais le rayon vert de deux Vicres vient d'éclairer la placette comme en plein jour. L'odeur de poudre, de brûlé, la saisit à la gorge. Une dizaine de combattants s'agitent sur les lieux, et beaucoup plus sont étendus, immobiles, à terre.

Elle ne comprend pas : d'où sortent-ils, tous ces ennemis ? N'ont-ils pas tous été pulvérisés par la tornade de Sylvine pendant la grande bataille d'Enu ?

La brume, qui s'immisce avec volupté entre les combattants, ajoute à la confusion ambiante.

Elle cherche Olivier du regard et s'apprête à franchir le seuil quand elle bute contre une autre victime, juste devant la porte.

— Oh, Dame Élaine, murmure-t-elle, bouleversée.

La femme qui s'est si chaleureusement occupée d'elle à son réveil a été poignardée et gît, les yeux fixés vers le ciel étoilé, sa poêle en fonte toujours fermement tenue à la main. À côté d'elle s'étale un Maudit au crâne défoncé. La jeune fille sourit malgré ses larmes : au moins Dame Élaine aura-t-elle contribué à la défense de Citara avec son arme fétiche.

Serrant les dents, le cœur en rage, elle se redresse et sort les deux sabres de son fourreau.

Certes, elle ne sait pas qui elle est réellement.

Mais elle est sûre d'une chose : elle porte deux amours en son cœur, pour Olivier et pour Citara. Il ne sera pas dit qu'elle n'aura pas mis toute l'expertise de Sylvine à leur service.

Avec un cri de rage, elle s'élance en direction des assaillants les plus proches.

Pendant les minutes qui suivent, elle est partout, tranchant dans le tas de Maudits, comme Sylvine sait si bien le faire. Les regards des Défenseurs se sont éclairés, elle sent un regain d'énergie dans leurs rangs.

Tout en combattant, elle s'avance toujours plus loin sur la place, à la recherche d'Olivier.

Les Maudits tombent un à un et une Vicre qui avait un instant semé la panique sur le champ de bataille explose bientôt à son tour. Par delà la fumée qui s'élève des débris, deux regards se croisent et restent accrochés l'un à l'autre.

Elle vient de le retrouver.

Le temps semble s'arrêter.

Elle le dévore des yeux, lui, celui qu'elle aime plus que tout. Il est sa seule certitude désormais, son seul repère.

Il a l'air épuisé, une estafilade sur la joue et ses vêtements sont souillés de sang et de poudre. Pourtant, il se tient droit, l'épée à la main et lui adresse ce sourire qu'il n'a que pour elle.

Elle s'avance vers lui, comme dans un rêve, au milieu des cris, des coups, des chocs.

Mais elle s'arrête tout à coup.

Il a froncé les sourcils en la dévisageant, comme... horrifié. Elle recule d'un pas. A-t-il réalisé qu'elle n'était pas Sylvine ?

En deux enjambées, il l'a rejointe et bousculée de toutes ses forces. Elle perd l'équilibre et se sent chuter à la renverse.

À terre, elle le regarde sans comprendre.

Pourquoi ce geste, cette violence envers elle ?

Pourquoi cette lueur verte qui percute sa poitrine ?

Pourquoi tombe-t-il aussi ? Lentement, si lentement.

Non, elle ne comprend pas.

Mais elle gémit instinctivement, tandis qu'à quatre pattes, elle se rapproche du corps à terre.

Le corps d'Olivier.

— Non... Nonnonnonnonnonnonnooooooon !

Elle pose des mains tremblantes sur son torse, autour du trou fumant laissé par la Vicre. Ses doigts tâtonnent, dénoue son foulard de Justicieur afin qu'il puisse trouver l'air que sa bouche cherche en vain.

— Olivier, Olivier ! Non, c'est pas vrai ! C'est pas vrai...

Ils se voilent déjà, ces yeux qu'elle aime tant, mais ils restent vrillés dans les siens. Sa main se lève, touche sa joue. Retombe.

— Non... Ce n'est pas... Ce n'est pas possible... Non... Olivier ! Olivier, réveille-toi ! Réveille-toi !

Mais il ne l'écoute pas. Lui aussi contemple les étoiles désormais.

CHAPITRE 30

Vaciller

Elle soulève ses paupières avec difficulté. Sa tête pèse sur ses épaules.

Avec une impression de déjà-vu, elle regarde les accoudoirs du haut fauteuil, les rayonnages débordants de l'étude de Gandore. Retour à la case départ...

Dans la pièce, deux hommes s'affairent, qu'elle a du mal à discerner. Quand sa vision se fait plus nette, elle distingue le Sage, ainsi qu'un individu qu'elle ne connaît pas.

Avec, à nouveau, cette impression que son esprit fonctionne au ralenti, elle le dévisage. Il est brun, très mince, avec des lunettes. Il porte une chemise bleue. Quelque chose chez lui retient son attention, mais elle n'arrive pas à déterminer quoi.

Il est en train d'aider Gandore à remettre de l'ordre dans son étude dévastée : il empile soigneusement les recueils sur la table, caressant parfois avec une admiration visible leur couverture de cuir. Il s'agit manifestement d'un amoureux des beaux livres... à moins que ce ne soit un adorateur de Gandore, car le regard qu'il lance à celui-ci est encore plus éperdu que celui qu'il a eu pour les ouvrages. À un moment, il se penche pour en ramasser un autre, et la lumière du jour éclaire davantage son profil, révélant sa transparence.

Où a-t-elle déjà vu quelqu'un comme ça ?

Des images lui reviennent en mémoire, de la jeune fille évanescente qu'elle avait vue pendue au cou de Boga ou bien de la passionaria qui avait fait irruption dans l'étude de Gandore avant sa réminiscence.

Sa réminiscence.

Son cœur se met à cogner dans sa poitrine.

Son retour dans les souvenirs de Sylvine.

Les battements s'affolent et résonnent à ses tempes.

Dégoûtée tout à coup, elle se redresse, comme si en faisant ce geste, elle pouvait échapper à l'enveloppe corporelle d'une autre. Ses mains relâchent ce qu'elles retenaient, crispées : un foulard noir. Celui d'un Justicieur.

Elle le regarde tomber au sol et cette lente chute lui en rappelle une autre.

Alors, elle suffoque, en proie à une douleur indicible à la poitrine et pousse un cri de bête blessée qui fait se retourner les deux hommes.

Gandore s'est précipité à ses côtés et lui tend un verre empli d'un liquide bleu :

— Buvez !

Sans même le vouloir, ses lèvres s'entrouvrent et la liqueur amère et rafraîchissante coule dans sa bouche. Après qu'elle a bu deux gorgées, Gandore repose le récipient, tandis qu'une sensation d'apaisement immédiat s'empare d'elle et qu'elle peut à nouveau respirer normalement.

Avec indifférence, elle observe Gandore s'adresser au jeune homme resté paralysé d'étonnement à côté de la table :

— Merci de votre aide, mon ami, mais vous devez nous laisser maintenant.

À regret, celui-ci obéit, non sans avoir jeté un regard adorateur à Gandore et un autre, compatissant, vers elle. En un instant il a disparu.

Elle fixe le lieu où il était, sans toutefois s'intéresser aux raisons de sa disparition. Elle est comme détachée de ce monde, légère comme une plume. Elle ne ressent plus rien...

— Jeune dame, je vous ai donné de l'Oublie afin de vous aider à surmonter les moments douloureux que vous venez de vivre... Je ne peux cependant vous en administrer davantage car vous devez absolument mettre fin à ces événements tragiques.

Quels événements ?

Elle fronce les sourcils pour essayer de comprendre à quoi il fait allusion.

Elle se rappelle qu'elle n'est pas Sylvine, mais ne voit pas en quoi cela serait tragique. C'est plus frustrant qu'autre chose. Cela ne l'empêche pas d'aimer...

Des images qui n'ont pas de sens envahissent son esprit. Olivier. Olivier debout sur le champ de bataille, son sourire et puis ce regard... ce regard fixé sur les étoiles. Vide.

Des larmes se sont mises à couler de ses yeux, bien qu'elle ne ressente plus la douleur qui avait menacé de la submerger un peu plus tôt. L'une des propriétés de l'Oublie sans doute.

Son cœur a toutefois recommencé à tambouriner dans sa poitrine, tel un oiseau pris au piège, qui cherche à s'échapper de la cage où il se retrouve enfermé.

— Gandore, je vous en prie, dites-moi que tout cela n'est qu'un rêve, que ce n'est pas vrai, qu'Olivier n'est pas...

Elle ne peut pas prononcer le mot.

Le Sage lui a pris les mains et plante son regard dans le sien, essayant de lui insuffler de la force :

— Ce n'est pas un rêve, non...

Elle ferme les yeux, accablée.

— ... mais cela n'est pas la réalité non plus continue-t-il.

Elle rouvre les paupières, saisie.

— Que... Qu'avez-vous dit ?

— Réfléchissez, qu'y avait-il d'étrange autour de vous à ce moment-là ?

Une infime lueur d'espoir s'est remise à briller dans son cœur. Elle revoit la scène : la bataille, les cris, l'odeur de poudre, tout cela était normal, enfin... c'était le quotidien de Sylvine depuis quelque temps.

Elle secoue la tête, découragée, ne comprenant pas à quoi il fait allusion.

Il essaie une autre piste :

— Et à votre réveil, là ? Rien ne vous a surprise ?

— Il y a... il y avait cet homme transparent... Comme... comme les autres.

— Oui, l'encourage Gandore. Exactement. Ils ont commencé à apparaître peu après votre écrasante victoire sur Rohé. Nous les appelons des Rêveurs, voyez-vous pourquoi ?

— Non.

Elle secoue la tête, perplexe.

— Ce sont des êtres qui se projettent, dans leurs songes, auprès de ceux auxquels ils pensent. C'est ainsi que certains d'entre nous sont littéralement assaillis de Rêveurs, notamment Boga et... Olivier. Pour ce dernier, j'ai d'ailleurs dû avoir recours à un sort pour qu'elles — car il s'agit essentiellement de Rêveuses dans son cas — ne se matérialisent plus : elles le gênaient trop. Boga, lui, s'accommode très bien de leur présence.

Elle fronce les sourcils, essayant d'assimiler le phénomène :

— Et... c'est ce que je suis moi aussi, une Rêveuse ?

— Non..., répond Gandore, avant de sourire comme si quelque chose l'amusait. Enfin... vous l'avez sûrement été, à l'origine, mais vous possédez une réalité corporelle qu'ils n'ont pas. En outre, la plupart des Rêveurs ne peuvent interagir avec l'environnement citarien. Ils se contentent souvent d'accompagner l'élu de leur choix sans communiquer avec lui.

— Pourtant vous, vous arrivez à échanger avec eux. Je vous ai vu parler avec cet homme qui vous aidait à ranger tout à l'heure...

— Ah, fait le Sage avec un sourire entendu, avec lui c'est différent. On pourrait expliquer le fait par cette phrase : « parce que c'était lui, parce que c'était moi »...

— Qu'est-ce que Montaigne a à voir avec tout ça ? commence-t-elle avant de s'arrêter, saisie.

Le regard de son interlocuteur s'est fait plus intense et elle sait qu'elle est sur le point de basculer vers la connaissance... Mais elle recule, apeurée...

Avec patience, le Sage reprend :

— Et que voyez vous d'étrange dans vos souvenirs, à part les Rêveurs ?

Sylvine tente de se concentrer. Difficile : l'Oublie agit comme une gomme dans son cerveau, elle efface des pans entiers de son passé, alors que d'autres images, complètement incongrues font leur apparition. Essayant de se focaliser sur les derniers événements, elle visualise à nouveau l'échauffourée fatale, se remémore les volutes grises se glissant entre les combattants.

— Les Brumes..., murmure-t-elle.

Les Brumes sont la clé, elle le sent. Que disait Olivier à leur sujet ? *Quand elles sont là, tout est possible, tout peut arriver...* Elle revoit son visage animé, épris de liberté... Et des sentiments concomitants l'envahissent : la souffrance, qui perce l'enveloppe réconfortante procurée par l'Oublie, et surtout une immense colère.

— Mais... Mais ce n'est pas normal ! Ce n'était pas comme ça que...

— Oui ? l'encourage le Sage.

— Ce n'était pas écrit, ce n'est pas ainsi que cela devait finir ! s'insurge-t-elle enfin.

— Exactement ! rayonne Gandore. Exactement !

Les pensées de la jeune femme se bousculent, s'entrechoquent.

Qu'est-ce que tout cela veut dire ?

Y a-t-il une chance pour revenir en arrière, et annuler les derniers événements ? Il semblerait que Gandore l'envisage.

Mais comment ?

À moins de faire appel à la Créatrice, elle ne voit pas...

La Créatrice...

Le souffle lui manque à nouveau. Elle pâlit.

— Gandore !

Un violent vertige la saisit, menaçant de la faire sombrer. Elle se raccroche désespérément à ces mains, solides et chaudes, qui la soutiennent. Tout tourne autour d'elle et la seule stabilité qu'elle connaisse lui vient de ces paumes qui la serrent, lui prêtant de la force.

Elle s'oblige à respirer, luttant contre l'évanouissement. Elle ressent un peu la même sensation que lorsque Sylvine a emprunté le cercle de pierres la première fois... Le passage entre deux lieux... Le passage entre deux mondes...

C'est ce qu'elle vit en cet instant où deux univers se superposent dans sa tête : le sien et celui de Citara.

Émerveillée tout à coup, elle dévisage Gandore comme si elle le voyait pour la première fois. Elle le découvre encore plus intelligent qu'elle ne l'avait pensé. Comment a-t-il pu comprendre tout cela ?

— Oh, Gandore, fait-elle, bouleversée... C'est incroyable... Vous... vous existez vraiment !

— Et vous aussi, réplique le Sage, visiblement aussi ému qu'elle. Vous aussi.

Et il s'incline devant elle. Devant la Créatrice de Citara.

CHAPITRE 31

Comprendre

Plus d'amnésie, plus de terreur. Uniquement de l'émerveillement.

La Créatrice regarde autour d'elle, fascinée par tout ce qu'elle voit.

Non seulement ce qu'elle a imaginé est là, sous ses yeux, mais il y a plus encore.

Bien sûr, elle a rêvé de cette « étude », comme elle a choisi d'appeler le bureau de Gandore, elle en a ressenti l'atmosphère tandis qu'elle en dessinait les contours par des mots, puisés dans ses lieux de prédilection, les bibliothèques. Là où l'odeur des livres et du bois s'assemblent pour créer cette ambiance studieuse, propice à la réflexion.

Mais elle n'avait pas imaginé tous ces détails qui peuplent la pièce, tous ces petits objets du quotidien : là, une toupie, ici un curieux instrument en forme de triangle, le superbe sablier rond qu'elle a remarqué plus tôt, et tant d'autres choses dont elle ne connaît pas la fonction première.

Ses yeux reviennent à Gandore. De près, elle observe des détails fascinants sur lui : les rides, plus creusées qu'elle ne le pensait, les petits points dorés qui dansent dans ses pupilles grises, et cette fine tresse, presque invisible, entrelacée autour d'un fil bleu qui se perd vers sa tempe gauche. Elle le regarde longuement avant de lui sourire. Il a lâché ses mains et s'est reculé, la contemplant avec un respect nouveau.

— Ce n'est pas de moi, ça, fait-elle, amusée, en désignant la tresse habilement dissimulée dans sa chevelure.

Il s'empourpre et toussote :

— Hem... Non, je m'en doutais un peu... On me l'a faite pendant une période de Brumes...

Elle comprend mieux maintenant cette histoire de Brumes.

— Donc, lorsque nous sommes dans une scène que je n'ai pas imaginée, pas écrite, des... des bandes de brouillard apparaissent, c'est cela ?

— Oui, du moins est-ce ce que j'en ai déduit. Quand tout est clair et nettement défini, nous sommes dans notre Histoire, celle que vous avez voulue. Lorsque les Brumes sont là, nous sommes dans une sorte de vide, non prévu, un hiatus... Comme c'est le cas en ce moment.

Entre eux, les volutes dansent nonchalamment et elle enroule avec fascination une boucle autour de son doigt.

— Je n'arrive toujours pas à y croire... Citara, que j'ai inventée, existe vraiment...

Les yeux du Sage brillent d'intérêt :

— Accepteriez-vous de satisfaire à ma curiosité ? Comment nous avez-vous créés ?

Elle le regarde et dit avec simplicité :

— J'ai juste écrit une histoire.

— Ahhhh, fait-il, en hochant la tête. J'y avais pensé. Alors vous êtes plus une Écriveuse qu'une Divinité...

Elle rit soudain, devant ce vocable citarien tout autant que de se voir comparée à une déesse.

— Oh non, Gandore, je ne suis pas une Divinité. Dans mon monde, je suis une jeune femme banale, comme il y en a tant. J'ai seulement raconté une histoire dans un livre... et vous voilà.

— Ce n'est pas donné à tout un chacun, j'imagine, de réussir à créer un univers, sourit-il.

Émue, elle se lève et fait quelques pas dans la pièce, en direction de la fenêtre. Les collines citariennes n'ont jamais été aussi belles qu'en cet instant. De savoir que ce qu'elle avait rêvé et consigné dans un cahier avait pris vie sur un autre plan l'emplissait d'émerveillement.

— Gandore, comment se fait-il que vous ayez deviné tout cela ?

L'homme s'est assis dans le haut fauteuil qu'elle a libéré. Lui aussi est bouleversé de cette entrevue avec celle qui lui a donné corps.

Il explique comment il en est arrivé à entrevoir l'inconcevable :

— J'ai eu de nombreuses fois des images bizarres dans ma tête. Comme des souvenirs d'une vie antérieure, mais de choses qui n'existent pas à Citara : un anneau, des créatures vomies des enfers, une école de magie, une cicatrice en forme d'éclair. Ces images ont peuplé mon imaginaire d'enfant. Contrairement à la plupart des hommes, je n'ai pas rejeté mes rêves en grandissant. Je m'y suis intéressé et me suis demandé d'où pouvaient bien venir ces pensées saugrenues.

— Des échos d'autres histoires, murmure-t-elle.

La gorge nouée, elle contemple l'homme qui lui a été inspiré par deux personnages issus de ses récits préférés.

Elle comprend beaucoup de choses désormais : pourquoi tout lui paraissait à la fois si familier et si étranger à son éveil. Le visage de Sylvine dans le miroir : reconnaissable, mais pas le sien. Les objets et habitudes qu'elle n'avait pas imaginés et que les Citariens avaient conçus par eux-mêmes : des mots comme « croquations » ou « fusalerte », des interjections comme « Bonencre ! », la lune au cycle si différent de celle qu'elle connaissait, et qui était pleine toutes les nuits. Elle se rappelle avoir été horrifiée de la voir monter si vite dans le ciel, lors de sa dernière soirée avant la réminiscence. Olivier avait pensé que c'était à l'idée d'entamer celle-ci qu'elle avait eu peur, mais à la vérité, c'était l'ascension rapide de l'astre qui l'avait tétanisée.

Elle sait enfin pourquoi elle a deviné dès le premier regard qui il était. Lui, son Olivier.

Elle a simplement donné vie à l'homme dont elle rêvait. Beau. Grand. Fort. Tendre, généreux, passionné. Idéal en somme. Au final, il est tout cela et plus encore. Elle n'a jamais autant vibré que dans ses bras. Et maintenant qu'elle sait qu'il a pris corps, elle peut d'autant moins envisager de vivre sans lui.

Sauf qu'on le lui a arraché. Sans qu'elle l'ait écrit.

En colère tout à coup devant cette entorse à son scénario parfait, elle s'insurge :

— Mais pourquoi, comment en est-on arrivé là ? Je n'ai rien voulu de tout ça !

— Je pense... Je pense que vous n'avez raconté notre histoire que jusqu'à un certain point, probablement jusqu'aux fêtes célébrant notre victoire sur Rohé, après l'envoi de la tornade qui a anéanti son armée, je me trompe ?

Elle secoue la tête, lui donnant raison.

— Ensuite, poursuit-il, tout ce qui est arrivé a souvent échappé à la logique. Rohé sacrifiant, par des attaques incessantes, le peu de troupes qu'il lui restait, les Maudits essayant de s'en prendre à vous, enfin... à Sylvine, alors qu'ils avaient reçu l'ordre de n'en rien faire... Tout cela était parfois absurde.

C'est le danger avec les Brumes, vous voyez : pendant les périodes non scriptées, les gens sont libres d'agir en cohérence avec le destin que vous leur avez tracé... ou de l'ignorer et de profiter de cette liberté pour suivre leurs lubies les plus étranges.

La jeune femme soupire... C'est bien beau de réaliser ce qui s'est passé. Mais ce n'est pas cela qui va lui rendre Olivier.

— À votre avis, Gandore, que faut-il que je fasse pour le ramener à la vie ?

— Mon enfant...

Subitement son visage s'empourpre :

— Au fait, si je peux me permettre, pourrais-je connaître votre nom ?

Amusée de voir le vénérable Sage embarrassé de ne pas savoir quelque chose, elle esquisse un léger sourire :

— Bien sûr. Je m'appelle Virginie.

— Virginie... Un écho à un autre récit, si je ne m'abuse ?

— Oui. Plutôt triste d'ailleurs. Mais poursuivez votre théorie, je vous en prie.

— Voici ce que je pense. Notre histoire « définitive » s'arrête après la victoire de Sylvine sur Rohé. Sa *première* victoire, car j'imagine qu'il y aura trois autres occasions pour que ces deux-là s'affrontent ? « Air Feu Eau Terre vaincra », cela semble indiquer quatre grands combats, c'est bien cela ?

Elle acquiesce, un sourire en coin.

— Vous n'avez donc plus qu'à... écrire la suite à partir de ce moment-là, conclut le Sage en écartant les bras. Et à mon avis, tout ce qui se sera produit entre les deux tomes, pendant les Brumes, n'aura jamais existé.

— ... et Olivier sera toujours vivant, murmure-t-elle, la gorge serrée par l'émotion.

Il hoche la tête :

— Au pire garderons-nous des images vagues de ce qui, penserons-nous, « aurait pu arriver ». Ce que certains prennent pour des pressentiments ou du « déjà-vu »...

Un immense soupir s'échappe des lèvres de la jeune femme. Les yeux embués de larmes, elle se tourne à nouveau vers la fenêtre, où la vue sur les sereines collines l'aide à calmer les battements de son cœur.

Elle le peut...

Elle peut redonner vie à son amour. Olivier va revivre, il n'est pas condamné ; elle en a la certitude désormais.

Toutefois, en même temps que l'allégresse l'envahit, une autre pensée, moins agréable, s'insinue en elle. Elle se mord la lèvre.

— Mais...

Gandore la regarde avec compassion. Bien sûr, il a déjà compris, lui, ce que cela signifie.

Alors, elle ferme les yeux devant son air désolé et murmure, amère, le mot qu'il affectionne :

— Évidemment...

CHAPITRE 32

Partir

Virginie arpente les rues dévastées d'Enu l'esprit préoccupé. Les gens laissent passer celle qu'ils prennent pour Sylvine sans l'interpeller, respectant son deuil.

De temps en temps, elle s'arrête pour toucher le mur d'une maison, sentir le parfum d'une fleur, que l'enusien qui habite en ces lieux a pris l'initiative de faire pousser et d'arroser.

Ces petits détails de la vie quotidienne l'émeuvent, car ils sont le signe de l'autonomie acquise par ses personnages par rapport à l'histoire qu'elle a écrite.

Elle sait, elle, qu'elle n'a jamais mentionné l'existence de cette jardinière dans son récit et est impressionnée de constater que le cadre qu'elle a posé a grandi, a prospéré hors des pages où il était initialement confiné.

Cela montre la bonne santé de ce monde qu'elle a créé, sa force aussi.

Gandore lui a confirmé ce qu'elle pressentait : que décrire un lieu n'en entraînait pas nécessairement la matérialisation. Que d'autres univers croupissaient dans les tiroirs poussiéreux, pris entre deux limbes, tels des fœtus n'ayant jamais vu le jour.

Écrire ne suffisait pas, du moins le pensait-il. À son avis, et elle jugeait cet avis pertinent, il fallait surtout que l'histoire soit lue et partagée pour que le monde prenne vie.

C'était ce qui s'était passé avec son livre, « Citara ». Publié tout d'abord sur la toile, son récit avait connu un vif succès chez elle. Et en se propageant de page à esprit, de bouche à oreille, Citara avait fini par acquérir une réalité matérielle dans une autre dimension. Elle n'avait jamais envisagé cela, cherchant juste à mettre des mots sur ses idées et à transmettre de l'émotion. Mais quel bonheur c'était, de se promener dans les rues d'une ville sortie de son imagination ! De la reconnaître tout en la découvrant... avant de devoir la quitter.

Car c'était ça, le problème. Si elle voulait altérer les événements en écrivant la suite des aventures de Sylvine et d'Olivier... elle allait devoir quitter Citara pour retrouver son propre monde.

Elle avait bien tenté de changer les choses en prenant un papier et une plume dans l'étude de Gandore et en essayant de rédiger la première scène du deuxième tome, une scène où un Olivier plus vivant que jamais célébrait la victoire lors d'un grand bal.

Rien ne s'était produit, cependant : impossible de modifier le cours de l'histoire de Citara en habitant celle-ci.

Elle devait donc se résoudre à rentrer chez elle. C'était ce que Gandore avait pressenti dès le début. Après qu'il ait lu dans ses paumes, alors qu'elle se réveillait amnésique, il le lui avait dit : elle devrait partir.

Mais ce ne serait pas si simple.

Déjà, parce qu'elle n'avait aucune idée de la façon dont elle avait intégré le corps de Sylvine. De très vagues souvenirs d'une course-poursuite dans les ruelles de sa ville lui revenaient en mémoire, qui ne lui permettaient pas de comprendre comment elle s'était retrouvée dans la peau de son héroïne.

D'où la difficulté *matérielle* d'organiser son retour chez elle. Même en bénéficiant de l'aide du plus grand Sage du pays.

À cela s'ajoutait la douleur de quitter Citara.

La vie citarienne était tellement plus merveilleuse que celle qu'elle avait laissée derrière elle ! Elle avait créé ce monde en y mettant tous ses rêves de beauté et d'harmonie, mais aussi de fantaisie, et le résultat dépassait ses espérances.

Comment délaisser un univers si exceptionnel pour retrouver la grisaille, la monotonie et la froideur du sien ? Dans son propre pays, elle n'était pas une héroïne, encore moins une déesse : juste une jeune fille banale ayant soif d'aventures.

Une seule chose la poussait à rentrer : l'absence d'Olivier. Elle était partout, cette absence. Sur la place où il ne combattait plus, dans la Taverne effondrée où son tamb ne résonnait pas, sur la colline où flottait le souvenir de leur baiser. Elle souffrait de ce manque. Vivre à Citara sans Olivier rendait l'expérience incomplète. Le bonheur n'était pas possible sans lui à ses côtés.

Mais si elle arrivait à retourner chez elle pour réécrire l'histoire, comment s'assurer qu'elle pourrait ensuite revenir à Citara ? Il faudrait qu'elle trouve un moyen de pouvoir accéder à nouveau à ce paradis qu'elle avait construit : il ne pouvait lui rester fermé, maintenant qu'elle y avait goûté. Elle ne pouvait envisager de se passer des lumières, des odeurs, du mode de vie citarien... pas plus que de l'amour d'Oliver, de son regard sur elle, de ses caresses.

Elle passe sa journe — elle sourit à ce vocable qu'elle a imaginé, afin de féminiser son monde, et qui lui vient désormais naturellement aux lèvres — à errer dans les rues, mais son émerveillement de Créatrice contemplant son œuvre cède peu à peu le pas à la douleur de devoir compter les morts parmi ceux qu'elle aime.

Elle se rend au chevet de Chloriane, grièvement blessée au ventre par les Maudits qui ont envahi la Demeure des Importants. Elle n'a pas repris connaissance, et c'est un soulagement pour Virginie car elle sait que la mère de Sylvine aurait immédiatement décelé qu'elle n'était pas son enfant. Elle caresse la joue pâle avec tendresse, contemplant les traits familiers qu'elle lui a donnés. Ceux de sa propre mère. Cette scène, qu'elle n'a pas écrite, lui en rappelle une autre, qu'elle a vécue. Ironie du sort...

À Enu, on s'apprête à brûler les corps des victimes sur la « plaine de la victoire », comme ils nomment le lieu, maintenant. Rochelaure, un homme désormais brisé, au dos voûté, se tient devant le catafalque d'Olivier. Sopheline n'est pas présente : on dit qu'elle est devenue complètement folle à l'annonce de la mort de son fils. Virginie est pétrifiée par le remords à l'idée de ce qu'est en train d'endurer la pauvre femme. Elle assiste à la cérémonie, la main vissée dans celle de Gandore, la tête détournée. Les larmes restent bloquées dans sa poitrine. Elle a beau savoir qu'elle a le pouvoir de revenir en arrière, l'instant est cruel, au-dessus de ses forces. C'est Sylvine la guerrière, la battante. Pas elle.

Elle est également présente, les yeux secs mais le cœur en lambeaux, lors des funérailles de Titane et de Brís. Eux non plus n'étaient pas destinés à mourir. Enfin... pas tout de suite. Elle baisse la tête. Est-ce avoir l'âme d'un monstre que de décider du destin de ses personnages ? Ça y ressemble en cet instant, en tout cas...

Il lui reste encore à endurer la cérémonie en l'hommage d'Achille. Achille, son géant noir, celui à qui elle a tant aimé donner une personnalité et une voix uniques, puisant, là encore, dans des souvenirs et des admirations personnelles. Au choc de sa mort s'est ajoutée la façon dont il a été tué. Pas par une Vicre, pas par un Maudit. Assassiné d'un coup de couteau dans le dos tandis qu'il arpentait de long en large le couloir devant l'étude de Gandore. L'étude où il l'avait portée lui-même après l'avoir vue s'effondrer auprès du corps d'Olivier. Après que les derniers Maudits aient été massacrés : seul un Enusien pouvait l'avoir tué. Cette idée est insupportable pour Virginie : savoir que dans son univers si paisible, si parfait, un traître se dissimule, qui a commis son crime sous le couvert des Brumes.

Cela lui donnerait presque envie de rentrer chez elle. Presque.

En fait, elle attend. Quoi, elle n'en sait trop rien.

Elle sait seulement qu'elle ne pourra pas partir tant que cela ne se sera pas produit.

Lorsque le crépuscule tombe, elle laisse ses pas la conduire aux portes d'Enu.

La lumière mauve dont elle a rêvé recouvre Citara et la pare d'un voile magnifique, anesthésiant sa douleur.

Elle fixe le chemin qui mène à la cité, le chemin où elle a vu Olivier galoper pour revenir vers elle le jour de son « arrivée » ici. Aucun signe de fougueux cavalier sur la route aujourd'hui. Tout est immobile.

Enfin... sur la route, c'est le cas. Mais dans l'herbe non loin d'elle, quelque chose a bougé.

Quelque chose de petit.

Elle ne voit pas quoi, seulement que l'herbe s'écarte au fur et à mesure de sa progression vers l'endroit où elle se tient.

Elle ne peut détacher son regard de ce mouvement, régulier bien que lent.

Et puis elle distingue ce dont il s'agit.

Elle tombe à genoux et recueille dans ses mains l'écureuil à la fourrure sale, aux pattes usées mais à l'œil plus malicieux que jamais.

— Schnippy !

Le cœur débordant d'amour, elle câline la petite bête qui a réussi à survivre, envers et contre les Brumes, en traversant tout Citara.

Où être, Sylvine ?

Il a quitté ses mains, sauté en arrière et la regarde, dressé dans l'herbe. Méfiant. Il a tout de suite senti qu'elle n'était pas celle qu'elle prétendait être.

Alors, vaincue par l'émotion, elle se recroqueville, le corps secoué de soubresauts, le visage enfoui dans ses bras repliés autour de ses genoux. Et pleure comme une enfant dont on aurait cassé le jouet.

Lorsqu'enfin les sanglots s'arrêtent, elle se sent apaisée. Elle essuie les larmes qui maculent sa joue. Ces pleurs, ce sont ses adieux à Citara. Non, pas des adieux. Un au revoir. Elle se le promet.

Aller mieux, Dame dans Sylvine ?

Elle sursaute.

Schnippy est toujours là et la contemple d'un air interrogateur. Il est en train d'essayer de réparer les dégâts que sa longue marche, au milieu de mille dangers, ont causé à sa belle queue.

Elle sourit, charmée de sentir ses pensées. Reconnaissante qu'il soit resté auprès d'elle.

Pardon pour mes larmes. J'ai eu une dure journée... journe. C'est compliqué à expliquer. Je suis dans la tête de Sylvine, mais je repars, bientôt.

Aller bien, Sylvine ?

Oui. Oui, je le pense.

Il penche la tête sur le côté, essayant d'assimiler ce qu'elle lui dit.

Enchevêtré, tout ça...

Elle ne peut que sourire, charmée de le trouver tel qu'elle l'a créé. Elle ouvre ses paumes et il y saute. Touchée par sa confiance, elle le prend dans ses mains et frotte son nez contre le sien comme Sylvine l'a fait des dizaines de fois. Comme elle a toujours rêvé de le faire.

Je t'adore, toi.

D'un bond, elle se redresse.

Allez, on y va, il nous reste quelque chose d'essentiel à accomplir.

Être quoi, ça ?

Te nourrir, voyons !

Un *douk* enthousiaste lui répond.

Plus tard, alors que la lune monte dans le ciel et qu'un Schnippy repu et épuisé s'est endormi dans son corsage, elle se dirige vers la colline à l'olivier sacré, accompagnée de Gandore.

Elle a eu une idée.

Sans un mot, ils gravissent la pente en direction de l'arbre, absorbés par leurs pensées respectives.

Elle a conscience qu'en elle repose l'antidote à la souffrance subie par les Citariens. Pas celle qu'elle a causée elle-même, pour les besoins de l'intrigue, mais celle, inutilement cruelle, dont Rohé est responsable. Elle va tout faire pour les en sortir, elle se le promet. Mais la peine de devoir quitter Citara accompagne chacun de ses pas et les rend pesants.

Ils arrivent bientôt devant l'arbre aux formes simples, mais solides et élégantes. Elle le contemple avec émotion, car elle sait la place qu'il tient dans l'histoire. C'est lui qui en est à l'origine. Lui qui lui a soufflé le nom de l'homme qu'elle aime. Elle effleure le tronc rugueux du bout des doigts et son énergie lui parvient, magique.

— Virginie ?

Le Sage la regarde d'un air interrogateur. Il veut s'assurer qu'elle est toujours présente. Elle acquiesce, avant de lever les bras et de le laisser nouer le fil d'amour autour de sa taille. Lorsqu'elle avait évoqué son idée avec lui, elle lui avait également fait part de sa crainte d'emporter le corps de Sylvine avec elle. Gandore ne croyait pas que cela se produirait, mais avait tout de même imaginé de la relier à lui avec le lien, un peu comme pour la réminiscence.

— Je ne pense pas que son enveloppe charnelle puisse quitter le monde où il a été créé, explique-t-il. Ou alors cette communication entre nos deux dimensions est encore plus développée que je ne l'envisageais... Toutefois, ne prenons pas de risque, vous avez raison.

— Autre chose, Gandore. Après mon... départ, croyez-vous que Sylvine se souviendra de ce qui s'est passé depuis que je... que je suis arrivée ?

— Cela me paraît peu probable. Il me semble que vous occupiez tout son espace mental : elle ne devrait pas se rappeler ce qui a suivi son attaque. De toute façon, je serai là pour l'aider à son éveil, rassurez-vous. Et puis, ce n'est qu'une transition, n'est-ce pas ? Donnez-lui, donnez-nous une belle suite, conclut-il, avec émotion.

Elle hoche la tête, submergée elle aussi par l'intensité du moment. Elle lui attrape les avant-bras pour le salut fraternel qu'elle a imaginé et les serre. Fort. Gandore lui répond avec la même émotion.

La lune vient d'atteindre son zénith, il est temps pour elle de partir. Après avoir jeté un dernier regard sur ses chères collines citariennes, elle appose ses mains sur le tronc noueux.

Une multitude de voix, provenant d'une multitude d'univers, surgissent dans son esprit.

Désorientée, elle fait un effort pour entendre celles qui émanent du sien.

C'est difficile. Il y en a tellement...

Prenant une profonde inspiration, elle fait le vide, ne gardant en tête qu'une seule chose.

Je m'appelle Virginie. Et je dois regagner mon monde. Je m'appelle Virginie...

Au pied de l'olivier sacré, Gandore soutient le corps évanoui de Sylvine. Au-dessus de lui, de fines particules de lumières bleutées dansent un instant avant de pénétrer dans l'arbre... et d'y disparaître.

— Bon retour, ma Créatrice, murmure-t-il, la voix enrouée par l'émotion.

ÉPILOGUE

Revenir

Et voilà, fin du tome un !

J'espère que vous aurez compris (et apprécié) toute la subtilité de l'épilogue et de sa page volontairement blanche...

Promis, la suite arrive très vite.

Et pour vous aider à patienter, en voici un court extrait.

Lentement, elle s'approche de l'arbre, le cœur battant plus fort. Si cela marche, dans quelques instants elle sera à Citara...

Elle encercle le tronc noueux de ses bras et y pose ses lèvres, terriblement émue tout à coup.

Ses yeux se ferment et elle sent la vie qui palpite dans ses doigts. Sa respiration se fait posée. Profonde. Régulière. Ses pensées se calment, concentrées sur un seul objectif.

Elle ne prononce pas les mots qu'elle a prévu de dire. Elle les ressent, y met tout son cœur, toute son âme.

« Virginie dans les flammes »,
tome 2 d'« Une autre vie à Citara »,
extrait du chapitre 1 'Pressée'.

MENTION IMPORTANTE

Vous venez de lire un livre autoédité.

Votre rôle, chers lecteurs, est extrêmement important.
En effet, si vous l'avez aimé et souhaitez le faire connaître, merci de vous rendre sur la plateforme d'Amazon (même si vous ne l'y avez pas acheté) ou sur n'importe quelle autre plateforme d'évaluation : Facebook, Booknode, Sens Critique, pour lui laisser un commentaire. Parlez de lui sur les réseaux sociaux, prêtez-le à vos amis...

Merci de prendre le temps de faire ce geste.
Ce n'est pas anodin : vous contribuerez ainsi à le faire sortir de l'anonymat où la foule de livres publiés pourrait l'enterrer.

Merci encore de m'avoir fait confiance.
Pour ne pas perdre le contact, n'hésitez pas à rejoindre ma tribu, mon Clan à moi : http://eepurl.com/bkNaz5

À PROPOS DE L'AUTEUR

Professeur agrégé d'anglais, Nathalie Bagadey partage son temps entre ses passions, l'enseignement et l'écriture, tout en s'occupant de ses trois enfants, chats et tortue.

Grande voyageuse, accompagnatrice bénévole pour « Arts et Vie », elle s'est inspirée de ses périples pour l'écriture de ses romans « Éclosia ou l'Écosse des légendes » (octobre 2014), « Kassandra et la Grèce des légendes » (septembre 2015) et de son recueil de nouvelles « Villes de légende » (septembre 2016), tous en autoédition. Son expérience a tout naturellement donné naissance au guide « Autoédition : à vous de jouer ! » (décembre 2015), plébiscité par les auteurs intéressés par ce mode de publication.

Lectrice assidue de littératures de l'imaginaire, elle publie en septembre 2017 son premier roman de *high fantasy* : « Tempétueuse Sylvine », le premier tome d'une série s'intitulant « Une Autre Vie à Citara ».

Ses lecteurs sont majoritairement des personnes aimant les aventures et le merveilleux. Ils apprécient le suspense, l'imagination et le style fluide de ses récits. Rejoignez-les sur son site :
www.nathaliebagadey.fr.

AUTRES PUBLICATIONS

« Villes de légende », recueil de nouvelles en autoédition, septembre 2016.

« Autoédition : à vous de jouer ! », guide pratique en autoédition, décembre 2015.

« Kassandra et la Grèce des légendes », roman en autoédition, septembre 2015.

« Éclosia ou l'Écosse des légendes », roman en autoédition, octobre 2014.

« La sirène », nouvelle parue dans l'anthologie « La musique à travers les époques », éditions Les Manuscrits d'Oroboros, juin 2014.
(aujourd'hui épuisée mais publiée gratuitement dans le magazine l'Indé Panda n° 2, sorti en 2017).

« Tout compte fait », nouvelle parue dans l'anthologie « Contes de fées pour héroïnes d'aujourd'hui », éditions Les Roses Bleues, nov. 2012
(aujourd'hui épuisée mais téléchargeable gratuitement sur www.nathaliebagadey.fr).

Imprimé sur les presses de CreateSpace
Dépôt légal : septembre 2017

76682261R00295

Made in the USA
Columbia, SC
12 September 2017